Christine Geier

Wenn die Wälder schweigen

Christine Geier

Wenn die Wälder

schweigen

Roman

Christine Geier, Rosenstraße 14e, 01705 Freital
christine-geier88@web.de

Texte: © Christine Geier
Lektorat: München Lektorat, Anna Singer
Umschlaggestaltung: Christine Geier
Umschlagbild: Christine und Robert Geier
Druck: epubli, ein Service der neopubli GmbH, Berlin

„Welch eine himmlische Empfindung ist es, seinem
Herzen zu folgen."

Johann Wolfgang von Goethe

Kapitel 1

Oktober

Wälder, so weit das Auge reichte, bildeten mit der Bergkette am Horizont eine so schöne Kulisse, dass sie, je weiter sie gen Norden kam, immer langsamer wurde. Sie konnte sich nicht sattsehen an der Schönheit dieses kleinen Fleckens Erde. Noch nie zuvor hatte sie etwas derart Atemberaubendes zu Gesicht bekommen. Aber wie sollte sie auch? Bis zum jetzigen Zeitpunkt war sie noch nie aus Deutschland herausgekommen. Die meiste Zeit hatte sie in Hamburg verbracht, der Stadt, in der sie geboren wurde, aufgewachsen war und die letzten fünf Jahre in einem kleinen Café am Hafen gearbeitet hatte. Zwar waren ihre Eltern, als sie kleiner war, in den Ferien häufig mit ihr zum Wandern in die südlicheren Mittelgebirge Deutschlands gefahren, aber diese Kindheitserinnerungen verblassten im Angesicht dieses überwältigenden Panoramas, das sich ihr hier bot. Nach dem Tod ihrer Eltern, war sie zu ihrer Tante, die in einem kleinen Vorort von Stuttgart lebt, gekommen. Sie liebte ihre Tante über alles, denn sie war der einzige Mensch, der ihr damals geblieben war. Dennoch entschloss sie sich dazu, nach ihrem 18. Geburtstag zurück nach Hamburg zu gehen, um ihr Leben in der Stadt ihrer Kindheit, dem Ort, den sie Heimat nannte, zu bestreiten. Sie kannte das Meer und die Hektik der Großstadt, nicht aber diese stolze und unberührte Erscheinung der Natur. Sie stoppte am Straßenrand und stieg aus dem Auto. Noch nie umgab sie eine solche Stille wie in diesem Moment. Das einzige Geräusch, das sie vernahm, war das Rauschen der Wälder im seichten Wind. Sie schloss die Tür des Wagens und lehnte sich dagegen. Den Kopf in den Nacken gelegt, schloss sie die Augen und atmete tief durch. Die Luft war frisch und rein. Sie verharrte in diesem Augenblick und wünschte, er möge ewig dauern. Sie konnte es noch immer nicht fassen. Sie, Elena Lindenberg, die noch vor zwei Tagen im Stau einer überfüllten Großstadt gestanden hatte, war nun irgendwo im Nirgendwo Montanas. Und sie war in ihrem Leben nie glücklicher.

Elena fuhr nun schon über eine Stunde durch die Wälder Montanas und noch immer faszinierte sie die Schönheit der Natur. Sie hatte schon von vielen Leuten gehört, dass die Rocky Mountains einen Besuch wert seien, aber so schön hätte sie es sich niemals träumen lassen.

In einigen Metern Entfernung sah Elena einen Geländewagen am Straßenrand stehen. Sie wollte die Gelegenheit nutzen, um nach dem Weg zu fragen, und brachte ihr Auto unmittelbar neben dem fremden Fahrzeug zum Stehen. Ein junger Mann Ende zwanzig befüllte gerade den Tank seines Wagens aus einem kleinen dunkelgrünen Kanister. Er hatte volles kastanienbraunes Haar. Seine Statur wirkte männlich und rau wie die Gegend, die ihn umgab. Sein schwarzer Jeep war schmutzig und übersät von kleinen eingetrockneten Schlammspritzern. Elena ließ freudig die Scheibe auf der Beifahrerseite ihres Autos herunter und lehnte sich herüber. „Hallo! Entschuldigen Sie, können Sie mir sagen, wie ich nach Happys Inn komme?" Der junge Mann zeigte kaum eine Regung. Er sah sie nicht an und konzentrierte sich ausschließlich auf das Betanken seines Fahrzeugs. „Geradeaus." Elena bemerkte den abweisenden Tonfall des Mannes, ließ sich davon aber nicht beirren. „Vielen Dank. Einen schönen Tag noch." Sie gab Gas und ließ den Fremden hinter sich. Erst als sie einige Meter entfernt war, löste sich der junge Mann von seinem Kanister, trat vor seinen Jeep und blickte der Unbekannten nach. Er wusste, auch ohne sie nur ein einziges Mal angesehen zu haben, dass sie nicht aus der Gegend war. Das Auto, das sie fuhr, welches sich keineswegs den Gegebenheiten der Natur hier anpasste, verriet es ihm. Und er, der schon seit seiner Kindheit in dieser Region lebte, wusste auch, dass nur ein Fremder hier nach dem Weg fragen würde. Elena sah in den Rückspiegel und erkannte, dass der Mann ihr nachsah. Doch sobald er aus ihrem Blickfeld verschwunden war, verschwendete sie keinen Gedanken mehr an ihn und widmete sich wieder dem Zauber der Landschaft, die sie umgab.

Nicht lange, und Elena erreichte schließlich das kleine Örtchen Happys Inn. Es war ein wunderschöner ruhiger Ort, der von vielen großen und kleinen Seen gesäumt war und sich wunderbar in die Landschaft integrierte. Ihr erster Stopp war eine kleine Tankstelle, die sich direkt am Ufer des wohl größten Sees des Ortes, dem Crystal Lake, befand. Die Tanknadel ihres Wagens wies schon längere Zeit darauf hin, dass es höchste Zeit für neuen Kraftstoff war. Nicht zuletzt deshalb war Elena froh, endlich an ihrem Ziel angekommen zu sein. Das Nachfüllen des Tanks war schnell erledigt und Elena merkte, dass der Tankwart um einiges freundlicher war als der junge Mann vom Straßenrand.

Sie parkte ihr Auto vor einem kleinen Café, das sie vom Highway aus entdeckt hatte, schnappte sich ihre schwarze Kunstlederhandtasche und betrat das ländlich rustikale Lokal. Es war nicht viel los. An einem Tisch direkt am Fenster saß ein älterer Herr mit weißem Bart und las wissbegierig in seiner Zeitung. In einer der hinteren Ecken war ein junges Pärchen, das sich angeregt unterhielt. Elena nahm auf einem Barhocker am Tresen Platz.

„Was kann ich Ihnen bringen, Miss?" Elena vernahm den freundlichen Klang dieser Stimme und fühlte sich gleich behaglicher in dieser tristen Behausung. „Kaffee, bitte." Die schlanke Frau mit blondem Pferdeschwanz, die hinter dem Tresen herumwirbelte, machte sich sofort an die Arbeit. „Sie sind nicht von hier, nicht wahr?" Sie schenkte Elena frisch gebrühten Kaffee ein, den sie in einer kleinen schlichten Tasse aus weißem Porzellan servierte. „Nein, bin ich nicht." Elena nahm einen kräftigen Schluck und fühlte, wie sich das heiße Getränk langsam seinen Weg durch ihren Körper bahnte. „Dacht' ich's mir doch. Woher kommen Sie?" Elena setzte ihre Tasse ab. „Hamburg. Deutschland." Die Frau hinterm Tresen sah Elena mit großen Augen an. „Na da haben Sie ja schon einen weiten Weg hinter sich. Und was verschlägt Sie hier ans Ende der Welt?" Elena lächelte. „Inspiration." Die Kellnerin schaute irritiert drein. „Wie auch immer. Ich bin Elizabeth Hastings. Aber nennen Sie mich Beth. Wir haben es hier draußen nicht so mit Förmlichkeiten." Elena reichte Elizabeth freudig die Hand. „Ich bin Elena Lindenberg." Elizabeth wollte ihr gerade etwas entgegnen, als der Mann vom Tisch in der Ecke ihr zurief: „Beth, Kaffee!" Sie warf Elena einen flüchtigen, aber aussagekräftigen Blick zu. „Die Arbeit ruft.

Kleiner Ort, viel Kaffeekonsum." Elena lächelte ihr zu und gönnte sich noch einen Schluck. Die Kellnerin war gerade vom Tisch des Pärchens zurück und dabei, die halbvolle Kaffeekanne zurück auf die Heizplatte zu stellen, als sich Elena ihr erneut zuwandte. „Beth, können Sie mir sagen, wie ich zur Corman Ranch komme?" Elizabeth drehte sich zu Elena. „Was wollen Sie denn dort?" Elena holte ein kleines Notizbuch aus ihrer Tasche und schlug die erste Seite auf. „Die Familie, der die Ranch gehört, auf der ich ein Jahr wohnen werde, heißt Corman. Ich habe nur leider überhaupt keine Ahnung, wie ich da hinkomme." Elena hoffte, dass Beth ihr weiterhelfen könne. „Die Corman Ranch liegt nordöstlich von hier, etwas abgelegen. Wie wollen Sie denn da hinkommen?" Elena sah Elizabeth fragend an. „Na mit dem Auto natürlich." Beth musste unwillkürlich lachen. „Aber Sie meinen hoffentlich nicht das da draußen?" Elena drehte sich um und betrachtete ihr Auto durch die große Fensterfront des Cafés. „Was ist denn nicht in Ordnung mit dem Auto? Der Verkäufer in Missoula meinte, der Wagen wäre in einem sehr guten Zustand." Beth nickte ironisch. „Haben Sie dem Verkäufer in Missoula auch gesagt, wo sie mit dem Auto hinwollen?" Elena drehte sich wieder zu Beth. „Nein, wieso?" Elizabeth stützte sich auf den Tresen und seufzte. „Liebes, das ist ein Auto für die Stadt, aber nicht für die Gegend hier draußen. Wir sind in den Rocky Mountains. Die Farm liegt so abgelegen, dass sie nur mit einem Geländewagen zu erreichen ist. Da draußen gibt es keine befestigten Straßen." Beth sah einen Anflug von Verzweiflung in Elenas Augen. „Aber jetzt machen Sie sich mal keine Sorgen, wir bekommen Sie schon irgendwie auf diese Ranch." Sie neigte den Kopf zur Seite und sah an Elena vorbei. „Hey, Bob! Kannst du die junge Lady hier vielleicht zur Corman Ranch fahren?" Ihre Worte richteten sich an den älteren Mann, der bis zu diesem Zeitpunkt noch immer in seine Zeitung vertieft gewesen war. Er blickte hinter dem Tagesblatt hervor und musterte Elena mit scharfem Blick. „Ich kann nicht, Beth. Mein Wagen ist noch zur Reparatur. Aber müsste Ryan nicht bald wieder da sein? Der ist doch heute Morgen zum alten Winslow gefahren, um sein Dach zu machen. Er kann sie doch mitnehmen, wenn er zurück ist." Elizabeth drehte sich zufrieden zu Elena. „Sehen Sie, schon hätten wir dieses Problem aus der Welt geschafft. Ryan ist wirklich in Ordnung. Er ist zwar manchmal etwas eigensinnig, aber wer ist das nicht?" Elena lächelte verhalten. „Aber was soll ich denn jetzt mit dem Auto machen?" Beth sah hinaus. „Das können Sie erst mal da stehen lassen. Glauben Sie mir, das klaut hier keiner." Sie grinste ein wenig sarkastisch. „Machen Sie sich nicht so viele Gedanken. Trinken Sie lieber noch eine Tasse Kaffee", sagte Elizabeth und schenkte Elena nach.

Einige Zeit war vergangen, als Elizabeth plötzlich aufsprang und zur Tür eilte. „Kommen Sie, Elena! Er ist da!" Elena verstand zwar nicht, was genau sie damit meinte, trank aber schnell den letzten Schluck ihres Kaffees aus und folgte Elizabeth nach draußen. „Warten Sie hier! Ich gehe schnell und rede mit Ryan!" Beth bog um die Ecke und verschwand aus Elenas Sichtfeld. Um die Zeit des Wartens etwas zu verkürzen, holte Elena erneut ihr kleines Notizbuch aus der Tasche, setzte sich auf die niedrigen Holzstufen der Treppe vorm Café und notierte ihre ersten Eindrücke, die sie bis jetzt gewonnen hatte.

„Hey, Ryan! Ist das Dach vom alten Winslow wieder heil?" Ryan verstaute gerade einige Lebensmittel, die er in dem kleinen Geschäft an der Straße gekauft hatte, in seinem Jeep. „Beth. Ja, ging alles ohne Probleme." Beth kam näher und setzte sich auf den hinteren Teil der Ladefläche von Ryans Wagen. „Kannst du vielleicht eine junge Frau mit zur Ranch nehmen?" Ryan warf ihr einen irritierten Blick zu. „Was denn für eine Frau?" „Eine Deutsche", entgegnete sie ihm. „Wie bitte?" Ryan machte den Eindruck, als glaubte er, Beth würde Scherze machen, und nahm das Ganze mit einem Lächeln auf. „Was sollte diese Deutsche denn bei uns wollen, Beth?" Beth schloss die Augen und genoss die wenigen Sonnenstrahlen, die gerade hinter einer dicken Wolke zum Vorschein kamen. „Sie wird für ein Jahr bei euch wohnen. Das hat sie zumindest gesagt." Ryan und Beth sahen sich für den Bruchteil einer Sekunde in die Augen und sie merkte sofort, wie Wut in ihm aufstieg. Jetzt schien er es nicht mehr für einen Scherz zu halten. „Bitte was?" Er knallte die hintere Tür seines Jeeps zu, sodass es einen heftigen Knall gab und die Ladefläche unter Beth leicht vibrierte. „Darren hat mir gegenüber nie etwas von einer deutschen Touristin erwähnt, die auf der Ranch wohnen soll. Was bildet die sich eigentlich ein?" Beth warf Ryan einen scharfen Blick zu. „Jetzt beruhige dich mal wieder. Vielleicht hat Darren einfach vergessen, es dir zu sagen. Es ist immerhin seine Ranch und nicht deine. Du wohnst auch nur dort. Außerdem ist sie wirklich nett. Lern sie doch erst mal kennen, bevor du ihretwegen dein Auto zu Schrott verarbeitest." Ryan atmete tief durch und versuchte, seinen Blutdruck wieder in den Griff zu bekommen. „Was will die überhaupt hier?" Elizabeth sprang von Ryans Ladefläche und gesellte sich zu ihm. „Das hab ich sie auch gefragt." „Und was hat sie gesagt", wollte Ryan wissen. „Inspiration." Ohne auch nur ein Wort zu sagen, lief Ryan auf die andere Seite seines Jeeps und öffnete die Fahrertür. Doch bevor er einsteigen konnte und somit die Gefahr bestanden hätte, dass er ohne Elena davonfährt, hielt ihn Beth im letzten Moment zurück. „Ryan! Ich weiß, dass du Touristen nicht ausstehen kannst. Aber um ehrlich zu sein, glaub ich nicht, dass sie hier ist, um Urlaub zu machen. Gib ihr doch wenigstens die Chance, alles zu erklären. Und ich bin sicher, wenn ihr auf der Ranch seid, wird dich Darren über alles aufklären." Ryan schloss seufzend die Augen. „Wo ist sie?" Beth schenkte ihm ein fröhliches Lächeln. „Sie wartet vorm Café."

Elena saß noch immer auf den abgenutzten Holzstufen vor Beths Café. Ihr Notizbuch war schon wieder in der Tasche verschwunden und sie gab sich jetzt vollends den wenigen Sonnenstrahlen hin, die sich ihren Weg durch die Wolken bahnten. Die langen Beine ausgestreckt, die Ellbogen auf die Stufen gestützt, mit geschlossenen Augen und gedankenverloren saß sie da und genoss die Wärme. Dann durchbrach Beths Stimme die Besinnlichkeit dieses Augenblicks. „Ich hab mit ihm geredet! Er wird Sie mit zur Ranch nehmen!" Elena richtete sich auf, strich ihren Rock glatt, schnappte sich ihre Tasche und lief Beth entgegen. „Das ist toll. Wo ist er?" Beth nahm einen tiefen Atemzug, als sie wieder am Café ankam, dass man hätte meinen können, sie hat Schwerstarbeit verrichtet. „Beim Mini-Store, um die Ecke. Er wird gleich kommen. Warten Sie einfach hier auf ihn. Ich muss wieder rein, sonst macht Bob da drinnen einen Aufstand, wenn er keinen Kaffee mehr bekommt." Elena drehte sich schnell zu Beth, bevor sie wieder in ihrem Lokal verschwinden würde. „Ich danke Ihnen, Beth!" Elizabeth hob hektisch grüßend die Hand. „Gern geschehen! Wir sehen uns, Elena!"

Ryan kam um die Ecke und sein erster Blick galt dem Auto vor Beths Café. Er kannte diesen Wagen. Es war derselbe, den er vor wenigen Stunden schon einmal gesehen hatte. Er erinnerte sich wieder an die junge Frau, die ihn nach dem Weg nach Happys Inn gefragt hatte. Unwillkürlich blieb er stehen und sein Blick war hart. Elena wandte sich vom Café ab und erblickte Ryan. Freude wechselte zu Erstarrung. Sie hatte diesen Mann schon einmal gesehen. Vor ihrem geistigen Auge sah sie, wie er heute Morgen den Inhalt des kleinen Kanisters in seinen Tank geschüttet, und sie keines einzigen Blickes gewürdigt hatte. Nie hätte sie geglaubt, ihn noch einmal wiederzusehen. In seinen Augen erkannte sie zorniges Funkeln, als er ihren Wagen anstarrte. Nun traf Ryans Blick Elena. Schlagartig wurde aus Verärgerung Verwunderung. Da stand eine wunderschöne junge Frau. Ihr Haar war schwarzrot und die Rot-Nuancen glänzten im Licht der Sonne. Ihre olivgrünen Augen sahen ihm geheimnisvoll entgegen. Der Wind spielte mit ihrem schulterlangen glatten Haar und ermöglichte den Blick auf ihre schlichten silbernen Ohrringe. Sie trug einen knielangen schwarzen Seidenrock, welcher mit dem elfenbeinfarbenen Blusentop und der asymmetrisch geschnittenen schwarzen Strickjacke wundervoll harmonierte. Ihre Schuhe, die ebenfalls schwarz waren, rundeten mit ihrem kleinen Absatz und den zarten Lederriemchen, die sich an ihre Fußgelenke schmiegten, das Gesamtbild ab.

Elena fasste wieder einen klaren Gedanken und ging auf Ryan zu. Die Verwunderung, die er eben noch empfand, wechselte augenblicklich wieder zu Gleichgültigkeit und Ablehnung. „Hallo! Ich hätte nicht gedacht, dass wir uns so schnell wiedersehen würden." Elena streckte ihm freundlich die Hand entgegen, wobei sie ihm direkt in die Augen schaute. Er hatte wunderschöne große braune Augen. Ryan jedoch drehte ihr den Rücken zu und ließ sie stehen. „Kommen Sie mit", rief er ihr zu. Man konnte die Enttäuschung in Elenas Augen sehen, aber davon würde sie sich nicht unterkriegen lassen. Sie blieb wie angewurzelt stehen und sah ihm nach. „Warten

Sie! Was wird denn aus meinem Gepäck?" Ryan drehte sich zu ihr und stemmte die Hände in die Hüften. „Jetzt hören Sie mal zu, Miss! Es ist schlimm genug, dass ich den Taxifahrer für Sie spielen muss. Ich werde nicht auch noch der Packesel für Ihre zehn Koffer sein." Elena hielt kurz inne. „Es ist nur einer", entgegnete sie ihm ruhig. Er sah sie genervt an. „Was?" Elena deutete auf ihr Auto. „Es ist nur ein Koffer." Ryan nahm einen tiefen Atemzug. „Dann holen Sie Ihren Koffer und kommen Sie. Ich habe nicht den ganzen Tag Zeit."

Elena holte das Gepäck aus dem Kofferraum des Autos, schloss den Wagen ab und bahnte sich ihren Weg zu Ryans Jeep. Er nahm ihr den Koffer aus der Hand und warf ihn unsanft auf die Ladefläche seines Geländewagens.

Sie fuhren inmitten dichter Nadelwälder. Die Straßen, oder vielmehr Waldwege, waren zum Teil so uneben, dass sich Elena festhalten musste. Ryan merkte, wie Elena durchgeschüttelt wurde, gab sich aber wenig Mühe, langsamer zu fahren, um die Fahrt für sie erträglicher zu machen. Sie beobachtete Ryan unauffällig von der Seite und studierte jede noch so kleine Geste an ihm. Schließlich wandte sie sich ihm mit einem heiteren Lächeln zu. „Ich bin übrigens Elena Lindenberg." Ryan schielte kurz zu ihr rüber. „Ryan Flanagan." Elena spielte am Reißverschluss ihrer Tasche. „Ich danke Ihnen, dass sie mich zur Ranch fahren, Mr. Flanagan." Ryan blieb stumm und versuchte, sie zu ignorieren. „Leben Sie schon immer hier?", wollte Elena von ihm wissen. Er wich ihrer Frage jedoch gekonnt aus. „Tragen Sie immer derartige Kleidung, wenn Sie sich auf dem Weg zu einer Ranch befinden?" Elena sah an sich hinab und musste lachen. „Nein. Das sind die einzigen feinen Sachen, die ich dabei habe. Ich hab sie nur angezogen, damit sie im Koffer nicht gänzlich zerknittern." Ryan sah sie irritiert an. „Hätten Sie sich dann nicht wenigstens andere Schuhe anziehen können?" Sie betrachtete ihre schwarzen Pumps und drehte sich dann wieder zu ihm. „Haben Sie schon mal Turnschuhe zu einem Rock getragen?" „Für gewöhnlich trage ich keine Röcke", fackelte Ryan nicht lange mit der Antwort. Beide sahen einander an und konnten sich ein Schmunzeln nicht verkneifen. Es war das erste Mal, dass Elena Ryan mit einem

14

freundlichen Gesichtsausdruck sah, und sie stellte fest, dass ihm dieser viel besser stand. Sie hielt es für die passende Gelegenheit, ihre Frage von vorhin noch einmal zu wiederholen. „Nun, Mr. Flanagan. Leben Sie schon immer hier?" Kaum ausgesprochen, war Ryans Heiterkeit verflogen. Seine Gesichtszüge wurden wieder ernst und sein Blick starr. „Das geht Sie nichts an. Ich stelle Ihnen keine dummen Fragen, also hören Sie auf, mir welche zu stellen." Elena wollte etwas erwidern, ließ es aber bleiben. Eine große Stille breitete sich im Wagen aus und keiner sah den anderen auch nur an.

Nach einer knappen halben Stunde Fahrt kamen sie auf der Corman Ranch an. Sie lag versteckt in einer kleinen Senke zwischen den Bergen Montanas. Ein dichter Nadelwald umgab fast die Hälfte der Ranch. Der restliche Teil grenzte an eine große Gras- und Weidefläche, die nur von wenigen Bäumen und Büschen gesäumt war.

Darren kam gerade aus dem Stall, als Ryans Jeep auf den Hof fuhr. Er trug abgetragene Jeans und ein durch die Arbeit von Schmutz bedecktes T-Shirt. Er sah, wie Elena ausstieg, und ging lächelnd auf sie zu, während er sich schnell die Hände an einem alten zerrissenen Stofffetzen säuberte. „Sie müssen Ms. Lindenberg sein." „Und Sie sind Mr. Corman", entgegnete Elena freundlich. „Genauso ist es." Beide reichten sich die Hände und begrüßten einander. Für einen Moment sah sich Ryan die Szenerie an, schlug dann die Tür seines Wagens zu, verschwand wortlos hinter einer kleinen Holzhütte und ließ beide allein zurück. Elena sah ihm nach. „Nehmen Sie Ryan nicht so ernst. Der muss sich an neue Gesichter immer erst gewöhnen. Aber wenn sie sich jetzt jeden Tag hier sehen, wird das schon werden." Er legte das dreckige Tuch auf die Motorhaube von Ryans Jeep. „Er wohnt auch hier?", wollte Elena wissen. „Ja, er lebt schon seit Jahren hier auf der Ranch. Da in der kleinen Holzhütte." Darren zeigte auf die kleine Behausung, hinter der Ryan kurz zuvor verschwunden war. „Aber nun zu Ihnen, Ms. Lindenberg. Sie müssen hungrig sein." Elenas Blick hing noch an der Holzhütte, in der Ryan wohnte, wandte sich aber augenblicklich wieder ihrem Gastgeber zu. „Um ehrlich zu sein, bin ich etwas müde vom Flug und der Fahrt. Ich würde mich lieber ein wenig hinlegen, wenn das geht?" Darren nickte freundlich. „Selbstverständlich.

Da werde ich Ihnen mal Ihre Unterkunft für die nächsten zwölf Monate zeigen. Wo ist Ihr Gepäck?" Elena zeigte auf die Ladefläche von Ryans Jeep. Darren schnappte sich ihren Koffer und ging mit ihr zu einer weiteren Holzhütte, die genau parallel zu Ryans Hütte auf der anderen Seite stand. Von außen sahen beide fast identisch aus. Jede der Hütten war mit einer Art Veranda ausgestattet, welche von einem Holzgeländer umgeben war. Im Gegensatz zu Ryans Hütte lag die von Elena direkt am Wald. Als Darren die Tür öffnete, konnte sie einen ersten Blick ins Innere des kleinen Häuschens werfen, das aus hellem Douglasienholz bestand und nun für längere Zeit ihr neues Zuhause sein würde. Sie traute ihren Augen nicht. Sie hätte nicht gedacht, dass dieses nach außen hin so klein wirkende Haus einen so großen und gemütlichen Innenraum haben würde. Ihr Blick fiel auf den Kamin, vor dem ein großer runder Teppich lag, der schon optisch zum Verweilen einlud. Das Holzhaus war in drei Räume unterteilt. Die größte Fläche nahm der Wohnraum in der linken Hälfte der Hütte ein. Dazu gehörten unter anderem eine kleine Küchenzeile und ein schlichter Holztisch mit zwei Stühlen. Rechts vom Kamin stand ein kleines, bequem anmutendes Sofa. Die übrige Fläche der Hütte teilten sich der Schlafraum und das Bad. Beide Räume waren durch Holzwände voneinander getrennt.
Darren legte Elenas Koffer auf dem Sofa ab. „Ich hoffe, es gefällt Ihnen einigermaßen?" Elena bestaunte noch immer mit großen Augen den Innenraum der kleinen Hütte. Und ihr Mund stand halb offen vor Begeisterung. „Es ist einfach wundervoll, Mr. Corman." Darren machte ein zufriedenes Gesicht und schien darüber erfreut zu sein, dass die Hütte Elena zusagte. „Freut mich sehr, dass es Ihnen gefällt. Aber bitte nennen Sie mich Darren. Mr. Corman klingt so förmlich." Elena, die mit ihrer Erkundungstour noch nicht fertig war, drehte sich kurz zu ihm um. „Ja, da haben Sie recht. Ich bin Elena." Darren musste schmunzeln. Er fand es bezaubernd, wie fasziniert Elena von dieser einfachen Holzbehausung war. „Also dann, Elena, ruhen Sie sich etwas aus und richten Sie sich ein. Und ich würde mich freuen, wenn Sie heute Abend mit Ryan und mir gemeinsam im Haupthaus zu Abend essen." Elena legte ihre Tasche auf den Tisch und entledigte sich ihrer Strickjacke. „Da sage ich

nicht Nein", entgegnete sie mit einem Lächeln. Darren nickte ihr zu, schloss die Tür hinter sich und ließ Elena allein in der Hütte zurück.

Elena schnappte sich ihren Koffer und ging damit in den kleinen Schlafraum, wo sie damit begann, ihre Sachen in den großen Wandschrank zu räumen, der fast die Hälfte des kleinen Räumchens für sich beanspruchte. Als sie damit fertig war, schob sie den leeren Koffer unters Bett. Sie schlüpfte aus ihren Kleidern. Blusentop und Seidenrock legte sie sorgfältig zusammen und packte beides zu den übrigen Sachen in den Schrank. Dann legte sie sich erschöpft ins Bett und es dauerte nicht lange, bis der Schlaf sie übermannte.

Kapitel 2

„Wieso hast du mir nichts von ihr gesagt?" Ryan lehnte an der Abzäunung einer Koppel, die sich unweit seiner Hütte befand. Sein Blick war klar und glitt über die weite Grasebene, die sich östlich der Farm erstreckte. „Weil ich weiß, wie du reagiert hättest." Darren kam von hinten auf ihn zu und gesellte sich zu ihm. „Und wie genau hätte ich deiner Meinung nach reagiert?" Ryan verharrte in seiner Position. „Na genau so, wie du jetzt reagierst. Du wärst wütend geworden." Erregt drehte sich Ryan zu Darren. „Du hättest es mir verdammt noch mal sagen müssen!" Darren atmete tief durch. „Ich weiß." „Wie lange weißt du es schon", wollte Ryan wissen. Darren überlegte kurz. „Gut ein halbes Jahr." Fassungslos schüttelte Ryan den Kopf. „Und du hast kein Wort gesagt." Beide Männer schwiegen einen Moment. „Was genau will sie hier?" Darren steckte die Hände in die Hosentaschen. „Sie will ein Buch schreiben. Einen Roman, soweit ich weiß. Sie hofft, dass sie hier die dafür nötige Zeit und Inspiration findet." Ryan stieß mit der Hand gegen die Abzäunung. „Herrgott! Wieso ausgerechnet hier?" Darren schwieg. „Gibt es in Deutschland etwa keine Orte, wo man sich Inspiration holen kann? Muss es ausgerechnet hier sein?" Mit ruhigem Blick sah Darren Ryan an. „Sie gefällt dir." Ryan war geschockt und warf Darren einen fassungslosen Blick zu. „Bitte was?" Darren stützte sich auf die Abzäunung der Koppel. „Ich hab dich beobachtet, als ihr angekommen seid. Du hast einen auf kühl, unnahbar und desinteressiert gemacht. Aber deine Augen…" Darren drehte sich zu Ryan. „Deine Augen haben eine andere Sprache gesprochen. Ich habe mitbekommen, wie du sie angesehen hast. Sie gefällt dir." Zorn stieg in Ryan auf. „So ein Blödsinn!" Darren sah zu Boden und richtete seinen Blick dann wieder auf sein Gegenüber. „Ryan, sind wir doch mal ehrlich. Wenn sie eine aus der Gegend wäre und du sie unten im Pub kennengelernt hättest, würdest du jetzt schon längst mit ihr im Bett liegen." Ryan fletschte die Zähne. Er stieß mit dem Zeigefinger gegen Darrens Brust, dass dieser einen Schritt nach hinten machen musste. „Halt die Klappe! Verstanden?" Er ließ Darren stehen und zog aufgebracht von dannen. Ryan wusste, dass Darren recht hatte, würde es jedoch nie zugeben. Immer schon hielt er Fremde für eine potenzielle Gefahrenquelle. Aber genau das war Elena nun einmal. Sie war eine Fremde. Darren sah Ryan sorgenvoll nach. Er kannte dessen Temperament und nahm seinem langjährigen Freund deshalb auch den kleinen Stoß nicht übel. Aber er wusste auch, dass Ryan es Elena hier nicht leicht machen würde.

Der Tag ging langsam zur Neige. In der Ferne dämmerte es bereits hinter den Bergen und auch auf der Ranch ließ man die Arbeit ruhen. Das Heulen eines Kojoten durchbrach die vorabendliche Stille, als ein junger Mann auf den Hof geritten kam. Sein dunkelblondes Haar verbarg er unter einem abgetragenen braunen Cowboyhut. Seine Statur war schmächtig und klein. Darren kam auf die Veranda des Haupthauses, als er das Traben und Wiehern des Pferdes hörte. „Joe! Hast du alles geschafft?" Der junge Mann brachte sein Pferd vor der Veranda zum Stehen. „Ich hab alle Bäume markiert, die wir fällen können." Darren war zufrieden. „Gut. Dann schaff das Pferd in den Stall und fahr nach Hause. Wir sehen uns morgen!" Joe tippte grüßend an seine Hutkrempe. „Wird gemacht, Boss!" Darren ging zurück ins Haus, wo Ryan gerade den Tisch fürs Abendessen deckte. Er lehnte sich in den Türrahmen zum Esszimmer und beobachtete ihn bei der Arbeit. „Wenn wir allein essen, deckst du den Tisch nie mit solcher Sorgfalt." Ryan warf Darren einen scharfen Blick zu. Und da Darren wusste, wann er bei Ryan aufhören musste, wechselte er schleunigst das Thema. „Joe hat die Bäume markiert, die zum Fällen geeignet sind. Wir können uns also in den nächsten Tagen um das Holz kümmern. Wenn es genügend Bäume sind, kommen wir damit vielleicht sogar über den Winter." Er hielt kurz inne. „Aber so richtig glaube ich da noch nicht dran. Immerhin gilt es dieses Jahr, einen Kamin mehr zu feuern." Ryan ging an Darren vorbei Richtung Küche. „Miss Inspiration kann sich ihr Holz doch selbst suchen." Darren folgte ihm. „Elena ist unser Gast, Ryan. Wir werden sie nicht Holz hacken lassen und schon gar nicht lassen wir sie erfrieren." Ryan holte den Hackbraten aus dem Ofen und stellte ihn auf die Arbeitsfläche des Küchenschranks. „Sie darf ein Jahr lang auf der Ranch wohnen, ohne auch nur einen Cent dafür zu bezahlen, da kann sie wenigstens etwas dafür tun." „Nichts lieber als das", hallte es in die Küche hinein. Beide Männer sahen zur Tür, wo Elena stand. Sie hatte sich umgezogen und trug jetzt enge Jeans, welche sich wie eine zweite Haut an ihren Körper schmiegten und dazu einen dunkelgrünen Rollkragenpullover, der ihre schlanke Taille zur Geltung brachte. Auch ihre Absatzschuhe hatte sie gegen bequeme Turnschuhe getauscht. Ihr Haar war mit einer kleinen silbernen Spange leger nach oben gesteckt. Darren schenkte ihr ein herzliches Lächeln. „Elena. Ich hoffe Sie konnten sich ein wenig ausruhen und bringen Appetit mit?" Ryan, der noch immer wie hypnotisiert mit seinem Blick an Elena hing, fasste sich wieder, schnappte den Hackbraten und ging ins Esszimmer. „Ja, ich hab ein wenig geschlafen und Hunger wie ein Bär."

Darren geleitete Elena ins Esszimmer, wo Ryan bereits Platz genommen hatte. Es war angenehm warm in dem großen Raum. Das Licht war gedämpft, im Kamin loderten die Flammen und das Holz knisterte. Es duftete nach Essen und im Hintergrund klang leise Musik.

Elena ließ sich in den großen Stuhl sinken. Ryan, der ihr gegenübersaß, begann damit, den Hackbraten auf die Teller zu verteilen. Ein goldener Blütenrand zierte das Geschirr und ließ erahnen, wie viele Generationen bereits davon gespeist haben mussten. Hinter den Tellern standen wunderschöne Kristallgläser, die zweifelsohne von unermesslichem Wert waren. Darren setzte sich in der Zwischenzeit an die Stirnseite des großen mahagonifarbenen Tischs. Neben einer Flasche Rotwein, die laut Aufdruck aus dem sonnigen Kalifornien zu kommen schien, stand noch eine Glaskaraffe mit Wasser auf dem Tisch. Darren schenkte Elena und schließlich sich selbst einen ordentlichen Schluck Wein ein. Ryan hingegen zog ein kühles Bier dem Rotwein vor.

Während des Essens herrschte eine beklemmende Stille. Elena stocherte mit der Gabel in ihrem Gemüse herum. Das Knistern im Kamin und das Klirren von Besteck waren die einzigen Geräusche im Raum, sah man von der beruhigenden musikalischen Untermalung einmal ab. Elena fühlte sich unbehaglich, da sie nicht wusste, ob dieses Schweigen mit ihr zu tun hatte oder ob es hier einfach üblich war, beim Essen keinen Laut von sich zu geben. Sie wagte aber auch nicht, danach zu fragen. Stattdessen schwieg sie und studierte die zwei Männer, so gut es ging, unbemerkt aus den Augenwinkeln. Darren genoss das Essen in vollen Zügen. Man hätte meinen können, er habe schon lange nicht mehr so gut gegessen. Auch den Rotwein trank er nur in kleinen Schlucken. Ryan hingegen schlang sein Essen geradezu hinunter. Es machte fast den Eindruck, als beeile er sich absichtlich, um schnellstmöglich vom Tisch verschwinden zu können. Auch die Flasche Bier war schon zur Hälfte geleert. Elena schenkte er nicht den leisesten Hauch von Aufmerksamkeit, obwohl sie ihm direkt gegenüber saß. Vielmehr verhielt er sich, als wäre sie gar nicht anwesend.

Elena atmete tief durch und widmete sich dann wieder uneingeschränkt ihrem noch immer gut gefüllten Teller. Darren war aufgefallen, dass sich Elena nicht wohl zu fühlen schien und wollte die Situation ein wenig lockern. „Ich hoffe, es schmeckt Ihnen, Elena?" Darrens Stimme klang sanft, sein Lächeln war freundlich und Elena fühlte sich gleich besser. Sie sah von ihrem Teller auf und die Anspannung war wie weggeblasen. „Der Hackbraten ist hervorragend. Sie müssen mir unbedingt das Rezept verraten." Darren freute sich, das zu hören. „Da müssen Sie Ryan fragen. Er hat den Hackbraten gemacht. Wenn ich gekocht hätte, hätte es im besten Fall Spiegelei gegeben." Er musste lachen und trank einen Schluck Rotwein. Überrascht sah Elena zu Ryan. „Ich hätte nicht gedacht, dass Sie so gut kochen können, Mr. Flanagan." Ryan nahm einen kräftigen Schluck aus seiner Bierflasche, sah sie beiläufig an, unternahm aber keinerlei Versuch, etwas zu entgegnen. Darren sah die Enttäuschung in Elenas Augen. Enttäuschung darüber, dass Ryan sie wie Luft behandelte. Zwar kannte er den Grund für sein Verhalten, warf ihm dennoch einen verständnislosen Blick zu, als Elena gerade nicht hinsah.

Sekundenlang herrschte wieder eisige Stille am Tisch. Doch Darren wollte nicht, dass Elenas erster Abend auf der Ranch ihr so in Erinnerung blieb. „Sie wollen einen Roman schreiben?" Elena nickte nur. „Wie sind Sie auf die Idee gekommen, Ihr Buch in Montana zu schreiben?" Bevor sie zu erzählen begann, goss sich Elena Wasser aus der gläsernen Kanne in ihr leeres Glas. „Wissen Sie, ich komme aus einer Großstadt und bin in meinem ganzen Leben noch nie außerhalb Deutschlands gewesen. Schon als junges Mädchen wusste ich, dass ich mal ein Buch schreiben würde. Mein Kopf war schon immer voller Ideen und Geschichten. Dann wurde ich älter und andere Sachen hatten stets Priorität. Die Arbeit und der Stress des Alltags ließen mir einfach keinen Raum zum Schreiben." Elena machte eine kurze Pause und trank einen Schluck Wasser. „Dann erzählte mir eine Freundin von ihrer Rundreise durch die USA und sie schwärmte regelrecht von Montana. Ich denke, das war der Moment, wo ich endlich den Entschluss fasste, Nägel mit Köpfen zu machen. Da wollte ich hin. Da würde ich mein Buch schreiben. Und der Zeitpunkt hätte passender nicht sein können. Also habe ich mich mit dem Thema auseinandergesetzt, Adressen von Farmen und Ranches in Montana gesucht und mich mit ihnen in Verbindung gesetzt. Und hier bin ich nun." Darren lächelte und prostete ihr zu. „Und darüber freuen wir uns." „Ich will Ihnen natürlich nicht zur Last fallen", versicherte Elena. Ryan lachte sarkastisch in sich hinein, wovon Elena glücklicherweise nichts mitbekam. „Machen Sie sich darüber mal keine Gedanken, Elena. Und falls Ihre Familie oder Ihre Freunde zu Besuch kommen wollen, ist das überhaupt kein Problem. Sagen Sie nur rechtzeitig Bescheid, damit wir die Gästezimmer herrichten können." Elenas Blick wurde leer, das Lächeln war verschwunden. „Das ist sehr lieb, danke. Aber da ist niemand, der mich besuchen könnte. Meine Eltern starben, als ich fünfzehn war." Sie hielt kurz inne, um sich zu sammeln. „Ich habe nur noch meine Tante und die ist gesundheitlich nicht in der Lage, eine so lange Reise zu unternehmen." Darren merkte, wie schwer ihr die Worte fielen. „Es tut mir leid, Elena. Wenn ich gewusst hätte..." Elena unterbrach ihn. „Es muss Ihnen nicht leidtun. Das konnten Sie unmöglich wissen." Sie griff erneut zum Wasserglas und ihre Hand zitterte, als sie es zum Mund führte. Ryans Blick ruhte auf Elena und zum ersten Mal war es keine Missbilligung, die sich in seinen Augen widerspiegelte. Er empfand Mitgefühl. Sie schienen sich ähnlicher zu sein als vermutet. Sie waren beide allein auf dieser Welt.

Elena wollte so schnell wie möglich das Thema wechseln. Es belastete sie doch sehr. „Leben Sie beide eigentlich allein auf der Ranch?" Darren, der noch etwas befangen war, versuchte, wieder einen klaren Gedanken zu fassen. „Nein, meine Mutter und meine Freundin Abigail wohnen auch hier. Meine Mutter ist zurzeit in San Diego. Sie besucht meine Tante Susannah. Und Abigail ist Flugbegleiterin. Wir sehen uns nur selten. Sie hat eine kleine Wohnung in New York, kommt aber so oft her, wie es ihr möglich ist."

Dunkelheit hatte sich über die Wälder Montanas gelegt und somit auch über die Corman Ranch. Allein das blasse Licht des Mondes durchbrach die Finsternis. Elena half beim Abräumen. Sie hätte es laut Darren nicht machen müssen und dennoch tat sie es. Sie wollte kein Gast sein, sondern ihren Teil beitragen.
Ryan saß noch als Einziger am Esstisch. Er beobachtete Elena bei jedem ihrer Handgriffe, was ihr selbstverständlich nicht verborgen blieb. Sie fühlte sich unwohl unter den Blicken, die an ihr klebten wie Insekten an einem Fliegenfänger. Sie wusste nicht, was sie davon halten sollte. Da sie aber keine Lust auf dumme Sprüche hatte, nahm sie es stillschweigend in Kauf und versuchte, ihn weitestgehend zu ignorieren.
In der Küche ließ Darren bereits das Wasser für den Abwasch ein. Als Elena gerade nach einem Geschirrtuch greifen wollte, das an einem metallenen Haken neben dem Kühlschrank hing, hielt Darren sie sofort davon ab. „Oh nein, Elena. Sie haben schon mehr als genug getan. Es war ein langer Tag für Sie und sie haben sich ein bisschen Ruhe verdient. Ryan wird mir beim Abwasch helfen." Sie sträubte sich zunächst, gab dann aber nach. „Also schön. Danke für alles und gute Nacht." „Die wünsche ich Ihnen auch, Elena!" Darren lächelte ihr nach.

Elena schloss die Tür hinter sich und trat auf die Veranda des Haupthauses. Das Licht, das aus den Fenstern drang, schaffte es nicht, den Hof der Ranch zu erhellen. Die wenigen Meter bis zur Hütte waren in Dunkelheit gehüllt. Das Mondlicht durchdrang die Nacht nur schwer. Elena fühlte sich in dieser, für sie fremden Dunkelheit unbehaglich und bahnte sich nur langsam den Weg zu ihrem

Haus. Ihre Augen waren wachsam. Jeden Meter um sich herum versuchte sie, im Auge zu behalten. Eine innere Angst machte sich breit und sie spürte, wie ihr Herz von Sekunde zu Sekunde schneller schlug.

Die Hälfte des Weges war geschafft, als eine Stimme hinter ihr sie zusammenschrecken ließ. „Elena... Ms. Lindenberg! Warten Sie einen Moment!" Elena kannte die Stimme, wenngleich sie diesmal sanfter klang als sonst. Es war Ryan. Sie drehte sich um und sah, wie er langsam näher kam. Seine Gestalt konnte sie nur silhouettenhaft wahrnehmen, da die Dunkelheit nichts anderes zuließ. „Hab ich Sie erschreckt?", wollte Ryan wissen, als er bei ihr ankam. Natürlich war sie erschrocken, aber sie wollte sich deshalb nicht wieder von ihm aufziehen lassen. „Nein, haben Sie nicht." „Na dann ist es ja gut." Ryan lächelte in sich hinein. Er wusste genau, dass sie erschrocken war. „Nehmen Sie das." Er drückte ihr ein langes Jagdgewehr in die Hand. Die tödliche Schusswaffe in den Händen, stand Elena reglos da. Die Basküle des Gewehrs blitzte im Mondlicht. Schockiert sah Elena zu Ryan auf. „Ich denke, ich halte es noch ein paar Tage länger aus, bevor ich das Bedürfnis verspüre, Sie erschießen zu wollen", sagte sie leicht scherzhaft und versuchte, es ihm wiederzugeben. Zorn machte sich in ihm breit. Er griff das Gewehr und drückte es ihr gegen die Brust. „Jetzt hören Sie mal zu. Wir sind hier nicht in Ihrer funkelnden Großstadt, wo hinter jeder Straßenecke ein Polizist steht und dafür sorgt, dass Ihrem hübschen Arsch nichts passiert. Wir sind hier mitten in der Wildnis. Hier draußen ist es sicherer, ein Gewehr im Haus zu haben. Man weiß nie, wann man es mal gebrauchen kann. Also hören Sie auf, rumzuquatschen, und nehmen Sie es." Elena sah ihn mit großen Augen an. „Selbst wenn ich damit umgehen könnte, was ich nicht kann, wäre ich niemals in der Lage, auf irgendjemanden oder irgendetwas zu schießen." Ryan sah hoch zum Himmel, wo eine Wolke begann, sich vor den ohnehin schon blassen Mond zu schieben. Er senkte den Blick und sah Elena an. „Glauben Sie mir, wenn Sie sich bedroht fühlen, schießen Sie von ganz allein." Mit diesen Worten wandte er sich von Elena ab und trat den Rückweg zum Haupthaus an. Elena betrachtete das Gewehr in den Händen und musste schmunzeln. „Machen Sie sich etwa Sorgen um mich?", rief sie Ryan hinterher. Ryan behielt seinen Schritt bei. „Bilden Sie sich bloß nichts ein! In meiner Hütte liegt auch ein Gewehr! Also passen Sie lieber auf, dass ich Sie in ein paar Tagen nicht erschieße!" Elena sah Ryan nach. Unterdessen war die Wolke, die den Mond verdeckte, weitergezogen und das schwache Mondlicht konnte sich wieder entfalten. „Mr. Flanagan!" Diesmal unterbrach Ryan seinen Schritt und blieb stehen, drehte sich aber nicht zu ihr um. „Sie können mich gern Elena nennen, wenn Sie wollen!" Ryan schloss kurz die Augen. Er erwiderte nichts und ging weiter, bis er schließlich am Haupthaus ankam und die Tür hinter sich ins Schloss fallen ließ. Elena seufzte und ging rasch die letzten Schritte zu ihrer Hütte.

In dem kleinen Häuschen angekommen, legte Elena das Gewehr behutsam auf dem Sofa ab und verriegelte die Tür. Sie ging in den Schlafraum und machte die kleine Nachttischlampe neben dem Bett an. Das Licht der Glühbirne tauchte den Raum in ein warmes Orange und sorgte für eine wohlige Atmosphäre. Elena zog alle Vorhänge zu, holte sich ihr Nachthemd aus weinrotem Satin aus dem Schrank und legte es aufs Bett. Dann ging sie ins Bad, wo sie vorsichtig ihre silbernen Ohrringe entfernte und in einem kleinen Schmuckkästchen verstaute, welches sie in den cremefarbenen Spiegelschrank über dem Waschbecken stellte. Als sie mit der Abendtoilette fertig war, schloss sie die Tür zum Bad hinter sich und machte das Licht im Wohnraum aus. In diesem Moment vernahm sie ein Geräusch, das vom Hof zu kommen schien. Sie ging zum Fenster und lugte durch den dunkelbraunen Vorhang nach draußen. Sie sah, wie Ryan zu seiner Hütte lief. Sein Schritt war schnell. Er bemerkte nicht, dass er von ihr beobachtet wurde. Sobald er an seiner Hütte ankam, verschwand er auch darin. Elena ging zurück ins Schlafzimmer und zog sich ihr Nachthemd an. Die anderen Sachen legte sie in ein freies Fach im Schrank. Jetzt, wo sie nur das dünne Nachthemd trug, fröstelte sie. Schnell kroch sie unter die Bettdecke und kuschelte sich darin ein. Sie schaltete das Licht der Nachttischlampe aus, schloss die Augen und war bereit, die erste Nacht in ihrem neuen Zuhause zu verbringen. Doch so sehr sie sich auch bemühte, sie konnte einfach nicht einschlafen. Noch immer spukten

Ryans Worte in ihrem Kopf herum. Und dann waren da noch diese vielen unheimlichen Geräusche, die aus dem Wald kamen, der die Hütte umgab. Sie erinnerte sich an das Gewehr, das Ryan ihr gegeben hatte. Im Grunde hielt sie nichts von Waffen, doch wenn es ihr beim Einschlafen helfen würde, sollte es ihr recht sein. Sie krabbelte noch einmal aus ihrem warmen Bett und holte das Jagdgewehr aus dem Wohnzimmer. Sie hatte Respekt vor der tödlichen Waffe und schwor sich, niemals einen Schuss daraus abzufeuern. Zwischen Nachttisch und Bett fand das Gewehr seinen Platz. Und, auch wenn Elena es nicht für möglich gehalten hätte, aber mit der Waffe an ihrer Seite fühlte sie sich sicherer und schlief schließlich ein.

Kapitel 3

Elena war schon früh auf den Beinen. Ihre erste Nacht auf der Corman Ranch war nicht so erholsam gewesen, wie sie es sich erhofft hatte. Immer wieder war sie von fremdartigen Geräuschen aus dem Schlaf gerissen worden. Kurz nach Sonnenaufgang hielt sie dann nichts mehr im Bett. Sie legte die Sachen für den Tag zurecht und ging ins Badezimmer, wo sie sich bei einer heißen Dusche den Dreck und Schweiß des vergangenen Tages vom Leib spülte. Das warme Wasser bahnte sich angenehm seinen Weg über Elenas Körper und lockerte ihre verspannten Muskeln. Sie genoss jede Sekunde, in der das warme Nass ihre Haut berührte, und sie hätte noch ewig in der kleinen Duschkabine verweilen können, wollte jedoch nicht unnütz Wasser verschwenden.

Es war ein sehr kalter Morgen in den Bergen Montanas. Elena zog sich eine Jacke über ihren dicken kuscheligen Wollpullover und verließ die kleine beschauliche Holzhütte. Die Ranch war in einen Schleier aus weißem Nebel gehüllt. Die Stimmung war unheimlich und Elena lief ein kalter Schauder über den Rücken. Der Hof wirkte wie ausgestorben. Es machte den Anschein, als wäre sie die Einzige, die bereits auf den Beinen war. Dann hörte sie, wie eine Autotür zugeschlagen wurde. Das Geräusch kam vom Stall, der sich rechterhand des Haupthauses befand. Elena zog sich die Jacke eng an den Körper und bahnte sich ihren Weg durch die Nebelschwaden.

Vor dem Stall stand ein alter rostroter Pick-up, der seine besten Jahre bereits hinter sich zu haben schien. Eine der zwei großen Stalltüren stand weit geöffnet da und knarrte bei jedem Windstoß, der dagegen fuhr. „Hallo?" Elena lief um den Wagen herum, auf die geöffnete Stalltür zu. Im Inneren der Scheune war es dunkel. Trotz der weit geöffneten Tür drang an diesem nebelverhangenen Morgen fast kein Licht in den großen Holzbau. Elena blieb an der Tür stehen und warf nur einen flüchtigen Blick hinein. Es ließen sich nur grobe Umrisse erkennen. Schließlich vernahm sie aus einer der hintersten Ecken ein leises Geräusch. Es klang, als würde jemand über am Boden liegendes Stroh laufen. Also wagte sie sich noch einen

Schritt tiefer in die vor ihr befindliche Dunkelheit. „Hallo?" „Guten Morgen!" Elena schrak zusammen. Die Person mit der ihr unbekannten Stimme schien direkt hinter ihr zu stehen. Angespannt fuhr Elena herum. „Hi. Tut mir leid, ich wollte Sie nicht erschrecken." Joe, der wie immer seinen speckigen Cowboyhut trug und nicht viel größer als sein Gegenüber war, schenkte Elena ein strahlendes Lächeln. „Sie sind Ms. Lindenberg, richtig?" Elenas Anspannung ließ nach und sie erwiderte zaghaft Joes Lächeln. „Richtig. Aber bitte nennen Sie mich Elena." Joe nickte. „Ich würde Ihnen gern die Hand schütteln, Elena, aber dafür müssen Sie mich schnell durchlassen, damit ich den Sack abstellen kann." Elena trat umgehend zur Seite und ließ Joe vorbei. „Natürlich. Bitte entschuldigen Sie, ich wollte Ihnen nicht im Weg stehen." Joe setzte den Sack rasch und unsanft ab und wirbelte damit eine kleine Staubwolke auf. Elena kniff instinktiv die Augen zusammen und versuchte mit wedelnden Handbewegungen, den Staub abzuwehren. Blitzschnell wandte sich Joe wieder Elena zu und reichte ihr die Hand, welche sie grüßend in Empfang nahm. „Gar kein Problem, Elena. Ich bin Joe. Darren hat mir schon berichtet, dass sie uns eine Weile auf der Ranch Gesellschaft leisten werden." Ihre Hände lösten sich voneinander und Elena sah Joe erstaunt an. „Da scheinen Sie der Einzige zu sein, dem er von meinem Aufenthalt hier erzählt hat." Joe musste lachen. „Sie spielen sicher auf Ryan an." Er nahm seinen Hut ab, legte den Kopf leicht in den Nacken und fuhr sich mit den Fingern durch das dunkelblonde Haar. Dann setzte er ihn mit einer gekonnten Handbewegung wieder auf. Elena folgte Joe aus dem verstaubten Stall ins Freie. „Ryan hätte Darren keine ruhige Minute mehr gelassen, wenn er ihm von Ihnen erzählt hätte. Er hätte mit allen Mitteln versucht, Darren davon abzuhalten, Sie herkommen zu lassen." Joe schloss die Stalltür und schob den großen Holzriegel davor. „Und das hat nichts mit Ihnen persönlich zu tun, Elena, das können Sie mir glauben. Was Fremde angeht, ist Ryan ein bisschen schwierig." Joe lehnte sich lässig gegen seinen Wagen und verschränkte die Arme vor der Brust. „Aber falls es Sie beruhigt, Mrs. Corman ist auch eingeweiht und freut sich, soweit ich weiß, schon sehr darauf, Sie kennenzulernen." „Da fällt mir wirklich ein Stein vom Herzen." Beide lachten. „Arbeiten Sie hier auf der Ranch?", wollte Elena wissen, während sie ihre kalten Hände in den warmen Taschen der dunkelgrauen Fleece-Jacke vergrub. Joe nickte. „So sieht's aus. Damit verdiene ich meine Brötchen."

„Guten Morgen, Elena", tönte es über den Hof. Darren stürzte aus dem Haus und eilte zu seinem Wagen. „Gehen Sie rein und frühstücken Sie eine Kleinigkeit! Der Kaffee ist noch warm!" „Danke!" Elena hob grüßend die Hand. „Ryan nimmt Sie später zum Einkaufen mit in die Stadt!" Elena nickte ihm zu. „Joe, in zehn Minuten am Mable Creek!" „Geht klar, Boss!" Darren stieg in seinen silbergrauen Ford Ranger und fuhr vom Hof. „Die Arbeit ruft." Joe tippte an die Krempe seines Huts und verabschiedete sich von Elena. „Schönen Tag wünsch ich Ihnen. Ich freu mich darauf, Sie jetzt öfter hier zu sehen." Elena lächelte freudig. „Die Freude ist ganz meinerseits." Mühselig startete er den Motor seines Wagens und verließ die Ranch mit quietschenden Reifen Richtung Norden. Elena blieb allein zurück. Mit tiefen Atemzügen sog sie die frische Bergluft in ihre Lungen. Sie genoss die Reinheit und den Duft des Waldes, der sie umgab. Allmählich lichtete sich auch der Nebel. Darrens Worte kamen Elena wieder in den Sinn und sie machte sich auf den Weg zum Haupthaus. Eine warme Tasse Kaffee war genau das, was sie jetzt brauchte. Noch nicht ganz an der Veranda angekommen, vernahm sie das Traben eines Pferdes, das von der Ebene zu kommen schien. Sie stoppte und versuchte, in der Nebelwand etwas zu erkennen. Das Geräusch wurde lauter. Elena verharrte in ihrer Position und stierte voller Anspannung ins Verborgene. Das Traben kam näher und näher und ihr Herz begann zu rasen. Dann endlich konnte sie einen Schatten ausmachen, der größer und größer wurde. Umrisse wurden sichtbar und schließlich durchbrach der Reiter die Nebelwand. Elena atmete auf. Es war Ryan. Er saß auf einem wunderschönen braunen Hengst, dessen schwarze Mähne im Wind wehte. Fasziniert beobachtete sie die perfekte Symbiose zwischen Pferd und Reiter. Ryan machte eine ausgesprochen gute Figur zu Pferde. Er beherrschte, was er tat. Das musste es sein, was sich junge Mädchen vorstellten, wenn sie von ihrem Prinzen sprachen, der auf seinem Pferd angeritten kommt, um sie mit in sein Königreich zu nehmen. Elena schüttelte den Kopf, belustigt über ihre wirren Gedanken.

Das Pferd wurde langsamer und kam vorm Stall zum Stehen. Seine Erscheinung wirkte majestätisch und Elena konnte sich vorstellen, dass es eigensinnig war und sich nicht von jedem reiten ließ. Es sprach für Ryan, dass dieses stolze Tier ihm vertraute. Mit einer grazilen Bewegung stieg er vom Pferd und öffnete die große Vordertür des Stalls. Elena erwischte sich dabei, wie ihr der Mund offen stehen blieb. Sie fasste sich und spielte kurz mit dem Gedanken, zu ihm zu gehen. Gern hätte sie sich dieses prächtige Tier aus der Nähe angesehen. Letztendlich entschied sie sich dagegen. Ryan wäre sicherlich nicht begeistert gewesen. Sie kehrte dem Stall den Rücken und betrat die Veranda des Haupthauses.

Im Haus war es angenehm warm und Elena entledigte sich ihrer Jacke, die sie an die antik anmutende Garderobe im Eingangsbereich hing. Da sie die Küche schon vom Vorabend kannte, ging sie gezielt darauf zu. Überrascht stellte sie fest, dass es erstaunlich aufgeräumt war. Von der Unordnung des gestrigen Tages war kaum noch etwas zu sehen. Einzig der kleine runde Küchentisch sah aus, als wäre ein Tornado über ihn hinweggefegt. Offene Marmeladengläser standen zwischen dreckigem Geschirr. Ein leerer Joghurtbecher lag zwischen Wurst und Käse. In einer kleinen Schüssel quellten nicht gegessene Cornflakes in ihrer Milch vor sich hin und der Tisch war übersät von Tausenden kleinen Toastkrümeln. Da schien es jemand sehr eilig gehabt zu haben. Elena sah, dass die Kaffeemaschine noch angeschaltet war, und entschied, zunächst ein wenig Ordnung zu schaffen. Der Kaffee würde auch in fünf Minuten noch warm sein. Die dreckigen Teller und Tassen stellte sie in die Spüle. Den Joghurtbecher und den Cornflakes-Brei entsorgte sie in entsprechende Müllbehälter. Deckel landeten wieder auf den Marmeladengläsern, welche sie gemeinsam mit Wurst und Käse im Kühlschrank verstaute. Mit einem feuchten Lappen entfernte sie die lästigen Brotkrümel und sonstige Flecken. Jetzt, wo das Chaos beseitigt war, kam ihr der Tisch doch etwas kahl vor. Im Handumdrehen drapierte sie die kleine Obstschale, die auf der Arbeitsfläche des

Küchenschranks stand, mittig auf dem Tisch. Zufrieden betrachtete sie ihr Werk.

Elena hatte sich gerade eine Scheibe Vollkorntoast in den Toaster gesteckt, als Ryan zur Tür hereinkam. „Hallo", begrüßte sie ihn freundlich. Ryan hingegen betrat wortlos die Küche, holte sich eine Tasse aus dem Schrank und schenkte sich randvoll Kaffee ein. Elena sah mit großen Augen dabei zu, wie er vor ihrer Nase den Kaffee trank, auf den sie sich so gefreut hatte. Der Rest, der in der Kanne zurückgeblieben war, hätte nicht einmal ausgereicht, um auch nur den Boden einer zweiten Tasse zu bedecken. Enttäuschung machte sich breit. Unbeirrt nahm Ryan Schluck um Schluck des Heißgetränks zu sich, wobei er argwöhnisch den Tisch betrachtete. Er schnappte sich einen Apfel aus der Obstschale und biss genüsslich hinein. „Ich fahre in fünf Minuten. Wenn Sie mitwollen, beeilen Sie sich." Mit diesen Worten verließ Ryan die Küche und Elena hörte nur, wie die Eingangstür des Hauses ins Schloss fiel. „Ich wünsche Ihnen auch einen schönen guten Morgen." Elena war fassungslos. Seufzend betrachtete sie die leere Kaffeekanne. Das Herausspringen des Toasts durchbrach die drückende Stille. Elena schnappte sich die heiße Brotscheibe, schaltete die Kaffeemaschine aus und machte sich auf den Weg.

Elena wusste, dass die Fahrt nach Happys Inn eine knappe halbe Stunde dauern würde und dreißig Minuten Stillschweigen würde sie nicht ertragen. Gerade einmal zehn Minuten waren vergangen, seit sie die Ranch verlassen hatten, und es kam ihr schon jetzt wie eine Ewigkeit vor. Ryans Augen waren auf den unebenen Waldweg gerichtet, über den er das Auto manövrierte. „Ein sehr schönes Pferd, auf dem Sie heute ausgeritten sind." Elena wagte einen Versuch, das Schweigen zu durchbrechen, doch Ryan reagierte nicht darauf. „Ich könnte mir vorstellen, dass es nicht ganz einfach im Umgang ist." Ihre Mühe war vergebens. Ryan blieb stumm und scherte sich nicht um ihr Gerede. Elena war ratlos. Noch nie hatte sich jemand ihr gegenüber derart distanziert verhalten und sie hatte einfach keine Erklärung dafür. Für den Augenblick herrschte wieder eisiges Schweigen. „364." Irritiert legte Ryan die Stirn in Falten. „Wie bitte?" Erleichtert, dass sie endlich seine Aufmerksamkeit geweckt hatte, wandte sie sich ihm zu. „364 Tage. So lange müssen wir es noch mehr oder weniger miteinander aushalten." Elena hielt kurz inne. „Hören Sie, ich weiß nicht, was genau Sie gegen mich haben, aber wir sind zwei erwachsene Menschen. Es muss doch möglich sein, auf einer vernünftigen zwischenmenschlichen Ebene miteinander auszukommen." Erwartungsvoll schaute sie hinüber zu Ryan. „Wissen Sie, was das Schöne an 364 Tagen ist?" „Sagen Sie's mir", antwortete Elena enthusiastisch. „Sie gehen vorbei." Ryan warf ihr einen aussagekräftigen Blick von der Seite zu. „Und dann sind Sie endlich wieder weg." Ryans Worte und der Tonfall seiner Stimme trafen Elena wie ein Faustschlag. Jegliche Farbe wich aus ihrem Gesicht. Ihr Blick war starr und leer. Schweigend nickte sie vor sich hin. „Okay…" Ihr Atem ging schwer. „Verstehe." Ohne lange nachzudenken, griff sie nach ihrer Jacke, die auf der Rückbank des Jeeps lag. „Halten Sie an." Ryan sah überrascht und fragend zu ihr rüber. „Was?" „Ich sagte, Sie sollen anhalten", wiederholte Elena mit Nachdruck. Völlig überrumpelt trat Ryan auf die Bremse. Sobald der Wagen zum Stehen kam, öffnete Elena die Tür und stieg aus. „Was haben Sie vor?" Fassungslos sah Ryan zu, wie sich Elena ihre Jacke überzog. „Wir sind hier auf halber Strecke zwischen der Ranch und Happys Inn", gab Ryan zu bedenken. „Dessen bin ich mir durchaus bewusst, danke." Elena würdigte ihn keines Blickes und warf sich stattdessen ihre Tasche über die Schulter. „Steigen Sie wieder ein", bat er sie. Doch Elena dachte nicht daran. Sie stieß die Wagentür zu und lief los. Ryan, der nicht wusste, wie ihm geschah, ließ die Scheibe der Beifahrertür herunter und fuhr langsam neben ihr her. „Miss…" Er schwieg. „Elena, kommen Sie schon. Steigen Sie wieder ein." Seine Stimme klang eindringlich, beinahe flehend, doch Elena ließ sich nicht beirren. „Fahren Sie einfach", erwiderte sie bestimmt. Einen kurzen Moment sahen beide einander an. Ryan erkannte Traurigkeit in Elenas Augen, aber auch Entschlossenheit. Ganz gleich, wie lange er neben ihr herfahren würde, sie würde nicht einsteigen. Wütend über sich selbst, schlug er gegen das Lenkrad und fuhr davon. Tränen füllten Elenas Augen, als der Wagen hinter der nächsten Biegung verschwand. Schnell holte sie ein Taschentuch aus ihrer Jackentasche und wischte die Tränen fort. Sie würde nicht zulassen, dass er sie zum Weinen brachte. Die Tränen getrocknet, sah sie sich um. Hochgewachsene Nadelbäume so weit das Auge reichte. Durch die üppigen Baumkronen drang nur wenig Licht auf den holprigen Waldweg. Ganz wohl war ihr nicht bei dem Gedanken, so allein durch den Wald zu spazieren, aber Ryan hätte sie mit Sicherheit nicht allein zurückgelassen, wenn für sie eine Gefahr bestanden hätte. Er war ein Idiot, zweifelsohne. Doch Elena hoffte, dass es nur seine harte Schale war, die ihn zu solchen Handlungen trieb. Tief im Inneren war er bestimmt ein guter Kerl.

„Hallo Beth!" Froh, ihr Ziel endlich erreicht zu haben, betrat Elena nach über einer Stunde Fußmarsch erleichtert das kleine Café. „Elena, schön Sie zu sehen. Guten Morgen." Beth nahm sie herzlich in Empfang und freute sich, das neue Gesicht der Stadt so schnell wiederzusehen. „Bekomme ich bitte einen Kaffee?" Elena nahm am Tresen Platz und atmete tief durch. „Am besten gleich einen großen." „Was ist passiert?", erkundigte sich Beth, als sie Elena einen Pott Kaffee kredenzte. „Sie haben ordentlich Farbe im Gesicht." Elenas kalte Hände umschlossen die heiße Tasse und sie spürte, wie die Wärme ihren Körper durchzog. Ein wohliges Gefühl überkam sie. „Ich habe einen kleinen Spaziergang gemacht." „Einen Spaziergang?" Beth sah Elena stirnrunzelnd an. „Fragen Sie nicht", erwiderte Elena mit gedämpfter Stimme. Nur zu gern hätte Beth gewusst, was es mit Elenas angeblichem Spaziergang auf sich hatte, doch sie respektierte, dass sie nicht darüber sprechen wollte. Elena nahm den ersten heißen Schluck aus ihrer Tasse und spürte, wie sich der Kaffee seinen warmen Weg durch ihren Körper bahnte. Nach der Wanderung durch die kühlen Wälder Montanas war es genau das, was sie jetzt brauchte. Sie schaute sich um. Bis auf zwei Geschäftsmänner, die in der hintersten Ecke des Cafés saßen und auf der Durchreise zu sein schienen, war der kleine Raum leer und wirkte wie ausgestorben. Gedankenverloren trank Elena ihren Kaffee.

„Sind Sie gut auf der Ranch angekommen?" Beths Frage holte sie in die Realität zurück. „Ja." Elena lächelte. „Darren ist ein sehr guter Gastgeber." „Er ist wirklich ein toller Kerl", stimmte Beth euphorisch zu. „Von ihm könnte sich so mancher hier im Ort eine Scheibe abschneiden." Elena stimmte schweigend zu. „Und die erste Nacht da draußen? Gut überstanden?" Neugierige Blicke waren auf Elena gerichtet. „Ungewohnt", gab sie ehrlich zu. „Die Geräusche aus dem Wald… Ein wenig unheimlich war es schon." Elena öffnete den Reißverschluss ihrer Jacke. Der Kaffee hatte sie ins Schwitzen gebracht. „Aber ich gewöhn mich dran", war Elena überzeugt. Beth winkte ab. „Natürlich. Es war die erste Nacht. An eine neue Umgebung muss man sich immer erst gewöhnen", beruhigte sie. „Aber sie hätten sich keine schönere Farm raussuchen können." „Was ich bisher gesehen habe, gefällt mir gut", bestätigte Elena begeistert.

Sie trank gerade den letzten Schluck Kaffee aus ihrer Tasse, als hinter ihr die Ladentür aufging. „Morgen ‚Beth!" Es war Ryan. Als er Elena da sitzen sah, kam er mit langsamen Schritten auf den Tresen zu. „Hallo, Ryan", Beth begrüßte ihn genauso herzlich wie zuvor Elena. Elenas Fröhlichkeit wich mit einem Schlag, als sie Ryans Stimme hinter sich hörte. Schnell griff sie nach ihrer Tasche und kramte das Portemonnaie hervor. Sie zog einen Zehn-Dollar-Schein heraus und legte ihn auf den Tresen. „Danke für den Kaffee, Beth." Sie verstaute den Geldbeutel wieder an Ort und Stelle und eilte, ohne nach links und rechts zu schauen, zur Tür. „Aber das ist zu viel", rief ihr Beth entgeistert nach. „Ich hab meinen Kaffee gestern nicht bezahlt! Behalt den Rest!" Sobald das letzte Wort gesprochen war, fiel auch schon die Tür ins Schloss und Beth und Ryan sahen nur noch, wie Elena um die Ecke bog und verschwand. Völlig überrumpelt von Elenas schnellem Aufbruch stand Beth da. „Oh oh, was hab ich verpasst?" Beth warf Ryan einen bösen Blick zu. „Frag nicht", erwiderte dieser mit angestrengter Stimme und ließ sich auf einen der Barhocker sinken. „Das hab ich heute schon mal gehört." Beth zog argwöhnisch die Augenbrauen hoch und wandte sich ihrer Kaffeemaschine zu. Ryan senkte betroffen den Blick.

Was musste Beth bloß denken, ging Elena durch den Kopf, als sie sich vom Café aus auf den Weg zum Mini-Store machte. Es war ihr unangenehm, Beth einfach so stehen zu lassen, aber Ryans Anwesenheit war ihr augenblicklich einfach zu viel. Was er im Auto gesagt hatte, saß noch immer tief, und sie hätte es keine Minute in seiner Gegenwart ausgehalten. Irgendwann würde sie Beth alles erklären. Aber jetzt würde sie den Kopf erst einmal frei bekommen und das tun, wofür dieser Trip in die Stadt eigentlich gedacht war. Einkaufen.

Der Mini-Store lag direkt vor ihr. Es war ein kleines, in die Jahre gekommenes Gebäude, das von einem Blechschild mit der Aufschrift *Town Market* geziert wurde, von dem schon an so manchen Stellen die Farbe abzublättern begann. Elena hoffte, hier zumindest das Nötigste zum Überleben zu bekommen, und betrat erwartungsvoll das kleine Geschäft. Und sie wurde nicht enttäuscht. Es war kein üppig ausgestatteter Supermarkt, aber auf den ersten Blick schien es alles zu geben, was man für Haushalt und Speisekammer brauchte. Sie schnappte sich eines der kleinen Körbchen, die neben der Eingangstür zu einem wackeligen Turm gestapelt standen, und begann mit ihrem Streifzug durch die Regale. Im Kopf ging sie durch, was sie alles brauchte, musste dabei jedoch bedenken, dass sie ihren Einkauf den ganzen Weg zur Ranch tragen musste. Also landeten Kaffee, Tee, Toast, Eier, Wurst, Käse, Butter, Äpfel, ein Kopfsalat, Schokoladenkekse, Nudeln, Ketchup und eine kleine Packung Cornflakes in ihrem Korb. Auf Getränkeflaschen würde sie in Anbetracht der langen Wanderung, die ihr noch bevorstand, vorerst verzichten müssen. Zufrieden mit der Ausbeute ging sie zur Kasse. Erst als Elena schon die Hälfte ihres Korbes ausgeräumt hatte, legte der Mann, der auf einem alten Rattan-Stuhl hinter seinem Verkaufstresen saß, die Zeitung beiseite und widmete sich seiner Kundin. Er war schon etwas älter, hatte lichtes Haar und einen mürrischen Gesichtsausdruck, war Elena gegenüber jedoch sehr freundlich. Als sie ihre Rechnung beglichen hatte, verteilte sie die Lebensmittel auf zwei kleine Papiertüten. Vollgepackt verließ sie das Geschäft, wobei der nette Verkäufer, der sich ihr als Eddie Franklin vorgestellt hatte, die Tür aufhielt.

Die Stadt lag nur wenige Meter hinter ihr, als sich die Unhandlichkeit und die Last der Tüten langsam bemerkbar machten. Sie wusste nicht genau, wie weit es bis zur Ranch war, aber dass es sich um mehrere Kilometer handeln musste, dessen war sie sich sicher. Elena stoppte kurz und atmete durch. Es würde Stunden dauern, bis sie den Hof erreicht. Und schon jetzt taten ihr die Arme weh. Mit jedem Schritt ging es mehr bergauf und sie wusste, dass die Strecke sie an ihre Grenzen bringen würde. Aber es half nichts. Sie biss die Zähne zusammen und setzte ihren Weg fort.

Eine halbe Stunde war vergangen. Die Sonne kroch hinter den Wolken hervor und flutete den schmalen Weg mit Licht. Elena hörte ein Motorengeräusch, das stetig näher kam, drehte sich aber nicht um. Sie konzentrierte sich auf die immer schwerer werdenden Tüten in ihren Armen und kämpfte mit sich selbst und ihren Kräften. Das Auto kam näher und fuhr schließlich im Schritttempo neben ihr her. Elenas Miene wurde ernst. Auch ohne zur Seite zu sehen, wusste sie, wer es war, und er hatte ihr jetzt gerade noch gefehlt. Ihre Stirn war schweißnass und ihre Energie schwand, aber von alledem sollte und durfte Ryan nichts mitbekommen. „Hey", hauchte er, als er die Scheibe seines Jeeps herunterließ. Elena schwieg und lief unbeirrt weiter. „Elena, bitte steigen Sie ein." Seine Stimme klang sanft. „Ich komme zurecht, danke", erwiderte Elena bestimmt. „Steigen Sie in den Wagen." Ryan verlieh seiner Stimme Nachdruck, passte aber auf, nicht zu hart zu klingen. „Bitte", fügte er schließlich flehend hinzu. Elena blieb stehen und auch Ryan trat auf die Bremse. Sie überlegte einen Moment und lief dann um den Wagen herum zur Beifahrertür. Als sie ankam, hatte Ryan diese bereits von innen geöffnet, damit Elena mit ihren vollen Tüten besser einsteigen konnte. Aber das tat sie nicht. Eine Tüte stellte sie im Fußraum des Wagens ab, die andere schnallte sie auf dem Beifahrersitz fest. „Was machen Sie da?" Ryan sah irritiert auf die Tüten neben sich. „Ich hol mir die Sachen später ab", erklärte Elena. „Elena…" Doch es war zu spät, sie hatte die Tür bereits zugeschlagen und entfernte sich vom Wagen. Ryan wusste, dass es zwecklos war. Es war seine Schuld und dafür hasste er sich in diesem Moment umso mehr, da er wusste, welch ein Fußmarsch vor Elena lag. Aber er respektierte ihre Entscheidung und fuhr los. Elenas Arme freuten sich über ihre neu gewonnene Freiheit und sie sah dem Weg jetzt nicht mehr ganz so kritisch entgegen. Das Wetter passte und sie würde versuchen, ihre Wanderung zu genießen.

Elena war schon eine ganze Weile unterwegs, als sie in einigen Metern Entfernung eine Weggabelung ausmachte. Ihr wurde bang. Sie wusste nicht genau, welcher der beiden Wege zur Ranch führte. Was würde passieren, wenn sie den falschen Weg nahm? Sie kam näher und sah, wie inmitten der Abzweigung etwas Helles in der Sonne blitzte. Bei genauerem Hinsehen erkannte sie, was es war. Da lehnte eine kleine Flasche Wasser an einem der großen Steine, die direkt am Wegesrand der Gabelung lagen. An ihr heftete ein gelber Klebezettel, auf dem ein dicker Pfeil nach rechts aufgemalt war und folgender Text geschrieben stand: *Dieser Weg. Es tut mir leid....* Elena war sprachlos. So sehr sie ihn auch für heute Morgen hasste, so gern wäre sie ihm jetzt am liebsten um den Hals gefallen. Ihr fiel ein riesiger Stein vom Herzen und über das Wasser war sie dankbar. Sie war am Verdursten. Freudig ließ sie sich auf dem Stein nieder und legte eine kurze Verschnaufpause ein.

Erschöpft erreichte sie die Ranch. Drei Stunden waren vergangen, seit Elena Happys Inn hinter sich gelassen hatte. Auf dem Hof standen keine Autos, es schien also keiner da zu sein. Auch Ryans Jeep war nirgendwo zu sehen. Als sie an ihrer Hütte ankam, sah sie die zwei Papiertüten, die vor der Tür auf der Veranda standen. Sie schnappte sich den Einkauf und betrat erleichtert ihr kleines Domizil. Es dauerte nicht lange und die Lebensmittel waren verräumt. Sie bekam Hunger. Seit ihrem spärlichen Frühstück am frühen Morgen, das nur aus einer Scheibe Toast bestanden hatte, hatte sie nichts weiter gegessen. Sie schlug zwei Eier in eine Pfanne und machte sich Wasser heiß. Während sie auf ihr Spiegelei wartete, aß sie genüsslich einen der gekauften Äpfel und erfreute sich an der Frische und Saftigkeit. Aus dem Wandschrank kramte sie eine große Tasse hervor und füllte sie mit kochendem Wasser, in das sie einen Teebeutel sinken ließ. Die Eier würzte sie mit Pfeffer und Salz und drapierte sie anschließend auf zwei mit Salat belegten Toastscheiben. Sie setzte sich an den kleinen Holztisch und ließ sich ihre Mahlzeit schmecken. Der Tee wärmte angenehm von innen und sie merkte, wie ihre Kräfte langsam zurückkehrten. Nach dem Essen stellte sie das dreckige Geschirr in die Spüle und machte es sich auf dem Sofa bequem. Eigentlich wollte sie noch ein paar neue Eindrücke in ihr kleines Notizbüchlein schreiben, merkte aber, wie ihr die Augen zufielen, und gab der Müdigkeit schließlich nach.

Kapitel 4

Kälte durchfuhr Elenas Körper und riss sie aus dem Schlaf. In der Hütte war es dunkel. So dunkel, dass Elena kaum die Hand vor Augen sah. Schlaftrunken tastete sie nach dem Schalter der Stehlampe, die am hinteren Ende des Sofas stand. Nach längerem Suchen wurde es schließlich hell. Mit zusammengekniffenen Augen schielte sie zur goldenen Uhr auf dem Kaminsims. Es war schon kurz vor acht Uhr abends. So lange hatte sie geschlafen.

Auf der Suche nach einer Strickjacke rieb sich Elena die Oberarme, um der Kälte ein wenig entgegenzuwirken. Im Schlafzimmer wurde sie fündig und schlüpfte dankend in das Wärme spendende Kleidungsstück. Sie vergrub sich regelrecht in die weiße Baumwolljacke, doch die Kälte hatte schon zu sehr Besitz von ihrem Körper ergriffen, dass sie noch immer fror. Was würde sie jetzt für einen lodernden Kamin geben? Der Kamin, dachte sie plötzlich. Sie würde Darren einfach fragen, ob er ihr ein paar Holzscheite geben kann. Entschlossen zog sie sich über die kuschelige Strickjacke noch ihre dicke Fleece-Jacke und verließ mit einer Taschenlampe bewaffnet die Hütte.

Der Mond war wolkenverhangen und ließ seine Position am Nachthimmel nur erahnen. In Ryans Hütte brannte Licht, doch ihn würde sie nicht um Holz bitten. Er würde sie zwar mit Sicherheit nicht erfrieren lassen, doch allein der bloße Gedanke an ihn ließ Elenas Stimmung kippen. Also ließ sie die Hütten mit schnellen Schritten hinter sich und lief zum Haupthaus. Es verwunderte sie, dass das Haus völlig im Dunkeln lag, sie dachte sich aber nichts dabei. Die Küche lag Richtung Wald und wenn Darren dort war, würde man vom Hof kein Licht sehen können. Sie stieg die Treppen der Veranda hinauf und klopfte an die Eingangstür. Sie wartete, doch es passierte nichts. Es waren weder Schritte zu hören noch schaltete jemand das Licht im Korridor ein. Vielleicht hatte Darren ihr Klopfen einfach nicht gehört, dachte Elena und versuchte es erneut. Doch nichts. Das Haus blieb still und dunkel. Elena drehte am Türknauf, doch die Tür war verschlossen. „Darren ist nicht da", rief eine Stimme aus der Dunkelheit. Elena drehte sich um und sah Ryan im Schein ihrer Taschenlampe stehen. „Oh…" Elena zog sich die Jacken enger an den Körper und versuchte, einen gefassten Eindruck zu machen. Ryan war der Letzte, den sie jetzt gebrauchen konnte. „Verstehe. Und wann wird er zurück sein?", wollte Elena wissen. „Das kann noch eine ganze Weile dauern." Ryan kam näher. „Freitagabend gehen er und Joe immer in Brady's Bar was trinken." Elena stand die Enttäuschung förmlich ins Gesicht geschrieben. Gedanklich bereitete sie sich schon auf eine frostige Nacht mit heißem Tee vor. Sehr viel heißem Tee. „Okay, da weiß ich Bescheid." Sie sammelte sich und lief mit starrem Blick die Veranda hinab an Ryan vorbei. Die Kälte machte ihr schon genug zu schaffen. Sie wollte nicht auch noch länger als nötig der Konfrontation mit Ryan ausgesetzt sein. Ryan spürte ihre distanzierte Haltung ihm gegenüber, konnte es ihr jedoch nicht verdenken, war er doch selbst schuld an der aktuellen Lage. Er sah ihr nach und es versetzte ihm einen Stich, sie so niedergeschlagen weggehen zu sehen. „Kann ich Ihnen vielleicht helfen?", rief er ihr schließlich nach. Elena stoppte und hielt kurz inne. Sollte sie wirklich die ganze Nacht frieren, nur weil sie sich nicht mit Ryan auseinandersetzen wollte? Sie drehte sich zu ihm und hielt die Taschenlampe so, dass das Licht ihn nicht blendete. „Ich wollte Darren nur fragen, ob ich ein bisschen Holz für meinen Kamin bekommen kann. Die Nächte hier sind wirklich sehr kalt." Ryan sah sie mit großen Augen an. „Sie haben kein Feuerholz in Ihrer Hütte?" Elena schüttelte den Kopf. „Gehen Sie wieder rein, ich bringe Ihnen sofort was." Sofort machte sich Ryan auf den Weg zum Stall. Elena war erleichtert. Die Aussicht auf einen warmen Kamin ließ ihr Herz höher schlagen. Sie tat, wie ihr gesagt wurde, und ging zurück zur Hütte.

Gerade, als sie ihre Fleece-Jacke an die Garderobe gehängt hatte, klopfte es auch schon an der Tür. Sie öffnete und Ryan betrat mit einer großen Kiste voller Holzscheite die Hütte. Die Kiste stellte er stöhnend neben dem Kamin ab. Als er anfing, das Feuer im Kamin entzünden zu wollen, ging Elena dazwischen. „Danke für das Holz. Den Rest schaffe ich allein." Ryan sah über die Schulter zu ihr hinauf. „Kein Problem, ich mach das schnell." Ryan widmete sich wieder dem Kamin und beide schwiegen für den Moment. Voller Freude beobachtete Elena, wie die ersten orangeroten Flammen den tristen grauen Kamin erhellten und ein sanfter Hauch von Wärme ihren Körper traf. Das tat so gut. Ihr durchgefrorener Körper bedankte sich mit einem zarten Kribbeln.

Ryan stand auf und reichte Elena eine große Packung langer Streichhölzer. „So, heute muss keiner mehr frieren." Ein sanftes Lächeln umspielte seine Lippen. „Danke." Elena nahm die Streichhölzer entgegen. „Wenn mal wieder Holz fehlen sollte, immer gleich Bescheid geben oder einfach selbst aus dem Stall holen. Die Winter hier können sehr hart sein, das sollte man nicht unterschätzen. Das jetzt ist erst der Anfang." Elena nickte bestätigend. „Ist gut, danke." Ryan war schon auf dem Weg nach draußen, als er plötzlich im Türrahmen stehenblieb. „Elena, wegen heute Morgen…" Er machte eine Pause und sein Blick war auf den Boden gerichtet. „Es tut mir wirklich sehr leid. Was ich da gesagt habe…" „Vergessen Sie's einfach", fiel ihm Elena ins Wort. „Nein, das will ich aber nicht." Er blickte zu ihr auf und in seinen Augen spiegelten sich Schuld und Reue wider. „Es tut mir wirklich von Herzen leid. Ich hätte das nicht sagen dürfen." Unbewusst hatte er seine Hand auf ihren Arm gelegt, was ihm erst auffiel, als Elena ihren Blick darauf richtete. Augenblicklich löste er den Griff und sah verlegen zu Boden. „Ich möchte mich einfach dafür entschuldigen, dass ich Ihnen mit meinen Worten wehgetan habe. Das war nicht meine Absicht." Elena schluckte. „Ist schon okay." „Nein, das ist es nicht", versicherte Ryan mit Nachdruck und sah ihr dabei direkt in die Augen. „Dann lassen Sie uns die Sache schnell vergessen und uns versuchen, irgendwie miteinander auszukommen", schlug Elena schließlich vor. „Ja", stimmte Ryan zu.

Ryan war bereits auf der Veranda und Elena wollte gerade die Tür hinter ihm schließen, als er erneut auf sie zukam. „Elena, haben Sie vielleicht auch Lust, in den Pub zu gehen?" Elena stand wie angewurzelt da, völlig überrumpelt von der Frage. „Ich weiß nicht." „Also ich würde gern noch ein Bierchen trinken gehen, bisschen mit Darren und Joe quatschen. Kommen Sie doch mit. Ich würde mich freuen." Ryan schenkte ihr ein sanftes Lächeln. Elena wusste nicht, was sie davon halten sollte. Noch am Morgen konnte er es kaum erwarten, sie loszuwerden, und jetzt wollte er mit ihr in den Pub fahren. Vielleicht ist es seine Art der Wiedergutmachung. Aber war es eine gute Idee, sich noch einmal mit Ryan in ein Auto zu setzen? Bisher hatte sie damit keine guten Erfahrungen gemacht. Andererseits sollte sie ihm vielleicht noch eine Chance geben. Seine Entschuldigung war ja schon mal ein guter Anfang. „Klingt gut", sagte sie ein wenig zögernd. „Ein Bier wäre jetzt wirklich nicht schlecht." Ryan strahlte, erfreut über Elenas Antwort. „Dann kommen Sie." Er deutete mit dem Kopf Richtung Jeep. „Ich muss mich noch schnell umziehen." Elena sah an sich herab. „Nicht nötig. Sie sehen perfekt aus." Elena war sprachlos. Sie wusste nicht, was sie darauf erwidern sollte, also schwieg sie. Sie schnappte sich ihre Handtasche, zog sich wieder ihre dicke Jacke über und ließ die Tür hinter sich ins Schloss fallen.

Die Scheinwerfer des Jeeps fluteten das Dunkel des Waldes mit Licht. Es war gespenstisch. Elena sah aus dem Seitenfenster, doch ein tiefes undurchdringbares Schwarz war alles, was sie erkennen konnte. Also konzentrierte sie sich auf den erleuchteten Waldweg vor ihnen, auf dem sie sich mit gedrosselter Geschwindigkeit ihren Weg nach Happys Inn bahnten. Ryan war still und wirkte konzentriert. Es war seltsam, wieder gemeinsam mit ihm im Auto zu sitzen, nach allem, was am Morgen vorgefallen war. Fünf Minuten war es her, dass sie den Hof der Ranch verlassen hatten, und bis jetzt hatte noch keiner von beiden ein Wort gesagt. Elena würde nicht damit anfangen, dessen war sie sich absolut sicher. Schließlich wusste sie, wie das enden konnte. Aber diese erdrückende Stille machte ihr schon zu schaffen. Sie sah auf die Uhr, die blassgrün in der Mittelkonsole der Armatur leuchtete, und stellte fest, dass das Ziel, zeitlich gesehen, noch weit entfernt war. Just in diesem Augenblick durchbrach plötzlich Ryans Stimme die Stille. „Wollen Sie Musik hören?" Elena sah zu ihm rüber, konnte ihn aber, der Dunkelheit geschuldet, nur schemenhaft erkennen. „Ja, sehr gern." Ein zaghaftes Lächeln umspielte ihre Lippen. „Der Empfang hier draußen ist meist sehr schlecht, weshalb ich das Radio oft auslasse oder einfach CD höre." Ryan schaltete einen Gang runter und fuhr vorsichtig durch eine kleine grabenähnliche Kuhle, die den Weg regelrecht zu teilen schien. „Was wollen Sie gern hören?", wollte er von Elena wissen. „Ich weiß nicht. Ich bin da nicht sehr wählerisch. Ich höre alles, was gut klingt. Hören wir doch einfach das, was Sie sonst hören." Elena nahm sich die Freiheit und drückte einfach auf den Playknopf des CD-Spielers. Es dauerte einige Sekunden, bis schließlich eine Melodie zu spielen begann, die ihr vertraut vorkam. Sie konzentrierte sich auf das Musikstück und konnte es nicht fassen. Begeistert drehte sie sich zu Ryan. „Sie hören Ed Sheeran?" Ryan, von der Situation sichtlich überrumpelt, drückte sofort auf Stopp und die Musik erlosch. „Nein, die CD muss wohl Joes Freundin gehören. Sie hat sich neulich erst meinen Wagen für ein paar Tage ausgeliehen." Elena war enttäuscht, dass Ryan die CD gleich wieder ausgeschaltet hat. „Oh, ach so." Ryan vernahm den gedämpften Klang, der in Elenas Stimme lag. „Wir können die CD natürlich trotzdem gern hören, bis wir in der Stadt sind." Elenas Augen fingen wieder an zu strahlen. „Sehr, sehr gern. Ich liebe Ed Sheeran. Ich finde seine Musik einfach großartig." „Wenn das so ist." Ryan schmunzelte und schaltete die CD wieder an. Elena lehnte sich entspannt zurück und lauschte der wohlklingenden Ballade, die aus den Lautsprechern drang. Ryan schielte unauffällig zu ihr rüber. Sie wirkte zufrieden. Endlich schien er mal etwas richtig gemacht zu haben.

Eine Viertelstunde später. Das Display zeigte Lied vier an und Ed Sheerans *All Of The Stars* erfüllte das Auto. Elena stellte fest, dass es sich hier um eins von Ed Sheerans Alben handelte. Es waren sowohl ältere als auch brandneue Lieder des Musikers zu hören. Joes Freundin schien die CD selbst zusammengestellt zu haben, ganz individuell mit ihren persönlichen Lieblingsliedern. „Gibt es jemanden, der in Deutschland auf Sie wartet?" Elena wurde aus ihren Gedanken gerissen. „Wie bitte?" „Sie wirken bei diesem Lied so gedankenverloren. Wartet ein Mann auf Sie da drüben?" Ryan schaute zögernd zu ihr rüber. Elena schüttelte den Kopf. „Nein, da ist niemand. Nur meine Tante und eine paar gute Freunde." Sie spielte am Saum ihrer Jacke. „Es gab jemanden, aber das ist schon seit einer ganzen Weile vorbei." „Was ist passiert?", wollte Ryan

interessiert wissen. „Er hat irgendwann etwas Besseres gefunden."
Elena sah auf ihre Hände. Ryan musterte sie von der Seite. „Kaum
zu glauben." Elena sah auf und ihre Blicke trafen sich. Da war
plötzlich nichts Feindseliges mehr und Elena musste lächeln. Ryan
löste den Blick von ihr und richtete sein Augenmerk wieder auf den
holprigen Weg vor ihnen, und sobald er das tat, trat er mit aller
Kraft das Bremspedal durch. Elena schrak zusammen, stützte sich
am Armaturenbrett ab und war froh, dass sie ihren Sicherheitsgurt
trug. Unangeschnallt hätte eine solche Vollbremsung verheerende
Folgen haben können. „Was zur Hölle…", schrie Ryan, als der Wagen zum Stehen kam. „Ist alles okay?" Elena nickte. „Ja, alles gut.
Wer ist das?" Im Scheinwerferlicht vor ihnen torkelte ein älterer
Mann, der zweifelsohne betrunken zu sein schien. „Ari Spencer",
antwortete Ryan und stieg aus dem Jeep. Elena schnallte sich ab und
tat es ihm gleich.
„Ari, was zur Hölle machst du hier?" „Ryan, mein Junge!" Der
Mann wollte Ryan umarmen, stolperte dabei über eine leicht erhöh-
te Wurzel und konnte gerade noch von Ryan aufgefangen werden.
Er sank zu Boden und seufzte laut. „Was treibst du dich hier rum,
Ari?" Ryan stützte ihn. „Ich will nach Hause", lallte er und fing an,
hektisch nach etwas am Boden zu tasten. „Da scheinst du aber irgendwo falsch abgebogen zu sein." Der Mann lachte laut auf.
„Falsch abgebogen, ja." Seine Augen fingen an zu leuchten, als seine
Hände die Flasche zu greifen bekamen, die er beim Sturz scheinbar
hatte fallen lassen. „Du hast getrunken, Ari." Ryan nahm ihm die
halbleere Flasche Whiskey aus der Hand. „Nur ein ganz kleines
Bisschen." Ari deutete mit seinen Fingern einen kleinen Abstand an.
„Ein bisschen zu viel, wie mir scheint." Elena, die die Szenerie bisher schweigend beobachtet hatte, war aufgefallen, dass der Mann
nur einen für diese Jahreszeit viel zu dünnen Pullover trug. Sie wollte den Reißverschluss ihrer Jacke aufmachen, als Ryan ihr einen
scharfen Blick zuwarf. „Was machen Sie da?" Elena deutete auf Ari.
„Der Mann muss völlig unterkühlt sein. Ich will ihm meine Jacke
nur ein bisschen überhängen." „Sie lassen die Jacke an." Sein Tonfall war schroff und Elena sah ihn mit großen Augen an. Ryan atmete kurz durch und versuchte, sich zusammenzunehmen. „Tut mir

leid. Lassen Sie Ihre Jacke bitte an. Auf der Rückbank im Wagen liegt eine Decke." Elena verstand und lief sofort zum Auto, um sie zu holen. „Wer ist deine kleine Freundin da?", wollte Ari mit einem Gluckser von Ryan wissen. „Sie ist nicht meine Freundin", gab ihm Ryan unmissverständlich zu verstehen. In diesem Moment kam Elena mit der Decke zurück. Ryan merkte, dass sie seine Worte mitbekommen hatte, und senkte den Blick. Elena breitete die Decke aus und legte sie dem Mann über die Schultern. „So Ari, dann werden wir dich mal nach Hause bringen." Ryan stand auf und half ihm gemeinsam mit Elena auf die Beine. Sie hievten ihn auf die Rückbank des Jeeps und setzten schließlich ihre Fahrt in die Stadt fort.

Es dauerte nicht lange und Ryan brachte seinen Jeep vor der kleinen Tankstelle von Happys Inn zum Stehen. Elena wunderte sich, denn es war nicht Ari, der ihr gestern beim Betanken ihres Wagens geholfen hatte. „Ari, wo hast du deine Wohnungsschlüssel?" Ryan drehte sich mit dem Gesicht zur Rückbank. Ari kramte mit fahrigen Bewegungen in seinen Hosentaschen und brachte schließlich einen kleinen silbernen Schlüssel zum Vorschein. Ryan nahm den Schlüssel an sich und stieg aus dem Wagen. Er half Ari beim Aussteigen und reichte Elena den Schlüssel. Stützend geleiteten sie ihn zur Eingangstür. Elena öffnete die Tür und sie betraten Aris kleine Wohnung. Während Ryan Ari ins Schlafzimmer brachte, suchte Elena die Küche, um dem völlig unterkühlten Mann eine heiße Tasse Tee zu kochen. Im Korridor entdeckte sie einige Bilder, die in silberfarbenen Bilderrahmen an der Wand hingen. Darunter war auch ein Hochzeitsfoto, das Ari in jungen Jahren mit einer bildschönen Frau an seiner Seite zeigte. Auch Kinderfotos von einem kleinen Mädchen waren zu sehen. Elena fragte sich, wo seine Familie wohl war, wirkte die Wohnung doch so, als würde Ari allein hier wohnen.

Als Elena mit dem Tee und einem Glas Wasser ins Schlafzimmer kam, lag Ari bereits im Bett und döste vor sich hin. Erst als sich Elena zu ihm auf den Bettrand setzte, richtete sich sein Augenmerk auf sie. Er sah sie an und Tränen schienen sich in seinen Augen zu sammeln. „Gemma", hauchte er und beugte sich zu ihr. Seine Hand berührte ihre Wange. „Nein, Ari, das ist nicht Gemma. Das ist Elena, die junge Frau, die mit uns im Auto war", klärte Ryan ihn auf.

„Elena", wiederholte Ari und ließ sich wieder in seine Kissen sinken. Elena schenkte ihm ein Lächeln. „Ich habe Ihnen eine Tasse Tee gekocht, der wird Sie aufwärmen. Sie müssen ja völlig durchgefroren sein." Sie nahm die Tasse vom Nachttisch, wobei ihr Blick auf das Bild fiel, das da stand. Es zeigte die gleiche Frau wie auf dem Hochzeitsfoto, nur ein paar Jahre älter. In ihren Armen trug sie ein kleines Mädchen von vielleicht drei Jahren, welches ihr wie aus dem Gesicht geschnitten war. Elena löste den Blick und reichte Ari den Tee. „Bitte trinken Sie ihn, bevor er kalt wird. Er wird Ihrem Körper guttun. Und bitte trinken Sie keinen Alkohol mehr. Gönnen Sie Ihrem Körper ein bisschen Ruhe und Schlaf und morgen sieht die Welt gleich viel besser aus." Elena schenkte ihm ein herzerwärmendes Lächeln. Ari betrachtete die Tasse in seiner Hand, sah dann zu Elena und bedankte sich bei ihr. Ryan, der im Türrahmen stand, beobachtete, mit welcher Hingabe, Sorgfalt und Herzenswärme sie sich um Ari sorgte und kümmerte, einen Mann, den sie gar nicht kannte. Sie war anders als alle Frauen, denen er bisher begegnet war. Aber das änderte nichts daran, dass sie nicht hierher gehörte.

Kapitel 5

Von der Tankstelle bis zu Brady's Bar war es nur ein Katzensprung. Altbekanntes Schweigen hatte sich breitgemacht und Elena dachte über Ari nach. Seine Augen sahen so traurig aus, dass es ihr allein bei dem Gedanken daran einen Stich versetzte. Was war wohl seine Geschichte? Was hat ihn zu dem gemacht, der er jetzt war?

Ryan schaltete den Motor aus und Elena wurde aus ihren Gedanken gerissen. Sie sah aus dem Fenster und erkannte, dass sie angekommen waren. Brady's Bar. Ein großer leuchtender Schriftzug, der den kleinen, gut gefüllten Parkplatz davor erhellte. Eine bunte Lichterkette säumte die gesamte Front des sonst eher schlichten Holzbaus. Auf der Veranda lehnte ein Mann lässig am Geländer und blies seinen Zigarettenrauch in die frostige Nachtluft. Abseits, in einer dunklen Ecke, erkannte man ein Pärchen, welches zweifelsohne lieber ungestört sein wollte.

„Wer ist Gemma?", platzte es aus Elena heraus. Ryan hatte mit dieser Frage bereits gerechnet und war deshalb auch nicht sonderlich überrascht. „Seine Frau", antwortete er knapp. Elena sah ihn an. „Die Frau von den Fotos?" Ryan nickte. „Was ist mit ihr? Wo ist sie?" Ryan schwieg ein paar Sekunden. „Sie ist vor ziemlich genau einem Jahr gestorben." Er hob den Blick und sah zu Elena. Im schwachen Schein der Lichter erkannte er, dass ihre Augen tränenfeucht schimmerten. Sie konnte nichts sagen. „Er hat sich nach ihrem Tod gut gehalten. Zumindest schien es so." Ryan machte eine Pause. „Heute scheint wohl alles wieder hochgekommen zu sein." „Da war ein kleines Mädchen auf den Fotos", erinnerte sich Elena. „Tilda." Ryan sah stutzig zu Elena. „Ich dachte, Sie haben Tee gekocht." Elena verdrehte die Augen. „Ich musste die Küche schließlich erst mal finden und der ganze Korridor hing voll mit Fotos." Ryan starrte sie wortlos an. „Frauen nehmen ihre Umgebung halt detaillierter wahr als Männer." Elena zuckte mit den Schultern. „Verstehe." Ryan konnte sich ein süffisantes Grinsen nicht verkneifen. „Bei uns nennt man sowas Neugier", gab er Elena zu verstehen. „Interesse ist wohl ein zutreffenderes Wort", konterte sie geschickt. Ryan schüttelte grinsend den Kopf, wurde dann aber wieder ernst.

„Tilda ist etwa in unserem Alter. Sie ist Anfang des Jahres mit ihrem Mann nach Chicago gezogen. Er hat dort ein Jobangebot bekommen, das er unmöglich ablehnen konnte. Und da Tilda keine Fernbeziehung führen wollte, ist sie mit ihm mitgegangen." Elena nickte. „Und Ari blieb allein zurück." „Ja", hauchte Ryan, sichtlich ergriffen. Sekundenlang herrschte Schweigen. „Gehen wir rein. Heute Abend können wir nichts mehr für Ari tun." Elena nickte zustimmend und öffnete die Wagentür.

Als Elena die Bar betrat, erfüllte sie sofort eine wohlige Wärme. Countrymusik und Stimmen schlugen ihr entgegen. Der Raum war in warmes Licht getaucht. Über dem Tresen, der sich linker Hand befand, hing eine bunte Lichterkette. Bis auf einen Barhocker waren alle Plätze am Tresen besetzt. Der Barkeeper öffnete gerade eine Flasche Bier und reichte sie einem jungen Mann, der sich genussvoll sein Steak schmecken ließ. Eine junge Kellnerin mit roten Locken wirbelte mit einem großen runden Tablett zwischen den Tischen umher und schien für jeden Gast ein Lächeln übrig zu haben. Es roch nach Burgern und Kerzenwachs. An der rechten Gebäudewand erstreckten sich abgegrenzte Sitzlounges und verliehen dem sonst eher rustikalen Raum eine gemütlich einladende Atmosphäre. Das Innere der Bar zog sich wie ein breiter Schlauch in die Länge. In der Mitte standen wahllos angeordnete Holztische und am Ende des Tresens befand sich eine kleine Ecke, in der man sein Talent beim Darts unter Beweis stellen konnte. Auf allen Tischen standen Teelichter und kleine Blumenvasen. Es war zweifelsohne eine Männerdomäne, aber eine Männerdomäne mit liebevollen Details.

Kurz nachdem sie die Bar betreten hatten, hatten Joe und Darren sie auch schon entdeckt. Sie saßen an einem der hintersten Tische in der Mitte des Raums, unmittelbar bei den Dartscheiben, und riefen und winkten ihnen zu. Elena, die vor Ryan lief, winkte freudig zurück und bahnte sich ihren Weg durch den doch gut gefüllten Raum. „Elena, so schnell sieht man sich wieder." Joe sprang auf und rückte ihr einen Stuhl zurecht. „Setzen Sie sich." Elena entledigte sich ihrer Jacke, bedankte sich herzlich bei Joe und nahm Platz. „Mit euch beiden hätte ich jetzt am wenigsten gerechnet", sagte Darren und schlug Ryan kameradschaftlich auf die Schulter. „Ja, das

Leben steckt voller Überraschungen", erwiderte Ryan mit hochgezogenen Augenbrauen. Darren musste grinsen, wandte sich dann aber Elena zu. „Elena, ist alles gut bei Ihnen? Ich habe Sie seit heute Morgen nicht mehr gesehen." Elena hielt kurz inne, wollte die Pause aber nicht zu lang werden lassen. „Alles bestens. Ich war spazieren und danach doch ziemlich müde." Elena warf einen kurzen Seitenblick zu Ryan, der sie kaum ansehen konnte und stattdessen seinen Blick gen Tischplatte schweifen ließ. Darren nickte. „Verstehe. Aber gehen Sie vorerst nicht zu weit vom Haus weg. Wir sind mitten in der Wildnis und das Gebiet ist Ihnen noch völlig unbekannt. Nicht, dass Ihnen was passiert oder Sie sich am Ende noch verlaufen", gab Darren zu bedenken. „Nein, mach ich nicht. Ich werde vorsichtig sein", versprach Elena und schenkte Darren ein sanftes Lächeln. „Gut", gab sich Darren zufrieden. „Dann lasst uns mal was zu trinken für euch auftreiben." Joe hob seine Hand und schon kam die quirlige rothaarige Kellnerin auf ihn zu. Doch zu Elenas Überraschung blieb sie nicht am Tisch stehen, um wie üblich die Bestellung aufzunehmen, sondern setzte sich beschwingt auf Joes Schoß und gab ihm einen dicken Kuss. Elena beobachtete fasziniert und mit leicht geöffnetem Mund die Szenerie. „Bekommt man hier nur was zu trinken, wenn man vorher die Kellnerin küsst?", fragte Elena amüsiert die beiden anderen Männer hinter vorgehaltener Hand. Darren musste lachen und auch Ryan konnte sich ein Schmunzeln nicht verkneifen. Joe ließ von der Kellnerin ab und die beiden mussten ebenfalls lachen. „Elena, wenn ich vorstellen darf, das ist Michelle, meine bessere Hälfte." Seine Augen strahlten. „Schön dich kennenzulernen." Michelle umarmte Elena enthusiastisch. „Joe hat mir schon bisschen von dir erzählt." „Soso." Elena sah Joe stirnrunzelnd an und Joe musste verlegen grinsen. „Und er hat absolut recht gehabt. Du bist wirklich wunderschön." Elena war sprachlos. Ryan musterte Elena den Bruchteil einer Sekunde von der Seite, in der Hoffnung, dass es keiner bemerken würde. Es stimmte, sie war wunderschön. Doch nicht nur von außen. Nach allem, was er bisher von ihr gesehen und mitbekommen hatte, strahlte sie auch von innen. Etwas, das ihm ganz und gar nicht in den Kram passte. Elena schüttelte lächelnd den Kopf. „Das Kompliment kann ich nur zurückgeben. Du bist ein Engel." „Sie ist der Teufel. Sie hat rote Haare", warf Darren grinsend in die Runde. „Oh ja, und was für eine Teufelin sie sein kann", eröffnete Joe und alle mussten herzlich lachen. Ein kleines Läuten holte Michelle in die Realität zurück. „Die Arbeit ruft." Michelle gab dem Mann hinterm Tresen ein Zeichen und verdeutlichte ihm, dass sie gleich da sei. „Also, was wollt ihr trinken?" Ryan tippte gegen Darrens Bierflasche und Michelle nickte. „Elena?" „Ich weiß nicht, eine Cola?" „Auf keinen Fall", platzte es aus Darren heraus. Elena sah ihn mit weit geöffneten Augen an. „Für Cola ist Joe zuständig. Wir werden jetzt erst mal darauf anstoßen, dass unsere Ranch Zuwachs bekommen hat. Also zwei Bier, eins für Elena, eins für Ryan und drei Maple Rock. Sie trinken doch auch anderen Alkohol außer Wein, oder Elena?" Darren schaute sie fragend an. „Ja", entgegnete Elena etwas überrumpelt. „Perfekt", freute er sich. „Allerdings hab ich heute noch keine gute Grundlage, was heißen soll, dass ich vorher ganz dringend etwas essen sollte", gab Elena zu bedenken. „Burger, Steak, Bacon und Eier, worauf hast du Lust?", sprudelte es aus Michelle heraus. „Steak", erwiderte Elena, ohne lange nachdenken zu müssen. „Mach zwei draus", warf Ryan in die Runde. „Und die Rechnung geht auf mich", rief Darren Michelle nach. „Nein, ich kann doch selbst bezahlen", sagte Elena entschlossen. „Ich bin sicher, dass Sie das können, aber heute zahle ich. Keine Widerrede", entgegnete Darren mit einem Augenzwinkern. „Dann muss ich mich dem wohl fügen." Elena schüttelte lächelnd den Kopf. Darren nickte. „Also, was um alles in der Welt ist ein Maple Rock", fragte Elena in die Runde, um herauszufinden, was sie gleich erwarten würde. „Sie werden es lieben. Whiskey mit Ahornsirup auf Eis", schwärmte Darren. „Es ist einfach göttlich." „Klingt spannend. Zum Glück habe ich was zu essen bestellt." Elena musste lachen. „Und Sie, Joe, Sie trinken nicht?" Elena sah den Mann zu ihrer Linken fragend an. „Nein", schüttelte Joe den Kopf. „Irgendwie ist mein Körper mehr den Softdrinks zugetan." „Aus dem Kleinen muss halt erst noch ein richtiger Mann werden", meldete sich Ryan zu Wort und sah Joe süffisant grinsend an. Joe schüttelte nur den Kopf und ließ Ryans Worte kommentarlos im Raum stehen. „Ich finde es super, dass Joe nichts trinkt. So kann er uns immer nach Hause fahren, wenn wir getrunken haben." Darren klopfte ihm freundschaftlich auf die Schulter. „Ja, denkt immer dran." Joe sah Ryan scharf an, welcher noch immer grinste. „Und nur damit ihrs wisst, ich mache euch beide dafür verantwortlich, wenn Elena mir ins Auto kotzt." Joes Blick wechselte zwischen Darren und Ryan hin und her. „Na das werde ich doch hoffentlich zu verhindern wissen", warf Elena ein. „Bei deinem ranzigen Auto würde das jetzt auch nicht mehr so sehr ins Gewicht fallen, Joey Boy", sagte Ryan sichtlich amüsiert. „Na dann würde ich doch vorschlagen, dass wir mit deinem Jeep zurückfahren." Ein breites Grinsen strahlte über Joes Gesicht, während Ryans Mundwinkel gar nicht mehr so amüsiert zuckten. Just in diesem Moment kam Michelle herbeigeeilt und ließ mit flinken Handgriffen zwei heiß dampfende Teller mit köstlich duftendem Steak, zwei eisgekühlte Flaschen Bier und drei Schnapsgläser mit besagtem Ahornsirup-Whiskey auf den Tisch gleiten. Elena lief das Wasser im Mund zusammen. Ein großes saftiges Steak, gebackene Westernkartoffeln und ein buntes Salatbett lächelten sie an. Genüsslich nahm sie den ersten Bissen in den Mund und war im Himmel. Ihre Geschmacksknospen schienen zu explodieren und erst jetzt wurde ihr bewusst, wie groß ihr Hunger eigentlich war. Unbeirrt aß sie Gabel für Gabel, bis schließlich nur noch eine Cocktailtomate übrig war, die sie sich schließlich mit den Fingern in den Mund steckte. Gesättigt und zufrieden ließ sie sich in ihren Stuhl fallen und bemerkt erst jetzt die sechs Augenpaare, die weit geöffnet auf ihr ruhten. „Wow", war alles, was Joe herausbrachte, als er ihren leer geputzten Teller betrachtete. „Hab ich was falsch gemacht?" Elena sah scheu in die Runde. „Nein", sagte Joe, die Augen noch immer auf ihren Teller gerichtet. „Ich habe nur noch nie jemanden erlebt, der seinen Teller schneller leer gegessen hat als Ryan." Elenas Blick glitt zu Ryans Teller und voller Verwunderung stellte sie fest, dass sein Teller noch fast halb voll war. „Scheint, als hätte ich wirklich Hunger gehabt." „Definitiv", bestätigte Joe nickend. „Es geht doch nichts über einen gesunden Appetit", sagte Darren und hielt Elena seine Bierflasche entgegen. Sie stieß mit ihm an und beide nahmen einen großen Schluck. Das Bier war angenehm kühl. Während des Essens war ihr doch etwas warm geworden und so genoss sie nun die Abkühlung, die ihr jeder Schluck aufs Neue verschaffte.

„Nun denn, jetzt wo auch Ryan endlich aufgegessen hat", ergriff Darren das Wort und konnte sich ein kleines Lächeln nicht verkneifen. „Lasst uns anstoßen, auf einen uns sehr willkommenen Gast, der unser Leben in den nächsten Monaten mit Sicherheit bereichern wird." Er hob das Glas mit dem Whiskey und hielt es in die Mitte des Tischs. Joe und Elena taten es ihm gleich und schnappten sich freudig ihre Gläser. Ryan zog zögernd nach. „Elena, unter Freunden duzt man sich. Ich bin Darren, das sind Joe und Ryan. In diesem Sinne, herzlich willkommen in Happys Inn." „Vielen Dank, ich freue mich, hier sein zu dürfen." Elena strahlte in die Runde. Drei Whiskeygläser und ein Glas Cola schlugen zusammen und sangen ein leises Lied. Und wie aus dem Nichts reihte sich ein fünftes Glas dazu. Auch Michelle wollte es sich nicht nehmen lassen, Elena gebührend willkommen zu heißen.

Ganz ohne Laster war Joe dann doch nicht, und so stand er auf der Veranda der Bar und rauchte seine Zigarette. Die kühle Nachtluft streichelte sanft seine überhitzten Wangen. Er stützte sich aufs Geländer und kontrollierte sein Smartphone auf neue Nachrichten. Hier im Ort war der Empfang recht gut, was man von der Farm nicht behaupten konnte. Außerhalb der Stadt und in den Wäldern war man mit dem Handy nahezu aufgeschmissen. Aber die Leute, die hier lebten, kannten es nicht anders. Auf dem Hof konnte man mit dem Festnetz-Telefon im Haupthaus telefonieren und für die Arbeit hatten die Männer Satellitentelefone, über die sie im Notfall kommunizierten.

Die Tür ging auf und eine junge Frau lehnte sich zu Joe ans Geländer. Sie war groß, schlank und hatte lange pechschwarze Haare, die ihr fast bis zum Hintern reichten. Joe steckte sein Handy in die Hosentasche und nahm einen Zug von seiner Zigarette. „Kann ich mal ziehen?" Die Frau deutete auf Joes glimmende Zigarette. „Du kannst Leine ziehen, Cara", stellte Joe klar und warf ihr einen aussagekräftigen Blick zu. Sie lachte und steckte sich dann selbst eine Zigarette an. „Wer ist denn diese triste Person, die da bei euch am

Tisch sitzt", wollte sie wissen, während sie den Zigarettenqualm ausatmete. „Die wirklich reizende junge Frau heißt Elena und wird eine Weile bei Darren und Ryan auf dem Hof wohnen." Joe drückte seine Zigarette aus, entsorgte den Stummel ordnungsgemäß und ließ Cara allein auf der Veranda zurück. „Sie wohnt also auf der Ranch", sagte Cara leise zu sich selbst. „Dann werde ich wohl mein Revier abstecken müssen." Mit zusammengekniffenen Augen sah sie auf den beleuchteten Parkplatz und schnippte die Asche von ihrer Zigarette.

Ryan berichtete Darren gerade in gedämpfter Lautstärke von Ari, als Michelle mit der nächsten Runde Bier und Whiskey kam. Elena orderte zusätzlich eine große Cola, um dem Alkohol etwas entgegenzusteuern. Sie wusste nicht, wann sie zuletzt so viel getrunken hatte, und wollte verhindern, dass es schlussendlich noch peinlich für sie endete. Darren hatte nicht zu viel versprochen, als er sagte, dass der sogenannte Maple Rock göttlich sei. Doch so köstlich er auch schmeckte, so gefährlich war er auch. Die angenehme Süße des Ahornsirups überdeckte den hohen Alkoholgehalt des Whiskeys und man musste aufpassen, dass man nicht zu viel davon trank.

Darren und Ryan einigten sich darauf, dass sie in nächster Zeit mehr auf Ari achten würden, um sicherzustellen, dass sein alkoholischer Ausrutscher, der die orientierungslose Wanderung durch die kalten Herbstnächte Montanas zur Folge hatte, eine Ausnahme blieb.

Als Joe von seiner kleinen Raucherpause zurückkam, ließ er sich mit einem entnervten Gesichtsausdruck auf seinen Stuhl fallen und trank einen großen Schluck Cola. „Welche Laus ist dir denn über die Leber gelaufen?", wollte Darren wissen. „Keine Laus. Ein schwarzhaariges Miststück." Joe stellte sein Glas mit einem wütenden Rumps auf dem Tisch ab und warf einen Blick hinüber zu Ryan. Elenas Augen weiteten sich. Sie hatte schwarze Haare. „Ich meine nicht dich, Elena", stellte Joe sofort klar, als er ihre Bestürzung erkannte. „Die Person, die ich meine, ist ganz und gar nicht wie du." Erleichterung machte sich in Elena breit. „Gut, dann bin ich ja beruhigt. Ich hab schon angefangen zu überlegen, was ich falsch gemacht haben könnte." „Gar nichts", erklärte Darren. „Joe spricht von Cara. Eine junge Frau aus dem Ort, die etwas…" Er überlegte kurz. „Nun, nennen wir es mal speziell ist." Elena nickte nur stumm. Sie wunderte sich, dass Ryan sich bei diesem Thema komplett heraushielt und seine Blicke stattdessen verlegen zur Tischplatte gingen. „Lasst uns jetzt bitte nicht weiter über Cara philosophieren", warf Joe in die Runde. „Wie wär's mit einer Partie Darts?" Seine Augen strahlten, als er den Vorschlag machte. „Unbedingt. Die Scheiben hängen schließlich nicht zum Spaß hier rum." Darren nahm einen Schluck aus seiner Bierflasche. „Elena? Ryan?" Er sah beide fragend an. „Ich bin dabei", sagte Elena begeistert und auch Ryan stimmte zu. „Ausgezeichnet." Joe wirkte aufgedreht wie ein kleines Kind, das an Weihnachten endlich seine Geschenke auspacken durfte. „Also, ich würde vorschlagen, wir bilden Zweierteams. Zwanzig Runden, immer abwechselnd, sodass jeder von uns fünfmal werfen darf. Wir addieren die Punkte kontinuierlich und das Team, das am Ende die meisten Punkte hat, gewinnt." „Wie entscheiden wir, wer mit wem im Team ist?", wollte Ryan wissen. „Ganz einfach." Joe griff nach der kleinen Glasschale, die in der Mitte des Tischs stand. „Wir ziehen Zahnstocher." Er nahm vier Zahnstocher heraus, wovon er zwei zerbrach, damit sie kürzer als die beiden anderen waren. Nachdem er sie unter der Tischplatte gemischt hatte, hielt er den anderen seine Faust hin, aus der die Zahnstocher-Köpfe, wie Eisberge aus dem Wasser ragten. Das Wesentliche, nämlich die eigentliche Größe, blieb unter der Oberfläche verborgen. Elena durfte als Erste ziehen und bekam einen abgebrochenen halben Zahnstocher. Darren, der als Nächstes dran war, zog einen langen. Es war also noch alles offen. Ryan war der Nächste und mit ihm würde sich entscheiden, wer in welchem Team sein würde. Ryan betete innerlich, dass er den langen Zahnstocher ziehen würde, doch das Gegenteil war der Fall. Er bekam einen abgebrochenen Zahnstocher und war damit automatisch mit Elena im Team. „Ganz toll. Dann wissen wir ja jetzt schon, welches Team gewinnen wird", tat er seinen Unmut kund und schleuderte seinen Zahnstocher über den Tisch. Elena war sichtlich verärgert über Ryans Reaktion. „Bei allem nötigen Respekt, wovon ich weit mehr besitze als Sie, wie wir wissen…" Darren warf einen skeptischen

Blick zu Ryan, als er Elenas Worte hörte. „…aber ich bin nicht die schlechteste Option, die man in seinem Team haben kann." Elenas Augen funkelten zornig Ryan an, der mühevoll versuchte, ihrem Blick standzuhalten. „Hab ich was verpasst?", wollte Darren wissen und richtete sein Augenmerk dabei vorrangig auf Ryan. „Nein, alles gut. Nichts, was wir nicht schon geklärt hätten", gab Elena zu verstehen. Darren nahm dies schweigend zur Kenntnis. Dann wandte sich Elena noch einmal Ryan zu. „Und noch was. Wenn wir dieses Spiel verlieren sollten, dann ganz sicher nicht meinetwegen." „Du gefällst mir, Elena", sprudelte es aus Joe heraus. Er hatte ein kleines süffisantes Grinsen im Gesicht. „Du passt gut auf die Farm, du lässt dir nichts gefallen und sagst, was du denkst." Elena war etwas verlegen wegen ihres kleinen emotionalen Ausbruchs, lächelte es aber weg. „Gut, wo jetzt alle Unklarheiten geklärt sind, kann's dann losgehen?", fragte Darren in die Runde. „Gebt mir fünf Minuten. Ich muss nochmal schnell wohin." Elena deutete auf die Tür zur Toilette, die sich nur wenige Meter hinter Darren befand.

Elena wusch sich die Hände und betrachtete ihr Gesicht in dem großflächigen Wandspiegel. Ihre Wangen waren rot und glühten. Das mussten die Hitze und der Alkohol sein. Vielleicht war es aber auch ihrem Zorn über Ryans Kommentar geschuldet. Sie benetzte ihr Gesicht mit angenehm kühlem Wasser, als jemand die Klospülung in einer der Kabinen hinter ihr betätigte. Im Spiegel beobachtete Elena, wie die Kabinentür aufging und eine große schwarzhaarige Frau herauskam. Ihre Haare waren glatt und glänzend und von atemberaubender Länge. Sie trug einen knappen Jeansrock und schwarze Overknee-Stiefel, dazwischen eine Netzstrumpfhose, die so großmaschig war, dass man sie auch hätte weglassen können. Der tiefe Ausschnitt ihrer Bluse ließ den zweifelsohne gewollten Blick auf ihren schwarzen Spitzen-BH zu. Ihr Gang war aufrecht, beinahe grazil, was nicht zu ihrem äußeren Erscheinungsbild passen wollte. Elena sah die Frau und wusste sofort, dass das Cara sein musste, die Frau, durch die Joe schlechte Laune bekommen hatte und die Darren als speziell betitelte.

Im Waschraum gab es vier Waschbecken und Cara entschied sich ausgerechnet für das neben Elena. Sie bückte sich zum Spiegel und zog ihren weinroten, fast ins Purpur gehenden Lippenstift nach. Elena versuchte, sich nicht beirren zu lassen, und griff zu einem der Papierhandtücher, um sich das Gesicht und die Hände zu trocknen. „Sie sind also Elena." Cara verteilte die Farbe gleichmäßig auf ihren Lippen. „Die bin ich." Elena wunderte sich, dass sie ihren Namen kannte, andererseits war es ein kleiner Ort, in dem sich Neuigkeiten sicher verbreiteten wie ein Lauffeuer. „Und Sie sind?", stellte Elena die Gegenfrage. Cara schloss ihren Lippenstift mit einem leisen Klicken und wandte sich dem aus ihrer Sicht ungebetenen Gast zu. „Cara Michaels", offenbarte sie Elena, und ihrem Tonfall nach hätte man meinen können, sie sei eine große Persönlichkeit, deren Namen man unbedingt kennen und sich merken musste. „Und um das gleich klarzustellen, Schätzchen... Finger weg von Ryan, der gehört mir", sagte sie mit Nachdruck und stellte sich provokant vor Elena. „Hast du das verstanden?" Elena war überwältigt von dieser Feindseligkeit, konnte Cara aber irgendwie nicht ernst nehmen. Ryan und diese Frau... Er konnte zwar ein richtiger Idiot sein, aber eine Beziehung zwischen ihm und Cara Michaels konnte sie sich beim besten Willen nicht vorstellen. Mit hochgezogenen Augenbrauen warf sie das Handtuch in den Müll und wandte sich dann ihrem Gegenüber zu. „Ich denke nicht." „Wie bitte?" Cara sah Elena entgeistert an. „Ich sehe keinen Ring an deinem Finger. Ich denke also nicht, dass Ryan dir gehört und falls doch, wird er mir das sicher sagen." Elena freute sich über den Zorn, der sich in Caras Augen abzeichnete. Sie hatte offenbar nicht damit gerechnet, dass Elena ihr Paroli bieten würde. Aber da war sie an die Falsche geraten. Elena ließ sich nicht manipulieren oder herumschubsen. Sie lief an Cara vorbei und streifte dabei absichtlich ihre Schulter. „Und nenn mich nie wieder Schätzchen." Mit diesen Worten verließ Elena den Waschraum. Cara schleuderte wutentbrannt ihren Lippenstift gegen die Fliesen und schaute mit zornig funkelnden Augen ihr Spiegelbild an.

Elena setzte sich zurück an den Tisch, ihre Augen auf die Tür zu den Waschräumen gerichtet. Und es dauerte gar nicht lange, da kam Cara heraus. Ihre Blicke trafen sich. Elenas Augen zeigten Entschlossenheit, Caras Blick Hochmut. Sie stolzierte am Tisch der Viererrunde vorbei und streifte dabei mit ihren langen Fingern Ryans Nacken. Dieser sah auf und hob nur scheu grüßend einen Finger in ihre Richtung. Sie waren definitiv kein Paar, da war sich Elena sicher. Kein Pärchen der Welt verhielt sich so zueinander, wie die beiden gerade eben. Vielleicht hatte Cara Interesse an Ryan und sah deshalb in Elena eine Gefahr, aber von besitzen konnte keine Rede sein.

„Wollen wir dann?", platzte es aus Joe heraus, der Caras Aktion nur kopfschüttelnd mitverfolgt hatte. „Unbedingt", erwiderte Darren. Die Dartscheibe hing nur wenige Meter vom Tisch entfernt. Es war keine elektronische wie die, mit der Elena damals immer mit ihrem Vater gespielt hatte. Diese hier bestand aus Sisalfasern und machte einen für die Gegend und das Etablissement ungewöhnlich hochwertigen Eindruck. Elena hatte es nicht so mit Zahlen, hatte aber von Darren erfahren, dass Joe ein kleines Rechenass war und die Zahlen problemlos Runde für Runde zusammenrechnen würde, wofür er von Michelle schon Papier und Kugelschreiber bekommen hatte. Er notierte die Teams und die Nummern der Runden. „Also dann, wer fängt an?", wollte Joe wissen, als er mit der Vorarbeit fertig war. „Hier…" Darren zeigte augenblicklich auf Elena. „Wollen wir doch mal sehen, ob sie so gut ist, wie sie vorgibt zu sein." Elena musste schmunzeln. Sie nahm die drei Pfeile mit neongrünen Flügeln entgegen, die Darren ihr reichte, und trat an die Linie. Die drei Männer schauten gebannt gen Scheibe. Elena holte aus und der Pfeil landete im 4er-Feld. „Wir sind am Arsch." Ryan fuhr sich mit der Hand übers Gesicht und nahm einen großen Schluck aus seiner Bierflasche. Darren und Joe konnten sich ein Lachen nicht verkneifen. „Ruhig Blut, Jungs." Sie drehte sich zu ihnen. „Wisst ihr, wann ich zuletzt gespielt habe? Das war doch nur der Eingewöhnungspfeil, damit ich wieder ein Gefühl dafür bekomme. Ab jetzt wird's besser, versprochen." Sie zwinkerte keck und drehte sich dann wieder zur Scheibe. „Gott!" Ryan stützte einen Arm auf den Tisch und hielt sich halb die Augen zu. „Der kann dir auch nicht helfen." Joe grinste ihm entgegen. Elena konzentrierte sich nur auf die Scheibe vor ihr und den Pfeil in ihren Fingern. Sie holte aus und der Pfeil landete zur Verwunderung aller in dem schmalen Feld der Triple 20. Die höchste Punktzahl, die man beim Darts mit einem Wurf erreichen konnte. Darren und auch den anderen stand der Mund offen und mit großen Augen sahen sie erst einander, dann den Pfeil auf der Scheibe und schließlich Elena an. Und plötzlich wurde aus Ryans anfänglicher Entrüstung über seine Teampartnerin pure Glückseligkeit. „Dann zieht euch mal warm an, ihr zwei", richtete er seine Worte an Darren und Joe. „Abwarten, vielleicht war es einfach nur Glück", gab Darren zu bedenken. „Hoffentlich", sagte Joe kleinlaut, der nicht gerade der beste Dartspieler war. Lächelnd ließ Elena ihren letzten Pfeil durch die Luft fliegen, und als dieser die Scheibe erreichte, lehnte sich Ryan entspannt in seinem Stuhl zurück und verschränkte breit grinsend die Hände hinter dem Kopf. Joe hingegen schliefen sämtliche Gesichtszüge ein, als er den Pfeil in dem kleinen roten Kreis stecken sah. Bull's Eye.

Neunzehn Runden und etliche geleerte Bierflaschen später galt es für Darren, den Endstand von 661 Punkten, die Elena und Ryan gemeinschaftlich erspielt hatten, zu übertrumpfen. Darren und Joe standen bei 598 Punkten. Darren musste also mindestens 63 Punkte mit seinen letzten drei Pfeilen erzielen, um mit den Kontrahenten gleichzuziehen. Vielmehr galt es jedoch, sie mit einer höheren Punktzahl zu überbieten und so den Sieg einzufahren. Sein erster Pfeil traf vielversprechend die Triple 12. Die Zwanzig folgte und Ryan hatte den Sieg gedanklich schon abgeschrieben. Doch beim letzten Pfeil versagten Darren plötzlich die Nerven und der Pfeil landete im 1er-Feld, unmittelbar an der Abgrenzung zum 18er-Feld. Team Joe und Darren stand die Enttäuschung ins Gesicht geschrieben, war der Sieg doch schon zum Greifen nah. Umso mehr freuten sich Elena und Ryan. Ryan hielt Elena die flache Hand hin, die sie grinsend abklatschte. Vielleicht klappte es auf der menschlichen Ebene noch nicht so ganz zwischen ihnen, als Team im Spiel konnten sie aber überzeugen.

Es war weit nach Mitternacht, als die vier die Bar verließen. Joe, der als Einziger noch nüchtern war, setzte sich ans Steuer seines alten Pick-ups. Darren nahm neben ihm auf dem Beifahrersitz Platz, Ryan und Elena mussten sich die Rückbank teilen. Der lange Tag und der Alkohol hatten Elena doch ziemlich zugesetzt. Sie war müde und das Schwanken des Wagens, der sich wie ein kleiner leuchtender Punkt durch die nachtdurchfluteten Wälder Montanas bewegte, machte es ihr schwer, die Augen offen zu halten. Sie fühlte sich wie ein Baby, das in seiner Wiege sanft in den Schlaf geschaukelt wird. Um sie herum war es warm und leise Musik drang aus dem Radio. Ihr Kopf lehnte entspannt an der Kopfstütze des Sitzes. Ihre Augen fielen immer wieder zu und sie merkte, dass sie den Kampf gegen die Müdigkeit verlor. Elena war eingeschlafen und ihr Kopf rutschte langsam von der Lehne, bis er schließlich auf Ryans Schultern landete. Erschrocken sah er zu ihr rüber und erkannte dann, dass sie eingeschlafen war. Er spürte ihren Atem an seinem Hals und bekam eine Gänsehaut. Ihm war die Situation unangenehm, doch er wollte sie nicht wecken. Sie schlief so friedlich und er wusste, dass sie einen langen, anstrengenden Tag hinter sich hatte.

Im Auto herrschte Stille. Joes Konzentration war auf den holprigen Waldweg gerichtet, Darren döste vor sich hin und Elena schlief. Ryan war hellwach, verhielt sich aber ganz ruhig. Zum einen wollte er Elena nicht wecken und zum anderen hoffte er, dass Darren und Joe nicht mitbekamen, wie Elena auf seiner Schulter ruhte. Doch Joe war ein aufmerksamer Autofahrer und hatte die beiden schon die ganze Zeit über im Rückspiegel beobachtet. Er schwieg, doch ein heimliches Lächeln umspielte seine Lippen.

Als sie schließlich die Farm erreichten, schlief Elena noch immer. Jeder sachte Versuch, sie zu wecken, schlug fehl und so blieb Ryan nichts anderes übrig, als sie in ihre Hütte zu tragen. Die amüsierten Blicke von Darren und Joe gefielen ihm dabei gar nicht. Er legte Elena behutsam aufs Bett, zog ihr die Schuhe aus und deckte sie zu. Sie sah so friedlich aus. Sanft strich er eine Haarsträhne aus ihrem Gesicht. Sie war so schön. Reiß dich zusammen, dachte er sich. Nach einem letzten Blick auf die schlafende Elena kehrte er ihr den Rücken. Bevor er die Hütte verließ, machte er im Kamin noch einmal Feuer, damit Elena nicht frieren musste.

Kapitel 6

Es war Sonntag. Und nachdem Elena fast den kompletten Samstag im Bett zugebracht hatte, wofür nicht zuletzt der für sie doch ungewohnt hohe Alkoholkonsum verantwortlich war, war es an der Zeit, den heutigen Tag voller Elan und Tatendrang zu bestreiten. Es musste noch sehr früh am Morgen sein, denn durch die schweren Vorhänge drang kaum Licht in das kleine Schlafzimmer. Elena haderte noch mit sich, ob sie wirklich schon aufstehen oder vielleicht doch lieber noch ein Weilchen im kuschelig warmen Bett verharren sollte. Ein kleiner Vogel, der schon eine gefühlte Ewigkeit voller Inbrunst die Tonleiter hoch und runter zwitscherte, sorgte schließlich dafür, dass sie aufstand und in den Tag startete. Bei diesem Lärm hätte sie ohnehin kein Auge mehr zubekommen. Sie kochte Kaffee und aß nebenbei ein paar trockene Cornflakes. Erst gestern war ihr aufgefallen, dass sie bei ihrem Einkauf die Milch vergessen hatte. Sie saß an ihrem kleinen Tisch und schaute aus dem Fester. Draußen dämmerte es langsam. Elena trank einen Schluck Kaffee und merkte, wie ihre Lebensgeister geweckt wurden. Dann nahm sie draußen eine Bewegung wahr. Es war Ryan. Er kam aus der Hütte und ging zu seinem Auto, das nur wenige Meter entfernt stand. Erst jetzt wurde Elena klar, wie viel sie gestern verpasst haben musste. Irgendwie musste Ryans Auto zurück auf den Hof gekommen sein, schließlich waren sie nach dem Pub alle gemeinsam in Joes Wagen zurück zur Farm gefahren. Nicht einmal mehr daran konnte sie sich richtig erinnern. Sie wusste, wie sie bei Joe eingestiegen war. Sie saß auf der Rückbank neben Ryan. Sie fuhren aus der Stadt heraus in den Wald und dann… nichts. Sie wusste nicht, wie und wann sie auf der Farm angekommen waren. Sie wusste nicht, wie sie in ihr Bett gekommen war. Alles, was sie wusste, war, dass sie am nächsten Morgen in ihrem Schlafzimmer aufgewacht war. Bis auf Schuhe und Jacke war sie noch komplett angezogen gewesen. In der Hütte war es angenehm warm, was erahnen ließ, dass noch einmal jemand Feuer im Kamin gemacht haben musste. Es war, wie es war. Sie wusste nicht, was zwischen dem Verlassen der Bar und dem Erwachen in ihrem Bett am nächsten Morgen passiert war, aber es nützte auch nichts, ewig darüber nachzugrübeln. Im Augenblick galt ihr Augenmerk Ryan. Wenn er in die Stadt fuhr, konnte er sie vielleicht mitnehmen. Sie musste die Mitfahrgelegenheiten nutzen, die sich ihr boten. Schnell trank sie den Kaffee aus, zog sich ihre Jacke an und verließ die Hütte.

„Guten Morgen!" Elena lief lächelnd zu Ryan, der gerade eine Tasche auf der Rückbank des Jeeps verstaute. „Morgen", antwortete er knapp. „Können Sie mich mit in die Stadt nehmen", wollte Elena wissen. „Ich fahre nicht in die Stadt." Er schlug die hintere Tür des Wagens zu. „Ich fahre nach Polson am Flathead Lake. Es gibt einen Weg durch den Wald, bei dem ich ein ganzes Stück abkürze. Es wäre ein Umweg, wenn ich erst über Happys Inn fahren würde", gab er ihr zu verstehen. „Flathead Lake", wiederholte Elena. „Da fahren Sie doch an Kalispell vorbei, nicht wahr?" Ryan nickte. „Das stimmt." „Darf ich mitkommen? Sie können mich in Kalispell absetzen." „Was wollen Sie denn da?", wollte Ryan wissen. „Sightseeing", erwiderte Elena mit einem breiten Grinsen. Mit hochgezogenen Augenbrauen sah Ryan sie an. Er sagte nicht, was er dachte, schüttelte nur den Kopf. „Steigen Sie ein", sagte er schließlich. „Ich hole nur noch schnell meine Tasche. Bin sofort wieder da." Elena rannte freudig zu ihrer Hütte. „Beeilen Sie sich", rief Ryan ihr nach. „Sightseeing", murmelte er leise und stieg in den Wagen. „So ein Blödsinn."

Sie fuhren tatsächlich nicht den Weg, der in die Stadt führte, wie Elena schnell feststellte. Bei den vielen verschiedenen Waldwegen und Abzweigungen hatte sie schnell den Überblick verloren. Für sie sah alles gleich aus. Umso mehr bewunderte sie Ryan dafür, dass er sich hier so gut auskannte und zurechtfand. Sie wäre hoffnungslos verloren gewesen in dem Meer aus Bäumen und dem Wirrwarr von Waldwegen.

„Haben Sie den Freitagabend gut überstanden", erkundigte sich Ryan bei ihr. „Man hat Sie gestern gar nicht zu Gesicht bekommen." „Ich habe fast den ganzen Tag im Bett verbracht", gab Elena zu. „So viel wie an diesem Abend habe ich schon lange nicht mehr getrunken. Ich hoffe nur, ich habe nichts Peinliches gemacht, woran ich mich nicht mehr erinnern kann." Sie schielte fragend zu Ryan hinüber. „Ich weiß nämlich nicht mal mehr, wie ich ins Bett gekommen bin." Ryan musste schmunzeln. „Sie sind im Auto eingeschlafen", erzählte er ihr. „Ich habe Sie dann ins Bett getragen." Elena schaute überrascht zu ihm. „Und Sie haben nochmal Feuer im Kamin gemacht." „Das hab ich", bestätigte er. „Wir wollen ja nicht, dass Sie erfrieren." „Danke", sagte Elena in sanftem Tonfall. Ryan nickte nur. „Ich habe doch keine komischen Geräusche im Schlaf gemacht oder irgendwas gesagt oder so?", fragte Elena etwas ängstlich. Ryan lachte. „Nein, wieso? Machen Sie sowas denn für gewöhnlich?" „Nein." Elena schüttelte den Kopf. „Aber man kann ja nie wissen." Sie sahen einander kurz an und mussten beide lachen. „Was wollen Sie in Polson?", wollte Elena dann wissen. „Ich besuche da jemanden." „Wen?", hakte sie nach. Ryan schaute zu ihr und sein Blick war vielsagend. „Sind Sie wieder neugierig?" „Nein, nur interessiert." Elena versuchte, ein Lächeln zu verbergen, was ihr nicht so recht gelang. Sie wusste, dass sie auf ihre Frage keine Antwort bekommen würde, aber sie hatte es wenigstens versucht. „Es gibt nicht viel zu sehen in Kalispell", versuchte Ryan schnell das Thema zu wechseln. „Mag sein", antwortete Elena. „Aber nachdem ich gestern nur faul rumlag, hab ich mir vorgenommen, heute ein bisschen aktiv zu werden und mir was anzusehen." Elena schielte zu Ryan. „Aber wenn Sie sagen, dass Kalispell nicht sehenswert ist, komme ich auch gerne mit nach Polson." Sie sah, wie sein Gesichtsausdruck in eine Art Schockzustand verfiel. Dann drehte er sich zu ihr und sah sie erschrocken an. Elena musste lachen und zwinkerte ihm zu. „Nur Spaß", sagte sie sichtlich erheitert. Ryan fiel ein Stein vom Herzen. Noch immer fassungslos, schüttelte er den Kopf. Er wusste nicht, was er gemacht hätte, hätte Elena wirklich mit nach Polson gewollt. Zum Glück brauchte er sich nicht weiter den Kopf darüber zerbrechen. „Aber jetzt mal im Ernst, Elena", sagte er mit fester Stimme. „Polson liegt eine Stunde von Kalispell entfernt. Es wird also eine ganze Weile dauern, bis ich Sie wieder abhole", gab er zu bedenken. Elena nickte. „Das ist in Ordnung. Ich vertreibe mir schon die Zeit."

Nach etwas mehr als einer Stunde erreichten sie Kalispell. Die Hauptstadt des Flathead County wirkte im Vergleich zu einer Großstadt wie Hamburg eher wie ein zu groß geratenes Dorf. Es war eine sehr überschaubare, ländliche Stadt, die trotz allem einen gewissen Charme versprühte. Die Stadt, in der einst die Hollywoodgröße Michelle Williams geboren wurde, war in den letzten Jahren jedoch rasant gewachsen und die Nähe zum Glacier-Nationalpark machte Kalispell zum Ausgangspunkt für diverse Parkbesuche und steigerte so den Tourismus. Ryan brachte den Jeep am Straßenrand zum Stehen und setzte Elena ab. „Ich hole Sie genau hier gegen 16 Uhr wieder ab", erklärte Ryan Elena, während sie aus dem Wagen stieg. „Ist gut", bestätigte sie. „Bleiben Sie am besten im Zentrum, damit Sie sich nicht verlaufen." „Ich verlaufe mich schon nicht." „Und passen Sie auf sich auf." Elena verdrehte die Augen. „Ja, Daddy." „Elena", sagte er mit Nachdruck und sah sie an. Elena erwiderte seinen Blick. „Ich bin schon groß und komme zurecht, versprochen." Elena schenkte ihm ein sanftes Lächeln. „Fahren Sie jetzt, sonst kommen Sie noch zu spät." „Also gut", gab sich Ryan zufrieden. Elena stieß die Autotür zu und trat einen Schritt zurück. Ryan setzte den Blinker und reihte sich in den Verkehr ein. Sie sah ihm nach, bis er an der nächsten Kreuzung rechts abbog. Es war kurz vor neun. Sie hatte also mehr als genug Zeit, die Stadt zu erkunden. Verlaufen, dachte sie sich. Wusste Ryan denn nicht, dass es so etwas wie Navigationsgeräte auch auf dem Smartphone gab. Und, man hatte hier, anders als auf der Farm, Internetempfang. Die Tage seit ihrer Ankunft in Montana hatte Elena ihr Handy im Flugmodus gehabt und benutzte es ausschließlich als Uhr. Jetzt, wo sie in Kalispell war, wollte sie die Gelegenheit nutzen, um zu schauen, ob sie seit ihrer Abreise irgendwelche Nachrichten bekommen hatte. Kaum hatte sie das W-LAN eingeschaltet, schon poppten diverse Nachrichten auf. Die meisten davon hatte sie per WhatsApp bekommen. Doch auch einige wenige Mails und SMS waren dabei. Sie würde sich dem Lesen und Antworten später in Ruhe widmen. Jetzt wollte sie erst einmal ihren Streifzug durch die noch verschlafene Stadt starten.

An diesem Sonntagmorgen waren nicht viele Autos auf den Straßen unterwegs, sodass Ryan gut vorankam. Es war halb zehn und ihm blieb nicht mehr viel Zeit. Elena hatte seinen Zeitplan erheblich durcheinandergebracht, aber er war guter Dinge, dass er es dennoch rechtzeitig schaffen würde. Was sie wohl gerade machte, ging ihm durch den Kopf. Vielleicht frühstückte sie irgendwo eine Kleinigkeit. Die wenigen Geschäfte, die sonntags geöffnet hatten, machten meist erst etwas später auf, für den Fall, dass sie einkaufen wollte. Vielleicht lief sie aber auch nur durch die Gegend und schaute sich die Gebäude an. Hoffentlich würde sie die Stelle wiederfinden, wo er sie abgesetzt hatte. Eigentlich wollte er sich gar nicht damit auseinandersetzen, wie es ihr ging oder was sie machte. Sie war eine erwachsene Frau und konnte tun und lassen, was sie wollte, und dennoch schweiften seine Gedanken immer wieder zu Elena und ob sie sich in Kalispell auch zurechtfinden würde.

Zehn Minuten später passierte er den Flathead River und hatte Polson erreicht. Er fuhr in eine kleine beschauliche Wohnsiedlung und parkte seinen Wagen in der Einfahrt eines kleinen Häuschens, dessen Fassade das gleiche blasse Lindgrün trug wie der hölzerne Gartenzaun, der es umgab. Die Eingangstür und die Fensterrahmen waren weiß gestrichen und verliehen dem Haus eine angenehme Frische. Alle Fenster waren von Fensterläden gesäumt, die einen dunkleren Grünton hatten als das Haus selbst. Im Garten stand ein großer Kastanienbaum, der seine Blätter bereits an den nahenden Winter verloren hatte, im Sommer aber ohne Zweifel mit seiner üppigen Baumkrone wohltuenden Schatten spendete. Ryan stieg aus und lief eine kleine Steintreppe hinauf zur Tür. Er drückte auf den schwarzen Klingelknopf, über dem in gusseisernen Buchstaben >J. Wheeler< geschrieben stand. „Ich komme", hörte man eine Frauenstimme aus dem Haus rufen, und dann ging auch schon die Tür auf.

Es war Mittag und Elena kaufte sich ein Schinkensandwich an einer Tankstelle, um ihren Hunger zu stillen. Der Toffee Coffee, den sie sich am Morgen in einem Starbucks geholt hatte, hatte zwar gut getan, machte aber nicht lange satt. Nach den vielen Kilometern, die sie schon innerhalb der Stadt zurückgelegt hatte, brauchte sie jetzt

eine richtige Stärkung. Nachdem sie die Main Street entlangge-
schlendert war, im Woodland Park Enten gefüttert hatte, mit Keksen, die sie sich morgens noch schnell zu Hause als kleinen Proviant
in die Tasche gesteckt hatte, schaute sie noch kurz am Conrad Memorial Cemetery, einem großen Friedhof, vorbei. Seit ihre Eltern
gestorben waren, empfand Elena Friedhöfe als einen sehr friedvol-
len Ort. Nicht nur die Toten, sondern auch die Lebenden kamen
hier zur Ruhe, fanden Stille und Abstand von der Hast des Lebens.
Jeder Friedhof war anders, hatte seine Geschichte und bettete See-
len, deren Bücher bereits vollendet waren. Manchmal waren es dicke
Wälzer, manchmal Kurzgeschichten und bei anderen nur die erste
Strophe eines Gedichts. Man konnte nie wissen, wie viel Zeit einem
das Leben schenken würde. Wann das letzte Kapitel beginnen oder
das Buch für immer zugeschlagen werden würde.
Bei ihrer Tour durch die Stadt stellte Elena erstaunt fest, dass die
großen Einkaufszentren hierzulande scheinbar auch sonntags geöffnet haben. Sie stöberte durch die Geschäfte der Kalispell Center
Mall und kaufte in einem Laden, der sich *Montana Olive Oil* nannte,
eine kleine Flasche Chili-Öl mit Kokos und Limette. Sie hätte am
liebsten noch viel mehr mitgenommen, doch sie war zu Fuß unterwegs und musste ihren Kaufdrang somit etwas in Schach halten. In
einer kleinen Seitenstraße, unweit der Shoppingmall, entdeckte Elena ein kleines Café. Durchs Schaufenster erkannte sie die einladende
Kuchentheke. Ihr Herz machte einen Sprung. Hier war sie richtig.
Mit strahlenden Augen betrat sie die gut besuchte Lokalität. Sie
verschaffte sich einen Überblick über das Kuchenangebot und setzte sich dann an einen kleinen freien Zweiertisch. Auf dem Tisch
standen eine Blumenvase aus rosafarbenem Porzellan, eine wohlig
duftende Kerze und ein Zuckerstreuer. Zudem lag auf jedem Tisch
eine Karte mit dem aktuellen Kuchenangebot, und Elena stellte fest,
dass es alles gab, was das süße Herz begehrt. Von reich verzierten
Torten, Pasteten, Cupcakes bis hin zu Cookies war alles dabei. Die
Entscheidung würde ihr schwer fallen. Doch sie musste sich beeilen,
da die Kellnerin schon freundlich lächelnd auf sie zukam. Elena
bestellte einen Cappuccino und ein Stück Schokoladen-Cranberry-
Torte. Dann holte sie ihr Handy aus der Handtasche und widmete

sich den zahlreichen verpassten Nachrichten. Die meisten stammten von Clara. Sie war Elenas beste Freundin und ihre Kollegin in dem kleinen Café in Hamburg. Sie wollte wissen, ob sie den langen Flug gut überstanden und mit dem Autokauf alles geklappt hatte. Ob ihr die Farm gefiel und die Leute nett waren. Wie die Unterkunft war und ob es hübsche Männer in der Stadt gab. Ob sie schon Heimweh hatte und warum sie sich nicht meldete. Elena atmete tief durch und rieb sich die Schläfen. Das war typisch Clara. Fragen über Fragen, ohne Luft zu holen. Elena war froh, dass sie auf der Farm keinen Handyempfang hatte, sonst würde sie das ganze Jahr nicht zur Ruhe kommen, weil Clara ihr täglich Tausende von Nachrichten schicken würde. Zwar hatten ihr auch andere Freunde und Arbeitskollegen geschrieben, doch hatten die es bei einer Nachricht belassen. Bei einem Blick in ihr E-Mail-Postfach entdeckte sie zwischen etlichen Werbemails eine Nachricht von ihrer Tante Charlotte. Sie erkundigte sich nach Elenas Wohlbefinden und wünschte ihrer Nichte eine schöne und aufregende Zeit in dem fremden Land. Elena freute sich sehr über die Worte ihrer Tante und merkte, wie ihr eine einzelne Träne die Wange hinunterlief.

Elena ließ sich Stück für Stück des absolut köstlichen Kuchens schmecken und genoss das Ambiente des gut versteckten Cafés. Erst als sie den Kuchen komplett aufgegessen hatte, widmete sie sich den Antwortschreiben auf ihre Nachrichten, wobei der Text für Clara mit Abstand am längsten ausfiel. Als sie fertig war, zeigte ihr ein Blick auf die Uhr, dass es höchste Zeit war, die Rechnung zu verlangen. Die Zeit während des Einkaufsbummels und im Café war doch schneller vergangen als gedacht. Ryan wollte sie um 16 Uhr wieder abholen, also blieb ihr nur noch eine Viertelstunde, um zu der Straße zu gelangen, wo Ryan sie am Morgen abgesetzt hatte. Und sie wollte ihn auf keinen Fall warten lassen.

Es war kurz vor 16 Uhr, als Elena an der großen Hauptstraße ankam. Ryan war zum Glück noch nicht da. Es war kalt und Elena vergrub ihre Hände in den Jackentaschen, während sie auf Ryan wartete. Sie beobachtete die Autos, die aus der Ferne kamen und schließlich an ihr vorbeifuhren. Ryans Jeep war nicht dabei. Ein Blick auf die Uhr verriet ihr, dass es bereits zehn nach vier war.

Vielleicht stand er irgendwo im Stau. Immerhin war jetzt mehr auf den Straßen los als in den frühen Morgenstunden. Sie nahm es gelassen und las sich eine Werbetafel durch, auf der es um eine der örtlichen Bierbrauereien ging. Minuten um Minuten vergingen, doch von Ryan fehlte noch immer jede Spur. Langsam machte sich Unbehagen in ihr breit. Seit über einer halben Stunde wartete sie nun schon. Er konnte sie doch unmöglich vergessen haben, oder doch? Was, wenn er einen Unfall hatte? Oder wenn er sie gar nicht abholen wollte? Schließlich hatte er keinen Hehl daraus gemacht, dass er mit ihrer Anwesenheit nicht gerade glücklich war. Doch seit Freitagabend dachte oder hoffte Elena zumindest, dass sie diesen Zwist hinter sich gelassen hatten. Die Zeit verging und Elena war mulmig zumute. Eine innere Unruhe erfüllte ihren Körper. Was würde sie tun, wenn Ryan nicht kam? Sie konnte ihn nicht anrufen. Sie konnte niemanden anrufen. Fünf Minuten würde sie noch warten, dann würde sie zu der Tankstelle gehen, die sich ein paar Hundert Meter die Straße runter befand und an der sie sich zu Mittag schon das Sandwich gekauft hatte. Sie hoffte inständig, dass Ryan jede Sekunde angefahren kommen würde, doch das tat er nicht. Auf ihrem Weg zur Tankstelle drehte sie sich fast im Sekundentakt um, um zu schauen, ob nicht doch ein Auto anhielt, wo sie bis eben gewartet hatte. Doch da war nichts. An der Tankstelle angekommen, kaufte sie eine Straßenkarte der Region und schnappte sich obendrein noch eine Wanderkarte der umliegenden Wälder. Man konnte ja nie wissen. Sie holte sich eine Flasche Wasser aus dem großen Getränkekühlschrank, bezahlte und eilte zurück zu der Stelle, wo sie auf Ryan warten sollte. Es war gleich 17 Uhr und von Ryan war noch immer nichts zu sehen. Sie merkte, wie Tränen der Verzweiflung ihre Augen füllten. Ihr blieb nichts anderes übrig, als die Straßenkarte aufzuschlagen und loszulaufen. Im Grunde musste sie immer nur geradeaus. Die Idaho Street, auf der sie sich befand, ging praktisch nahtlos in den US Highway 2 über. Wenn sie dieser Straße folgte, würde sie irgendwann nach 80 Kilometern Fußmarsch in Happys Inn ankommen. Sie schob die Gedanken beiseite, was wohl in einer, in zwei oder in drei Stunden sein würde. Was passieren würde, wenn die Sonne unterging und es dunkel wurde. Es gab keine Straßenlaternen an der Bundesstraße und ihr Akku würde nicht lange durchhalten, wenn sie die Taschenlampenfunktion vom Handy benutzen würde. Angst und Wut lähmten ihren Körper, doch sie musste weiter.

Nach einer guten Dreiviertelstunde hatte Elena die Stadt weitestgehend hinter sich gelassen. Nur vereinzelte Häuser erstreckten sich noch entlang der Straße. Vor ihr lagen nun der endlos scheinende Highway und die dunklen Wälder Montanas. Die Straßenkarte brauchte sie jetzt nicht mehr. Wenn sie der Bundesstraße folgte, würde sie früher oder später ihr Ziel erreichen. Sorgfältig faltete sie die Landkarte und wollte sie gerade in ihrer Tasche verstauen, als ein ohrenbetäubend lautes Hupen sie zusammenschrecken ließ. Ein riesiger Lkw kam neben ihr zum Stehen und der Fahrer lehnte sich auf den Beifahrersitz und ließ die Scheibe herunter. „Na Süße, kann ich dich mitnehmen?", lispelte er. Elena sah zu ihm hinauf. Er war um einiges älter als sie, trug ein abgewetztes grünes Cappy, unter dem vereinzelte fettige Haarsträhnen hervorlugten. Sein Bart war ungepflegt und über der rechten Augenbraue hatte er eine lange Narbe. „Nicht nötig, danke", entgegnete Elena und versuchte, ihrer Stimme Ausdruck zu verleihen. „Ich bin gleich da." Sie zeigte auf ein Grundstück, das sich in einigen Metern Entfernung befand. „Wirklich schade", zischte der Lkw-Fahrer und zwinkerte ihr zu. Elena atmete auf, als sich der Lastwagen von ihr entfernte. Vielleicht hätte sie nicht immer so viel *Criminal Minds* schauen sollen, ging ihr durch den Kopf. Dieser Mann sah aus wie der perfekte Serienkiller und sie stellte das perfekte Opfer dar. Eine junge Frau, die einsam und allein auf einem Highway in der Wildnis Montanas unterwegs war. Wenn sie diesen Tag überleben sollte, konnte sie ja einen Krimi schreiben.

Elena hatte sich daran gewöhnt, dass immer mal wieder Autos an ihr vorüberfuhren, doch plötzlich schoss ein großer schwarzer Wagen an ihr vorbei und kam wenige Meter weiter am Straßenrand zum Stehen. Elena stoppte und ihr Herz schlug bis zum Hals. Es war Ryan. So dankbar sie auch war, dass er endlich da war, so sauer war sie auch darüber, welchen Qualen er sie die letzten zwei Stunden ausgesetzt hatte. Sie lief zum Wagen und stieg auf der Beifahrerseite ein. „Elena, es tut mir so leid", redete er auf sie ein. „Ich bin ewig nicht aus Polson weggekommen und dann war diese dumme Baustelle zwischen Lakeside und Somers, deren Ampelgrünphase unterirdisch kurz war." Er machte eine Pause und merkte, dass sie ihn ansah. Ihre Augen zeigten deutlich, wie verletzt und fertig sie war. „Es tut mir so leid", wiederholte er und betonte dabei jedes einzelne Wort. Elena richtete den Blick auf die Straße. „Fahren Sie einfach", sagte sie mit schwacher Stimme. Ryan nickte stumm und fuhr los. Er war froh, dass er sie gefunden hatte. Die ganze Fahrt von Polson zurück nach Kalispell saß er wie auf heißen Kohlen. Mit jeder Minute, die er sich verspätete, wurde er nervöser, und als Elena schließlich nicht am Treffpunkt war, bekam er Panik. Er fuhr erst die umliegenden Straßen ab und überlegte dann, was Elena in solch einer Situation wohl tun würde. Er war sich sicher, dass sie irgendwie versuchen würde, nach Happys Inn zu kommen, also würde er einfach die Straße abfahren, in der Hoffnung, sie irgendwo anzutreffen. Und er war unendlich erleichtert, dass er sie jetzt wieder bei sich wusste.

Obwohl Michelles CD lief, herrschte Stille im Wagen. Elena wollte nicht reden und Ryan traute sich nicht, etwas zu sagen. Ein ganzes Gebirge war von Elenas Schultern abgefallen, seit sie wohlbehütet bei Ryan im Auto saß. Sie war unsagbar froh, dass ihr die schier endlose Wanderung nach Happys Inn durch die nächtlichen Wälder Montanas erspart blieb. Sie würde weder von wilden Tieren gefressen noch von pädophilen Serienkillern ermordet werden. Nur Ryan sollte aufpassen, dass sie ihn nicht eines Tages noch mal umbringt. Plötzlich grummelte Elenas Magen. „Haben Sie Hunger?", fragte er und drehte sich zu ihr. „Nein", gab sie ihm zu verstehen, den Blick weiterhin auf die Straße gerichtet. Und wie sie Hunger hatte, wollte es Ryan gegenüber aber nicht zugeben. Doch sie hatte die Rechnung ohne ihren Magen gemacht, der kurz darauf erneute knurrte. „Sie haben Hunger." Diesmal war es keine Frage mehr, sondern eine Feststellung. Sie hatten gerade das Ortseingangsschild von Marion passiert, als Ryan den Blinker setzte und die Straße verließ. „Was tun Sie da?", wollte Elena wissen. „Wir gehen jetzt was essen", gab er ihr frohen Mutes zu verstehen.

Er parkte den Jeep vor einem kleinen Grill-Restaurant und betrat mit Elena den Gastraum. Es war gut was los am Sonntagabend, doch ein paar freie Tische gab es noch. Elena bestellte eine Cola und Spare Ribs. Ryan schloss sich ihr bei der Cola an, entschied sich beim Fleisch jedoch für ein Rib-Eye-Steak. Elena war froh, dass er auf Alkohol verzichtete, immerhin mussten sie noch ein ganzes Stück fahren. „Hatten Sie einen schönen Tag in Kalispell?", erkundigte sich Ryan bei ihr. Elena warf ihm einen grimmigen Blick zu. „Also, mal abgesehen von..." Er schaute beschämt zur Tischplatte. „Ja, mal abgesehen von hatte ich einen wirklich schönen Tag." Elena trank einen Schluck. „Das freut mich." Ryan schenkte ihr ein verhaltenes Lächeln. „Was haben Sie sich angesehen?" Elena überlegte kurz. „Ich war im Park, in der Center Mall, hab die Main Street erkundet, war auf dem Friedhof..." Elena sah Ryans irritierten Blick und machte eine Pause. „Sie waren auf dem Friedhof?", fragte er nach. „Ja", bestätigte Elena, als wäre es das Normalste der Welt. „Wieso?", wollte Ryan wissen. „Es ist ein sehr schöner Friedhof", erklärte sie ihm. Ryan schüttelte nur den Kopf und war froh, dass in diesem Moment das Essen kam. „Wie war's in Polson?" Elena sah Ryan wissbegierig an. „Sehr schön", sagte er und seine Augen leuchteten. „Was haben Sie gemacht?" „Ich war in der Kirche." Ryan schnitt sich ein großes Stück Steak ab und steckte es sich in den Mund. Elena sah ihn überrascht an. „Sie waren in der Kirche?" Ryan nickte. „Mit wem? Und wieso in Polson?", sprudelte es nur so aus Elena heraus. Doch Ryan bekam keine Gelegenheit, zu antworten. Ein Mann mittleren Alters trat beschwingt an ihren Tisch heran. „Mr. Flanagan, was für eine freudige Überraschung, Sie hier zu sehen." Er klopfte Ryan auf die Schulter und reichte ihm die Hand. „Mr. Frye." Ryan lächelte gezwungen. Seine Augen blieben regungslos. Der Mann hatte längeres weißes Haar, das er größtenteils unter einem hellen Westernhut verbarg. Sein weißer Bart erstreckte sich über die gesamte untere Gesichtshälfte. Was Elena stutzig machte, war seine Kleidung. Er trug einen dunklen Anzug, welcher in völligem Kontrast zu seinem Hut stand. Er wirkte wie ein Geschäftsmann, der versuchte, sich optisch den Menschen hier anzupassen, um Eindruck zu schinden und dazuzugehören, was ihm ganz und gar nicht gelang, wie Elena fand. „Ich hoffe, Sie konnten Ihren Freund zur Vernunft bringen, damit er sich die Sache nochmal durch den Kopf gehen lässt." „Ich denke, die Antwort von Mr. Corman, hinter der ich zu 100 Prozent stehe, war unmissverständlich, Mr. Frye", machte Ryan ihm deutlich. „Also finden Sie sich damit ab." Der weißhaarige Mann wollte gerade etwas erwidern, als sein Blick auf Elena fiel, die das Geschehen bisher still beobachtet hatte. „Oh, wie unhöflich von mir. Wenn ich mich Ihnen vorstellen darf, junge Frau", wandte er sich an Elena. „Steven Frye", sagte er und reichte ihr die Hand. „Elena Lindenberg", stellte sich vor und schüttelte ihm die Hand. „Welch wundervoller Name. Er klingt so", er kniff die Augen zusammen und überlegte. „Deutsch", half ihm Elena auf die Sprünge. „Sie sagen es." Ein breites Grinsen zog sich über sein Gesicht. „Kommen Sie von da?" „Ja", bestätigte Elena. „Nun, vielleicht können Sie, eine Frau von Welt, den beiden Männern noch einmal ins Gewissen reden." Elena legte nachdenklich die Stirn in Falten und Ryan schüttelte nur fassungslos den Kopf. „Hinsichtlich welcher Sache", wollte Elena wissen. „Er will aus der Farm einen Vergnügungspark machen", platzte es zornig aus Ryan heraus. „Keinen Vergnügungspark, mein Guter. Einen Wildlife-Adventurepark. Ein Vergnügen für Jung und Alt. Die Farm und das umliegende Land eignen sich perfekt dafür. Der Hof liegt auf einer riesigen Lichtung mitten in den Bergen Montanas. Stellen Sie sich nur mal diese Kulisse vor", erzählte er euphorisch und sah Elena dabei mit leuchtenden Augen an. „Wissen Sie, ich muss sie mir nicht vorstellen. Ich sehe sie jeden Tag. Ich sehe die Berge, die Wälder und die weitläufige Grasebene. Ich höre die Vögel, die in den Bäumen ihre Lieder singen, und das Rauschen der Wälder im Wind. Und ich würde nicht wollen, dass sich daran etwas ändert. Weder jetzt noch zukünftig", gab sie ihm zu verstehen. Ryan sah sie an. Ihre Worte waren wie Balsam für seine Seele. „Aber junge Dame, überlegen Sie doch, wer von diesem Park alles profitieren würde." Elena wurde zornig. Das schleimige Gehabe und Gerede dieses Mannes machten sie wütend. „Mr. Frye…" Er lächelte sie erwartungsvoll an. „Ich denke, Sie haben schon mehrfach eine mehr als eindeutige Antwort auf Ihre Frage bekommen, also sollten Sie einfach akzeptieren, dass Ihr ach so toller Abenteuerpark seinen Platz nicht auf dieser Lichtung finden wird. Abgesehen davon, finde ich es äußerst unhöflich, dass Sie uns hier und jetzt damit behelligen. Ich bin hier, um mit meinem Freund in Ruhe zu Abend zu essen und möchte dabei nicht von Ihnen belästigt werden. In diesem Sinne noch einen schönen Abend." Sie wandte sich von ihm ab und widmete sich ihren Spare Ribs. Dem Mann im Anzug war das Lachen vergangen. Er tippte höflich an seinen Hut und zog von dannen. Ryan sah Elena mit großen Augen an. Sie zuckte bloß mit den Schultern. „Musste ja mal gesagt werden." Ryan hätte sie dafür küssen können. Ihr war das Fleckchen Erde, das er seine Heimat nannte, in den wenigen Tagen, die sie erst da war, schon so ans Herz gewachsen, dass sie es voller Inbrunst verteidigte.

Die Teller waren leer und die Mägen gut gefüllt. Elena lehnte sich in ihrem Stuhl zurück und betrachtete Ryan. „Was läuft da zwischen Ihnen und Cara Michaels?" Ryan verschluckte sich fast an seiner Cola, als er die Frage hörte. „Wie bitte?" Entgeistert sah er zu ihr rüber. „Ich weiß, Sie mögen keine persönlichen Fragen, aber Cara hat mir gegenüber äußerst deutlich gemacht, dass Sie…" Sie zeigte mit dem Finger auf ihn. „… ihr gehören." „Was?" Ryan war fassungslos. „Also, was läuft da?", ließ Elena nicht locker. Ryans Blick wurde finster. „Wir haben ab und an ein bisschen Spaß zusammen, mehr nicht", erklärte er. „Weiß Cara denn, dass es für Sie nur Spaß ist?" Ryan musste lachen. „Cara schläft mit dem halben County." Elena rümpfte angewidert die Nase. „Und dafür sind Sie sich nicht zu schade?" Ryan senkte verlegen den Blick. „Es geht mich ja auch nichts an und im Grunde interessiert es mich auch nicht. Nur vielleicht sollten Sie einfach mal mit ihr reden und in Erfahrung bringen, ob es für sie wirklich nur Spaß ist. Oder ob sie am Ende doch mehr empfindet, als Sie denken. Denn allem Anschein nach sieht sie in mir eine Rivalin, was Sie angeht." Ryan sah Elena nachdenklich an. „Ich meine ja nur", gab sie zu bedenken.

Als sie die Farm erreichten, lag der Hof völlig im Dunkeln. Darrens Auto stand vor dem Haupthaus, aus welchem aber kein Licht drang. Vermutlich war er schon schlafen gegangen. Ryan parkte den Jeep vor seiner Hütte. Beide schnappten sich ihre Sachen und stiegen aus. „Danke, dass Sie mich mitgenommen haben", sagte Elena über die Motorhaube hinweg. „Hab ich gern gemacht", gab ihr Ryan zu verstehen. „Und entschuldigen Sie bitte nochmal die Unannehmlichkeiten. Das tut mir wirklich leid." Elena schüttelte den Kopf. „Ist schon okay. Ich bin zu Hause, das ist die Hauptsache." Sie wünschte ihm eine gute Nacht und lief zu ihrer Hütte. „Gute Nacht", erwiderte Ryan und stieg die Stufen der Veranda hinauf, drehte sich dann aber noch einmal um. „Elena…" Sie steckte die Schlüssel in die Tür und schaute über die Schulter zu ihm. „Sie sind wirklich in Ordnung." Was er sagte, klang aufrichtig und Elenas Mundwinkel zuckten. Sie ließ Ryans Worte jedoch unkommentiert in der frostigen Nachtluft zurück und schloss die Tür hinter sich. Ryan betrat seine Hütte und lehnte sich mit dem Rücken an die geschlossene Eingangstür. „Ich bin zu Hause", wiederholte er flüsternd ihre Worte und ein Kribbeln durchfuhr seinen Körper.

Kapitel 7

Elena saß auf den hölzernen Stufen vor ihrer Hütte und genoss die Wärme der Sonnenstrahlen, die den Hof in goldenes Licht tauchten. Der Wind spielte mit ihren Haaren. Es war ein milder, sonniger Montagmittag. Am Himmel, der sich azurblau über die Lichtung wölbte, war fast keine Wolke zu sehen. Aus dem Wald drang das Geräusch von Motorsägen. Das mussten die Jungs sein, die ihrer Arbeit nachgingen. Sie hätte ihnen gern geholfen, statt unnütz auf der Farm herumzusitzen. Doch als Elena am Morgen aufgestanden war, waren die Autos bereits weg gewesen. Also blieb ihr nichts weiter übrig, als sich hier die Zeit zu vertreiben. Sie schlenderte über den Hof und entdeckte dabei die Pferde, die auf einer Koppel hinter Ryans Hütte grasten. Sie stieg auf die erste Sprosse der Abzäunung und beobachtete die anmutigen Tiere. Der braune Hengst, auf dem Ryan neulich ausgeritten war, war eines von ihnen. Dann waren da noch zwei Stuten. Eine hatte ein gelbliches Fell und eine helle Mähne, wohingegen die andere Stute rötlich-braun war und eine dunkle Mähne trug. Es waren wunderschöne Tiere. Sie rannten umher und genossen ihren Freilauf in vollen Zügen. Ihr seidiges Fell glänzte in der Sonne. Elena sah ihnen freudig zu und hoffte, dass sie eines Tages mal auf einem von ihnen ausreiten dürfe.

Erst, als sie Autos auf den Hof fahren hörte, fiel Elena auf, dass die Motorsägen verstummt waren. Sie sprang vom Zaun herunter und lief zur Scheune. An zwei der drei Autos hingen Anhänger mit Unmengen kleinerer und größerer Baumstammrollen. „Wow, das ist ja mal eine Menge Holz", stellte Elena mit großen Augen fest. „Das ist noch gar nichts", erklärte Darren. „Wenn es für den Winter reichen soll, müssen wir noch viele solcher Hänger voll nach Hause bringen." „Ich kann gerne helfen", bot sich Elena an. Ryan musste lachen. „Was?", wollte Elena wissen. Darren warf ihm einen scharfen Blick zu. „Das ist lieb Elena. Aber es wäre zu gefährlich, dich mitzunehmen, wenn wir die Bäume fällen." Darren schenkte ihr ein warmes Lächeln. „Dann helfe ich euch eben hier. Ich kann Holz hacken", ließ Elena nicht locker. Ryan schüttelte kommentarlos den Kopf. Darren lachte, fasziniert von Elenas Beharrlichkeit. „Gut, wir werden sehen." „Hallo Elena", klang es freudig vom Haupthaus. Joe kam beschwingt die Veranda herunter. „Hey Joe, schön dich zu sehen." Sie lächelte ihm freudig zu. Er ging zu ihr und umarmte sie herzlich. Ryan beobachtete die beiden und verspürte plötzlich ein Gefühl von Neid. Nur zu gern wäre er jetzt an Joes Stelle gewesen. Dann wäre er es, der Elena in seinen Armen hielte. Er löste seinen Blick von den beiden und versuchte, sich dem Holz zu widmen. „Joe macht Schluss für heute, also falls du in die Stadt willst…", erklärte Darren. „Ja, ich kann dich gern mitnehmen", bestätigte Joe. „Das wäre fantastisch", freute sich Elena. Da würde sie das schöne Wetter nutzen können, um Happys Inn zu erkunden. „Ich hole dich am späten Nachmittag wieder ab", sagte Darren, wuchtete eine Holzrolle vom Hänger und trug sie zur Scheune.

Was man Joes Pick-up optisch bereits ansah, merkte man während der Fahrt umso deutlicher. Bei jeder kleinen Unebenheit des Weges polterte und krachte es, dass Elena nicht sicher war, ob es der Wagen in einem Stück durch den Wald schaffen würde. Joe hingegen saß tiefenentspannt am Steuer und es machte fast den Anschein, als würden seine Ohren die beunruhigenden Geräusche gar nicht wahrnehmen. Und vielleicht war es tatsächlich so. Vielleicht waren diese Laute von berstendem Metall für ihn mit der Zeit Normalität geworden. Elena hingegen beunruhigten sie schon ein wenig, doch sie versuchte, sich nichts anmerken zu lassen. Sie hoffte einfach, dass sie heil in der Stadt ankommen würden.

„Wie kommt es, dass du so früh Feierabend machst?", wollte Elena wissen. „Ach, weißt du, das ärgert mich selbst." Joe wirkte sichtlich unzufrieden. „Bei dem Wetter hätte man noch gut was schaffen können, aber ich habe heute Nachmittag einen wichtigen Arzttermin in Kalispell." „Nichts Ernstes, hoffe ich?" Elena sah besorgt zu ihm rüber. „Nein, nein", beruhigte er sie. „Sie wollen einen Leberfleck entfernen. Keine große Sache, aber es muss halt gemacht werden." Elena atmete erleichtert auf. „Am meisten ärgert mich daran, dass ich die nächsten Tage nicht arbeiten darf, weil sonst die Gefahr bestünde, dass die Nähte aufreißen." „Das ist aber ganz normal", erklärte Elena. „Ich weiß schon." Joe richtete seinen Hut. „Deshalb wollte ich die OP auch auf einen Freitag legen, weil wir am Wochenende ja ohnehin nichts machen, aber da waren schon alle Termine vergeben." „Das mit den Terminen ist immer so eine Sache. Das ist in Deutschland nicht anders." Elena strich sich eine Haarsträhne aus dem Gesicht. „Aber dann kann ich die Tage vielleicht für dich einspringen und sie lassen mich zumindest beim Holzhacken helfen." Joe musste lachen. „Ich denke nicht." „Abwarten", sagte Elena entschlossen. „Du lässt nicht locker, was?" „Niemals", gab sie ihm lächelnd zu verstehen. „Wo in Kalispell ist die Klinik, in die du musst?", wollte Elena wissen. „Zwischen dem Grand View und dem Lawrence Park, in Northridge Heights", versuchte ihr Joe zu erklären. „Ah okay. Ich glaube, so weit nördlich war ich gestern nicht." „Gestern?" Joe warf ihr einen irritierten Seitenblick zu. „Ja, ich war gestern in Kalispell. Ryan musste nach Polson und hat mich netterweise mitgenommen und mich unterwegs abgesetzt", erklärte sie ihm. „Ich bin überrascht, dass er dich hat mitfahren lassen. Sonst hat er immer einen engen Zeitplan, wenn er nach Polson fährt." Elena wurde hellhörig. „Er fährt öfter nach Polson?" „Ja", bestätigte Joe. „Fast jedes zweite Wochenende." „Weißt du, was er dort macht?" Neugierig schielte sie zu ihm. „Er besucht seine Grandma." Elena traute ihren Ohren nicht. Von allem, was sie sich ausgemalt hatte, wäre das das Letzte gewesen, womit sie gerechnet hätte. Aber irgendwie freute es sie. Es ließ Ryan gleich menschlicher wirken.

Joe parkte seinen Wagen vor einem kleinen Häuschen, dessen weiß gestrichene Holzfassade im Sonnenlicht strahlte. Es war umgeben von hohen Nadelbäumen und lag etwas außerhalb vom Kern des kleinen Örtchens. Joe hatte Elena angeboten, sie am Café oder am Pub abzusetzen, doch sie wollte gern sehen, wo er und Michelle lebten. Zwar hatte er ihr zu verstehen gegeben, dass er nördlich der Stadt etwas abgelegen wohnt und es ein kleiner Fußmarsch zurück wäre, doch den nahm Elena gern in Kauf. Sie hatte Zeit, das Wetter zeigte sich von seiner besten Seite und sie wollte Happys Inn ohnehin ein wenig erkunden. Warum also nicht bei Joes Haus damit anfangen?
Das Haus war nicht besonders groß und wirkte von außen wie jedes andere. Doch Joe zeigte Elena, warum er damals unbedingt dieses

Haus haben wollte. Was es für ihn so besonders machte. Er führte sie um das Häuschen herum und plötzlich verstand Elena, warum es für Joe keinen besseren Ort gab. Ihr bot sich ein atemberaubender Blick über einen weitläufigen See, dessen Namen sie leider nicht kannte. Nadelbäume säumten lückenlos das gesamte Ufer. Weit und breit war kein Haus zu sehen, kein Zeichen von Zivilisation. Es war Natur in seiner reinsten Schönheit. Eine kleine Treppe führte hinunter zum Wasser, wo sich ein hölzerner Steg befand, der in den See hineinragte. Am Ufer lag ein blaues Ruderboot, auf dem in weißen, handgeschriebenen Buchstaben das Wort *Michelle* geschrieben stand. Sie musste die glücklichste Frau der Welt sein, dachte Elena. Sie hatte einen so wundervollen Mann wie Joe an ihrer Seite. Sie hatten ihr eigenes kleines Häuschen, lebten im Einklang mit der Natur und hatten den größten Swimmingpool, den man sich überhaupt nur vorstellen konnte, direkt vor der Haustür.

„Es ist wunderschön." Elenas Blick glitt noch immer überwältigt über den See. „Ja", bestätigte Joe und seine Augen strahlten voller Freude und Dankbarkeit, hier leben zu dürfen.

Elena wollte Joe nicht länger aufhalten. Er musste noch duschen und sich für seinen Arztbesuch zurechtmachen, also wünschte sie ihm alles Gute für die Operation und verabschiedete sich.

Sie schlug nicht den Weg ein, den sie mit Joe gekommen war, sondern ging bewusst in die andere Richtung, da sie nicht am Highway zurücklaufen wollte. Die Straße, auf der sie lief, war nicht geteert. Das waren hier nur die Bundesstraße, die an Happys Inn vorbeiführte und Kalispell im Flathead County mit Libby im Lincoln County, etwas weiter nördlich gelegen, verband, und die Straßen im Kern der Stadt. Aber im Gegensatz zum holprigen Waldweg, der zur Farm führte, waren die Straßen und Wege in Happys Inn eben und in gutem Zustand und erinnerten weitaus mehr an befestigte Straßen als die Wege in den Wäldern außerhalb der Stadt. Auf ihrem Spaziergang kam sie an vereinzelten Häusern und Grundstücken vorbei. Sie wirkten wie wahllos in der Natur verstreut, und manche waren so zwischen Bäumen versteckt, dass man sie kaum wahrnahm. Die Sonne brannte auf den Weg herab und

Elena öffnete den Reißverschluss ihrer Jacke. Seit sie in Montana angekommen war, war ihr nicht mehr so warm gewesen wie in diesem Augenblick. Doch sie beschwerte sich nicht. Sie genoss die Wärme auf ihrer Haut. Gerade jetzt, wo die vergangenen Tage mit ihren niedrigen Temperaturen bereits gezeigt hatten, dass der Winter unmittelbar vor der Tür stand, mussten kostbare Tage wie dieser, wo die Sonne noch einmal alles in helles Licht und Wärme tauchte, richtig ausgekostet werden, um die Batterien für frostige Zeiten aufzuladen.

Sie merkte, wie die Häuserdichte an der Straße zunahm, je näher sie der Ortsmitte kam. Dennoch wirkte es keineswegs städtisch oder zugebaut. Überall waren Bäume und Sträucher. Sie standen auf den Grundstücken und um die Grundstücke herum. Die Bevölkerung nahm zu, die Natur aber keineswegs ab. Happys Inn war ein kleines Örtchen, das sich wunderbar in die Landschaft integrierte und im Einklang mit ihr lebte, was Elena sehr zusagte. Nach so einem Ort hatte sie gesucht.

An einer kleinen Weggabelung stand eine Kirche, das wohl höchste Gebäude der Stadt, auch wenn es nur der Kirchturm war, der in den Himmel ragte. Seitlich davon befand sich ein kleiner Friedhof und im Hintergrund sah man das satte Blau des Crystal Lake. Es sah wunderschön aus. Einfach, aber wunderschön. Sie ließ die Kirche hinter sich, bog nach links ab und erkannte in einiger Entfernung das Schild der Tankstelle. Joe hatte von einem größeren Fußmarsch zurück in die Stadt gesprochen, weshalb Elena umso erstaunter war, dass sie ihr Ziel schon erreicht haben sollte. Immerhin waren erst zwanzig Minuten vergangen, seit sie sich von Joe verabschiedet hatte.

Als sie die Tankstelle erreichte, fiel ihr Blick auf einen Mann, der etwas abseits auf einer Bank saß und auf den See hinausblickte. War das Ari? Sie sah ihn nur von hinten, doch sie hätte schwören können, dass es der Mann war, den sie neulich Abend betrunken im Wald aufgesammelt hatten. Zögernd ging sie auf ihn zu und blieb dann kurz vor der Bank stehen. „Mr. Spencer?", fragte sie unsicher. Der Mann drehte sich zu ihr. Er war in den Sechzigern und hatte dunkles Haar, das er unter einem schlichten beigefarbenen Basecap versteckte. An den Seiten erkannte man schon deutlich graue Stellen. Er hatte einen weißgrauen Schnurrbart und Fältchen um die Augen und auf der Stirn. Er sah aus wie ein Mann, der in seinem Leben schon viel durchgemacht haben musste. Sein Blick wirkte traurig, hellte aber auf, als er Elena sah. „Oh, die nette junge Lady von neulich Abend. Setzen Sie sich." Er deutete auf den freien Platz neben sich. Elena ließ sich nicht lange bitten und gesellte sich zu ihm. Der Ausblick war unglaublich. Der See schien endlos und funkelte wie Diamanten im Sonnenlicht. „Wie geht es Ihnen?", erkundigte sie sich. „Gut." Er machte eine kurze Pause. „Besser… Es tut mir wirklich sehr leid, dass Sie das mitbekommen mussten. Ich bin kein Trinker, wenn Sie das vielleicht denken sollten…" „Mr. Spencer, Sie müssen sich weder entschuldigen noch rechtfertigen. Jeder durchlebt irgendwann einmal schwere Zeiten und jeder geht anders damit um." Elena legte ihm sanft die Hand auf die Schulter. „Ryan hat mir von Ihrer Frau erzählt und auch, dass Ihre Tochter Anfang des Jahres nach Chicago gezogen ist." Traurigkeit kehrte zurück in Aris Augen. „Sie fehlt mir. Sie fehlen mir beide." Die Worte fielen ihm schwer. „Der Tod war eine Erlösung für Gemma, da bin ich mir sicher. Doch für mich ist jeder Tag ohne sie eine Qual. Und seit auch noch meine Tochter fort ist, ist es fast unerträglich. Durch manche Tage komme ich besser als durch andere. Doch diese zermalmende Leere in mir drin ist allgegenwärtig." „Darf ich fragen, woran Ihre Frau gestorben ist?" Ari sah sie an. „Bauchspeicheldrüsenkrebs… Die Ärzte konnten nichts mehr für sie tun." Er schüttelte den Kopf. „Doch am schlimmsten ist, dass sie im Krankenhaus gestorben ist. In einem kühlen, sterilen Raum. Sie hätte zu Hause sein müssen, da, wo sie sich immer am wohlsten gefühlt hat." „Es tut mir so leid, Mr. Spencer." Elena kämpfte mit den Tränen. Ari drehte sich zu ihr und sah ihr tief in die tränennassen Augen. „Ihre Augen erinnern mich an sie. Sie haben das gleiche Grün und strahlen die gleiche Herzensgüte aus." „Deswegen haben Sie mich neulich Abend Gemma genannt", erinnerte sich Elena. Ari nickte nur. „Wie dumm, nicht wahr?" „Nein, gar nicht. Ich kann das sehr gut verstehen." Elena lehnte sich zurück und sah auf den See. „Meine Mom trug immer so ein No-Name-Parfüm aus dem Supermarkt", fing sie zu erzählen an. „Sie hätte sich jedes andere Parfüm leisten können, doch sie liebte diesen Duft einfach." Elena hielt kurz inne. „Und immer, wenn ich es nach dem Tod meiner Eltern an jemandem gerochen habe, hat es mich an sie erinnert." Ari lauschte aufmerksam ihren Worten. „Ich wusste, dass sie tot war und dennoch habe ich mich jedes Mal umgedreht, in der Hoffnung, sie würde vor mir stehen. Dieser Duft fühlte sich einfach so vertraut an." Ari legte tröstend seine Hand auf ihren Oberschenkel. „Scheint, als wären Sie auch schon durch schwere Zeiten gegangen." „Ja", bestätigte Elena und wischte sich eine Träne aus dem Gesicht.

Für einen kurzen Augenblick schwiegen beide und genossen einfach den Moment. „Sie haben es wunderschön hier", sagte Elena dann. „Ist Hamburg denn nicht schön?", wollte Ari wissen. Elena sah ihn überrascht an. Woher wusste er, dass sie aus Hamburg kam? „Happys Inn ist ein kleiner Ort. Da machen Neuigkeiten schnell die Runde. Abgesehen davon ist Beth eine kleine Plaudertasche." Ari zwinkerte Elena zu. „Verstehe." Elena musste lachen. „Ich bin übrigens Elena. Elena Lindenberg." Sie reichte ihm freudig die Hand. „Archibald Spencer. Aber meine Freunde nennen mich Ari, wenn du verstehst, was ich damit sagen will." Er legte seine Hand in ihre und lächelte ihr zu. „Hab verstanden, Ari. Freut mich sehr", gab sie ihm schmunzelnd zu verstehen. „Schön." Ari strahlte geradezu vor Freude, was Elena sehr glücklich machte. Die Freude stand ihm besser als die Traurigkeit, aber das war wohl bei jedem so. „Hast du dich gut eingelebt?", wollte Ari dann wissen. „Ja, ich denke schon. Mich ärgert nur, dass ich ständig auf jemanden angewiesen bin, wenn ich in die Stadt will oder dergleichen." Der Unmut darüber stand Elena förmlich ins Gesicht geschrieben. „Wie meinst du das?", hakte Ari nach. „Ich habe mir in Missoula ein Auto gekauft, nachdem ich gelandet war. Nur leider ein Auto, was mir hier überhaupt nichts nutzt. Ich hätte nie gedacht, dass die Farm so weit weg vom Schuss liegt und man quasi einmal quer durch den Wald muss, um sie zu erreichen." Elena atmete tief durch. „Na ja, jetzt steht mein Auto nutzlos vor Beths Café und ich muss immer Darren, Ryan oder Joe fragen, ob sie mich mit in die Stadt und wieder zurück nehmen können. Und noch ein Auto kann ich mir nicht leisten." „Der silberne Honda Accord, der auf dem Parkplatz vorm Café steht, gehört dir?" „Ja", bestätigte Elena verwundert. „Hast du die Schlüssel dabei?" „Ich glaube schon." Sie schaute sicherheitshalber schnell nochmal in ihrer Handtasche nach. „Ja, hab ich. Wieso?", wollte sie wissen. „Komm mit", sagte Ari und stand von der Bank auf. „Wir machen einen kleinen Spaziergang zum Café." „Was hast du denn vor?", fragte Elena etwas überrumpelt und irritiert. „Das erzähl ich dir, wenn wir da sind." Elena verstand die Welt nicht mehr. Doch sie stand auf und folgte ihm.

„Um auf deine Frage von vorhin zurückzukommen...", begann sie, während sie gemeinsam die Straße entlangliefen. „Hamburg ist sogar eine sehr schöne Stadt, doch kann man sie keineswegs mit einem Ort wie Happys Inn vergleichen. In Hamburg ist alles geschäftig, laut, groß und ruhelos. Natürlich kann ich mich ins Auto setzen und zum Meer fahren, aber ich kann nicht wie du zur Haustür rausgehen, mich auf eine Bank setzen und das hier bestaunen." Sie zeigte mit einer ausholenden Bewegung auf die umliegende Landschaft. „Das sind hundert Prozent Lebensqualität." „Ja, doch wenn man allein ist, sind es nur noch fünfzig Prozent Lebensqualität", sagte Ari mit gedämpfter Stimme. „Du bist nicht allein, Ari", gab ihm Elena zu verstehen. „Du hast deine Tochter, die Leute aus der Stadt und ich werde auch noch ein bisschen da sein", sagte sie und stieß ihm schmunzelnd gegen die Schulter. Ari lächelte und nickte ihr bejahend zu.

Das Auto stand noch genauso da, wie sie es bei ihrer Ankunft verlassen hatte. Eine dünne Staubschicht hatte sich auf den Lack gelegt, was bei der Nähe zur Bundesstraße und dem Parkplatz, der nur aus trockener Erde bestand, kein Wunder war. Ari inspizierte das Auto mit Argusaugen. Er schlich um den Wagen wie die Katze um das Goldfischglas. Kontrollierte die Reifen, den Zustand der Sitze und prüfte besonders gründlich den Motorraum. Elena stand nur daneben und wusste noch nicht so recht, was sie davon halten sollte. Nach einer Viertelstunde war Ari mit seinem Prüfgang fertig und ließ die Motorhaube zufallen. „Das hat Potenzial", verkündete er freudig und säuberte sich die Hände an einem großen Stofftaschentuch. „Ich weiß noch immer nicht so richtig, was du vorhast", gab sie Ari zu verstehen. „Du brauchst ein Auto, und ich habe ein Auto für dich." Elenas Augen weiteten sich. „Du hast ein Auto für mich?", fragte sie aufgeregt. Ari nickte. „Wir machen ein kleines Tauschgeschäft. Du überlässt mir deinen Wagen, mit dem du hier ohnehin nichts anfangen kannst, und ich gebe dir dafür ein kleines Schmuckstück aus meiner Werkstatt, das schon viel zu lange keine Sonne mehr gesehen hat." Elenas Augen fingen an zu strahlen. „Willst du es sehen?", fragte Ari mit einem breiten Grinsen im Gesicht. „Unbedingt", erwiderte Elena freudig.

Sie fuhren in Elenas Stadtauto zurück zur Tankstelle, auf deren Rückseite sich Aris Werkstatt befand. Sie stellten den Wagen ab und Ari führte Elena zu einem Carport. Als sie hineinsah, traute sie ihren Augen nicht. Ihr Herz machte einen Sprung. Wenn das kein Auto für die Berge war, dann wusste sie auch nicht. Vor ihr stand ein großer alter Ford Pick-up Truck. Optisch erinnerte er sie ein wenig an Joes Pick-up, war aber trotz seines Alters in einem tausendmal besseren Zustand. Zu ihrer Verwunderung war er zweifarbig. Der rote Lack wurde an den Seiten von einem breiten sandfarbenen Streifen durchbrochen. Zudem hatte er eine große offene Ladefläche. Er war einfach perfekt.

„Gefällt er dir?", wollte Ari wissen. „Ari, er ist großartig. Mit sowas hätte ich im Leben nicht gerechnet." „Dann gehört er dir." Ari hielt ihr die Autoschlüssel hin. Elena zögerte. „Aber er ist doch bestimmt um einiges mehr wert als der Honda?" „Mach dir darüber mal keine Gedanken", beruhigte Ari sie. „Den Honda schlachte ich aus und dann kann man damit schon noch ordentlich Geld machen." Elena freute sich so sehr, dass sie Ari um den Hals fiel. Ari erwiderte ihre Umarmung und war froh, dass er Elena damit eine so große Freude bereiten konnte.

Sie tauschten Autoschlüssel und Papiere und Ari zeigte Elena, wie man die im Wagen befindliche Lenkradschaltung bediente, mit der sie bisher noch keine Erfahrungen gemacht hatte. Dann verabschiedete sich Elena herzlich und voller Dank von Ari und fuhr stolz in ihrem neuen eigenen Auto vom Hof.

Elena betrat das Café und begrüßte Bob, der wie immer neben der Tür am Fenster saß und in seiner Zeitung blätterte, mit einem freudigen Hallo. Er war der einzige Gast, der sich im Café befand. Er drehte sich zu ihr und tippte grüßend an seine Hutkrempe. „Beth?", rief Elena fragend, weil sie nirgends zu sehen war. „Elena." Beth kam kauend aus einer Tür, die sich hinter dem Tresen befand. „Entschuldige, ich hab nur schnell eine Kleinigkeit gegessen." „Kein Problem." „Ich habe dich vorhin mit Ari gesehen. Was habt ihr denn da draußen an deinem Wagen gemacht?", wollte Beth wissen. „Er hat mir ein Auto von sich im Tausch für meinen Wagen gegeben." Elena deutete aufgeregt nach draußen. „Den hat er dir gegeben?" Beths Augen wurden größer und größer. „Ja, ist das nicht fantastisch?" Elena war voller Freude. „Verrückt trifft es wohl eher." Beths Augen standen noch immer weit offen. „Wieso verrückt?", wollte Elena wissen. „Hast du eine Ahnung, wie viele Leute Ari diesen Wagen schon abkaufen wollten? Und er gibt ihn dir einfach so im Tausch für deinen Honda?" Beth war sichtlich fassungslos. „Was hast du denn mit Ari gemacht, dass er dir seinen kostbaren Pick-up Truck überlässt?" Elena zuckte mit den Schultern. „Wir haben uns nur nett unterhalten." „Nett unterhalten… ach so…" Beths Blicke wechselten zwischen Elena und dem Wagen auf dem Parkplatz hin und her. „Ja", bestätigte Elena lächelnd.

Es war ein tolles Gefühl, endlich allein zur Farm fahren zu können, auch wenn Elena sich erst noch an das Auto gewöhnen musste. Die Autos, mit denen sie bisher unterwegs gewesen war, waren allesamt kleiner und moderner gewesen. So ein großer Pick-up Truck war da schon eine andere Hausnummer. Sie konnte die Größe noch nicht so gut einschätzen und hoffte einfach, dass ihr auf dem schmalen Waldweg keiner entgegenkommen würde. Langsam bahnte sie sich ihren Weg über Wurzeln, Steine und Unebenheiten, und mit der Zeit bekam sie immer mehr ein Gefühl für den Wagen.

Auf der Farm kamen die Männer mit der Arbeit gut voran. Über die Hälfte des Holzes, das sie am Morgen in den Wäldern gefällt hatten, war bereits gehackt und in der Scheune aufgestapelt. Darren machte die Spaltmaschine aus und reichte Ryan, der das Holz auf altmodische Weise mit der Axt zerteilte, eine Flasche Wasser. „Pause." Ryan schlug die Axt in den Hackstock und nahm Darren die Flasche aus der Hand. Er lehnte sich gegen den Anhänger und nahm einen kräftigen Schluck Wasser zu sich. Darren tat es ihm gleich. Er betrachtete die restlichen Stämme, die sich noch auf dem Hänger befanden und wurde nachdenklich. „Vielleicht sollten wir Elenas Hilfe annehmen", sagte er dann. „Was meinst du?" Ryan sah ihn fragend an. „Na ja, wir können jede Hilfe gut gebrauchen, wenn Joe die nächsten Tage ausfällt", gab Darren zu bedenken. „Und Elena hat angeboten zu helfen." „Du glaubst doch nicht wirklich, dass sie uns eine Hilfe wäre?" Ryan lachte argwöhnisch. „Wieso denn nicht? Während sie hier das Holz spaltet, können wir bereits neues holen gehen. Und die Spaltmaschine zu bedienen, ist kein Hexenwerk." Darren trank einen Schluck Wasser, während Ryan nur den Kopf schüttelte. „Vielleicht bist du zu stolz, Hilfe anzunehmen." Darren sah Ryan mit festem Blick an. „Ich bin es nicht." Ryan sagte nichts. Er schnappte sich die Axt und platzierte einen großen Fichtenstamm auf dem Hackstock. Er wollte gerade zum Schlag ausholen, als er ein Motorengeräusch vernahm. Es klang wie ein Auto, das sich der Farm näherte. „Erwartest du jemanden?", wollte er von Darren wissen. „Nicht, dass ich wüsste." Beide Männer schauten gebannt Richtung Wald und dann sahen sie, wie ein Pick-up Truck auf den Hof gefahren kam, und erkannten, dass es Elena war, die am Steuer saß. Ryan entglitten sämtliche Gesichtszüge. Er kannte diesen Wagen. Er selbst hatte vor einiger Zeit schon einmal diesbezüglich bei Ari angefragt, doch ohne Erfolg. Und jetzt kam Elena, die gerade einmal gefühlt fünf Minuten hier war, und obendrein noch aus einem anderen Land kam, in dem Truck angefahren, nachdem sich so mancher Mann die Finger leckte. „Bitte sag mir, dass er das nicht getan hat." Darren grinste freudig und klopfte Ryan beschwichtigend auf den Rücken. „Scheint, als hätte Ari Elena schon ins Herz geschlossen."

Elena strahlte übers ganze Gesicht, als sie aus dem Auto stieg. „Scheint, als hätte dich da jemand echt gern." Darren kam lächelnd auf sie zu und bewunderte das Schmuckstück, das ab jetzt seinen Hof zieren würde, aus nächster Nähe. „Dieser Truck ist heiß begehrt. Du kannst dir was drauf einbilden, dass du ihn bekommen hast." „Ja, das habe ich schon gemerkt", sagte Elena. „Beth ist auch aus allen Wolken gefallen, als sie den Wagen gesehen hat." „Nicht nur Beth." Darren sah grinsend zu Ryan. Elena folgte seinem Blick. Ryan hatte also auch Interesse an dem Pick-up. Na das hätte sie sich ja denken können. „Wir können gern mal für einen Tag die Autos tauschen, wenn Sie wollen", rief sie ihm zu. „Nein, danke. Ich bin absolut zufrieden mit meinem Wagen", ließ sich Ryan nicht beirren und zerhackte Holzstamm um Holzstamm. Darren und Elena mussten schmunzeln. Ryans Neid und Unmut darüber, dass Elena diesen Wagen bekommen hatte, standen ihm förmlich ins Gesicht geschrieben. „Hör zu Elena, ich muss trotz allem noch mal in die Stadt und ich würde dich nicht bitten, wenn du es nicht angeboten hättest, aber kannst du vielleicht ein bisschen beim Holzspalten helfen?" Das Fragen fiel Darren schwer, doch alle würden davon profitieren, wenn sie Elenas Angebot annahmen. „Selbstverständlich", schoss es freudig aus Elena heraus. „Die kommenden Tage, wenn Joe nicht da ist, vielleicht auch?" „Ja, keine Frage. Ich freue mich, wenn ich euch helfen und ein bisschen Arbeit abnehmen kann." Elena schenkte Darren ein Lächeln, das er nur erwidern konnte. „Das ist lieb von dir, danke." „Ich geh mir nur schnell was anderes anziehen, dann bin ich gleich wieder da", verkündete Elena und wollte schon loslaufen. „Warte", sagte Darren dann plötzlich und holte aus seinem Wagen ein rot-schwarz kariertes Flanellhemd. „Das kannst du anziehen." Er reichte Elena das flauschige Kleidungsstück. „Du wirst ja sicher keine richtigen Arbeitssachen dabei haben." Elena bedankte sich und eilte zu ihrer Hütte.

Mit hochgekrempelten Hemdsärmeln stand Elena am Spaltgerät und zerteilte einen Holzstamm nach dem anderen. Die Bedienung der Maschine war schnell erklärt gewesen, sodass Darren guten Gewissens in die Stadt fahren konnte. Die Lautstärke war es, die Elena etwas störte, da eine Unterhaltung dabei fast unmöglich war. Ryan hingegen kam das mit Sicherheit sehr gelegen. Er hackte emsig sein Holz und schenkte Elena dabei nur wenig Beachtung.
Nach etwas mehr als einer Stunde waren schließlich alle Holzstämme zerkleinert und zwischen Ryan und Elena lag ein großer Haufen

voller Holzscheite. Jetzt galt es nur noch, das Holz in die Scheune zu schaffen, und die Arbeit wäre für den Tag erledigt. Elena stapelte mehrere Holzscheite auf dem Arm, fixierte alles mit ihrem Kinn und eilte damit in die Scheune, wo sie alles sorgfältig auf den bereits vorhandenen Stapel legte. Gerade, als sie die nächste Ladung in ihren Armen verstauen wollte, kam Ryan mit einem riesigen geflochtenen Korb daher. „Werfen Sie das Holz da rein, das geht schneller", gab er ihr zu verstehen. Elena tat, wie ihr gesagt wurde, und im Handumdrehen war der Korb voll. Gemeinsam trugen sie ihn in die Scheune und stapelten Holzscheit um Holzscheit sorgfältig auf. Nach etlichen weiteren Körben hatten sie es schließlich geschafft. Alles Holz war verräumt. Ryan schob den Holzspalter zurück in die Scheune, während Elena die groben Holzreste zusammenfegte und in einem Blecheimer entsorgte. „Kann ich noch etwas tun?", fragte sie dann. „Nein, wir sind fertig." Ryan schloss die große Vordertür der Scheune. „Gut, dann geh ich mir erst mal die Hände waschen." Ryan nickte und sah ihr nach.

Elena lehnte an der Abzäunung der Koppel. Sie trug noch immer Darrens Hemd, das ihr viel zu groß war und wie ein Nachthemd an ihr herunterhing. Den Kopf auf die Arme gelegt, beobachtete sie, wie die Pferde noch immer beschwingt über die Wiese rannten. Dann kam die helle Stute auf Elena zu und ließ sich von ihr am Kopf streicheln. Elena war überglücklich. „Sie haben also schon Bekanntschaft mit Pearl gemacht, wie ich sehe", ertönte es plötzlich hinter ihr. Ryan kam mit zwei Flaschen Bier auf sie zugelaufen und gesellte sich zu ihr an die Abzäunung. „Pearl? Ist das ihr Name?", wollte Elena wissen. „Ja", bestätigte Ryan. „Die dunkle Stute ist Rain und der Hengst, der, wie Sie letztens schon sehr gut erkannt haben, nicht ganz so einfach in der Handhabung ist, heißt Satchmo." „Es sind wunderschöne Tiere." „Wunderschön und genauso stur." Ryan musste lachen und hielt Elena eine Flasche hin. „Bier?" „Gerne." Elena nahm sie lächelnd entgegen. „Die haben wir uns verdient. Gute Arbeit, Elena." „Danke." Elena freute sich über Ryans Worte und stieß mit ihm an.

Kapitel 8

Elena genoss die neu gewonnene Freiheit, die ihr das eigene Auto schenkte. Jetzt konnte sie tun und lassen, was und wann immer sie wollte. Auch größere Einkäufe waren kein Problem mehr. Sie fuhr in die Stadt und besuchte Ari in seiner Werkstatt oder trank einen Kaffee bei Beth. Und seit Joe wieder arbeiten konnte, hatte sie auch Zeit gefunden, die Umgebung näher zu erkunden. So schlenderte sie durch die Straßen von Libby, besuchte den Staudamm und spazierte am Ufer des Kootenay River entlang. Die Kulisse der bereits mit Schnee bepuderten Berge stets im Hintergrund.

Es war Freitagnachmittag. Elena saß nun schon seit fast einer Stunde in Beths Café und glaubte, dass gerade jetzt, zur besten Kaffeezeit überhaupt, das kleine Lokal etwas voller werden würde. Doch von den acht Tischen, und da hatte Elena den Tresenbereich, wo sie saß, gar nicht mitgezählt, waren gerade einmal drei besetzt. An einem von ihnen saß, wie eh und je, Bob und las seine Zeitung. „Beth, wann war das Café das letzte Mal richtig voll?", wollte Elena wissen und ließ ihren Blick durch den Raum schweifen. „Was meinst du mit voll?", hakte Beth nach und sah Elena stirnrunzelnd an. „Na, dass alle Tische besetzt waren." Beth sah sie starr an und fing dann laut an zu lachen. „Was ist so lustig?" „Das gab es hier noch nie, Elena", erklärte Beth und war noch immer sichtlich erheitert. „Das ist ein kleiner Ort mitten im Nirgendwo, da darf man nicht viel erwarten." „Ich denke nicht, dass es daran liegt, Beth", sagte Elena ernst. „Happys Inn liegt auf halbem Weg zwischen Kalispell und Libby und viel mehr gibt es zwischendrin nicht. Der perfekte Ort für einen Zwischenstopp also. Noch dazu liegt dein Café direkt an der Bundesstraße. Im Grunde also die besten Voraussetzungen für ein gut laufendes Lokal." Beths Heiterkeit war verflogen und sie lauschte Elenas Worten. „Aber?", fragte sie dann. „Aber ich denke, die Leuten kommen mit falschen Erwartungen hier rein", versuchte Elena Beth zu erklären. „Wie meinst du das?", wollte diese wissen. „Beth, es steht *Café* draußen dran." „Ja, und die Leute bekommen Kaffee bei mir." Beth zeigte auf die volle Kanne auf der

Heizplatte. Elena musste schmunzeln. „Aber was ist, wenn die Leute etwas essen wollen?" Beth deutete stumm mit dem Zeigefinger auf einen Porzellanteller voller kleiner Schokoladenkekse, der mit einer Glasglocke abgedeckt neben ihr auf dem Tresen stand. Ein kleines Schild, das am Fuß des Tellers befestigt war, erklärte, dass man die Kekse für fünfzig Cent das Stück käuflich erwerben könne. Elena zog die Augenbrauen hoch und schaute verdutzt auf das Gebäckensemble. „Das sind Kekse aus dem Mini-Store", stellte sie fest. „Ja, die sind lecker, und wem das nicht reicht, der kann immer noch in den Pub gehen", machte Beth deutlich. Elena versuchte, innerlich tief durchzuatmen. „Aber wieso sollte jemand für einen Keks fünfzig Cent ausgeben, wenn er im Supermarkt um die Ecke eine ganze Packung davon für einen Dollar bekommen kann? Und wieso deine kostbare Kundschaft an den Pub abtreten? Die Leute, die hier reinkommen, die wollen kein Steak, Beth. Und noch weniger wollen sie überteuerte Kekse, die nicht größer sind als ein Einkaufschip." „Und was ist es deiner Meinung nach, das sie wollen?" In Beths Augen hatte sich ein zorniges Funkeln geschlichen, das Elena nicht entgangen war. „Kuchen", sagte sie lächelnd. „Sie wollen Kuchen und Törtchen. Sie wollen reinkommen und von dem süßen Duft so in ihren Bann gezogen werden, dass es ihnen schier unmöglich ist, ohne einen Leckerbissen wieder rauszugehen." Beth sah Elena mit großen Augen an. „Kuchen?" „Ja", bestärkte Elena sie. „Ich weiß nicht recht", sagte Beth grüblerisch. Elena drehte sich um und wandte sich an Bob, der mit der Nase in Zeitungsblättern hing. „Mr....?" Bob sah verdutzt hinter dem Tagesblatt hervor. „Thompson", sagte er. „Bob Thompson, Ma'am." „Mr. Thompson", begann Elena euphorisch und setzte sich kurzerhand ihm gegenüber an den Tisch. „Was würden Sie zu einem leckeren Stück Kuchen zu einer Tasse frisch gebrühtem Kaffee sagen?" „Kuchen..." Er rückte seine Brille auf der Nase zurecht. „Da wäre ich nicht abgeneigt. Meine Frau, Gott sei ihrer Seele gnädig, hat jeden Sonntag einen Kuchen gebacken. Das war immer ganz besonders köstlich. Bin schon lange nicht mehr in den Genuss gekommen." Elena sah Bob lächelnd an und wandte sich dann zu Beth. „Du brauchst Kuchen." „Schön", sagte Beth etwas überfordert. „Aber wo um alles in der Welt soll ich denn Kuchen herbekommen? Ich kann Kaffee kochen, aber nicht Kuchen backen." Und plötzlich kam Elena eine Idee. Sie ging zum Tresen, trank schnell den letzten Rest Kaffee, den sie noch in der Tasse hatte, und schnappte sich ihre Sachen. „Ich muss los, Beth. Wir sehen uns morgen", sagte sie und eilte zur Tür. „Auf Wiedersehen, Mr. Thompson." Und schon war sie verschwunden. Bob sah irritiert zu Beth, welche nur mit den Schultern zuckte.

Elena setzte sich ins Auto und fuhr nach Kalispell. Beth brauchte Kuchen, also sollte sie Kuchen bekommen. Backen war schon immer eine von Elenas Leidenschaften gewesen und obendrein hatte sie ein Händchen für filigrane Arbeiten. In Deutschland hatte sie ihren Freundeskreis des Öfteren mit ihren kleinen süßen Kreationen ins Schwärmen gebracht. Was in Hamburg funktionierte, musste doch auch hier möglich sein. Und wenn Beth damit ihren Umsatz verbessern konnte, umso besser.
Sie parkte ihren Wagen vor einem großen Einkaufszentrum im Norden der Stadt und bahnte sich ihren Weg durch die Haushaltswarenabteilung. Neben diversen Backformen landeten Spritzbeutel und Tüllen, ein Handmixer, Messbecher und Rührschüsseln, ein Teigschaber und andere Backutensilien im Einkaufswagen. Für den späteren Transport des Gebäcks kaufte Elena Kuchenkartons und Plastikboxen in verschiedenen Größen. Zu guter Letzt ging sie im Kopf ein paar Rezepte durch und sammelte die dafür notwendigen Zutaten zusammen. An der Kasse stockte Elenas Herz für einen kurzen Moment, als die Kassiererin die zu zahlende Summe nannte. Doch dann erinnerte sie sich wieder, dass es für einen guten Zweck war. Sie verstaute die Einkäufe auf der Rückbank des Trucks und machte sich auf den Heimweg.

Es war fast dunkel, als Elena die Farm erreichte. Sie parkte direkt vor ihrer Hütte, um die Sachen nicht zu weit schleppen zu müssen. „Elena", ertönte Joes Stimme, als sie gerade die letzte Tüte aus dem Auto holte. „Darren und ich fahren zum Pub. Kommst du auch?" „Vielleicht später, wenn ich es schaffe", rief sie ihm zu und hievte die schwere Tragetasche ins Haus. Joe wunderte sich, dass sie so kurz angebunden war, dachte sich aber nichts weiter dabei.

Nachdem Elena alles verräumt hatte, machte sie sich an die Arbeit. Sie verteilte Papierförmchen in die Mulden eines Muffinblechs, schaltete den Backofen ein und widmete sich dann dem Teig. Mit dem Mixer schlug sie Butter und Zucker schaumig auf und fügte anschließend Eier hinzu. Dann mischte sie Mehl, Kakao- und Backpulver sowie Salz und rührte dies gemeinsam mit etwas Milch unter die Butter-Zucker-Mischung. Zum Schluss hackte sie noch dunkle Schokolade klein und mengte die Stückchen unter die Teigmasse, welche sie dann gleichmäßig auf die Förmchen verteilte. Zum Schluss schob sie alles in den Ofen und stellte den Timer ihres Smartphones auf 25 Minuten. In der Zwischenzeit bereitete sie aus Mascarpone, Puderzucker, geschlagener Sahne und etwas löslichem Kaffeepulver ein leckeres Frosting zu.

Während die Muffins auskühlten und das Frosting im Kühlschrank etwas an Stabilität gewinnen konnte, machte sich Elena eine Kleinigkeit zu essen. Mit einem vollen Teller Bohneneintopf machte sie es sich auf dem Sofa bequem und genoss die wohlige Wärme des Kaminfeuers. Es war lange her, dass sie zuletzt gebacken hatte, und sie spürte, wie sehr es ihr gefehlt hatte und jetzt umso mehr Freude bereitete. Ein Blick auf die Uhr sagte ihr, dass es höchste Zeit war, die Muffins zu verzieren, wenn sie heute noch in den Pub wollte. Sie füllte die Mascarponecreme in einen Spritzbeutel mit Sterntülle und zauberte mit geübten Handbewegungen wunderschöne Rosen auf die Muffins. Für den letzten Feinschliff streute sie kleine Schokoladenperlen obendrauf und fertig waren sie, ihre Cupcakes.

Es war spät, als sie am Pub ankam. Der Parkplatz war wie jeden Freitag- und Samstagabend gut gefüllt und so musste sie ihren Wagen etwas abseits abstellen, weil alle anderen Plätze bereits belegt waren. Joes Pick-up stand direkt vorm Eingang. Er würde froh sein, dass sie doch noch kam. Dann würde er Darren nicht zurück zur Farm fahren müssen.

Drinnen war es laut. Die Musik kam kaum gegen den Geräuschpegel der Gespräche an. Elena suchte den Raum mit ihren Blicken ab und entdeckte die Männer in einer der Sitzlounges in der hintersten

Ecke des Pubs. Zu ihrer Verwunderung waren nicht nur Darren und Joe da. Auch Ryan und Michelle saßen mit am Tisch. „Michelle, heute ganz ohne Schürze?" Elena trat lächelnd an den Tisch heran. „Elena, hi." Michelle sprang auf und umarmte sie. „Ja, ist mein freies Wochenende", freute sie sich. Joe und sie rückten zusammen, dass auch Elena auf der Sitzbank Platz nehmen konnte. „Du willst doch heute nichts trinken, oder Elena?" Joe sah sie mit Rehaugen an. Elena musste lachen. „Nein, Joe. Ich bleibe wie du bei Cola und nehme die Jungs mit zurück." Joe fiel ein Stein vom Herzen. „Du bist ein Engel", bedankte er sich. „Was hab ich verpasst?", fragte Elena dann in die Runde. „Abigail kommt nächste Woche zum Herbstfest", teilte Michelle freudig mit und zeigte dabei auf Darren. „Abigail? Deine Freundin?" Elena sah Darren fragend an. „Ja, ich freu mich tierisch. Wir haben uns fast zwei Monate nicht gesehen." Seine Augen strahlten. „Das freut mich." „Sie kann zwar nur diesen einen Tag bleiben, aber Hauptsache ich kann sie endlich sehen und in den Arm nehmen." „Nur das", neckte Ryan von der Seite. „Du bist unverbesserlich, Ryan Flanagan", sagte Michelle und warf eine zerknüllte Serviette nach ihm. Er lachte nur. „So eine Fernbeziehung muss echt hart sein, nicht wahr?", wollte Elena von Darren wissen. „Du hast keine Ahnung, wie sehr." „Ich freue mich jedenfalls, Abigail endlich kennenzulernen." „Sie kann es auch kaum erwarten." Darren zwinkerte ihr zu und nahm einen kräftigen Schluck aus seiner Bierflasche. „Okay…" Wer weiß, was Darren Abigail alles über sie erzählt hatte. „Jetzt müsst ihr mir nur noch verraten, was das für ein Herbstfest ist, das nächste Woche hier stattfinden soll." „Eigentlich ist es ein Halloween- Herbstfest", gab Joe zu bedenken. Stimmt, nächste Woche war Halloween, das hatte Elena ganz vergessen. „Für die Kinder ist es Halloween, für die Erwachsenen eher ein Herbstfest", erklärte Michelle. „Zumindest hab ich die letzten Jahre noch keinen Erwachsenen im Kostüm angetroffen." „Das kann sich ja dieses Jahr ändern, wenn du dich als Teufel verkleidest", richtete Ryan seine Worte an Michelle. „Der Teufel würde dir um einiges besser stehen als mir, Ryan", gab Michelle scharfzüngig zurück. „Findet das Ganze hier im Ort statt?", wollte Elena wissen. „Ja, wir haben eine Art Festwiese direkt am Ufer des Crystal Lake", erklärte Darren. „Es ist ein ausgelassenes Fest mit Musik und Tanz und allerhand Verköstigungen." „Klingt gut." Elena lächelte in die Runde. „Ich geh uns mal was zu trinken holen", sagte Michelle und quetschte sich an Elena vorbei. „Heute ist so viel los, dass Tammy kaum hinterherkommt." Elena rutschte etwas weiter in die Bank hinein und zog sich die Jacke aus. Die vielen Menschen heizten den Raum ordentlich auf. Auf dem Tisch stand eine Schale mit Chips und Nüssen, der Elena unmöglich widerstehen konnte. Sie nahm sich eine kleine Hand voll Erdnüsse und steckte sich jede Nuss einzeln in den Mund. Dabei bemerkte sie, dass Joe ihr mit dem Gesicht immer näher kam. Sie schielte zur Seite und erkannte, dass Joe an ihrem Pullover zu riechen schien. Es war ihr so suspekt, dass sie schmunzeln musste. Auch Darren und Ryan war nicht entgangen, was Joe da trieb, und sahen ihn beide skeptisch an. „Joe." Der Klang, den Darrens Stimme annahm, klang wie ein Rüffel. Joe schaute erschrocken auf. „Alter, was ist denn mit dir nicht richtig?" Ryan schüttelte fassungslos den Kopf. „Rieche ich so schlimm?", wandte sich Elena an Joe und musste lachen. „Gott, nein. Du riechst absolut süß, einfach zum Anbeißen", erklärte er und hielt seine Nase noch einmal an Elenas Pullover. Darren schüttelte lachend den Kopf, während sich Ryan entrüstet die Hände vors Gesicht hielt. „Da bin ich mal fünf Minuten nicht da und schon beschnupperst du andere Frauen." Michelle, die Hände voller Getränke, stand argwöhnisch und mit hochgezogener Augenbraue vor der Sitzlounge und sah Joe an. Etwas ängstlich sah er zu Michelle, die keine Miene verzog. „Rückt mal, dass ich mich setzen kann", sagte sie dann grinsend und Joe atmete auf. Sie stellte die Getränke ab, verteilte sie und setzte sich dann an den äußeren Rand der Bank. „Michelle, riech du mal an Elenas Pullover", sagte Joe über Elenas Schulter hinweg zu seiner Freundin. „Mhhh", schwärmte sie, als sie selbst ihre Nase an das wollige Kleidungsstück hielt. „Süß wie ein Törtchen." Elena musste lachen, und bis auf Ryan stimmten alle mit ein. Er wusste nicht, was das alles sollte. Mit zusammengekniffenen Augen betrachtete er Elena, die herzlich lachend zwischen Michelle und Joe saß. Welchen Geruch hatte sie an sich, der die beiden so faszinierte? Er selbst hatte bislang noch nie einen süßlichen Duft in ihrer Gegenwart wahrgenommen.

Elena war so durstig, dass sie das große Cola-Glas mit einem Zug zur Hälfte leerte. „Hat dir Ryan eigentlich deine CD schon wiedergegeben?", wandte sich Elena an Michelle, welche sie nur fragend ansah. „CD?" Ryans Augen weiteten sich. „Ja, die CD von Ed Sheeran, die du in seinem Jeep vergessen hast", erklärte Elena. Joe verschluckte sich an seiner Cola, weil er so lachen musste, als er das hörte. „Entschuldigt mich", sagte Ryan eilig. „Ich geh mal kurz an die Luft." Darren ließ ihn durch und Ryan verschwand Richtung Tür. Irritiert sah ihm Elena nach. „Michelle hat in ihrem ganzen Leben noch keine CD von Ed Sheeran besessen." Joe musste immer noch lachen. Fragend sah Elena Michelle an, die nur den Kopf schüttelte. „Ich höre fast ausschließlich Rock'n'Roll. Und ich habe unzählig viele CDs von Elvis Presley. Aber mit Ed Sheeran kann ich nicht viel anfangen." Verwirrt sah Elena in die Runde. „Aber wem gehört die CD denn dann?" Michelle biss sich auf die Lippe, während Darren und Joe vielsagende Blicke tauschten. „Ryan ist ein riesiger Ed Sheeran-Fan", eröffnete Darren ihr dann. „Es ist seine CD?" Darren nickte und Elena war fassungslos. „Aber wieso hat er das dann nicht einfach gesagt?" Darren zuckte mit den Schultern. „Vielleicht war es ihm peinlich."

Ryan stand auf der Veranda vorm Pub und ärgerte sich über sich selbst. Es war nur eine Frage der Zeit gewesen, bis diese kleine Lüge auffliegen würde. Wieso hat er ihr nicht einfach die Wahrheit gesagt? Sie teilten beide die Leidenschaft für den gleichen Künstler und dessen Musik. Doch eigentlich wollte Ryan nicht, dass er und Elena irgendwelche Gemeinsamkeiten hatten. Das würde es ihm nur umso schwerer machen, Abstand von ihr zu halten. Bisher war es ihm ganz gut gelungen, seinen Kopf die Entscheidungen treffen zu lassen. Würde erst sein Herz das Ruder übernehmen, wäre er verloren. Mit tiefen Atemzügen inhalierte er die klare frische Luft in seine Lungen. Er hatte sie angelogen, und wovor er am meisten Angst hatte, war die Ungewissheit darüber, wie Elena damit umgehen würde.

„Ryan, dich hat man ja schon eine Weile nicht mehr hier gesehen." Sein Blick folgte der vertrauten Stimme und er erkannte Cara, die grazil die wenigen Stufen zur Veranda heraufstolzierte. Sie hatte ihm jetzt gerade noch gefehlt. „Wir hatten einiges auf der Farm zu tun", erklärte er ihr. „Aber habt ihr denn dafür nicht eure kleine deutsche Hilfskraft?" Sie lehnte sich aufreizend zu ihm ans Geländer und sah ihm tief in die Augen. Zorn stieg in ihm auf, doch er versuchte, sich zu beherrschen. „Elena ist keine Hilfskraft, sondern unser Gast", machte er ihr deutlich. „Aber über sie wollte ich sowieso noch mit dir reden." „Was du nicht sagst." Cara kniff die Augen zusammen und war voller Erwartung, was jetzt kommen würde. „Ich weiß nicht, was in dich gefahren ist, Elena zu erzählen, ich würde dir gehören." „Tust du das denn nicht?", fiel sie ihm süffisant grinsend ins Wort. Ryan schüttelte lachend den Kopf. „Nein, Cara." Er ging einen Schritt auf sie zu. „Wir hatten ein paarmal unseren Spaß, nicht mehr und nicht weniger." „Wir hatten sogar eine Menge Spaß", hauchte sie ihm anzüglich entgegen und begann mit ihren Fingern, die Knöpfe seines Hemdes zu umspielen. Kraftvoll packte er ihre Hand und Wut spiegelte sich in seinen Augen. „Halte dich von Elena fern", erklärte er mit Nachdruck. „Und von mir am besten auch." Er stieß sie von sich und ließ sie stehen.

Die Runde war am Lachen, als Ryan wieder zu ihnen stieß. Das Thema CD schien zum Glück vom Tisch zu sein. Er entledigte sich seiner Jacke und setzte sich. Die Begegnung mit Cara hatte ihn aufgeregt. Also griff er zu seiner Bierflasche und trank daraus, um seine Nerven zu beruhigen. Dann merkte er, dass Elenas Blick auf ihm ruhte. Sie sah ihm direkt in die Augen. War es Missbilligung, die in ihrem Blick lag, oder Enttäuschung? Ryan konnte es nicht genau deuten. Doch er war weder mit der einen noch mit der anderen Option wirklich glücklich. Sie sagte kein Wort. Sie sah ihn einfach nur an. Doch ihr Blick sagte mehr als tausend Worte. Ryan konnte dem Ausdruck ihrer Augen nicht länger standhalten. Er stellte die Flasche ab und senkte beschämt den Blick.

„Guten Morgen, Beth", betrat Elena enthusiastisch das Café. „Was bringst du denn da angeschleppt?", wunderte sich Beth, als sie den

großen Karton in Elenas Händen sah. „Das wirst du gleich sehen."
Behutsam stellte sie den Karton auf den Tresen. „Sieh rein", forderte sie Beth freudig auf, die Elena zunächst ungläubig ansah, dann aber doch den Deckel abnahm und ins Innere des Kartons lugte. Begeistert von dem Anblick, der sich ihr bot, blieb Beth der Mund offen stehen. Im Karton befanden sich wunderschön verzierte Cupcakes, wie sie sie noch nie zuvor gesehen hatte. „Was um alles in der Welt ist das denn?" Elena strahlte über das ganze Gesicht. „Das sind Schokoladen-Cupcakes mit Mascarpone-Kaffee-Frosting", erklärte sie stolz. „Und wo hast du die her?" „Die habe ich gebacken." Staunend sah Beth zu Elena. „Die hast du gemacht?" Elena nickte. „Ja, und ich möchte, dass du sie hier verkaufst." „Okay…" Einerseits war Beth etwas überrumpelt, andererseits freute sie sich aber auch, dass ihr kleines Café plötzlich mit solch bezaubernden Köstlichkeiten aufwarten konnte. „Was bekommst du denn dafür?", wollte Beth wissen. „Beth, ich will kein Geld dafür haben. Ich will dir einfach dabei helfen, das Geschäft etwas in Schwung zu bringen. Und am Ende des Tages werden wir ja sehen, ob es was bringt." „Ich weiß nicht, was ich sagen soll." Elena schenkte ihr ein sanftes Lächeln. „Wie wär's mit *Danke, Elena*?" Beth musste lachen. „Danke, Elena." Sie kam hinter ihrem Tresen hervor und umarmte Elena innig. „Du bist absolut verrückt und großartig zugleich." Elena grinste. „Und, da eine gute Verkäuferin ihre Ware kennen sollte,…" Sie schielte zu den Cupcakes. „… gieß uns schnell Kaffee ein und lass uns probieren." Das ließ sich Beth nicht zweimal sagen. Heißer Kaffee landete in zwei Tassen und dann stießen Beth und Elena freudig mit ihren Cupcakes an.

Die Schokoladenkekse aus dem Supermarkt mussten den köstlichen selbst gebackenen Leckerbissen von Elena weichen. Beth drapierte die kleinen Kunstwerke auf dem Tresen und deckte sie mit Glasglocken ab. Sie konnte sich kaum satt sehen an der Schönheit der Gebäckstücke. Dann betrat Ryan das Café. Er wünschte beiden einen guten Morgen und bestellte bei Beth einen Kaffee zum Mitnehmen. „Was machen Sie am Samstag in der Stadt?", wollte Elena wissen. „Ich hab in Libby was zu erledigen", antwortete er knapp. „Und Sie?" „Kaffee trinken." Elena hielt ihm ihre Tasse hin. „So, ein Kaffee to go." Beth stellte Ryan einen kleinen weißen Pappbecher hin. „Macht ein Dollar fünfzig." Er wollte gerade bezahlen, als sein Blick auf die Cupcakes neben ihm fiel. Sie sahen zum Anbeißen aus. „Was ist das?" „Schokoladen-Cupcakes mit Mascarpone-Kaffee-Frosting", erklärte ihm Beth und sah dabei schmunzelnd zu Elena. „Was ist denn mit den Schokoladenkeksen aus dem Mini-Store?" „Es war Zeit für was Neues." Sie stützte sich auf den Tresen und sah keck zu ihm. „Willst du einen? Kosten zwei Dollar das Stück." Ryan zögerte kurz, doch sie sahen einfach zu gut aus, um ablehnen zu können. Beth holte einen unter der Glasglocke hervor und stellte ihn mit Serviette neben Ryans Kaffeebecher. Er bezahlte und verabschiedete sich. Die Frauen sahen ihm nach, bis er um die Ecke verschwand. „Zwischen euch scheint es immer noch recht förmlich zuzugehen", stellte Beth fest. „Mit Ryan ist es wie mit einer Achterbahn. Es geht rauf und runter." Elena drehte sich zu ihr. „Mal ist alles wunderbar und wir können ganz normal miteinander reden, und im nächsten Moment scheint es, als hätte jemand eine riesige unüberwindbare Mauer zwischen uns aufgebaut." Sie stöhnte und trank einen Schluck Kaffee. „Ryan ist schwierig, mach dir nichts draus." Mitfühlend legte sie ihre Hand auf Elenas. Plötzlich schraken beide zusammen, als die Tür aufflog und Ryan im Sturmschritt an den Tresen geeilt kam. „Beth, gib mir noch eins von den Dingern." Er zeigte auf die Cupcakes und legte zwei Dollar auf den Tresen. „Probieren Sie einen, Elena. Die sind verteufelt gut", sagte er und verließ ein zweites Mal, bewaffnet mit einem von Elenas süßen Köstlichkeiten, das Café. Die Frauen sahen einander an und mussten lachen.

Am späten Nachmittag fuhr Elena noch einmal in die Stadt, um zu sehen, wie viele Cupcakes Beth wohl an den Mann und die Frau bringen konnte. Sie parkte unmittelbar vor der Tür, da sie nicht vorhatte, lange zu bleiben. Als sie das Café betrat, stellte sie überrascht fest, dass doch einige Tisch besetzt waren. Unter den Glasglocken auf dem Tresen hingegen war gähnende Leere. War es tatsächlich möglich, dass Beth alle Cupcakes verkauft hatte? Sie kam mit leerem Geschirr von einem Tisch zurück und nahm sich Elena zur Seite. „Hast du alle verkauft?", fragte Elena ungeduldig. „Ich hatte schon vor drei Stunden keinen einzigen Cupcake mehr", flüsterte Beth ihr zu. Elena sah sie ungläubig an. „Die Leute sind verrückt nach den Dingern. Eine Frau aus dem Ort hat vier Cupcakes gekauft und für ihre Familie mit nach Hause genommen. Auch Bob hat sich die Finger danach geleckt." Elenas Augen strahlten. „Das ist ja fantastisch." „Das ist total irre", bestätigte Beth. „Komm mal mit." Sie zog Elena am Ärmel und nahm sie mit hinter den Tresen, wo sie ihr eine kleine Summe Geld in die Hand drückte. „Was ist das?", wollte Elena wissen. „Dein Anteil." „Ich verstehe nicht." „Elena, die Idee mit den Kuchen ist genial und du backst wie eine Göttin." Beth war völlig aus dem Häuschen. „Du backst die Kuchen, ich verkaufe sie und den Gewinn teilen wir fifty-fifty zwischen uns auf. Das ist nur fair. Also, was sagst du dazu?" Beth sah erwartungsvoll zu Elena. „Ich würde sagen, wir haben einen Deal." Durch einen Handschlag besiegelten sie freudig ihr Abkommen.

Es war ein trüber, wolkenverhangener Sonntagmorgen. Noch bis spätabends hatte Elena in der Küche gestanden und gebacken, damit Beth ihren Gästen heute erneut frischen Kuchen anbieten konnte. Sie hatte die Anzahl der Cupcakes verdoppelt und obendrein noch eine kleine Apfeltarte gebacken. Jetzt musste sie nur noch alles sorgfältig verstauen und heil in die Stadt transportieren.

„Guten Morgen", hallte ihr Ryans Stimme entgegen, als sie aus ihrer Hütte trat. „Guten Morgen", erwiderte sie freundlich. „So früh schon auf den Beinen?" „Ja, ich muss Beth was vorbeibringen. Und selbst?" Sie lief um den Wagen herum und öffnete die Tür hinter dem Fahrersitz. „Ich fahre nach Polson." Stimmt, es war Sonntag, dachte sich Elena. „Was ist das?" Ryan zeigte auf den Karton in Elenas Händen. Sie stellte ihn auf die Rückbank und öffnete den Deckel, damit er einen Blick hineinwerfen konnte. „Sie haben die gebacken?" Überrascht sah er erst die Cupcakes und dann Elena an. „Ja", bestätigte sie lächelnd. „Die waren unglaublich lecker." „Danke." Es freute Elena, das zu hören. „Wollen Sie Ihrer Grandma einen mitnehmen?", sprach es aus und bereute es im gleichen Atemzug. Eigentlich sollte und durfte sie das gar nicht wissen. Ryans Gesichtsausdruck wurde finster, so finster, wie das verhangene Dämmerungslicht, das sie umgab. Sein stechender Blick traf Elena und versetzte ihre eine Gänsehaut. Er wandte sich von ihr ab und lief zu seinem Jeep. „Ich muss los", sagte er kalt und setzte sich in seinen Wagen. „Ja…", murmelte Elena vor sich hin, während sie Ryan dabei zusah, wie er vom Hof fuhr. Sie packte die restlichen Cupcakes ins Auto und machte sich dann frustriert auf den Weg in die Stadt.

Kapitel 9

Halloween. Der eine Tag im Jahr, an dem Hexen, Vampire, Skelette und der Tod selbst ihr Unwesen trieben. Glücklicherweise nur in Form kostümierter Menschen. Der Tag, an dem Kinder traditionell von Haus zu Haus zogen und Süßes einforderten. Gab man ihnen nichts, musste mit einem sauren Nachspiel gerechnet werden. Na ja, den weiten Weg zur Farm würde mit Sicherheit kein Kind auf sich nehmen, dachte Elena schmunzelnd, während sie ihrer Kürbisfratze den letzten Feinschliff verlieh. Zufrieden betrachtete sie ihr Werk. Es war ihr allererster Kürbis, den sie je ausgehöhlt und mit einer halloweenwürdigen Grimasse versehen hatte. Und dafür konnte er sich wirklich sehen lassen. Sie stellte ihn ans obere Treppenende ihrer Veranda und platzierte im Inneren des hohlen Kürbisses mehrere Kerzenstummel. Bevor sie später zum Herbstfest in die Stadt fahren würden, würde sie sie anzünden, damit er im Dunkeln leuchtete, wenn sie zurückkamen. Ryan kam aus seiner Hütte und sah kurz zu ihr rüber, ging dann aber wortlos Richtung Scheune. Seit Elena seine Grandma erwähnt hatte, verhielt er sich wieder distanzierter ihr gegenüber. Er sprach nur das Nötigste und ging ihr sonst eher aus dem Weg. Elena verstand nicht, was das Problem war. Vieles, was Ryan betraf, verstand sie nicht. Doch sie wusste, dass sie es nicht ändern konnte, also versuchte sie, es einfach zu akzeptieren.

Ein Auto kam auf den Hof gefahren. Es war Darren. Er war in den frühen Morgenstunden losgefahren, um Abigail vom Flughafen abzuholen. Jetzt waren sie da und Elenas Herz fing an zu rasen. Gleich würde sie seine Freundin kennenlernen. Sie konnte sich selbst nicht erklären, weshalb sie deswegen so nervös war. Darren war ein sympathischer, bodenständiger Mann, also würde die Frau an seiner Seite sicher nicht viel anders sein, und trotzdem schlug ihr das Herz bis zum Hals. Dann öffnete sich die Beifahrertür und Abigail stieg aus. Elena staunte nicht schlecht. Sie musste der wahrgewordene Traum eines jeden Mannes sein. Sie war groß und gertenschlank. Ihr langes braunes Haar wehte im Wind und war von einer Fülle, um welche sie so manche Frau beneiden würde. In ihren schmal geschnittenen Stoffhosen und dem violetten Mantel wirkte sie absolut elegant, und man sah sofort, dass sie in einem anderen Fashionhimmel schwebte als Elena.

Als Darren Elena entdeckte, winkte er sie zu sich. Sie atmete tief durch und lief los. Als sie am Wagen ankam, begrüßte Abigail gerade Ryan mit einer innigen Umarmung. „Schön, dich zu sehen", sagte er mit einem Lächeln. „Ich freu mich auch." Ihre Stimme klang weich und lieblich. „Abigail, darf ich dir Elena vorstellen. Eine absolute Bereicherung für die Farm." Darren kam zu ihr und legte ihr die Hand auf die Schulter. Abigail drehte sich zu ihnen herum und plötzlich stand sie in ihrer ganzen Schönheit vor Elena. Ihre perfekt geschminkten blau-grünen Augen strahlten und das offenherzige Lachen erlaubte einen Blick auf ihre perfekten weißen Zähne. Ihre Haut wirkte frisch und makellos. Hätte man nicht gewusst, dass gerade ein langer Flug und eine mehrstündige Autofahrt hinter ihr lagen, hätte man meinen können, sie käme gerade fertig zurechtgemacht aus dem Bad. „Elena, hallo." Abigail schenkte ihr eine ebenso herzliche Umarmung wie zuvor schon Ryan. „Ich freu mich so, dich kennenzulernen." Sie duftete nach Blumen und ihr Mantel fühlte sich unglaublich weich unter Elenas Fingern an. „Darren schwärmt in den höchsten Tönen von dir." Sie ließ von Elena ab und lächelte ihr freudig zu. „Tut er das?" Elena schielte verschmitzt zu ihm hoch und Darren grinste nur. „Also, Abigail und ich ruhen uns noch ein bisschen aus und ich würde vorschlagen, wir fahren gegen vier los. Ist das okay für euch?" Darrens fragender Blick wechselte zwischen Ryan und Elena hin und her. „Klingt gut", sagte Elena, während Ryan nur nickte. „Perfekt, also dann bis später." Darren legte liebevoll seinen Arm um Abigails Schultern und lief gemeinsam mit ihr die Treppe zum Haupthaus hinauf.

Frisch geduscht und angekleidet stand Elena vorm Spiegel und betrachtete sich. Hoffentlich würde ihr nicht kalt werden, dachte sie. Der Rock und das Blusentop waren aus recht dünnem Stoff. Doch ihre Überlegungen wurden jäh unterbrochen, als es an der Tür klopfte. Ein flüchtiger Blick auf die Uhr verriet ihr, dass es kurz vor vier Uhr war. Sie öffnete die Tür und trat auf die Veranda. „Kann's losgehen, Elena?", rief ihr Darren zu, der sich schon wieder auf halbem Weg zum Haupthaus befand. „Ich bin fertig", rief sie ihm zu und schloss die Tür hinter sich. Gerade als sie die Kerzen im Kürbis anzündete, kam Abigail auf sie zu. „Willst du das etwa anziehen, Elena?" Abigail musterte sie von oben bis unten. „Was ist denn nicht in Ordnung damit?", wollte Elena wissen und sah an sich herab. „Nun ja, für einen Besuch in der Kirche wäre es sicherlich bestens geeignet, aber nicht gerade für ein Herbstfest", gab Abigail zu bedenken. Wie versteinert stand Elena da und blickte entgeistert zu Abigail, die in eng anliegenden schwarzen Jeans und einem modern geschnittenen Poncho in herbstlichen Orange- und Brauntönen vor ihr stand. Ihr Haar war locker zu einem seitlichen Dutt aufgesteckt und große Ohrringe rundeten das Outfit ab. „Ich habe nur das", versuchte Elena zu erklären. „Entweder das oder Jeans und Pullover." „Ich würde dir ja was von mir zum Anziehen geben. Nur befürchte ich, dass dir meine Sachen nicht passen werden." Abigail blickte ratlos zu Elena. Ryan stand im Türrahmen seiner Hütte und beobachtete die beiden aus der Ferne. Elena trug die gleichen Sachen wie an dem Tag, als er sie vor genau drei Wochen zum ersten Mal sah. Er konnte sich noch gut an diesen Augenblick erinnern. Wie der Wind mit ihrem Haar spielte und ihre grünen Augen ihm geheimnisvoll entgegenblickten. Im Moment war es vielmehr Verzweiflung, die sich in ihnen abzeichnete, nachdem Abigail sie bezüglich ihrer Kleiderwahl ziemlich verunsichert hatte. Ryan kam ein Gedanke, doch er haderte noch mit sich, ob er es wirklich tun sollte. Andererseits wollte er auf keinen Fall, dass Elena derart unglücklich aufs Herbstfest ging. Er packte sich ein Herz und kramte aus der hintersten Ecke seines Schlafzimmerschranks einen kleinen weißen Karton hervor. Vorsichtig wischte er den Staub weg, der sich über die Jahre abgelagert hatte, und warf einen Blick hinein. Ein Anflug von Traurigkeit überkam ihn, die er jetzt auf keinen Fall zulassen würde. Er schloss den Karton und machte sich auf den Weg. Die zwei Frauen standen noch immer bei Elenas Hütte und überlegten, wie sie das Problem lösen konnten. Nicht ahnend, das Ryan die Lösung bereits in seinen Händen hielt. Er ging zu Elena und reichte ihr den Karton. „Vielleicht hilft euch das weiter." Voller Erstaunen sah sie ihn an. Für einen kurzen Moment sah er ihr tief in die Augen, wandte sich dann jedoch ab und ging zurück zur Hütte.

Elena sah ihm nach und betrachtete dann den flachen Karton in ihren Händen. „Mach ihn auf", bat Abigail erwartungsvoll. Elena nahm den Deckel ab und blickte auf ein akkurat zusammengelegtes Kleid. „Mir kommt da eine Idee", sagte Abigail, nachdem sie einen Blick ins Innere des Kartons werfen konnte. „Warte hier. Ich bin gleich wieder da." Eilig rannte sie zum Haupthaus. Elena fuhr mit der Hand über den Stoff. Es war absolut außergewöhnlich. Das Design, der Stoff, das Muster, einfach alles ließ darauf schließen, dass es aus einer vergangenen Ära stammte. Doch wo hatte Ryan es her und wieso bewahrte er es in seiner Hütte auf?

Abigail kam zurück und reichte Elena Stiefel und eine Lederjacke. „Ich denke, das harmoniert ganz gut mit dem Kleid. Die Jacke ist mir selbst etwas zu groß, aber dir müsste sie perfekt passen." „Können wir dann?" Darren kam zu Abigail und küsste ihr Haar. „Gleich, mein Schatz." „Gebt mir fünf Minuten", sagte Elena und verschwand in ihrer Hütte. „Das Frauen immer so ein Trara um ihr Outfit machen müssen." „Uns ist halt wichtig, wie wir nach außen auf andere wirken", erklärte sie ihm. „Uns oder dir?" Darren schmunzelte und gab ihr einen dicken Kuss. „Fahren wir alle mit einem Auto?", wollte Ryan wissen, der sich dazugesellte. „Nein, wir sollten mit zwei Autos fahren. Abigail und ich werden heute Abend bestimmt schon etwas früher verschwinden", erklärte Darren mit einem Augenzwinkern. „Verstehe." Ryan grinste in sich hinein. Er wusste genau, was Darren damit andeuten wollte. Kurz darauf öffnete sich die Tür und Elena trat umgezogen auf die Veranda. Ryan stockte der Atem. Er hatte nicht geglaubt, dass ihr das Kleid so gut stehen würde. Sie sah einfach umwerfend darin aus. Das senffarbene Kleid mit dem zarten Muster Tausender kleiner weißer Blüten, die nur auffielen, wenn man es aus nächster Nähe betrachtete, schmiegte sich perfekt an ihren schlanken Körper. Die dunkelbraunen Stiefel von Abigail und die dazu farblich passende Lederjacke frischten den Look auf und ließen sie jugendlicher wirken. Elena strahlte übers ganze Gesicht. „Nehmt ihr mich so mit?" Abigail hielt lächelnd den Daumen nach oben.

„Ich fahre bei Ihnen mit", sagte Ryan zu Elena, während Darren und Abigail zu ihrem Wagen liefen. Elena war überrascht, konnte er ihr doch nicht aus dem Weg gehen, wenn sie gemeinsam im selben Auto saßen. „Schön. Sie fahren", entschied sie kurzerhand und warf ihm die Autoschlüssel zu. Ryan wunderte sich zwar, widersprach aber nicht. Vielmehr freute er sich darauf, endlich einmal diesen Wagen fahren zu dürfen.

Eine ganze Weile herrschte Schweigen im Wagen, bis Elena plötzlich lachen musste. „Was ist so lustig?", wollte Ryan wissen. Grinsend schielte sie zu ihm rüber. „Sie tragen also doch Röcke." Irritiert legte Ryan die Stirn in Falten. Doch dann erinnerte er sich an die Unterhaltung, die sie geführt hatten, als er sie zum ersten Mal zur Farm gefahren hatte. Er schnaubte und schüttelte den Kopf. „Ja, aber verraten Sie es keinem." „Ich denke, dafür ist es zu spät. Es gibt bereits Zeugen", gab Elena grienend zu bedenken. „Stimmt", erinnerte sich Ryan und konnte nicht anders, als mitzulachen. Elena beobachtete ihn von der Seite. Sie mochte sein Gesicht, wenn er lachte. „Wegen neulich…", begann sie. „Was meinen Sie?", hakte er nach. „Die Sache mit Ihrer Grandma…" „Hören Sie…", unterbrach er sie augenblicklich mit kraftvoller Stimme. „Ich möchte mit Ihnen weder über meine Grandma sprechen noch über das Kleid, das Sie an Ihrem Leib tragen. Habe ich mich da klar ausgedrückt?" „Kristallklar", flüsterte Elena und saß völlig geschockt da. Ryan sah, wie ihre Hände den Stoff des Kleides umklammerten. Ihr Blick war starr auf den Wald gerichtet und sie rührte sich keinen Millimeter. Sofort bereute er, dass er sie so angefahren hatte und hätte sich am liebsten selbst dafür geohrfeigt.

Rund um die Festwiese herrschte reges Treiben. Eine nahe gelegene Wiese, die eigens für diesen Tag zum Parkplatz umfunktioniert worden war, stand voller aneinandergereihter Autos. Nur in den hintersten Reihen waren noch einige wenige freie Plätze verfügbar. Ryan parkte den Wagen direkt am Waldrand. Sie stiegen aus und Elena lief um den Wagen herum zu Ryan. „Am besten, Sie fahren heute Abend mit Darren zurück zur Farm." Sie nahm ihm die Autoschlüssel aus der Hand und machte sich auf den Weg zur Festwiese. „Elena", rief er ihr nach, doch sie kümmerte sich nicht um ihn. Wütend schlug er gegen den Pick-up Truck, was Elena nicht entging.

„Und lassen Sie Ihren Frust gefälligst nicht an meinem Wagen aus", rief sie ihm verärgert zu.

Direkt am Ufer des Crystal Lake hatte man ein großes weißes Festzelt aufgebaut, an dessen Außenwand mehrere kleinere Zelte und Pavillons angereiht waren. Vermutlich befanden sich dort die Stände, die für das leibliche Wohl der Besucher sorgen sollten. Beths Kaffee- und Kuchen-Stand würde Elena dort mit Sicherheit auch finden. Auf der Wiese vor dem Festzelt waren Stände verteilt, an denen man unter anderem regionale Produkte käuflich erwerben konnte. Eine Tombola war ebenfalls dabei. Die restlichen Anlaufpunkte waren eher für Kinder ausgelegt. Es gab Schmink- und Bastelstationen und besonders beliebt schien das Karussell zu sein, vor dem sich eine lange Schlange wartender Kinder gebildet hatte. Michelle schien recht gehabt zu haben. Kostüme sah man überwiegend an den kleinen Besuchern des Festes und da waren der Fantasie und Kreativität keine Grenzen gesetzt. So wirbelten Hexen, mit spitzen Hüten und gut modellierten Nasen, Fledermäuse und kleine Horror-Clowns, die mitunter tatsächlich zum Gruseln aussahen, um sie herum. Unmittelbar vorm Eingang zum Festzelt stand ein Pavillon, in dem kleine wie auch große Besucher des Festes ihre Fingerfertigkeit im Kürbisschnitzen unter Beweis stellen konnten. Elena sah sich ein paar der Exemplare an und stellte fest, dass ihr Kürbis da zweifelsohne mithalten konnte.

Als Elena das bereits gut gefüllte Festzelt betrat, stellte sie überrascht fest, dass es beheizt sein musste, so wohlig warm, wie es im Inneren war. Es gab eine Bühne, auf der ein DJ seine Gerätschaften aufgebaut hatte, um für die musikalische Unterhaltung des Abends zu sorgen, und eine große Tanzfläche, auf der bislang nur ein paar Kinder umhersprangen. Im übrigen Teil des Zeltes waren lange Tisch- und Bankreihen aufgestellt, an denen bereits eine Vielzahl von Leuten Platz genommen hatte. Am Rand des Zeltes befand sich, wie bereits vermutet, die Speisen- und Getränkestraße. Auch Thomas Brady, der Besitzer von Brady's Bar, hatte einen eigenen Stand.

„Hey, Beth, wie läuft's?" Elena gesellte sich zu ihr an den Kuchen-stand. „Einfach großartig. Deine Kuchen sind der Renner", freute sie sich. „Schön." Elena warf einen Blick auf die Kuchentheke und war zufrieden mit der Menge, die schon verkauft worden war. „Du siehst gut aus", stellte Beth dann anerkennend fest. „Danke." „Wo sind die anderen?" Elena sah sich im Zelt um. „Darren und Abigail schlendern draußen über die Wiese. Joe und Michelle hab ich noch nicht gesehen und Ryan kann von mir aus bleiben, wo der Pfeffer wächst." Elena merkte, dass Beths fragender Blick auf ihr lag. „Ein Wort. Achterbahn." „Verstehe", sagte Beth und hakte nicht weiter nach.

„Abigail Henson, die First Lady der Lüfte, ist in the House." Grin-send lief Joe auf Abigail zu. „Na wenn das mal nicht The One And Only Joe Morrison ist." Beide fielen sich lachend in die Arme. „Ein Glück, dass du endlich wieder da bist. Dann wird der alte Sack hier vielleicht mal ein bisschen lockerer." Er boxte Darren scherzhaft in die Seite. „Nun, leider bin ich nur eine Nacht da." „Aber in einer Nacht kann viel passieren", flüsterte er hinter vorgehaltener Hand und zwinkerte Abigail schelmisch zu. „Verschwinde, du Spinner", packte Darren ihn lachend bei der Schulter. „Sonst muss ich mir einen neuen Arbeiter suchen." „Wir sehen uns drin", rief er ihnen lächelnd zu. „Schön, dich zu sehen, Abs!"

„Michelle!" Ryan kam auf sie zu gesprintet. „Hey, Ryan." „Hast du Elena irgendwo gesehen?", wollte er von ihr wissen und schnappte nach Luft. „Nein, aber wir sind auch gerade erst gekommen", er-klärte sie ihm. „Joe wollte schon mal ins Zelt gehen, um uns Plätze zu sichern. Vielleicht ist Elena ja auch dort." „Ja, vielleicht." „Seid ihr denn nicht gemeinsam in die Stadt gefahren?", wollte sie wissen. „Doch, schon, aber…" Ryan hielt inne. „Aber?", hakte Michelle wissbegierig nach. „Na ja, könnte sein, dass ich im Auto was Dum-mes gesagt habe und sie jetzt böse auf mich ist", gab er ehrlich zu. Fassungslos schüttelte Michelle den Kopf. „Nenn mir eine Situati-on, in der du mal nichts Dummes von dir gibst." Sie verdrehte die Augen und ging weiter. Nach ein paar Metern drehte sie sich um

und sah, wie Ryan völlig betreten dastand. „Komm schon mit",
sagte sie. „Weit kann sie ja nicht sein." Ryan folgte ihr.

Im Zelt hatten sich mittlerweile Joe, Abigail, Darren und auch Elena
zusammengefunden. Sie nahmen an der Stirnseite eines langen Tisches Platz, der unmittelbar an die Tanzfläche grenzte. Joes Theorie
zufolge war das hier der beste Platz, den man überhaupt nur haben
konnte. Man war direkt an der Tanzfläche, was praktisch war, wenn
man selbst tanzen oder andere Leute einfach nur dabei beobachten
wollte. Die Getränkestände befanden sich direkt hinter einem und
der Platz an der Stirnseite war perfekt, wenn man mal schnell raus
musste, um beispielsweise auf die Toilette zu gehen oder, wie in
Joes Fall, eine zu rauchen.
„Siehst du, da sind ja alle." Michelle zeigte auf einen der vorderen
Tische, als sie und Ryan das Zelt betraten. Sie bahnten sich ihren
Weg durch die Tischreihen und erreichten schließlich den Tisch, an
dem ihre Freunde saßen. „Elena, können wir reden?", fragte er über
Abigails und Darrens Köpfe hinweg. Elena sah ihn finster an. Die
übrigen Augenpaare wechselten zwischen beiden hin und her. Elena
nahm einen tiefen Atemzug, stand widerwillig vom Tisch auf und
folgte Ryan nach draußen. „Was ist denn los?", wollte Joe wissen,
als sich Michelle neben ihn an den Tisch setzte. „Was los ist? Ryan
ist los", gab sie genervt von sich. Darren sah den beiden mit sorgenvollem Blick hinterher.

Etwas abseits des ganzen Trubels kamen beide am Ufer des Sees
zum Stehen. Elena verschränkte die Arme vor der Brust und sah zu
Boden. „Hören Sie, Elena. Ich möchte mich bei Ihnen für mein
Verhalten vorhin im Wagen entschuldigen. Ich weiß nicht, was über
mich gekommen ist. Aber es war wirklich nicht meine Absicht, Sie
so schroff anzufahren." Elena blieb stumm und rührte sich nicht.
„Ich hoffe wirklich, dass Sie mir nochmal verzeihen können." Seine
Stimme klang flehend und zitterte. „Elena?" Er legte sanft seine
Hand unter ihr Kinn, welche kurz darauf von Elena weggeschlagen
wurde. Sie hob den Blick und sah ihm wütend entgegen. Beschwich-
tigend hielt er die Hände vor den Körper. Dann sah er, dass Elena
Tränen in den Augen hatte. Dieser Anblick tat ihm so unglaublich

weh. Er wusste nicht, was er sagen sollte. Was er tun konnte. „Ihre Launen kotzen mich so an, Ryan", gab sie ihm unmissverständlich zu verstehen. „Von jedem bekomme ich gesagt, dass Sie schwierig seien. Dass Sie Zeit brauchen, sich an neue Leute zu gewöhnen und dass es mit der Zeit besser wird." Elena schüttelte den Kopf. „Gar nichts wird besser." „Elena…" „Nein, nichts Elena. Immer wenn ich glaube, dass es gerade ganz gut zwischen uns läuft, sage oder tue ich scheinbar etwas, das Sie zum Explodieren bringt, und ich weiß einfach nicht, was es ist." Elena ließ ihren Gefühlen freien Lauf und die Tränen kullerten nur so ihre Wangen hinab. „Sie geben mir ein Kleid, um mich fünf Minuten später anzufauchen, dass ich gefälligst keine Fragen darüber zu stellen habe." Ryan griff nach ihrem Arm, um sie zu sich heranzuziehen, „Nein", wehrte sich Elena dagegen. Doch Ryan ließ nicht locker. Egal, wie sehr sie auch um sich schlagen würde, er würde sie jetzt in den Arm nehmen. Und genau das tat er dann auch. Elena hörte auf, dagegen anzukämpfen, und weinte einfach nur. Er konnte ihren Herzschlag spüren, so nah war sie ihm. Ihr zierlicher Körper zitterte in seinen Armen. Wie oft hatte er sich schon gewünscht, sie einfach in die Arme nehmen zu können, ihre Wärme zu spüren und den Duft ihrer Haut zu riechen. So hatte er es sich allerdings nicht vorgestellt, und dennoch genoss er jede Sekunde, in der er sie einfach nur festhalten konnte. Sie beruhigte sich und auch ihre Atmung wurde ruhiger. „Und jetzt nehmen Sie mich in den Arm", sagte sie mit abgekämpfter Stimme. „Ja", flüsterte er sanft. „Wieso?" Er löste seinen Griff und sah sie an. „Weil ich ein dummer Idiot bin…", sagte er und wischte ihr eine Träne aus dem Gesicht. „… aber kein herzloser Mistkerl." Er schenkte ihr ein Lächeln, welches Elena zaghaft erwiderte. „Tief in mir drin sind viele böse Geister, die mich quälen und den Menschen aus mir machen, der ich bin", versuchte er zu erklären. „Es ist Halloween. Lassen Sie die bösen Geister doch einfach frei." Tiefgrüne Augen, so unschuldig und klar, blickten ihn an. „Wenn das so einfach wäre." Gedankenverloren hielt er einen Moment inne. „Meine Vergangenheit lässt mich einfach nicht los, doch ich werde versuchen, in Zukunft etwas offener damit umzugehen. Einverstanden?" Elena nickte. „Einverstanden." „Und wenn ich das nächste Mal unangemessen reagiere, hauen Sie mich einfach." „Ich haue keine Männer, die Röcke tragen", sagte sie und wischte sich die Tränen aus dem Gesicht. Ryan musste lachen. Er nahm ihren Kopf in die Ellenbeuge und zog sie zu sich ran. „Lassen Sie uns wieder zu den anderen gehen. Sonst verpassen wir am Ende noch den ganzen Spaß."

Es war Abend geworden und das Fest war in vollem Gange. Der DJ spielte Countrymusik und die Tanzfläche war brechend voll. Unzählige Lichterketten tauchten den Saal in ein warmes gelbes Licht und luden zum Verweilen ein.

„Wie haben du und Darren sich eigentlich kennengelernt?", richtete Elena ihre Frage an Abigail, die ihr genau gegenübersaß. „Im Flugzeug", rief sie über den Tisch hinweg, da der Geräuschpegel um sie herum doch recht hoch war. „Es war auf einem Flug von Missoula nach Los Angeles und Darren war mir sofort aufgefallen." „Wieso?", fragte Elena gespannt nach. „Ich hatte schon lange niemanden mehr gesehen, der eine solche Flugangst hat, wie Darren." „Da waren Turbulenzen", klinkte sich Darren in die Unterhaltung ein. „Es war ein absolut ruhiger Flug ohne nennenswerte Zwischenfälle", stellte Abigail richtig und musste lachen. „Na ja, jedenfalls musste ich mich den ganzen Flug über um den Angsthasen hier kümmern." Sie stieß ihm liebevoll mit dem Ellbogen in die Seite. „Hab ihm gut zugeredet, ihn mit Erdnüssen versorgt, was zu lesen gebracht, damit er sich ablenken konnte..." „Und dann?", fragte Michelle ungeduldig. „Nachdem wir gelandet waren, bedankte er sich bei mir, dass ich mich während des Flugs so nett um ihn gekümmert hatte. Er meinte, er würde sich dafür gern bei einem Essen revanchieren und ich solle ihn anrufen, wenn ich mal in Missoula unterwegs wäre. Er gab mir seine Nummer und verließ dann schweißgebadet das Flugzeug." „Es war heiß, deswegen habe ich geschwitzt", rechtfertigte sich Darren grinsend. „Selbstverständlich, Liebling. Dein Sitz war der einzige mit defekter Klimaanlage", sagte Abigail ironisch und strich ihm über die Wange. „Na, kann doch sein. Mal abgesehen davon hab ich die Flugangst nur vorgetäuscht, damit ich als Einziger deine volle Aufmerksamkeit bekomme." „Ja, schon klar." Abigail kicherte. „Und du hast ihn angerufen?", wollte Joe dann wissen. „Ja. Drei Wochen später hatte ich einen kurzen

Aufenthalt in Missoula und seine Nummer war schon in meinem Kurzwahlspeicher." Abigail zuckte mit den Schultern. „Was sollte ich machen? Er war süß und ging mir nicht mehr aus dem Kopf." „Süß", wiederholte Darren und zeigte dabei stolz auf sich selbst. Ryan musste lachen. „Und hast du deine Flugangst mittlerweile überwunden?", fragte Elena interessiert nach. Darren schüttelte den Kopf. „Ich hasse das Fliegen wie die Pest." „Na, das sind doch perfekte Voraussetzungen für eine lange glückliche Beziehung", erklärte Michelle grinsend und hielt ihre Bierflasche hoch. „Cheers!" Die anderen lachten und stießen mit ihr an.

„Ich hätte nie gedacht, dass hier so viel los sein würde", sagte Elena zu Beth und ließ ihren Blick durch das Zelt schweifen. Freie Plätze an den Tischen suchte man vergebens. „Das ist jedes Jahr so. Die Leute kommen aus der ganzen Gegend her, um mit uns zu feiern", erklärte ihr Beth. „Faszinierend." „Willst du was Süßes?" „Ja, deshalb bin ich hier." Elena schaute, was es noch alles gab. „Elizabeth, würden Sie mir vielleicht die Ehre erweisen, diesen einen Tanz mit mir zu tanzen?" Elena blickte auf und sah, wie ein Mann mit dunkelblondem Haar auf der anderen Seite der Kuchenauslage stand und Beth einladend seine Hand reichte. Er war vielleicht Ende dreißig, Anfang vierzig und seine Körperhaltung ließ Unsicherheit erahnen. Beth sah völlig verstört aus und wusste nicht, wie ihr geschah. „Ich, ähm... ich...", stammelte sie. „Ich kann hier nicht weg", sagte sie schließlich. „Doch natürlich. Geh ruhig. Ich halte hier kurz die Stellung", erklärte Elena mit einem Lächeln. „Was?" Beth war sichtlich überfordert mit der Situation. „Geh schon." Elena deutete mit dem Kopf zur Tanzfläche. Beth kam um den Kuchentresen herum und griff zögernd nach der Hand des Mannes. Elena nahm ihr die Schürze ab, die sie um die Hüfte trug, und wünschte ihr viel Spaß. Der Mann nickte Elena dankend zu und führte Beth schließlich auf die Tanzfläche. Elena blickte den beiden freudig nach und sammelte dann ein paar süße kleine Törtchen für sich zusammen, die sie sorgfältig auf einen Pappteller drapierte. „Können Sie was empfehlen?" Ein breitschultriger Mann mit Dreitagebart und freundlichen Augen stand vor Elena und betrachtete das Kuchenangebot. „Ja, alles", erklärte sie und lachte ihm freundlich zu. „Das müssen Sie wohl sagen." Elena schüttelte den Kopf. „Nein, ich weiß es. Ich habe es gebacken." Der Mann sah sie erstaunt an. „Alles?", fragte er und Elena nickte. „Alle Achtung", sagte er voller Anerkennung. „Ich denke, ich nehme einen Blaubeer-Muffin", entschied er sich schließlich. „Kommen Sie hier aus der Gegend?", wollte Elena wissen, während sie den Muffin auf eine Serviette stellte und ihrem Gegenüber reichte. „Nein, ich komme aus Seeley Lake, Missoula County", erklärte er und nahm ihr den Muffin aus der Hand. „Ich besuche hier nur jemanden." „Dann noch viel Spaß und lassen Sie es sich gut schmecken." „Das werde ich." Er wollte gerade gehen, drehte sich aber noch einmal zu Elena um. „Schönes Kleid, das Sie da haben." Elena sah an sich hinab und lächelte. „Vielen Dank." Sie sah ihm nach, bis plötzlich Beth auftauchte. „Na, war's schön?" Elena grinste verschmitzt. „Es war verrückt", erklärte Beth, die noch immer durch den Wind schien. „Verrückt gut oder verrückt schlecht?" „Ich bin mir nicht sicher." „Scheint, als hättest du einen Verehrer." Sie klopfte Beth auf die Schulter und ging mit ihrem Kuchenteller zurück zum Tisch.

„Wo sind die anderen?" Ryan saß allein da, als Elena den Tisch erreichte. „Joe und Michelle wollten zur Tombola und Darren und Abs hab ich vorhin grad noch am Getränkestand gesehen." „Verstehe." Elena stellte den Teller ab und setzte sich. „Darf man sich bedienen?" Ryan zeigte auf die süßen Leckereien. „Ich bitte darum. Das kann ich nie im Leben alles alleine essen." Sie reichte ihm eine Plastikgabel und er machte sich im Handumdrehen über das Zitronentörtchen her.
„Leute, wir verschwinden", verkündete Darren, als er und Abigail am Tisch vorbeikamen. „Schönen Abend euch", sagte Ryan, und Elena wünschte Abigail einen guten Flug. „Immer", erwiderte sie mit einem Augenzwinkern und beide verschwanden in der Menschenmenge. Elenas Blick hing noch immer an ihnen, obwohl sie sie kaum noch sehen konnte. „Was?", wollte Ryan wissen und folgte ihrem Blick. „Sie ist unglaublich schön", schwärmte Elena. „Wer, Abigail?" Elena nickte. „Und Sie etwa nicht?" Ryans fragender Blick ruhte auf Elena. „Verglichen mit Abigail? Nein, definitiv nicht", gab

sie ihm zu verstehen. Ryan schnaubte fassungslos. „Finden Sie, dass Michelle eine schöne Frau ist?", wollte er dann von ihr wissen. „Absolut", bestätigte sie. „Sehen Sie. Mich persönlich reizt Michelle so gar nicht." Elena runzelte die Stirn. „Aber für Joe ist sie die schönste Frau, die auf diesem Planeten umherläuft", erklärte Ryan. „Schönheit ist nicht nur das, Elena." Er zeigte auf ihr Gesicht. „Das hier macht wahre Schönheit aus", sagte er und legte die Hand auf sein Herz. Elena war fasziniert, wie tiefgründig Ryan sein konnte. Diese Seite von ihm kannte sie bisher noch nicht. Elena nickte nachdenklich. „Was ist mit Ihnen?", sagte sie dann. „Wer ist für Sie die schönste Frau, die auf diesem Planeten umherläuft?" Ungeduldige Augen sahen ihn an. Ryan erwiderte den Blick. „Abigail jedenfalls nicht", sagte er nur und nahm einen Schluck aus seiner Flasche. Gerade als Elena etwas erwidern wollte, kamen Joe und Michelle zurück und zeigten voller Stolz, was sie bei der Tombola ergattert hatten. Elena nahm den Karton unter die Lupe und erkannte, dass es sich dabei um einen Kartoffelstampfer handelt. „Das habt ihr gewonnen?" „Ja", bestätigte Joe euphorisch. „Und einen Kugelschreiber für drei Nieten." Elena musste lachen.

Ryan spürte, wie sein Handy in der Jackentasche vibrierte. Er holte es raus und las die Textnachricht. *In fünf Minuten am Eingang.* Seine Muskeln spannten sich an, sein Gesicht wurde finster. Unauffällig suchte er das Zelt mit den Augen ab. „Ist alles in Ordnung?" Elena merkte, wie sich Ryans Körpersprache veränderte. Er wirkte nervös und angespannt. „Entschuldigt mich", sagte er nur und stand auf. Elena sah ihm besorgt nach. Sollte sie hinterhergehen? In dem Moment legte jemand seine Hand auf ihre Schulter und riss sie aus den Gedanken. Sie drehte sich um und erkannte Ari. „Würdest du mir die Ehre erweisen und mit einem alten Tölpel wie mir tanzen?" „Nichts lieber als das", sagte sie mit einem herzerwärmenden Lächeln. Elena schaute sich mit sorgenvollem Blick nach Ryan um, als sie mit Ari zur Tanzfläche ging, doch sie konnte ihn nirgends sehen.

Ryan lehnte am Zelteingang und beobachtete aus der Ferne, wie Ari und Elena ihre Kreise über die Tanzfläche zogen. Sie schien eine gute Tänzerin zu sein oder Ari verstand sich darauf, seine Tanzpartnerin gut zu führen. Wie auch immer, es machte Spaß, ihnen zuzusehen. „Sie muss dir viel bedeuten, wenn du ihr das Kleid unserer Mutter gibst." Ein Mann mit rauer Stimme und breiten Schultern war an Ryan herangetreten. „Was willst du, Adam?", fragte Ryan schroff und drehte sich um. „Meinen kleinen Bruder sehen", erklärte ihm sein Gegenüber aufrichtig. „Das hast du ja jetzt, also verschwinde." Ryans Augen funkelten zornig. Adam nickte verständnisvoll. „Du willst mich nicht hierhaben, das muss ich akzeptieren." Er hielt kurz inne. „Deine Nichte feiert nächstes Jahr ihren zehnten Geburtstag", sagte er dann. „Und ihr einziger Wunsch ist es, ihren Onkel endlich einmal kennenzulernen." Er holte einen Brief aus seiner Jackentasche und reichte ihn Ryan. „Den hat sie mir für dich mitgegeben." Ryan nahm den Brief und las, was darauf stand. *Für Onkel Ryan* Die Handschrift verriet, dass es von einem Kind geschrieben worden war. Er sah seinen Bruder an und wusste nicht, was er sagen sollte. „Bitte erfüll ihr diesen Wunsch, Ryan", flehte Adam seinen Bruder an. „Wenn schon nicht für uns, dann wenigstens für dieses kleine Mädchen. Sie kann nichts für all das, was in der Vergangenheit geschehen ist." Ryan schluckte. Adam legte seinem Bruder die Hand auf die Schulter und zog dann von dannen. „Ich vermisse dich", hörte Ryan ihn noch sagen, ehe er aus seinem Blickfeld verschwand. Innerlich total zerrissen, betrachtete er abermals den Umschlag in seinen Händen. Seine Nichte, dachte er. Sie hatten Sarah also von ihm erzählt. Er steckte den Brief in die Innentasche seiner Jacke und ging zurück ins Zelt.

Im Zelt angekommen, stellte er verwundert fest, dass nur Joe und Michelle am Tisch saßen. Elena war nirgends zu sehen, weder auf der Tanzfläche noch am Getränkestand oder sonst irgendwo. Und Ari saß unterdessen wieder an seinem Männertisch, wo er bereits den restlichen Tag zugebracht hatte. Wo war sie? „Wo ist Elena?", wollte er wissen, als er sich zurück an den Tisch setzte. „Ihr war kalt", erzählte Michelle ihm. „Sie ist los, um sich ihren Pullover aus dem Auto zu holen." „Verstehe." Nachdenklich griff er nach seiner Bierflasche und drehte sie in den Händen hin und her.

Es war stockfinster. Elena leuchtete mit der Taschenlampe des Smartphones ihren Weg zum Auto ab. Sie wusste noch die grobe Richtung, in der es zum Wagen ging, nur sah im Dunkeln alles ganz anders aus. Als sie schließlich das Auto im Lampenschein vor sich sah, atmete sie auf. Sie öffnete den Wagen und kramte von der Rückbank einen weißen Wollpullover hervor. Sie legte das Handy aufs Dach, entledigte sich ihrer Jacke, und zog sich den Pullover über das Kleid. Dann zog sie die Jacke wieder an und schloss den Wagen ab. Als sie sich umdrehte, schrak sie zusammen, wobei das Handy zu Boden fiel. „Hallo hallo, was haben wir den da Leckeres?" Ein junger Typ, den sie noch nie zuvor gesehen hatte, stand unmittelbar vor ihr. Ihr Atem wurde schneller und Angst machte sich in ihr breit. Der Mann musterte Elena von oben bis unten. Dann fiel sein Blick auf das leuchtende Handy am Boden. Mit den Füßen drehte er es herum und kickte es unter den Wagen. Dann war es dunkel und Elenas Angst wuchs. Ihre Augen gewöhnten sich nur schwer an die Dunkelheit. „Hören Sie, ich möchte keinen Ärger", sagte sie mit zittriger Stimme. „Aber, das will ich doch auch nicht", versicherte er ihr. „Ich will nur ein bisschen Spaß", hauchte er. Sein Gesicht kam ihrem gefährlich nah und sie konnte seinen warmen feuchten Atem auf ihrer Haut spüren. Er stank nach Bier und Zigarettenrauch. Dann begann er an ihrem Haar zu riechen und arbeitete sich schließlich von ihrem Ohr bis hinunter zu ihrem Hals vor. Ihr Puls fing an zu rasen, ihr Atem ging schneller und schneller. Starr vor Angst presste sie sich gegen den Wagen. Was sollte sie nur tun? Die Festwiese war zu weit weg. Und auf dem Parkplatz war sie keiner Menschenseele begegnet. Sie spürte, wie seine Hand an ihrem Bein entlangstrich. Wie sie am Saum des Rockes ankam und sich langsam darunterschob. Sie wollte das nicht. Er sollte einfach aufhören und verschwinden. Sie nahm all ihren Mut zusammen und stieß ihn, so fest sie konnte, von sich weg. Es gelang ihr, sich loszureißen. Sie rannte los und schrie nach Hilfe. Doch er war schneller. Er packte sie von hinten und riss sie zu Boden.

Ryan sah ungeduldig auf die Uhr. Wie lange konnte es dauern, einen Pullover aus dem Auto zu holen? „Hey, wann genau ist Elena los, um ihren Pullover zu holen?" „Vor einer Viertelstunde vielleicht",

schätzte Joe, nach einem Blick auf die Uhr. „Wieso fragst du?",
wollte Michelle wissen. „Nur so", sagte er und stand auf. Er hatte
ein ungutes Gefühl.

Mit schnellen Schritten lief er über die Festwiese und erreichte
schließlich den Parkplatz etwas außerhalb. Von Elena noch immer
keine Spur. Die Parkreihen hatten sich bereits gelichtet und es standen nicht mehr so viele Autos da, wie es noch am späten Nachmittag der Fall gewesen war. Dann hörte Ryan ein Geräusch. Instinktiv
blieb er stehen und lauschte. Er konnte nicht einordnen, was es war.
Nur noch wenige Meter trennten ihn von Elenas Wagen und eines
stand fest, das Geräusch kam genau aus dieser Richtung. Er setzte
seinen Gang fort. „Elena?", rief er wieder und wieder. Doch keine
Antwort. Plötzlich erkannte er Umrisse. Menschliche Umrisse. Er
erkannte Elenas Kleid im fahlen Mondlicht und einen Mann, der
über ihr kniete. Er sprintete los. „Nimm deine dreckigen Pfoten von
ihr", brüllte er und riss den Mann von Elena fort. Ryan schlug ihn
wieder und wieder. Er packte ihn am Jackenkragen und stieß in weg.
„Verschwinde, du dreckiger Mistkerl. Wenn ich dich hier noch einmal zu Gesicht bekomme, bring ich dich um", schrie er ihm nach
und eilte dann zu Elena, die immer noch zitternd am Boden saß.
„Elena, geht es Ihnen gut? Hat er Ihnen was getan?" Er stützte sie
und half ihr auf. Ihre Augen schimmerten tränennass und ihr Haar
war zerzaust. Sie schüttelte den Kopf. „Mir geht's gut", sagte sie
benommen. „Ich bin froh, dass Sie da sind." Er nahm sie in den
Arm und drückte sie fest an sich. Bereits zum zweiten Mal heute,
dachte er sich, und war froh, dass ihr nichts passiert war. „Lassen
Sie uns nach Hause fahren", sagte er dann. „Ich werde Joe schreiben, dass wir los sind." Elena nickte. „Mein Handy liegt unterm
Wagen." Ryan bückte sich und hob es auf. Er wischte es an seiner
Jacke sauber und gab es ihr. „Können wir?", fragte er. Elena nickte
und stieg in den Wagen.

Kapitel 10

November

Eine ruhelose, von Albträumen geplagte Nacht lag hinter Elena. Die Vorkommnisse des vergangenen Abends hatten ihr ziemlich zugesetzt. Es war ein schönes Fest gewesen, doch im Grunde wollte sie diesen Tag einfach nur noch vergessen. Könnte sie ihn aus ihrem Gedächtnis streichen, würde sie es ohne zu zögern tun. Das Kleid, das sie von Ryan bekommen hatte, hing auf einem Bügel am Kleiderschrank. So schön und einzigartig es gestern noch für sie war, so schmerzhaft waren heute die Erinnerungen, die sie mit ihm verband. Die leichten Schürfwunden, die sie davongetragen hatte, als sie sich gegen ihren Peiniger zur Wehr setzte, würde sie noch eine Zeit lang erdulden müssen, das Kleid hingegen konnte sie schneller loswerden.

Abgesehen von ihrem eigenen Wagen war der Hof leer. Darren war unterwegs, um Abigail zurück zum Flughafen zu bringen, und vielleicht waren Ryan und Joe gemeinsam im Wald. Es war kalt und feucht und Elena fror, als sie über den Hof zu Ryans Hütte lief. Eigentlich wollte sie das Kleid an seine Tür hängen, nur gab es nichts, wo sie den Kleiderbügel fixieren konnte. Sie drehte am Türknauf und stellte überrascht fest, dass offen war. „Hallo", rief sie und lugte hinein. „Ryan?" Keine Antwort. Er schien wirklich nicht da zu sein. In der Hütte war es angenehm warm und Elena schloss die Tür hinter sich. Man erkannte sofort, dass Ryan schon länger hier lebte. Seine Hütte war um einiges gemütlicher eingerichtet als ihre. Von der Aufteilung der Räume schienen beide Hütten jedoch identisch zu sein. Zumindest machte es auf den ersten Blick den Eindruck. Sie legte das Kleid auf dem Sofa ab und stellte fest, dass dieses an der Stelle stand, wo sich bei ihr der Kamin befand. Sein Wohn-Essbereich war ohnehin komplett anders angeordnet, als es bei Elena der Fall war. Er hatte eine gemütliche Fernsehecke mit zwei großen bequemen Sesseln, dem Sofa und einem kleinen runden Couchtisch in der Mitte. Der Kamin direkt daneben. Ihr gefiel, was sie sah. Es wirkte einladend und für einen Mann erstaunlich aufgeräumt, wie sie überrascht feststellte. Sie sah sich ein wenig um und erkannte, dass nirgendwo Bilder standen. In Aris Wohnung wurde man von Bildern nur so erschlagen. Hier hingegen suchte man vergeblich nach einem. Dann fiel ihr Blick auf einen weißen Briefumschlag, der auf dem Esstisch lag. *Für Onkel Ryan* stand darauf geschrieben. Ryan hatte also Geschwister. Doch wie war der Brief hierhergekommen? Es waren weder Adresse noch Absender darauf vermerkt. Er schien ihn noch nicht geöffnet zu haben, wie Elena bei genauerem Hinsehen feststellte. War er denn nicht neugierig, was darin geschrieben steht? Schnell legte sie ihn zurück. Sie wollte nicht zu sehr in seine Privatsphäre eindringen.

Die Tür zum Schlafzimmer war verschlossen. Sie öffnete sie und warf einen kurzen Blick hinein. Es war nicht größer als ihr eigenes. Das Bett war ungemacht und sein Pyjama lag lieblos auf dem Boden. Die Ordnung, mit der das Wohnzimmer glänzte, ließ im Schlafzimmer sehr zu wünschen übrig. Fehlte nur noch das Bad. Die Tür stand einen Spalt weit offen und Elena linste hinein. Sie glaubte nicht, was sie da sah. Ihre Augen fingen an zu strahlen. Eine Badewanne. Wieso um alles in der Welt besaß Ryan eine Badewanne und sie selbst nur eine kleine Duschkabine? Das war der Moment, in dem sie sich wünschte, sie könnten einfach die Hütten tauschen. Wie gerne würde sie mal wieder ein entspannendes Bad nehmen wollen. Und dann reifte in ihrem Kopf ein riskanter Plan heran. Es war später Vormittag, Ryan würde also noch eine ganze Weile weg sein und auch Darren würde vor Nachmittag nicht zurück sein. Sie war also ganz allein auf der Farm. Mit einem erwartungsfreudigen Leuchten in den Augen beschloss sie, ihren Plan in die Tat umzusetzen. Sie würde jetzt ein Bad nehmen.

Das warme Wasser liebkoste ihren Körper, während der liebliche Duft des Duschbads ihre Nase verwöhnte. Der luftige Badeschaum knisterte sanft und legte sich wie eine Decke auf ihren nackten Körper. Ihre angespannten Muskeln lockerten sich und sie ließ sich einfach treiben. Sie schloss die Augen und genoss mit all ihren Sinnen und jeder Faser ihres Körpers diesen Augenblick tiefster Entspannung und Glückseligkeit. Sie wünschte, sie könne ewig so daliegen und sich einfach von der Wärme des Wassers verwöhnen lassen. Sie merkte, wie sie müde wurde, kämpfte aber nicht dagegen an, sondern ließ sich einfach fallen.

Ein Motorengeräusch holte sie aus ihrer Traumwelt zurück und ließ sie erschrocken aufhorchen. Nein nein nein, dachte sie, das darf doch jetzt nicht wahr sein. Das konnte doch unmöglich schon Ryan sein. Dafür war es zu früh. Sie hörte, wie das Auto vor der Hütte zum Stehen kam, und geriet in Panik. Was sollte sie denn jetzt bloß machen? Wenn sie jetzt aus der Badewanne heraussteigen würde, würden sie die Geräusche des platschenden Wassers sofort verraten. Ihr blieb nur eines. Ruhig liegen bleiben und hoffen, dass er nicht ins Bad kommen und gleich wieder fahren würde. Sie hörte, wie die Eingangstür aufging, und rutschte behutsam und so leise wie nur irgendwie möglich, tiefer in die Wanne hinein. Er schien ins Schlafzimmer gegangen zu sein. Zumindest klang es so, als wäre er direkt nebenan. Ihr Herz schlug wie wild. Wie würde er reagieren, wenn er sie hier fand? Doch ihr blieb keine Zeit, sich darüber Gedanken zu machen, da just in diesem Augenblick die Badezimmertür aufging und Ryan hereinkam. „Nicht erschrecken", sagte sie hektisch und kniff die Augen zusammen. Ryan traute seinen Augen nicht. Instinktiv und augenblicklich zog er die Tür wieder zu. Perplex stand er da, und versuchte sich zu sammeln. Was war das denn? Lag Elena da etwa in seiner Badewanne? Er versuchte, einen klaren Gedanken zu fassen. „Was machen Sie da?", fragte er fassungslos durch die Tür hindurch. „Ein Bad nehmen", antwortete sie unsicher. „Ich bin gleich fertig", warf sie noch schnell hinterher. Sie schnappte sich ein Handtuch und stieg unverzüglich aus der Badewanne. Sie zog den Stöpsel, damit das Wasser abfließen konnte und trocknete sich dann ab. Nachdem sie sich fertig angezogen hatte, löste sie den Haargummi, mit dem sie ihr Haar nach oben gebunden hatte, und steckte ihn in die Gesäßtasche ihrer Jeans. Mit einem letzten prüfenden Blick kontrollierte sie, dass auch alles wieder an seinem ursprünglichen Platz war, und verließ dann das Bad.

Ryan saß auf den Stufen seiner Veranda und ließ sich einen Apfel schmecken. Ein Blick zum Himmel verriet ihm, dass es nur noch eine Frage der Zeit war, bis es anfangen würde, zu regnen. Die Tür ging auf und Elena trat auf die Veranda. Ryan warf ihr einen flüchtigen Blick über die Schulter zu. „Hi", sagte Elena etwas verhalten und setzte sich zu ihm. „Hi", erwiderte er und biss in seinen Apfel. „Schleichen Sie sich öfter in anderer Leute Badezimmer, um ein Bad zu nehmen?", wollte er wissen und hatte dabei ein amüsiertes Grinsen im Gesicht. „Nein, es war das erste Mal", sagte sie und wäre am liebsten vor Scham im Erdboden versunken. „Wieso waren Sie eigentlich in meiner Hütte?" Ryan sah sie fragend an. „Ich habe das Kleid zurückgebracht", erklärte sie ihm. „Ach so." Er nickte stoisch. „Und dabei haben Sie ganz zufällig die Badewanne entdeckt." „Ja." Sie rümpfte die Nase. „Na, vielleicht hab ich mich ein wenig umgesehen", gab sie dann ehrlich zu. „Tut mir leid", bat sie ihn kleinlaut um Verzeihung. Man sah ihr an, wie unangenehm ihr die ganze Sache war. Doch Ryan war ihr nicht böse. Eigentlich fand er es sogar ganz lustig und sie sah irgendwie süß aus, so ertappt. „Das nächste Mal fragen Sie einfach. Dann kommt es auch nicht mehr zu so peinlichen Zwischenfällen wie gerade eben", erklärte er ihr. „Ist gut, einverstanden", stimmte Elena zu. „Danke." In diesem Moment landete ein großer Regentropfen auf der Treppe und hinterließ einen kleinen nassen Fleck. Beide sahen zum Himmel, wo sich bereits weitere Tropfen ihren Weg gen Erde bahnten. „Wir sollten reingehen", schlug Ryan vor. Elena nickte. „Wollen Sie mit reinkommen?", fragte er und zeigte zur Tür. Elena zögerte, doch dann begann der Regen nur so herniederzuprasseln und ihr blieb keine andere Wahl, wenn sie nicht völlig durchnässt werden wollte. „Gerne", sagte sie und rannte die Stufen hinauf zur Tür.

Ryan hatte das Kleid ins Schlafzimmer geräumt, damit Elena auf dem Sofa Platz nehmen konnte. Er legte Feuer im Kamin nach und holte dann ein Bier aus dem Kühlschrank. „Wollen Sie auch eins?" Elena schüttelte den Kopf. „Etwas Warmes wäre mir lieber." Ryan überlegte kurz. „Heiße Schokolade?" Überrascht horchte Elena auf. Sie hatte mit Tee oder Kaffee gerechnet. Die Alternative, die Ryan ihr bot, fand sie jedoch um einiges verlockender. „Sehr gern", sagte sie mit leuchtenden Augen. Ryan nickte und machte sich ans Werk. Er goss Milch in einen kleinen Topf und stellte ihn dann auf den

Herd. „Wie geht es Ihnen nach der Sache gestern?", erkundigte er sich, während er eine Tafel Schokolade aus dem Schrank holte und mit den Fingern in kleine Stücke zerbrach. „Ich bin okay", versicherte Elena und versuchte die Bilder, die plötzlich wieder in ihrem Kopf aufpoppten, so gut es ging, auszublenden. „Es tut mir wirklich leid, dass Sie das durchmachen mussten", beteuerte er aufrichtig und gab die Schokolade in die Milch. „Es ist ja nichts weiter passiert", sagte Elena und senkte den Blick auf ihre Hände. „Ein Glück. Andernfalls hätte ich diesen Mistkerl eigenhändig umgebracht", erklärte Ryan mit Nachdruck. Elena sah ihn an. Er sah gut aus, wie er da am Herd stand, in seinen Jeans und dem karierten Hemd. „Sie wären also für mich ins Gefängnis gegangen?" Er nahm den Topf vom Herd und schaltete die Platte aus. „Ich hätte auf Unzurechnungsfähigkeit plädiert", sagte er mit einem Lächeln. „Verstehe." Elena musste schmunzeln. Dann stellte sie verwundert fest, dass Ryan das Bier zurück in den Kühlschrank stellte und dafür zwei Tassen aus dem Schrank holte. Scheinbar konnte er der süßen Versuchung auch nicht widerstehen. Er füllte die Tassen mit der heißen Flüssigkeit und dekorierte sie anschließend noch liebevoll mit kleinen Marshmallows. Vorsichtig reichte er Elena eine Tasse und setzte sich dann in einen der großen Sessel. „Trinken Sie vorsichtig. Das ist verdammt heiß", warnte er sie. Elena bedankte sich und begutachtete die Tasse. Kleine weiße Mini-Marshmallows schwammen auf der leichten Schaumhaube der heißen Schokolade. Er hatte sich wirklich Mühe gegeben. Sie pustete und genoss jeden Schluck in vollen Zügen. Es war ein angenehmes Gefühl, mit einem heißen Getränk am Kamin zu sitzen und dabei dem Regen zu lauschen, der draußen auf die Erde herniederfiel. „Ryan…" Er blickte von seiner Tasse auf und schenkte ihr seine ganze Aufmerksamkeit. „Nochmal wegen der Sache von gestern Abend. Mir wäre lieb, wenn das unter uns bleiben könnte. Ich finde nicht, dass jeder davon wissen muss." Ryan nickte andächtig. „Das kann ich gut verstehen. Von mir erfährt keiner was", versprach er ihr. „Danke." Erleichtert nickte sie ihm zu.

Eine Weile saßen beide einfach nur da und genossen Schluck für Schluck des süßen Getränks. Dann fiel Elena wieder der Briefumschlag ins Auge, der nicht weit von ihr auf dem Esstisch lag. „Was haben Sie?", wollte Ryan wissen und folgte ihrem Blick. Elena war nicht sicher, ob sie ihn darauf ansprechen sollte. Sie hatte ja gestern erst wieder gesehen, wie es enden konnte. Andererseits hatte er ihr versprochen, zukünftig offener mit seinen bösen Geistern, wie er es nannte, umzugehen. Und sie wusste nicht genau wieso, doch irgendetwas sagte ihr, dass dieser Brief etwas mit genau jenen Geistern zu tun haben musste. „Mir ist der Briefumschlag aufgefallen, als ich vorhin das Kleid hergebracht habe", wagte sie es und sprach es an. „Der ist von meiner Nichte", antwortete er knapp und wünschte, er hätte ihn in irgendeine Schublade verschwinden lassen. „Tatsächlich. Wie alt ist sie?", wollte Elena wissen und war erstaunt, dass Ryan nicht gleich wieder abgeblockt hatte. „Sie wird zehn." „Haben Sie sich kürzlich gesehen? Auf dem Brief stand weder eine Adresse noch ein Absender." Ryan legte die Stirn in Falten und seine Gesichtszüge wurden härter. „Waren Sie wieder neugierig?" Elena biss sich auf die Lippe. Ja natürlich war sie neugierig gewesen, was dachte er denn. „Nein, wie immer nur interessiert", versuchte sie sich aus der Situation herauszuwinden und lächelte unschuldig. Ryan schüttelte fassungslos den Kopf, fand es jedoch faszinierend, wie sie es immer wieder schaffte, die Dinge so zu verdrehen, dass man ihr einfach nicht böse sein konnte. „Mein Bruder hat ihn mir gegeben", erklärte er dann. „Sie haben einen Bruder, wie schön." Elena freute sich, dass Ryan endlich einmal etwas von sich preisgab und sie die Möglichkeit hatte, ihn dadurch etwas besser kennenzulernen. „Wohnt Ihr Bruder auch in der Gegend?" „Nein, er wohnt mit seiner Familie in Seeley Lake, das ist im…" „Missoula County", brachte Elena den Satz zu Ende. „Genau", bestätigte Ryan und war irritiert. „Woher wissen Sie das?" Elena war völlig perplex. Konnte das denn wirklich möglich sein? „Gestern beim Fest war ein Mann bei mir am Kuchenstand", erinnerte sich Elena. „Ich fragte ihn, ob er aus der Gegend ist und er erklärte mir, dass er aus Seeley Lake im Missoula County komme." Elena hielt kurz inne. „Er sagte, er besucht hier jemanden." Elena sah Ryan mit großen Augen an. „Haben Sie den Brief gestern bekommen?", wollte sie wissen. Ryan nickte. „Dann war das Ihr Bruder, mit dem ich mich gestern unter-

120

halten habe?" „Aller Wahrscheinlichkeit nach schon, ja", war sich Ryan sicher. „Er hat mich auf mein Kleid angesprochen und es machte fast den Anschein, er würde es kennen…" Elenas fragender Blick traf Ryan. Er schluckte. „Das Kleid hat unserer Mutter gehört", sagte er schließlich. Elena war völlig baff. Sie formte ihre Lippen zu einem Wort, doch es kam kein Laut heraus. Sie brauchte einen Moment, um sich zu sammeln. „Wieso haben Sie Ihren Bruder denn nicht mit zu uns an den Tisch geholt?" „Elena…" „Und wollen Sie denn nicht wissen, was Ihnen Ihre Nichte geschrieben hat? Ich hab gesehen, dass der Brief noch ungeöffnet ist." „Elena, hören Sie!" Ryans Stimme wurde lauter und kraftvoller, und Elena schwieg und sah ihn einfach nur an. In ihren Augen spiegelten sich so viele Fragen wider. Für einen Moment blickte Ryan zu Boden, fasste sich dann aber ein Herz und begann zu erzählen. „Mein Bruder und ich haben nicht wirklich das beste Verhältnis, müssen Sie wissen. Ich war selbst überrascht, als er gestern plötzlich auftauchte. Wir haben fünf Minuten geredet, er hat mir den Brief gegeben und das war's dann auch." Er atmete kurz durch. „Meiner Nichte Sarah, seiner Tochter, bin ich noch nie begegnet, noch habe ich persönlich mit ihr gesprochen. Im Grunde kennen wir uns gar nicht." Elena sah ihn ungläubig an. „Ich kenne sie nur von Fotos, die mir meine Grandma manchmal zeigt, wenn ich bei ihr bin." „Ihre Grandma in Polson?", wollte Elena wissen. „Ja genau. Sie ist für mich die einzig wahre Familie, die ich noch habe", gab er ihr zu verstehen. Elena versuchte, die Vielzahl an Informationen, die auf sie einprasselten, irgendwie zu verarbeiten. „Ich nehme an, Sie wollen mir nicht erzählen, was Sie und Ihren Bruder so entzweit hat?" Fragende Augen blickten zu Ryan. „Eigentlich nicht", sagte er, was Elena akzeptierte. Es war ohnehin schon ein großes Zugeständnis, dass er ihr so viel aus seinem Leben erzählte. „Darf ich noch eine Frage stellen?" „Sicher", entgegnete Ryan sanft. „Ihre Mutter…", begann sie und hielt kurz inne. „…ist sie tot?" Etwas ängstlich sah sie zu ihm. Er nickte. „Ja", hauchte er und es fiel ihm sichtlich schwer. „Das tut mir wirklich sehr leid", bekundete Elena ihr Mitgefühl. „Und Ihr Vater?", fragte sie weiter. „Er lebt. Doch für mich ist er schon lange gestorben." Erschrocken blickte Elena zu Ryan und erkannte, wie zornerfüllt seine Augen funkelten. Was war nur Schreckliches passiert, das diese Familie so zerrissen hat? „Wissen Sie denn, warum Ihnen Ihre Nichte diesen Brief geschrieben hat?" „Adam, mein Bruder, meinte, sie wünsche sich nichts sehnlicher, als mich kennenzulernen, und will deshalb, dass ich zu ihrem Geburtstag komme." „Und werden Sie hingehen?" Ryan sah ins Leere und dann zu Elena. „Ich denke nicht, dass ich das kann", sagte er schließlich. „Alle würden da sein. Und alle, abgesehen von meiner Grandma, würde ich hassen." „Hassen Sie denn Ihre Nichte?" „Nein", versicherte Ryan. „Aber ich möchte ihr nicht die Geburtstagsparty ruinieren." Er starrte auf den Grund der leeren Tasse und stellte sie dann auf den niedrigen Couchtisch vor sich. „Familie kann schon ganz schön beschissen sein." „Wenigstens haben Sie Ihre Grandma." „Ja, das stimmt." Seine Gesichtszüge wurden weicher und seine Augen strahlten, wenn er an sie dachte. „Sie ist eine tolle, großherzige Frau." Elena lächelte. „Sie würden Sie gern öfter sehen, nicht wahr?" Ryan nickte. „Mein Bruder geht sie oft besuchen oder nimmt sie für ein paar Tage mit zu sich. Und sie verbringt die Feiertage immer bei ihm und der ganzen Familie. Mir hingegen bleiben immer nur ein paar wenige Sunden zweimal im Monat mit ihr." Elena hörte die Enttäuschung, die in seiner Stimme lag. „War sie denn schon mal hier? Weiß sie, wie Sie leben?" „Nein, sie weiß es nur von meinen Erzählungen." „Wieso laden Sie sie nicht mal ein", sagte Elena euphorisch. „Sie könnte Thanksgiving mit uns feiern." „Nein." Ryan schüttelte den Kopf. „Sie verbringt Thanksgiving immer bei meinem Bruder." „Ryan, Sie ist doch aber auch Ihre Grandma", erklärte sie eindringlich. „Fragen Sie sie doch einfach. Ich bin mir sicher, sie würde Thanksgiving auch gern mit Ihnen feiern." „Ich möchte einfach niemandem auf den Schlips treten, Elena." Elena nickte verständnisvoll. Innerlich war sie jedoch enttäuscht. Ihr war aufgefallen, dass es nicht mehr regnete. Vielleicht war es besser, wenn sie Ryan jetzt alleine ließ. Sie hatte ihn mit ihrer Neugier und den vielen Fragen ohnehin schon genug ins Gefühlschaos gestürzt. „Ich glaube, es hat aufgehört zu regnen", sagte sie schließlich. Ryan sah zum Fenster. „Ja, tatsächlich." „Dann werde ich mich mal wieder in meine Hütte verziehen." Sie stellte die Tasse auf den Tisch und stand auf. „Ich hab noch was für Sie, Elena", sagte Ryan schnell. Er ging zu einer kleinen Kommode und holte ein Stück Papier aus der obersten Schublade. „Was ist das?", wollte Elena wissen, als sie es entgegennahm. „Eine Liste mit allen wichtigen Telefonnummern", erklärte er ihr. „Falls mal irgendwas ist, ist es immer gut, wenn man jemanden anrufen kann." „Vielen Dank", freute sie sich und überflog schnell die Kontakte. Selbst die Nummern von Michelle, Abigail und den beiden Satellitentelefonen befanden sich darauf. „Haben Sie einen Stift für mich?", fragte sie dann ihr Gegenüber, und im Handumdrehen reichte ihr Ryan einen Kugelschreiber. Elena riss den unbeschriebenen unteren Teil des Zettels ab und notierte etwas darauf. Als sie fertig war, gab sie Ryan den Kugelschreiber zurück und dazu noch den abgetrennten Papierschnipsel. „Meine Telefonnummer", sagte sie lächelnd. „Super, dankeschön", nahm er den Zettel freudig entgegen. „Ich werde die Nummer an die anderen weitergeben." Elena nickte. „Gut." Sie traten auf die Veranda und Elena atmete tief durch. Der Duft von Regen lag noch immer in der Luft. „Heute Abend wieder Pub?", fragte Ryan. Sie schüttelte den Kopf. „Nein, ich denke, ich werde heute einfach mal zu Hause bleiben." Nach dem gestrigen Tag brauchte sie heute erst einmal eine kleine Pause von Menschenmengen. „Abgesehen davon muss ich noch ein paar Kuchen für Beth backen." „Okay", sagte Ryan nur. Er verstand, dass sie heute lieber ihre Ruhe haben wollte, nach allem, was gestern vorgefallen war. „Dann, vielen Dank nochmal für die heiße Schokolade." „Jederzeit wieder." Er sah ihr zu, wie sie über den Hof zu ihrer Hütte lief. „Und Ryan…", rief sie ihm zu, als sie an der Tür angekommen war. „…lesen Sie den Brief!" Dann verschwand sie in der Hütte und Ryan blieb mit ihren Worten allein zurück. Er ging wieder hinein und schloss die Tür hinter sich. Gedankenverloren ging er auf und ab, bis er schließlich vorm Esstisch zum Stehen kam. Sein Blick war auf den Briefumschlag gerichtet. *Für Onkel Ryan.* Er nahm ihn in die Hand und fuhr mit den Fingern die Schrift entlang. Dann fasste er sich ein Herz und öffnete ihn. *Lieber Onkel Ryan, mein Name ist Sarah Flanagan und ich bin die Tochter von deinem Bruder. Wir kennen uns nicht, aber Daddy und Urgroßmutter Julie haben mir viele Geschichten von dir erzählt. Sie haben mir auch gesagt, dass du böse auf Daddy und Grandpa bist, aber nicht, warum. Ich werde bald zehn und dann wollen Mommy und Daddy eine große Geburtstagsfeier für mich machen. Wir feiern am 11. Januar bei uns zu Hause. Bitte komm doch auch! Deine Sarah* Ratlos und voller Verzweiflung stützte sich Ryan auf die Stuhllehne. Was um alles in der Welt sollte er bloß tun?

Kapitel 11

Thanksgiving stand vor der Tür und alle waren völlig aus dem Häuschen. Das amerikanische Erntedankfest mobilisierte unzählige Menschen aus nah und fern. Während die einen anreisten, um den Feiertag mit ihren Lieben hier in Happys Inn zu bestreiten, machten sich andere auf den Weg zu ihren Familien, die in anderen Teilen des Landes lebten. So war Ari nach Chicago geflogen, um das Fest mit seiner Tochter und deren Freund verbringen zu können. Abigail hatte ein paar Tage frei genommen, um bei Darren sein zu können, und auch Darrens Mutter, Natalie Corman, war von einem längeren Aufenthalt in San Diego nach Hause zurückgekehrt. Sie war eine liebenswerte, umgängliche Frau, mit der sich Elena auf Anhieb gut verstand. Sie musste Darren schon früh bekommen haben, denn Elena schätzte sie nicht älter als fünfzig. Darren war seiner Mutter sehr ähnlich. Sie hatten nicht nur die gleichen Gesichtszüge, sondern ähnelten sich auch sehr vom Charakter. Elena freute sich, dass sie jetzt nicht mehr die einzige Frau auf der Farm war.

Es war ein Tag vor Thanksgiving und der Parkplatz vor Beths Café war gut gefüllt. Viele Leute legten hier auf dem Weg zu ihren Familien eine kleine Rast ein, um sich ein süßes Mahl zu gönnen. Elena lief die Stufen hinauf und öffnete die Tür. Sie erkannte, dass der Mann, der Beth beim Herbstfest zum Tanzen aufgefordert hatte, gerade am Gehen war. Also hielt sie ihm höflich die Tür auf. Lächelnd lief er an ihr vorbei und tippte dabei grüßend an seinen Cowboyhut. „Ma'am." Elena nickte freundlich und schloss die Tür hinter ihm. „Er ist ja ziemlich oft hier in letzter Zeit", stellte sie fest und setzte sich an den Tresen. „Ron mag halt deine Kuchen", erklärte Beth, als wäre es das Normalste der Welt. Elena blickte nach draußen und beobachtete, wie er in seinen Wagen stieg und davonfuhr. „Nicht nur den, wie mir scheint." Ein amüsiertes Grinsen schlich sich in ihr Gesicht. „So ein Blödsinn", wehrte Beth energisch ab. „Ron?" Elena sah sie mit hochgezogenen Augenbrauen an. „Ja", sagte Beth. „Ich meine, sein Name ist Ronald Pierce. Mr. Pierce klingt so förmlich und Ronald so nach altem Mann." Sie verzog das Gesicht. „Natürlich." Elena lachte in sich hinein. „Dass ich ihn Ron nenne, hat also überhaupt nichts weiter zu bedeuten", stellte Beth klar. „Wenn du das sagst, Beth." „Ja, das tue ich." Beth schnappte sich die Kaffeekanne und drehte eine Runde durch den Laden. Elena sah ihr belustigt nach. Endlich war das Café mal etwas belebter und wirkte von innen nicht genauso trist wie von außen. „Wann machst du los?", wollte Elena wissen, als Beth zurückkam. „Ich mach um 17 Uhr den Laden zu, schnapp mir meinen Koffer, steige ins Auto und fahr los. Dann müsste ich spätestens gegen 22 Uhr bei meinen Eltern in Spokane sein." Elena nickte. „Und du bleibst bis Sonntag?" „So ist es", bestätigte Beth. „Ich komme Sonntagabend wieder. So lange wird das Café geschlossen sein." „Gut, dann muss ich dir erst am Montag neue Kuchen bringen." „Genau. Du kannst also erst mal eine kleine Backpause einlegen." Beth lächelte Elena zu. „Nicht ganz", gab Elena zu bedenken. „Ich habe freiwillig angeboten, mich um den Nachtisch zu Thanksgiving zu kümmern." „Ja, weil du ein Arbeitstier bist und dir das Backen einfach im Blut liegt." Beth zwinkerte ihr zu und Elena lachte.

Obwohl die Sonne schien, war es eisig kalt. Elena fragte sich, wann wohl der erste Schnee fallen würde. Sie ging in den hinteren Bereich der Scheune, wo sich die Stallungen der Pferde befanden. Ryan war gerade dabei, eine nach der anderen sauberzumachen. „Hey", sagte sie und ging zu ihm. „Elena, hey." Er drehte sich zu ihr und fuhr sich mit dem Handrücken übers Gesicht. „Was machen Sie hier?" „Nun ja, ich wollte Sie fragen, ob ich mir ein Pferd schnappen darf, um ein Stück auszureiten." Sie biss sich auf die Lippe und sah ihn erwartungsvoll an. Er stellte die Schaufel beiseite und stemmte die Hände in die Hüfte. „Können Sie denn reiten?" „Ich hatte als Kind Reitunterricht", erklärte sie ihm. „Also ja, ich denke schon." Nachdenklich sah er sie an. „Nur eine Runde über die Ebene. Bitte", flehte Elena und so, wie sie ihn dabei ansah, war es ihm einfach unmöglich, ihr diesen Wunsch abzuschlagen. „Welches Pferd wollen Sie haben?", fragte er schließlich. „Soweit ich weiß, war es Pearl, die mich von allen dreien am sympathischsten fand", erinnerte sie sich. Ryan nickte und holte die Stute aus ihrer Pferdebox. Er sattelte sie und legte ihr Zaumzeug an. „Wollen Sie einen Helm haben?"

Elena sah ihn fragend an. „Brauche ich denn einen?" „Sagen Sie's mir." Elena lief um das Pferd herum und sah Pearl tief in die Augen. „Brauche ich einen Helm, meine Kleine?" Sie streichelte sanft seine Stirn. „Nein, du bist ein braves Mädchen. Nicht wahr?" Elena nahm das Zaumzeug in die Hand und stieg mit einer geschmeidigen Bewegung auf. Ryan staunte nicht schlecht. Das machte sie definitiv nicht zum ersten Mal in ihrem Leben, dachte er. „Machen Sie vorsichtig und bleiben Sie auf der Ebene", bat er sie. „Versprochen." Elena schenkte ihm ein Lächeln, drückte die Schenkel an und ritt los. Ryan schaute ihr noch kurz hinterher und widmete sich dann wieder seiner Arbeit.

Elena genoss den Ausritt in vollen Zügen. Den Wind in ihren Haaren und das Gefühl, über die Ebene hinwegzuschweben. Nirgendwo sonst fühlte man sich freier als auf dem Rücken eines Pferdes. Als sie den Wald am anderen Ende der Lichtung erreichte, stoppte sie und drehte sich um. Überrascht stellte sie fest, dass die Gebäude der Farm nur noch als winzige Punkte am Horizont zu erkennen waren. Dass die Ebene derart weitläufig war, war ihr nicht bewusst gewesen. Elena blickte zum Himmel, wo ein Habicht auf der Suche nach Beute anmutig seine Bahnen zog. Mit tiefen Atemzügen sog sie die kühle Luft in ihre Lungen. Nach einem letzten Blick über die Hochebene gab sie dem Pferd die Sporen und machte sich auf den Rückweg.

Bei der Scheune angekommen, stieg Elena vom Pferd und führte Pearl zurück in ihre Box. Ryan war nicht mehr da. Sie entfernte Sattel und Zaumzeug und räumte beides wieder an Ort und Stelle. Als sie die Scheune verließ, kam gerade Joe auf den Hof gefahren. „Grüß dich, Elena", rief er ihr zu, als er aus dem Wagen stieg. „Hey!" Er öffnete die Tür zur Rückbank und holte einen Gitterkäfig heraus, in dem sich ein riesiger Truthahn befand. „Ist das nicht ein Prachtexemplar?" Stolz präsentierte er, was er in Libby ergattert hatte. „Der dürfte für alle reichen", freute sich Ryan, der die Stufen vom Haupthaus herunterkam. „Der lebt ja noch", stellte Elena mit verstörtem Blick auf den Vogel fest. „Aber nicht mehr lange." Ein gefährliches Leuchten schlich sich in Joes Augen. „Wollen Sie ihn auf seinem letzten Weg begleiten?", richtete Ryan seine Worte süffisant grinsend an Elena, der der Schock regelrecht ins Gesicht geschrieben stand. „Nein, macht ihr mal", lehnte sie vehement ab. „Da kümmere ich mich doch lieber um die Kuchen." Mit schnellen Schritten lief sie zu ihrer Hütte. Joe und Ryan sahen einander an und brachen in schallendes Gelächter aus. „Ab auf die Schlachtbank mit dir", sagte Joe mit Blick auf den Truthahn und trug ihn zur Scheune.

Es duftete köstlich nach frisch gebackenem Kuchen, als Elena ihre kleinen Mini-Apfelküchlein aus dem Backofen holte. Jetzt galt es nur noch, den traditionellen Kürbiskuchen für den morgigen Tag zuzubereiten. Elena graute ein wenig davor. Noch nie hatte sie Kürbis als Zutat für einen Kuchen verwendet und war mit dem Rezept, das Darrens Mutter ihr gegeben hatte, nicht vertraut. Der Teig würde nicht das Problem sein. Es war die Füllung, die Elena Sorge bereitete. Doch es half nichts. Da musste sie jetzt wohl oder übel durch. Wer nicht wagt, der nicht gewinnt. Und falls der Kuchen ihr wirklich misslingen sollte, hatten sie immer noch die Apfeltörtchen.
Der Teig war schnell zubereitet und musste nur noch im Kühlschrank ruhen. In der Zwischenzeit machte sich Elena schließlich voller Ehrfurcht an die Masse für die Füllung. Sie kochte Kürbisfleisch und pürierte es anschließend zu einem feinen Mus. Dann vermischte sie in einer kleinen Schüssel Zucker, Salz und eine Handvoll Gewürze wie Zimt, Ingwer und Muskat. Sie verquirlte Eier und vermengte schlussendlich alle Komponenten miteinander. Zu guter Letzt gab sie nach und nach Kondensmilch hinzu, und fertig war die Füllung für den Kürbiskuchen. Kein Hexenwerk, wie Elena feststellte. Wichtig war nur, dass die Masse später auch stocken würde. Sie rollte den Teig aus, gab ihn in eine gefettete Tarte-Form und goss dann die Kürbismasse hinein. Aus den Teigresten stach sie kleine Herbstblätter aus und legte sie neben die Backform in den Ofen. Mit ihnen würde sie später den Kuchenrand verzieren. Jetzt hieß es, Daumen drücken und hoffen, dass als funktionierte.
    Die Küche war aufgeräumt und der Kuchen backte im Ofen vor sich hin. Elena sah nach draußen. Es dämmerte bereits, doch ihr fiel noch etwas anderes auf. Da waren kleine weiße Punkte, die vor

ihrem Fenster tanzten. Sie konnte es kaum glauben. War das etwa Schnee? Sie trat auf die Veranda und fand sich schließlich mitten im Flockenwirbel wieder. Es schneite. Freudig streckte sie die Arme aus und sah nach oben. Sie kniff die Augen zusammen und spürte, wie unzählige Schneeflocken auf ihrer warmen Haut landeten und schmolzen. Es fühlte sich herrlich an.

Thanksgiving, der Tag, den die Amerikaner mitunter mehr zelebrierten als Weihnachten. Eine dünne Schneedecke lag über der Farm und im Haupthaus herrschte emsiges Treiben. Während Abigail gewissenhaft den Tisch im Esszimmer eindeckte, wuselte Mrs. Corman in der Küche umher. Es sah aus wie auf einem Schlachtfeld. Überall verstreut standen Töpfe und Schüsseln. Gemüse lag auf einem Schneidebrett und wartete darauf, geschnibbelt zu werden. Während der Truthahn im Ofen vor sich hin bräunte, köchelten auf dem Herd grüne Bohnen und eine Maissuppe. „Wie kann ich Ihnen helfen, Mrs. Corman?", wollte Elena wissen, als sie die Küche betrat. „Ich wünschte wirklich, Sie würden Natalie zu mir sagen", erwiderte Mrs. Corman, die gerade eine Pfanne abspülte. „Tut mir leid." Elena musste lachen. „Also, was kann ich tun, Natalie?" „Die Süßkartoffeln für das Püree müssen geschält und das Gemüse für den Salat geschnitten werden." Sie zeigte auf das Schneidebrett, das auf dem Tisch lag. Elena hatte verstanden und machte sich zuerst an die Süßkartoffeln. Sie kannte Süßkartoffeln nur in Form von Süßkartoffel-Pommes, die sie in Deutschland gern mal gegessen hatte. Als Püree war es ihr neu. Aber sie konnte sich gut vorstellen, dass die Süße wunderbar mit dem Truthahn harmonierte. Die geschälten Kartoffeln legte sie in einen hohen Topf, bedeckte sie mit Wasser und stellte sie dann zum Kochen auf den Herd. Darren kam in die Küche und holte sich etwas Kaltes zu trinken aus dem Kühlschrank. „Darren, würdest du bitte drüben Holz im Kamin nachlegen und dafür sorgen, dass heute Abend genügend Holz im Haus ist", bat ihn seine Mutter. „Na klar, Mom, wird erledigt." Er küsste sie flüchtig auf die Stirn. „Weiß einer von euch, wo Ryan ist?", fragte er und blieb im Türrahmen stehen. „Nein", erklärte Elena und auch seine Mutter schüttelte den Kopf. Darren zuckte mit den Schultern und verließ den Raum. Elena widmete sich dem Gemüse für den Salat.

Es war Abend geworden und Zeit, sich für das große Festmahl im Haupthaus fertig zu machen. Elena zog sich ihr neues Kleid an, das sie extra für diesen Tag gekauft hatte. Es war ein enganliegendes dunkelviolettes Etuikleid mit dreiviertellangen Ärmeln. Nicht zu übertrieben und dennoch elegant. Ihr Haar steckte sie zu einer leicht diagonalen Banane nach oben und fixierte alles mit Haarklammern. Abigail hatte ihr gezeigt, wie man ohne viel Aufwand schöne Frisuren hinbekam. Silberne Ohrringe und eine zarte Kette fanden ihren Platz, und schon war Elena fertig.

Auf ihrem Weg zum Haupthaus stellte sie verwundert fest, dass Ryans Auto noch immer nicht da war. Es war halb sieben und sie wollten in einer halben Stunde essen. Wo steckte er? Als sie das Haupthaus betrat, war es angenehm warm und duftete nach Essen. Während Abigail, die in ihrer schwarzen Stoffhose und der petrolfarbenen Seidenbluse wie immer umwerfend aussah, im Esszimmer die Weingläser noch einmal auf Schlieren kontrollierte, tat Mrs. Corman in der Küche letzte Handgriffe. Elena begann schon einmal damit, die kalten Speisen ins Esszimmer zu tragen, darunter auch ihre selbst gebackenen Kuchen. Es klopfte an der Eingangstür und Darren, der gerade aus dem Badezimmer kam, öffnete. Draußen standen Joe und Michelle, die eine Flasche Wein sowie Pralinen dabei hatten. „Das wäre doch nicht nötig gewesen", sagte Darren und griff nach der Flasche. „Finger weg", schimpfte Michelle. „Das ist für deine Mom." Mrs. Corman kam aus der Küche und wischte sich die Hände an einem Handtuch trocken. Dann begrüßte sie Michelle mit einer liebevollen Umarmung. Als Joe sich dazugesellen wollte, packte Darren ihn am Arm und zog ihn zu sich heran. „Habt ihr Ryan unten in der Stadt gesehen?", flüsterte er ihm zu. „Ryan? Nein, wieso?" Irritiert sah Joe zu Darren. „Ist er denn nicht hier?" „Nein." „Aber hat er denn irgendwas gesagt?" Darren schüttelte den Kopf. „Nein. Er war einfach weg."

Während schon alle anderen Platz genommen hatten, trugen Elena und Mrs. Corman noch die restlichen Speisen ins Esszimmer. „Hey Leute", erklang plötzlich Ryans Stimme, als Elena gerade die Schüssel mit dem Süßkartoffelpüree abstellte. Sie drehte sich zur Tür und da stand er. „Ich hoffe, wir haben noch einen freien Platz für meine Grandma." Er trat zur Seite und führte seine Großmutter ins Zimmer. „Darf ich vorstellen. Mrs. Julianne Wheeler." Elena konnte es nicht glauben. Er hatte sie tatsächlich mitgebracht. Deshalb war er fast den ganzen Tag nicht da gewesen. Er war losgefahren, um seine Grandma aus Polson abzuholen. Sie betrachtete die kleine alte Dame und sah dann voller Erstaunen zu Ryan. Ryans Blick traf Elena und er nickte ihr dankend zu. Elenas Augen strahlten und sie schenkte ihm ein dickes Lächeln.

Der Tisch war reich gedeckt und ließ kulinarisch keine Wünsche übrig. Es gab einfach alles. Angefangen von Maissuppe, Süßkartoffelpüree, glasierten Kartoffeln, grünen Bohnen, Cranberrysoße, frischem Salat und ofenwarmem Brot bis hin zu Elenas süßen Kuchen. Das absolute Highlight der Tafel war natürlich der riesige Truthahn. Die zwei älteren Damen hatten an den Stirnseiten des großen Esstisches Platz gefunden, die übrigen Paare saßen sich jeweils gegenüber. „Und Sie sind doch bestimmt Elena, nicht wahr?", richtete Ryans Grandma ihre Worte an die Tischnachbarin zu ihrer Linken. „Das stimmt", bestätigte Elena mit einem Lächeln. „Ryan hat mir schon viel über Sie erzählt." „Das kann ich mir vorstellen", erwiderte sie. „Mit Sicherheit nichts Gutes." Sie trank einen Schluck Wein und sah dabei zu Ryan, der ihr direkt gegenüber saß. „Ach, wenn Sie wüssten." „Grandma", rügte Ryan seine Großmutter mit gedämpfter Stimme. „Hören Sie gar nicht auf mich. Ich bin nur die senile alte Oma." Sie zwinkerte Elena verschwörerisch zu. Ryan schüttelte nur mit dem Kopf. „Ich bewundere Sie, Elena", sagte sie dann. „Dass Sie alleine in ein so großes fremdes Land kommen, um Ihrem Lebenstraum ein Stück näher zu kommen." „Danke." Elena sah Julianne mit sanften Augen an. „Es ist mit Sicherheit nicht immer leicht, so weit weg zu sein von allem, was man kennt. Seinen Freunden und der vertrauten Umgebung. Und wenn man dann noch täglich meinem Enkel ausgesetzt ist..." „Grandma." Ryan warf seiner Großmutter einen verständnislosen Blick zu. „Ja, das ist wirklich hart", bestätigte Elena und warf Ryan ein neckisches Grinsen zu. Der Rest fing an zu lachen. „Wo wir einmal alle hier am

Tisch sitzen, möchte ich die Gelegenheit nutzen, eine Ankündigung zu machen", ergriff Darrens Mutter das Wort. Alle Augen waren auf sie gerichtet. „Ich habe mich dazu entschieden, dauerhaft nach San Diego zu ziehen." Darren traf diese Nachricht wie ein Schlag. Wie betäubt saß er da und sah seine Mutter an. „Was?" Darren schüttelte fassungslos den Kopf. „Ich weiß, dass es ein Schock für dich sein muss, Darren", richtete Natalie das Wort an ihren Sohn und legte beruhigend ihre Hand auf seine. „Ich liebe das Land hier und ich liebe die Farm. Doch seit dein Vater tot ist, weiß ich einfach nichts mehr mit mir anzufangen." Sie hielt kurz inne. „Du machst hier einen wundervollen Job", sagte sie und sah Darren dabei an, der, wie Elena erkennen konnte, Tränen in den Augen hatte. „Du gehst deiner Arbeit mit Leidenschaft nach. Kümmerst dich um die Farm, die Tiere. Hast Freunde." Sie sah in die Runde. „Doch in mir ist eine tiefe Leere, die immer größer zu werden droht. Erst die letzten Wochen bei deiner Tante habe ich gemerkt, was mir gefehlt hat." Darren sah sie fragend an. „Menschen. Eine Aufgabe. Ein neuer Lebensinhalt", versuchte sie ihm zu erklären. „Aber das ist doch dein Zuhause. Dein Leben. Und ich bin dein Sohn." „Es war mein Zuhause und mein Leben mit deinem Vater. Doch dein Vater ist nicht mehr da." Mit traurigen Augen sah sie auf ihren Schoß hinab. „Und ja, du bist mein Sohn", sagte sie dann und sah Darren dabei tief in die Augen. „Und du wirst immer mein Sohn bleiben. Und ich werde dich immer lieben, wie ich es seit dem Tag deiner Geburt getan habe. Egal, ob ich hier bin oder in San Diego." „Mein Mann starb an den Folgen seines dritten Herzinfarkts", sagte dann plötzlich Ryans Großmutter. „Welche Umstände waren es, die Ihnen Ihren Mann entrissen haben?" „Grandma." Ryan sah kopfschüttelnd zu ihr. „Ist schon gut, Ryan", beschwichtigte Natalie ihn. „Das ist eine legitime Frage. Es war ein sonniger Maitag", begann sie zu erzählen. „Daniel, so hieß mein Mann, wollte ein paar Reparaturen am Dach vornehmen. Er stolperte und fiel. Unglücklicherweise schlug er mit dem Hinterkopf auf einem Stein auf. Er war sofort tot." Andächtiges Schweigen erfüllte den Raum. „Ich werde niemals die Stille vergessen, die diesen Moment erfüllte", sagte Mrs. Corman gedankenverloren. „Stille?", hakte Elena nach. „Ja. Kein Vogel zwitscherte von den Bäumen, keine im Wind rauschenden Baumkronen, keine knarrenden Äste. Es war so still, dass man sein Herz hätte schlagen hören können, wenn man sich darauf konzentriert hätte. Die Wälder schwiegen. Fast so, als würden sie Trauer tragen." Elena bekam eine Gänsehaut. „Ja, das ist eine alte Legende. Davon habe ich auch schon gehört", erklärte Michelle. „Es heißt, dass die Wälder sich in Stille hüllen, wenn jemand gestorben ist oder etwas Schlimmes passieren wird. Allerdings war mir nicht bewusst, dass da etwas Wahres dran ist." „An dem Tag war es so", sagte Darren mit traurigen Augen. Er atmete tief durch. „Wann genau hast du denn vor, zu gehen", wollte er dann von seiner Mutter wissen. „Ich bleibe noch bis Weihnachten und fliege dann zurück nach San Diego." Darren nickte stoisch. „Entschuldigt mich", sagte er schließlich und verließ den Raum. Abigail legte der Mutter ihres Freundes mitfühlend die Hand auf die Schulter und lief Darren nach. Natalie stützte die Ellbogen auf den Tisch und rieb sich die Schläfen. Ryan und Elena wechselten vielsagende Blicke. „Es ist spät für eine alte Frau wie mich. Zeit, ins Bett zu gehen." Mühevoll kämpfte sich die alte Dame aus ihrem Stuhl. „Unser Gästezimmer befindet sich gleich die Treppe rauf auf der linken Seite. Handtücher finden Sie im Schrank", erklärte Mrs. Corman. „Vielen Dank. Das ist sehr freundlich." „Soll ich dich noch hinauf begleiten?", wollte Ryan wissen. „Sei nicht albern, das schaff ich schon." „Okay." Er musste lächeln. „Wann wollen wir morgen zurückfahren, Grandma?" „Na auf keinen Fall vor dem Frühstück", gab sie ihm zu verstehen. „Alles klar. Dann schlaf gut." „Gute Nacht zusammen", rief sie in den Raum hinein. „Und Elena, falls wir uns nicht mehr sehen sollten, hoffe ich, dass mein Enkel Sie mal mit nach Polson bringt, wenn er mich besuchen kommt." „Das lässt sich bestimmt machen", versprach Elena ihr. „Hat mich gefreut, Sie kennenzulernen." Sie sah der kleinen, gebückt laufenden alten Frau mit ihren lockigen grauen Haaren und dem hölzernen Krückstock nach und ihr wurde warm uns Herz.

„Glauben Sie, Darren kommt zurecht?" Elena und Ryan liefen durch die frostige Nachtluft zu ihren Hütten. Joe und Michelle waren bereits zurück in die Stadt gefahren, also hatten sie Mrs. Corman noch gemeinsam beim Aufräumen geholfen. „Es war mit Sicherheit ein Schock für ihn", gab Ryan zu bedenken. „Seine Mutter war die einzige greifbare Person aus seiner Familie, die ihm nach dem Tod seines Vaters geblieben war. Aber ich denke, er kommt klar. Abigail ist für ihn da." Elena nickte still. „Laufen Sie langsam mit Ihren Schuhen. Der Schnee ist ziemlich rutschig", bat er sie um Vorsicht. „Ach, das geht scho…" Und da war es auch schon passiert. Elena rutschte mit einem Fuß weg und wäre beinahe hingefallen, wenn Ryan sie nicht rechtzeitig aufgefangen hätte. Sie hing in seinen Armen und beide sahen, so gut die Dunkelheit es eben zuließ, einander an. Dann half er ihr auf. „Danke", sagte sie und richtete ihr Kleid. Sie liefen weiter, Elena jetzt besonnener als zuvor, und kamen dann auf halbem Weg zwischen beiden Hütten zum Stehen. „Wissen Sie, es wundert mich nicht, dass Natalie nach San Diego ziehen will", begann Ryan dann. „Sie kommt ursprünglich von dort." Elena horchte auf. „Sie kommt gar nicht aus Montana?" Ryan schüttelte den Kopf. „Nein. Sie ist ein typisches California Girl. Soweit ich weiß, hatte ihr Vater sie damals zu einer Messe nach Bozeman mitgenommen. Und dort traf sie dann Darrens Vater. Sie war damals noch sehr jung und hatte sich ihm zuliebe an das Landleben gewöhnt." „Und jetzt ist er nicht mehr da", sagte Elena mehr zu sich selbst. „Nein. Sie war jetzt mehr als acht Wochen in San Diego. Es hat sich also schon abgezeichnet, dass das kommen würde. Und wenn Darren ehrlich zu sich selbst ist, dann hat er es sicherlich auch schon vermutet." Elena atmete tief ein und zog sich den Mantel eng an den Körper. „Sie sehen heute übrigens absolut bezaubernd aus", stellte Ryan bewundernd fest. „Ich hätte Sie im ersten Moment fast nicht erkannt." „Danke." Elena schenkte ihm ein Lächeln. „Ich dachte, ich kauf mir mal lieber eines, bevor ich wieder an Ihren Kleidervorrat gehen muss." Ryan lachte. „Nun, da haben Sie alles richtig gemacht. Mein Kleidersammelsurium ist ohnehin erschöpft." Elena schmunzelte und sah ihn dann an. „Sie haben Ihre Grandma mitgebracht…" Ryan nickte verhalten. „Ja, mir hat mal jemand gesagt, dass sie auch meine Grandma wäre. Also hab ich sie gefragt und sie war absolut begeistert von der Idee." Elena freute sich. „Sie ist eine großartige Frau." „Das ist sie auf jeden Fall", stimmte Ryan zu. Sie legte ihre Hand auf seinen Oberarm und verabschiedete sich. „Gute Nacht, Ryan." „Schlafen Sie gut, Elena." Dann gingen beide zu ihren Hütten.

Kapitel 12

Dezember

Gerade als Beth die Tür zum Café aufschloss, fuhr Elena mit der täglichen Kuchenlieferung auf den Parkplatz. Es war Mittwoch und erfahrungsgemäß war unter der Woche weniger los als an den Wochenenden, weshalb die Anzahl der Kuchen auch nicht übermäßig groß war. Beth hielt die Tür auf, damit Elena die zwei großen Kartons hineintragen konnte. Sie stellte alles hinter dem Tresen ab und Beth begutachtete mit leuchtenden Augen die zwei Kunstwerke. Einen saftigen Birnen-Brownie-Kuchen und eine sahnige Winterapfel-Torte. Sie drapierte die Kuchen anschaulich auf dem Tresen und schenkte Elena dann einen Kaffee ein. „Bist du gut durch den Wald gekommen? Der Sturm letzte Nacht war ja ganz schön heftig." „Ja, der Weg war weitestgehend frei. Nur ein paar kleinere Äste lagen unten, die man gut umfahren konnte", erklärte sie. „Aber du kannst dir nicht vorstellen, was ich mir alles anhören musste, bevor sie mich vom Hof gelassen haben. *Fahr vorsichtig. Achte auf die Baumkronen, da können lose Äste hängen. Ruf an, wenn was ist oder irgendwas den Weg versperrt.*" Elena lachte. „Lach nicht", ermahnte Beth sie. „Sie machen sich halt Sorgen um dich und sie tun gut daran. Nach so einem Sturm kann es gerade im Wald richtig gefährlich sein." „Ich weiß schon, Beth. Die Jungs wollen eine kleine Bestandsaufnahme machen, wie hoch die Sturmschäden im Umkreis der Farm sind." Die Tür ging auf und Bob kam herein. „Guten Morgen, Mr. Thompson", rief Elena freudig. „Morgen", sagte er knapp und schlappte zum Tresen. „Einen Kaffee und ein Stück davon." Er zeigte auf die Winterapfel-Torte. „Was ist los, Bob?", wollte Beth wissen und schnitt die Torte an. „Hat dich jemand geärgert?" Stöhnend setzte er sich an seinen Stammtisch und holte die Zeitung aus der Innentasche seiner Jacke hervor. „Ja, der Baum vor meinem Haus", gab er ihr zu verstehen. „Der Sturm letzte Nacht hat ihn ganz schön in Schieflage gebracht." Beth kam hinter dem Tresen hervor und stellte ihm Kaffee und Kuchen hin. „Glaubst du, er wird

dir aufs Haus fallen?" „Ich denke, es ist nur eine Frage der Zeit."
Bob legte die Zeitung beiseite und rührte Milch in seinen Kaffee.
„Dann fäll ihn doch", riet ihm Beth. Bob winkte ab. „Nein, davon
habe ich keine Ahnung. Wenn ich da was falsch mache, landet er
genauso auf dem Dach." „Einer der Jungs könnte ihn für Sie fällen", schlug Elena vor. „Ich meine, das ist ihr Job. Wenn es jemand
kann, dann die drei." „Glauben Sie denn, sie würden das machen?"
Bobs fragenden Augen sahen zu Elena. „Selbstverständlich." Sie
sprang vom Stuhl und ging zur Tür. „Ich rufe gleich mal an und
frage, ob sie es heute noch einrichten können." Bob nickte ihr zu
und Elena verschwand nach draußen. Sie holte ihr Handy aus der
Jackentasche und wählte zunächst die Festnetznummer der Farm.
Es klingelte ein paarmal, doch niemand nahm ab. Scheinbar hatten
sie sich bereits auf den Weg in den Wald gemacht. Handys hatten
dort keinen Empfang, das wusste Elena, weshalb sie gleich die
Nummer eines der Satellitentelefone wählte. Es klingelte kurz, bis
schließlich Ryans Stimme am anderen Ende der Leitung zu hören
war. „Hallo?" „Hey, hier ist Elena", sagte sie. „Elena, ist was passiert? Ist Ihnen ein Ast auf den Kopf gefallen?" Elena lachte und
schüttelte insgeheim den Kopf. „Nein, aber wir müssen dafür sorgen, dass Bob kein Ast auf den Kopf fällt." „Wie meinen Sie das?"
Ryans Stimme nahm Ernsthaftigkeit an. „Durch den Sturm hat sich
der Baum auf seinem Grundstück gefährlich Richtung Haus geneigt
und er hat Angst, dass er ihm aufs Dach stürzt", erklärte Elena.
„Wir sind hier noch eine Weile beschäftigt", gab er ihr zu verstehen.
„Aber sagen Sie Bob, dass wir zwei kurz nach vier zu ihm kommen
und den Baum aus dem Weg räumen." „Ist gut, das mach ich."
„Treffen wir uns gegen 16 Uhr im Café und fahren dann gemeinsam
zu ihm?", wollte Ryan wissen. „Ja, ich werde da sein." Elena legte
auf und ging zurück ins Café. „Was haben sie gesagt", erkundigte
sich Bob. „Ryan wird den Baum fällen. Wir kommen kurz nach vier
vorbei und erledigen das." „Das ist sehr freundlich", bedankte er
sich. „Beth, ich muss nochmal nach Kalispell und einige Zutaten
einkaufen. Wir sehen uns später." „Bis nachher", entgegnete sie ihr.
„Der Kuchen war im Übrigen wieder ausgezeichnet", lobte Bob.
Elena bedankte sich mit einem Lächeln und verließ das Café.

Auf ihren Streifzügen durch Kalispell hatte Elena nicht nur einen Laden für Backzubehör entdeckt, sondern auch ein besonders feines Delikatessengeschäft, das heute ganz oben auf ihrer Liste stand. Sie versuchte, möglichst hochwertige Zutaten für ihre Kuchen und Torten zu verwenden. Zwar waren diese um einiges teurer, der Geschmack dafür umso besser. Und auf genau diesen kam es schließlich an, wenn Beth zufriedene Kunden haben wollte. Im Körbchen landeten also gute dunkle Schokolade aus Ecuador, Kastanienhonig, Meersalzflocken, Lavendelblüten und Wildpreiselbeermarmelade. Daraus würde sie mit Sicherheit in den nächsten Tagen und Wochen etwas Schönes zaubern können. Doch Elena wusste auch, dass gerade jetzt, wo es mit schnellen Schritten auf Weihnachten zuging, winterliche Gewürze in ihren Backkreationen keinesfalls fehlen durften. In einem kleinen Fachgeschäft für Gewürze kaufte sie deshalb Zimt, Kardamom, Gewürznelken, Sternanis, Vanille und Muskatnuss. Sie war zufrieden mit dem, was sie bekommen hatte. Gewöhnliche Zutaten, wie Mehl, Zucker, Butter, Eier und Milch, würde sie auch bei Eddie im Mini-Store kaufen können. Sie verstaute die Tüten auf der Rückbank und fuhr los. Ihren ersten Stopp machte sie an einem Drive-in-Schalter einer McDonald's-Filiale, wo sie sich Chicken McNuggets und eine Cola bestellte. Den zweiten Stopp legte sie bei dem kleinen versteckten Café ein, das es ihr schon bei ihrem allerersten Besuch in Kalispell angetan hatte. Sie ließ sich ein Nusstörtchen mit Salzkaramell einpacken und fuhr aus der Stadt. Nach einigen Kilometern bog sie auf einen kleinen Schotterweg ab und parkte ihren Wagen am Rande einer großen Wiese. Wäre Sommer gewesen, hätte sie sich gern draußen hingesetzt und die Natur genossen. Doch die letzten Tage war es so eisig kalt gewesen, dass Elena lieber im Auto sitzen blieb. Sie schaltete den Motor aus, ließ die Musik aber laufen. Dann kramte sie ihr Essen hervor und ließ es sich fernab von allem, was sie hätte stören können, schmecken.

Es war kurz nach drei, als Elena zurück am Café war. Überrascht darüber, wie voll der Parkplatz war, betrat sie das Lokal. Es war gut was los, was ungewöhnlich für Mittwoch war, Elena jedoch sehr freute. Die drei Plätze am Tresen waren die einzigen, die noch frei waren. Alle übrigen Tische waren belegt und Beth wuselte umher, um Bestellungen aufzunehmen. Elena stellte fest, dass die Kuchen fast alle waren. Nur ein paar wenige Stücke waren noch übrig. Als Beth leicht gestresst hinter den Tresen kam, goss sie Elena schnell eine Tasse Kaffee ein. „Bis du hier mit deinen Kuchen aufgetaucht bist, hat es sowas nicht gegeben", erklärte sie mit großen Augen und schaffte dann Kaffee und Kuchen zu den Tischen. Elena schmunzelte und nahm einen großen Schluck Kaffee zu sich. „Ist der Platz noch frei?", fragte dann eine Stimme von der Seite. Elena drehte sich um und vor ihr stand ein großer schlanker Mann. Frisch rasiert und mit gut frisierten dunkelbraunen Haaren. Er trug einen Anzug und schenkte ihr ein strahlendes Lächeln. „Sieht ganz danach aus", erwiderte Elena lächelnd und zeigte auf den freien Platz neben sich. Der Mann setzte sich und stellte sich ihr als Frederick Walsh vor. „Elena Lindenberg", tat sie es ihm gleich. Sie sah, dass er zu den Kuchen schielte, die gar nicht weit von ihm standen. „Sie sollten zuschlagen, bevor nichts mehr übrig ist", riet sie ihm. „Ja, ich denke auch. Das sieht wirklich verdammt lecker aus." „Und es sieht nicht nur so aus, das können Sie mir glauben", versicherte Elena. „Sie kommen wohl öfter her, was?" „Hin und wieder. Ich kenne die Bäckerin persönlich." „Tatsächlich." Er sah sie überrascht an. „Und wie ist sie so?" „Eine ganz umgängliche Frau", sagte Elena und unterdrückte ein Lachen. „Also schön. Sie haben mich überzeugt." Er bestellte eine kleine Tasse Kaffee und das letzte Stück Birnen-Brownie-Kuchen. „Falls es Ihnen nicht schmecken sollte, können Sie sich direkt an die Bäckerin selbst wenden", sagte Beth mit einem Blick zu Elena, als sie dem Mann Kaffee und Kuchen kredenzte. Mit großen Augen drehte er sich zu ihr. „Sie haben das gebacken?" Elena nickte grinsend. „Wow, das ist ja fantastisch", sagte er voller Begeisterung. „Mir misslingen sogar fertige Backmischungen und jetzt schauen Sie sich an, was Sie hier zaubern." Elena musste lachen. „Kommen Sie hier aus der Gegend?", wollte sie wissen. „Gott, nein", sagte er. „Ich bin Architekt aus Seattle und betreue derzeit ein Bauprojekt in Libby." „Also sind Sie ein typischer Stadtmensch?" „Wissen Sie, das Landleben hat durchaus seinen Reiz. Nur bietet die Stadt Leuten wie mir einfach mehr Diskretion und Toleranz." „Leuten wie Ihnen?" Elena sah ihn fragend an. „Ich bin schwul", flüsterte er ihr hinter vorgehaltener Hand zu. „Ohhh, verstehe." Elena machte große Augen. Das hatte sie nicht erwartet. Den meisten schwulen Männern sah oder merkte man an, dass sie zum anderen Ufer gehörten. Bei Mr. Walsh war nichts von beidem der Fall gewesen. „Jetzt sind Sie bestimmt schockiert?", fragte er noch immer im Flüsterton. „Nein, gar nicht", erwiderte Elena. Er sah sie überrascht an. „Wissen Sie, ich komme aus einer deutschen Großstadt und da ist das schon lange kein Thema mehr." Frederick Walsh sah sie mit freudigen Augen an. „Ich habe sogar jemanden, der schwul ist, in meinem Freundeskreis", flüsterte sie ihm ebenfalls hinter vorgehaltener Hand zu. „Nein! Darauf stoßen wir an." Er hielt ihr die Kaffeetasse hin und Elena stieß lachend mit ihm an.

Es war viertel vor vier, als Ryan in der Stadt ankam. Er war extra etwas eher losgefahren, damit er bei Beth noch schnell einen Kaffee trinken konnte, ehe er mit Elena zu Bob fahren würde. Er parkte seinen Jeep seitlich vom Café und stieg aus. Gerade als er die Treppen zur Tür hinaufgehen wollte, fiel sein Blick durch die Glasfront ins Innere des Lokals. Wie erstarrt blieb er stehen. Ein gutaussehender junger Mann saß neben Elena am Tresen. Sie redeten und lachten miteinander, als würden sie sich schon ewig kennen. Dann sah er, wie der Fremde seine Hand auf Elenas Oberschenkel legte und stellte verwundert fest, dass es ihr überhaupt nichts auszumachen schien. Sie lachte ausgelassen und stieß ihn neckisch gegen die Schulter. Zorn stieg in Ryan auf. Er kniff die Augen zusammen und fletschte insgeheim die Zähne. Er machte auf der Treppe kehrt und eilte wutentbrannt zurück zu seinem Wagen. Mit einem lauten Knall schlug er die Autotür zu und fuhr davon. Sein Ziel war ihm längst klar gewesen und so kam er vorm Pub zum Stehen und ging hinein. Er setzte sich an den Tresen und bestellte einen doppelten Whiskey, den er sofort in einem Zug leertrank und dann Nachschub verlangte. Tammy, die junge Kellnerin, schaute ihn ungläubig an, schenkte aber ohne Widerrede nach. So ging es Glas um Glas. „Ich finde, Sie haben wirklich genug", meinte die Kellnerin eindringlich, als er nach dem fünften Glas noch immer nicht genug hatte. „Wirst du hier für gute Ratschläge bezahlt oder fürs Arbeiten?", erwiderte Ryan bloß und schob ihr das leere Glas hin. Sie schüttelte den Kopf und füllte das Glas schließlich erneut bis zum Rand. Ryan nippte daran und merkte, wie der Alkohol von seinem Körper Besitz ergriff. Schlaff hing er am Tresen und stützte mit einer Hand seinen Kopf. Dann hörte er, wie die Tür aufging. Er drehte sich um und sah Cara. Er kippte den Whiskey hinter, legte der Kellnerin einen Schein auf den Tresen und stand auf. Mit schnellen Schritten lief er auf Cara zu, packte sie am Arm und zog sie mit sich.

Nervös schaute Elena auf die Uhr. Es war bereits fünf nach vier und Ryan war noch nicht da. Frederick hatte sich vor wenigen Minuten verabschiedet und erst da war ihr aufgefallen, wie spät es eigentlich war. „Wollte er nicht längst da sein?", fragte Beth, der nicht entgangen war, dass Elena unentwegt auf ihr Handy sah. Elena nickte. „Eigentlich schon." Sie drehte sich zum Fenster und sah auf den Parkplatz, wo mehrere Autos standen. Ryans Jeep war nicht dabei. „Vielleicht ist er direkt zu Bob gefahren", überlegte Beth. „Nein, das glaub ich nicht. Er hat mich extra noch gefragt, ob wir uns hier treffen." Minute um Minute verging und es war schon fast viertel fünf. Bob würde mit Sicherheit schon warten. Elena wählte Ryans Nummer, doch es ging sofort die Mailbox ran, was bedeutete, dass sein Handy entweder aus war oder er da, wo er war, keinen Empfang hatte. Elena war unruhig und rutschte auf ihrem Stuhl umher. „Was willst du machen, wenn er nicht kommt?", wollte Beth wissen. Elena schüttelte gedankenverloren den Kopf und suchte dann nach Joes Nummer in ihrem Telefon. Erleichtert atmete sie auf, als sie hörte, wie es tutete. Joe hatte also Empfang. Jetzt musste er nur noch rangehen. „Elena, hey", meldete er sich fröhlich. „Oh Gott sei Dank, Joe." Elena fiel ein Stein vom Herzen, als sie seine Stimme hörte. „Was ist los?", wollte er wissen. „Bist du zu Hause?", beantwortete Elena seine Frage mit einer Gegenfrage. „Ja, wieso?" „Könntest du mit mir zu Bob fahren und seinen Baum fällen?" Für einen Moment herrschte Stille am Telefon. „Aber ich dachte, Ryan wollte mit dir hinfahren…" Joe klang hörbar irritiert. „Das dachte ich auch. Doch bis jetzt ist Ryan nicht aufgetaucht", erklärte Elena verärgert. „Das ist seltsam", sagte Joe. „Ryan ist schon vor gut einer Stunde los." „Glaubst du, ihm ist unterwegs was passiert?" Elena wurde plötzlich ganz anders zumute. „Nein", beruhigte er sie augenblicklich. „Ich bin zehn Minuten nach ihm los und es gibt nur diesen einen Weg in die Stadt." „Nun, ich weiß nicht, wo er ist. Ich weiß nur, dass er nicht hier ist und dass Bob wartet." „Verstehe", sagte Joe. „Die Motorsäge ist noch im Wagen. Ich fahr sofort los. Treffen wir uns direkt bei Bob." „Ich weiß nicht, wo Bob wohnt", gab Elena zu bedenken. „Du fährst die Straße an der Kirche vorbei Richtung Festwiese", erklärte Joe. „Du wirst mein Auto dann schon stehen sehen." „In Ordnung, bis gleich." Sie legte auf und zog sich ihre Jacke an. „Ciao Beth", rief sie in den hinteren Teil des Cafés. Beth, die gerade einen Tisch abräumte, hob grüßend die Hand.

Als Elena Bobs Grundstück, das direkt am Ufer des Crystal Lake lag, erreichte, dämmerte es bereits. Sie würden sich beeilen müssen, wenn sie den Baum vor Einbruch der Dunkelheit fällen wollten. Joe hatte schon angefangen, Seile um die geneigte Eiche zu spannen, die schlussendlich verhindern sollten, dass der Baum beim Sägen Richtung Haus fiel. Es schien noch eine recht junge Eiche zu sein. Ihr Stamm war nicht sonderlich dick und die Baumkrone noch nicht sehr ausgedehnt. Auf den ersten Blick wirkte sie harmlos, doch auch ein schmächtiger Baum wie dieser konnte erheblichen Schaden anrichten, würde er erst mit voller Wucht aufs Dach des kleinen Häuschens treffen. Bobs Sorgen waren also durchaus berechtigt. Als Joe mit der Vorarbeit fertig war, gab er Bob und Elena Arbeitshandschuhe und bat sie, die Enden der Seile zu nehmen und fest daran zu ziehen, während er zu sägen begann. Beide zogen mit aller Kraft an dem robusten Tau und der Baum fiel kontrolliert Richtung See. Bob war sichtlich erleichtert, als der Baum endlich auf dem Boden lag. Er holte einen großen Leuchtstrahler aus seinem kleinen Holzschuppen, damit Joe genügend Licht hatte, um den Baum zu zersägen. Er hatte die Tür zum Schuppen offen stehen lassen und Elena erkannte unzählige Netze, die auf Haken an der Wand hingen, Angeln und Eimer. Sie hatte bisher nie jemanden gefragt, was Bob machte, wenn er nicht gerade bei Beth im Café saß und Zeitung las. Diese Frage schien sich nun erübrigt zu haben. Er musste Fischer sein. Die Lage des Grundstücks eignete sich perfekt dafür. Am Ufer war ein kleines Boot an einem Steg festgemacht. Der Motor, der am

Heck befestigt war, ließ erahnen, dass damit weitere Strecken zurückgelegt wurden, als nur zehn Meter auf den See hinauszurudern. Doch Bob war nicht mehr der Jüngste. Hatte er vielleicht in jungen Jahren aktiv Fischfang betrieben, war es heute mit Sicherheit nur noch ein angenehmer Zeitvertreib für ihn.

Elena sammelte die abgesägten Äste der Baumkrone zusammen und stapelte sie an der Außenwand des Schuppens zu einem kleinen Häufchen auf. Joe sägte den Stamm der Eiche in kleine Rollen und legte sie neben die Äste. Als er fertig war, deckte er gemeinsam mit Elena alles mit einer Plane ab, um es vor Wind und Nässe zu schützen. Bob räumte den Strahler zurück in den Schuppen und der Garten versank in Dunkelheit. Erst als Elena ein paar Schritte lief, ging eine kleine Lampe am Haus an, die mit einem Bewegungsmelder versehen war. Bob bat beide noch kurz in seine Garage, die sich unmittelbar neben dem Haus an der Straße befand. Elena freute sich über die Wärme, die ihr entgegenschlug, als sie den Raum betrat. Sie war komplett durchgefroren. Bobs Auto, ein alter Chevrolet, stand auf der linken Seite. Rechts befand sich eine kleine Sitzgelegenheit mit einem Tisch, den Bob liebevoll gedeckt haben musste, als Joe und Elena im Garten am Werke gewesen waren. Ein großer Teller mit Sandwiches stand darauf und zwei Flaschen Bier. Und was Elena ganz besonders freute, war die große Kanne Tee, die ebenfalls ihren Platz auf dem Tisch gefunden hatte. Bob schien aufgefallen zu sein, dass Elena fror, zudem wusste er, dass sie noch den weiten Weg zurück zur Farm fahren musste und Alkohol für sie deswegen nicht angebracht gewesen wäre. Sie setzten sich zusammen und freuten sich über die kleine Stärkung nach getaner Arbeit. Elena wärmte ihre kalten Finger an der Teetasse, während die Männer ihr Bierchen tranken. Bob bedankte sich mehrfach für die großartige Unterstützung und die schnelle Hilfe und war in keinster Weise böse, dass sich zeitlich alles etwas nach hinten verschoben hatte.

Die Lichter im Haupthaus erhellten den Hof, als Elena die Farm erreichte. Sie war erschöpft, als sie den Wagen bei ihrer Hütte zum Stehen brachte. Doch ausruhen war noch nicht. Sie musste noch die Kuchen für den morgigen Tag backen, was auch nochmal etwas Zeit in Anspruch nehmen würde. Ryans Jeep stand vor seiner Hütte und im Inneren brannte Licht. Wo um alles in der Welt war er denn heute? Und wieso war er, ohne Bescheid zu geben, einfach nicht aufgetaucht? Es sah ihm nicht ähnlich, seine Verabredungen nicht einzuhalten. Besonders dann nicht, wenn es sich um Hilfe für einen ortsansässigen Mann handelte. Sie hatte Fragen über Fragen in ihrem Kopf und wollte jetzt Antworten haben. Also lief sie zu seiner Hütte und klopfte an die Tür. Es dauerte einen Moment, bis ihr schließlich geöffnet wurde. Doch es war nicht Ryan, der vor ihr stand. Es war Cara, die nur mit einem Bettlaken bekleidet war. Bestürzt und sprachlos stand Elena da und starrte mit großen Augen ihr Gegenüber an. „Elena", sagte Cara geschwollen und räkelte sich im Türrahmen. „Falls du zu Ryan willst, der schläft. Ich glaube, ich habe ihn ganz schön geschafft." Ein triumphales Grinsen zierte ihr Gesicht. „Ich denke nicht, dass wir ihn wecken sollten. Am besten kommst du morgen noch mal wieder." Sie wollte sich gerade abwenden, als sie einen genaueren Blick auf Elena warf. „Du solltest ein Bad nehmen, so schmutzig wie du bist", riet sie ihr mit abwertendem Blick und schlug Elena die Tür vor der Nase zu.

Kapitel 13

Obwohl der gestrige Tag lang und erlebnisreich war, war Elena schon lange vor dem Weckerklingeln wach gewesen. Sie nutzte die Gelegenheit für einen kleinen morgendlichen Ausritt mit Pearl. Es war kalt und eine dünne Schneedecke lag über der Ebene. Warm eingepackt in eine dicke Winterjacke, Schal, Mütze und Handschuhe drehte sie mit der Stute eine gemütliche Runde über die Lichtung. Der Schnee knirschte unter den Hufen des Pferdes und in der Ferne kletterte die aufgehende Sonne langsam hinter den Bergen hervor und tauchte die Landschaft in ein warmes orangefarbenes Licht. Es war ein friedlicher Morgen und Elena genoss die Stille, die diese Tageszeit mit sich brachte. Der Beginn eines neuen Tages. Man wusste nicht, was er einem bringen würde. Man konnte ihn nur auf sich zukommen lassen. Ein Blick auf die Uhr verriet ihr, dass es Zeit wurde, zurück zur Farm zu reiten.

Ryan und Cara wollten gerade in den Wagen steigen, als Elena aus Richtung Scheune über den Hof gelaufen kam. Er sah den verärgerten missbilligenden Blick, den sie ihm zuwarf und wäre am liebsten im Boden versunken. Er schämte sich für sein Verhalten, und dass sie ihn jetzt hier gemeinsam mit Cara sah, war ihm zutiefst unangenehm. Was musste sie bloß von ihm denken? Er hob grüßend einen Finger über die geöffnete Autotür. Zu mehr war er nicht in der Lage. Wortlos lief Elena an ihnen vorbei. Kein Lächeln, kein Gruß, gar nichts. Wie sehr musste sie ihn gerade hassen? Und wie sehr hasste er sich gerade selbst. „Soll ich die Kuchen für Beth gleich mit in die Stadt nehmen?", fragte er kleinlaut, als Elena die Stufen zu ihrer Hütte hinauflief. „Nein", sagte sie und drehte sich zu ihm. „Ich will ja schließlich, dass sie ankommen." Ihr stechender Blick traf ihn direkt ins Herz. Sie öffnete die Tür und verschwand in ihrer Hütte. Ryans traurige Augen ruhten auf der kleinen Behausung. Erst als Cara die Wagentür zuschlug, wurde er ins Hier und Jetzt zurückgeholt und stieg in seinen Jeep.

„Also war Elena der Grund dafür" wollte Cara wissen, als sie auf dem Weg in die Stadt waren. „Grund wofür?" Ryans Stimme klang finster. „Dafür, dass du dich gestern hast zulaufen lassen und mich in dein Bett geschleift hast." Sie drehte sich zu ihm und sah ihn grimmig an. Ryan kniff die Augen zusammen und spürte, wie Wut in ihm aufstieg. „Ich wüsste nicht, was dich das angeht." „Was mich das angeht?", fragte Cara fassungslos. „Ich kann dir sagen, was mich das angeht. Es mag kein Geheimnis sein, dass ich es nicht so mit festen Beziehungen habe. Und ja, ich habe nichts gegen kleine Abenteuer. Auch nicht mit Männern, die auf der Durchreise sind und die ich nach einem kleinen Quickie nie wiedersehe. Und ja, ich liebe den Sex mit dir, Ryan Flanagan. Du bist ein heißer Typ und weißt, wie du Frauen glücklich machen kannst. Aber ich werde nicht dein Notnagel sein, wenn es mit deiner Elena grad nicht rundläuft. Hast du verstanden? Ich bin kein Pingpong-Ball, den man herumwerfen kann, wie es einem gerade passt. Vor einigen Wochen sagtest du noch, ich solle mich von Elena und dir fernhalten. Was ist passiert, Ryan? Was ist passiert, dass ich plötzlich wieder gut genug bin?" Ryan war völlig sprachlos. So hatte er Cara noch nie zuvor erlebt. Doch sie hatte nicht ganz unrecht mit dem, was sie sagte. Mit großen Augen sah er sie an, brachte jedoch kein Wort heraus. Cara schüttelte nur den Kopf.

In der Stadt angekommen, hielt Ryan vor Caras Haus, unweit des Rainbow Lake. Sie schnappte sich ihre Handtasche aus dem Fußraum und stieg aus. „Spätestens in dem Moment, als du gesehen hast, mit welchem Blick dich Elena heute Morgen angesehen und wie distanziert sie sich dir gegenüber verhalten hat, hast du bereut, mich überhaupt mit zur Farm genommen zu haben, nicht wahr?" Sie sah ihn eindringlich an. Ryan war noch immer wie erstarrt und brachte kein Wort heraus, doch seine Augen verrieten Cara, dass sie recht hatte. „Tu uns beiden einen Gefallen, Ryan. Sag ihr einfach, was du für sie empfindest, denn das ist mehr wie offensichtlich. Und halte dich zukünftig von mir fern." Sie schlug die Wagentür zu und betrat ihr Grundstück. Ryan saß reglos da und starrte auf das Lenkrad vor sich. Wenn Cara schon bemerkt hatte, dass er Gefühle für Elena hat, wem musste es dann noch aufgefallen sein. Er durfte diese Gefühle nicht zulassen, doch sein Kampf dagegen schien immer aussichtsloser zu werden.

Mit unglücklicher Miene betrat Elena das Café. „Elena, hey, was ist los?", wollte Beth wissen. „Es tut mir so leid, Beth", entschuldigte sie sich und stellte eine große Plastikbox mit Klickverschluss auf den Tresen. „Es gibt heute nur Cookies. Ich war gestern erst spät zu Hause und erschöpft und…" Sie stöhnte. „Na ja, und mehr wie das ist halt nicht mehr bei rum gekommen." Sie zeigte mit dem Finger auf die Box. „Nur Cookies?" Beth sah mit großen Augen ins Innere der Kiste. „Die sind ja riesig." „Ja, das ist das Schöne bei diesem Rezept. Der Teig ist sehr ergiebig", erklärte Elena. „Das sind einmal Schoko-Cookies und die anderen sind mit Erdnuss." „Ja, das sehe ich", sagte Beth und griff hinein. „Was machst du da?" Elena sah Beth mit weit geöffneten Augen an, als diese sich gerade einen der Schoko-Cookies in den Mund steckte. „Warst du es nicht, die meinte, man müsse seine Produkte kennen, um sie gut verkaufen zu können?" Beth wischte sich einen Kekskrümel von der Lippe und fing an zu lachen. „Tut mir leid, aber bei Cookies kann ich nicht widerstehen." Elena sah erst Beth und dann den angeknabberten Keks in ihrer Hand an und lachte schließlich mit. Nachdem Beth aufgegessen hatte, stellte sie die Kekse auf den Tresen. Sie beschriftete kleine Schilder mit Bezeichnung und Preis des Gebäcks und stellte sie dann vor die Glas-Etagere. „Du kannst keine zwei Dollar für einen Cookie verlangen, Beth." „Siehst du doch, dass ich das kann." Sie rückte das Schild zurecht und warf einen prüfenden Blick darauf. „Sie sind groß, handgemacht, lecker… Und wenn ich merke, dass es den Leuten zu teuer ist, kann ich immer noch mit dem Preis runtergehen. Oder ich esse sie einfach selbst, wenn sie keiner will." Beth zwinkerte Elena keck zu und ging zurück hinter den Tresen. „Hat denn gestern noch alles geklappt?", erkundigte sie sich dann. „Ja, Baum ist gefällt und Bob glücklich und zufrieden." „Und Ryan? Ist der mittlerweile wieder aufgetaucht?" Elena zog genervt die Augenbrauen hoch. „Ja, er war zu Hause, als ich gestern Abend zurück auf die Farm kam." „Hast du mit ihm geredet? Ihn gefragt, wo er war?" Elena atmete tief durch. „Das wollte ich. Ich bin zu seiner Hütte gegangen, um ihn danach zu fragen." „Und? Was hat er gesagt?", fragte Beth ungeduldig. „Er hat nicht aufgemacht." „Wie? Er hat dein Klopfen ignoriert, obwohl er da war?" „Nein nein, mir wurde schon aufgemacht. Halt nur nicht von Ryan." Beth stützte sich auf den Tresen und sah Elena irritiert an. „Sondern?" „Cara…" Beths Augen wurden groß wie Tennisbälle, als sie das hörte. „Cara Michaels, gehüllt in ein weißes Leinenbetttuch, räkelte sich lasziv im Türrahmen und erklärte mir, dass Ryan leider nicht zur Tür kommen kann, weil er schlafe. Sie hätte ihn ganz schön geschafft." „Okay, nein nein nein…" Beth wedelte heftig mit den Händen vor ihrem Körper herum. „Es gibt Dinge, die will ich einfach nicht wissen." „Ging mir auch so", erklärte Elena. „Heißt das, Ryan hat sich mit Cara vergnügt, während er eigentlich mit dir und Bob verabredet war?" Elena nickte. „Sieht ganz danach aus." Beth war völlig fassungslos. „Das sieht Ryan gar nicht ähnlich." „Das dachte ich mir auch", meinte Elena dann. „Und hätte ich Cara nicht halbnackt in seiner Hütte gesehen, hätte ich es selbst nicht geglaubt." Beth schüttelte den Kopf. In diesem Moment betrat Bob das Café und kam lächelnd zum Tresen gelaufen. „Guten Morgen allerseits." Er warf einen Blick auf die Cookies und seine Augen fingen an zu leuchten. „Erdnuss, köstlich", schwärmte er. „Davon hätte ich gern einen." „Kommt sofort", sagte Beth und machte sich ans Werk. „Elena, ich habe Ihnen das Rezept für den Gewürzkuchen, den meine Frau früher oft gebacken hat, herausgesucht", wandte er sich an die nette Helferin von gestern und reichte ihr einen kleinen vergilbten Zettel, der einmal in der Mitte gefaltet war. „Ich dachte mir, Sie würden ihn vielleicht gern einmal ausprobieren wollen." „Ja, unbedingt." Elena nahm freudig das kleine Stück Papier an sich. „Das ist sehr lieb, Mr. Thompson. Vielen Dank." „Bitte nennen Sie mich Bob", bat er sie. „Ich würde mich wirklich freuen, wenn ich mal wieder in den Genuss dieses außerordentlich schmackhaften Kuchens kommen dürfte." „Na das bekommen wir doch hin, Bob." Elena schenkte ihm ein herzliches Lächeln und verstaute das Rezept sorgsam in ihrer Tasche. „Schön." Er legte ihr dankend die Hand auf die Schulter und ging dann zu seinem Tisch, wo Kaffee und Erdnuss-Cookie schon auf ihn warteten. „Ich mach los, Beth", verkündete Elena.

„Und pass auf, dass du deinen Gästen nicht die ganzen Kekse weg-isst." Sie streckte ihr frech die Zunge raus und verließ das Café.

„Elena", erklang Ryans Stimme, als sie gerade dabei war, ihr Auto aufzuschließen. Sie drehte sich um und sah, wie er auf sie zugelau-fen kam. Das hatte ihr gerade noch gefehlt. Ryan war mit Abstand der Letzte, den sie im Augenblick sehen wollte. Sie wandte sich wieder zum Auto und öffnete die Tür. „Hey", sagte er, als er das Auto erreichte, und rang sich ein mühevolles Lächeln ab. „Ist ir-gendwas?", fragte Elena missgelaunt. Ryans Lächeln erlosch sofort, als er merkte, dass sie augenscheinlich nicht gut auf ihn zu sprechen war. „Ja, ich dachte, wir könnten jetzt vielleicht zu Bob fahren", erklärte er betreten. Ein sarkastisches Grinsen trat in Elenas Ge-sicht. „Wissen Sie, das ist lustig. Ich dachte auch, wir würden zu Bob fahren…" Sie hob den Kopf und sah ihn böse an. „Gestern." Beschämt senkte er den Blick und nickte stoisch. „Jetzt bin ich da und ich denke, Bob wäre froh, wenn der Baum schnellstmöglich wegkommt." „Bemühen Sie sich nicht. Der Baum ist bereits weg", verkündete sie ihm. „Ich habe Joe gebeten, mit mir zu Bob zu fah-ren, nachdem Sie nicht aufgetaucht sind." Sie schmiss ihre Handta-sche auf den Beifahrersitz und sah dann erneut zu Ryan. „Scheinbar hatten Sie ja weitaus wichtigere Dinge zu erledigen, als eine Verab-redung einzuhalten." Ryan schluckte und sah sie an. Noch mehr wie Wut und Zorn erkannte er Enttäuschung in ihren Augen. Er hatte sie enttäuscht. Nicht, weil er um ihretwillen nicht gekommen war oder weil er mit Cara geschlafen hatte, sondern weil er mit Cara geschlafen hatte, als Bob seine Hilfe brauchte. Sie war zu Recht enttäuscht und böse auf ihn. Er hatte es vermasselt, das wusste er. Elena löste den Blick und stieg ins Auto. Sie startete den Motor und fuhr davon, ohne Ryan noch eines Blickes zu würdigen.

Bekümmert und gedankenverloren saß Ryan auf den steinernen Stufen der seitlich ans Haupthaus angrenzenden Terrasse. Sein Blick war auf die weite, um diese Jahreszeit karge Ebene gerichtet. Es war kalt. Doch die Leere in seinem Körper, seinem Herzen, die er emp-fand, war kälter. Die Hände tief in die Taschen seiner Jacke vergra-ben, dachte er an Elena. Er hörte Schritte hinter sich, regte sich aber nicht und verharrte in seiner Position. Es war Darren. Er hatte ihn durchs Wohnzimmerfenster draußen sitzen sehen. Mit dem Fuß entfernte er den Schnee von den Stufen, setzte sich schließlich neben Ryan und reichte ihm eine Flasche Bier. Ryan nahm sie wortlos entgegen und umklammerte sie mit seinen Händen, als wäre sie ein Schatz, den er nie wieder hergeben wollte. Darren atmete tief durch und beobachtete, wie die kühle Luft seinen Atem sichtbar machte. „Was war los?", durchbrach er dann die Stille. „Was meinst du?" Ryans Blick ging noch immer in die Ferne. „Du betrinkst dich mitten in der Woche im Pub, nimmst Cara mit zu dir, und all das, wo du doch eigentlich mit Elena zu Bob wolltest…" Ryan schloss die Augen. Tammy musste es Michelle erzählt haben und sie wiederum Joe. Manchmal konnten kleine Orte wie Happys Inn echt zum Kotzen sein. „Also, was war los?", ließ Darren nicht locker. „Ich hab sie gesehen", sagte Ryan und schaute auf die kleine Flasche Bier in seinen Händen. „Du hast wen gesehen?" Darren wusste nicht recht, was Ryan meinte. „Ich habe Elena gesehen", erklärte er schließlich. „Sie saß mit einem jungen gutaussehenden Typen im Café. Sie haben geredet, gelacht. Sie wirkten so vertraut miteinander. Er hat seine Hand auf ihren Oberschenkel gelegt…" „Und da ist bei dir eine Sicherung durchgebrannt." Ryan nickte. „Verstehe." Darren trank einen Schluck und überlegte. „Meinst du nicht, dass es langsam an der Zeit wäre, ihr endlich zu sagen, was du für sie empfindest?" Er sah zu ihm rüber. Ryan schnaubte und schüttelte den Kopf. „Wie viele Leute wollen mir das heute eigentlich noch sagen?" Darren war irritiert. „Wer denn noch?", wollte er wissen. „Cara", sagte er und sah zu Darren. Große, ungläubige Augen sahen ihm entgegen. „Ernsthaft?" Ryan nickte. „Wow. Die Frau, mit der du schläfst, rät dir, der Frau, die du liebst, deine Gefühle offen kundzutun. Das hätte ich Cara gar nicht zugetraut." „Halt die Klappe, Darren." „Jetzt mal im Ernst, Ryan. Wie lange willst du deine Gefühle für sie noch unterdrücken?" Darrens Worte klangen eindringlich. „Deine Gefühle werden nicht einfach so verfliegen und Situationen wie gestern werden nicht die Ausnahme bleiben, wenn du weiterhin schweigst. Alles, was du damit erreichst, ist, dass sie dich irgendwann hassen wird." Ryan schwieg nach außen, führte

150

aber einen inneren Kampf mit sich selbst. „Willst du, dass sie dich hasst?" „Vielleicht ist es leichter, wenn sie mich hasst", sagte er schließlich. „Ach komm, das glaubst du doch selber nicht." Ryan drehte sich zu Darren und hatte tränennasse Augen. „Ich darf sie nicht lieben." Seine Stimme zitterte und eine einzelne heiße Träne bahnte sich ihren Weg über seine kalte Wange. Er stellte die unberührte Bierflasche in den Schnee und zog von dannen. Darren stand auf und sah ihm betroffen nach. „Aber das tust du doch schon", flüsterte er und war ratlos. Wie sollte er Ryan nur helfen? Wie konnte er ihm diese unverständliche Angst nehmen, die das Gefühl der Liebe, die er für Elena empfand, mit sich brachte? Wovor genau hatte er Angst? War es die Angst, Elena zu verlieren und mit diesem Schmerz schlussendlich nicht leben zu können? Er wusste es nicht. Doch was Darren wusste, war, dass Ryan genauso zugrunde gehen würde, würde er so weitermachen wie bisher. „Probleme?" Natalie war nach draußen gekommen, um Darren zum Essen zu holen. „Keine, die man nicht irgendwie lösen könnte", erklärte er und schenkte seiner Mutter ein Lächeln. Er schnappte sich die Bierflaschen und folgte ihr zurück ins Haus.

Kapitel 14

Es war ein sonniger, aber kalter Samstag. Elena war auf dem Weg zur Tankstelle, um gemeinsam mit Ari Mittag zu essen. Sie hatte einen Auflauf gemacht und ihn in mehrere Lagen Alufolie gewickelt, damit das Essen warm blieb, bis sie in der Stadt war. Immer wieder legte sie ihre Hand auf das silberne Paket, das auf dem Beifahrersitz lag, und kontrollierte die Temperatur. Zufrieden stellte sie fest, dass die Unmengen an Alufolie ihren Zweck erfüllt hatten. Sie würde gleich da sein und das Essen fühlte sich noch immer schön warm an. Sie parkte den Wagen an der dem See zugewandten Seite der Tankstelle und betrat den Verkaufsraum. „Hey, Derek", begrüßte sie den Tankstellenwart, der gerade den Kühlschrank mit neuen Getränken befüllte. „Ist Ari schon da?" „Der wollte sich nur noch schnell die Hände waschen gehen. Müsste jeden Moment zurück sein." Ein Blick auf die Uhr über dem Verkaufstresen verriet Elena, dass sie fünf Minuten zu früh war. Sie stellte den Auflauf auf den kleinen runden Tisch, der sich linkerhand des Tresens befand, entfernte die Alufolie zunächst aber noch nicht. „Willst du schon mal Teller und Besteck haben?", wollte Derek wissen, der ungefähr in Beths Alter sein musste und sich um die Tankstelle kümmerte, während Ari in der Werkstatt zugange war. „Gerne", sagte Elena und zog sich ihre dicken Wintersachen aus. „Willst du auch was haben?" fragte sie ihn, als er mit zwei Tellern und Besteck aus einem kleinen Nebenraum zurückkam. Er schüttelte lächelnd den Kopf. „Ist lieb, aber meine Frau hat mir ein ganzes Lunchpaket mitgegeben." „Elena, schön dich zu sehen." Ari betrat in Arbeitssachen, aber mit sauberen Händen die Tankstelle und begrüßte sie mit einer herzlichen Umarmung. „Was hast du uns Leckeres mitgebracht?" Hungrige Augen sahen auf das eingepackte Paket auf dem Tisch. „Kartoffel-Gemüse-Auflauf mit ganz viel Schinken", erklärte sie freudig. „Ich hoffe nur, er ist noch warm." Sie begann Schicht um Schicht der Alufolie zu entfernen. Ari beobachtete das Schauspiel mit großen Augen und hochgezogenen Augenbrauen. „So, wie du das eingepackt hast, hätten wir es nächste Woche essen können und es wäre noch warm gewesen", sagte er scherzhaft, als Elena gerade bei der zehnten Schicht Alufolie angekommen und noch kein Ende abzusehen war. Elena verdrehte die Augen. „Na vielleicht hab ich es ein klein wenig übertrieben", gab sie zu. „Ich wollte ja nur nicht, dass es kalt ist, wenn ich hier ankomme." „Das ist es definitiv nicht", stellte Ari fest, als ein duftender und dampfender Auflauf unter der letzten Lage Alufolie zum Vorschein kam. „Das ist ja wie frisch aus dem Ofen", freute sich Elena und ihre Augen leuchteten. Ari schüttelte grinsend den Kopf und holte sich dann eine Flasche Limonade aus dem Kühlschrank. „Willst du auch was?", wollte er von Elena wissen. „Nein, nichts Kaltes. Mir ist schon kalt genug", lehnte sie dankend ab. „Du bist so eine Frostbeule", stellte Ari lachend fest. „Na, vielleicht macht Derek dir eine Tasse Tee." „Wasserkocher ist schon an, Boss", rief er ihm zu. In dem kleinen ruhigen Raum war es unmöglich, den beiden nicht zuzuhören. Er stellte Elena eine große Tasse Früchtetee hin und ging dann weiter seiner Arbeit nach. Elena verteilte den Auflauf auf die Teller und ließ es sich dann mit Ari schmecken. „Erzähl, wie war's bei deiner Tochter in Chicago?", erkundigte sie sich. Ari nickte und schluckte seinen Auflauf runter. „Es hat gutgetan, sie endlich wiederzusehen. Sie hat einen Job als Sekretärin in einer großen Anwaltskanzlei gefunden. Nur fünf Minuten von ihrer Wohnung entfernt." „Schön." Elena pustete und steckte sich dann eine Kartoffel in den Mund. „Hast du die Woche über bei ihnen gewohnt?" „Ja. Die Wohnung ist riesengroß. Zwei Gästezimmer, eines davon mit eigenem Badezimmer. Und vom Wohnzimmer aus hat man einen atemberaubenden, unverbauten Blick auf den Lake Michigan", schwärmte er. „Das klingt ja fantastisch. Aber die Wohnung ist doch sicher verdammt teuer, oder?" Ari nickte bestätigend. „Frag nicht, wie teuer. Aber bei Nathans Gehalt ist das kein Problem." „Was genau macht Nathan denn beruflich?" „Er ist Chirurg im Northwestern Memorial Hospital." Elena wurde hellhörig und sah Ari überrascht an. „Er ist Chirurg? Mein Vater war auch Chirurg." Ein sanftes Lächeln trat in ihr Gesicht, als sie an ihn dachte. „Er muss richtig gut sein in dem, was er tut. Das war auch der Grund, weshalb sie nach Chicago gegangen sind. Er hat vorher in einer Klinik in Kalispell gearbeitet, war dort aber ziemlich unterfordert. Dann kam eines Tages das Angebot aus

Chicago. Mehr Geld, bessere Bedingungen. Er wäre dumm gewesen, hätte er es ausgeschlagen." „Einziger Wermutstropfen, dass Tilda dadurch nicht mehr hier ist." Elena trank einen Schluck Tee und wärmte ihren Körper von innen heraus auf. „Sie ist glücklich, das ist das einzig Wichtige. Wenn es ihr gut geht, geht's auch mir gut." Ari schob den leeren Teller beiseite und stützte sich auf den Tisch. „Wie war dein Thanksgiving?", wollte er dann wissen. Elena nahm einen tiefen Atemzug durch die Nase. „Ryan hat seine Grandma mitgebracht. Natalie hat verkündet, dass sie nach Weihnachten dauerhaft nach San Diego zieht und ich durfte den Truthahn kennenlernen, bevor er geschlachtet wurde", fasste sie es kurz und bündig zusammen. „Wie hat Darren die Nachricht aufgenommen?" „Er war völlig geschockt in dem Moment. Aber ich denke, mittlerweile hat er sich damit abgefunden. Die beiden haben danach auch nochmal in Ruhe darüber gesprochen." Elena nahm den Teebeutel aus ihrer Tasse und legte ihn auf den Rand des Tellers. „Ich denke, Natalie tut gut daran, wieder in die Stadt zu gehen. Nach Daniels Tod hat sie sich sehr zurückgezogen, blieb fast nur auf der Farm. In der Stadt wird sie hoffentlich wieder etwas aufleben." „Ja, Ryan meinte auch, dass es ihn nicht wundert, dass sie zurück nach San Diego will." „Versteht ihr euch gut, du und Ryan?", wollte Ari wissen. „Wieso fragst du?" Elena überraschte diese Frage. Ari zuckte mit den Schultern. „Rein interessehalber." „Mal gut, mal weniger gut", sagte Elena und ihre Gesichtsmuskeln waren angespannt, was Ari nicht entgangen war. „Im Moment bin ich froh, wenn ich ihn nicht sehen muss." „Wieso das?" Ari sah sie mit zusammengekniffenen Augen an. „Ach, da war diese Sache am Mittwoch. Wir wollten gemeinsam bei Bob einen Baum wegmachen, nur dass Ryan nicht gekommen ist und stattdessen mit Cara geschlafen hat." „Hat er dir erklärt, wie es dazu gekommen ist?" Elena schüttelte den Kopf. „Nein", sagte sie. „Ich habe ihm aber auch nicht wirklich die Möglichkeit dazu gegeben", überlegte sie dann. „Andererseits wüsste ich auch nicht, welche Entschuldigung es dafür geben sollte." Sie klang verärgert. „Wenn du wüsstest", sagte Ari und lehnte sich in seinem Stuhl zurück. „Manchmal sind es die verrücktesten banalsten Dinge, die eins zum anderen bringen." „Soll das heißen, Ryan hatte

Angst, gemeinsam mit mir zu Bob zu fahren, und hat sich deshalb in Caras Schoß geflüchtet?" Ungläubige Augen sahen zu Ari. „Das weiß ich nicht. Was ich damit sagen will, ist, dass die Dinge manchmal anders sind, als sie auf den ersten Blick scheinen." Er rückte näher an den Tisch und sah dann Elena mit festem Blick in die Augen. „Ist dir schon mal in den Sinn gekommen, dass Ryan dich ziemlich gern hat?" Mit verschränkten Armen saß Elena da und sah verdutzt ihr Gegenüber an. Sie überlegte kurz und beugte sich dann zu ihm. „Ryan Flanagan ist mit Sicherheit die letzte Person im Umkreis von fünfzig Kilometern, die mich gern hat", war sie überzeugt. „Die Menschen, die wir lieben, verletzen wir oft am meisten. Auch wenn wir das eigentlich gar nicht wollen." „Du redest Unsinn, Ari. Weder mag mich Ryan noch liebt er mich. Das ist völlig absurd." Ari ließ sich mit einem heimlichen Lächeln zurück in den Stuhl fallen. „Vielleicht stimmt es und ich rede Unsinn." Er machte eine kurze Pause und sah Elena an. „Aber vielleicht habe ich auch recht mit dem, was ich sage." Elena hielt inne und dachte über Aris Worte nach. Wie kam er bloß darauf? Ryan und sie lieben? Nein, das war völlig ausgeschlossen. Er hatte ihr oft genug gezeigt, wie sehr er sie ablehnte. Andererseits gab es auch Momente, in denen er ganz anders war, liebenswert und freundlich. Nein. Elena versuchte, die Gedanken abzuschütteln. Das war doch alles Blödsinn. „Es wird Zeit", sagte Ari dann, nach einem Blick auf die Uhr. „Ich habe noch ein bisschen Arbeit vor mir." „Ist gut." Elena stand auf und gab Derek das dreckige Geschirr. „Ich werde noch runter zum See gehen. Das Wetter ist perfekt für einen kleinen Spaziergang." Sie zog sich ihre dicke Jacke an und verabschiedete sich herzlich von Ari. „Hier, du Frostbeule", rief ihr Ari lachend nach. „Den brauchst du doch bestimmt." Er reichte ihr ihren hellblauen Wollschal, den sie auf dem Stuhl hatte liegen lassen. „Verdammt, ja. Danke, Ari." Sie lächelte ihm zu und verließ das Tankstellengebäude.

Ari machte sich gerade an den Stoßstangen eines Toyota Land Cruiser zu schaffen, als er hörte, wie draußen ein Auto angefahren kam. Die Werkstatttüren waren geschlossen, weshalb er nicht wusste, wer es war. Es hörte sich nach einem größeren Modell an. Da Geländewagen in dieser Gegend jedoch zu den Standardfahrzeugen gehörten, hätte es jeder sein können. Doch nicht lange und des Rätsels Lösung kam zur Tür herein. „Ari?" Es war Ryan. Er klopfte an die Tür und betrat dann die kleine, nach Motorenöl und Reifengummi stinkende Werkstatt. „Ryan, mein Junge. Was verschafft mir die Ehre?" Ari kam hinter dem aufgebockten Fahrzeug hervor und wischte sich die schmutzigen Hände an einem alten Stofffetzen sauber. „Mein rechtes Bremslicht geht nicht. Ich denke, die Glühbirne ist hinüber." „Wenn's weiter nichts ist", winkte Ari ab. „Hast du zwanzig Minuten? Dann mach ich das noch schnell fertig und wechsle anschließend deine Glühbirne." Ryan nickte. „Klingt super, danke dir." „Elena ist unten am See, falls du mit ihr reden willst", erzählte er ihm. Erschrocken sah Ryan zu Ari. „Hat sie was zu dir gesagt?" „Nein", erwiderte Ari und musterte Ryan mit prüfendem Blick. „Hätte sie denn was sagen sollen?" „Nein", schüttelte Ryan den Kopf. „Ich dachte nur, ihr könntet gemeinsam ein bisschen am See spazieren gehen. Dann ist Elena nicht so allein und dir wird die Wartezeit nicht so lang, bis ich mit dem Wagen fertig bin", erklärte er. „Ja, gute Idee", sagte Ryan zögernd. „Ich geh mal schauen, wo sie ist." Ari nickte und sah ihm nach, wie er die Werkstatt verließ.

Elena lief unterhalb der Tankstelle am Ufer des zugefrorenen Crystal Lake entlang. Ein junges Mädchen zog auf weißen Schlittschuhen ihre Bahnen über das Eis und die Vögel zwitscherten Lieder von den Bäumen. Die Sonne schien vom Himmel herab und verwöhnte die Erde an diesem kalten Dezembertag mit wohlig warmen Strahlen. Elena schwirrten noch immer Aris Worte im Kopf herum. Wie konnte er nur annehmen, dass Ryan sie mochte? Selbst das Wort *lieben* hatte er in den Mund genommen. Dabei hatte sie ihm kurz zuvor noch erzählt, dass Ryan mit Cara geschlafen hat. Welcher Mann schläft denn mit einer Frau, die ihm gar nichts bedeutet, und verpasst dafür eine Verabredung mit der Frau, die er angeblich liebt? Elena schüttelte den Kopf. Das war doch alles nur großer Unsinn. Ihr war unbegreiflich, wie Ari auch nur auf die Idee kommen konnte, dass Ryan Gefühle für sie hat. Der Mann, der ihr ins Gesicht gesagt hatte, dass er sich auf den Tag freut, wenn sie wieder abreist. Der Mann, der ihr vom ersten Moment an distanziert und feindselig gegenübergetreten war. Der Mann, der sie schon wegen kleiner, belangloser Fragen schroff zurechtwies. Wieso sollte dieser Mann sie lieben? Elena sah in die Ferne. Doch da waren durchaus auch schöne Momente mit Ryan, an die sie sich erinnerte. Wie er sie für die gute Arbeit beim Holzspalten lobte oder ihr die heiße Schokolade mit den kleinen Marshmallows gemacht hatte. Sie durfte das Kleid seiner Mutter zum Herbstfest tragen... Elena blieb stehen und schaute auf den See hinaus. *Sie sind wirklich in Ordnung*, hatte er zu ihr gesagt, als sie beide aus Kalispell zurückkamen. In Ordnung, was bedeutet das? Je mehr sie darüber nachdachte, desto verwirrter war sie. Was war, wenn Ari tatsächlich recht hatte? Ryan war ein attraktiver junger Mann, dass konnte man nicht anders sagen. Er konnte einem durchaus unter die Haut gehen. Und es fühlte sich gut an, als er sie beim Herbstfest in seinen starken Armen gehalten hatte. Doch liebte sie ihn? Liebte er sie? Wie kam Ari bloß auf diesen Gedanken? Diese Frage ließ sie nicht mehr los. „Hey", hauchte eine Stimme neben ihr. Elena schrak zusammen. Sie war so in ihre Gedanken vertieft gewesen, dass sie gar nicht gemerkt hatte, dass sich ihr jemand von hinten genähert hatte. „Ryan", sagte sie etwas überrumpelt. „Was machen Sie denn hier?" „Eins meiner Bremslichter ist kaputt", erklärte er. „Ari sagte, dass Sie hier wären." „Hat er das?" Elena sah Ryan von der Seite an. Die Sonne blendete sie, dass sie die Augen leicht zusammenkneifen musste. „Ja..." Er steckte die Hände in die Hosentaschen und lief mit gesenktem Blick neben ihr her. Sie sah wunderschön aus. Sie trug einen marineblauen Wollmantel, einen hellblauen Schal und die Sonnenstrahlen verfingen sich in ihrem offenen Haar und ließen es glänzen. „Können wir über die Sache neulich reden", durchbrach er die Stille. „Ich wüsste nicht, was es da zu reden gibt", sagte sie, ohne ihn dabei anzusehen. Er fasste sie am Oberarm und brachte sie so zum Stehen. „Es tut mir wirklich furchtbar leid", entschuldigte er sich bei ihr. Sie sah ihn an, doch ihr Gesicht wirkte hart. „Ich habe Mist gebaut, das weiß ich." Elena nickte. „Wissen Sie, ich verstehe es einfach nicht." Sie verschränkte die Arme vor dem Oberkörper und sah ihn fragend an. „Wer oder was hat Sie nur so verärgert, dass Sie mit Cara ins Bett gehen, während Bob und ich auf Sie warten?"

Unsicherheit lag in Ryans Augen. Es machte fast den Anschein, als wollte er ihr sagen, was an diesem Tag los war, konnte es aber aus irgendwelchen unerfindlichen Gründen nicht. „Sagen Sie's mir", bat sie ihn, doch Ryan blieb stumm. Verärgert machte sie kehrt und lief davon. Dann blieb sie stehen, hielt kurz inne und drehte sich schließlich zu ihm um. „Was meinten Sie damit, als Sie sagten, ich sei wirklich in Ordnung?" Irritiert sah Ryan aus einigen Metern Entfernung zu ihr. „Wie bitte?" Elena schüttelte den Kopf und wedelte mit ihrer Hand abwehrend vor ihrem Körper umher. „Vergessen Sie's einfach", sagte sie aufgewühlt und wandte sich von ihm ab. „Vergessen Sie's", wiederholte sie flüsternd. Was machte sie hier bloß? „Elena", rief Ryan ihr fragend nach, doch Elena lief mit schnellen Schritten das Ufer entlang, ohne sich ein einziges Mal umzudrehen.

Elena lief gerade den schmalen Pfad den Hügel zur Tankstelle hinauf, als ein lauter, durch Mark und Bein gehender Schrei sie erschrocken herumfahren ließ. Angespannt ließ sie den Blick über den See gleiten. Da, das junge Mädchen war ins Eis eingebrochen. Augenblicklich machte Elena kehrt und rannte den Hügel hinab. In ihrer Eile wäre sie beinahe gestürzt, war der naturbelassene Weg doch rutschig von der dünnen Schneeschicht, die auf ihm lag. Ryan kam angerannt, als Elena das Ufer des Sees erreichte. „Elena, ich kann nicht schwimmen", eröffnete er ihr und schnappte nach Luft. Erschrocken blickte sie ihn an und sah dann zu dem Loch in der Eisdecke, wo das kleine Mädchen im eiskalten Wasser weinend und jammernd um sein Leben kämpfte. „Scheiße…", flüsterte Elena. Sie schluckte, nahm die Gedanken zusammen und tastete sich mit kleinen, aber zügigen Schritten auf die Eisfläche. Hektisch suchte Ryan Jacke und Hose nach seinem Telefon ab. „Verdammt", sagte er, als er feststellte, dass er es im Auto hatte liegen lassen. „Was ist passiert?", rief eine Stimme vom Hügel. Ari hatte den Schrei gehört und war gekommen, um nach dem Rechten zu sehen. „Ari, ruf den Notarzt", rief ihm Ryan zu. Ari erkannte die prekäre Lage und rannte los. Unterdessen näherte sich Elena immer mehr dem Mädchen, das durchnässt im kalten Wasser ausharrte und versuchte, sich am Eis festzuklammern. „Ganz ruhig", sagte Elena in sanften Worten, und tastete sich Schritt um Schritt zur Einbruchstelle. „Alles wird gut. Ich hol dich da raus." Elena spürte ein leichtes Knacken unter sich, als sie den Fuß absetzte. Sie verharrte in ihrer Position und ein kalter Schauder der Angst durchfuhr sie. „Elena, was ist los?", wollte Ryan wissen, der hilflos am Ufer stand. „Ich glaube nicht, dass mich das Eis tragen wird", eröffnete sie ihm. „Was?", fragte er erschrocken. „Elena, geh runter. Leg dich flach aufs Eis und versuche sie so rauszuziehen." Elena tat, wie ihr gesagt wurde, und ging behutsam in die Knie. Sie legte sich bäuchlings auf die spiegelglatte Fläche und robbte auf das Mädchen zu. „Halt durch, meine Kleine. Ich bin gleich bei dir." Das Mädchen hatte kaum noch Farbe im Gesicht. Weinend und zitternd legte sie all ihre Hoffnung in Elena, die allmählich näherkam. „Wie heißt du?", wollte Elena wissen. „Amanda", sagte das Mädchen mit dünner Stimme. „Das ist ein schöner Name." Elena nahm wieder das leise Knacken unter sich wahr. „Hör zu, Amanda. Ich werde dich jetzt da rausholen. Hast du verstanden?" Das Mädchen nickte. Elena streckte die Arme nach Amanda aus und griff nach ihren kleinen, eisig kalten Händen. Sie hatte sie. Elena spannte den Körper an und zog mit aller Kraft. Dann gab das Eis unter ihr nach. Ein lautes Krachen und Elena landete im Wasser. „Nein", schrie Ryan und schlug die Hände über dem Kopf zusammen. Nein, dachte er. Jegliche Vernunft über Bord geworfen, betrat er das Eis. Erbarmungslose Kälte durchfuhr Elenas Körper. Es fühlte sich an, als wäre sie in einem Bett aus Abertausenden kleiner Nadeln gelandet, die gnadenlos auf ihren Körper einstachen. Ihr Herz fing an zu rasen und die Atmung beschleunigte sich. Sie musste sich beruhigen. Für Amanda. Das kleine Mädchen trieb entkräftet neben ihr im Wasser und sah Elena mit ängstlichen, tränennassen Augen an. Sie musste dringend aus dem Wasser raus. Jede weitere Minute könnte tödlich für den kleinen zierlichen Körper sein. Elena versuchte, einen klaren Gedanken zu fassen. Sie packte Amanda bei der Hüfte und hievte sie aufs Eis. Mit letzten Kräften zog sich das Mädchen auf die intakte Eisdecke. Elena schob sie an den Beinen und verletzte sich dabei an den scharfen Kufen der Schlittschuhe. Sie sah, wie Blut austrat, spürte aber keinen Schmerz. Ihr Augenmerk galt allein Amanda, die tapfer zu Ryan robbte. Elena fiel ein Stein vom Herzen, als er sie hatte. Sie merkte, wie er weiter zu ihr wollte. „Nein", lehnte sie entschieden ab. „Schaff Amanda ans Ufer", bat sie ihn. „Elena…" Traurige Augen blickten ihr entgegen. „Bitte", flehte sie. Er machte kehrt und bahnte sich mit Amanda den Weg zurück ans Ufer. Elena zitterte. Ihre Hände waren steif vor Kälte. Sie musste schnellstmöglich hier raus. Mit aller Kraft, die ihr Körper noch hergab, versuchte sie, sich mit den Armen aufs Eis zu stützen und hochzudrücken. Doch das Eis brach unter ihren Händen ab und sie fiel zurück ins Wasser. Es machte keinen Sinn. Alleine würde sie es nicht schaffen.

Am Ufer wartete bereits Derek mit warmen Decken. Ari kam mit einer langen Leiter den Hügel hinabgestürzt. Er war gerade dabei, sie auf ihre volle Länge auszuziehen, als Ryan mit dem entkräfteten Mädchen das Ufer erreichte. Eingehüllt in Decken trug Derek sie hinauf zur Tankstelle. Ryan und Ari positionierten die Leiter und schoben sie vorsichtig übers Eis, bis die Enden Elena erreichten. Sie konnte ihre Finger nicht mehr spüren, versuchte aber, sich irgendwie an ihr festzuklammern. Als ihr das gelang, zogen die beiden Männer langsam daran und beförderten sie so aus dem frostigen Wasser des Crystal Lake. „Elena, ist alles okay?", fragte Ryan panisch, als er sie endlich am sicheren Ufer wusste. „Es… ist so…kalt", stammelte sie und ihr Körper zitterte wie Espenlaub. Mit schnellen Handgriffen zog er ihr die nassen Sachen aus und hüllte sie in seine trockene warme Winterjacke. Dann setzte er sich hinter sie auf den steinigen Boden, umschloss sie mit seinen Beinen und drückte sie mit dem Rücken fest an seine Brust. „Ich bin da", flüsterte er. Er rieb ihr über die Oberarme und wärmte sie mit seinem Körper. Ari legte zusätzlich eine Rettungsdecke über die beiden und hoffte auf schnelle Hilfe. Elena war wie in Trance. Kälte war alles, an das sie denken konnte. Sie hörte Stimmen, machte sich aber nicht die Mühe, sie zuzuordnen. Es fühlte sich an, als würde sie all das nur aus weiter Ferne beobachten. Sie war gefangen in der Kälte ihres Körpers. Alles andere schien unendlich weit weg. In der Ferne hörte sie das Dröhnen kreisender Rotorblätter eines Helikopters. Würde jetzt Hilfe kommen? Und dann erkannte sie mit verschwommenem Blick, wie Leute in roten Jacken auf sie zukamen.

Kapitel 15

Wärme war das Erste, das Elena spürte, als sie aus ihrem Schlaf erwachte. Wohltuende, angenehme Wärme. Holz knackte im Kamin und Fichtenduft erfüllte den Raum. Langsam öffnete sie die Augen. Sie blinzelte und ihr erst verschwommener Blick wurde klarer. Sie war in ihrer Hütte. Sie schien auf dem Sofa zu liegen, den Kopf zum Kamin gerichtet. Ryan saß am Tisch und blätterte in dem Buch, das sie gerade las. Er war hier, dachte sie. Sie wusste nicht genau, ob sie sich darüber freuen sollte. Doch wahrscheinlich sollte sie das. „Gefällt es Ihnen?", fragte sie noch etwas schlaftrunken. Ryan blickte zu ihr. Sie war wach. Er legte das Buch weg und ging zum Sofa. „Elena, wie fühlst du dich?" „Als wäre ich gerade eine Runde durchs arktische Meer geschwommen." Beschwerlich versuchte sie, sich aufzurichten. „Bleib liegen", sagte er. „Du musst erst mal wieder zu Kräften kommen." Widerwillig ließ sich Elena zurück aufs Kissen fallen. Irgendjemand musste ihr Bettzeug aufs Sofa verfrachtet haben. „Willst du einen Tee?" „Gerne." Ein Tee war jetzt genau das Richtige. Sie beobachtete, wie Ryan ihr aus einer Thermoskanne eine Tasse voll eingoss. „Wie geht es Amanda?", wollte Elena dann wissen. „Sie wird wieder", erklärte er ihr. „Sie war stark unterkühlt und hatte leichte Erfrierungen an den Händen. Man hat sie nach Kalispell ins Krankenhaus gebracht." Er reichte ihr die Tasse. „Wunder dich nicht. Ich habe ihn etwas abkühlen lassen, damit es deinen Händen nicht so wehtut." „Meinen Händen?" Erschrocken sah sie ihn an. „Was ist mit meinen Händen?" Sie schlug die Decke zurück und betrachtete ihre Handflächen. Da waren lauter kleine Schnittwunden. Sie schienen versorgt worden zu sein, woran sich Elena aber nicht mehr erinnern konnte. Sie konnte sich an vieles nicht mehr erinnern. Der Teil nach ihrer Rettung aus dem eisigen Wasser schien ihr komplett zu fehlen. „Die musst du dir am Eis zugezogen haben, als du versucht hast, rauszuklettern." Elena erinnerte sich. „Ja, das Eis ist unter meinen Händen abgebrochen." „Das wird schon wieder", sagte er mit einem sanften Lächeln und gab ihr die Tasse. „Danke", hauchte Elena und nahm sie behutsam entgegen. Es war nicht die Temperatur des Tees, die schmerzte, er war ja nur lauwarm. Ihre Haut spannte, als würde sie einen zu engen Handschuh tragen, und bereitete ihr somit bei jeder noch so kleinen Bewegung höllische Schmerzen. Doch das war nichts im Vergleich zu dem Kälteschmerz, den sie verspürte, als sie ins Eis eingebrochen war. Sie entdeckte einen kleinen Verband an ihrem linken Handgelenk. Das musste die Stelle sein, wo die Kufe des Schlittschuhs sie erwischt hatte. Wie musste es Amanda wohl gerade gehen? Sie war noch so klein. Sah man sich an, was die Kälte allein bei Elena angerichtet hatte, wollte man sich gar nicht vorstellen, welche Auswirkungen sie auf einen so zierlichen Kinderkörper hat. Elena trank ihren Tee und hoffte einfach, dass das kleine Mädchen im Krankenhaus in guten Händen war. Umgeben von Menschen, die es schnell wieder gesund machen würden.

Ryan legte Holz im Kamin nach. „Wer hat mich denn umgezogen", wollte Elena wissen, als sie feststellte, dass sie ihre Pyjamahose und einen kuscheligen Pullover trug. Ryan grinste. „Sei froh, dass Natalie noch da ist. Sonst hätten Darren oder ich das machen müssen." Elena schmunzelte in ihre Tasse, doch dann wurde ihr Gesichtsausdruck ernst. Sie erinnerte sich an etwas. „Du hast mich gewärmt", sagte sie und sah zu Ryan, der vorm Kamin hockte. „Nicht wahr? Nachdem ihr mich rausgeholt habt... Du hast hinter mir gesessen und mich gewärmt." Ryan sah in die lodernden Flammen des Kaminfeuers und sein Atem beschleunigte sich. Er verharrte eine Weile in dieser Position und blickte dann zu Elena. „Das hab ich", bestätigte er. Er stand auf und ging zur Spüle, um sich die Hände zu waschen. „Ich hab mal irgendwo gelesen, dass Körperwärme in solchen Situationen am besten helfe." Elena wollte gerade etwas erwidern, als es an der Tür klopfte. Ryan trocknete sich die Hände ab und ging zur Tür. Natalie betrat mit zwei dampfenden Schüsseln den Raum. „Elena, schön, dass Sie wach sind. Wie geht es Ihnen", erkundigte sie sich. „Noch etwas entkräftet, aber sonst ganz gut." „Das ist ganz normal, nach allem, was Sie durchgemacht haben." Sie stellte die Schüsseln auf den Tisch. „Ich habe eine Hühnersuppe gekocht, damit Sie schnell wieder zu Kräften kommen", sagte sie und holte zwei Löffel aus einer Schublade des Küchenschranks. „Und dir habe ich auch gleich eine Schüssel mitgebracht", wandte sie sich an Ryan. „Damit du nicht ganz das Essen vergisst." Ryan lachte und bedankte sich. Natalie entfernte einen Stuhl vom Tisch und stellte ihn ans Kopfende des Sofas. „Am besten lassen Sie die Suppe noch eine Weile stehen. Sie ist wirklich noch extrem heiß." Natalie holte die Schüssel und stellte sie Elena auf den Stuhl. Den Löffel legte sie daneben. „Das ist lieb", bedankte sich Elena. „Ruhen Sie sich aus", bat Natalie. „Dr. Anderson will morgen nochmal vorbeikommen, um nach Ihnen zu sehen und den Verband zu wechseln." „Ist gut", bestätigte Elena. Natalie wünschte einen schönen Abend und ließ die beiden wieder alleine. Ryan setzte sich an den Tisch und zog die heiße Schüssel zu sich heran. Er pustete und löffelte freudig vor sich hin. „Es riecht wirklich köstlich", stellte Elena fest und merkte, wie ihr das Wasser im Mund zusammenlief. „Ist es auch", stimmte Ryan zu. „Natalie ist eine super Köchin. So wie du eine super Bäckerin bist." Elena entglitten sämtliche Gesichtszüge. Bäckerin, dachte sie. „Wie spät ist es", wollte sie panisch von Ryan wissen. „Kurz vor sieben", sagte er. „Wieso? Was ist los?" „Ich muss noch Kuchen für Beth backen", erklärte sie aufgeregt und wollte aufstehen. Ryan ließ den Löffel fallen und eilte zu ihr. „Elena, sei nicht albern." Er packte sie bei den Schultern. „Du hast Glück, dass du nicht auch im Krankenhaus gelandet bist. Es wird niemand sterben, wenn es mal ein paar Tage keinen Kuchen bei Beth gibt. Hörst du?" Er sah sie mit festem Blick an. „Im Augenblick ist nur wichtig, dass du schnell wieder auf die Beine kommst." „Aber ich hab es Beth versprochen", sagte sie. „Sie verlässt sich auf mich." „Ich denke, Beth ist deine Gesundheit wichtiger als ein bis zwei Tage ohne Kuchen." „Bitte", flehte Elena. Verzweifelte tiefgrüne Augen blickten ihn an. „Also schön", gab er nach. „Ich werde backen." „Was?" Elena war irritiert. „Ich werde backen", wiederholte er. „Ich werde meine Suppe zu Ende essen und mich dann um Beths Kuchen kümmern. Aber du bleibst liegen und ruhst dich aus. Einverstanden?" Elena nickte. „Ja, ist gut." Verwundert sah sie zu, wie sich Ryan zurück an den Tisch setzte. „Kannst du denn backen?" „Nun, ich nehme an, das werden wir dann gleich feststellen." Elena huschte ein kleines Grinsen übers Gesicht. Sie rutschte auf dem Sofa umher und beobachtete Ryan, wie er seine Suppe löffelte. Heute Mittag noch hätte sie ihn am liebsten umgebracht. Wie schnell sich die Dinge doch ändern konnten. „Liest du das gerade?", wollte Ryan wissen und zeigte auf das Buch, in dem er vorhin geblättert hatte. „Ja", bestätigte Elena. „Gefällt es dir?" „Ich verstehe kein Wort von dem, was da steht", erklärte er ihr. „Stimmt, das ist die deutsche Ausgabe." Elena musste lachen. Sie hatte sich das Buch aus Deutschland mitgebracht. Sie beherrschte die englische Sprache zwar beinahe fehlerfrei, aber Bücher las sie dennoch lieber in ihrer Muttersprache. Es war also kein Wunder, dass Ryan mit dem Buch nichts anfangen konnte. „Der englische Originaltitel heißt *The Longest Ride*. Es ist ein wunderschöner Liebesroman von Nicholas Sparks." Ryan nickte. „Also ist es die Art von Buch, die du auch gern schreiben würdest?" Elena überlegte kurz. „Ja", sagte sie dann. „Ich denke, das würde mir ganz gut liegen." „Verstehe." Ryan drehte das Buch in den Händen hin und her und betrachtete es von allen Seiten. Dann stellte er die dreckige Schüssel in die Spüle und klatschte in die Hände. „Also, was soll ich backen?" „Ich denke, in Anbetracht der Umstände wären Cookies wohl am besten." „Cookies, gut. Kann ja nicht so schwer sein." „Die hab ich am Mittwoch auch gemacht, als…" Elena hielt inne, als sie sah, wie sich Ryans Gesichtsausdruck veränderte. Was redete sie bloß? „…ich erst spät nach Hause gekommen bin", beendete sie schnell den Satz. „In der hintersten Schublade liegt ein Buch. Darin findest du ein Grundrezept für den Cookie-Teig." Er öffnete die Schublade und holte ein abgegriffenes Buch mit braunem Einband heraus. „Wow", sagte er fasziniert, als er sah, dass das ganze Buch mit diversen Backrezepten vollgeschrieben war. „Wo hast du denn nur all diese Rezepte her?" „Internet, Zeitschriften, Eigenkreationen", erklärte sie. „Viele Rezepte sind auch noch von meiner Mutter und Großmutter." Das Buch hatte ein alphabetisches Register und Ryan fand das Rezept für den Cookie-Teig, wie schon vermutet, unter dem Buchstaben C. Er überflog es kurz und fing dann an zu lachen. „Was ist so lustig?", wollte Elena wissen. „Na ja, das einzige Wort, mit dem ich was anfangen kann, ist *Cookies*." Verdammt, dachte Elena. Da war es wieder, dasselbe Problem wie schon bei dem Roman. Ihr Rezeptebuch war auf Deutsch geschrieben. „Gut, gib her", winkte sie ihn zu sich.

„Ich werde dir sagen, was du brauchst und machen musst." Sie nahm ihm das Buch aus der Hand und warf einen Blick darauf. „Am besten legst du dir erst mal alle Zutaten zurecht", hielt sie für die beste Idee. „Butter und zwei Eier sind im Kühlschrank. Zucker, Mehl und Salz stehen im Hängeschrank. Und Vanillezucker und Backpulver findest du in der kleinen Blechdose, die da auf der Arbeitsfläche steht." Ryan sammelte alles zusammen und staunte nicht schlecht, als er Elenas gut gefüllte Küchenschränke sah. Es war unglaublich, mit welcher Vielzahl an verschiedensten Backzutaten sie aufwarten konnte. „Alles klar", sagte er. „Wie geht's weiter?" „Rührschüssel, Küchenwaage und Handmixer stehen unten im Schrank." Ryan bückte sich und musste schmunzeln, als er sah, dass es mehr Backformen und diverse andere, für ihn undefinierbare Utensilien gab als Töpfe und Pfannen. „Du kannst den Backofen schon mal auf 175 °C vorheizen." „Iss deine Suppe", sagte er, während er den Ofen anschaltete. Er hatte recht, die hatte sie ganz vergessen. Sie hielt ihre Hand an die Schüssel. Mittlerweile war das Essen soweit abgekühlt, dass sie die Schüssel problemlos in die Hand nehmen konnte. Sie setzte sich auf und legte das aufgeschlagene Buch auf ihre Knie. Dann begann sie vorsichtig, die Suppe zu löffeln. Sie schmeckte tatsächlich genauso gut, wie sie roch. „Das Stück Butter kannst du komplett auspacken und mit den Fingern kleine Flocken abzupfen. Einfach in die Schüssel rein." Amüsiert beobachtete sie Ryan bei der Arbeit. Seine Handgriffe sahen so unbeholfen aus. Aber sie war froh, dass er das für sie machte. Das war keineswegs selbstverständlich. Angewidert schaute er auf seine buttrigen Finger und ging zur Spüle. Als seine Finger sauber waren, hellte sich auch sein Gesicht wieder auf. „350 g Zucker, zwei Päckchen Vanillezucker und eine Prise Salz kommen noch zur Butter dazu und dann einfach alles mit dem Mixer aufschlagen." Er zog die Augenbrauen hoch und atmete tief durch. Worauf hatte er sich da bloß eingelassen? Und was um alles in der Welt war eine Prise Salz? Er würde einfach zweimal mit dem Salzstreuer drübergehen und fertig. Der Mixer machte mehr Lärm als vermutet, und Ryan war froh, als er diese Höllenmaschine wieder ausschalten konnte. Er rührte Eier unter, mischte Mehl mit Backpulver und knetete schließlich alles mit den Händen zu einem homogenen Teig. „Willst du kosten?" „Unbedingt", sagte Elena und war neugierig auf das Ergebnis. Er nahm einen Löffel und brachte ihr eine Kostprobe zum Sofa. Sie probierte und sah freudig zu ihm hoch. „Ausgezeichnet. Wunderbare Arbeit, Mr. Flanagan", lobte sie ihn. „Na wunderbar." Er nahm ihr den restlos abgeleckten Löffel aus der Hand und brachte ihn zum Spülbecken. „Und jetzt in den Ofen?", fragte er über die Schulter hinweg. „Nein, jetzt machen wir aus einem langweiligen Cookie-Teig einen interessanten Cookie-Teig." Er verdrehte die Augen, was Elena glücklicherweise nicht sehen konnte. Er drehte sich um und stemmte die Hände in die Hüften. „Und wie genau machen wir das?" „Du kannst den Teig erst mal auf zwei Schüsseln aufteilen." Er sah sie ungläubig an, machte aber, was sie ihm sagte. „In dem großen Seitenschrank am Ende der Küchenzeile findest du Cranberrys, Haselnusskerne und weiße Schokoladendrops." „Hab ich." „Die Schokolade kannst du, so wie sie ist, einfach in eine der Schüsseln schütten, und mit den Cranberrys machst du es genauso. Dann nochmal gut durchkneten und fertig ist Teig Nummer eins." Dass Ryan seine Hand schon wieder in diesen Teighaufen stecken musste, gefiel ihm gar nicht. Doch er wusste auch, dass ein Löffel ihn hier nicht wirklich weiterbringen würde. Er legte ein Backblech mit Backpapier aus und setzte in größeren Abständen kleine Teighäufchen darauf. Elena meinte, der Teig würde im Ofen noch auseinandergehen, sodass die Cookies am Ende doppelt oder dreimal so groß sein würden wie die anfänglichen Häufchen. Er schob das Blech in den Ofen und Elena stellte den Timer ihres Smartphones auf zehn Minuten. Während die Kekse fröhlich vor sich hin backten, röstete Ryan Haselnüsse in einer Pfanne, zerkleinerte sie anschließend mit einem scharfen Messer und verfeinerte damit den restlichen Cookie-Teig. Mit Zimt abgeschmeckt, war schließlich auch Variante Nummer zwei fertig. „Und das bereitet dir ernsthaft Freude?", wollte Ryan wissen und war erleichtert, als er eine Stunde später endlich das letzte Blech Kekse aus dem Ofen holen konnte. „Ja", sagte Elena schmunzelnd. Er war völlig fertig. Seine Stirn war schweißnass und die Küche sah aus wie New Orleans nach Katrina. „Rück mal", bat Ryan und setzte sich abgekämpft zu ihr aufs Sofa. Auf einem Teller hatte er zwei Cookies mitgebracht. Einmal Haselnuss-Zimt, die noch ofenwarm waren, und einmal Cranberry-Schokolade. Er brach die Kekse in der Mitte durch, dass auch Elena probieren konnte. Ryan war begeistert. Er konnte kaum glauben, dass er das gemacht hatte. Für diesen Geschmack hatte sich der ganze Stress wenigstens gelohnt. „Gut gemacht", sagte Elena mit einem Lächeln. „Ja, find ich auch", lobte er sich selbst. „Vielleicht mach ich dir bald Konkurrenz." Er zwinkerte ihr grinsend zu und Elena musste lachen. „Das kann ich mir nicht vorstellen." Ryan schüttelte den Kopf. „Nein, wohl kaum. Diesen Stress würde ich mir auf keinen Fall jeden Tag freiwillig antun." Amüsiert sammelte er mit angelecktem Finger die letzten Krümel vom Teller. Elena gähnte. „Bist du müde?" „Ja", bestätigte sie. „War ein langer Tag." Sie legte den Kopf auf die Lehne des Sofas. „Willst du hier am Kamin schlafen oder lieber rübergehen?" „Ich würde gern ins Bett gehen. Da hab ich mehr Bewegungsfreiheit." Ryan nickte. „Ist gut." Er half Elena auf die noch etwas wackeligen Beine und geleitete sie zum Bad. Während sich Elena für die Nacht zurechtmachte, schaffte Ryan das Bettzeug zurück ins Schlafzimmer. Sie sah süß aus in ihrem dunkelroten Pyjama. Die Hose war kariert und umspielte ihre Beine. Das Oberteil war viel zu groß, was sicher Absicht war, damit sie es nachts bequem hatte. Trotz des warmen Kaminfeuers, des Tees und der Suppe war sie noch immer blass im Gesicht. Ihr Körper hatte einiges durchmachen müssen und es würde noch eine Weile dauern, bis sie wieder ganz hergestellt war. „Der Arzt hat eine Salbe für deine Hände dagelassen, die du über Nacht auftragen sollst." „Oh, okay." Elena wollte ihm die Tube aus der Hand nehmen, doch Ryan schüttelte nur den Kopf. „Handflächen nach oben", sagte er und begann mit sanften kreisenden Bewegungen, die Salbe einzumassieren. „Tut das weh?", wollte er wissen, als er sah, wie Elena das Gesicht verzog. „Es ist auszuhalten. Aber ja, es tut weh." „Die Wunden sind frisch. Kein Wunder also, dass es wehtut. Aber die Salbe wird beim Heilungsprozess helfen." Elena nickte und sah ihn an. Er saß auf dem Bettrand und seine Finger strichen sanft über ihre Haut. Ihr wurde warm. Wärmer als Tee oder Suppe es jemals schaffen konnten. Hatte sie Fieber? Und was war das da in ihrem Bauch? War das etwa ein Kribbeln? War es möglich, dass Ryans Berührungen diese Reaktionen in ihrem Körper auslösten? „Was ist?", wollte er wissen, als er merkte, dass Elena ihn anstarrte. „Gar nichts", wehrte sie ab und sah auf ihre Hände. „Fertig", sagte er dann. „Versuch, die Hände so zu legen, dass die Salbe eine Weile draufbleibt." „Ist gut", sagte sie und legte die Arme gerade neben ihren Körper, die Handflächen zur Decke gerichtet." „Ich werde drüben schnell das Chaos beseitigen, das ich angerichtet habe, und nochmal Holz im Kamin nachlegen." Er schaltete die Nachttischlampe aus und ging zur Tür. „Ryan", sagte Elena dann. Sie stützte sich auf die Ellenbogen und sah zu ihm. Ein großer menschlicher Schatten, mehr erkannte man im Halbdunkel nicht von ihm. „Danke", hauchte sie in die Dunkelheit. „Wofür?", wollte er wissen. „Dass du mir zuliebe für Beth gebacken hast. Und dass du mich aus diesem eisigen Gefängnis geholt und mich warm gehalten hast, bis die Rettungskräfte da waren." Für einen Moment herrschte Stille. „Du hättest das Eis niemals betreten dürfen. Ich hätte es sein müssen, der Amanda da rausholt. Wenn dir was passiert wäre, hätte ich mir das nie verzeihen können." Er schloss die Tür hinter sich und Elena blieb in der Dunkelheit des Schlafzimmers zurück.

Als sie am nächsten Morgen erwachte, fühlte sich Elena schon viel besser. Ihre Lebensgeister kehrten allmählich zurück und sie fühlte sich fitter als noch am Vortag. Ihre geschundenen Hände hingegen schmerzten noch immer. Sie zog sich an und verließ das Schlafzimmer. Gerade, als sie ins Badezimmer gehen wollte, hörte sie ein Geräusch, das aus dem Wohnzimmer zu kommen schien. Mit leisen Schritten tastete sie sich voran und lugte um die Ecke. Sie traute ihren Augen nicht. Es war Ryan. Er lag schlafend auf dem Sofa. Sie sah sich um. Die Küche sah aus wie neu. Die Kekse lagen bereits in ihren Transportboxen und im Kamin glimmte noch Glut. Hatte er etwa die ganze Nacht hier verbracht? Sie schaltete die Kaffeemaschine an und ging ins Bad. Obwohl sie gut geschlafen hatte und sich auch sonst einigermaßen fühlte, war ihre Haut noch immer blass und dunkle Ränder zeichneten sich unter ihren Augen ab. Sie konnte es kaum ertragen, ihr eigenes Spiegelbild anzusehen, so furchtbar, wie sie aussah. Unter Schmerzen wusch sie ihr Gesicht und kämmte sich die Haare. Als Elena aus dem Bad kam, saß Ryan bereits mit zwei vollen Tassen Kaffee am Küchentisch. „Guten Morgen", sagte er und fuhr sich mit der Hand übers Gesicht. Seine Haare waren zerzaust von der Nacht und sein Hemd war zerknittert. „Warst du die ganze Nacht hier?", wollte Elena wissen und setzte sich zu ihm. „Ich denke schon. Einer muss ja auf dich aufpassen." Er trank einen kräftigen Schluck Kaffee. „Wie fühlst du dich?" „Ich fühle mich gut, aber ich sehe absolut scheiße aus", sagte Elena frustriert. „Du siehst einfach nur geschafft aus", erklärte Ryan besänftigend. Elena musste grinsen. „Wieso lachst du?", fragte er und setzte die Kaffeetasse ab. „Du siehst lustig aus." „Ist das so?" Elena nickte und fing an zu lachen. Ryan schüttelte verschämt grinsend den Kopf. „Ich geh mich frisch machen und schaff dann die Cookies in die Stadt. Glaubst du, du kommst soweit zurecht?" „Ja", bestätigte Elena. „Und ruh dich aus, hörst du?" „Ja, Daddy", sagte sie scherzhaft. „Elena." Seine Stimme klang ernst, als er sich die Keksboxen schnappte und sie ansah. „Ich komm klar. Ich leg mich aufs Sofa und ruh mich aus", versprach sie. „Gut, ich sehe später nochmal nach dir." „Das ist zwar nicht nötig, darfst du aber gerne tun." Sie drehte sich um und sah zur Tür. Er warf ihr einen scharfen Blick zu. „Bis später", sagte er und verließ die Hütte. Elena verdrehte die Augen. Wenn er in die Stadt fuhr, würde er für wenigstens eine Stunde nicht da sein, überlegte sie und ein verschmitztes Grinsen trat in ihr Gesicht.

Es war Nachmittag. Elena lag auf dem Sofa und las in ihrem Buch, als ein lautes Pochen sie zusammenzucken ließ. Es schien vom Dach zu kommen. Irritiert zog Elena die Augenbrauen hoch und sah zur Decke. Es klopfte erneut und dann wieder und wieder. Was war das bloß? Sie legte das Buch beiseite und stand auf. Als sie aus dem Fenster sah, fiel ihr die Leiter auf, die an die Hütte gelehnt auf der Veranda stand. Jetzt hielt sie nichts mehr drinnen. Sie ging nach draußen, um nachzusehen, was es damit auf sich hatte. Es war kalt, als sie auf die Veranda trat, und Elena verschränkte instinktiv die Arme vor der Brust. Sie sah nach oben und erkannte Ryan, der auf dem Dach umherkrabbelte und eine lange Lichterkette hinter sich herzog. „Was machst du da?" „Schmücken", antwortete er und zeigte auf die Lichterkette. „Ich soll dir liebe Grüße von Beth ausrichten. Sie sagte, du sollst dir keinen Stress wegen der Kuchen machen. Sie könnte in der Zwischenzeit auch erst mal wieder Kekse bei Eddie kaufen gehen." „Hat sie das?" „Ja", bestätigte er. „Und dass du schnell wieder gesund werden sollst. Weshalb es auch besser wäre, wenn du wieder reingehst." Er schaute eindringlich zu ihr runter. „Elena", hallte Darrens Stimme über den Hof, und Elena versuchte zu lokalisieren, wo es herkam. Dann sah sie ihn. Er stand auf einer Leiter am Haupthaus und schien ebenfalls das Dach mit Lichterketten zu versehen. Er winkte ihr zu, worauf sie freudig zurückwinkte. In diesem Moment kam ein Auto auf den Hof gefahren. Ein dunkelblauer SUV, den Elena noch nie zuvor gesehen hatte. „Das ist Dr. Anderson", sagte Ryan aufgeregt und stieg vom Dach. Elena sah, wie ein kleiner stämmiger Mann aus dem Wagen stieg. Er schien kurz vor der Pension zu stehen, hatte eine Halbglatze und trug eine Brille auf der Nase. Er war gekleidet wie jeder andere, hatte jedoch eine kleine Arzttasche bei sich. „Nun, junge Frau, ich denke nicht, dass es förderlich für Ihren Gesundheitszustand ist, wenn Sie ohne Jacke in der kalten Winterluft vor Ihrer Hütte stehen", wies er sie zurecht und kam gemütlich auf sie zu. „Dr. Marty Anderson", stellte er sich vor und reichte ihr die Hand. „Elena Lindenberg", sagte sie. „Und ich reiche Ihnen mal lieber nur den kleinen Finger, da die Hände doch noch sehr schmerzen." „Sehr richtig", erinnerte er sich. „Für manche Menschen ist der kleine Finger ohnehin gleichbedeutend mit der ganzen Hand." Er lachte, wobei sich kleine Grübchen abzeichneten. „Sie kenne ich ja bereits, junger Mann", richtete er seine Worte an Ryan, der dem Arzt zunickte. „Nun denn, lassen sie uns ins Haus gehen." Elena betrat die Hütte und die Männer folgten.

Dr. Anderson widmete sich zuallererst dem Verband an Elenas Handgelenk und schien erleichtert, als er sah, dass sich keine Entzündungsherde gebildet hatten. „Das sieht doch wunderbar aus", bemerkte er. „Es musste genäht werden", stellte Elena überrascht fest, als sie zum ersten Mal einen Blick unter den Verband werfen konnte. „Ja, die Wunde war sehr tief", erklärte er. „Und ich bin froh, dass sich nichts entzündet hat. Immerhin war sie sehr lange den Keimen und Bakterien im See ausgesetzt." Er legte eine sterile Wundauflage auf die Naht und klebte dann alles mit einem breiten Wundpflaster ab. Dann bat er Elena, den Oberkörper frei zu machen, um sie abhören zu können. Als Elena begann, sich den Pullover über den Kopf zu stülpen, stand Ryan von seinem Stuhl auf und ging zur Spüle. Heimlich linste er über die Schulter, als der Arzt mit dem Stethoskop ihre Lungen abhörte. Alles, was sie trug, war ein schwarzer Spitzen-BH. Es erregte ihn, sie so zu sehen. Er hatte sie gestern halbnackt in seinen Armen gehalten. Doch gestern war es anders gewesen. Gestern war es eine lebenserhaltende Maßnahme, die die brenzlige Situation mit sich gebracht hatte. Das jetzt war ganz anders. Jetzt saß die Frau, die ihn schon so lange um den Verstand brachte, wunderschön und in einem Hauch von nichts da und er musste sich beherrschen, seinen Gefühlen nicht freien Lauf zu lassen. „Sie können sich wieder anziehen." Ryan atmete auf, als der Doktor diesen Satz aussprach. Er ließ sich ein Glas Leitungswasser ein und lehnte sich mit den Rücken an die Küchenzeile. „Klingt alles wunderbar", sagte der Arzt zu Elena und schloss seine Tasche. „Schonen Sie sich noch ein paar Tage, ich komme dann in ein paar Tagen zum Fädenziehen vorbei." „Ist gut", bestätigte Elena. „Die Salbe für die Hände hat Ihnen Ihr Freund sicher gegeben." „Oh, er ist nicht…" „Sie ist nicht…", sagten beide fast gleichzeitig. Der Arzt schaute zwischen beiden hin und her. „Verstehe", erwiderte er und musste schmunzeln. „Ich hab die Salbe", meinte Elena dann. „Tragen Sie sie ruhig auch tagsüber auf, aber haben Sie Geduld, bis sie richtig eingezogen ist, bevor sie etwas anfassen." Elena nickte und bedankte sich bei Dr. Anderson. „Ich begleite Sie zum Wagen", sagte Ryan und verließ gemeinsam mit dem Arzt die Hütte.

„Komm rein", rief Elena, als es an der Tür klopfte. Sie konnte sich schon denken, wer es war. Und sie hatte recht. Ryan betrat die Hütte, doch er kam nicht allein. „Was ist das?" Mit großen Augen sah sie auf das kleine stachlige Ungetüm in seiner Hand. „Ich hab dir einen Weihnachtsbaum mitgebracht", sagte er freudig. „Aber ich hab doch gar nichts zum Schmücken." Als hätte er bereits geahnt, dass diese Anmerkung kommen würde, zauberte er hinter seinem

Rücken einen kleinen Pappkarton hervor. Ein breites Grinsen trat in Elenas Gesicht. Sie stellten das Bäumchen, das schon in seinem Ständer befestigt war, zwischen Esstisch und Eingangstür. Schönheitswettbewerbe hätte man mit diesem Baum sicher nicht gewinnen können, dafür war er wirklich niedlich, was er nicht zuletzt seiner Größe von unter einem Meter verdankte. Das Schmücken überließ Elena lieber Ryan. Die spitzen Tannennadeln vertrugen sich derzeit nicht so gut mit den Schnittwunden an ihrer Hand. Sie dirigierte Ryan lediglich, wo er was hinhängen sollte. Das Ergebnis konnte sich wirklich sehen lassen. Ryan steckte den Stecker der Lichterkette in die Steckdose und der Baum erstrahlte in vollem Glanz. Es machte ihn glücklich, als er Elenas leuchtende Augen sah. Das Bäumchen brachte sofort weihnachtliches Flair in die sonst eher schlichte Behausung. Sie setzten sich aufs Sofa und betrachteten zufrieden ihr Werk. „Verrückt, dass schon bald Weihnachten ist. Die Zeit vergeht so schnell und das Jahr ist fast zu Ende." Sie legte den Kopf schief und schaute gedankenverloren ihren Weihnachtsbaum an. Wie er strahlte. Kleine weiße Sterne hingen zwischen dunkelroten Glitzerkugeln. Dünne Silberfäden symbolisierten Schnee auf den Ästen und die Lichterkette mit ihrem warmen, gelben Licht schlängelte sich von unten nach oben. Sie lehnte sich zurück und sah Ryan an, der neben ihr saß. „Gibt es etwas, das du dir zu Weihnachten wünschst?" Sein Gesicht wurde ernst. „Die Dinge, die ich mir am meisten wünsche, kann man weder kaufen noch in Geschenkpapier packen." Elena horchte auf. „Und das wäre?" Er sah zu ihr und seine Augen wirkten traurig. „Meine Mom zurück", sagte er mit brüchiger Stimme. Elena nickte zustimmend. „Das kann ich sehr gut verstehen. Wenn ich meine Eltern wiederbekommen könnte, wäre ich auch für den Rest meines Lebens wunschlos glücklich." Sie hielt kurz inne. „Und gibt es da sonst noch was?" „Das Meer", sagte er. „Ich würde gern mal das Meer sehen wollen." „Du warst noch nie am Meer?", wunderte sich Elena. „Nein. Es sei denn der Flathead Lake und der Crystal Lake zählen mittlerweile zu dieser Kategorie." „Wohl kaum", wagte Elena zu bezweifeln. „Es ist ungewöhnlich, dass jemand, der nicht schwimmen kann, ans Meer will." „Ich sagte nicht, dass ich im Meer schwimmen gehen will", stellte er klar. „Ich will einfach am Ufer stehen und das Rauschen der Wellen hören. Will in die Ferne zum Horizont sehen, wo das Blau des Meeres mit dem des Himmels verschwimmt. Will Möwen kreischen hören, die über mich hinwegfliegen. Will, dass mir die Meeresbrise ins Gesicht weht und der Geruch nach Meer meine Nase liebkost." Fasziniert lauschte Elena Ryans Worten. „Für dich ist das alles nichts Unbekanntes, stimmt's?" „Nein", erklärte Elena. „Das Meer gehört praktisch zu meinem Leben dazu und Sonntagsausflüge zum Strand waren keine Seltenheit." „Du Glückliche", beneidete er sie. „Aber dafür hab ich mich immer nach dem hier gesehnt, Ryan." Sie machte eine ausschweifende Handbewegung. „Berge, Wälder, endlose Weite unberührter Natur." „Die kenne ich schon", sagte Ryan. Elena musste lachen, wurde dann aber wieder ernst. Sie sah ihn an und er sah sie an. „Du hast recht. Man kann es nicht in Geschenkpapier packen", pflichtete sie ihm bei. „Aber eines Tages wirst du das Meer sehen, da bin ich mir sicher." „Versprochen?" Elena nickte. „Versprochen." Er wirkte zufrieden. „Wie kommt es eigentlich, dass du nicht schwimmen kannst?" Er nahm einen tiefen Atemzug. „Hat sich irgendwie nie ergeben." „Ich muss dir was sagen", verkündete Elena dann und Ryan sah sie mit weit geöffneten Augen an. „Was denn?" Sie kräuselte die Lippen und überlegte kurz. Sollte sie es ihm wirklich sagen? Doch, sie musste. „Ich habe vorhin zwei Kuchen für Beth gebacken, als du nicht da warst", erklärte sie mit schuldbehafteter Stimme. „Ich wusste es", sagte Ryan und sprang vom Sofa auf. „Ich war mir nicht sicher, ob der Duft noch von den Keksen gestern Abend kam, deshalb hab ich nichts gesagt. Aber es roch vorhin so intensiv nach Kuchen, als der Arzt da war, dass ich hätte schwören können, dass du gebacken hast." Elena sah ihn mit unschuldigen Rehaugen an. „Du hast versprochen, dich auszuruhen", erinnerte er sie. „Ich hab mich danach ausgeruht." Er schüttelte heftig mit dem Kopf. „Du bist wirklich ein hoffnungsloser Fall." Fassungslos sah er sie an. „Tut mir leid", entschuldigte sich Elena. „Ich konnte nicht anders." So empört Ryan auch war, so typisch war es für die Frau, die vor ihm saß, und er musste lachen. Elena war froh, dass er nicht allzu böse auf sie war. „Ich schaff sie morgen Früh zu Beth", sagte er und ließ die Sache damit auf sich beruhen. „Danke." Ein sanftes Lächeln lag in Elenas Gesicht. Ryan ging zum Fenster und sah hinaus. „Es ist dunkel", verkündete er, als wäre es etwas ganz Besonderes. „Zieh dir eine Jacke über und komm mit", sagte er aufgeregt zu Elena, die nicht so recht verstand, was los war. Sie zog sich einen warmen Mantel an und folgte Ryan nach draußen. „Oh, mein Gott." Überwältigt von dem Anblick, der sich ihr bot, machte Elena große Augen, als sie die Veranda betrat. Dutzende Lichterketten zierten die Dachkanten und Geländer sämtlicher Gebäude und tauchten den Hof in festliches Licht. So etwas kannte sie bisher nur aus Filmen, und jetzt war sie mittendrin. Es war nicht kitschig oder überladen, wie man das von den Amerikanern oft kannte. Es war einfach wundervoll. „Gefällt es dir?", wollte Ryan wissen. Sie nickte und strahlende Augen blickten ihn an. „Es ist unglaublich schön."

Kapitel 16

Große weiße Flocken schwebten gemächlich auf die Erde hinab und legten sich als kalte Schneedecke auf die Farm. Elena freute sich, als sie aus dem Fenster schaute. Sie konnte sich nicht erinnern, wann sie zuletzt weiße Weihnachten erlebt hatte. Sie war sich nicht einmal sicher, ob sie es je erlebt hatte. Dieses Weihnachten würde anders sein als alle bisherigen Weihnachtsfeste. Sie war in einem anderen Land mit anderen Traditionen. Sie war von liebevollen Menschen umgeben und, was noch besser war, es lag Schnee. Warm eingepackt, schnappte sie sich den kleinen Stoffbeutel und Kuchenkarton vom Küchentisch und verließ die Hütte. Schneeflocken tanzten um sie herum und verfingen sich im Stoff ihrer Mütze. „Elena, wo willst du denn hin?", wollte Ryan wissen, der gerade dabei war, den Hof von einer fünf Zentimeter hohen Schneedecke zu befreien. „In die Stadt, Geschenke verteilen", antwortete sie, als sie mit vollen Händen zu ihrem Wagen lief. „Du weißt aber schon, dass der alte Mann mit dem weißen Bart und dem roten Mantel erst diese Nacht kommt und Geschenke bringt?" Er stützte sich auf die Schneeschaufel und sah mit zusammengekniffenen Augen durch den Flockenwirbel hindurch zu Elena. „Aber nicht da, wo ich herkomme", erklärte sie mit einem Lächeln und schlug die Autotür zu, wobei eine kleine Schneelawine abfiel und vor ihren Füßen landete. „Dann nimm aber den Jeep, wenn du in die Stadt willst." „Wieso?", wollte Elena wissen. „Mit dem Jeep kommst du besser durch den Schnee", erklärte er. „Wir wollen ja nicht, dass du Weihnachten verpasst, weil du irgendwo feststeckst." Gutes Argument, dachte Elena. Ryan gab ihr die Autoschlüssel und half dabei, die Sachen in seinen Wagen zu räumen. „Ist das ein Kuchenkarton?" „Ja", sagte Elena und schloss ihren Pick-up Truck ab. „Aber das Café hat doch heute geschlossen, oder nicht?" „Der Kuchen ist nicht für Beth." Sie kam zum Jeep und vergrub die Hände in den Jackentaschen. „Bekomme ich auch einen Kuchen geschenkt?" „Wer sagt, dass du überhaupt etwas geschenkt bekommst?" Sie versuchte, ein ernstes Gesicht zu machen, musste dann aber lachen. Sie lief um den Wagen herum und öffnete die Tür. „Fahr vorsichtig und sieh zu, dass du mir mein Schätzchen wieder heil zurückbringst", sagte er mit einem Grinsen im Gesicht. Elena zog die Augenbrauen hoch. „Keine Angst, ich bring dir dein *Schätzchen* schon unversehrt wieder." Sie stieg ein und startete den Motor. Ryan stapfte zurück zu seiner Schneeschaufel und hob grüßend die Hand, als Elena vom Hof fuhr.

Es war das erste Mal, dass Elena mit Ryans Jeep fuhr und sie musste sich erst einmal an das neue Fahrzeug gewöhnen. Es wirkte riesig, wenn man plötzlich selbst am Steuer saß. Ihr seinen Wagen zu geben, noch dazu bei diesen Witterungsbedingungen, war ein großer Vertrauensbeweis. Deshalb machte Elena auch das, worum er sie gebeten hatte, und fuhr vorsichtig, damit sie ihm sein Schätzchen, wie er es nannte, auch wirklich unbeschadet wiederbringen konnte. Obwohl sich der Schnee nur schwer durch die Baumkronen kämpfte, lag eine dünne weiße Decke auf dem schmalen Waldweg. Und dann passierte das, wovor Elena schon Angst hatte, als sie das allererste Mal mit dem Pick-up Truck, den sie von Ari bekommen hatte, zur Farm fuhr. Ihr kam ein Auto entgegen. Es war Darren. Sie hatte nicht daran gedacht, dass es die Zeit war, wo er zurück sein wollte. Er war gestern Abend losgefahren, um Abigail vom Flughafen in Great Falls abzuholen. Er gab Lichthupe, fuhr einige Meter zurück und manövrierte seinen Ford Ranger dann ein Stück in den Wald hinein. Elena fiel ein Stein vom Herzen. Sie gab Gas und stoppte neben dem anderen Fahrzeug. Freudig ließ sie die Scheibe herunter. „Danke, Darren." „Ich dachte, es wäre Ryan", sagte er und sah verwundert zu ihr rüber. „Er war der Meinung, dass der Jeep schneetauglicher ist." „Damit könnte er durchaus recht haben", stimmte Darren zu. „Hey, Abigail", begrüßte sie dann Darrens Freundin auf dem Beifahrersitz. „Schön, dich zu sehen, Elena." Sie schaute an Darren vorbei und winkte Elena freundlich zu. „Sehen wir uns später?", wollte Darren wissen. „Selbstverständlich", bestätigte Elena. „Es ist Weihnachten." Mit einem breiten Grinsen im Gesicht setzte sie ihre Fahrt in die Stadt fort.

Der Schneefall hatte etwas nachgelassen, als Elena Happys Inn erreichte. Sie parkte den Wagen vorm Café und holte ein kleines quadratisches Geschenk aus dem Beutel auf der Rückbank. Es war in rotes Geschenkpapier mit vielen kleinen goldenen Glitzersternen gewickelt und mit einer großen weißen Schleife versehen. Genau wie Ari wohnte auch Beth direkt über ihrem Geschäft. Elena klingelte und staunte nicht schlecht, als die Tür aufging. Beth stand in Jogginghose, Schlabber-T-Shirt und einem Dutzend Lockenwicklern in den Haaren vor ihr. „Elena, was machst du denn hier?", fragte sie überrascht. „Ich wollte dir ein kleines Weihnachtsgeschenk vorbeibringen", erklärte sie, noch immer schmunzelnd von dem Anblick, der sich ihr bot, und hielt das kleine Päckchen vor die Brust. „Oh, wie lieb", freute sich Beth und nahm das Geschenk entgegen. „Aber ich hab doch gar nichts für dich", war sie enttäuscht. Elena winkte ab. Sie war glücklich genug, wenn sie anderen eine Freude bereiten konnte. „Darf ich es aufmachen?", wollte Beth voller Vorfreude wissen. „Ja, unbedingt", entgegnete Elena aufgeregt. Beth machte sich nicht die Mühe, die Klebestreifen am Paket zu suchen, sondern riss es einfach auf, woraufhin bunte Papierfetzen jeglicher Größe durch die Luft flogen. Sie öffnete den Karton, der sich unter dem Geschenkpapier verbarg, und linste hinein. „Eine Schneekugel", stellte sie mit strahlenden Augen fest. „Aber nicht irgendeine Schneekugel", erklärte Elena und verdeutlichte Beth, einen genaueren Blick darauf zu werfen. „Ist das etwa…" Beth traute ihren Augen nicht. „Ist das mein Café?" Elena nickte freudig. „Etwas aufgehübscht zwar, aber ja, dein Café." Mit offen stehendem Mund stierte Beth ins Innere der Glaskugel. Es war tatsächlich ihr Café. Den See zu Füßen und umgeben von Wäldern und Bergen. „Du hast sie extra anfertigen lassen?" „Ja", bestätigte Elena. „Das ist absolut unglaublich." Beth bedankte sich mit einer dicken Umarmung bei Elena, die glücklich darüber war, wie sehr ihr Geschenk Anklang fand. „Wann willst du losfahren?", wollte Elena wissen, während Beth die Schneekugel zurück in den Karton legte. „Morgen Früh." „Aber wolltest du nicht heute schon zu deinen Eltern fahren?", wunderte sie sich. „Der Plan hat sich ein klein wenig geändert", verkündete Beth. Nachdenklich betrachtete Elena ihr Gegenüber. „Rons Eltern kommen über Weihnachten nach Happys Inn und wollen mich kennenlernen." Ein schelmisches Grinsen trat in Elenas Gesicht. „Hör auf zu grinsen", mahnte Beth sie ab. „Sie wissen, dass Ron und ich seit Kurzem befreundet sind." „Und deshalb wollen sie jetzt die *gute Freundin* ihres Sohnes kennenlernen." „Genau." Beth verschränkte die Arme vor der Brust. „Mehr ist da nicht", versicherte sie mit Nachdruck. „Ich sag ja gar nichts", ging Elena in die Defensive und hielt abwehrend die Hände vor die Brust. Ein Lächeln konnte sie sich dennoch nicht verkneifen. „Besser ist das", erklärte Beth und musste selber aufpassen, ihre Ernsthaftigkeit nicht zu verlieren. „Wie auch immer. Ich muss weiter, Beth." Sie wünschte ihr frohe Weihnachten und verabschiedete sich.

Es dauerte eine Weile, bis Ari die Tür öffnete, und Elena erkannte sofort, wieso. Er war frisch rasiert und Reste des Rasierschaums klebten noch an seinen Ohren. „Ich hoffe, ich störe nicht?", fragte Elena mit einem Grinsen im Gesicht. „Du doch nicht", winkte Ari ab. „Ich muss mich nur ein bisschen zurechtmachen, bevor meine Tochter kommt." „Wann wollen sie denn hier sein?" „Wenn der Flieger planmäßig in Missoula gelandet ist, müssten sie in etwa einer Stunde da sein", überlegte Ari und zeigte dann auf das kleine Geschenk in Elenas Händen. „Ist das etwa für mich?" „Ja, ein kleines Weihnachtsgeschenk." Mit leuchtenden Augen reichte sie ihm das liebevoll eingepackte Präsent. „Es ist nichts Besonderes, aber ich dachte, vielleicht gefällt es dir trotzdem." „Soll ich es aufmachen?", wollte Ari wissen und sah dabei verschmitzt zu Elena, die euphorisch nickte. Vorsichtig löste er das Klebeband an den Seiten und entfernte dann das dunkle Geschenkpapier und die rote Schleife. Er musste schmunzeln, als er auf das gerahmte Foto in seinen Händen blickte. Es zeigte Ari und eine völlig mit Schmutz verschmierte Elena. „Ist das das Bild, das Derek vor ein paar Wochen von uns gemacht hat?" „Ja, als ich dir in der Werkstatt geholfen habe." „Nicht schlecht", bestaunte Ari es noch immer. „Ich dachte, du kannst es vielleicht mit zu den anderen Fotos in deinem Korridor hängen." „Das mache ich auf jeden Fall", erklärte Ari freudig. „Das bekommt einen Ehrenplatz." Dankbar nahm er Elena in den Arm. Dann kam ihm ein Gedanke. „Warte kurz", bat er sie und eilte die Stufen hinauf zu seiner Wohnung. Nach weniger als einer Minute war er zurück und reichte Elena einen dicken Briefumschlag. „Es ist zwar kein richtiges Weihnachtsgeschenk, weil ich es dir ohnehin irgendwann gegeben hätte, aber der Zeitpunkt scheint mir gerade sehr passend." „Was ist das?", wollte Elena wissen. „Sieh rein." Elena öffnete das Kuvert und traute ihren Augen nicht. Ein dickes Bündel Geldscheine blitzte ihr entgegen. „Das ist das Geld, das ich für deinen Honda bekommen habe", erklärte er ihr. „Das sind doch bestimmt 2000 Dollar", schätzte sie völlig erstaunt. „2375, um genau zu sein." Mit großen Augen sah sie ihn an. „So viel? Ich hab den Wagen für 1500 Dollar gekauft." „Umso besser. Dann habe ich einen Gewinn von über 800 Dollar rausgeholt", freute sich Ari. „Und jetzt gehört es dir." Elena verstand nicht recht. „Aber es ist dein Geld, Ari", sagte sie stirnrunzelnd. „Ich habe dafür den Pickup Truck von dir bekommen." „Und ich bereue bis heute nicht, dass ich ihn dir gegeben habe", versicherte Ari. „Aber dann nimm doch bitte das Geld für den Honda", bat Elena und wollte ihm den Umschlag zurückgeben. Er schüttelte den Kopf. „Ich hatte nie vor, das Geld zu behalten", verkündete er und drückte sanft die Hand mit dem Briefumschlag zurück an ihre Brust. Elena war völlig überrumpelt. Mit feuchten Augen sah sie Ari an und fiel ihm dann um den Hals.

Bobs Haus war Elenas letzte Station auf ihrer Geschenketour. Mit dem Kuchenkarton in den Händen betrat sie das Grundstück und drückte auf den kleinen Klingelknopf neben der Tür. Zu ihrer Verwunderung war es nicht Bob, der die Tür öffnete, sondern ein Mann mittleren Alters, den sie noch nie zuvor gesehen hatte. „Kann ich Ihnen helfen", fragte er, als er Elena erblickte. „Hallo, ich bin Elena Lindenberg", stellte sie sich freundlich vor. „Ich wollte eigentlich zu Bob." „Oh, Sie sind die Frau aus Deutschland, die so gut backen kann." Ein Lächeln trat in sein Gesicht. „Peter Thompson", stellte er sich vor und reichte ihr die Hand zum Gruß. „Mein Vater hat mir schon von Ihnen erzählt." „Elena", erklang Bobs Stimme. Er kam zur Tür gelaufen und lächelte ihr freudig zu. „Welchem glücklichen Umstand verdanke ich Ihren Besuch?" Bobs Sohn nickte ihr zu und ging dann zurück ins Haus, damit sein Vater und Elena ungestört reden konnten. „Es ist Weihnachten, Bob", erklärte sie mit leuchtenden Augen. „Und da das Café für den Rest des Jahres geschlossen sein wird, habe ich hier etwas für Sie." Sie öffnete den Kuchenkarton und holte eine längliche Glasplatte heraus. „Der ist für Sie, Bob." Sie reichte ihm die Kuchenplatte. „Ich hoffe, er schmeckt Ihnen genauso gut wie damals bei Ihrer Frau. Ich habe mich strikt an ihr Rezept gehalten." Bob war überwältigt. Ein ganzer Kuchen für ihn allein, damit hatte er nicht gerechnet. Umso mehr freute er sich, diesen frischen, köstlich duftenden Gewürzkuchen in seinen Händen zu halten. Er konnte seine Freude und Dankbarkeit kaum in Worte fassen.

Draußen rieselte noch immer leise der Schnee auf die Erde herab. Elenas Smartphone spielte eine Playlist mit Weihnachtsliedern, zu denen sie fröhlich mitsummte. Sie verlieh ihren am Morgen gebackenen Plätzchen den letzten Feinschliff und verstaute sie in neckische Gebäckdosen. Plötzlich sprang die Tür auf und Elena fiel vor Schreck ein Plätzchen zu Boden. „Früher hat man mal angeklopft, bevor man einen Raum betreten hat", erklärte sie verärgert. Ryan klopfte grinsend an die offen stehende Tür und schloss sie dann hinter sich. Elena warf ihm einen scharfen Blick zu. „Hast du gerade mitgesungen?", wollte er wissen, während er einen gierigen Blick auf die Plätzchen warf. „Mitgesummt trifft es wohl eher", erklärte sie und gab Ryan den Keks, der zu Boden gefallen war, damit er gar nicht erst auf die Idee kommen würde, sich am Rest zu vergreifen. Immerhin war er schuld gewesen, dass sie ihn hat fallen lassen. „An der richtigen Tonlage müssen wir aber noch arbeiten", sagte er und steckte sich das Plätzchen in den Mund. Elena warf ihm einen verständnislosen Blick zu. „Kannst du es denn besser?" Er zuckte mit den Achseln und ging zum Kamin. „Ich habe dir ein bisschen Holz mitgebracht." „Danke." Sie sah über die Schulter und beobachtete, wie Ryan den Korb neben dem Kamin auffüllte. „Deine Autoschlüssel hängen vorn am Schlüsselbrett. Und ja, dein Schätzchen ist noch völlig intakt." „Ich weiß", sagte er beiläufig. „Ich habe nachgesehen." Stirnrunzelnd drehte sich Elena zu ihm. „Im Ernst?" „Ja", bestätigte Ryan, als wäre es das Normalste der Welt. Fassungslos schüttelte Elena den Kopf. „Wir fahren übrigens um sechs los. Darren fährt." Er kam zum Tisch und sah interessiert dabei zu, wie Elena die Plätzchen auf lustige kleine Blechdosen verteilte. „Fahren wir denn nur mit einem Auto?", wollte sie wissen. „Ja, Natalie kommt nicht mit zur Kirche. Sie bereitet derweil das Essen vor." Elena nickte. „Verstehe." Ryan wartete einen Moment ab, in dem Elena nicht aufpasste, und stibitzte dann ein Plätzchen aus einer der Keksdosen. „Ryan", schimpfte sie. „Die sind nicht für dich." Ryan eilte kauend zur Tür. „Bis später", sagte er mit vollem Mund und verließ mit einem spitzbübischen Grinsen die Hütte. Mit in die Hüfte gestemmten Händen stand Elena da und schüttelte fassungslos den Kopf, musste dann aber lachen. Es war erstaunlich, wie gut sich beide seit ihrem Unfall verstanden, dachte Elena. Seit kein förmliches *Sie* mehr zwischen ihnen stand, war es unbeschwerter, lustiger, befreiter. Kaum zu glauben, aber wahr. Er war ihr ein guter Freund geworden.

Es war dunkel und Happys Inn erstrahlte in weihnachtlichem Lichterglanz. Die Bewohner pilgerten zur Kirche, um der Christmesse mit dem alljährlichen Krippenspiel beizuwohnen. Darren parkte unweit der Kirche am Straßenrand, und gemeinsam lief die kleine Gruppe die wenigen Meter zum Gotteshaus. Es war ein eher schlichter Bau und keineswegs vergleichbar mit Kirchen in größeren Städten. Und dennoch war diese kleine Landkirche auf ihre ganz eigene Art und Weise ehrerbietig. Es gab einen schmalen Mittelgang, zu dem sich linker und rechter Hand Sitzbänke erstreckten. Ein Blick nach oben ließ erkennen, dass es keine Orgel gab. Dafür stand im Atrium ein zweifelsohne funktionstüchtiges Klavier. „Ms. Lindenberg?", trat eine Stimme fragend an Elena heran, die gerade noch dabei gewesen war, den Innenraum der Kirche zu bestaunen. „Die bin ich", sagte Elena und wandte sich der jungen Frau mit den langen braunen Haaren zu. Neben ihr stand ein Mann, der nicht viel älter zu sein schien. „Wir hatten gehofft, Sie hier anzutreffen", erklärte die Frau augenscheinlich erleichtert. Elena war noch ein wenig ratlos, was die Leute von ihr wollen könnten. „Charlize und Nicholas Freeman", stellten sie sich vor und reichten Elena nacheinander die Hand. „Wir sind Amandas Eltern." „Ohhh…" Jetzt verstand Elena. Sie waren beide noch so jung. „Wie geht es Amanda?", erkundigte sich Elena sofort nach dem Wohlbefinden des kleinen Mädchens, mit dem sie das gleiche Schicksal im eisigen

Wasser des Crystal Lake verband. „Sie ist auf dem Weg der Besserung", versicherte ihre Mutter. „Sie hat nach dem Unfall eine schwere Lungenentzündung bekommen, von der sie sich momentan noch erholen muss." Elena nickte mitfühlend. „Wir möchten uns in aller Form bei Ihnen bedanken, Ms. Lindenberg. Danke, dass Sie unser kleines Mädchen da rausgeholt haben. Ich will mir gar nicht vorstellen, was passiert wäre, wenn..." Sie brach ab und hielt sich eine Hand vor den Mund. Mit der anderen klammerte sie sich am Mantel ihres Mannes fest. Ihre Augen waren tränennass. „Alles ist gut gegangen. Nur das zählt", sagte Elena besänftigend und legte der jungen Frau tröstend die Hand auf die Schulter. Mrs. Freeman griff nach Elenas Hand und drückte sie, so fest sie konnte. „Danke", hauchte sie. „Nicht dafür." Amandas Mutter nickte zustimmend. „Bitte bestellen Sie Amanda ganz liebe Grüße von mir", bat Elena. „Und ich drücke die Daumen und bete zu Gott, dass sie ganz schnell wieder gesund wird." „Vielen Dank, das machen wir." „Frohe Weihnachten, Mr. und Mrs. Freeman." „Ihnen auch frohe Weihnachten. Möge Gott Sie schützen." Gedankenverloren sah Elena ihnen nach, wie sie den Mittelgang entlang zu ihren Plätzen liefen. Plätze, dachte sie dann. Wo waren denn alle hin? Sie ließ den Blick durch den immer voller werdenden Raum schweifen und entdeckte dann Ryan in einer der hinteren Bankreihen, der ihr bereits zuwinkte. Sie bahnte sich ihren Weg durch die Leute und rutschte dann zu ihm. Er hatte die Bankreihe für sie und die anderen freigehalten. „Die Freemans?" „Ja, sie wollten sich bedanken, dass ich ihrer Tochter geholfen habe." „Wie geht es Amanda?", wollte Ryan wissen. „Sie ist auf dem Weg der Besserung." Elena sah sich um und wunderte sich. „Wo sind Darren und Abigail?" „Sie sind noch mal kurz zum Grab von Darrens Vater gegangen", erklärte er und setzte sich zu ihr. „Du riechst gut", stellte er dann im Flüsterton fest. Es war ihm schon vorhin im Wagen aufgefallen, doch dort wäre es unpassend gewesen, es anzusprechen. Jetzt waren sie allein. „Danke." Schon fast verlegen drehte sich Elena zu ihm. Für einen Moment sahen sich beide tief in die Augen. Oh nein, dachte Elena. Da war es wieder, dieses Kribbeln im Bauch, das sie schon gespürt hatte, als er auf ihrem Bett saß und ihre geschundenen Hände einge-

salbt hatte. Was hatte das bloß zu bedeuten? „Es ist Weihnachten",
sagte sie dann und löste den Blick. „Ich dachte, da kann man schon
mal ein paar Spritzer Parfüm auftragen." „Absolut", stimmte Ryan
in sanftem Ton zu. Elena atmete tief durch und versuchte, die
Schmetterlinge, die in ihrem Bauch Party machten, zu bändigen. Sie
musste sich irgendwie ablenken und was half da besser, als Leute zu
beobachten. Es war der perfekte Moment, einen Überblick über die
Bewohner der Stadt zu bekommen, denn so voll, wie die Kirche
war, schienen sich an diesem Abend alle an diesem Ort zu versam-
meln, um einen Teil des Weihnachtsfestes gemeinsam zu verbringen. Einige Bankreihen vor ihnen saß Bob mit seinem Sohn und
dessen Frau. Im vorderen Bereich auf der anderen Seite des Mittel-
gangs entdeckte sie Ari. Tilda und Nathan saßen neben ihm und
unterhielten sich angeregt. Sie war eine schöne Frau, nach allem,
was sie aus der Ferne erkennen konnte. Elena schaute auf die Leute
im Mittelgang, die noch nach freien Plätzen suchten. Sie musste
zweimal hinsehen, weil sie ihren Augen nicht traute. Wenn Ron
nicht neben ihr hergelaufen wäre, hätte Elena Beth um ein Haar
nicht wiedererkannt. Glänzendes blondes Haar floss in Wellen über
ihren dunklen Mantel und silberne Diamant-Ohrringe blitzten an
ihren Ohren. Wer hätte gedacht, dass hinter der Pferdeschwanz-
und Schürzenfassade, die man von Beth aus dem Café kannte, ein
derart schöner Schwan steckte? Elena war nie zuvor aufgefallen, was
für eine attraktive Frau sie eigentlich war. Jetzt verstand sie auch,
warum Ron immer Zurückhaltung übte. Er musste schon lange
erkannt haben, wie umwerfend sie war. Und die Aussicht auf eine
so tolle Frau wie Beth bot sich einem hier mit Sicherheit nicht alle
Tage. „Läuft da was zwischen Beth und Ronald Pierce?", fragte
Ryan neugierig. Scheint, als hätte er gerade das gleiche Pärchen im
Visier gehabt wie Elena selbst. „Sie streitet es ab. Aber im Grunde
ist es mehr als offensichtlich", flüsterte sie ihm zu. Die Kirchenglo-
cken begannen zu läuten und verkündeten den baldigen Beginn der
Messe. Der Gang leerte sich allmählich und schließlich gesellten sich
auch Darren und Abigail zu den beiden, Joe und Michelle im
Schlepptau. Das Licht wurde gedimmt und eine Frau begann, Kla-

vier zu spielen. Der Pfarrer stieg auf die Kanzel, begrüßte die Gemeinde und begann mit seiner Predigt.

Im Haupthaus war es kuschlig warm und duftete nach Braten. Traditionell, wie jedes Jahr an Heiligabend, gab es bei der Familie Corman einen eigens von Natalie zubereiteten Wildbraten. Was konnte passender sein als ein Wildgericht, auf einer Farm, die von mehreren Tausend Hektar Wald umgeben war? Dieses Jahr würde ein Hirschbraten die Hauptattraktion des gemeinsamen Abendessens sein. Der Tisch war bereits gedeckt und die letzten Speisen wurden in Schüsseln gefüllt und ins Esszimmer getragen. Elena wollte gerade das Gemüse aus der Küche holen, als ihr Blick auf Abigail fiel. Sie lehnte reglos mit dem Rücken an der geschlossenen Badezimmertür. Ihr Blick schien ins Leere zu gehen. „Ist alles in Ordnung, Abigail?", wollte Elena wissen und ging zu ihr. „Ich bin schwanger", sagte sie ohne Umschweife und sah zu ihr. Für den Bruchteil einer Sekunde musste Elena diese Information erst einmal verarbeiten. Dann hellte sich ihr Gesicht auf und sie lächelte fröhlich zu Abigail. „Oh mein Gott, das ist ja wundervoll. Herzlichen Glückwunsch." Elena nahm Abigail liebevoll in den Arm und drückte sie fest an sich. „Es ist doch wundervoll, oder?", fragte sie dann besorgt, als keine Regung von Abigail kam. „Ja…", sagte sie. „Ich weiß nicht. Ich denke schon. Es kommt nur so überraschend." „Seit wann weißt du es?" „Ich habe gerade den Test gemacht", verkündete sie. „Dann weiß es Darren noch gar nicht?" Abigail schüttelte den Kopf. „Du bist die Erste." „Wann willst du es ihm sagen?" Sie zuckte mit den Schultern. „Keine Ahnung. Ich denke, wenn der Zeitpunkt passt." Elena merkte, wie geknickt Abigail war. Sie wirkte nicht wie eine glückliche Frau, die gerade erfahren hat, dass sie Mutter wird. Elena wusste, dass sich Darren und Abigail Kinder wünschten. Doch Abigail lebte nach einem minutiös durchstrukturierten Plan und diese plötzliche Schwangerschaft schien diesen Plan ins Wanken zu bringen. „Was ist los, Abi?" „Ich denke, ich habe Angst", erklärte sie mit zittriger Stimme. „Ich habe Angst vor dem, was kommt." Tränen füllten ihre Augen. Elena nahm sie erneut in die Arme. „Du musst doch keine Angst haben, Abigail. Alles wird gut werden." Tröstend fuhr sie ihr mit der Hand über den Rücken. Es freute Elena zu sehen, dass auch eine so starke und selbstbewusste Frau wie Abigail mal einen schwachen Moment haben konnte. „Es könnte kein schöneres Weihnachtsgeschenk geben als dieses Baby", versicherte Elena. „Und Darren wird ausrasten vor Freude." Abigail musste lachen. „Ja, vermutlich hast du recht." Sie wischte sich eine Träne aus dem Gesicht und schenkte Elena ein Lächeln. „Danke, Elena." Elena nickte ihr zu. „Jetzt wisch die Tränen weg und lass uns essen gehen." Sie reichte Abigail die Hand und deutete mit dem Kopf zum Esszimmer.

Unzählige Kerzen tauchten den Raum in wohliges Licht. Holz knackte im Kamin und im Hintergrund lief leise Weihnachtsmusik. Bis auf Natalie, die eine Runde um den Tisch drehte, um Wein einzuschenken, saßen bereits alle am Esstisch. „Für mich nicht, Natalie", sagte Abigail und deckte das leere Weinglas mit ihrer Handfläche ab. „Du willst keinen Wein?" Fragend sah Darren zu seiner Freundin. „Nein, ich habe vorhin eine Tablette gegen meine Kopfschmerzen genommen", erklärte sie ihm. „Alles okay?" Besorgnis schwang in seiner Stimme mit. „Sicher. Es war nur sehr laut in der Kirche." Sie gab ihm einen Kuss auf die Wange und tauschte vielsagende Blicke mit Elena.

Das Essen war köstlich und die Zimt-Mousse, die Natalie als Nachtisch serviert hatte, ein Traum. Elena war so voll, dass sie Angst hatte, jeden Augenblick zu explodieren. Sie konnte nicht verstehen, wie Joe noch immer essen konnte. Er aß die übrig gebliebenen Kartoffeln mit Bratensoße. Löffelte die restliche Mousse aus Michelles Dessertglas, die sie selbst nicht geschafft hatte, und machte sich dann über die Salatschüssel her. Während alle anderen bereits fertig waren, schlemmte Joe genüsslich weiter. Es war Elena ein Rätsel, wie jemand so viel essen konnte wie Joe und trotzdem kaum etwas auf den Rippen hatte. „Verbringt ihr die Feiertage eigentlich bei deinen Eltern in Libby, oder fahrt ihr nach Whitefish?", wollte Natalie von Joe wissen, während dieser den Tisch leer putzte. „Wir fahren zu meinen Eltern nach Whitefish", beantwortete Michelle die Frage, als sie sah, dass Joe noch immer den Mund voll hatte. „Aber seine Eltern kommen auch." Joe nickte nur zustimmend mit vollen Backen. „Whitefish, das ist doch nördlich von Kalispell, nicht wahr?", wollte Elena wissen. „Ja, ein wunderschöner kleiner Ort", bestätigte Michelle. „Lebt Whitefish nicht hauptsächlich von der Holzindustrie und der Eisenbahn?", warf Abigail in die Runde. „Ja, was die Holzgeschäfte betrifft, arbeiten wir eng mit Whitefish zusammen", erklärte ihr Darren. „Nur leider wird dieser Ort immer touristischer", murmelte Ryan verärgert vor sich hin. „Wieso das?" Elena sah fragend zu ihm. „Das Whitefish Mountain Resort zieht jährlich immer mehr Menschen in die Region. Hotels entstehen und die Natur muss weichen." „Die Touristen sind gut für die Wirtschaft der Stadt", gab Michelle zu bedenken. „Und die Natur ist es, die die Menschen herlockt. Sie wird also immer im Fokus stehen." „Wirtschaft ist nicht alles", warf Ryan einen scharfen Blick zu Michelle. „Und je mehr Touristen kommen, desto mehr wird der Ort erweitert werden und das wird immer zum Nachteil der Natur geschehen." Michelle gab sich geschlagen. Im Grunde hatte Ryan recht. Whitefish hatte sich seit ihrer Kindheit stark verändert. „Was genau ist denn das Whitefish Mountain Resort?", hakte Elena nach. „Ein erschlossenes Skigebiet unweit der Stadt", erklärte Joe, der mittlerweile auch mit dem Essen fertig geworden war. „Ich hoffe, es hat allen geschmeckt", fragte Natalie in die Runde. „Es war vorzüglich", schoss es aus Joe heraus. „Von dir hatte ich auch nichts anderes erwartet, so viel, wie du gegessen hast." Natalie zwinkerte ihm schelmisch zu und der Rest des Tischs fing an zu lachen. „War lecker, Mom", sagte Darren und begann, den Tisch abzuräumen. Es war spät geworden. Durch die Christmesse in der Kirche hatte sich das Abendessen weit nach hinten verschoben. „Wenn es euch nichts ausmacht, ziehe ich mich zurück", verkündete Elena. „Du willst schon gehen?" Abigail sah sie mit großen Augen an. „Ja, ich muss dem Weihnachtsmann noch etwas zur Hand gehen", sagte sie mit einem Grinsen. „Doch bevor ich gehe…" Sie eilte in die Küche und kam mit einem in weihnachtliches Geschenkpapier eingepackten Paket zurück. „…habe ich noch ein kleines Weihnachtsgeschenk für Joe und Michelle. Ihr werdet ja morgen nicht da sein." „Oh, wie lieb", bedankte sich Michelle mit einer dicken Umarmung. Währenddessen nahm Joe Elena das Geschenk aus der Hand und wollte sich gerade an der Schleife zu schaffen machen, als Michelle sich blitzschnell umdrehte und ihm das Geschenk wegnahm. „Joe Morrison", schimpfte sie. „Das Geschenk kommt unter unseren Weihnachtsbaum und wird, wie alle anderen Geschenke auch, erst morgen Früh ausgepackt." Joe blies genervt in die Luft und ärgerte sich, dass er es nicht einfach aufgerissen hatte. Dann wüsste er jetzt wenigstens was drin ist, und müsste nicht erst bis zum nächsten Morgen warten. Was Geschenke anbelangte, war Joe eher von der ungeduldigen Sorte. „Dein Geschenk haben wir Natalie gegeben, dass sie es morgen mit unter den Weihnachtsbaum legt", erklärte Michelle. Elena bedankte sich herzlich und wünschte den beiden frohe Weihnachten. Sie verabschiedete sich von ihnen und dem Rest der Gruppe und ging dann zu ihrer Hütte.

Das Feuer in Elenas Kamin tauchte die kleine Holzhütte in Wärme und Geborgenheit. Die orangeroten Flammen warfen unzählige tanzende Schatten auf die Wände. Draußen fiel sanft und friedlich der Schnee hernieder und legte sich wie eine schützende Decke über die Ranch. Elena hatte nicht vor, jetzt schon schlafen zu gehen. Es war Heiligabend und nachdem sie das letzte Geschenk für die morgige Bescherung verpackt hatte, wollte sie den Tag genüsslich bei einem Glas Wein am Kamin ausklingen lassen. Sie hatte gerade den Korkenzieher aus der Schublade geholt, als es an der Tür klopfte. Erschrocken fuhr Elena herum und hätte dabei den Korkenzieher beinahe fallen lassen. Nachdem sie sich wieder gefangen hatte, legte sie den Korkenzieher neben die Weinflasche auf den Tisch und ging zur Tür. „Wer ist da?", fragte sie durch die geschlossene Tür. Es war fast Mitternacht und sie waren mitten in der Wildnis. Elena war wohler dabei, nachzufragen, statt gleich die Tür zu öffnen. Mit einer Hand am Türgriff wartete sie auf eine Antwort. „Ich bin's, Ryan." Elena öffnete erleichtert und zugleich ein wenig verwundert darüber, dass Ryan noch zu so später Stunde zu ihr kam, die Tür. „Ich hoffe, ich störe nicht?" Ryan lehnte im Türrahmen und sah Elena mit einem zurückhaltenden Lächeln an. „Nein, keineswegs", sagte sie und schüttelte leicht mit dem Kopf. „Gut." Ryan holte etwas Großes, Weißes hinter seinem Rücken hervor. „Ich habe gehört, dass es in Deutschland schon an Heiligabend Geschenke gibt. Also dachte ich mir, bekommst du mein Geschenk schon heute." Ryan reichte Elena eine akkurat zusammengelegte schneeweiße Plüschdecke, die mit einer glänzenden roten Schleife zusammengebunden war, an der ein kleines Kärtchen mit der Aufschrift *Merry Christmas* hing. Elena griff nach der Decke und sah überrascht auf ihr Weihnachtsgeschenk. Ryan verfolgte jede einzelne ihrer Gesten. „Es ist nichts Besonderes", sagte er dann. „Ich dachte nur, falls uns diesen Winter doch noch das Feuerholz ausgehen sollte, musst du wenigstens nicht allzu sehr frieren." Elena merkte, wie sich Ryan für sein Geschenk einsetzte, für den Fall, dass es ihr womöglich nicht gefallen könnte. Also hob sie leicht ihre rechte Hand in seine Richtung und schenkte ihm ein herzliches Lächeln. „Sie ist wunderschön, Ryan", beruhigte sie ihn. „Ganz ehrlich. Vielen lieben Dank dafür." Ryan nickte freundlich und steckte die Hände in die Taschen seiner Jeans. „Das freut mich." Er wippte in seinen Schuhen auf und ab und betrachtete Elena, die vor ihm stand und ihre neue Decke mit beiden Händen gegen den Körper presste. „Also dann, gute Nacht und frohe Weihnachten." Als Ryan schon im Begriff war, zu gehen, griff Elena nach seinem Handgelenk. „Warte." Ryan blieb erschrocken stehen. Er sah auf Elenas Hand, die noch immer an seinem Handgelenk verweilte. Als Elena Ryans Blick sah, löste sie unverzüglich ihren Griff und sah in seine verwirrten fragenden Augen. „Ich… Ich wollte mir gerade eine Flasche Wein aufmachen. Hast du Lust mir noch eine Weile Gesellschaft zu leisten und ein Glas mit mir zu trinken?" „Gerne", nahm er freudig die Einladung an, und Elenas Augen fingen an zu leuchten.

Während Ryan die Tür schloss, legte Elena die Plüschdecke auf dem Sofa ab und machte sich daran, die Weinflasche zu öffnen. Ryan zog sich unterdessen die dicke Winterjacke aus und hing sie an die Garderobe hinter der Tür. Beiläufig beobachtete er, wie sich Elena damit abmühte, den Korken aus der Weinflasche zu bekommen. „Soll ich dir helfen?" Elena, die voll und ganz auf ihre Arbeit konzentriert war, schüttelte nur den Kopf. „Nein, ich schaff das schon." Schließlich nahm Elena die Flasche und stellte sie auf den Boden der Hütte zwischen ihre Füße, hielt mit der linken Hand den Flaschenhals fest und zog mit der anderen Hand, so fest sie nur konnte, am Korkenzieher. Ryan stützte sich mit einer Hand auf der Lehne des gepolsterten Küchenstuhls ab, während er die andere lässig in die Hosentasche steckte und so Elenas einzigartiges Schauspiel verfolgte. Seine Stirn war leicht irritiert und ein Stück weit belustigt in Falten gelegt. Es dauerte nicht lange und Elena richtete sich sichtlich abgekämpft auf. „Ja, ich denke, du kannst mir helfen." Sie strich sich eine Haarsträhne aus dem Gesicht und reichte ihm die Flasche. Kommentarlos nahm Ryan sie ihr ab. Er brauchte nur wenige Sekunden und der Korken war entfernt. „Das war meine gute Vorarbeit", war sich Elena sicher, die gerade zwei Weingläser aus dem Schrank holte und sich dann auf den großen runden Teppich vorm Kamin setzte. „Selbstverständlich", stimmte Ryan grinsend zu und gesellte sich zu ihr. Elena rückte ein Stück zur Seite, damit Ryan auch genügend Platz auf dem Teppich hatte. Er schenkte Wein ein und reichte Elena dann ein Glas. Dankend nahm sie es entgegen und prostete ihm zu. „Cheers." „Cheers", erwiderte Ryan und sah ihr dabei tief in die Augen. Dieses Kribbeln in ihrem Bauch brachte Elena noch um den Verstand. Sie löste den Blick und trank einen großen Schluck. „Sind Joe und Michelle schon los?", wollte sie dann wissen. „Nein, vorhin waren noch alle da." „Und da bist du schon gegangen?" Sie sah ihn fragend von der Seite an. „Ich musste doch noch den Weihnachtsmann für dich spielen", rechtfertigte er sich mit einem Grinsen. „Stimmt." Dann kam Elena eine Idee und sie stand auf. „Was machst du?" Ryan sah ihr nach, wie sie ins Schlafzimmer ging. Im Handumdrehen war sie zurück und reichte ihm ein kleines Geschenk. „Das ist für dich." Überrascht, aber voller Freude nahm er es an sich. „Ich bekomme also doch ein Geschenk?" „Sieht ganz danach aus." Sie setzte sich zurück auf den Teppich. „Ich wusste nicht so richtig, was ich dir schenken soll", sagte sie, während sie Ryan dabei beobachtete, wie er das Geschenk auspackte. Als er das Papier entfernt hatte, hielt er ein Buch mit dem Titel *The Longest Ride* in den Händen. „Also dachte ich mir, schenke ich dir dieses Buch, damit du weißt, was ich gerade lese." Skeptisch sah sie ihn von der Seite an. Sie war sich nicht sicher, ob es ihm gefiel oder ob er es einfach nur schrecklich fand. Dann sah er mit vor Freude leuchtenden Augen zu ihr. „Ist das das Buch, das du gerade liest." Elena nickte. „Ja, in der englischen Originalfassung." „Es ist wundervoll. Vielen Dank." Er lehnte sich zu ihr und umarmte sie innig. Elena war völlig perplex. Bisher hatte er sie immer nur in den Arm genommen, wenn sie seinetwegen weinte oder etwas Schlimmes passiert war. Diese Umarmung war ganz anders. Sie war voller Freude und Wärme. Sie spürte, wie ihr Herz schneller schlug, und hoffte, dass Ryan es nicht merken würde. „Gern geschehen", sagte sie, als er sich von ihr löste. Sie trank einen Schluck Wein und sah in die lodernden Flammen des Kamins. Für einen Moment herrschte Stille in der Hütte. Es war keine beklemmende Stille, wie sie es sonst sooft erlebt hatte, wenn sie mit Ryan zusammen gewesen war. Es war eine friedliche, bedächtige Stille. Sie saßen einfach da und genossen die Schönheit des Augenblicks. Die Wärme des Kaminfeuers und den fruchtigen Geschmack des Weins. „Wer war der Mann bei dir im Café?", durchbrach Ryans Frage die Stille. Irritiert schaute Elena zu ihm. „Welcher Mann?", wollte sie wissen. Ryan wartete kurz. Er war sich nicht sicher, ob es klug war, was er hier tat. Doch jede Faser seines Körpers drängte danach. „An dem Tag, als wir zu Bob wollten." Elena kniff die Augen zusammen und überlegte. „Ah, du meinst bestimmt Patrick", erinnerte sie sich. „Patrick Walsh, der schwule Architekt aus Seattle." „Schwul?", fragte Ryan mit großen Augen. „Ja, er war echt witzig." Elena musste lachen, als sie an das Gespräch mit ihm zurückdachte. Plötzlich kam sich Ryan wie ein Idiot vor. Ein schwuler Architekt war es also, der ihn so aus der Bahn geworfen hatte. „Aber woher weißt du eigentlich von ihm? Du warst doch gar nicht…" Elena hielt inne, als sie in Ryans Augen blickte. „Du warst da?" Verdutzt sah sie zu ihm. „Ja, vor der Tür", bestätigte er. „Aber…" Und dann fiel es Elena plötzlich wie Schuppen von den Augen. *Manchmal sind es die verrücktesten banalsten Dinge, die eins zum anderen bringen,* erinnerte sie sich an Aris Worte. „Also war ich der Grund, wieso du mit Cara geschlafen hast", erkannte sie. Ryan schwieg und in seinen Augen lag eine Mischung aus Wut und Schmerz. „Aber wieso?" „Weil ich dich liebe, Elena", sagte er mit bebender Stimme und richtete sich auf. Elena schluckte und konnte kaum glauben, was er da sagte. Er nahm ihre Hand in seine Hände und sah ihr tief in die geheimnisvollen grünen Augen, die ihn von der ersten Sekunde an fasziniert hatten. „Weil ich dich immer geliebt habe." Elenas Atmung beschleunigte sich und das Herz schlug ihr bis zum Hals, als sein Kopf ihr immer näher kam. „Ich werde nicht ewig da sein", gab sie mit leiser, brüchiger Stimme zu bedenken. „Aber jetzt bist du da", hauchte er. Elena wurde warm und die Schmetterlinge in ihrem Bauch spielten völlig verrückt. Ryans Lippen kamen den ihren gefährlich nah und Elena schloss die Augen. Den Mund leicht geöffnet, wartete sie sehnsüchtig auf die Berührung seiner Lippen. Doch bevor sich ihre Lippen berühren konnten, klopfte es an der Tür. Ryan schloss fassungslos die Augen und ließ tief atmend den Kopf hängen. Dann stand er auf und eilte wütend zur Tür. Joe staunte nicht schlecht, als Ryan ihm öffnete und nicht Elena. „Störe ich?" Mit zusammengekniffenen Augen musterte er Ryan, dessen Augen ihn gefährlich anblitzten. „Was willst du?", wollte Ryan verärgert wissen. „Joe, hey." Elena kam lächelnd zur Tür. „Elena, hey. Störe ich euch gerade bei irgendwas?" „Unsinn", winkte sie ab. „Wir haben nur noch ein Glas Wein getrunken." Joe nickte zeitlupenartig. „Verstehe." „Brauchst du irgendwas?", erkundigte sich Elena. „Ja, Starthilfe." Joe fing sich wieder und zeigte hinauf zu seinem Wagen. „Bei den Temperaturen hab ich öfter mal Probleme mit der Batterie." „Hast du ein Kabel dabei?", fragte Ryan noch immer missgelaunt und zog sich seine Jacke an. „Ja, liegt im Wagen." „Gut, dann los." „Gute Nacht, Elena", wünschte Joe und tippte an seinen Hut. „Ich denke, ich sollte wirklich langsam schlafen gehen", überlegte sie. „Kommt gut nach Hause." Joe nickte ihr zu und lief dann zu seinem Truck. Ryan drehte sich noch einmal zu Elena. Enttäuschung lag in seinen Augen.

Michelle stieg aus dem Auto, als sie Joe und Ryan kommen sah. „Ryan, was machst du hier? In deiner Hütte brannte doch gar kein Licht mehr." „Er war bei Elena", berichtete Joe. „Ohhh… Interessant." Ryan warf ihr einen scharfen Blick zu. „Hättet ihr nicht Darren fragen können?", wollte Ryan wissen, als er genervt die Motorhaube von Joes Pick-up öffnete. „Darren und Abigail sind vor einer halben Stunde auf ihr Zimmer gegangen. Es schien mir unpassend, die beiden zu stören", erklärte Joe. „Also stört ihr lieber uns." „Wir konnten ja nicht wissen, dass es ein *euch* gibt", gab Michelle zu bedenken und warf dabei einen vielsagenden Blick zu Joe. „Ich hol den Jeep", sagte Ryan nur und stapfte los. „Angeblich haben sie gemeinsam Wein getrunken", erzählte ihr Joe. „Schon klar." „Glaubst du denn, da läuft was zwischen Ryan und Elena?" Michelle sah Joe mit hochgezogenen Augenbrauen an. „Was?", fragte er und zuckte mit den Achseln. Michelle schüttelte grinsend den Kopf und setzte sich zurück ins Auto.

Es dauerte nicht lange und Joes Truck schnurrte wieder wie ein in die Jahre gekommener Kater. Ryan entfernte die Kabel und schloss die Motorhauben der Wagen. „Danke dir und sorry nochmal für die nächtliche Störung." Joe klopfte Ryan auf die Schulter. „Macht, dass ihr nach Hause kommt." Er stieg in sein Auto und fuhr zurück zur Hütte. Im Rückspiegel beobachtete er, wie Joe und Michelle davonfuhren. Als er ausstieg, lag der Hof völlig im Dunkeln. Die Weihnachtsbeleuchtung war vor einigen Minuten ausgegangen und auch bei Elena brannte kein Licht mehr. Verärgert schlug er gegen den Wagen und ging enttäuscht in seine Hütte.

Kapitel 17

Gedankenverloren saß Elena am Frühstückstisch und löffelte ihre Cornflakes. Immer wieder sah sie aus dem Fenster hinüber zu Ryans Hütte. Wie sollte sie ihm nach gestern Abend nur begegnen? Sie hatte noch lange wach gelegen und sich ausgemalt, was wohl passiert wäre, wenn Joe sie nicht unterbrochen hätte. Dann wüsste sie jetzt, wie sich Ryans Lippen anfühlen, wie sie schmecken. Hätte ihn berühren können. Sein Gesicht. Seinen Hals. Hätte ihre Hände in sein dichtes braunes Haar graben und sich ihm ganz und gar hingeben können. Mit einem tiefen Atemzug schüttelte sie die Gedanken ab. Das Buch, das sie ihm geschenkt hatte, lag neben ihrem auf dem Küchentisch. So abrupt, wie alles endete, hatte er es nicht mitnehmen können. *Kein Ort ohne Dich* und *The Longest Ride.* Beide Bücher erzählten die gleiche Geschichte, jedes in einer anderen Sprache. War man der Sprache, in der es geschrieben war, nicht mächtig, würde man nie verstehen können, was einem der Autor damit erzählen will. Diese Bücher standen symbolisch für Ryan und Elena. Sie kamen aus verschiedenen Welten, sprachen unterschiedliche Sprachen. Doch Elena begann allmählich, Ryans Sprache zu verstehen, und damit meinte sie nicht die Sprache seines Landes, sondern vielmehr die Sprache seines Herzens. Wenn sie wollten, dass beide Geschichten eines Tages zu einer verschmelzen, müssten sie lernen, die gleiche Sprache zu sprechen. Und nach allem, was die letzten Wochen gezeigt hatten, war Elena zuversichtlich, dass ihnen das gelingen konnte.

Das Wohnzimmer des Haupthauses grenzte unmittelbar an das Esszimmer. Eine große Flügeltür, die meist offen stand, verband beide Räume miteinander. Man konnte es aber, wie auch das Esszimmer, durch eine separate Tür vom Korridor aus betreten. Obwohl kein Feuer im Kamin brannte, war es angenehm warm. Am Kamin hingen gefüllte Weihnachtsstrümpfe. Vier an der Zahl. Natalie musste sie gemacht haben. Auf jedem war ein Name gestickt. Darren, Abigail, Ryan und einer trug zu Elenas Freude auch ihren Namen. Unter dem großen, prächtig geschmückten Weihnachtsbaum, der in der hintersten Ecke neben dem Klavier stand, stapelten sich schon viele bunt verpackte Geschenke jeglicher Größe. Elena machte etwas Platz und legte ihre Geschenke dazu. „Guten Morgen", betrat Darren fröhlich den Raum. „Guten Morgen." Elena schenkte ihm ein herzliches Lächeln. „Da kann die Bescherung ja losgehen." Darren sah mit großen Augen auf den üppigen Geschenkeberg. „So viele Geschenke wie dieses Jahr lagen hier schon lange nicht mehr unterm Weihnachtsbaum", stellte er fest. „Dann hat es der Weihnachtsmann wohl dieses Jahr gut mit uns gemeint." „Scheint ganz so." Er schmunzelte Elena zu. „Mom und Abigail sitzen noch beim Frühstück." Er deutete Richtung Esszimmer.

„Guten Morgen." Mit vor der Brust verschränkten Armen lehnte sich Elena an die Flügeltür und beobachtete die beiden Frauen beim Essen. „Guten Morgen, Elena. Willst du auch was?", wollte Abigail wissen, die sich gerade Marmelade auf ihren Toast strich. „Danke, aber ich habe schon gefrühstückt", lehnte sie dankend ab. Darren setzte sich zurück an den Tisch und trank die letzten Schlucke seines Kaffees. „Darren", mahnte seine Mutter ihn. „Biete Elena doch auch eine Tasse an." „Nicht nötig, Natalie. Vielen Dank", wehrte Elena höflich ab. „Ich habe schon zwei Tassen intus. Noch eine mehr und ich bekomme einen Koffeinschock." Elena merkte, wie etwas ihren Rücken streifte. „Guten Morgen allerseits", hörte sie Ryans Stimme hinter sich. Ihre Muskeln spannten sich an, als er neben sie trat. Scheu sah sie zu ihm auf und schenkte ihm ein verhaltenes Lächeln. Dann trat ein breites Grinsen in Abigails Gesicht. Ihr Blick ruhte auf ihr und Ryan. Ein Gefühl von Angst überkam Elena. Hatten sie sich irgendwie verraten? „Ihr müsst euch küssen", sagte sie euphorisch, und Elena wich jegliche Farbe aus dem Gesicht. Abigail zeigte auf einen Punkt über ihnen. „Ihr steht unterm Mistelzweig." Elena schluckte. Ihr Herz begann gefährlich zu rasen. Er würde sie doch jetzt nicht wirklich vor all den anderen küssen, oder doch? Sie wollte nicht, dass ihr erster Kuss mit Ryan hier stattfinden würde. Sie wollte, dass dieser unwiederbringliche Moment nur ihnen allein gehörte. Sie sah, wie sich Ryan zu ihr beugte. Nein, dachte Elena. Bitte nicht. Dann berührten seine warmen Lippen die blasse Haut ihrer Wange. Elena fiel ein Stein vom Herzen. Wärme erfüllte ihren Körper und sie spürte, wie Leben in ihr Gesicht zurückkehrte. „Whooo…", freute sich Abigail und klatschte aufgeregt in die Hände. Natalie und Darren lachten. Die Blicke, die Darren und Ryan miteinander tauschten, blieben den anderen verborgen.

Natalie begann die Bescherung mit der Übergabe der prall gefüllten Weihnachtsstrümpfe vom Kamin. Sie waren bis zum Rand mit Süßigkeiten vollgestopft. Kekse, Zuckerstangen, Gummidrops, Bonbons. Nur Schokolade suchte man vergebens. Natalie hatte sicher bewusst darauf verzichtet. Bei der Restwärme des Kamins wäre sie vermutlich geschmolzen und hätte eine riesengroße Sauerei angerichtet. Dann holte sie ein rot verpacktes Geschenk unter dem Weihnachtsbaum hervor und reichte es Elena. „Das ist von Joe und Michelle." Freudig nahm Elena es entgegen und tastete es neugierig mit den Fingern ab. „Mach schon auf", sagte Darren mit einem Grinsen im Gesicht. „Oh, ich darf schon auspacken?" Elena war überrascht. Zu Hause wurden immer erst alle Geschenke verteilt und dann gemeinsam ausgepackt. Die anderen nickten ihr zu und Elena entfernte mit flinken Fingern das Geschenkpapier, während Natalie weiter Geschenke verteilte. Sie musste schmunzeln, als sie den kleinen Notizzettel entdeckte, der auf dem Mini-Muffin-Blech klebte, das sich unter dem Papier verbarg. *Ich hoffe, ich darf kosten, wenn du es einweihst?! ;)* Das konnte nur Joe geschrieben haben. „Was ist das?", wollte Darren wissen und warf einen irritierten Blick auf das schwarze Blech mit den vielen kleinen Mulden. „Ich glaube, das ist was zum Backen", erklärte Ryan und sah grinsend zu Darren. „Hast du noch nie ein Muffin-Blech gesehen?", fragte Abigail ihren Freund und sah ihn dabei ungläubig an. „Schon, aber das hat doch viel zu kleine Löcher für Muffins, oder nicht." Abigail fing herzlich an zu lachen. Elena musste aufpassen, dass sie nicht mitlachte. „Das ist ein Blech für Mini-Muffins", erklärte sie sichtlich amüsiert.

Dann begannen auch die anderen, fleißig ihre Geschenke auszupacken. Unter den hübschen Hüllen des Geschenkpapiers versteckten sich Ohrringe, ein Taschenmesser, selbst gestrickte Schals, der neueste Thriller von John Grisham, eine Armbanduhr, die traditionellen und allseits gehassten Socken und sogar eine Lunchbox. „Wir haben hier noch zwei einsame Geschenke unterm Baum, die bestimmt schon sehnsüchtig darauf warten, ausgepackt zu werden", war sich Natalie sicher. „Oh, ja." Elena stand vom Sofa auf und schlängelte sich an den anderen vorbei. „Ich habe vergessen, Namensschildchen dranzumachen." Das unförmige Päckchen reichte sie Darren und Abigail, das flache viereckige bekam Natalie. „Oh, ein 2014er Chardonnay Evenstad Reserve aus Oregon", stellte Darren begeistert fest, als er die Weinflasche unter dem Glitzerpapier entdeckte. „Das ist was richtig Gutes." Abigail sah mit großen Augen zu Elena. „Die können wir für einen besonderen Anlass aufheben." „Es ist Weihnachten. Ich würde sagen, die gönnen wir uns heute Abend." „Darren, mein Schatz, hast du überhaupt eine Vorstellung davon, wie teuer diese Flasche gewesen sein muss?" Abigail rückte näher zu ihm und legte ihm einen Arm um die Schulter. „Ich meine damit einen wirklich besonderen Anlass." Sie gab ihm einen Kuss und nahm ihm die Flasche aus der Hand. Elena zuckte kaum sichtbar mit den Achseln und warf Abigail einen vielsagenden Blick zu. Wenn sie früher gewusst hätte, dass Abigail schwanger ist, hätte sie den beiden keinen Wein geschenkt. „Abigail hat recht", stimmte Ryan zu. *Domaine Serene* ist eines der besten Weingüter Oregons. Den kannst du nicht einfach mal so wegtrinken." Dann sah er zu Elena, die mittlerweile wieder auf dem Sofa Platz genommen hatte. „Du hast einen wirklich guten Geschmack." Sie versuchte, seinem Blick standzuhalten, der von einer Intensität war, dass sie glaubte, er würde durch sie hindurchgehen. „Ich habe mich erkundigt." Dann schlich sich ein Schmunzeln in ihr Gesicht. „Und probiert", gab sie zu. „Hier." Abigail reichte Darren die lustige Rentier-Keksdose mit Elenas selbst gebackenen Plätzchen, die den zweiten Teil des Geschenks darstellte. „Die darfst du gleich essen." „Ja, das mach ich auch." Er nahm sich eins und biss genüsslich hinein. „Was hast du bekommen, Mom?", wandte er sich mit Blick auf das noch verpackte Geschenk in ihren Händen kauend an seine Mutter. „Bevor ich meins auspacke, lassen wir Elena erst einmal in ihres schauen." Elena wunderte sich erst, was sie meinte, entdeckte dann aber ein kleines Paket vor sich auf dem niedrigen Tisch. Ihr war gar nicht aufgefallen, wie Natalie es dort hingelegt hatte. „Ja, mach es auf", bat Abigail voller Vorfreude. „Das ist von Darren, Abigail und mir", erklärte Natalie. „Wir haben zusammengelegt", sagte Darren und nahm sich ein weiteres Plätzchen aus der Keksdose. Elena war gespannt, was es sein würde. Hoffentlich hatten sie sich ihretwegen nicht in Unkosten gestürzt. Unter dem Papier kam eine kleine, hochwertig verarbeitete Holzschatulle zum Vorschein. Vorsichtig öffnete sie den Verschluss und traute ihren Augen kaum. Mit vor Begeisterung offen stehendem Mund sah sie auf den Inhalt des Kästchens. Ein silberner Füllfederhalter und ein Kugelschreiber, auf denen Elenas Initialen *E. L.* eingraviert waren, lagen in einem Bett aus schwarzem Samt. Behutsam fuhr sie mit dem Finger darüber und spürte die Vertiefung der eingeritzten Buchstaben. Sie nahm den Kugelschreiber heraus und stellte fest, wie schwer er war. Dieses Schreibetui musste ein Vermögen gekostet haben. „Damit du die unzähligen Ideen, die dir hoffentlich nie ausgehen werden, jederzeit zu Papier bringen kannst", sagte Natalie mit liebevoller Stimme. „Ich weiß nicht, was ich sagen soll." Elena war sprachlos. Mit einem solchen Geschenk hatte sie nicht gerechnet. „Gefällt es dir?", wollte Darren wissen. „Absolut", nickte Elena. „Es ist wundervoll." „Dann sag doch einfach *Danke*", schlug Abigail mit einem Lächeln vor. „Ja..." Elena musste sich erstmal sammeln. „Vielen, vielen Dank. Ich danke euch von Herzen." „Wir freuen uns, wenn es dir gefällt." Zufrieden lehnte sich Abigail an die Lehne des Sofas. „Habt ihr beide eigentlich gar keine Geschenke füreinander?" Darren zeigte abwechselnd auf Ryan und Elena. „Ich habe ihr mein Geschenk gestern schon gegeben", erklärte Ryan. „In Deutschland gibt es die Geschenke bereits an Heiligabend und da wollte ich, dass sie wenigstens eins schon gestern bekommt." „Elena, wenn Sie was gesagt hätten, hätten wir doch auch gestern schon die Bescherung machen können", sagte Natalie ganz aufgelöst. „Wir haben ja keine Kinder dabei, die noch an den Weihnachtsmann glauben." Sie zwinkerte schelmisch ihrem Sohn zu. „Unsinn, Natalie. Ich bin hier, um eure Traditionen kennenzulernen", versicherte Elena. „Natürlich habe ich mich riesig über Ryans Geschenk gestern gefreut..." Sie linste zu ihm rüber und merkte, wie sein Blick auf ihr ruhte. „...und habe ihm im Gegenzug auch gleich seins gegeben. Aber um nichts in der Welt würde ich den Ablauf eures Weihnachtsfestes ändern wollen."

„Was hat er dir geschenkt?", war Abigail neugierig. „Eine große, flauschige, schneeweiße Decke für kalte Tage", sagte sie mit einem Lächeln. „Und was hast du bekommen?" Abigail wechselte den Blick zu Ryan. „Ein Buch", antwortete er knapp. „Was für ein Buch?", hakte Abigail nach. „Ein schönes Buch." „Was noch wichtiger ist, was verbirgt sich in diesem Paket?", versuchte Natalie das Thema zu wechseln und hielt demonstrativ ihr Geschenk in die Höhe. „Ja, das letzte Geschenk. Pack aus, Mom." Darren und die anderen wandten sich gespannt Natalie zu. Überwältigt hielt sie sich eine Hand vor den Mund, als sie sah, was sich unter dem Geschenkpapier verbarg. „Ich dachte mir, so haben Sie diesen Teil Ihres Lebens, Montana, die Farm, immer bei sich. Auch wenn Sie in San Diego sind." „Was ist es?" Darrens fragende Augen wechselten zwischen seiner Mutter und Elena hin und her. Er konnte von seinem Platz aus nur die Rückwand eines großen Bilderrahmens erkennen. Sichtlich ergriffen drehte Natalie den Bilderrahmen herum, damit die anderen einen Blick darauf werfen konnten. Sie staunten nicht schlecht, als sie sahen, welches Geschenk Elena Natalie da gemacht hatte. Es war eine detailgetreue Bleichstiftzeichnung der Corman-Farm. Sie zeigte das Haupthaus, die Scheune und die dichten Wälder, die sie umgaben. Darren hockte sich neben den Sessel seiner Mutter und fuhr mit dem Finger über die glatte Glasscheibe, die die Zeichnung vor Verunreinigungen schützen sollte. „Das hast du gemalt?" Mit feuchten Augen sah Darren zu Elena, die nur nickend auf dem kleinen Sofa gegenüber saß. „Ja, sieh nur. Es ist der Blick von ihrer Hütte", erkannte Abigail. „Ja, wenn sie gerade mal nicht zu mir rüberschaut." Ryan zwinkerte ihr neckisch zu. In seinen Augen aber zeichnete sich Anerkennung ab. Anerkennung für das, was sie da vollbracht hatte. Anerkennung für eins der wertvollsten Geschenke überhaupt. Darren richtete sich auf und lief zu Elena. Stürmisch und mit Tränen in den Augen nahm er sie in den Arm. „Danke, Elena. Vielen Dank. Es bedeutet mir sehr viel, dass du meiner Mutter dieses Bild gemalt hast." „Das hab ich gern gemacht", versicherte Elena, sichtlich überrumpelt von dieser emotionalen Reaktion. „Jetzt lass mich aber auch mal, Darren", schubste seine Mutter ihn zur Seite. Sie packte Elena bei den Schultern und sah ihr in die Augen. „Sie sind eine außergewöhnliche Frau, Elena Lindenberg. Es ist absolut unglaublich. Ich danke Ihnen von ganzem Herzen." Sanft zog sie Elena zu sich und umarmte sie voller Freude und Dankbarkeit. „Ich freue mich, dass es Ihnen gefällt", war Elena erleichtert. „Ich hoffe, Sie bekommen es noch in Ihren Koffer. Falls nicht, schicke ich es Ihnen nach." „Glauben Sie mir, das passt in meinen Koffer", versicherte Natalie. „Da nehme ich lieber einen Pullover weniger mit. Davon braucht man in San Diego ohnehin nicht so viele", zwinkerte sie ihr zu.

„Was machen die Jungs da", wollte Elena wissen, als sie die Küche des Haupthauses betrat. Es duftete nach Truthahn und Zwiebelkuchen. Auf dem Herd köchelten Kartoffeln und Cranberry-Soße vor sich hin. „Die schauen sich Weihnachtsfilme an", erklärte Abigail, die gerade einen flachen Kuchen mit Pekannüssen und Puderzucker dekorierte. „Ich glaube, im Moment läuft *It's A Wonderful Life.*" „Sie sitzen wie ein altes Ehepaar gemeinsam auf dem Sofa", grinste Elena vor sich hin. „Manchmal könnte man wirklich denken, sie wären eins", stimmte Natalie zu, die eifrig Karotten schälte. „Ich denke, Darren sieht in Ryan den Bruder, den er sich immer gewünscht hat." „Er hat dir erzählt, dass er sich einen Bruder gewünscht hat?" Natalie sah mit großen Augen zur Freundin ihres Sohnes. Abigail nickte ihr zu. „Ja, er hat sich als Kind immer vorgestellt, wie es wohl gewesen wäre, mit seinem großen oder kleinen Bruder durch die Wälder zu streifen, Tiere zu beobachten oder ein Baumhaus zu bauen." Natalie schwieg und sah gedankenverloren auf den orangefarbenen Schalenhaufen vor sich. „Wie kommt es, dass Darren keine Geschwister hat?", fragte Elena vorsichtig nach. Natalie blickte auf und sah Elena mit traurigen Augen entgegen. „Ich wollte immer eine große Familie. Drei Kinder mindestens, habe ich zu Daniel immer gesagt. Zu meinem Glück hat es ihn nicht abgeschreckt und er hat mich trotzdem geheiratet." So schnell sich ihr ein sanftes Lächeln ins Gesicht geschlichen hatte, so schnell erstarb es auch wieder. „Bei Darrens Geburt gab es Komplikationen. Danach konnte ich keine Kinder mehr bekommen." Elena ging zu ihr und legte ihr tröstend die Hand auf den Rücken. „Das tut mir so leid, Natalie." „Ich habe einen wundervollen Sohn", sagte sie und wischte

sich eine Träne aus dem Gesicht. „Das ist das Allerwichtigste."
Nachdenklich sah Abigail zu den beiden. Hoffentlich würde es bei
der Geburt ihres Kindes keine Komplikationen geben. Instinktiv
legte sie die flache Hand auf ihren Bauch, als könne sie so jedes
Übel von diesem kleinen ungeborenen Leben fernhalten. „Ich bin
fertig", sagte sie dann und zeigte auf den Kuchen. „Wunderbare
Arbeit", lobte Elena mit einem Lächeln. „Pekan-Pie, abgehakt."
Natalie nahm einen Stift und strich ihn von ihrer Weihnachtsessen-
To-do-Liste. „Dann ist jetzt der Kartoffelbrei an der Reihe." „Wird
erledigt." Abigail ging zum Herd und schaltete die Platte mit den
kochenden Kartoffeln aus. „Wo werden Sie in San Diego wohnen?"
Elena nahm sich ein scharfes Messer und zerteilte den Kürbis für
das Ofengemüse. „Bei meiner Schwester", erklärte Natalie. „Sie und
ihr Mann haben eine große Villa mit weitläufigem Anwesen am
Stadtrand. Es ist riesengroß. Man kann zusammenleben und sich
dabei trotzdem aus dem Weg gehen, wenn es mal sein muss." „Das
klingt fantastisch." „Es ist fantastisch", bestätigte Natalie mit leuchtenden Augen. „Es gibt zwei Pools, die man eigentlich gar nicht
bräuchte, da das Meer nur wenige Schritte entfernt ist. Man kann die
Wellen und die Möwen hören. Das Salz des Meeres riechen. Es
riecht nach…" „Heimat", sagte Elena. Natalie nickte. „Heimat.
Genau." Sie lächelte Elena zu. „Sie kennen das. Sie sind wie ich am
Meer aufgewachsen." „Ich kenne es auch", mischte sich Abigail ein.
„Ich bin zwar nicht am Meer aufgewachsen, aber wir waren fast
jeden Sommer in Wilmington, North Carolina. Der Wrightsville
Beach war quasi mein zweites Zuhause. Und ich habe ein Apparte-
ment an der Upper Bay in New York." Sie hielt kurz inne und über-
legte. „Aber da gibt's eindeutig zu viele Möwen und zu wenig
Strand." Natalie und Elena sahen zu ihr und fingen an zu lachen.
Bei einem Blick auf die Uhr erkannte Elena, dass sie ganz und gar
die Zeit vergessen hatte. „Ich muss los", sagte sie. „Ich muss die
Lebkuchen aus dem Ofen holen." „Vergiss nicht, in zwei Stunden
gibt's Essen", rief Abigail ihr nach.

Der Tisch war bereits gedeckt, als Elena am Abend das Esszimmer
betrat. Es war unglaublich, was Natalie alles aufgefahren hatte. Sie
waren nur zu fünft, doch das Speiseangebot hätte locker für die

ganze Stadt gereicht. Um den goldbraun gebackenen, mit Äpfeln und Walnüssen gefüllten Truthahn reihten sich Kartoffelbrei mit Röstzwiebeln, Cranberrysoße, Maispudding, Ofengemüse, das aus Kürbis, Karotten und Rosenkohl bestand, ein Zwiebelkuchen, der von Abigail liebevoll dekorierte Pekan-Pie und jetzt noch Elenas selbst gebackene Lebkuchen. „Ich hoffe, du hast Hunger mitgebracht", betrat Ryan das Zimmer. „Ja, Hunger und die hier." Sie reichte ihm den Teller mit den Lebkuchen. Ryan grinste und machte auf dem ohnehin schon vollen Tisch noch ein Plätzchen dafür frei. „Kommt noch jemand, von dem wir bisher nichts wissen?" Ryan gesellte sich zu ihr. Gemeinsam betrachteten sie die immensen Mengen an Essen. „Nein, ich denke nicht", sagte er mit einem Kopfschütteln. Er schielte zu ihr rüber und musterte sie aus den Augenwinkeln. Sie trug ein langärmeliges rotes Samtkleid mit einer großen seitlichen Schleife an der Taille. Ihr Haar war hochgesteckt und glänzte im Licht der Kerzen. Silberne Ohrringe hingen wie schillernde Eiszapfen an ihren Ohrläppchen. Er beugte sich zu ihr. „Du siehst wunderschön aus", flüsterte er ihr ins Ohr und küsste ihr Haar. Ein Schauder durchzog Elenas gesamten Körper und sie fühlte, wie ihr Herz zu rasen begann und die Schmetterlinge in ihrem Bauch völlig verrücktspielten. Was machte dieser Mann nur mit ihr? „Danke", hauchte sie mit schwerem Atem und war froh, als Natalie den Raum betrat. „Elena, Ryan, helft mir, den Punsch rüberzutragen."

Elena bemerkte Abigails besorgten Blick auf das volle Eierpunschglas an ihrem Platz, als sie sich ihr gegenüber an den Tisch setzte. Natalie drehte das Licht im Raum etwas heller und setzte sich dann zu den anderen. Sie nahm ihr Eierpunschglas und hielt es in die Höhe. „Nun denn, meine Lieben, lasst uns anstoßen. Auf die Familie und die Freunde in unserem Leben. In diesem Sinne frohe Weihnachten uns allen." „Frohe Weihnachten", stimmten die anderen mit ein und stießen alle gemeinsam an. Während die anderen von ihrem Punsch tranken, hielt Abigail ihr Glas nur zögernd an die Lippen. Sie wusste nicht, was sie tun sollte. Sie wusste nur, dass sie nicht davon trinken durfte. „Was ist los, Abs?" Darren sah fragend zur Seite. „Du liebst doch Eierpunsch." „Ist er dir noch zu heiß?", fragte Natalie nach. Abigails Atmung beschleunigte sich. „Ich bin schwanger", platzte es aus ihr heraus. Mit zittrigen Händen stellte sie das Glas zurück auf den Tisch. Darren verschluckte sich vor Schreck und musste husten. Alle Augen waren auf Abigail gerichtet. „Du bist was?" Mit weit geöffneten Augen sah Darren seine Freundin an. „Ich bin schwanger", wiederholte sie. „Wir bekommen ein Baby?" Darrens Kopf versuchte, die unerwartete Information zu verarbeiten. Abigail nickte ihm mit Tränen in den Augen zu. Darrens Gesicht hellte sich auf und seine Augen fingen an zu strahlen. Er stieß seinen Stuhl beiseite, schnappte sich Abigail und wirbelte sie durch den Raum. „Wir bekommen ein Baby", rief er freudig, als könne es gern die ganze Welt erfahren. Er setzte sie ab und übersäte sie mit tausend Küssen. „Darren, doch nicht vor den anderen", flüsterte Abigail ihm zu. „Vor der ganzen Welt, mein Schatz. Jeder kann wissen, wie sehr ich dich liebe." Er sah ihr tief in die Augen und gab ihr einen dicken Kuss. „Ich werde Oma, wer hätte das gedacht?" Natalie gratulierte den beiden und schloss die Mutter ihres zukünftigen Enkelkindes in die Arme. „Hoffentlich bereust du jetzt, dass du nach San Diego gehst", neckte Darren seine Mutter. „Bloß keine Angst, mein Sohn. Ich werde dieses Kind auch über eine Distanz von 2000 Kilometern hinweg verwöhnen. Du wirst schon sehen", versicherte sie ihm. Darren lachte. Ryan klopfte ihm auf die Schulter und gratulierte seinem langjährigen Freund und dessen Freundin zu dieser freudigen Neuigkeit. Abigail nahm Elena in den Arm und atmete erleichtert auf. „Hab ich nicht gesagt, er rastet aus vor Freude?" „Du hast es gewusst?" Darren und auch Ryan, der neben ihm stand, sahen Elena mit großen Augen an. „Ja, sie hat es mir gestern erzählt." „Ich war ziemlich fertig mit den Nerven, als ich das Ergebnis auf dem Teststreifen gesehen habe. Elena hat mir glücklicherweise gut zureden und mir ein Stück weit die Angst nehmen können." „Angst? Aber du musst doch keine Angst haben. Wir bekommen ein Baby. Das ist etwas Wundervolles." Darren zog Abigail zu sich und küsste sie auf die Stirn. „So, jetzt lasst uns aber essen, bevor der Truthahn noch ganz kalt wird", bat Natalie und dirigierte wieder alle zu Tisch.

Alle fassten mit an und im Handumdrehen war der Tisch abgeräumt. „Ryan, mein Junge, ich hoffe, du spielst uns auch dieses Jahr wieder etwas am Klavier", wollte Natalie wissen, als sie die Kerzen im Wohnzimmer anzündete und das Licht dimmte. „Niemand könnte mich davon abhalten." „Schön", freute sie sich. Verwundert sah Elena zu, wie sich Ryan auf den kleinen Hocker vorm Klavier setzte, während die anderen auf den Sofas und Sesseln in der Raummitte Platz nahmen. Konnte Ryan wirklich Klavier spielen? Scheinbar machte er es jedes Jahr zu Weihnachten, sonst hätte Natalie ihn nicht darum gebeten. „Welches Lied willst du hören, Natalie?" „Wie wäre es mit *O Holy Night*?" „Gute Wahl", stimmte Ryan zu. Er lockerte seine Finger und ließ sie dann mit geübten Bewegungen über die Tasten gleiten. Elena erkannte die Melodie sofort. Dieses Lied gehörte zu einem ihrer liebsten Weihnachtslieder. Ryan spielte wundervoll, doch dann geschah etwas, womit Elena nicht gerechnet hatte. Er begann zu singen. Seine Stimme strotzte nur so vor Klanggewalt und Gefühl, dass Elena Gänsehaut bekam. Plötzlich gab es nur noch sie und Ryan in diesem Raum. Ein Raum erfüllt von Musik und dieser engelsgleichen Stimme, die sie in andere Welten trug. Ihr Blick galt ausschließlich dem Mann am Klavier und Tränen füllten ihre Augen, so ergriffen war sie von seinem Gesang.

Es war ein kalter, sternenklarer Abend. Ryan und Elena schlenderten gemeinsam über den lichtdurchfluteten Hof zu ihren Hütten. Die Hälfte des Weges schwiegen beide und liefen einfach nur nebeneinander her. Elena mit vor der Brust verschränkten Armen, um der Kälte entgegenzuwirken. Ryan mit den Händen in den Hosentaschen. Es fühlte sich seltsam an. Was genau waren sie? Waren sie ein Paar? Nein, es war noch zu keinem Kuss gekommen und Ryan wusste nicht, ob Elena genauso für ihn empfand wie er für sie. Waren sie gute Freunde? Nein, gute Freunde sagen sich nicht, dass sie einen lieben und wollen sich anschließend küssen. Sie hingen in der Schwebe. Sie waren weder Fisch noch Fleisch. Elena wusste, dass Ryan sie liebt. Er hatte es ihr gesagt. Und Elena wusste auch, dass sie ihn liebte. Da bestand gar kein Zweifel mehr. Ihre Gedanken kreisten nur noch um ihn, und dieses Kribbeln in ihrem Bauch sprach eine eindeutige Sprache. Aber Ryan wusste nicht, dass sie ihn auch liebt, oder doch? Immerhin hatte sie sich nicht dagegen gewehrt, als er sie gestern Abend küssen wollte. „Ich wusste nicht, dass du singen kannst", durchbrach sie die Stille. „Ich wusste nicht, dass du zeichnen kannst", konterte er und lächelte in sich hinein. „Es gibt eine Menge, was wir nicht voneinander wissen", sagte er dann und blieb stehen. Elena stoppte ebenfalls und drehte sich zu ihm. „Wir kennen uns ja auch noch nicht sehr lange", gab sie zu bedenken. „Und dennoch kommt es mir vor wie eine Ewigkeit." Er sah tief in ihre grünen, funkelnden Augen. Elena spürte ihren Herzschlag. Es schlug jenseits des gesunden Rhythmus. Und daran war nur er schuld. Ryan Flanagan, ein einfacher Farmarbeiter inmitten der rauen Wildnis Montanas. Seine großen braunen Augen, die sie voller Verlangen ansahen, brachten sie noch völlig um den Verstand. „Es ist spät. Ich sollte reingehen." Sie zeigte auf ihre Hütte. „Gute Nacht, Ryan." Sie drehte sich um und entfernte sich von ihm. „Elena", erklang sanft Ryans Stimme hinter ihr. Sie blieb stehen und hielt kurz inne. Dann drehte sie sich zu ihm um und sah, wie er ihr einladend seine Hand reichte. Was sollte sie tun? Ihr Körper verzehrte sich nach ihm. Ihr Kopf sagte ihr, dass sie in weniger als einem Jahr nicht mehr hier sein würde. Ihr Herz aber liebte ihn, und nur darauf kam es an. Sie schluckte und ging zu ihm. Zögernd legte sie ihre Hand in seine. Ryan umschloss sanft ihre kalten Finger und nahm sie mit zu seiner Hütte.

„Willst du eine heiße Schokolade?", fragte er, während sie sich ihre Jacken auszogen. „Nein", lehnte Elena dankend ab. „Ich bin noch so voll vom Abendessen und dem ganzen Eierpunsch." „Natalie hat's wirklich gut mit uns gemeint", stimmte Ryan zu. „Du hast auch einen Weihnachtsbaum?", stellte Elena überrascht fest, als sie das Wohnzimmer betrat. „Na klar, es ist doch Weihnachten." „Mir fällt gerade auf, dass ich gar nicht mehr hier war, seit ich mich damals heimlich in deine Badewanne geschlichen habe." Elena spürte, wie ihr beim Gedanken daran die Schamesröte ins Gesicht stieg. Ryan musste lachen. „Willst du ein Bad nehmen?" Er zeigte zur Badezimmertür. „Ein andermal vielleicht", sagte sie und lachte ihm zu. „Jederzeit. Meine Hütte steht dir immer offen." Seine braunen Augen sahen ihr entgegen und Elena hätte sich darin verlieren können. „Danke." Ryan nickte. „Soll ich Musik anmachen?", fragte er dann. „Ja, gerne." Er legte eine CD in seine Stereoanlage und drückte auf Play. Eine Countrymusik-Ballade erfüllte den Raum. Elena kannte den Künstler nicht, aber es klang wundervoll. Ryan kam zu ihr und nahm sie bei der Hand. „Was machst du?" „Tanz mit mir", bat er sie. Elenas Atmung beschleunigte sich, aber sie ließ es einfach geschehen. Eng aneinander tanzten sie zur lieblichen Musik aus dem Radio. Es fühlte sich so gut an, ihn zu berühren. Dann trafen sich ihre Blicke. Ryan nahm ihr Gesicht sanft in seine Hände und küsste sie. Seine Lippen waren warm und weich und Elena spürte, wie Wärme ihren Körper durchflutete. Sie erwiderte seinen Kuss voller Verlangen und Leidenschaft und gab sich ihm ganz hin. Dann legte sie ihren Kopf auf seine Schulter und sie tanzten eng umschlungen in die Nacht hinein.

Kapitel 18

Der Weihnachtstrubel war vorbei und Elena nutzte die freie Zeit zwischen den Jahren, in der sie keine Kuchen fürs Café backen musste, zum Lesen und Schreiben. Obwohl sich in den letzten Wochen und Monaten so viele Notizen, Eindrücke und Anregungen in ihrem kleinen Büchlein angesammelt hatten, wusste sie noch immer nicht genau, worum es in ihrem Roman gehen sollte. Grübelnd saß sie am Fenster und kaute auf dem Ende ihres Bleistiftes herum. Immer wieder sah sie aus dem Fenster und lauschte auf ein Motorengeräusch. Abigail und Darren müssten bald vom Arzt in Kalispell zurück sein. Sie bekamen ein Baby und Elena war deswegen mindestens genauso aufgeregt wie die werdende Mutter selbst. Die erste Untersuchung. Vielleicht würden sie ein erstes Ultraschallbild mit nach Hause bringen. Oder war es dafür noch zu früh? Elena kannte sich mit der Thematik nicht so gut aus. Es würde jedenfalls einiges zu berichten geben, da war sie sich sicher und das wollte sie auf gar keinen Fall verpassen. Ryan war auf seiner Veranda zugange, was nicht gerade zu mehr Konzentration beitrug. Er entfernte den Schnee der letzten Tage von den Stufen und dem Geländer und Elena beobachtete aus dem Verborgenen jeden seiner Handgriffe. Sie dachte an die vielen Küsse, die sie seit Weihnachten getauscht hatten. Mal ganz zärtlich, mal voller Leidenschaft. Seine Küsse schmeckten süß und lieblich, wie zartschmelzende Schokolade, die auf der Zunge zergeht. Elena musste lächeln bei dem Gedanken daran. Er hatte sie ganz schön aus der Bahn geworfen. Sie wusste nicht, wann sie zuletzt so starke Gefühle für jemanden gehabt hatte. Vermutlich noch nie. Vielleicht sollte sie zu ihm gehen und ihm helfen. Nein, sie durfte sich nicht immer ablenken lassen. Sonst wäre das Jahr vorbei, ohne dass sie auch nur einen vernünftigen Satz zu Papier gebracht hätte. Aber es war echt schwer, sich auf das Wesentliche zu konzentrieren, wenn Ryan die ganze Zeit da draußen in ihrem Blickfeld umherrannte. Dann hörte sie ein Auto auf den Hof fahren und es gab kein Halten mehr. Sie ließ den Bleistift fallen, zog sich ihr Jacke über und stürmte nach draußen.

Mit einem Grinsen im Gesicht beobachtete Ryan amüsiert, wie Elena aus ihrer Hütte stürmte und zum Haupthaus rannte, wo Darren und Abigail gerade aus dem Auto stiegen. „Wie war's? Geht's dem Baby gut?", rief sie ihnen aufgeregt zu. Ihn hatte sie dabei gar nicht wahrgenommen. Aber Ryan war ihr deswegen nicht böse. Sie war völlig aus dem Häuschen wegen Abigails Schwangerschaft. Sie alle waren das irgendwie. Ryan verstand nur Wortfetzen vom Gespräch der drei. Dafür drang das freudige Lachen der beiden Frauen umso deutlicher an sein Ohr. Erst als er zur Scheune lief, um Schneeschaufel und Besen zurückzuschaffen, hörte er, worüber sie sprachen. „Komm doch mit Darren und mir nach New York", schlug Abigail Elena vor. „Der Jahreswechsel am Times Square ist unglaublich. Und dieses Feuerwerk muss man einfach gesehen haben." Ryans Heiterkeit verflog und sein Gesicht nahm traurige Züge an. Mit einem kurzen Blick zu Elena, die ihn ansah, verschwand er in der Scheune.

„Hey, was machst du?", betrat Elena den hinteren Teil der Scheune, wo sich die Stallungen befanden. Die Hände tief in die Jackentaschen vergraben. „Hey." Ryan warf ihr über die Schulter ein Lächeln zu. „Ich hab die Pferde gefüttert." Er stellte einen Eimer beiseite und ging zu ihr. „Was hat der Arzt gesagt?" „Dem Baby geht's gut. Sie ist schon weiter als gedacht, aber das viele Fliegen hat keine Auswirkungen auf die Gesundheit des Babys genommen." „Das ist gut." Er hielt kurz inne und sah zu Boden. Dann sah er mit fragenden Augen zu ihr auf. „Wirst du mit nach New York fliegen?" Die Worte kamen ihm nur schwerfällig über die Lippen. „Willst du denn, dass ich mit nach New York fliege?" Ryan schüttelte den Kopf. „Nein, das will ich nicht." Ein sanftes Lächeln trat in Elenas Gesicht. „Gut. Ich nämlich auch nicht." Erleichtert atmete Ryan auf. Seine angespannten Gesichtsmuskeln lockerten sich und er lächelte. „Wieso nicht?" Sie ging einen Schritt auf ihn zu und legte ihre Arme um seinen Hals. „Weil mir ein ruhiger Jahreswechsel hier mit dir auf der Farm um einiges mehr zusagt als eine Silvesterparty in New York mit Millionen von Menschen." „Aber hier gibt es kein Feuerwerk", gab er zu bedenken. „Ich brauche kein Feuerwerk. Ich brauche nur dich." Ryan wurde warm ums Herz. Er beugte sich ihr entgegen und küsste sie.

Ryan schaffte Darren und Abigail zum Flughafen und würde die Nacht in Missoula verbringen und erst morgen Mittag zurück auf der Farm sein. Er hatte Elena für die Zeit seiner Abwesenheit freie Hand zum Schmücken seiner Hütte gelassen, was sich Elena nicht zweimal sagen ließ. In Kalispell kaufte sie Girlanden, Luftschlagen, kleine Partyhütchen, Luftballons und Kerzen. Sie wollte es nicht zu überladen aussehen lassen, weshalb sie die Dekoration eher schlicht hielt. Drei Ballons mit der Jahreszahl, die sie ansteuerten, eine *Happy New Year*-Girlande und Dutzende kleiner Kerzen, die im Raum verteilt standen, sollten ausreichen, um romantische Silvesterstimmung aufkommen zu lassen. Die Luftschlangen und Hütchen würden morgen Abend zusätzlich ihren Teil dazu beitragen. Elena hoffte nur, dass es Ryan nicht zu kitschig sein würde. Zufrieden ließ sie ihren Blick durch den Raum schweifen und ging dann zurück in ihre Hütte. Linsensuppe, hatte Ryan gesagt. Aus irgendeinem Grund bevorzugten die Amerikaner an Silvester Gerichte mit Linsen. Angeblich symbolisierten sie ihres Aussehens wegen Münzen und sollten demjenigen, der sie aß, Glück und Geldsegen im neuen Jahr bringen. Elena hielt das für ziemlichen Blödsinn, aber irgendetwas mussten sie am kommenden Tag ja ohnehin essen. Wieso also keine Linsensuppe? Im Internet hatte sie ein interessantes Rezept gefunden, das es jetzt galt, in den Kochtopf zu zaubern. Sie war keine schlechte Köchin, doch backen konnte sie um Längen besser. An einer einfachen Linsensuppe sollte es aber nicht scheitern. Nach zwei Stunden war die Suppe fertig und Elena stellte den Topf zum Abkühlen auf die Arbeitsfläche. Es duftete köstlich und Elena kam nicht umhin, ein paar Löffel davon zu essen. Schließlich sollte jeder Koch sein Essen probiert haben, bevor er es serviert. Sie probierte einfach ein bisschen mehr.

Es dämmerte, als Elena zur Scheune ging, um die Pferde zu füttern. Als sie zwanzig Minuten später wieder ins Freie trat, war es bereits dunkel. Noch vor wenigen Tagen erhellten unzählige Lichterketten die allabendliche Farm. Nun lag der Hof stockfinster zu ihren Füßen. Kein Licht im Haupthaus. Kein Licht, das aus den Fenstern der Hütten drang, und auch der Mond verbarg sich hinter dicken schwarzen Wolken. Elena lief ein kalter Schauder den Rücken hinunter. Mit dem schwachen Licht ihrer Taschenlampe und schnellen Schritten bahnte sie sich ihren Weg zurück zur Hütte. Dort angekommen, ließ sie die Tür ins Schloss fallen und schloss ab. Für gewöhnlich machte sie nur den Haken vor, doch ihr war bewusst geworden, dass sie diese Nacht zum ersten Mal ganz allein auf dieser Farm sein würde. Allein in den dichten dunklen Wäldern Montanas, kilometerweit von der nächsten Ortschaft entfernt. Niemand würde sie hören, wenn sie Hilfe bräuchte. Niemand würde kommen, um ihr zu helfen. Niemand würde wissen, was tief im Wald vor sich ging, während im Ort alle friedlich in ihren Betten schliefen. Elena schüttelte die gruseligen Gedanken ab. Die Tür abzuschließen, schien ihr in Anbetracht der Umstände das Klügste zu sein, das sie tun konnte.

Mit schnellem Herzschlag saß sie im Bett und hielt ihr Handy in den Händen. 22:43 Uhr zeigte das Display an. Noch knapp dreizehn Stunden und Ryan würde wieder da sein. Wie gerne würde sie ihn jetzt anrufen. Wie gerne würde sie den Klang seiner Stimme hören, die ihr eine gute Nacht wünscht und ihr sagt, dass er sie liebt. Doch telefonieren war unmöglich. Sie hatte kein Netz auf der Farm und die Tür zum Haupthaus war abgeschlossen, womit auch das Festnetztelefon außer Reichweite war. Mit einem tiefen Seufzer legte sie das Handy auf den Nachttischschrank und vergrub sich in ihre Decke. Sie löschte das Licht und startete in eine unruhige Nacht, das Gewehr griffbereit an ihrer Seite.

„Guten Morgen, mein Sonnenschein." Elena vernahm die sanfte Stimme und spürte, wie etwas Weiches ihre Wange berührte. Schlaftrunken öffnete sie die Augen und blickte in ein verschwommenes Gesicht. Als es schärfer wurde, erkannte sie, dass es Ryan war. Er saß auf dem Rand ihres Bettes und streichelte mit warmen Fingern sanft über ihre weiche Haut. „Wie spät ist es?", fragte Elena mit einem Lächeln. „Kurz vor neun. Ich bin schon eher losgefahren. Ich wollte dich nicht zu lange allein auf der Farm lassen." „Das ist lieb." Elena griff nach seiner Hand und küsste sie. „Wie bist du reingekommen? Ich habe gestern Abend abgeschlossen." „Ich hab Darrens Schlüsselbund vom Haupthaus. Da sind auch die Ersatzschlüssel von unseren Hütten dran", erklärte er. „Verstehe." „Ich geh und hau mich noch eine Weile hin. Andernfalls bezweifle ich, dass ich es bis Mitternacht durchhalte." „Du kannst dich auch gern mit zu mir legen", sagte Elena mit einem neckischen Grinsen. „Ich befürchte, dass ich dann nicht zum Schlafen komme", erwiderte er mit einem verschämten Schmunzeln im Gesicht. „Bis nachher." Er küsste sie liebevoll und verließ das Schlafzimmer.

Elena bereitete diverse Sandwiches für den Abend zu. Vom Gurkensandwich bis hin zum Sandwich mit Frischkäse und Räucherlachs war alles dabei. Liebevoll drapierte sie die schmackhaften Weißbrot-Dreiecke auf ein großes Holz-Schneidebrett und wickelte schließlich alles in Frischhaltefolie, damit bis zum Abend nichts austrocknete oder an Geschmack verlor. Sie holte den Topf mit der Linsensuppe aus dem Kühlschrank und schob dafür das Brett mit den Sandwiches hinein. Während die Suppe auf niedriger Stufe langsam erhitzt wurde, verrichtete Elena letzte Handgriffe an ihrer süßen Silvesterüberraschung für Ryan.
„Du kommst genau richtig", sagte Elena, als Ryan zur Tür hereinkam. „Die Suppe ist gerade fertig." „Es riecht fantastisch", stellte er freudig fest und setzte sich an den bereits gedeckten Tisch. „Konntest du noch ein bisschen schlafen?", wollte sie wissen, während sie ihm einen dampfenden Teller Linsensuppe reichte. „Ich habe geschlafen wie ein Stein. Hätte ich den Wecker nicht gestellt, wäre ich mit hoher Wahrscheinlichkeit erst kurz vor Mitternacht wach geworden." Er musste lachen und inspizierte neugierig den Inhalt seines tiefen Tellers. Diese Suppe sah anders aus als jede Linsensuppe, die er bisher gegessen hatte. Sie war gelblich und roch angenehm nach Curry und Ingwer. Er erkannte Kürbisstücke, Zucchini, Avocado und Granatapfelkerne. Es sah außergewöhnlich aus, duftete aber himmlisch. „Sieht spannend aus." „Es ist keine klassische Linsensuppe, ich weiß." Sie setzte sich zu ihm und schnappte sich den großen Löffel, der neben ihrem Teller lag. „Aber lass dich von der Optik nicht irritieren. Sie schmeckt unglaublich gut." Sie erinnerte sich an den gestrigen Tag, als sie kaum aufhören konnte zu

essen, nachdem sie die Suppe probiert hatte. Hoffentlich würde sie auch Ryans Geschmack treffen. Doch ihre Sorge schien unbegründet. Mit jedem Löffel, den er aß, wurden seine Augen größer, ebenso wie sein Verlangen nach mehr. „Diese Suppe ist der Wahnsinn", war er begeistert. „Ich hätte es, ehrlich gesagt, nicht für möglich gehalten, dass eine derart exotische Mischung schmecken kann, doch erstaunlicherweise harmoniert jede einzelne Zutat perfekt miteinander." „Man muss nur Mut haben, auch mal neue Sachen auszuprobieren", freute sich Elena. „Wenn sowas dabei rauskommt, auf jeden Fall", stimmte Ryan zu und steckte sich einen weiteren gut gefüllten Löffel in den Mund.

„Nachtisch?", wollte Elena wissen, nachdem beide ihre Teller restlos leergeputzt hatten. „Es gibt Nachtisch?" Überrascht sah Ryan sie an. „Nur wenn du willst." „Wer kann bei Nachtisch schon nein sagen?" Das war die Antwort, auf die Elena gehofft hatte. Freudig lief sie zum Kühlschrank und holte zwei aufwendig verzierte Cupcakes heraus. Überwältigt schaute Ryan auf die kleinen Gebäckstücke. Es schienen Schokoladen-Muffins zu sein, auf dessen liebevoll aufgespritzten Cremebergen, die metallisch glänzten, kleine, aus Marzipan modellierte Schweinchen in einem Meer aus vierblättrigen Zucker-Kleeblättern saßen. „Die sehen unglaublich aus", staunte Ryan noch immer. „Hast du das alles selbst gemacht?" „Selbstverständlich." „Es ist ja schon fast ein bisschen zu schade zum Essen", merkte er an und musste lachen. „Sie ungegessen vergammeln zu lassen, wäre aber auch schade, nicht wahr?" Elena sah verschmitzt grinsend und mit hochgezogener Augenbraue zu Ryan. „Da hast du allerdings recht", gab er zu. „Also dann, auf einen schönen Jahreswechsel." Er lehnte sich über den Tisch und gab Elena einen Kuss. Dann bissen beide genüsslich in ihren Cupcake und lachten über die cremeverschmierte Nase des jeweils anderen.

„Dann werde ich mal ein bisschen Holz holen gehen und meinen Kamin langsam feuern, damit wir es heute Abend schön warm haben." „Oh, nimmst du bitte meinen Müll mit, wenn du zur Scheune gehst?", bat sie ihn und hielt ihm den prall gefüllten weißen Müllbeutel hin. „Nein", sagte er, ohne mit der Wimper zu zucken, und zog sich seine Jacke an. Für einen kurzen Moment war Elena sprachlos. „Nein?", fragte sie dann noch einmal nach, um sicherzugehen, dass sie ihn auch wirklich richtig verstanden hatte. „Nein", bestätigte Ryan und ging auf Elena zu. „Abgesehen von dir und mir wird heute nichts anderes unsere Hütten verlassen." Irritiert sah Elena ihn an. „Ich verstehe nicht." Ryan musste schmunzeln. „Am letzten Tag des Jahres darf nichts das Haus verlassen. Andernfalls wird man im neuen Jahr vom Unglück verfolgt." Ungläubige Augen sahen Ryan an und Elena musste sich ein Lachen verkneifen. „Ist das dein Ernst?" „Absolut." Er legte seine Hände um ihre Hüften und zog sie zu sich. „Gibt es in Deutschland denn keine solchen Bräuche, Mythen, Aberglauben oder wie auch immer man es nennen mag?" „Lass mich überlegen." Dann fiel ihr tatsächlich etwas ein. „Meine Mutter sagte immer, dass man zwischen Weihnachten und Neujahr keine Wäsche waschen und zum Trocknen aufhängen soll, weil es angeblich Unglück fürs neue Jahr bringt." „Siehst du. Und glaubst du daran?" „Nein", gab Elena offenkundig zu. „Andere aber schon. Und man sollte das Schicksal nicht unnütz herausfordern, findest du nicht auch?" Mit zusammengekniffenen Augen sah Elena zu ihm auf. Ryan schmunzelte und gab ihr einen Kuss auf die Nase. „Bis nachher", sagte er und verließ die Hütte. Elena sah auf den Müllbeutel in ihrer Hand. Sie machte einen Schritt nach vorn, fest entschlossen, den Müll selbst hinauszubringen, hielt dann aber doch inne. Wer konnte schon wissen, ob es zwischen Himmel und Erde nicht doch irgendwelche Geister gab, denen es wichtig war, dass Elena ihren Müll an diesem Tag im Haus behielt. Sie wollte niemanden erzürnen. Also stellte sie den Müll zurück unter die Spüle und räumte stattdessen den Tisch ab.

Als Elena am Abend Ryans Hütte betrat, strahlte der ganze Raum im Licht der Kerzen, die sie am Tag zuvor verteilt hatte. Es wirkte heimelig und lud zum Verweilen ein. Wohlige Wärme schlug ihr entgegen und Holz knackte im Kamin. „Ich bitte um Verzeihung, aber diese Sandwichplatte hat verbotenerweise meine Hütte verlassen." Sie deutete mit dem Kopf auf das große Holzbrett in ihren Händen. „Ich denke, in diesem Fall können wir mal ein Auge zudrücken." Er nahm ihr die Platte ab, damit sie sich die Jacke ausziehen konnte. „Sieht toll aus", bemerkte er, als er das Brett zum

Couchtisch trug, wo bereits diverse Knabbereien und Getränke standen. „Ich hoffe, ich habe es mit der Deko nicht übertrieben", wollte sie wissen, als sie mit skeptischem Rundumblick zum Sofa kam. „Überhaupt nicht. Ich hatte mit weit mehr gerechnet." Sie lächelte zufrieden und setzte sich zu ihm. „Du hast dich hübsch gemacht", fiel ihr auf. „Findest du?" Ryan sah an sich hinab. „Ja, du hast dir extra ein gutes Hemd angezogen. Und ich sehe..." „...wunderschön aus, wie immer", beendete er den Satz für sie und küsste sie auf den Mund, damit sie gar nicht erst die Chance bekam, etwas anderes zu behaupten.

Fünf Stunden waren es noch bis Mitternacht, die Elena und Ryan gut zu füllen wussten. Sie aßen Sandwiches, von denen es Ryan besonders die mit italienischem Käse, Rucola und getrockneten Tomaten angetan hatten, spielten Kartenspiele, wie *Crazy Eights*, das dem deutschen *Mau-Mau* sehr ähnlich war, zogen gemeinsam an Knallbonbons, die Ryan aus Missoula mitgebracht hatte und die für ordentlich Konfetti sorgten, knabberten Chips und Erdnüsse, tranken Punsch, machten lustige Selfies mit ihren Partyhütchen und Luftschlangenfrisuren und tanzten ausgelassen zur Partymusik aus dem Radio. Kurz vor Mitternacht öffnete Ryan eine teure Flasche Sekt. Mit vollen Gläsern zählten sie gemeinsam die letzten Sekunden runter. „...vier, drei, zwei, eins." Punkt Mitternacht ließen sie die Gläser klirren, küssten sich und tranken auf das neue Jahr.

„Komm mit", sagte Ryan und stellte hektisch sein Sektglas ab. „Wohin?", wollte Elena wissen. „Nach draußen." „Ich dachte, es gibt hier kein Feuerwerk." „Gibt es auch nicht." Er nahm ihr das Glas aus der Hand und stellte es neben das seine auf den Tisch. „Kann man von hier aus andere Feuerwerke sehen?" „Unwahrscheinlich." „Aber was wollen wir denn dann draußen?" „Das wirst du gleich sehen." Er nahm sie bei der Hand und ging mit ihr zur Tür.

Es war eine kalte, sternenklare Nacht. Die Sichel des zunehmenden Mondes leuchtete blassgelb am Himmel. Ryan führte Elena zur Ebene und holte dann etwas aus seiner Jackentasche. „Was hast du da?", platzte Elena fast vor Neugierde. „Warte kurz", bat Ryan und drehte ihr den Rücken zu. Er entzündete sein Feuerzeug und hielt die Flamme an einen Packen dünner länglicher Stäbe, die er in der Hand hielt. Elena hörte nur ein Zischen und sah, wie etwas in Ryans Hand zu leuchten begann. Mit einem Strahlen im Gesicht drehte er sich zu ihr, in seiner Hand ein Lichtblitze sprühender Strauß aus Wunderkerzen. Elena blieb vor Begeisterung der Mund offen stehen. Es sah wunderschön aus. Dann begann Ryan, mit den glühenden Stäben etwas in die dunkle Nacht zu schreiben. Elena verfolgte seine Bewegungen. *Ich liebe dich*, war es, das Ryan für sie in die Dunkelheit malte, und ihre Augen fingen an zu leuchten. „Ich liebe dich auch", flüsterte sie, als Ryan zu ihr kam. „Das Licht der Wunderkerzen mag erloschen sein", sagte er und ließ die abgebrannten Stäbe zu Boden fallen. „Meine Liebe zu dir aber wird ewig brennen, das verspreche ich dir." „Du bist verrückt, Ryan." „Ja, verrückt nach dir." Er zog sie zu sich und küsste sie leidenschaftlich.

Zurück in der Hütte konnten sie sich ihrer dicken Winterjacken gar nicht schnell genug entledigen. Gepackt von Leidenschaft und Verlangen setzte sich Elena auf dem Sofa auf Ryans Schoß. Während sie sich küssten, öffnete sie Knopf für Knopf seines Hemdes. Sie spürte seinen Herzschlag, seine warme Haut, die Bewegung in seiner Hose. Er zog ihr den Pullover aus. Öffnete mit flinken Fingern die kleinen Häkchen ihres BHs. Mit weichen, gierigen Lippen küsste er ihre nackte Haut. Ihre Brustwarzen wurden hart unter seinen Berührungen und ihr Blut geriet in Wallung. Er packte sie am Rücken und legte sie aufs Sofa. Er öffnete den Knopf ihrer Jeans und zog sie ihr gemeinsam mit dem Slip vom Leib. Sie sah wunderschön aus, wie sie so nackt vor ihm lag. Ungeduldig öffnete er seine Gürtelschnalle und entledigte sich seiner Hose. Elena beobachtete jeden seiner Handgriffe und konnte es kaum erwarten, ihn endlich in sich zu spüren. Dann war es endlich so weit. Ryan legte sich zwischen ihre Beine und drang unter Stöhnen tief in sie ein. Sanft liebkoste er ihre Brüste, während sie langsam ihren Rhythmus fanden und sich ganz und gar ihrem Verlangen hingaben.

Kapitel 19

Januar

„Hey Beth", rief Elena freudig, als sie mit dem Rücken die Tür zum Café aufstemmte und mit zwei übereinandergestapelten Kuchenkartons das Lokal betrat. „Frohes neues Jahr wünsche ich dir." „Elena, schön dich zu sehen." Beth kam um den Tresen herum auf sie zugeeilt. „Gib her, ich nehme dir was ab", sagte sie und nahm den obersten Karton vom Stapel. „Dir auch ein frohes neues Jahr." „Danke." Elena stellte den Karton, der ihr noch geblieben war, auf dem Tresen ab. Die Tür ging auf und Bob trat ein. „Guten Morgen, die Damen." Er tippte grüßend an die Krempe seines Hutes und kam zum Tresen. „Das ist es, was ich vermisst habe. Eine heiße Tasse Kaffee und ein gutes Stück Kuchen zum Frühstück." „Dann hat der Gewürzkuchen also nicht bis ins neue Jahr gereicht?" Elena sah ihm lächelnd entgegen. „Keine Chance", winkte er ab. „Der war so köstlich, dass er es nicht einmal bis nach Weihnachten geschafft hat. Ich musste aufpassen, dass mir mein Sohn und seine Frau nicht alles wegessen." Elena musste lachen. „Ich kann Ihnen jederzeit wieder einen backen, Bob." „Darauf werde ich zurückkommen", versprach er. „Jetzt interessiert mich aber erst einmal, was es heute Schönes gibt." „Ich bin noch gar nicht dazugekommen, in die Kartons zu sehen", gab Beth zu und öffnete den ersten Deckel. „Sie haben die Wahl zwischen Blaubeer-Käsekuchen und einem Cranberry-Hefekranz mit Marzipan", verkündete Elena, die den Inhalt der Kartons nur allzu gut kannte. „Dann starte ich zur Abwechslung einmal völlig haltlos ins neue Jahr und nehme von jedem ein Stück." „Bob, du überraschst mich immer wieder", war Beth erstaunt und machte sich sofort ans Werk. Bob setzte sich derweil ans Fenster und schlug die Tageszeitung auf. Als Kaffee und Kuchen serviert wurden, fingen seine Augen vor Freude an zu strahlen.
Elena setzte sich auf einen der Barhocker und nahm dankend einen Pott Kaffee von Beth entgegen. „Ich hoffe, du bist gut ins neue Jahr gekommen", wollte Beth wissen und gesellte sich mit einer damp-

fenden Tasse Tee zu Elena. „Bin ich", bestätigte Elena mit einem schelmischen Grinsen im Gesicht. Beth legte die Stirn in Falten und sah sie fragend an. „Ich muss dir was erzählen…" „Gut, aber zuerst muss ich dir was erzählen", fiel ihr Beth aufgeregt ins Wort und lehnte sich zu ihr über den Tresen. „Ich habe mit Ron geschlafen", flüsterte sie ihr zu. „Das war abzusehen", nuschelte Bob, ohne den Blick von seiner Zeitung zu erheben. Beide Frauen sahen mit großen Augen zu ihm und mussten glucksen. Dann wandte sich Elena wieder Beth zu. „Aber ich dachte, das habt ihr schon längst." „Was? Nein. Wie kommst du darauf?" „Na ihr wart in letzter Zeit ziemlich oft zusammen", bemerkte Elena. „Ich hab dir doch gesagt, dass da nichts war." Elena sah Beth mit zusammengekniffenen Augen an. „Gut, abgesehen von ein paar kleinen Küssen war da nichts", gestand sie ein. „Also habt ihr Weihnachten zum ersten Mal miteinander geschlafen?" „Nein, Silvester." Irritiert legte Elena den Kopf schief. „Aber ich dachte, du warst bei deinen Eltern." „War ich auch. Zumindest über die Weihnachtsfeiertage." Ein breites Grinsen trat in ihr Gesicht und ihre Wangen erröteten. „Und danach?", war Elena neugierig. „Ron hatte für uns eine kleine Blockhütte in den Wäldern von Skykomish gemietet, wo wir die letzte Woche verbracht haben." „Skykomish?" „Washington State, etwa eine Stunde von Seattle entfernt", erklärte Beth. „Das klingt fantastisch, Beth." „Das war es auch." Und die Freude stand ihr ins Gesicht geschrieben. „Du siehst glücklich aus." „Das bin ich auch, Elena. Das bin ich wirklich." „Das freut mich, Beth. Du hast es verdient." „Aber jetzt zu dir. Was wolltest du mir erzählen?" Elena sah kurz über die Schulter zu Bob und beugte sich dann über den Tresen zu Beth. „Ich habe mit Ryan geschlafen." Beths Augen wurden groß wie Tennisbälle. „Das war nicht abzusehen", sagte Bob und legte erstaunt seine Zeitung beiseite. „Umso erfreulicher ist es, das zu hören." „Bob", mahnte Beth und schielte an Elena vorbei zu dem alten Mann. „Ich mag schlechte Augen haben. Meine Ohren hingegen funktionieren noch einwandfrei", machte er mit einem Grinsen klar und widmete sich dann wieder den neuesten Nachrichten aus aller Welt, jetzt, wo er die neuesten Nachrichten aus Happys Inn ja bereits kannte. Beth schüttelte den Kopf, während Elena nur darüber lachen konnte. „Wie um alles in der Welt ist es denn dazu gekommen?", schenkte Beth Elena wieder ihre ganze Aufmerksamkeit. „Naja, er hat mir an Heiligabend seine Liebe gestanden." Beth war sprachlos. Ihr Kopf musste diese Neuigkeit erst einmal verarbeiten. „Ryan Flanagan liebt dich?" Elena nickte und trank einen Schluck Kaffee. „Aber warum hat er dann vor wenigen Wochen noch mit Cara geschlafen?" „Weil er mich mit einem anderen Mann an der Seite in deinem Café hat sitzen sehen." „Welcher andere Mann?" „Kannst du dich an den schwulen Architekten aus Seattle erinnern, mit dem ich mich damals so köstlich unterhalten habe?" „Frederick Welsh?" „Walsh, ja." Elena warf Beth einen vielsagenden Blick zu und Beth war fassungslos. „Er war eifersüchtig auf einen schwulen Mann und hat deshalb mit Cara geschlafen?" „Sieht ganz danach aus", bestätigte Elena und umschloss mit beiden Händen ihre Kaffeetasse, bevor sie sie zum Mund führte. „Soll einer die Männer verstehen." Ein Schnaufen drang hinter Bobs Zeitung hervor. Er ging aber nicht weiter auf Beths Bemerkung ein. „Und wie ist es so mit Ryan, wenn du weißt, was ich meine?", wollte Beth dann mit einem Augenzwinkern von Elena wissen. „Unglaublich", sagte sie nur und spürte, wie ihr die Schamesröte ins Gesicht stieg. Bob lächelte, verborgen hinter seiner Zeitung, in sich hinein. „Du und Ryan…" Beth schüttelte fassungslos den Kopf. „Wer hätte das gedacht?" Wie aufs Stichwort öffnete sich die Eingangstür und Ryan betrat gemeinsam mit Abigail und Darren, die er vom Flughafen abgeholt hatte, das Café. „Ich hab dein Auto stehen sehen", sagte er und kam auf den Tresen zu. „Freudig grinsend lief Elena ihm entgegen. Ryan nahm sie in den Arm und küsste sie. Abigail entglitten sämtliche Gesichtszüge und auch Darren staunte nicht schlecht. „Was…", war alles, was Abigail in diesem Moment herausbrachte. „Ja, auch ich muss mich erst noch an diesen Anblick gewöhnen", sagte Beth, die perplex hinter ihrem Tresen stand und ihre Augen nicht von dem küssenden Paar wenden konnte.

„Du hast den beiden auf der Rückfahrt also nichts von uns erzählt?" Elena brachte zwei Teller mit selbst gemachten Rindfleisch-Burgern zum Sofa und stellte sie auf den niedrigen Couchtisch. „Nein, ich wollte unser kleines Geheimnis noch für einen kurzen Moment bewahren", sagte er und küsste sie auf die Wange, als sie sich neben ihn setzte. „Nun, damit ist es jetzt aller Wahrscheinlichkeit nach vorbei. Wenn Beth und Bob davon wissen, wird es nicht lange dauern, bis die ganze Stadt es weiß." Elena lachte und biss dann mit weit geöffnetem Mund in ihren Burger. „Von mir aus kann die ganze Welt erfahren, dass du die Frau an meiner Seite bist." Er schenkte ihr ein sanftes Lächeln, das Elena freudig erwiderte.

Ryan räumte gerade die leeren Teller zur Spüle, als es an seiner Tür klopfte. Als er öffnete, stand Darren vor ihm. „Störe ich?", fragte er mit einem verschmitzten Grinsen im Gesicht. „Nein, wir sind gerade mit dem Essen fertig." Ryan schenkte ihm einen aussagekräftigen Blick und steckte die Hände in die Hosentaschen. „Pub, heute Abend 18 Uhr. Michelle konnte ihren Dienst mit Tammy tauschen. Sie und Joe freuen sich schon. Wir hoffen, ihr seid auch dabei?" „Sicher", bestätigte Ryan. „Gut. Es gilt eine Schwangerschaft und den Beginn einer frisch erblühten Liebe zu feiern." Darren zwinkerte ihm zu, während er den Rückweg zum Haupthaus antrat. Kopfschüttelnd schloss Ryan die Tür.

Joe und Michelle winkten schon freudig von einer Sitzlounge in der Mitte des überfüllten Raums, als Darren, Abigail, Ryan und Elena Brady's Bar betraten. Vorsichtig bahnten sich die vier ihren Weg vorbei an vollbesetzten Tischen und herumwirbelnden Kellnerinnen. Als sie die Sitzlounge endlich erreicht hatten, begrüßten sie herzlich Joe und Michelle, die schon eine ganze Weile gewartet haben mussten, und positionierten sich dann auf den braunen Lederbänken. Sie bestellten ihre Getränke bei Tammy, die freundlicherweise das stressige Abendgeschäft für Michelle übernommen hatte, und Darren orderte zusätzlich noch vier Maple Rock.

„Jetzt raus mit der Sprache, Darren. Was genau gibt es denn zu feiern", verlangte Joe zu wissen. „Lass uns noch kurz auf die Drinks warten, dann erzähl ich's euch." Wie er es sagte, kam auch schon Tammy mit einem großen Tablett voller eisgekühlter Getränke zurück. Darunter diverse Flaschen Bier, eine große Cola, ein Orangensaft und die von Darren sehnlichst erwarteten Schnäpse. „Wie mir scheint, bist du heute die mit der Arschkarte, die nichts trinken und die anderen nach Hause fahren darf", sagte Joe, als er sah, dass Abigail bei der Vergabe der Whiskeygläser außen vor gelassen wurde. „Nun, Abigail wird uns in nächster Zeit nicht nur öfter fahren können, sondern uns auch für eine ganze Weile mit ihrer Anwesenheit in diesem schönen kleinen Ort beehren." Darren hob sein Glas und sah lächelnd zu Abigail, auf die zwei neugierige Augenpaare gerichtet waren. Sie wollte Joe und Michelle nicht länger auf die Folter spannen und lüftete das süße Geheimnis. „Darren und ich bekommen ein Baby." Anders als Joe, der sprachlos dasaß und diese Neuigkeit erst einmal verarbeiten musste, war Michelle völlig aus dem Häuschen. Freudig klatschte sie in die Hände und beglückwünschte die werdenden Eltern. „Abs, ich weiß nicht, was ich sagen soll. Das ist fantastisch", fand schließlich auch Joe seine Sprache wieder. „Glaub mir, es kam für uns genauso überraschend wie augenscheinlich für dich gerade", versicherte Abigail mit einem Grinsen im Gesicht. „Jetzt lasst uns endlich anstoßen, bevor mir der Arm abfällt", bat Darren und hielt sein Glas in die Mitte des Tischs und die anderen stießen mit ihm auf die freudige Nachricht der Schwangerschaft an. „Wann genau ist es denn so weit und was ist mit deiner Arbeit?" Michelle war so aufgeregt und ihr schwirrten tausend Fragen im Kopf herum. „Mein Arbeitgeber weiß Bescheid. Ich bin jetzt offiziell in Mutterschutz und ziehe deshalb auch zu Darren auf die Farm." Sie sahen einander lächelnd an und küssten sich. „Und offizieller Termin ist der 23. Juli", schob sie noch hinterher. „Ein Sommerbaby, wie schön", freute sich Michelle. „Warte mal, Juli...", dachte Joe laut. „Dann kann es doch unmöglich an Thanksgiving gezeugt worden sein, oder?" „Joe! Du nun wieder", mahnte seine Freundin ihn. „Was? Abigail ist nur selten da. Also lag Thanksgiving für mich am nächsten." Michelle schüttelte schweigend den Kopf und trank aus ihrer Bierflasche. „Es war zu Halloween", offenbarte Abigail. „Halloween... Nicht dein Ernst." Joe brach in schallendes Gelächter aus. „Was hab ich dir damals gesagt, Abs?" „In einer Nacht kann viel passieren", erinnerte sie sich an seine Worte von damals und schielte über den Rand ihres Saftglases zu ihm rüber. „Ganz genau. In einer Nacht kann viel passieren. Nur dass ich zu dem Zeitpunkt nicht unbedingt an die Zeugung eines

Kindes gedacht hatte." Er musste lachen, wie auch der Rest der Runde. „Was wird jetzt eigentlich aus deiner Wohnung in New York?", wollte Ryan wissen. „Eine Kollegin, die schon seit einer ganzen Weile auf der Suche nach einer geeigneten Wohnung für sich war, hat sie dankend übernommen." „Dann bleibt uns jetzt nur noch zu hoffen, dass das Kind ein Mädchen wird", sagte Ryan. „Nicht, dass es am Ende noch aussieht wie Darren." „Er zwinkerte seinem Freund verschmitzt grinsend zu und führte die Bierflasche zum Mund. „Ja ja, sehr lustig", warf Darren Ryan einen scharfen, aber keineswegs ernst gemeinten Blick zu. Die anderen kamen nicht umhin, sich ein unterdrücktes Lachen zu verkneifen.

„So, auf das Baby haben wir jetzt angestoßen", bemerkte Joe. „Darren meinte am Telefon aber, dass es zwei Sachen gibt, die gefeiert werden müssen." Ryan und Elena, die sich am äußersten Rand der Sitzbank gegenübersaßen, tauschten vielsagende Blicke. Gleich gab es kein Zurück mehr und ihre Beziehung würde öffentlich gemacht werden. „Soll ich es sagen oder wollt ihr es selbst tun?", fragte Darren mit Blick zu den beiden. Ryan sah in die vielen erwartungsvollen Augen, die auf ihn gerichtet waren, und wollte sie nicht länger zappeln lassen. „Elena und ich sind zusammen", verkündete er und legte seine Hand auf dem Tisch in die ihre. „Das bestätigt dann bloß, was sich Joe und ich schon seit Weihnachten gedacht haben", teilte Michelle mit. „Seit Weihnachten?" Verwundert sah Abigail zu Michelle. „Ja", bestätigte Michelle. „Als wir an Heiligabend nach Hause wollten, sprang mein Truck nicht an. Ihr wart schon seit einer Weile auf eurem Zimmer…" Joe sah zu Darren und Abigail. „…weshalb wir euch nicht stören wollten. Ryans Hütte lag im Dunkeln. Nur bei Elena brannte noch Licht. Also klopfte ich an ihre Tür. Nur öffnete mir nicht Elena, sondern Ryan." „Und der schien über die Störung ganz und gar nicht erfreut gewesen zu sein", merkte Michelle noch an. „Seid ihr wirklich schon seit Weihnachten zusammen?" Fassungslos sah Abigail zu Ryan und Elena. „Seit dem ersten Weihnachtsfeiertag", bestätigte Elena. „Und wenn uns keiner gestört hätte, höchstwahrscheinlich schon seit Heiligabend." Ryan warf Joe einen grimmigen Blick zu. „Und ich dachte, es hätte erst Silvester zwischen euch gefunkt." Abigail umschloss das angelaufene Glas Orangensaft mit ihren Händen. „Nein, Silvester haben wir unsere Beziehung nur noch mehr vertieft." Ryan zwinkerte Elena, der vor Verlegenheit die Röte ins Gesicht geschossen war, schelmisch zu. „Jetzt verstehe ich auch, warum du nicht mit uns nach New York wolltest", sagte Abigail und musste lachen. „Also Leute, lasst uns noch einmal die Gläser heben, um auf die beiden anzustoßen", schlug Darren freudig vor. „Auf Ryan und Elena, die sich das hoffentlich gut überlegt hat", zwinkerte Michelle den beiden neckisch zu und brachte gemeinsam mit den anderen erneut die Gläser zum Klingen.

Leere Teller standen zwischen halbvollen Gläsern und Bierflaschen auf dem Tisch verteilt. Es war schon eine Weile her gewesen, dass Elena eines dieser köstlichen Steaks hier im Pub gegessen hatte. Ihr war aufgefallen, dass es seit ihrem letzten Besuch eine kleine Änderung der Speisekarte gegeben hatte. Brady's Bar bot zu ihrer Überraschung und Freude neuerdings auch Desserts an. Glücklicherweise konnte sie Ryan nach der üppigen Portion Steak mit Pommes dazu überreden, sich eine süße Nachspeise mit ihr zu teilen. Gemeinsam entschieden sie sich für eine weiße Mousse au Chocolat mit Beeren, auf die sich Elena schon wie verrückt freute. Immer wieder sah sie zum Tresen, in der Hoffnung, dass die Kellnerin gleich mit ihrem Dessert aus der Küche kommen würde. Leider ließ diese noch auf sich warten. Dafür erspähte sie Ari, der hinter Joe, der gerade vom Rauchen zurückkam, die Bar betrat. Sie winkte ihm freudig zu und beobachtete, wie er sich an einen freien Platz am Tresen setzte und im Handumdrehen eine Flasche Bier kredenzt bekam. Unterdessen ließ Ryan Joe vorbei, damit er sich wieder zu Michelle setzen konnte. „Hast du meine Tasche mitgebracht?", wollte Michelle wissen, als Joe gerade seine Sitzposition wiedergefunden hatte. „Verdammt, die hab ich völlig vergessen", sah er Michelle erschrocken an. „Ist es also doch schon so weit, dass der Qualm dir das Gedächtnis vernebelt hat, ja", sagte sie und schüttelte fassungslos den Kopf. „Gib mir deine Autoschlüssel", hielt Elena Joe davon ab, noch einmal alle hochzujagen, damit er raus konnte. „Ich geh die Handtasche holen. Bei der Gelegenheit kann ich Ari schnell Hallo sagen." „Das ist lieb, Elena. Vielen Dank." Er reichte ihr die Schlüssel und Elena stand auf. „Iss mir bloß nicht meinen Teil des Nachtischs weg", warnte sie Ryan mit einem Lächeln und küsste ihn. „Im Fußraum vom Beifahrersitz", rief Michelle ihr nach, als sie schon auf halbem Weg zum Tresen war. Elena hob bestätigend die Hand und ging dann zu Ari. „Ari, frohes neues Jahr wünsche ich dir." „Elena, Liebes." Sie umarmten sich herzlich. „Schön, dich zu sehen. Dir auch ein frohes neues Jahr. Ich hoffe, du bist gut reingerutscht?" „Ja. Ganz entspannt auf der Farm", erklärte sie ihm. „Komm doch am Sonntag zum Mittagessen vorbei", schlug er ihr vor. „Da können wir ein bisschen reden." „Das würde ich gern, Ari. Aber am Sonntag fahre ich mit Ryan nach Polson seine Grandma besuchen." Sie sah zum Tisch ihrer Freunde und beugte sich dann zu ihm. „Du hattest recht, was Ryan angeht", flüsterte sie Ari zu. „Er liebt mich." „Was du nicht sagst", grinste er verschmitzt. „Er ist ein guter Mann, Elena." „Ich weiß", sagte sie mit leuchtenden Augen. „Wir sehen uns, Ari, ja?" „Auf jeden Fall." Er sah ihr nach und sein Herz machte vor Freude einen Sprung.

Bitterkalte Abendluft schlug Elena entgegen, als sie ins Freie trat. Hätte sie bloß ihre Jacke mitgenommen. Glücklicherweise stand Joes Truck nicht weit vom Eingang entfernt. Sie eilte die Stufen hinab und entriegelte mit kalten Fingern die Tür des Wagens. Michelles Handtasche lag exakt dort, wo sie gesagt hatte. Sie schnappte sie sich, schloss den Wagen ab und lief zurück. „Er ist gut im Bett, nicht wahr?" Elena schrak zusammen und blieb auf der Treppe stehen. Ihr war nicht bewusst gewesen, dass jemand auf der Veranda war und sie beobachtete. Sie konnte im Halbdunkel kein Gesicht erkennen, doch die Stimme kannte Elena nur zu gut. Es war Cara. Sie lehnte mit dem Rücken an der Wand. Einen Fuß gegen die Holzbalken der Außenwand gestützt. Mit vor der Brust verschränkten Armen blies sie blauen Zigarettenrauch in die Luft. „Wie bitte?" Elenas Stimme klang angespannt. „Du und Ryan, ihr schlaft doch miteinander, oder etwa nicht?" „Wie kommst du darauf?" Mit langsamen Schritten setzte Elena ihren Weg hinauf zur Veranda fort. „Ihr beide wirkt entspannter, befreiter, losgelöster als sonst." Sie zog an ihrer Zigarette und beobachtete Elena aus den Augenwinkeln. „Wenn du das sagst, Cara." Sie lief an ihr vorüber, ohne sie auch nur eines Blickes zu würdigen. „Elena", erfüllte Caras Stimme erneut die kalte Winterluft und ließ Elena innehalten. Sie stieß sich mit dem Fuß von der Wand ab und machte ein paar Schritte auf Elena zu. „Ob du es glaubst oder nicht, ich freue mich für euch. Du bist tougher, als ich anfangs dachte. Ich denke, Ryan und du, dass könnte echt was werden." Elena war erstaunt über Caras Worte. Jedoch wusste sie nicht, ob sie aufrichtig oder bedeutungslos waren. Letztlich war es Elena auch egal. Solange Cara Ryan und sie in Ruhe ließ, konnte sie von ihr aus sagen, was immer sie wollte. Ohne ein Wort und ohne sich umzudrehen, ließ Elena Cara stehen und betrat die Bar.

Wo vorher leere Teller standen, wartete jetzt ein köstliches Dessert darauf, vernascht zu werden. Dankend nahm Michelle Elena die Tasche ab und ging damit zum Waschraum. Elena setzte sich zurück zu Abigail, die gerade dabei war, sich gemeinsam mit Darren über einen großen Früchte-Eisbecher herzumachen. „Ist alles okay?", wollte Ryan wissen, dem Elena irgendwie verändert vorkam. „Ja", versicherte sie ihm, während Caras Worte immer noch in ihrem Kopf umhergeisterten. „Gut. Ich habe nämlich extra auf dich gewartet", sagte Ryan und reichte Elena freudig einen kleinen Dessert-Löffel. „Das ist lieb." Sie ließ den Löffel in die luftige Mousse gleiten und verwöhnte ihren Gaumen mit einer Explosion aus süßer weißer Schokolade und der leichten Säure von Waldbeeren.

Ryan hatte seiner Grandma bereits im Vorfeld berichtet, dass Elena mittlerweile seine feste Freundin ist und sie ihn bei seinem nächsten Besuch begleiten würde, was diese ungemein freute. Schon bei ihrem Besuch auf der Farm hatte Grandma Julie Elena ungeheuer ins Herz geschlossen. Nach dem Gottesdienst, dem sie gemeinsam in der St. Andrew's Kirche in Polson beiwohnten, durfte Elena nun endlich einen Blick hinter die Mauern von Julies schönem Haus werfen, das sie bei ihrer Ankunft bereits von außen bestaunt hatte. Drinnen war es warm und einladend. Voller Staunen ließ Elena ihre Blicke durch die großzügig geschnittenen Räume schweifen. Die Möbel waren alt. Aber nicht alt im Sinne von heruntergekommen oder abgenutzt. Sie waren antik. Zeugen einer längst vergangenen

Zeit, die über die Jahre liebevoll gepflegt worden waren und von ungeheurem Wert sein mussten, nicht nur finanziell, sondern vor allem emotional gesehen. Überall waren Bilder. Sie hingen an den Wänden, standen auf Kommoden und Beistelltischen. Manche schienen neu zu sein, anderen sah man ihr Alter bereits an. Sie waren schwarz-weiß oder mit der Zeit vergilbt. Sie zeigten Menschen, die Elena fremd waren. Menschen, die zu Ryans Familie gehörten, über die er nie oder nur selten und ungern sprach. Auf dem Kaminsims im Esszimmer, wo Ryan gerade den Tisch fürs Kaffeetrinken deckte, entdeckte Elena ein Foto, auf dem zwei kleine Jungen abgebildet waren. Der größere und wahrscheinlich ältere der beiden hatte seinen Arm um die Schultern des kleineren gelegt und hielt in der anderen Hand einen selbst gebastelten Angelstock, an dessen Haken ein kleiner Fisch hing. Der kleinere Junge zeigte freudestrahlend auf den Fang seines vermutlich großen Bruders und offenbarte dabei eine süße kleine Zahnlücke. Doch es war nicht die Zahnlücke, die Elena so in ihren Bann zog. Es waren die Augen des Jungen. Sie kannte diese Augen und sie kannte den Ausdruck, der in ihnen lag. Der Ausdruck von Freude, Zufriedenheit und purem Glück. Es waren Ryans Augen und der Blick war der gleiche, mit dem er sie ansah, seit sie sich das erste Mal geküsst hatten. „Das bist du, nicht wahr?" Ryan kam zu ihr und warf einen Blick auf das Foto. „Ja", sagte er nur knapp, als er sah, um welches Bild es sich handelte. „Ist das dein Bruder da neben dir?" „Ja, das ist Adam." Er ging zurück zum Tisch und legte Servietten neben die Teller. „Wie alt wart ihr da?", wollte Elena wissen und drehte sich zu ihm. „Ich weiß nicht genau. Ich war vielleicht fünf oder sechs Jahre alt und Adam neun oder zehn." Elena fiel der abweisende Tonfall auf, der in seiner Stimme mitschwang. „Ich geh und hol den Kuchen", sagte er und verließ das Esszimmer. „Ist gut." Nachdenklich sah Elena ihm nach.

Elena hatte es sich nicht nehmen lassen, für ihren ersten Besuch bei Ryans Grandma einen Kuchen zu backen. Von Ryan hatte sie erfahren, dass Julie Apfelkuchen in jeglichen Variationen über alles liebte. Aus diesem Grund hatte sie kurzerhand eine Apfeltarte mit Mohn-Baiser-Haube gebacken, die sie sich jetzt mit einer heißen Tasse Kaffee schmecken ließen. „Elena, es ist absolut köstlich", schwärmte Grandma Julie. „Dass ich in meinem Alter noch in solch einen Genuss kommen darf. Kein Wunder, dass sie deine Kuchen in eurem Café verkaufen." „Du hast ihr erzählt, dass Beth meine Kuchen verkauft?", sah sie überrascht zu Ryan. „Natürlich hat er das, Liebes. Ryan erzählt mir alles." „Soso." Verschmitzt lächelnd schielte Elena zu ihm. „Zumindest glaubt sie, dass es alles ist", flüsterte er scherzhaft hinter vorgehaltener Hand Elena zu. Julie fing laut an zu lachen. Ihr Gehör funktionierte noch wunderbar, ebenso wie ihr Verstand. „Es ist völlig in Ordnung, wenn ich nicht alles weiß. Jeder braucht seine Geheimnisse. Besonders ein junges Pärchen, wie ihr es seid." Mit zittriger Hand führte sie ihre Tasse zum Mund. „Aber jetzt einmal im Ernst, Elena. Bei deinem Talent solltest du ernsthaft über ein eigenes Café nachdenken." „Um ehrlich zu sein, habe ich das schon oft", gab Elena zu, was Ryan aufhorchen ließ. „Was hindert dich daran, Liebes?" „Ein eigenes Café kostet Geld, Zeit und Nerven..." Sie machte eine Pause und atmete tief durch. „Die Nerven dafür hätte ich vielleicht. Aber keinesfalls das Geld. Und ehrlich gesagt... Ich denke nicht, dass ich dazu bereit wäre, meine komplette Lebenszeit nur einem Café zu widmen, worauf es zweifelsohne hinauslaufen würde, während andere Dinge dafür auf der Strecke bleiben müssten." „Die da wären?", hakte Ryans Grandma nach." „Liebe, Familie", sagte sie und griff unter dem Tisch nach Ryans Hand. Zärtlich sah er zu ihr rüber und schenkte ihr ein liebevolles Lächeln. „Du hast das Herz am rechten Fleck, Elena", stellte Julie fest und erkannte den Ausdruck in Ryans Augen, die Elena ansahen. Ihr Enkel war dankbar und unsagbar glücklich, eine solche Frau an seiner Seite zu haben.

Nach dem Essen waren sie in Julies selbst ernannten Wohlfühlraum gegangen. Er war winzig klein. So klein, dass nur ein kleines Sofa, ein großer Ohrensessel, in dem es sich Ryans Grandma gemütlich gemacht hatte, eine Kommode, ein kleiner Beistelltisch, ein Plattenspieler und ein paar wenige Grünpflanzen darin Platz fanden. Julie hatte eine Platte aufgelegt, mit Musik, die man heute kaum noch zu hören bekam. Es erinnerte Elena an die 1920er-Jahre. Julies Lieblingsdekade, wie sie später erzählte, obwohl sie da selbst noch nicht geboren war. Während sie sich unterhielten, fiel Elenas Blick immer wieder auf das Bild einer Frau, das in Bronze gerahmt ihr gegenüber auf der Kommode stand. Die Frau schien nicht älter als Mitte dreißig zu sein. Doch ihre Ausstrahlung war enorm. „Julie, wer ist die Frau auf dem Bild da?" Elena stand auf und ging zur Kommode. „Bist du das in jungen Jahren?" Sie nahm es an sich und gab es der alten Frau. „Oh nein, das bin nicht ich." Julie fuhr mit ihren faltigen Fingern über die kühle Glasscheibe. „Das ist meine Tochter Caroline. Ryans Mutter." „Das ist deine Mutter?" Erschrocken sah sie zu Ryan, der auf dem Sofa saß und kein Wort sagte. Doch hinter seiner Fassade wütete ein Orkan, den es galt, in Zaum zu halten. „Sie war eine wunderschöne Frau", stellte Elena fest. „Das war sie wirklich." Ein sanftes und zugleich wehmütiges Lächeln huschte über Julies Gesicht. „Es tut mir leid, dass sie gestorben ist", bekundete Elena ihr Mitgefühl. „Es muss schwer sein, sein Kind zu verlieren." „Das ist es. Besonders, wenn es auf diese Art geschieht." „Auf diese Art?" Elena verstand nicht recht, was Julie damit sagen wollte, doch sie bekam auch nicht die Gelegenheit, es zu erklären. „Wir sollten langsam los", preschte Ryan dazwischen. Er nahm seiner Grandma das Bild aus der Hand und stellte es zurück auf seinen Platz. „Aber wir haben doch noch Zeit", sagte Elena und sah irritiert zu Ryan. „Ich muss morgen zeitig raus. Wir wollen Fallen aufstellen. Und wir haben auch noch ein ganzes Stück Weg vor uns." „Kein Grund, traurig zu sein, Elena. Wir sehen uns ja nächstes Wochenende schon wieder." Die alte Frau griff nach ihrem Krückstock und hievte sich aus dem Sessel. „Nächstes Wochenende?" Fragend sah Ryan seine Grandma an. „Ja, zu Sarahs Geburtstagsfeier." Ryan verfiel in eine Art Schockstarre, als er das hörte. Die Einladung seiner Nichte hatte er nicht vergessen, sondern vielmehr verdrängt. „Mein Junge, gib' dir einen Ruck und komme. Ich bitte dich. Die Kleine wünscht sich nichts sehnlicher, als dich kennenzulernen."

Im Auto herrschte Schweigen. Elena kannte diese Stille nur zu gut, doch war sie sie nicht mehr gewöhnt. Sie dachte, Situationen wie diese hätten sie hinter sich gelassen. Offensichtlich hatte sie sich da getäuscht. „Ryan, wie genau ist deine Mutter gestorben?" „Elena", sagte er mit einem Kopfschütteln. „Lass uns bitte nicht jetzt darüber reden." „Verstehe. Entschuldige." Sie hielt inne und starrte auf die

Fahrbahn vor ihnen. „Wirst du zu Sarahs Geburtstag gehen?", wollte sie wissen, als sie an einer roten Ampel zum Stehen kamen. Zögernd sah sie zu ihm rüber. Seine Augen starrten ausdruckslos hinaus. „Ich weiß es nicht." Das Licht der Ampel wechselte von Rot auf Grün und Ryan trat aufs Gaspedal.

Kapitel 20

Völlig kopflos rannte Ryan durch seine Hütte. Immer wieder zog er sich um und betrachtete sich zweifelnd im Spiegel. Er rasierte sich, trug Parfüm auf, um es anschließend wieder abzuwaschen. Sein Puls raste. Er hatte Hunger, doch bekam keinen Bissen hinunter. Wie sollte er diesen Tag bloß überstehen?

Elena erschrak beim Anblick des Chaos, das sich ihr beim Betreten von Ryans Hütte bot. Überall lagen Kleidungsstücke verteilt und es roch wie in einer Parfümerie. „Weißt du, bei meiner Freundin Clara sieht es auch immer so aus, wenn sie auf Party will und nicht weiß, was sie anziehen soll." Elena war sich nicht sicher, ob Ryan überhaupt bemerkt hatte, dass sie da war. Er rannte wie ein aufgescheuchtes Huhn hin und her. „Hast du meine Krawatte irgendwo gesehen?", sagte er dann und verschwand ins Schlafzimmer. Elena folgte ihm. Unkontrolliert wühlte er in seinem Schrank herum, wobei weitere Pullover und Hemden auf dem Fußboden landeten. „Ryan." Er reagierte nicht. Also verlieh Elena ihrer Stimme mehr Druck." „Ryan, hör auf." Sie griff nach seiner Hand und zwang ihn, sie anzusehen. „Sarah ist egal, ob du eine Krawatte trägst oder nicht, glaub mir. Alles, was sie will, ist ihren Onkel kennenlernen." Ryan legte seine Stirn an Elenas und schloss die Augen. „Ich weiß nicht, ob ich das kann, Elena." „Selbstverständlich kannst du das", versicherte sie ihm. „Danke, dass du mitkommst. Ohne dich würde ich das nicht schaffen." Er öffnete die Augen und sah in Elenas sanft lächelndes Gesicht. „Dafür sind Partner doch da." „Ich liebe dich so sehr, Elena." Er strich mit seiner Hand über ihre Wange. „Ich liebe dich mehr." „Nein, das ist unmöglich." Er zog sie an sich und küsste sie leidenschaftlich. „Wieso bleiben wir nicht einfach hier?", hauchte er atemlos. „Weil ein kleines Mädchen dann sehr traurig wäre", erinnerte Elena ihn. Ryan atmete tief durch und gab ihr einen Kuss auf die Stirn. „Du hast recht", stimmte er zu. „Wir sollten langsam los." Ryan nickte. „Ja."

Unbemerkt versuchte Elena, einen Blick auf den Tacho zu werfen, als sie merkte, wie sie von einem Auto nach dem anderen überholt wurden. Sie fuhren weit unter der zugelassenen Höchstgeschwindigkeit, was Ryan gar nicht ähnlich sah. „Ist mit dem Wagen alles in Ordnung?" „Ja. Wieso fragst du?", wollte er wissen und sah überrascht zu ihr rüber. „Nun, wir fahren ziemlich langsam, dafür, dass wir auf einer Bundesstraße unterwegs sind." „Das ist mir gar nicht aufgefallen", stellte er erschrocken fest, als er auf die Geschwindigkeitsanzeige sah. „Bei dem Tempo werden wir niemals rechtzeitig in Seeley Lake sein." „Tut mir leid", entschuldigte er sich bei Elena. „Ich glaub, ich steh grad ein bisschen neben mir." „Alles wird gut, Ryan." Beruhigend legte sie ihre Hand auf seinen Oberschenkel und streichelte sanft über den Stoff seiner Jeans. „Kennst du eigentlich die Frau deines Bruders?" Vielleicht half Konversation, Ryans böse Geister für einen Moment aus seinem Kopf zu vertreiben und ihn auf andere Gedanken zu bringen. „Brianna? Ja, natürlich." Ein Lächeln schlich sich in Ryans Gesicht, als er an sie dachte. „Sie wohnte mit ihren Eltern in der Nachbarschaft und war in derselben Klasse wie Adam." „Dann hat er also seine Schulliebe geheiratet?" „Wohl eher seine Sandkastenliebe. Seit ich denken kann, waren Adam und Brianna unzertrennlich." Freudig lauschte Elena seinen Worten. Er lebte richtig auf, wie er so von den beiden erzählte. „Es gibt sogar ein Foto, wo die beiden im Sand sitzen und Adam an einem von Briannas Zöpfen zieht." Ryan musste lachen. „Unglaublich. Dann verbringen sie schon ihr ganzes Leben miteinander." Ryan nickte bedächtig. „Ich denke, diese Liebe war von Anfang an vorbestimmt." „Eine schöne Vorstellung." Gedankenverloren blickte Elena aus dem Fenster. Beobachtete wie Bäume, Sträucher und vereinzelte Häuser vorbeizogen. „Wann hast du sie das letzte Mal gesehen?" Ryans Gesicht wurde wieder ernst. „Zur Beerdigung meiner Mutter", sagte er mit harter Stimme. „Das ist jetzt über elf Jahre her." „Tut mir leid, Ryan." Elena bekam sofort ein schlechtes Gewissen. „Wenn ich das gewusst hätte, hätte ich nicht gefragt." „Nein, ist schon gut, Elena", beruhigte er sie. „Das konntest du nicht wissen." „Ich dachte nur, weil du so liebevoll von ihr erzählt hast." Elena senkte den Blick und schüttelte den Kopf. „Brianna ist eine wundervolle Frau. Sie ist zwar die Frau meines Bruders, hat mit unserer Familienfehde aber nichts zu tun. Ich freue mich, sie nach so langer Zeit endlich einmal wiederzusehen." „Nur würdest du dich noch mehr freuen, wenn die ganzen Leute drumherum nicht wären." „Das ist wohl wahr", gab Ryan zu." „Zum Glück wird Grandma Julie da sein." Lächelnd drehte er sich zu Elena. Genau in diesem Moment erfüllte ein dumpfes Grummeln den Innenraum des Wagens. „Wann hast du zuletzt was gegessen?", wollte Elena mit tadelndem Blick wissen. „Ich weiß nicht genau. Eine Scheibe Toast heute Morgen." Kopfschüttelnd griff Elena nach ihrer Tasche. Nach kurzem Suchen reichte sie Ryan einen Butterkeks. Überrascht nahm er ihn entgegen und biss hinein. „Sowas verstecken Frauen also in ihren Handtaschen." „Du hast ja keine Ahnung." Augenzwinkernd griente Elena ihm zu.

Nach über drei Stunden Fahrt erreichten Ryan und Elena endlich das beschauliche Örtchen Seeley Lake, das sich am südlichen Ufer des gleichnamigen Sees erstreckte. Ryans Nervosität stieg ins Unermessliche, als er den Jeep vor dem kleinen Häuschen seines Bruders parkte. Das Grundstück war überschaubar und lag ruhig am Waldrand.
Ryans Herz drohte ihm aus der Brust zu springen, als er gemeinsam mit Elena den kleinen gepflasterten Weg zum Haus entlanglief. Seine Hände waren schweißnass und zitterten. Sein Atem ging schnell und ungleichmäßig. Elena griff nach seiner Hand und drückte sie, so fest sie konnte. Sie wollte ihm damit Mut machen und zeigen, dass er nicht allein war. Sie war bei ihm und würde diesen Weg gemeinsam mit ihm gehen.
Elena betätigte die Klingel und nur wenige Sekunden später öffnete sich die Tür. Ein kleines Mädchen mit gelber Schleife im Haar stand vor ihnen. Als ihre Augen Ryan erblickten, füllten sie sich mit Tränen. „Onkel Ryan", rief sie und presste sich an seinen Körper. Ryan wusste nicht, wie ihm geschah. Das kleine Mädchen reichte ihm gerade einmal bis zum Bauchnabel. Doch ihr fester Griff umklammerte ihn so sehr, dass man meinen konnte, sie wolle ihn nie wieder loslassen. Nach einem kurzen Schockmoment ging Ryan in die Hocke und schloss Sarah in die Arme. Adam und seine Frau beobachteten die Szene aus der Ferne. Sie hätten es nie für möglich gehalten, dass Ryan wirklich kommen würde, und waren umso glücklicher,

ihn nach so langer Zeit in ihrem Haus und jetzt in den Armen ihrer Tochter zu wissen. Tief ergriffen von diesem Bild hielt sich Brianna die Hand vor ihre vibrierenden Lippen. Adam zog sie liebevoll zu sich und nahm sie in den Arm.

„Alles Liebe zum Geburtstag, Sarah." Ryan löste seinen Griff und reichte ihr ein kleines, in Blütenpapier verpacktes Geschenk. Dankend nahm sie es entgegen und fiel ihm erneut um den Hals. „Ist das deine Freundin, Onkel Ryan?", wollte das kleine Mädchen wissen, als ihr Blick auf Elena fiel. „Ja", bestätigte Ryan und stand auf. „Das ist Elena", stellte er sie vor. „Hallo Sarah. Ich freue mich, dich kennenzulernen, und wünsche dir alles erdenklich Gute zum Geburtstag." Elena bückte sich hinunter und schenkte Sarah eine liebevolle Umarmung. „Danke. Du bist so hübsch." „Nicht halb so hübsch wie du", versicherte Elena. „Deine Granny hat mir verraten, dass du Feen über alles liebst." „Das stimmt", gab Sarah etwas verlegen zu. „Aus diesem Grund habe ich dir etwas ganz Besonderes zu deinem Geburtstag mitgebracht." Elena reichte ihr eine kleine rosafarbene Pappschachtel. „Was ist das?", wollte Sarah wissen. „Sieh hinein." Sie nahm den Deckel ab und kam aus dem Staunen gar nicht mehr raus. Ihre braunen Augen fingen an zu strahlen und ihr Mund stand vor Begeisterung weit geöffnet. In der kleinen Schachtel befand sich ein rosa glitzernder Cupcake, der mit silber glänzendem Zuckerstaub überzogen war. Obenauf saß eine kleine Fee in einer weißen Blüte. „Hast du den gemacht?" Elena nickte lächelnd. „Den muss ich unbedingt meinen Freundinnen zeigen." Sie rannte los, blieb dann aber abrupt stehen und drehte sich erschrocken zu Ryan und Elena um. „Ihr werdet doch dann noch da sein, oder?" „Selbstverständlich", versprach Ryan, woraufhin Sarah beruhigt mit ihren Geschenken die Treppe am anderen Ende des Korridors hinaufrannte.

Ryan nahm einen tiefen Atemzug, als er sah, wie Adam auf ihn zugelaufen kam. „Danke, dass du gekommen bist", sagte er und reichte seinem Bruder die Hand. Ryan zögerte zunächst, schlug dann aber doch ein. „Ich mache das für Sarah." Und dafür danke ich dir", bekundete Adam aufrichtig.

Während Ryan zu Brianna ging, die sich noch immer im Hintergrund hielt, widmete sich Adam Elena. „Die Frau vom Kuchenstand", sagte er mit einem Lächeln. „Ich bin Elena", stellte sie sich vor und reichte ihm die Hand. „Adam." Er nahm ihr den Mantel ab und hing ihn an die Garderobe. „Ich wusste damals schon, dass sie jemand ganz Besonderes sein müssen, wenn Ryan sie das Kleid unserer Mutter tragen lässt. Deshalb wundert es mich auch nicht, sie heute hier mit ihm zu sehen." „Ich wusste damals noch nicht, dass Sie Ryans Bruder sind", versicherte Elena. „Das wundert mich nicht. Ryans Verhältnis zum Rest der Familie ist nicht das beste." Elena nickte bedächtig. „Kommen Sie, lassen Sie uns Grandma Julie im Wohnzimmer Gesellschaft leisten gehen."

„Hallo Bri." Ryan gab der Frau seines Bruders einen Kuss auf die Wange und schloss sie in die Arme. „Schön, dich zu sehen, Ryan." „Tut mir leid, dass ich nicht bei eurer Hochzeit war", flüsterte er ihr ins Ohr. „Die ist acht Jahre her." Sie löste sich von ihm und sah ihm in die Augen. „Ich bin dir nicht böse, Ryan." Ihre Worte klangen aufrichtig. „Du siehst gut aus, Bri." Ihr haselnussbraunes Haar fiel ihr in sanften Wellen über die Schultern und ihre Augen glänzten tränennass. „Du meinst wohl eher, ich sehe alt aus." „Nein, Brianna." Er schüttelte den Kopf. „Du siehst noch genauso umwerfend aus wie vor elf Jahren." Brianna musste lachen. „Und du bist ganz schön erwachsen geworden, Ryan Flanagan. Und hast jetzt selbst eine wunderschöne Frau an der Seite, wie ich sehe." Sie zeigte auf Elena, die gerade mit Adam um die Ecke kam. Ryans Augen fingen an zu strahlen. Er war den ganzen Tag so in seiner eigenen Welt gefangen gewesen, dass ihm gar nicht aufgefallen war, wie bezaubernd Elena heute eigentlich aussah. Sie trug ein knielanges, schwarz-weißes Blütenkleid und ein schwarzes Bolerojäckchen, das an der Brust zu einer Schleife gebunden war. Ihr hoher Pferdeschwanz ließ sie jung und jugendlich wirken. „Ja, das ist Elena", sagte er mit einem breiten Grinsen im Gesicht. Sie und Brianna stellten sich einander vor und waren sich von Anfang an symphytisch. Als Adam Ryan und Elena schließlich ins Wohnzimmer führen wollte, blieb Ryan unvermittelt stehen. „Was hast du?", wollte Elena wissen. Adam drehte sich um und sah Zorn und Ablehnung in den Augen seines Bruders." „Dad ist noch nicht da", erklärte er ihm. Ryan war froh, das zu hören. Sie folgten Adam ins Wohnzimmer, wo Grandma Julie schon freudig auf dem Sofa sitzend auf sie wartete.

Bis auf Elena und Adam, die gemeinsam die Kuchen aus der Küche holten, hatten bereits alle am großen runden Tisch im Esszimmer Platz genommen, an den locker acht Personen passten. Sarah saß mit ihren Freundinnen, Summer, Skyla und Angela, wie sie sie vorgestellt hatte, an einem kleinen Extratisch etwas abseits. Auf ihrem Teller befand sich bereits der von Elena eigens für sie gebackene Feen-Cupcake, den sie den übrigen Kuchen vorzog.

Auf dem Weg ins Esszimmer entdeckte Elena im Korridor das gleiche Foto, das schon die Woche zuvor bei Grandma Julie ihre Aufmerksamkeit auf sich gezogen hatte. Das Bild, das Adam und Ryan in Kindertagen zeigte. Zwei Brüder Arm in Arm, die sich über den Fang eines kleinen Fisches freuten. „Das gleiche Bild steht auch bei Julie", sagte sie, als Adam mit weiteren Kuchen aus der Küche kam. Er stoppte und betrachtete es mit einem Lächeln. „Es ist eines meiner Lieblingsbilder. Es steckt voller schöner Erinnerungen aus unbeschwerten Kindertagen." Dann nahm sein Gesicht traurige Züge an. „Als wäre es ein Bild aus einem anderen Leben." „Du vermisst deinen Bruder, nicht wahr?" „Mehr, als du dir vorstellen kannst." Elena wollte etwas erwidern, doch just in dem Moment klingelte es an der Tür. Elena nahm Adam die Kuchen ab und brachte sie ins Esszimmer.

Ryans Muskeln spannten sich an. Seine Hände formten sich zu Fäusten, als er die Stimme im Korridor vernahm. Es war Jahre her, dass er sie gehört hatte, und trotzdem war sie präsent wie nie zuvor. Die Tür ging auf und ein großer Mann mit grau melierten Haaren betrat den Raum. An seiner Seite eine um Jahre jünger wirkende Frau, deren dunkelblondes Haar leger nach oben gesteckt war. Er trug eine dunkelgraue Stoffhose und einen marineblauen Pullover über seinem weißen Hemd, von dem nur der Kragen herausragte. Sie trug ein weinrotes Satinkleid, das sich eng an ihren Körper schmiegte. Eine große goldene Statement-Kette zierte ihren Hals. „Grandma! Grandpa!", sprang Sarah auf und rannte durch den

Raum zu ihnen. Ryan fletschte insgeheim die Zähne und sein Körper bebte. Julie, die neben ihm saß, legte ihm beschwichtigend ihre Hand auf den Oberschenkel und beugte sich zu ihm. „Verurteile Sarah nicht dafür, dass sie Grandma zu ihr sagt. Sie kennt nur die beiden. Deine Mutter war bereits gestorben, als sie geboren wurde." Grandma Julie hatte recht. Sarah traf keine Schuld. Er versuchte, sich zu beruhigen, was schwieriger wurde, als sein Vater und dessen neue Frau zum Tisch kamen und die Begrüßungsrunde starteten. Ryans Herz schlug ihm bis zum Hals. Er merkte, wie der Blick seines Vaters an ihm hing. Dann war es so weit. Er stand neben seinem Stuhl und sah ihn an. Ryans Blick starrte geradeaus ins Leere. „Ryan, mein Junge." Die Augen seines Vaters ruhten auf dem Sohn, den er seit über zehn Jahren nicht mehr zu Gesicht bekommen hatte. Er musterte Ryan und war erstaunt, welch stattlicher junger Mann aus ihm geworden war. „Es freut mich, dich hier zu sehen." Ryan drehte sich zu ihm und blickte auf die ausgestreckte Hand seines Vaters. Wut kochte in ihm auf und er musste sich zügeln, ihr nicht freien Lauf zu lassen. Er sah in die erwartungsvollen Augen seines Vaters und betrachtete dann dessen Frau, die beschämt zu Boden sah, um Ryans Blicken zu entkommen. Wortlos, und ohne die Hand seines Vaters zu ergreifen, wandte er sich wieder zum Tisch. Geistesgegenwärtig stand Elena auf und reichte Ryans Vater die Hand. „Elena Lindenberg", stellte sie sich ihm vor. „Ich bin die Freundin Ihres Sohnes." „Carl Flanagan", nahm er ihre Hand. „Meine Frau Clarissa." Die Frau neben ihm hob den Blick und begrüßte Elena mit freundlichen, doch zugleich gedämpften Worten.

Am Tisch herrschte eine gespenstische Stille. Keiner sagte etwas. Keiner traute sich auch nur den Blick zu heben. Jeder stocherte in seinem Kuchen herum, als wäre er der Anker, an den sich jeder klammerte, um nichts anderes tun zu müssen. Wäre der Kindertisch nicht gewesen, von dem heitere Gespräche und amüsiertes Gekicher herandrangen, hätte man glauben können, man wäre bei einer Totenwache statt auf einem Kindergeburtstag. „Und, in welcher Branche sind Sie tätig, Elena?", durchbrach die tiefe Stimme von Ryans Vater die Stille. Elena schrak innerlich zusammen, als er das Wort plötzlich an sie richtete. „ In der Gastronomie", sagte sie und wischte sich den Mund mit der Serviette ab. „Dann arbeiten Sie in einem Restaurant?" „In einem Café", erklärte Elena. „Dann nehme ich an, befindet sich das Café in Kalispell oder Libby, in dem Sie tätig sind? Ein kleiner Ort wie Happys Inn wird ja mit Sicherheit nicht mit einem eigenen Café aufwarten können." Ryan kochte vor Wut und warf seinem Vater zornige Blicke zu. „Ganz im Gegenteil. Happys Inn besitzt sogar ein ganz hervorragendes Café", klärte sie ihn auf. „Das Café, in dem ich tätig bin, befindet sich allerdings in Hamburg." Irritierte Blicke waren auf sie gerichtet. „Ich verstehe nicht." „Ich komme aus Deutschland und mache eine kleine Auszeit hier in Montana und wohne für die Dauer meines Aufenthalts auf der Farm von Darren Corman, auf der auch Ihr Sohn wohnt." „Verstehe", sagte er und trank von seinem Kaffee. Dann lehnte er sich zurück und wechselte mit seinen Blicken zwischen Elena und Ryan hin und her. „Dann ist es also nur ein kurzes Intermezzo, das Sie mit meinem Sohn haben." „Carl", hauchte seine Frau ihm mahnend zu. Ryan hatte sich lange zurückgehalten. Doch die Worte seines Vaters brachten das Fass zum Überlaufen. Noch bevor Elena antworten konnte, stand Ryan wutentbrannt vom Tisch auf und stürmte aus dem Raum. „Toll, Dad. Wirklich gut gemacht." Kopfschüttelnd sah Adam seinen Vater an und folgte schließlich seinem Bruder.

Rasend vor Wut stürmte Ryan durch die Terrassentür in der Küche hinaus in den verschneiten Garten, wo er blindwütig gegen einen Holzpfosten trat und seinen angestauten Frust in die kalte Winterluft schrie. Adam wollte ihn beruhigen, doch Ryans Vater kam hinaus, um seinen Sohn zur Vernunft zu bringen. „Ryan", rief er. „Was willst du, Dad?" Ryan stürmte auf seinen Vater zu. „Sag's mir", schrie er ihm ins Gesicht. Carl hielt abwehrend die Hände vor die Brust. „Reicht es dir nicht, dass du Moms Leben zerstört hast? Musst du jetzt auch noch meine Beziehung zu Elena kaputtmachen?" Adam griff nach Ryans Arm, um ihn zu besänftigen, doch Ryan riss sich los und stieß seinen Bruder von sich. „Ich habe das Leben deiner Mutter nicht zerstört, Ryan", widersprach sein Vater. „Die Liebe zwischen deiner Mutter und mir war längst erloschen." „Blödsinn", schrie Ryan. „Mom hat dich geliebt. Bis zur letzten

Sekunde." Seine Augen füllten sich mit Tränen. „Und du hast ihr das Herz gebrochen. Du hast sie in den Tod getrieben." Er machte einen Schritt auf seinen Vater zu und stieß mit dem Finger gegen dessen Brust. „Du hast sie umgebracht", sagte er mit Nachdruck und sah seinem Gegenüber dabei tief in die Augen. Sein Vater schwieg und Ryan wich zurück. „Es war ein Fehler, herzukommen." Er ließ seinen Vater stehen und ging mit schnellen Schritten zurück zum Haus. „Ryan", rief Adam seinem Bruder vergebens nach.

„Lass uns gehen, Elena", sagte er zu seiner Freundin, die von der Küche aus alles mit angesehen hatte. Er stürmte in den Korridor und schnappte sich seine Jacke. „Ryan, bitte", flehte Brianna ihn an zu bleiben. „Tut mir leid, Bri. Ich gehöre hier nicht hin." Mit diesen Worten öffnete er die Tür und verließ das Haus. „Onkel Ryan", kam Sarah weinend angerannt. Traurig blieb sie im Flur stehen und musste mit ansehen, wie ihr Onkel, den sie gerade erst kennengelernt hatte, ohne sich zu verabschieden oder sich ein einziges Mal umzudrehen, den Pflasterweg entlang zu seinem Auto lief und sich immer weiter entfernte. „Dein Onkel liebt dich, Sarah", versicherte Elena ihr und kniete sich vor das kleine Mädchen. „Seine Vergangenheit lässt ihn nicht los. Aber das hat nichts mit dir zu tun, dass musst du mir glauben. Und ich verspreche dir, dass du ihn wiedersehen wirst und ihr dann mehr Zeit miteinander verbringen könnt." Sie wischte eine Träne aus dem Gesicht des Mädchens und drückte es fest an sich. „Tut mir leid", sagte sie dann an Adam und Brianna gerichtet, die hinter ihrer Tochter standen. Sie nahm ihren Mantel vom Haken und folgte Ryan zum Wagen.

Ryan raste die Straße entlang, als würde eine unsichtbare Macht ihn verfolgen. Überholte Auto für Auto, ohne sich um den Gegenverkehr zu scheren. „Fahr rechts ran", bat Elena ihn, als sie es mit der Angst zu tun bekam. „Was?", fragte Ryan, ohne das Tempo zu drosseln. „Du sollst anhalten", sagte sie mit Nachdruck und stürmte aus dem Auto, sobald Ryan den Jeep auf einem kleinen Dreckplatz am Straßenrand zum Stehen gebracht hatte. Ängstlich sah er ihr nach und stieg aus dem Wagen. „Elena?" Schweißgebadet stand Elena da und schnappte nach Luft. Mit einer Hand hielt sie sich die Stirn. „Was ist los, Ryan? Willst du uns umbringen?" „Was? Nein."

„Wieso fährst du dann wie ein Verrückter?" Tränen schossen Ryan in die Augen. Schwer atmend stützte er die Hände auf die Knie. „Ryan?" Elena lief zu ihm und stützte ihn, während er in die Hocke ging. „Ich wollte einfach nur weg von da", wisperte er unter Tränen. „Es tut mir leid, wenn ich uns dadurch in Gefahr gebracht habe." „Ist schon gut." Tröstend streichelte sie seinen Rücken. „Ich hasse ihn so sehr, Elena." „Bitte erzähl mir doch, was damals passiert ist", bat sie ihn. „Was meintest du damit, als du ihm sagtest, er hätte deine Mutter umgebracht?" „Du willst wissen, was passiert ist?" „Ja, Ryan. Lass mich verstehen, warum du so empfindest." Er stand auf und ging zum Wagen. Er schlug die Beifahrertür zu und lehnte sich dagegen. Elena gesellte sich zu ihm und vergrub die Hände in den tiefen Taschen ihres Mantels. „Ich war 16…", fing Ryan zu erzählen an. „…als eine Immobilienmaklerin aus Florida in unsere Nachbarschaft zog, um sich selbstständig zu machen. Ihr Name war Clarissa Moody. Sie war eine schöne junge Frau, die in den Rockies Karriere machen wollte." „Clarissa? Die Clarissa, die jetzt mit deinem Vater verheiratet ist?", wollte Elena wissen. „Ja", bestätigte Ryan mit dumpfer Stimme. „Meine Eltern luden sie einige Male zu Gartenpartys und Barbecues ein. Wenige Monate später eröffnete mein Vater meiner Mutter aus heiterem Himmel, dass er die Scheidung wolle. Zu dem Zeitpunkt lief die Affäre zwischen ihm und Clarissa schon seit Wochen. Meine Mutter war am Boden zerstört. Sie liebte meinen Vater über alles, obgleich er in den letzten Jahren ihr gegenüber immer kühler und distanzierter geworden war. Ihre Liebe ihm gegenüber war ungebrochen. Bedingungslos. Mein Vater zog zu seiner neuen Freundin, nur zwei Straßen weiter. Adam, der damals mit Brianna schon in seiner eigenen Wohnung lebte, half meinem Vater sogar beim Umzug." Ryan schnaubte verächtlich. „Ich blieb bei Mom und versuchte, ihr durch diese schwere Zeit zu helfen. Doch es gelang mir nicht. Sie sah meinen Vater zusammen mit Clarissa auf der Straße, im Supermarkt, einfach überall. Sie wurde den Schmerz über den Verlust ihrer großen Liebe nicht los. Mit jedem Mal, wo sie die beiden zusammen sah, wurden die Wunden, die sich ihr ins Herz brannten, tiefer. Einen Monat nachdem die Scheidung durch war, fand ich meine Mutter auf unserem Sofa liegend. Sie war tot. Sie hatte eine Überdosis Schlaftabletten geschluckt und ihrem Schmerz somit ein Ende bereitet." Ryan sah gen Himmel und kämpfte gegen seine Tränen an. „Das tut mir so leid, Ryan." Elena wischte sich die heißen Tränen aus dem Gesicht, die unaufhaltsam flossen. „Adam hatte unsere Mutter nach Dads Auszug kaum besucht. Sie war eine einsame Frau in einem Haus voller Erinnerungen an vergangene Tage. Und draußen musste sie mit ansehen, wie eine andere Frau ihren Platz eingenommen hatte. Den Platz an der Seite des Mannes, der ihr alles bedeutete und der sie jetzt keines Blickes mehr würdigte. Ich kann nur hoffen, dass sie im Tod ihren Frieden gefunden hat. Ich wünschte nur, ich hätte ihr helfen können." Ryan brach in Tränen aus und hielt sich die Hände vors Gesicht. Elena zog ihn zu sich hin und nahm ihn fest in die Arme. „Es ist nicht deine Schuld, Ryan", versicherte sie ihm. „Du hast getan, was du konntest." Ryan fing sich wieder und wischte sich mit einem Taschentuch die Tränen aus dem Gesicht. „Nach Moms Beerdigung brach ich den Kontakt zu meiner Familie ab und ging von zu Hause weg. Ich hielt mich mit Gelegenheitsjobs über Wasser, bis ich irgendwann Darren traf, bei dem ich Arbeit und ein neues Zuhause fand." „Und darüber bin ich sehr froh", sagte Elena mit einem Lächeln. „Sonst wären wir uns vermutlich nie begegnet." Ryan sah ihr tief in die Augen und pure Glückseligkeit durchfuhr seinen Körper. Behutsam umschloss er Elenas Gesicht mit seinen Händen und küsste sie.

„Sarah wird mich hassen. Ich habe ihr die ganze Party verdorben", erinnerte er sich an das kleine Mädchen, das vor Freude weinte, als es ihn vor seiner Tür hatte stehen sehen. „Sie hasst dich nicht, Ryan", versicherte Elena ihm. „Ich muss mich bei ihr entschuldigen." „Das wirst du. Wir fahren jetzt erst einmal nach Hause und dann kannst du sie anrufen." „Ja", sagte Ryan und küsste Elena erneut. Gemeinsam stiegen sie zurück ins Auto und fuhren in den Sonnenuntergang.

Kapitel 21

„Joe, was machst du denn hier?", wunderte sich Elena, als Joe das Café betrat. „Joe kommt jeden Sonntag vorbei, um Kuchen zu holen", klärte Beth, die gerade dabei war, eine neue Kanne Kaffee zu kochen, sie auf. „Ach, tatsächlich?", sah Elena ihn überrascht an. „Bei Michelle und mir gibt es sonntags immer Kaffee und Kuchen, das ist schon zum festen Ritual geworden." Er lehnte sich an den Tresen und begutachtete die Kuchenauswahl des Tages. „Und seit Beth deine Kuchen hier im Café anbietet, müssen Michelle und ich keine Kuchen mehr im Supermarkt kaufen und haben umso mehr Freude beim Essen." Er zwinkerte Elena zu und zeigte auf die Walnuss-Karamell-Tarte. „Davon bitte zwei Stück, Beth." „Nicht, dass du heute Abend keinen Hunger mehr hast", warnte Elena ihn mit einem Grinsen. „Wann bitte hab ich mal keinen Hunger?" Lachend holte er sein Portemonnaie aus der Gesäßtasche seiner Jeans und legte den Betrag auf den Tresen, den er Beth für die zwei Stück Kuchen schuldig war. „Was ist denn heute Abend?", wollte Beth wissen, als sie Joe den eingepackten Kuchen reichte. „Wir wollen bei uns zu Hause Eisangeln und die gefangenen Fische anschließend auf den Grill schmeißen." „Ja, vorausgesetzt ihr fangt welche", neckte Elena ihn von der Seite. „Das werden wir. Du wirst schon sehen", versicherte Joe ihr. „Komm doch auch Beth", lud er sein Gegenüber spontan ein. „Wir machen ein Lagerfeuer und es gibt zu essen und zu trinken. Du kannst Ron mitbringen, wenn du magst." „Gern", stammelte Beth und stand perplex hinter ihrem Tresen. Damit hatte sie nicht gerechnet, freute sich aber wie verrückt über die Einladung. „Schön." Joe schnappte sich seinen Kuchen und ging zur Tür. „Und zieht euch warm an heute Abend." „Ist das eine Drohung?", sah Elena schmunzelnd über die Schulter hinweg zu ihm. „Nein, nur ein gut gemeinter Rat." Er setzte seinen Hut auf und tippte grüßend an die Krempe. „Bis später", sagte er und verließ lächelnd das Café.

Elena war gerade in ihrer Küche zugange, als die Tür aufging und Ryan hereinkam. „Hey", sagte er und stellte ein Bündel zusammengebundener Stöcke neben der Tür ab. „Hey." Elena warf einen flüchtigen Blick über die Schulter und widmete sich dann wieder dem Kneten ihres Teiges. Ryan entledigte sich seiner Jacke und ging schließlich zu ihr. Dicht hinter ihr blieb er stehen und küsste ihr Haar, ihr Ohr, ihren Nacken, während er seine Hände langsam unter ihren Pullover gleiten ließ und ihre nackte Haut suchte. „Ryan, nimm deine Hände da weg", zuckte Elena zusammen, als seine Finger ihre Hüfte berührten. „Die sind eiskalt." „Ich wüsste, wie wir sie schnell aufwärmen können", flüsterte er ihr ins Ohr und liebkoste dabei ihr Ohrläppchen mit seiner Nase. „Ich auch", sagte sie und drehte sich mit mehligen Fingern zu ihm um. Darauf bedacht, ihn nicht vollzukrümeln, legte sie vorsichtig ihre Arme um seinen Nacken und sah ihm tief in die Augen. Ryan spürte, wie sein Blut in Wallung geriet. „Wie?", hauchte er. „Du wärmst sie dir am Kamin, während ich die Kuchen für morgen backe." Ernüchtert sah Ryan zur Decke und verdrehte die Augen. Das war nicht die Antwort gewesen, die er sich erhofft hatte. „Tut mir leid", entschuldigte sich Elena und gab ihm einen kleinen Entschädigungskuss. „Schon gut", gab sich Ryan zufrieden und ging zum Kamin, wo er seine kalten Hände am Feuer wärmte. „Joe hat übrigens Beth und Ron eingeladen, heute Abend vorbeizukommen." „Schön", freute sich Ryan. „Da kommt Beth mal raus. Schließlich steht sie von morgens bis abends in ihrem Café und das sieben Tage die Woche." „Da hast du recht", stimmte Elena nachdenklich zu. Sie sah zu Ryan, der gerade dabei war, Holz im Kamin nachzulegen. „Du warst nicht da, als ich aus der Stadt wiedergekommen bin." „Ich war im Wald und hab nach Stöcken gesucht", erklärte er ihr. „Oh, gut", freute sich Elena. „Hast du welche gefunden?" „Ich denke schon. Du kannst sie dir ja mal ansehen." Er deutete mit dem Kopf zur Tür. Elena wusch sich ihre teigverschmierten Hände und begutachtete dann Ryans Ausbeute. „Du hast mir immer noch nicht verraten, wofür du sie brauchst." „Stockbrot", sagte sie und ein Lächeln schlich sich in ihr Gesicht. „Die sind perfekt", war Elena zufrieden mit den Stöcken, die Ryan gesammelt hatte. „Was um alles in der Welt ist Stockbrot?", wollte Ryan wissen. „Du weißt nicht, was Stockbrot ist?" Ungläubig sah sie ihn an. Ryan schüttelte den Kopf, was Elena intuitiv zum Grinsen verleitete. „Dann wirst du es heute Abend herausfinden."

Zugefroren lag der See, an dessen Ufer Joes Haus stand, wie ein Spiegel inmitten einer schmalen Borte schneebepuderter Nadelbäume. Mit dicken Winterjacken und in Decken gehüllt saßen Joe und Ryan auf kleinen Klappstühlen am Ende des Holzstegs und hielten ihre Angeln in ein kleines, vielleicht zwanzig Zentimeter breites Loch im Eis. Während Michelle und Abigail im Haus das Abendessen vorbereiteten, war es Darrens Aufgabe, das Lagerfeuer am Ufer des Sees zum Lodern zu bringen. Elena, die zugefrorenen Seen mittlerweile eigentlich lieber fernblieb, versorgte die zwei hartnäckigen Angler derweil mit Heißgetränken und kleinen Snacks. Und Joe sollte recht behalten. Am Ende des Tages landeten tatsächlich vier Forellen im Eimer, die es jetzt zu entschuppen und auszunehmen galt. Fasziniert bestaunte Elena dabei das kleine selbst gebastelte Werkzeug, mit dem Joe die Fische im Handumdrehen von ihren unzähligen kleinen Schuppen befreite. Es war ein einfaches Stück Holz, auf das der Kronkorken einer Bierflasche genagelt war. So simpel und doch so genial.
Als es dunkel wurde, entzündete Michelle Fackeln, die die kleine Treppe vom Haus hinunter zum Ufer säumten. Joe heizte den Grill an und positionierte Stühle rund ums Lagerfeuer. Pünktlich zum Essen trafen dann auch Beth und Ron ein. In gemütlicher Runde ließen sie sich die fangfrischen Forellen mit Grillgemüse und Folienkartoffeln schmecken. Mit Punsch und alkoholfreiem Apfel-Gewürz-Punsch für Abigail und Joe wirkten sie der Kälte von innen entgegen. Elena zeigte den anderen, wie man den Teig des Stockbrots richtig um die Stöcke wickelt und in der Glut des Lagerfeuers backt. Und alle waren begeistert.
Funkensprühende Flammen loderten in den sternenklaren Nachthimmel. Warm eingemummelt in Jacken, Schals, Mützen, Handschuhe und Decken saßen alle ums Wärme spendende Feuer herum. „Hey Leute, lasst uns Wahrheit oder Pflicht spielen", platzte es aus Michelle heraus, woraufhin ein allgemeines Grummeln durch die Reihen ging. „Wirklich jetzt?" Joes Tonfall klang leicht genervt. „Und ob", hielt Michelle an ihrer Idee fest. „Und du kannst gleich

den Anfang machen", grinste sie ihrem Freund augenzwinkernd zu. „Such jemanden aus." „Bevor wir anfangen…", ging Darren dazwischen. „…sollten wir uns das Versprechen geben, dass wir uns nach dem kleinen Spielchen alle noch genauso lieb haben wie vorher." Die anderen mussten lachen. „Ich denke, das bekommen wir hin", versicherte Michelle. „Also schön", sagte Joe. „Abigail." Erschrocken, dass ihr Name zuerst fiel, richtete sie sich in ihrem Stuhl auf und sah durch die Flammen hindurch zu Joe. „Ich nehme Wahrheit." Joe überlegte kurz und stellte dann seine Frage. „Wieso bist du Stewardess geworden?" Abigail atmete erleichtert auf. Diese Frage konnte sie bedenkenlos beantworten. „Ich wollte die Welt sehen", erklärte sie. „Und als Stewardess wurde mir das möglich. Es ist ein stressiger Job, aber man ist an einem Tag in Chile und am nächsten in Neuseeland. Pendelt zwischen Kontinenten hin und her. Europa, Asien, Südamerika. Sieht Metropolen wie Paris oder London. Städte, auf die andere jahrelang hin sparen müssen." Man spürte Abigails Begeisterung, die Leidenschaft, mit der sie diesem Job nachging. „Aber du fliegst doch nur Inlandsflüge", erinnerte sich Ryan. „Aber das war nicht immer so", klärte Abigail ihn auf. „ Erst als ich merkte, dass das zwischen Darren und mir was Ernstes werden könnte, bin ich vom internationalen zum nationalen Streckennetz gewechselt." „Das hast du mir nie erzählt." Mit schuldbehafteter Miene sah Darren zu Abigail. Sanft lächelnd sah sie zu ihm und streckte die Hand nach ihm aus. „Es war nicht von Bedeutung", versicherte sie ihm. „Weil ich es keine Sekunde bereut habe." Gerührt nahm er die Hand seiner Freundin und küsste sie. „Okay, Abigail. Du bist dran", war Michelle gespannt, wen es als Nächstes treffen würde. „Also schön", sagte Abigail und sah in die Runde. „Ich nehme Elena." „Dann nehme ich die Wahrheit", entschied Elena und war aufgeregt, welche Frage sie erwarten würde. „Wann ist dir bewusst geworden, dass du Ryan liebst?" Bei dieser Frage waren nicht nur Ryans neugierige Augen auf Elena gerichtet, sondern auch sämtliche Augenpaare der übrigen Anwesenden. „Ich denke, als ich anfing, dieses Kribbeln in meinem Bauch zu spüren, wenn ich in seiner Nähe war oder er mich berührt hat", überlegte sie und schielte dabei zu Ryan, dessen zufriedene Augen auf sie gerichtet waren und seine Mundwinkel vor innerer Freude zuckten. „Und wann genau fing das an?", hakte Abigail neugierig nach. „Nach meinem Unfall Anfang Dezember, wo er sich so rührend um mich gekümmert hat", erinnerte sich Elena mit einem Lächeln. „Also war es nicht Liebe auf den ersten Blick", stellte Michelle fest. „Nein", bestätigte Elena. „Er ist ein absolut gutaussehender Typ, bei dem wohl jede Frau schwach werden könnte, ohne Frage." „Er ist heiß", erkannte Joe neidlos an. „Danke, Joe. Endlich nennt es mal einer beim Namen", freute sich Ryan, und die anderen mussten lachen. „Du hast recht, Joe. Er ist heiß", stimmte Elena zu, machte dann aber eine kleine Pause. „Aber er hat es mir zu Anfang nicht gerade leicht gemacht, ihn zu lieben", war sie ehrlich. Ryan senkte betroffen den Blick. „Das stimmt", sagte er und sah zu ihr rüber. „Und das tut mir wirklich sehr leid", beteuerte er. „Ja, das weiß ich." Elena sah ihn an und schenkte ihm ein sanftes Lächeln. „Gut", sagte sie dann. „Ich nehme Beth." „Und ich nehme definitiv Wahrheit. Nicht dass ich am Ende noch von meinem Stuhl aufstehen und vom Feuer weggehen muss." Beth zog sich die Decke, die über ihren Schultern hing, dichter an ihren Körper heran und wärmte ihre kalten Finger an der warmen Tasse Punsch in ihren Händen. „Was hältst du von einer Generalüberholung des Cafés?" Mit zusammengekniffenen Augen sah Beth zu Elena. Es herrschte Schweigen und Elena bekam Angst, dass sie vielleicht einen wunden Punkt getroffen haben könnte. Doch dann begann Beth zu grinsen. „Seit du in die Stadt gekommen bist und mir gezeigt hast, was selbst gebackene Kuchen bewirken können, kann ich mir alles vorstellen." Elena fiel ein Stein vom Herzen. „Gut", sagte sie zufrieden und in ihrem Kopf entwickelten sich bereits erste Ideen zur Umsetzung. „Darf ich dann jetzt jemanden aussuchen?", sah Beth fragend in die Runde. „Ich denke schon", meinte Joe und schmiss neues Holz in die tanzenden Flammen des Lagerfeuers. „Dann nehme ich Ryan", sagte sie aufgeregt. „Und du musst bitte unbedingt Wahrheit nehmen", flehte sie ihn an. Ryan schmunzelte in sich hinein. „Stell schon deine Frage, Beth", sagte er schließlich. Beth freute sich wie ein kleines Kind. „Was war das Erste, das du dachtest, als du Elena zum ersten Mal gesehen hast?" Interessiert lehnte sie sich vor und stützte ihre Ellbogen auf die Knie. „Wo haben sie sich denn zum ersten Mal gesehen?", warf Michelle ihre Frage dazwischen. „Vor meinem Café, als er sie mit zur Farm nehmen sollte", klärte Beth sie schnell auf und wartete dann sehnsüchtig auf Ryans Antwort. „Das ist nicht ganz richtig, Beth", erhob Elena Einspruch. „Ich bin Ryan bereits kurz hinter Marion zum ersten Mal begegnet, als ich ihn nach dem Weg gefragt habe." „Dann kanntet ihr euch bereits, als ihr euch vorm Café getroffen habt?" Beth fiel aus allen Wolken. „Ich kannte ihn bereits vom Sehen, ja. Er hingegen, kannte zu dem Zeitpunkt nur meine Stimme und mein Auto", stellte Elena richtig. Beths irritierter Blick wechselte zwischen Ryan und Elena hin und her. „Du hast sie nicht angesehen, als sie dich nach dem Weg gefragt hat?", wollte Darren wissen und sah ungläubig zu Ryan. „Nein", bestätigte dieser. „Hab ich nicht." Kopfschüttelnd saß Darren da. Das war so typisch für Ryan. „Schön", ging Beth dazwischen. „Unabhängig davon, wer wen wo zuerst gesehen oder gehört hat. Was dachtest du denn nun, als du sie zum ersten Mal gesehen hast", fragte Beth ungeduldig. „Dass mir diese Frau gefährlich werden könnte." „Gefährlich?", hinterfragte Abigail. „Ja, ich war schockverliebt...", gestand Ryan und Elena stieg eine verlegene Röte ins Gesicht, als sein Blick sie traf. „...wusste aber, dass sie eine Fremde ist und ich sie deshalb nicht lieben darf." „Ich war auch eine Fremde, aber Darren konnte es damals gar nicht schnell genug gehen", erinnerte sich Abigail belustigt. „Allerdings. Ich durfte doch nicht zulassen, dass du einfach so wieder aus meinem Leben verschwindest, nachdem du mir bei meiner Flugangst so engagiert zur Seite standest." Darren warf ihr ein verschmitztes Lächeln zu. „Wie auch immer. Letzten Endes hat mein Herz über meinen Verstand gesiegt." „Und das ist auch gut so", pflichtete Elena Ryan bei, der ihr ein herzerwärmendes Lächeln schenkte. „Michelle", sagte er dann und warf ihr einen entschlossenen Blick zu. „Ryan Flanagan wählt mich", sagte sie voller Sarkasmus. „Da bin ich ja sofort versucht, Pflicht zu nehmen, und entscheide mich dennoch für die Wahrheit." „Dann verrate uns doch mal, was es ist, das du an Joe magst." „Das ist deine Frage? Was ich an Joe mag?", sah sie ihn ungläubig an. Ryan nickte ihr bestätigend zu. „Nun..." Michelle drehte sich zu ihrem Freund und betrachtete ihn eindringlich. „Ich mag, wie er mich nach einem stressigen Tag in der Bar mit seinem Humor runterbringt. Ich mag, wie er mir gut zuredet, wenn ich wegen irgendetwas an mir zweifle. Ich mag es, wie er mich ansieht. Ein Blick, der alles und jeden vergessen lässt. Und es dann nur noch uns beide gibt. Ich mag die Liebe, die er in mein Leben gebracht hat." Und da war er, der Blick, mit dem Joe seine Freundin ansah, als sie all die schönen Worte sagte. Und plötzlich schienen alle anderen zu verschwimmen und sie saßen allein am Lagerfeuer. Joe beugte sich ihr entgegen. Michelle tat es ihm gleich und küsste ihn. Ein Raunen ging durch die Runde und holte die beiden zurück in die Wirklichkeit. „Sind sie nicht süß?", sagte Beth berührt. „Und wie", sagte Ryan ein wenig ironisch. „Schluss mit küssen. Michelle ist dran." Michelle ließ sich zurück in ihren Stuhl fallen und atmete tief durch, ließ mit ihrem Blick jedoch nicht von Joe ab. „Joe", hauchte sie. „Frag mich, was immer du willst, Baby." „Hast du dich noch mit Bethany Holt getroffen, nachdem wir schon zusammen waren?" Joes Lächeln erstarb und seine Augen kniffen sich zusammen. „Ist das dein Ernst?", fragte er verärgert. „Beantworte die Frage", drängte Michelle. „Ja, hab ich", gab er zu. „Einmal, um genau zu sein." Michelle funkelte ihn mit zornigen Augen an. Sie befreite sich von ihrer Decke, sprang auf und rannte wütend die kleine beleuchtete Treppe zum Haus hinauf. Genervt sah Joe hinauf zum Sternenhimmel. „Entschuldigt mich kurz", sagte er dann und folgte seiner Freundin. Fassungslose, irritierte Blicke gingen durch die Reihe. Keiner von den Zurückgebliebenen wusste so richtig, was da gerade passiert war. „Sowas hab ich kommen sehen." Darren rutschte auf seinem Stuhl umher und trank von seinem Punsch. „Wer ist Bethany Holt?", wollte Elena wissen. Doch die einzige Antwort, die sie bekam, war allgemeines Achselzucken.

„Wie es aussieht, sind nur noch wir beide unsere Antworten schuldig", fiel Darren auf und sah an den Flammen vorbei zu Ron, der sich den ganzen Abend still im Hintergrund gehalten hatte. „Da ich annehme, dass wir beide die Wahrheit der Pflicht vorziehen, hier meine Frage an dich. Seit wann bist du in Beth verliebt?" „Eine sehr gute Frage", fand auch Beth und sah erwartungsvoll zu ihrem

Freund. „Seit dem Herbstfest, oder nicht?", überlegte Elena. Ron musste schmunzeln. „Seit ich sie vor acht Jahren zum ersten Mal beim Picknick zum Unabhängigkeitstag gesehen hab. Kurz nachdem ich in die Stadt gezogen bin." „Wie bitte?" Beth traute ihren Ohren nicht. Das konnte doch unmöglich wahr sein. „Aber wieso hast du in all den Jahren nie etwas gesagt oder unternommen?" „Damals wusste ich nicht, ob du noch frei bist. Du bist eine so wunderschöne Frau, dass es mir schier unmöglich schien, dass es keinen Mann an deiner Seite gibt." Beth lauschte seinen Worten und sah ihn mit großen Augen an. „Mit der Zeit erkannte ich, dass da niemand war. Aber ich hatte Angst." „Wovor?", wollte Beth wissen. „Ich bin nicht gerade das, was man als Traummann bezeichnet. Ich hatte Angst, eine Abfuhr zu bekommen, ausgelacht zu werden oder Schlimmeres." „Das hätte ich nie gemacht, Ron", versicherte Beth. „Du bist ein wundervoller Mann." Ron schluckte und lächelte ihr mit tränennassen Augen zu. „Ich wusste einfach nicht, ob ich einer Frau wie dir würdig wäre. Als ich dich beim Herbstfest um diesen Tanz gebeten hatte, hat es mich all meinen Mut gekostet. Aber ich war froh, dass ich es endlich gewagt habe." „Ronald Pierce, du dummer Mann", sagte Beth. „Wir hätten uns so viele Jahre sparen können, in denen wir allein durchs Leben gegangen sind." Sie stand auf und gab ihm einen dicken Kuss. „Ich liebe dich, Beth", hauchte er heiser. „Aber ich dich doch auch." Beth setzte sich wieder und griff nach seiner Hand. „Jetzt stell Darren deine Frage und lasst uns dieses alberne Spiel endlich beenden." Ron sah zu Darren und brauchte nicht lange, bis ihm eine passende Frage einfiel. „Was ist deine größte Angst?" Darren wirkte in sich gekehrt, nachdenklich, nachdem Ron seine Frage ausgesprochen hatte. Für einen Moment herrschte Schweigen und sämtliche Augenpaare waren auf Darren gerichtet. „Dass Ryan irgendwann weggehen könnte", sagte er schließlich mit gesenktem Blick. Dann sah er zu Ryan und ihre Blicke trafen sich. Darren stellte seine Tasse auf den Boden, stand auf und lief Richtung See. Ryan sah ihm nach und war nicht sicher, was er tun sollte. Als er sah, wie Elena ihm zunickte, stand er auf und folgte ihm.

„Was für ein Abend", sagte Abigail und legte schützend die Hand auf ihren Bauch. „Ron und ich machen langsam los", verkündete Beth. „Es ist schon spät und morgen Früh ruft die Arbeit." „Die Kuchen für morgen stehen oben bei Michelle im Kühlschrank." Elena zeigte zum Haus. „Perfekt, die nehme ich gleich mit." Beth und Ron verabschiedeten sich und traten den Heimweg an. Elena ging mit Abigail hinauf zum Haus, wo Michelle und Joe gerade ein klärendes Gespräch führten.

Darren stand in der Mitte des kleinen Holzstegs und sah in die dunkle Nacht hinein, die sich vor seinen Füßen erstreckte. Die Hände schützend in den Taschen seiner Jeans vergraben. Hinter sich hörte er Schritte, die näher kamen, und wusste, ohne sich umdrehen zu müssen, wer es war. Auf seinem Gesicht zeichnete sich ein Lächeln ab. „Schon verrückt, welchen Traum von einem Grundstück Joe sich hier an Land gezogen hat, findest du nicht auch?" „Ja, es ist traumhaft", stimmte Ryan zu und blieb einige Schritte hinter Darren stehen. „Genau wie deine Farm." „Ja", flüsterte Darren. Sein Blick in die schwarze Unendlichkeit vor ihm gerichtet. Ryan ging einen Schritt auf Darren zu und stellte sich neben seinen Freund. „Wieso hast du Angst, dass ich weggehen könnte?", wollte er wissen. „Ist es wegen Elena?" Darren schüttelte bedächtig den Kopf. „Nein, Elena ist das Beste, das dir passieren konnte." „Was ist es dann?" Ryan sah zu ihm rüber. Darren erwiderte seinen Blick nicht, sondern starrte weiter ins Leere. „Weißt du, ich habe mir immer einen Bruder gewünscht. Meine Eltern konnten mir leider keinen schenken. Doch dann traf ich dich, nahm dich mit auf die Farm und du hast dir hier ein Leben aufgebaut." Er machte eine Pause. „Das Leben hat mir einen Bruder geschenkt. Es hat mir dich gebracht." Darren sah zu Ryan und hatte Tränen in den Augen. „Ich weiß aber auch, dass einem das Leben die Dinge, die man gelernt hat, zu lieben, auch ganz schnell wieder wegnehmen kann." „Ich habe nicht vor, wegzugehen. Das hier ist mein Zuhause", versicherte Ryan und legte Darren eine Hand auf die Schulter. „Und selbst wenn ich eines Tages gehen sollte, wirst du immer mein Bruder sein, Darren. Und zu seinem Bruder kehrt man immer zurück. Erst recht, wenn er so ist wie du." Darren wusste nicht, was er sagen sollte, so ergriffen war er. „Komm her", sagte Ryan stattdessen und nahm Darren in den Arm. Es war eine innige männliche Umarmung, in der so viel Herzenswärme steckte. „Lass uns gehen." Ryan löste seinen Griff und boxte Darren kameradschaftlich gegen die Schulter. „Unsere Mädels warten sicher schon." Gemeinsam gingen sie im Halbdunkel den Steg entlang zurück zum Ufer. „Ich finde ja immer noch, dass deine größte Angst sein sollte, dass euer Kind so aussehen könnte wie du", neckte Ryan, und Darren konnte nicht anders, als über diesen Kommentar zu lachen.

Es war kurz vor Mitternacht, als sie die Farm erreichten. Hand in Hand liefen Ryan und Elena den kurzen Weg vom Haupthaus zu ihren Hütten. „Zu dir oder zu mir?", wollte Ryan wissen, als sie den Scheidepunkt erreicht hatten. „Zu dir", entschied Elena. „Dann kannst du mir morgen Frühstück machen." „Strategisch äußerst clever", musste er zugeben und küsste sie.
So wie die Tür ins Schloss fiel, presste Ryan Elena mit dem Rücken dagegen. „Was tust du?", hauchte sie und spürte seinen warmen Atem an ihrem Hals. Die Hütte lag völlig im Dunkeln. Einzig die Glut im Kamin warf einen schwachen Lichtschein ins Wohnzimmer. „Spürst du es noch?", wollte Ryan wissen, als er Elenas Hals mit Küssen verwöhnte. „Spüre ich was?", fragte sie heiser und genoss seine Liebkosungen in vollen Zügen. „Das Kribbeln in deinem Bauch." „Ja, ich spüre es mehr denn je." Ihr Blut geriet in Wallung, als Ryan ihr die dicke Winterjacke auszog. „Gut", lächelte er zufrieden und öffnete den Knopf ihrer Jeans. Mit fahrigen Fingern öffnete sie den Reißverschluss seiner Jacke und streifte sie ihm über die Schulter. Sie zog sich die enge Jeans vom Leib und spürte, wie Ryan vor ihr auf die Knie ging. Seine warmen weichen Lippen bahnten sich ihren Weg am Rand ihres Slips entlang und Elena stöhnte auf vor Lust. Sie merkte, wie sie feucht wurde, und war glücklich, als Ryan ihr den Slip endlich auszog. Er suchte ihren Mund und küsste sie leidenschaftlich, während Elena Ryans Hose öffnete und ihre Hand unter seine Boxershorts schob. Sein Penis war hart und pulsierte in ihrer Hand. Dann packte Ryan Elena an der Hüfte und hob sie hoch. Sie umschloss seinen Körper mit ihren Beinen und spürte, wie er hart in sie eindrang. Gegen die Tür gepresst, setzte er seine

Stoßbewegungen fort und Elena stöhnte vor Ekstase. Dann stoppte er und trug Elena ins Schlafzimmer, wo sie ihr Liebesspiel fortsetzten.

Kapitel 22

Ein Sonnenstrahl fiel durch einen schmalen Spalt des zugezogenen Vorhangs und weckte Elena zärtlich aus dem Schlaf. Sie öffnete die Augen und blickte in Ryans lächelndes Gesicht. „Guten Morgen, mein Sonnenschein." Er strich ihr eine Haarsträhne hinters Ohr und küsste sie zärtlich auf die Nasenspitze. „Fröhlichen Valentinstag." Noch etwas schlaftrunken lächelte Elena ihm entgegen. „Dir auch einen fröhlichen Valentinstag." Ryans Lächeln nahm spitzbübische Züge an, weshalb Elena irritiert die Stirn in Falten legte. „Was?", wollte sie wissen. „Du willst nicht mal zufällig einen Blick in das Geschenk hinter dir auf dem Nachttisch werfen, oder?" Elenas Augen wurden groß. Sie fuhr herum und setzte sich auf. Die Müdigkeit war wie weggeblasen. Das flache, rechteckige Geschenk war in schlichtes dunkelrotes Papier gehüllt. Ohne Schleife oder sonstige Details. „Aber wir wollten uns doch nichts schenken", sah sie ihn vorwurfsvoll an. „So eine Art von Geschenk ist es auch nicht", versicherte er. „Es ist etwas, was uns beiden hoffentlich den Abend versüßen wird." „Sexspielzeug?" Elena warf ihm einen lüsternen Blick zu und Ryans Mimik erstarrte. „Jetzt machst du mir Angst", sagte er mit weit geöffneten Augen. Elena musste lachen. Sie nahm das Geschenk von dem kleinen Schränkchen neben sich und tastete es neugierig mit den Fingern ab. Es war leicht und machte beim Schütteln ein Geräusch, das ihr vertraut vorkam. „Ist das eine DVD?" Fragend sah sie zu Ryan. „Pack es aus und finde es heraus." Ryans Mundwinkel zuckten amüsiert. Elena machte sich über das Papier her. Sie hatte richtig gelegen. Es war eine DVD und als sie sah, um welchen Film es sich handelte, fingen ihre Augen an zu strahlen. „Die Verfilmung von *The Longest Ride*", freute sie sich. „Du hast das Buch also gelesen?" „Jedes einzelne Wort", bestätigte Ryan. „Und ich war sehr froh, dass es am Ende doch noch ein Happy End gab." „Nun. Ich bin mir nicht sicher, ob Happy Ends immer so gut sind." Ryan sah Elena mit zusammengekniffenen Augen an. „Wie meinst du das?", wollte er wissen. „Na, ist es nicht genau das, was die Leser erwarten? Ein Happy End. Und verliert der Leser nicht irgendwann das Interesse, wenn er weiß, dass am Ende ohnehin alles gut ausgehen wird?", gab sie zu bedenken. „Heißt das, du willst eine Geschichte ohne Happy End schreiben?" Ungläubige Augen sahen Elena an. „Nein." Sie überlegte kurz. „Vielleicht", sagte sie dann. „Schon möglich. Ich weiß es noch nicht." Sie zuckte mit den Achseln und sah Ryan an. Ryan blickte ihr lange in ihre tiefgrünen Augen, ohne ein Wort zu sagen. Dann schnappte er sich die DVD aus ihren Händen und nahm sie an sich. „Wenn das so ist, werde ich mir den Film irgendwann allein ansehen." „Auf keinen Fall", protestierte Elena lautstark. „Ich liebe dieses Buch. Also werde ich auch den Film lieben." Sie erkämpfte sich die DVD zurück und versteckte sie hinter ihrem Rücken. „Und ich dachte, du liebst mich", sagte Ryan gekünstelt entrüstet. Elena schmunzelte und beugte sich zu ihm. „Das tue ich auch", versicherte sie ihm. „Mehr als alles andere." Sie ließ die DVD aufs Bettlaken sinken und küsste Ryan leidenschaftlich.

Die Nacht hatte eine dicke Schneedecke über die Farm gebracht. Nach einem ausgiebigen Frühstück schnappten sich Ryan und Elena Schneeschaufeln und schaufelten, was das Zeug hielt, um den Hof vom Schnee zu befreien. Rund um die Farm türmten sich hohe Schneehaufen auf und wirkten wie große kalte Begrenzungsmauern. Es dauerte eine gefühlte Ewigkeit, bis der Hof endlich von den Schneemassen befreit war. Elena war leicht außer Atem. Der Schnee war nass und schwer gewesen und die Beräumung hatte all ihre Kraft gefordert. Sie war gerade auf dem Weg zur Scheune, als sie von hinten einen Schlag gegen die Schulter bekam. Erschrocken blieb sie stehen und entdeckte den weißen Schneefleck auf ihrem Mantel. Sie drehte sich um und sah, wie Ryan grinsend in einigen Metern Entfernung bereits die nächste Fuhre Schnee in seinen Händen zu einer Kugel formte. Ihre Augen funkelten wütend. „Na warte", murmelte sie und machte sich bereit zum Gegenschlag. Der erste Schneeball verfehlte Ryan nur um Haaresbreite. Zu Elenas Freude trafen die folgenden ihr Ziel jedoch in vollem Umfang. Sie lieferten sich eine richtige Schneeballschlacht und Elena fühlte sich für einen Moment in ihre Kindheit zurückversetzt. Sie rannten kreischend und lachend über den Hof. Suchten Deckung und Schutz vor den Schneebällen des jeweils anderen und konnten den nassen kalten Bällen am Ende doch nicht entkommen. Mit erhobenen Händen einigten sich beide schließlich auf einen Waffenstillstand und formten statt kleiner Bälle lieber große Kugeln, die sie dann zu einem stattlichen Schneemann zusammensetzten. Kieselsteine dienten als Augen, Mund und Knöpfe, eine Möhre wurde zur Nase. Ein Topf wurde zum Hut umfunktioniert und Äste als Arme an die mittlere Schneekugel gesteckt. Elenas blauer Schal machte das Aussehen des Schneemanns schließlich perfekt. Stolz betrachteten sie ihr kleines Kunstwerk und gaben ihm den Namen Olaf 2, auch wenn er dem Schneemann aus *Die Eiskönigin* so gar nicht ähnlich sah.

Der Badspiegel war angelaufen vom warmen Wasserdampf. Betörender Duft nach schwarzer Calla lag in der Luft und der Badeschaum knisterte leise vor sich hin. Elena und Ryan lagen gemeinsam in der Badewanne und gönnten ihren durchfrorenen Knochen etwas Wärme. Elenas Kopf ruhte auf Ryans Brust. Die Augen geschlossen, genoss sie den Augenblick. Das Kribbeln ihrer Haut im wohlig warmen Wasser. Die Berührung von Ryans Fingern, die sanft über ihre Schultern streichelten. „Glaubst du, Darren und Abigail mussten heute auch den halben Tag Schnee schieben?" „In North Carolina? Wohl kaum." Ein Grinsen umspielte Ryans Lippen. „Darren wirkte irgendwie angespannt, als sie losgefahren sind", erinnerte sich Elena und starrte zur Decke hinauf. „Abigails Eltern akzeptieren Darren, haben aber nie einen Hehl daraus gemacht, dass sie lieber einen anderen Mann an der Seite ihrer Tochter sehen würden." „Aber Darren ist ein wundervoller Mensch. Er ist liebevoll, hilfsbereit, sieht gut aus und er liebt Abigail von ganzem Herzen", setzte sich Elena verständnislos für den Mann ein, der sie hier so gastfreundlich aufgenommen hatte. „Abigail kommt aus einer gut betuchten Familie, musst du wissen", klärte Ryan sie auf. „Für Abigails Eltern ist Darren nur ein einfacher Junge vom Land, der in der Holzbranche tätig und ihrer Tochter mitnichten würdig ist." „Ist das dein Ernst?" Elena konnte kaum glauben, was sie da hörte.

„Mein voller Ernst", versicherte Ryan. „Aber Darren besitzt diese Farm." „Er besitzt nicht nur die Farm, Elena. Ihm gehören 2000 Hektar Land." Überwältigt drehte sie sich zu Ryan, wobei ein großer Schwapp Wasser über den Rand der Badewanne platschte. „2000 Hektar?" Ryan nickte. „Steven Frye wollte dieses Land nicht grundlos haben. Er war nicht auf die kleine Fläche der Farm aus. Er wollte das große Ganze." Mit leicht geöffnetem Mund ließ sich Elena ins Wasser sinken und legte sich zurück in Ryans Arme. „Aber wie können Abigails Eltern das nicht würdigen?" „Er ist kein Anwalt, Arzt oder Geschäftsführer eines millionenschweren Unternehmens. Also interessiert es sie nicht." „Das ist echt traurig." „Ja", stimmte Ryan zu. „Und jetzt erfahren sie, dass ihre Tochter von eben diesem Mann ein Kind erwartet." „Das wissen sie noch nicht?", erschrak Elena. „Mittlerweile bestimmt schon", war sich Ryan sicher. „Darren und Abigail sind ja schon paar Tage in Asheville." „Nach allem, was du mir gerade erzählt hast, kann ich gut verstehen, warum Darren dem Besuch bei Abigails Eltern nicht gerade freudestrahlend entgegengeblickt hat." Nachdenklich fuhr sie mit dem Finger über Ryans Knie, das neben ihr aus dem Schaum lugte. „Meine Eltern hätten dich gemocht", sagte sie und drehte den Kopf zu Ryan. „Da bin ich mir sicher." Ein Lächeln trat in Ryans Gesicht. „Und meine Mom hätte dich geliebt." Er beugte sich hinab und küsste ihre feuchte Stirn.

Große Schneeflocken bahnten sich ihren Weg zur Erde und legten Schicht für Schicht neuen Schnee auf die Farm. Es war bereits Nachmittag. Nach einer kleinen Stärkung, die aus Kaffee und Keksen bestand, zog sich Ryan seine dicke Winterjacke an und schnürte seine Schuhe. „Wie lange wirst du weg sein?", wollte Elena wissen, die sich noch einmal Kaffee nachschenkte. „In etwas über einer Stunde sollte ich zurück sein. Die Fallen sind rund um die Farm verteilt. Es dürfte also nicht allzu lang dauern, sie abzureiten." „Hoffentlich ist die Ausbeute diesmal größer als beim letzten Mal", neckte Elena ihn und grinste in ihre Kaffeetasse. „Hey, der Hase letztens hat für ein ganzes Abendessen gereicht", erinnerte Ryan sie. „Das stimmt", gab Elena zu. „Und lecker war er auch." Sie stand auf und ging zu ihm. „Reite vorsichtig bei dem Wetter", bat sie ihn und setzte ihm seine Mütze auf. „Immer", versprach Ryan und gab ihr einen Kuss. „Bis später", verabschiedete er sich und ging hinaus. „Bis später." Elena lächelte ihm nach und schloss die Tür. Durchs Fenster sah sie ihm nach, wie er zur Scheune lief.

Elena nutzte die Zeit, in der Ryan unterwegs war, um den Bohneneintopf fürs Abendessen zuzubereiten. Unterdessen nahm der Schneefall draußen zu und Wind kam auf. Dunkle Wolken zogen über die Farm und zwangen Elena, bereits zu so früher Stunde das Licht in der Hütte anzuschalten. Immer wieder pendelte sie zwischen Herd und Fenster hin und her. Ein Blick auf die Uhr verriet ihr, dass Ryan jeden Augenblick zurück sein müsste. Doch die Minuten vergingen und von Ryan fehlte noch immer jede Spur. Mittlerweile tobte ein regelrechter Schneesturm vor der Tür und machte die harte Arbeit des Vormittags zunichte. Elena begann, sich Sorgen zu machen. Ryan hätte schon längst zurück sein müssen. Hoffentlich war ihm nichts passiert, dachte sie. Vielleicht hatte er aber auch einfach nur irgendwo Schutz gesucht und wartete nun ab, bis der Sturm nachließ. Aufgewühlt lief Elena durch die Hütte. Innere Unruhe plagte sie bei jedem Schritt. Dann hörte sie ein lautes Wiehern, das von draußen kam. Er war zurück. Erleichtert rannte sie zur Tür und stürmte ins Freie, geradewegs hinein in den Schneesturm. Der Wind peitschte ihr die Haare ins Gesicht. Der Schnee reichte ihr bis zu den Knöcheln. Durch die dichte Flockenwand erkannte sie Satchmo, der panisch auf dem Hof umherrannte. Ryan war nirgendwo zu sehen. Angst durchfuhr Elenas Körper. Sie zog die Strickjacke eng an ihren frierenden Leib und ging mit vorsichtigen Schritten auf den Hengst zu. Sie hob beschwichtigend die Hände in die Luft und sprach ihm gut zu. Satchmo beruhigte sich und Elena gelang es, seine Zügel zu greifen. Ryans Gewehr hing noch an der Satteltasche und Elena war sich sicher, dass etwas passiert sein musste. Sie führte Satchmo zur Hütte und band ihn am Geländer fest.

In der Hütte zog sie sich in Windeseile Mantel und Stiefel an. Sie durfte keine Zeit verlieren. Satchmos Fährte zurückzuverfolgen, war der einzige Weg, Ryan zu finden. Bei dem Sturm würde es nicht lange dauern, bis alle Spuren verweht sein würden. Sie versteckte ihre Haare unter einer dicken Wintermütze, wickelte sich hastig ihren Schal um den Hals und wappnete sich zusätzlich mit Handschuhen gegen die Kälte.

Elena wusste um das Temperament des Hengstes. Mit sanften Worten und Streicheleinheiten versuchte sie, sich ihm vertraut zu machen. Dann nahm sie die Zügel in die Hand und sattelte behutsam auf. Sie betete zu Gott, dass Satchmo sie nicht abwerfen würde und es Ryan gut ging. Nach kurzem Aufmurren gab sich Satchmo mit der neuen Reiterin zufrieden. Elena gab dem Hengst die Sporen und galoppierte mit ihm hinaus auf die Ebene. Vorbei an Schneemann Olaf, von dem nur noch der schwarze Emaille-Topf aus einer großen Schneewehe ragte.

Der umherwirbelnde Schnee erschwerte Elena die Sicht. Kalter Wind schlug ihr ins Gesicht. Ihre Nerven lagen blank, doch sie musste weiter. Ryan war irgendwo da draußen und brauchte ihre Hilfe.

Die Fährte endete am Waldrand. Elena spürte, dass Satchmo unruhig wurde. Hier musste sie richtig sein. Sie stieg ab und befestigte die Zügel an einem dicken Ast. Der Wald bot Schutz vor dem Schneesturm. Die dichten Bäume ließen das Unwetter nicht in seine Mitte dringen. Mit kleinen Schritten bahnte sich Elena ihren Weg durch das düstere Geäst. Immer wieder rief sie nach Ryan. Antwort erhielt sie keine. Doch dann, nur wenige Sekunden später, erkannte sie eine menschliche Silhouette am Waldboden. „Ryan", rief sie und beschleunigte ihren Gang. Erst als sie näher kam, erkannte sie seine missliche Lage. Sein linker Fuß klemmte blutüberströmt in einer der Fallen. Entsetzt hielt sie sich beide Hände vor den Mund. „Ryan." Sie wollte zu ihm eilen, doch Ryan deutete ihr schweigend an, zurückzubleiben. Sein Gesicht war blass und schmerzverzerrt. Elena verstand nicht, warum sie nicht zu ihm kommen sollte. Erst als sie den Blick hob, erkannte sie, in welcher Gefahr sie sich eigentlich befanden. Keine vier Meter von Ryan entfernt, schlich ein Puma um ihn herum. Elenas Herz begann zu rasen. Das Gewehr, dachte sie geistesgegenwärtig. Bis zur Lichtung waren es vielleicht zwanzig Meter. Das konnte sie schaffen. Sie machte einen Schritt zurück und erwischte einen Ast, der unter ihren Füßen knackte. Elena sah auf und erkannte, wie zwei gefährlich funkelnde gelbe Augen sie anstarrten. Einen Moment lang rührte sie sich keinen Millimeter. Der Puma fauchte und Elena nahm all ihren Mut zusammen und rannte los. Die Wildkatze machte einen Satz und nahm die Verfolgung auf. „Elena!" Ryans angsterfüllter Schrei hallte durch den Wald. Er versuchte, die Falle aufzustemmen, um Elena zu helfen. Doch es gelang ihm nicht. Immer wieder schnappte sie aufs Neue zu und bereitete ihm Höllenqualen. Tränen des Schmerzes und der Angst um die Frau, die er liebte, füllten seine Augen.

Elena rannte buchstäblich um ihr Leben. Sie spürte förmlich, wie ihr das Raubtier im Nacken saß. Ihr Vorsprung war schwindend gering und sie wusste, dass der kleinste Fehler ihrerseits tödlich für sie enden konnte. Doch anders als vermutet, lähmte sie die Angst nicht. Ihr Überlebenswille trieb sie an. Ließ sie schnell und konzentriert handeln. Bereits während ihres Sprints überlegte sie genau, welche Handgriffe nötig sein würden, würde sie erst die Lichtung erreicht haben. Und so geschah es dann auch. Elena zog im Vorbeilaufen das Gewehr aus der Satteltasche. Satchmo bäumte sich wiehernd auf. Doch Elena ließ sich nicht beirren. Sie rannte in den Sturm hinaus, ohne anzuhalten. Entsicherte nach bestem Wissen die Waffe in ihren Händen und feuerte in die Luft. Der heftige Rückstoß warf Elena zu Boden. Der Puma, der nur noch einen Wimpernschlag von ihr entfernt gewesen war, schrak zurück und flüchtete in die Wälder. Zitternd und geduckt kauerte Elena im Schnee. Die Hände schützend über dem Kopf. In dieser Position verharrte sie, bis sie begriff, dass der Puma fort und sie außer Gefahr war. Sie hatte es geschafft. Sie kämpfte sich auf und klopfte sich den Schnee von der Kleidung. Sie sah zum Wald und dachte nur noch eins. Ryan.

„Ryan!" Elena eilte mit schnellen Schritten auf ihn zu. „Elena. Gott sei Dank, dir geht's gut." Erleichtert atmete er auf, als er seine Freundin auf ihn zukommen sah. „Ich hatte so Angst, dass er dich erwischt." Elena ließ sich neben Ryan auf die Knie fallen. Ihr ganzes Augenmerk galt seiner Verletzung. Die dünne Schneeschicht rund um die Falle war blutgetränkt. Er hatte eine Menge Blut verloren. Elena versuchte, ihre Gedanken zusammenzunehmen. Die Blutung stoppen, dachte sie. „Was ist passiert?", wollte sie wissen, als sie den Gürtel aus den Schlaufen ihrer Jeans zog. „Ich wollte gerade die Falle kontrollieren, als ich ein Geräusch hörte." Er klang angestrengt und atmete schwer. „Ich drehte mich um, um nachzusehen. Dann entdeckte ich den Puma. Vor Schreck machte ich einen Satz zurück und landete direkt in der Fa… Ahhhhhhh!" Ryan schrie auf vor Schmerz, als Elena den Gürtel um seinen Oberschenkel band und straffzog. „Tut mir leid, Ryan. Aber wir müssen den Blutfluss verlangsamen. Du darfst nicht noch mehr Blut verlieren." Ryan keuchte und grub seine Finger in den Waldboden. „Wir müssen dich schnellstmöglich nach Hause bringen und die Wunde versorgen." „Ich hab versucht, die Falle aufzustemmen. Keine Chance." „Lass es uns gemeinsam versuchen", bat Elena und Ryan stimmte zu. Unter größten Anstrengungen und der Aufopferung seiner letzten Kräfte schafften sie es schließlich, Ryans Fuß zu befreien. Elena stützte Ryan und half ihm hoch. So bahnten sie sich Stück für Stück zurück zur Ebene. „Wie hast du mich gefunden?" Ryans Stimme war nicht mehr als ein Flüstern. „Satchmo rannte wild auf dem Hof umher. Du warst nirgendwo zu sehen." Elena atmete angestrengt. Ryan stützte sich mit aller Kraft auf ihre Schultern, um sich aufrecht zu halten. „Er muss den Puma gewittert und sich losgerissen haben", war er sich sicher. „Ich bin Satchmos Spur gefolgt und hier gelandet." Sie war froh, als sie das Tosen des Sturms hörte. Es bedeutete, dass sie jeden Moment auf die Lichtung stoßen würden. Ryan stoppte und ließ den Kopf sinken. „Ich bin froh, dass du da bist." Elena fuhr mit ihrer Hand sanft unter sein Kinn. „Wir schaffen das, Ryan", versicherte sie ihm. Er sah sie an und hatte Tränen in den Augen. „Aber wir müssen weiter." Elenas Gesicht nahm ernste Züge an und Ryan wusste, dass sie auf seine Mithilfe angewiesen war, wollten sie noch vor Anbruch der Dunkelheit nach Hause kommen. Er mobilisierte alle Kraft, die möglich war, und so setzten sie ihren Weg fort.

Ein Abklingen des Schneesturms war nicht in Sicht. Nachdem sich Ryan mühevoll aufs Pferd gekämpft hatte, zog er sich die Kapuze seiner Jacke über den Kopf. Der Wind peitschte erbarmungslos dagegen und blies ihm kalte Flocken ins Gesicht. Elena setzte sich hinter ihn und nahm die Zügel in die Hand. Darauf bedacht, nicht an sein verletztes Bein zu kommen, ritten sie, so schnell der Schnee es eben zuließ, zurück zur Farm.

Im oberen Stock des Haupthauses fand Elena einen Erste-Hilfe-Kasten. Sie öffnete ihn und warf einen flüchtigen Blick hinein. Zu ihrer Überraschung war er weit besser sortiert als die gewohnten Standardversionen, die sie kannte. Viele der Sachen konnten ihr bei Ryans Wundversorgung noch von Nutzen sein. Sie klemmte sich den Kasten unter den Arm und sammelte sonst noch zusammen, was sie finden konnte. Hastig eilte sie die Treppe hinab. Am Telefon im Korridor stoppte sie und wählte den Notruf.

Ryan hob den Kopf von der Sofalehne, als Elena völlig schneebedeckt zur Tür hineinstürmte. Ihre Haare waren zerzaust vom Wind. Ihr Gesicht feucht von geschmolzenen Schneeflocken. „Sie schicken einen Helikopter sobald der Sturm nachlässt", berichtete sie und entledigte sich ihrer Jacke. „So lange sind wir auf uns allein gestellt." Sie setzte sich in den Sessel und rückte näher an den kleinen Couchtisch, auf dem Ryans lädierter Fuß hochgelagert ruhte. Behutsam zog sie ihm Schuh und Socke aus. Doch aller Vorsicht zum Trotz stöhnte er auf vor Schmerzen. Mit einer Schere schnitt Elena Ryan den unteren Teil seiner Jeans vom Bein und legte somit die Wunde frei. Sie würde den Fuß und die Wunde säubern müssen, um einen genauen Blick auf das Ausmaß der Verletzung werfen zu können. Dabei durfte sie nicht riskieren, dass die Wunde verunreinigt wird. Also zog sie sich Vinylhandschuhe an und reinigte mit klarem Wasser den Bereich rings um die kleinen Wunden. Die scharfen Metallspitzen der Falle hatten sich erbarmungslos in Ryans Fleisch gebohrt. Blutig lag sein durchlöcherter Knöchel vor ihr. Die Wunden waren tief. Und noch bevor Elena sie ausgewaschen hatte, wusste sie, welcher Schritt nötig sein würde, sie zu verschließen. Allein der Gedanke daran, ließ ihren Körper frösteln.
Tapfer sah Ryan dabei zu, wie Elena mit größter Sorgfalt jede einzelne Wunde säuberte und mit Wundspray desinfizierte. Bei jedem ihrer Handgriffe ging sie mit äußerster Vorsicht und Aufmerksamkeit vor. Immer darauf bedacht, ihm nicht noch mehr Schmerzen

zuzufügen, als er ohnehin schon hatte. Als Elena jedoch Nadel und Zahnseide zurechtlegte, wurde Ryan mulmig zumute. „Elena…" Seine Stimme klang ängstlich. „Das muss genäht werden, Ryan", beschwor sie und sah zu ihm auf. „Ist das dein Ernst?" Sein Blick ruhte auf der dicken Nähnadel in Elenas Hand. „Hast du eine bessere Idee?" Ryan sah ihr tief in die Augen und erkannte, dass sie fest entschlossen war, das durchzuziehen. „Gott…" Er ließ den Kopf auf die Sofalehne fallen und schloss die Augen. Das durfte doch alles nicht wahr sein. „Ich weiß, was ich tue", versuchte Elena ihm die Angst zu nehmen. „Vertrau mir." „Ist das wie mit dem Darts spielen, Reiten, Backen und Zeichnen?" Als keine Antwort kam, hob er den Kopf. Fragende Augen blickten ihn an. „Manchmal glaub ich, dass es nichts gibt, das du nicht kannst." Elena musste schmunzeln und widmete sich wieder dem Desinfizieren der Nadel. „Mein Vater war Chirurg und meine Mutter Krankenschwester. Da bekommt man einiges mit." Sie legte Nadel und Zahnseide auf ein steriles Tuch und krempelte den rechten Ärmel ihres Pullovers hoch. „Siehst du die?" Sie streckte Ryan ihren Ellbogen hin und zeigte auf eine dünne weißliche Linie. „Das hat mein Vater genäht. Ich war sechs und er hatte mir gerade erst ein Baumhaus in unserem Garten gebaut, aus dem ich gar nicht mehr raus wollte." Sie musste lachen, als sie daran zurückdachte. „Die Treppe war sehr steil, weshalb ich immer rückwärts runtersteigen sollte. Als meine Mutter mich eines Tages bereits zum dritten Mal gerufen hatte und bat, ins Haus zum Essen zu kommen, wollte ich sie nicht länger warten lassen. Also rannte ich die schmalen Stufen vorwärts hinunter. Fiel und landete mit dem Ellbogen auf einem spitzen Ast. Mein Vater musste es nähen und ich habe ihm bei jedem einzelnen Stich zugesehen." Ryan erkannte Stolz in ihrem Gesicht, doch Wehmut in ihren Augen. „Die Narbe ist kaum zu sehen", stellte er fasziniert fest. „Ja, das konnte er richtig gut." Elena atmete tief, dann wurde ihr Gesicht ernst. „Ich will dir nichts vormachen, Ryan", sagte sie. „Es wird wehtun." Sie sah ihm in die Augen. „Sehr wehtun." Ryan nickte und griff nach einem der Sofakissen. „Tu's einfach", gab er sein Okay. Elena schluckte und fädelte die Zahnseide durchs Nadelöhr. Dann nahm sie einen tiefen Atemzug und setzte die Nadel am Rand der ersten Wunde an. Ryan stöhnte auf und grub seine Fingernägel in das Kissen vor seiner Brust. Der Schmerz durchfuhr seinen gesamten Körper. Der zweite Stich. Ryan biss mit aller Kraft die Zähne zusammen, und versuchte so still wie möglich zu halten. Am liebsten hätte er sein Bein vom Tisch gezogen und wäre davongelaufen. Doch er wusste, dass Elena ihm nur helfen wollte. „Dann haben sich deine Eltern im Krankenhaus kennengelernt?", presste er hervor. Vielleicht konnte ihn Konversation von der unbändigen Wucht der Schmerzen ablenken, die in Wellen seinen Körper durchzogen. „Könnte man meinen", antwortete Elena, noch immer konzentriert bei der Arbeit. „Aber nein. Sie haben nicht einmal im gleichen Krankenhaus gearbeitet. Sie haben sich bei der Gartenparty eines gemeinsamen Freundes kennengelernt." Für einen Moment herrschte Stille. Elena machte einen kleinen Knoten in die Zahnseide und schnitt den Rest mit einer Schere ab. Die erste Wunde hatten sie geschafft. Vier weitere lagen noch vor ihnen. „Du hast mir nie erzählt, wie sie gestorben sind…" Elena hielt inne und blickte zu ihm auf. „Du hast nie gefragt." Ryan sah sie mit schmerzvollem Blick an. Dann widmete sich Elena wieder seinem Bein. „Sie wollten ihren 20. Hochzeitstag in Italien verbringen", begann sie zu erzählen. „Da, wo mein Vater meiner Mutter damals den Heiratsantrag gemacht hatte. Auf der Autobahn gerieten sie in ein Stauende, das unglücklicherweise direkt hinter einer Kuppe lag. Für kommende Fahrzeuge unmöglich einsehbar." Sie machte eine Pause und kämpfte gegen die drohenden Tränen. Sie brauchte einen klaren Blick, solange sie mit dem Nähen der Wunden nicht fertig war. „Ein Lkw…", fuhr sie mit zittriger Stimme fort. „…hat den Stau zu spät bemerkt und raste fast ungebremst in das Auto meiner Eltern. Dabei wurde der Wagen mit voller Wucht unter den Lkw geschoben, der vor ihnen stand." Schwer atmend schaute sie zur Decke. Nicht weinen, dachte sie. Jetzt bloß nicht weinen. „Sie erzählten mir, dass sie sofort tot gewesen seien und nichts gespürt hätten. Ich hoffe nur, sie hatten recht." Elena legte die Nadel aus der Hand. „Fertig", sagte sie und wischte sich eine Träne aus dem Gesicht. Auch Ryans Augen waren tränennass. Der körperliche Schmerz und nicht zuletzt Elenas herzergreifende Geschichte hatten ihm zugesetzt. „Das tut mir so unendlich leid, Elena." Er hätte sie jetzt so gern in den Arm genommen. Stattdessen saß sie da allein in ihrem Sessel. An ihren Handschuhen das Blut seiner Verletzung. In ihren Augen heiße Tränen der Trauer. „Haben sie ihren Hochzeitstag noch erleben dürfen?" Elena sah ihn an und schüttelte den Kopf. „Nein. Der Unfall geschah auf der Hinfahrt." Da brachen bei Elena alle Dämme und sie begann bitterlich zu weinen. Ryan reichte ihr die Hand. Elena nahm sie und setzte sich neben ihn aufs Sofa. Sie vergrub ihr Gesicht in Ryans Pullover und ließ sich von ihm trösten.

Ein Blick aus dem Fenster verriet, dass der Schneesturm noch immer nicht nachgelassen hatte. Ryans Bein lag, versorgt mit Wundauflagen und Verband, auf dem Sofa und wartete nur noch auf den prüfenden Blick eines Arztes, der aufgrund des schlechten Wetters wohl noch einige Zeit auf sich warten lassen würde.
„Und was machen wir jetzt?", wollte Ryan wissen, als er gerade den letzten Löffel Bohneneintopf hinuntergeschluckt hatte. „Jetzt..." Elena nahm ihm den Teller ab und trug ihn zur Spüle. „...machen wir das, was wir heute Abend ohnehin vorhatten." Sie ging ins Schlafzimmer und holte die DVD vom Nachttisch. Lächelnd kam sie zurück ins Wohnzimmer. „Wir schauen den Film." „Gute Idee", freute sich Ryan. Elena schob die DVD in den DVD-Player und rückte ihren Sessel dicht ans Sofa zu Ryan. Sie drückte die Starttaste und machte es sich gemütlich. „Danke, Elena", hauchte Ryan ihr zu und drückte ihre Hand. Sanft lächelnd sah sie zu ihm. „Nicht dafür." Sie beugte sich ihm entgegen und küsste ihn zärtlich auf den Mund. Dann musste sie plötzlich lachen. „Was?", fragte Ryan irritiert. „Naja, vielleicht fängt dein Bein auch an zu schimmeln, weil ich es selbst genäht habe." Für ein paar Sekunden war Ryan sprachlos und sah sie mit großen Augen an. „Na das sind ja wundervolle Aussichten", sagte er schließlich und musste ebenfalls lachen.
Der Film lief noch gar nicht lange, als Ryan neben Elena einschlief. Elena küsste seine Stirn und ließ ihn schlafen. Nach all den Strapazen brauchte sein Körper die Ruhe. Sie drehte die Lautstärke des Fernsehers runter und legte die Beine auf den kleinen Couchtisch. Im Kamin brannte wohlig warm das Feuer. Draußen tobte der Sturm

Kapitel 23

März

Beth war gerade dabei, einen handgeschriebenen Zettel mit kleinen Klebestreifen an der Eingangstür des Cafés anzubringen, als Elenas Wagen angefahren kam und ordentlich Staub aufwirbelte. Sie beobachtete, wie Ryan auf der Fahrerseite ausstieg, und ging freudestrahlend nach draußen. „Wo sind denn die Krücken hin?", wollte sie wissen. „Weg", entgegnete er mit einem breiten Grinsen im Gesicht. „Ab sofort darf ich den Fuß wieder voll belasten." „Wir waren gerade im Krankenhaus", bestätigte Elena und schlug die Tür auf der Beifahrerseite zu. „Es ist alles gut verheilt." „Kein Wunder bei der Erstversorgung", zwinkerte Ryan ihr zu. „Na, wenn das mal nicht perfektes Timing ist", freute sich Beth und verschränkte die Arme vor der Brust. „Dann kannst du uns die nächsten Wochen ja ein bisschen mit zur Hand gehen." „Zur Hand gehen wobei?", schaute er Beth fragend an. „Wir renovieren das Café und gestalten es komplett neu. Startschuss ist morgen." Beths Stimme bebte vor Aufregung. „Na, wenn ihr meint, dass ihr zum Wandstreichen mehrere Wochen braucht, dann helfe ich euch vielleicht wirklich mal lieber." Ryan lachte belustigt auf. „Wir streichen nicht nur die Wände", klärte Beth ihn augenblicklich auf. „Alles kommt raus und alles wird neu. Sitzlounges, Kuchenvitrine, Außenwerbung, damit die Leute, die vorbeifahren, wissen, dass es Kaffee und Kuchen bei mir gibt…" Elena musste schmunzeln, als sie sah, wie Beth von ihrem Vorhaben schwärmte. Sie war völlig aus dem Häuschen und konnte es kaum erwarten, dass es endlich losging. Elena warf einen Blick hinüber zu Ryan und ihr Lächeln erstarb. Sein Gesicht wirkte hart. Seine Augen waren zu schmalen Schlitzen zusammengekniffen. „Und wozu soll das gut sein?", unterbrach er Beth jäh in ihrer Erzählung. Beth, völlig überrumpelt von der Frage, stand reglos da und starrte Ryan mit großen Augen an. „Damit mehr Leute auf das Café aufmerksam werden und Beth mehr Gäste bekommt", antwortete Elena. Just in diesem Moment kam Joe mit seinem alten rostigen Pick-up auf den Platz gefahren und stoppte seinen Wagen unmittelbar neben der kleinen Menschenansammlung. „Fährst du zur Farm?", wollte Ryan wissen, noch bevor Joe überhaupt einen Fuß aus dem Auto setzen konnte. Seine Stimme klang dabei messerscharf. „Schon, aber ich wollte mir vorher noch schnell einen Kaffee holen." „Den kann ich dir auch kochen." Ryan öffnete die Tür und stieg zu Joe ins Auto. „Fahren wir." Joe zuckte mit den Achseln, nicht wissend, was das alles zu bedeuten hatte. Er zog die Wagentür zu, startete den Motor und fuhr mit Ryan davon. Völlig perplex schauten Beth und Elena in den grauen Staubnebel, den der Pick-up hinter sich herzog. „Was war das denn bitte?", fragte Beth empört. Fassungslos und mit zornig funkelnden Augen blickte Elena in die sich langsam auflösende Nebelwand vor ihr. „Ich habe keine Ahnung", antwortete sie mit einem Kopfschütteln.

Es war bereits Abend geworden, als Elena zurück auf der Farm war. Ryans Jeep parkte vor seiner Hütte. Er musste also da sein. Elena stieg aus ihrem Wagen und ging ohne Umschweife zu ihm. Er schuldete ihr nicht nur eine Erklärung für sein unangebrachtes Verhalten, sondern auch eine Entschuldigung dafür, dass er sie einfach wortlos hatte stehen lassen.

In der Hütte war es warm und es duftete nach Essen. Ryan stand am Herd und wendete gerade das Fleisch in der Pfanne, als Elena zur Tür hereinkam. Er schielte nur kurz zu ihr rüber und ging dann unbeirrt weiter seiner Küchenarbeit nach. Mit vor der Brust verschränkten Armen stellte sie sich neben ihn. „Willst du mir vielleicht irgendetwas sagen, Ryan?" „Es war deine Idee, nicht wahr?" „Beth und ich haben uns zusammengesetzt und überlegt, was man machen könnte. Und selbstverständlich habe ich ihr diverse Vorschläge unterbreitet", gab Elena offenkundig zu. „Immerhin arbeite ich in einem Café und kenne mich auf dem Gebiet einigermaßen aus." Ryan grinste hämisch vor sich hin und schüttelte den Kopf. „Du kommst hierher, schnappst dir das Café und überrollst es mit einer Walze neumodischer Ideen, die hier kein Mensch braucht." Elena wollte etwas erwidern, war aber so sprachlos über Ryans Worte, dass sie schwieg. „Du erinnerst mich an Steven Frye." Er blickte kurz zu ihr auf, wandte den Blick jedoch unverzüglich wieder ab.

„Wow…" Das musste sie erst einmal verdauen. Elena stemmte die Hände in die Hüfte und sah zur Decke. „Es ist bloß ein Café, Ryan. Kein Hotel oder Vergnügungspark. Die Leute trinken Kaffee, essen Kuchen und dann fahren sie wieder." „Mit einem Café fängt es an…", sagte er aufgebracht und beförderte das fertig gebratene Steak unsanft auf einen Teller mit Salatbett. „…und ehe man sich's versieht, steht ein Hotel am anderen und Happys Inn wird genauso touristisch wie Whitefish." Er schnappte sich den Teller und ging damit zum Sofa. „Das ist doch Blödsinn. Das Café und den Pub gibt es hier doch schon ewig. Und Happys Inn ist immer noch der ruhige verschlafene Ort, der er immer war. Und da werden auch Renovierungsarbeiten in Beths Café nichts dran ändern." Elena kämpfte, schien jedoch auf verlorenem Posten. Sie ging einen Schritt auf ihn zu und bemerkte, dass er offenbar nur für sich selbst gekocht hatte. Scheint, als hätte er von vornherein nicht vorgehabt, an diesem Abend gemeinsam mit ihr zu essen. „Du selbst warst es doch, der meinte, dass Beth sieben Tage die Woche in ihrem Café steht", sagte sie nach einem schweren Schlucken. „Das wird sie auch zukünftig müssen, wenn sich an den Gästezahlen nicht gravierend etwas ändert", versuchte sie ihm zu verdeutlichen. „Und das wird es nicht, wenn alles so bleibt, wie es jetzt ist. Meine Kuchen allein reichen da nicht, Ryan." Ryans Blick war starr und leer. Sein unterschwelliges Kopfschütteln verriet Elena, dass sie bei ihm auf Granit biss. „Du wirst uns also nicht helfen." Es war mehr eine Feststellung als eine Frage. Ryan schluckte sein Steak hinunter und schaute mit festem, entschlossenem Blick zu Elena. „Nein, das werde ich nicht. Tut mir leid, Elena." Elena nickte starr vor sich hin. Etwas anderes hatte sie auch nicht erwartet. „Fein." Gleichgültigkeit lag in ihrer Stimme. „Beth und ich schaffen das auch allein." Ihre Blicke trafen sich für einen kurzen Moment. „Lass es dir schmecken", sagte sie dann mit missbilligendem Blick auf seinen Teller, kehrte ihm den Rücken und stürmte aus der Hütte. Ryan ließ das Besteck fallen und schleuderte wütend eines der Sofakissen durch den Raum.

Drei Wochen hatten sie, bis das Café in neuem Gewand wiedereröffnet werden sollte. Drei Wochen harter Arbeit lagen vor den zwei

Frauen und sie durften keine Minute davon vergeuden, wenn sie alles schaffen wollten, was sie sich vorgenommen hatten.

Zunächst galt es, das ganze Café leerzuräumen. Tische, Stühle, Tresenmöbel, alles kam raus und wurde versucht, über eine Onlineplattform zu verkaufen. Die Einnahmen daraus nutzten sie für den Kauf von Wandfarbe, Lampen und diversen anderen Sachen, die sie für den Umbau brauchten. Ron half Beth und Elena, wann und wo er nur konnte. Holte bestellte Möbel aus den Möbelhäusern ab und baute sie fachgerecht zusammen. Beth und Elena hatten lange überlegt und diskutiert, bis sie sich bei Farbgebung und Design einigen konnten. Beth war strikt gegen alles gewesen, was mit dem Farbton rosa zu tun hatte. Es war einfach nicht ihre Farbe. Elena wollte Moderne mit Eleganz und Gemütlichkeit vereinen. Vom Endergebnis auf dem Papier waren schließlich beide begeistert. Jetzt galt es nur noch, aus einer Zeichnung Realität werden zu lassen.

„Bekommst du das hin, Ari?" Beth hatte einen gebrauchten Frostschrank für wenig Geld aufgetrieben, der zu ihrem Verdruss bereits nach wenigen Tagen den Geist aufgab. Bevor sie jedoch einen neuen kaufen würden, hatte Elena Ari gebeten, mal einen Blick darauf zu werfen. „Ich bringe riesige SUVs wieder zum Laufen, Elena", sagte er, während er angestrengt an dem großen silberfarbenen Ungetüm herumwerkelte. „Dann werde ich wohl auch einen einfachen Gefrierschrank wieder zum Laufen bringen." Funken sprühten und Elena schrak zusammen. „Oder auch nicht", murmelte er vor sich hin und wich zurück. Angesäuert trat er mit dem Fuß gegen den Frostschrank und fluchte lautstark los. Elena zog sich daraufhin still und heimlich und mit weit aufgerissenen Augen aus der Küche zurück.

Es war Mittag und Elena ließ sich abseits der anderen auf den Boden sinken. An ihrem T-Shirt säuberte sie einen Apfel und biss gedankenverloren hinein. „Was hast du, Kleines?", wollte Ari wissen und setzte sich zu ihr auf die Abdeckfolie. „Findest du es falsch, was wir hier tun, Ari?" „Das Café auf Vordermann bringen? Nein, ganz und gar nicht." Aris fragende Augen sahen hinüber zu Elena. „Wie kommst du nur darauf?" Elena zuckte mit den Achseln und senkte den Blick auf ihre angewinkelten, an den Körper gezogenen Beine.

„Ist es wegen Ryan?" Elena schwieg und Ari wusste, dass er den Nagel auf den Kopf getroffen hatte. „Weißt du, für Ryan ist dieser Ort zu einer zweiten Heimat geworden und er hasst Dinge, die er nicht kontrollieren kann. Auf die er keinen Einfluss hat, weißt du? In jeder Veränderung lauert für ihn eine Gefahr. Doch manchmal können Veränderungen auch Gutes bewirken." Er machte eine Pause und sah sie an. „Du kannst Gutes bewirken." „Ich?" Sie blickte auf und ihre Stirn war in Falten gelegt. „Ja, du", bestätigte Ari. „Darf ich dich etwas fragen?" „Immer und alles. Das weißt du doch", antwortete Elena mit sanfter Stimme. „Das Geld aus dem Verkauf deiner Autoteile, das ich dir gegeben habe... Was hast du damit gemacht?" Elena ließ ihren Blick durch den Raum schweifen und Ari verstand sofort. Er nickte und schmunzelte in seinen Fünftagebart. „Du bist eine gute Seele, Elena. Lass dir von niemandem etwas anderes einreden." Er klopfte ihr sanft aufs Knie und stand dann unter Stöhnen vom Boden auf. Elena lehnte ihren Kopf gegen die Wand und sah ihm nach. „Übrigens...", sagte er und drehte sich noch einmal zu ihr um. „Der Gefrierschrank funktioniert wieder." Ein zufriedenes Grinsen huschte über sein Gesicht.

Obwohl nur wenige Meter zwischen ihren Hütten lagen, hatten Ryan und Elena seit Tagen kein einziges Wort mehr miteinander gewechselt. Jeden Tag verließ Elena die Farm bereits im Morgengrauen und kehrte erst spätabends erschöpft aus der Stadt zurück. Tag für Tag beobachtete Ryan, wie sie am Abend zurückkehrte und in ihre Hütte verschwand. Sie fehlte ihm. Er vermisste es, ihre Stimme zu hören, ihre Nähe zu spüren oder den Duft ihrer Haare zu riechen. An diesem Abend sollte sich das ändern. Er würde einen Schritt auf sie zugehen. Am Fenster sitzend, wartete er, bis ihr Wagen auf den Hof gefahren kam. Es war bereits nach zehn. Er stürmte hinaus und rannte hinüber zu ihrer Hütte. „Elena, hey!" Elena, die gerade dabei war, die Tür zu ihrer Hütte aufzuschließen, drehte sich erschrocken um. „Ich hab dir ein Bad eingelassen", sagte er und zeigte hinüber zu seiner Hütte. „Ich dachte, das würde dir vielleicht guttun." Elena holte tief Luft und sah zu ihm hinunter. „Das ist wirklich lieb, Ryan. Aber ich bin völlig fertig und will nur noch ins Bett." Sie öffnete die Tür und ging hinein. „Tut mir leid." „Nein", winkte Ryan ab. „Ist schon okay. Ruh dich aus", sagte er mit sanfter Stimme. „Elena…" Sie wollte gerade die Tür schließen, als ihr Name sie erneut aufblicken ließ. „Ich liebe dich." Seine Augen suchten ihre. Sie rang sich ein gedrungenes Lächeln ab und schloss dann wortlos die Tür. Ryan stand noch ein paar Sekunden reglos da und starrte auf die geschlossene Holztür. Dann machte er kehrt und ging zurück zu seiner Hütte. Im Bad setzte er sich auf den Rand der Wanne. Er krempelte den Ärmel seines Pullovers hoch und tastete im warmen Wasser nach dem Stöpsel des Abflusses. Er zog ihn raus und lauschte gedankenverloren dem Geräusch des abfließenden Wassers.

„An welche Pflanzen hattet ihr denn gedacht?", wollte Abigail wissen, die es sich zur Tagesaufgabe gemacht hatte, sämtliche Tassen und Teller des neuen Geschirrs zu polieren. „Grün und auffällig?" Beth warf ihr einen fragenden Blick zu, während sie wie ein Wiesel um die Handwerker schlich, die den neuen Tresen aufbauten. Abigail musste schmunzeln und schüttelte amüsiert den Kopf. „In Libby hat eine neue Gärtnerei eröffnet", erzählte sie. „Ich war mit Darren da, um mir ein bisschen Inspiration für unseren Garten zu holen. Die haben wirklich schöne Pflanzen. Da ist bestimmt auch was Passendes fürs Café dabei." „Ihr wollt einen Garten anlegen?" Elena stand auf einer kleinen Stehleiter und brachte unter höchster Konzentration ein Wandtattoo an. „Ja, direkt neben der Terrasse." Abigails Augen strahlten. „Ich brauche eine Beschäftigung für die Zeit der Schwangerschaft, und was eignet sich da besser als ein Garten?" „Find ich prima", war Beth begeistert. „Muss toll sein, eigenes Gemüse ernten zu können." „Ja, aber bis dahin ist es noch ein weiter Weg." Die Tür ging auf und eine männliche Stimme hallte durchs Café. „So Mädels, wie kann ich euch helfen?" Beth und Abigail tauschten Blicke und grienten sich an. Elena drehte sich um und geriet ins Wanken. Es brauchte einen zweiten Blick, bis sie begriff, dass es Ryan war, der da gerade seine Hilfe angeboten hatte. Gutmütig sah er zu Elena, die in einer weiten, mit unzähligen Farbtupfern besprenkelten Latzhose auf der Leiter stand und ihn mit staunenden Augen ansah. Ihr schwarzes Haar war mit einem Tuch nach oben gebunden. Allein für diesen Anblick hatte es sich gelohnt, herzukommen, ging Ryan durch den Kopf. „Du kannst Ron beim Aufbau der Sitzlounges helfen", schlug Beth vor. Ron winkte ihm schon freudig aus der hintersten Ecke zu. „Wird gemacht." „Hat dir Darren freigegeben?", wollte Abigail mit einem Grinsen im Gesicht wissen. „Ich habe mir einfach ein paar Stunden freigenommen", zwinkerte er ihr zu. „Aber was machst du eigentlich hier? Solltest du dich nicht schonen?" „Ich bin schwanger, nicht krank", machte Darrens Freundin ihm klar und warf mit einem Geschirrtuch nach Ryan.

Ryan arbeitete mit Ron in der einen Ecke des Cafés, während Elena auf der entgegengesetzten Seite noch immer mit der Anbringung des Wandtattoos kämpfte. Bis auf einen gelegentlichen Blickkontakt kam es zu keinerlei Interaktion zwischen den beiden.

An diesem Abend war Elena früher zu Hause, als es die letzten Tage der Fall gewesen war. Ryan war sich unsicher, was er tun sollte. Elena und er hatten im Café kein einziges Wort miteinander gesprochen. Er wusste, dass er sie verletzt und Dinge gesagt hatte, die er mittlerweile zutiefst bereute. Aber er wollte es so gern wiedergutmachen.

Also ging er zu ihrer Hütte und klopfte an die Tür. Sie öffnete nicht. Er wollte schon wieder gehen, als er bemerkte, dass das Licht im Badezimmer brannte. Vielleicht hatte sie sein Klopfen einfach nicht gehört. Er öffnete die unverschlossene Tür und trat ins Warme. Aus dem Bad vernahm er das Rauschen von Wasser. Vermutlich stand sie unter der Dusche. Ohne groß nachzudenken, entledigte sich Ryan seiner Sachen und ließ sie auf den Boden fallen. Splitternackt betrat er das mit heißem Wasserdampf durchzogene Badezimmer. Sie stand mit dem Rücken zu ihm. Nackt, nass und wunderschön. Er öffnete die Glastür und stieg zu ihr in die Duschkabine. Elena erstarrte und merkte, wie seine starken Hände ihre Schultern umfassten. Er schmiegte seinen Körper eng an ihren und Elena spürte seinen harten Penis an ihren Pobacken. Ihr Atem beschleunigte sich. Er küsste ihr Haar, ihren Nacken, ihre Schultern. Sie schloss die Augen und genoss seine Liebkosungen in vollen Zügen. „Sag ruhig, wenn du willst, dass ich gehe", hauchte er ihr ins Ohr. „Nein", flüsterte sie und drehte sich zu ihm um. „Ich will, dass du bleibst." Sie schlang ihre Arme um seinen Nacken und küsste ihn heißblütig. Das warme Wasser rann über die nackte Haut ihres Körpes. Ryan erwiderte ihre Küsse und presste sie gegen die feuchten Fliesen. Er drehte sie zur Wand und nahm sie gierig von hinten. Immer und immer wieder stieß er in sie hinein, bis sie schließlich gemeinsam den Punkt höchster Ekstase erreichten.

Umgeben von völliger Dunkelheit lagen Ryan und Elena eng umschlungen im Bett. Ihre Körper vibrierten noch von der Leidenschaft, die sie gerade erfahren hatten. Elenas heißer Atem streichelte sanft Ryans Hals. Sein Herz schlug wie wild, freudig, die Frau, die er liebte, endlich wieder in seinen Armen halten zu dürfen. „Ich war ein Idiot", sagte er und fuhr mit den Fingerspitzen sanft über die weiche Haut ihrer Oberarme. „Ja, das warst du", gab ihm Elena recht. „Tut mir wirklich leid, was ich da alles zu dir gesagt habe, Elena." „Du meinst, dass ich dich an Steven Frye erinnere?" „Oh Gott…" Ryan schlug entsetzt die Hände überm Kopf zusammen. „Das habe ich wirklich gesagt, oder?" „Ja, das hast du." Er hörte den verletzten Unterton in Elenas Stimme. „Bitte verzeih mir. Das hätte ich niemals sagen dürfen." Sie sagte nichts. Doch er spürte, wie sie nickte. „Ich tu das nicht für mich, weißt du", sagte sie nach einer kurzen Pause. „Ich mache das, um Beth zu helfen, ein erfüllteres Leben führen zu können." „Das weiß ich, Elena. Und ich bewundere dich dafür." Er legte seinen Arm um ihre Schultern und drückte sie fest an sich. „Und ich werde euch von jetzt an helfen, wo ich nur kann. Das verspreche ich dir." Sie grub ihre Finger in sein T-Shirt und lächelte erleichtert. „Danke", hauchte sie und legte ihren Kopf auf seine Brust. Zärtlich küsste er ihr Haar und streichelte sie in den Schlaf.

Endlich war es soweit. Der große Tag der Wiedereröffnung war gekommen. In wenigen Stunden würde Beth nach drei langen Wochen das Café wieder für Gäste öffnen. Bis es jedoch so weit sein würde, mussten noch letzte kleine Handgriffe getan werden. Getränkekarten wurden auf den Tischen verteilt und kleine Vasen mit frischen Blumen versehen. Beth ließ sich von Elena noch einmal das Handling der neuen Siebträgermaschine erklären, durch die nun auch Getränke wie Cappuccino, Espresso und heiße Schokoladen angeboten werden konnten.

Dann war es fünf vor neun. Beth und Elena standen an der Eingangstür und ließen einen letzten prüfenden Blick durch den Raum schweifen. Alles strahlte in neuem Glanz. Schiefergraue Wände trafen auf frisches kräftiges Türkisblau. Holz und Glas bildeten perfekte Symbiosen. Die ledernen Sitzlounges brachten Gemütlichkeit, füllten den Raum und zogen sich entlang der großen Fensterfront. Die Glastische waren liebevoll gedeckt mit türkisen Tischdecken, Blumenvasen und Kerzen. Das weiße Wandtattoo, das Elena mühevoll angebracht hatte, zeigte eine dampfende Tasse Kaffee, ein Stück Kuchen und drumherum verstreute Kaffeebohnen. Ein großer Spiegel sorgte dafür, den Raum optisch größer wirken zu lassen. Grünpflanzen brachten Atmosphäre und die neue Soundanlage musikalische Untermalung. Passend zur Region lief gemächlicher Kaffeehaus-Country. Die neue gekühlte Kuchenvitrine war beleuchtet und bereits bestückt mit köstlichen Kuchen und Torten, die nur noch darauf warteten, vernascht zu werden. Verspielte Lampen hingen von der Decke und tauchten das Café in wohliges Licht.

Überwältigt stand Beth da und konnte kaum glauben, was sie hier auf die Beine gestellt hatten. Niemals hätte sie sich träumen lassen, dass sie einmal Besitzerin einer derart bezaubernden Lokalität sein würde. Und jetzt stand sie hier, mit Tränen der Rührung in den Augen, und blickte auf das, was aus ihrem einst so tristen, rustikalen Café geworden war. Aus dem kleinen grauen Entlein war in drei Wochen ein strahlender Schwan geworden, der sich zeigen lassen konnte. „Es ist unbeschreiblich", sagte Beth mit bebender Stimme. „Es ist absolut perfekt." Elena nickte zufrieden. „Das ist es." Sie ging zum Tresen und kramte ein kleines laminiertes Schild hervor. „Aber eines fehlt noch." Sie ging zu Beth und reichte ihr das Kärtchen. „Dein neues Öffnungszeiten-Schild." „Aber…" Beth war irritiert, als sie las, was darauf geschrieben stand. „Da steht, dass das Café montags und dienstags geschlossen hat." Elena nickte bestätigend. „Ja, das hat es. Auch du hast ein Recht auf zwei freie Tage in der Woche, Beth." Beth war völlig sprachlos. So vieles würde sich von nun an ändern. Aber es war eine Veränderung ins Positive. „Ich

werde gar nicht wissen, was ich mit so viel Freizeit anfangen soll."
„Da wird uns bestimmt was einfallen", erklang Rons Stimme. Er
kam aus der Küche und gesellte sich an Beths Seite. Zärtlich legte er
seinen Arm um ihre Hüfte und schenkte ihr ein herzliches Lächeln.
„Es ist so weit." Elena zeigte auf die Uhr über dem Tresen und
reichte Beth die Ladenschlüssel. Aufgeregt nahm sie sie entgegen
und öffnete die Tür in eine neue Zukunft. Während Beth die neue
Markise herausfuhr, brachte Ron das Schild mit den Öffnungszeiten
an der Glastür an. An der Außenwand hing ein Schild mit der Aufschrift *Beth's Café — hausgemachte Kuchen und andere Köstlichkeiten*, das
Beth stolz betrachtete. Dann hörte sie, wie ein Auto auf den Parkplatz gefahren kam, und drehte sich um. Es war Darren. Er brachte
seinen Ford Ranger unmittelbar neben Beth zum Stehen. Zu ihrer
Überraschung stieg nicht nur Darren, sondern auch Ryan und Joe
aus dem Wagen. „Wir haben gehört, dass es hier ein Café gibt, das
jeder wenigstens einmal besucht haben sollte." Darren stellte sich
grinsend vor Beth und stemmte die Hände in die Hüften. Die beiden anderen lehnten mit verschränkten Armen grienend am Auto.
„Okay, was führt ihr im Schilde?", wollte Beth wissen und kniff
skeptisch die Augen zusammen. Dann drehte sie sich zu Elena, die
in der Tür zum Café stand. „Frag nicht mich", wehrte sie mit einem
Achselzucken ab. „Ich habe absolut keine Ahnung." „Spann sie
doch nicht so auf die Folter", sagte Ryan und stupste Darren gegen
die Schulter. „Also schön." Darren ging zur Ladefläche seines Wagens und öffnete die Heckklappe. Ryan und Joe sprangen hinauf
und lösten Gurte, die um die große abgedeckte Ladung gespannt
waren. „Wir haben eine kleine Überraschung für dich." Darren zog
von unten an der Plane und zum Vorschein kam eine wuchtige
Holzskulptur. Von Neugier gepackt, kamen auch Ron und Elena
näher, um zu sehen, worum es sich handelte. Geschwungene,
schwebende Holzbuchstaben, die aus einem riesigen Holzblock
gesägt worden sein mussten, ergaben den Schriftzug *Beth's Café*. Es
sah unglaublich aus und Beth hielt sich vor Begeisterung die Hand
vor den Mund. „Mit deiner Erlaubnis würden wir das gern an der
Hauptstraße aufstellen." Mit weit aufgerissenen Augen sah Beth
hinauf zu Joe. „Erlaubnis erteilt." Sie ging zur Ladefläche und legte

eine Hand auf das glatt geschliffene, lackierte Holz. „Das ist großartig. So etwas habe ich noch nie gesehen." Ein Strahlen trat in ihr Gesicht. „Habt vielen Dank." Die Männer nickten ihr anerkennend zu. „Wird man denn hier nicht bedient?", drang eine mürrische Stimme vom Café. Erschrocken drehte sich Beth um und entdeckte Bob. Mit seiner Zeitung unterm Arm stand er vorm Aufgang zum Lokal und zwinkerte Beth neckisch zu. Beth fiel ein Stein vom Herzen. Sie musste lachen und die anderen stimmten mit ein.

Kapitel 24

April

Es war ein kühler, wolkenverhangener Ostersonntag. Pfützen vom letzten Regenschauer säumten die Straße. Leute liefen mit tropfenden Regenschirmen die Gehwege entlang. Im Auto war es angenehm warm. Das Radio lief und die Moderatorin schickte Ostergrüße ins Land hinaus. Grandma Julie saß neben Ryan auf dem Beifahrersitz und sah gedankenverloren aus dem Fenster. Elena, die auf der Rückbank saß, nutzte die kurze Autofahrt von der Kirche zu Julies Haus, um ihrer Tante eine Mail mit lieben Worten zum Osterfest zu schreiben. Gerade, als Ryan den Wagen in die Einfahrt manövrierte, beendete Elena den letzten Satz und klickte auf *Senden*. Dann stieg sie aus und half der alten Lady gemeinsam mit Ryan aus dem Jeep.

„Und du hast Adam oder Dad wirklich nicht eingeladen, Grandma?" „Was soll das, Ryan?", war Julie entrüstet. „Adam ist mit seiner Familie bei Briannas Schwester in Great Falls, und wo sich dein Vater zu Ostern herumtreibt, weiß der Himmel." Julie winkte ab und stützte sich auf ihren Krückstock. „Ich wollte euch einfach gern hier haben." „Und wir freuen uns, gemeinsam mit dir Ostern verbringen zu dürfen." Er legte ihr besänftigend eine Hand auf den Rücken und küsste sie auf die Schläfe. „Wir haben dir übrigens ein kleines Geschenk mitgebracht", sagte Elena, die gerade den Kuchen fürs Kaffeetrinken schnitt. „Oh", hellte sich Julies Laune augenblicklich auf. „Für Geschenke bin ich immer zu haben." Ein freudiges Zucken huschte ihr über die Lippen. „Ja, Elena hat … Wie heißt es noch gleich?", fragte Ryan und sah grübelnd zu seiner Freundin. „Eierlikör", half sie ihm auf die Sprünge. „Eierlikör, genau. Elena hat dir selbst gemachten Eierlikör mitgebracht." Er kramte eine Glasflasche hervor und stellte sie neben seiner Grandma auf der Arbeitsfläche des Küchenschranks ab. Die alte Dame betrachtete mit skeptischem Blick die blassgelbe, dickflüssige Creme darin.

„Was um alles in der Welt ist denn Eierlikör?" Elena musste lachen. „Es ist ein bisschen vergleichbar mit Eierpunsch. Nur viel cremiger, hochprozentiger und wird vorwiegend kalt getrunken." Sie säuberte das Messer und steckte es zurück in den hölzernen Messerblock. „In Deutschland ist ein Osterfest ohne Eierlikör einfach unvorstellbar." „Und ich kann dir sagen, Grandma, das Zeug ist verteufelt gut." „Na, wenn das so ist. Schnapp dir drei Gläser und schaff sie schon mal gemeinsam mit der Flasche ins Esszimmer", sagte Julie mit einem vorfreudigen Grinsen zu ihrem Enkel. „Elena und ich folgen mit Kaffee und Kuchen."

Mit zittrigen Fingern führte Grandma Julie das kleine Schnapsglas zur Nase und schnupperte daran. Dann nahm sie mit der Zungenspitze eine Kostprobe, woraufhin ihre Augen zu leuchten begannen. Ein großer Schluck folgte und sie fühlte, wie sich die wohlschmeckende Flüssigkeit samtig ihren Weg die Kehle hinunterbahnte. „Absolut vorzüglich", lobte sie und prostete Elena freudig zu. „Ich hab's dir gesagt, Grandma. Ich hab's dir gesagt." Ryan gönnte sich selbst einen Schluck und stellte das Glas dann neben seine dampfende Kaffeetasse. „Du musst mir unbedingt das Rezept geben, Elena", bat Grandma Julie sie. „Das mach ich gern", versicherte Elena und ließ zwei Stück Zucker in ihren Kaffee sinken. „Es ist ein altes Familienrezept. Meine Oma hat meine Eltern zu Lebzeiten immer das ganze Jahr über mit selbst gemachtem Eierlikör versorgt." Sie rührte den Zucker unter das koffeinhaltige Heißgetränk und leckte dann genüsslich den kleinen Silberlöffel ab. „Damals durfte ich ihn noch nicht trinken, weil ich zu jung war. Aber inzwischen habe auch ich ihn lieben gelernt." „Und er wird wirklich aus Eiern gemacht?", hakte Ryans Grandma wissbegierig nach. „Ja", bestätigte Elena. „Aus Eigelb, Sahne, Zucker, Vanille und…" Sie machte eine kleine spannungsaufbauende Pause. „…Kirschwasser." „Kirschwasser?", sah Ryan sie überrascht an und Elena nickte. „Faszinierend", war Julie hellauf begeistert und genehmigte sich noch einen Schluck. „Und die Torte, wie nicht anders zu erwarten war, sieht auch wieder unglaublich aus." „Eine Eierlikör-Sahne-Torte", offenbarte Elena mit einem Grinsen. „Das…" Ryans Grandma zeigte auf ihr fast leeres Eierlikörglas und dann auf die

aufwendig verzierte Torte in der Mitte des Tisches. „...ist da drin?"
Elena nickte erneut und Julie klatschte freudig in die Hände. „Das
wird ja immer besser." Ryan verteilte den Kuchen auf die Teller und
sah zu, wie seine Großmutter eine Kostprobe davon nahm. „Lecker", murmelte sie vor sich hin und führte noch eine Gabel voll
zum Mund. „Und wie läuft das Café?", wollte sie dann wissen. „Zu
gut, wenn du mich fragst", platzte es aus Ryan heraus. „Aber dich
habe ich nicht gefragt, mein Junge." Mit zusammengekniffenen
Augen sah die alte Dame zu ihrem Enkel. Elena musste schmunzeln
und schluckte ihren Kuchen runter. „Es läuft sehr gut. An manchen
Tagen ist so viel los, dass ich stundenweise aushelfen muss, weil
Beth es sonst kaum schaffen würde." „Auf Kosten unserer gemeinsamen Zeit", gab Ryan zu bedenken, wofür er einen zornigen Blick
von seiner Grandma erntete. „So schlimm ist es nicht", sah Elena
ihn mit sanften Augen an. „Du solltest stolz sein, auf das, was Elena
da mit aufgebaut hat." „Das bin ich auch, Grandma", versicherte
Ryan aufrichtig. „Das bin ich wirklich. Ich hätte sie halt nur gern
jede Minute bei mir." Elena legte wortlos ihre Hand auf seinen Arm
und ihr Blick sagte mehr als tausend Worte. „Junge Liebe", hauchte
Grandma Julie und schenkte sich noch einen Eierlikör nach.
„Wie läuft es eigentlich mit dem Buch, Elena?", wollte Julie wissen
und ließ sich satt und zufrieden gegen die Lehne des Stuhls fallen.
„Kommst du voran?" „Naja, ich habe eine grobe Idee von dem, was
ich schreiben will. Weiß aber noch nicht so richtig, wie ich die leeren Seiten damit füllen soll." „Du solltest ein Backbuch schreiben",
dachte Ryan laut nach. „Da hättest du bestimmt keine Probleme, die
leeren Seiten zu füllen." Begeistert von der Idee nickte ihm Elena
mit einem Lächeln im Gesicht zu. „Wenn es mit dem Roman nichts
wird, mache ich das vielleicht."

Während sich Grandma Julie für ein kleines Schläfchen hinlegte,
ließen Ryan und Elena ihrer Kreativität freien Lauf. Mit Wassermal-
farben bewaffnet, machten sie sich am Esstisch, den sie extra mit
Zeitungspapier verkleidet hatten, um ihn vor unschönen Flecken zu
schützen, über unzählige ausgepustete Eier her. Elena, die selbst
kleine Kunstwerke auf die Eierschalen-Leinwände zauberte, belä-

chelte unterdessen Ryans Unbeholfenheit beim Zeichnen. „Du musst mit der Nase anfangen", versuchte sie ihm zu erklären, als sie seinen kläglichen Versuch mit ansehen musste, einen Hasen auf die fragile Schale zu malen. Ryan sah sie ungläubig an, staunte dann aber nicht schlecht, als sie ihm an einem Beispiel zeigte, was sie meinte. Im Handumdrehen hatte Elena eine kleine Hasenfamilie auf das weiße Ei gemalt gehabt, das Ryan fasziniert in den Händen drehte und von allen Seiten begutachtete. Mit jedem Ei, das er bemalte, und Elenas geduldiger und liebevoller Hilfestellung wurden seine Zeichnungen besser und schöner. Als alle Eier mit bunten Bildchen verziert waren, hingen sie sie an einen kleinen Weidenstrauch im Wohnzimmer und hofften, dass Ryans Grandma sich über die neue, selbst gebastelte Osterdekoration freuen würde.

Nach dem kleinen Ausflug in die Kunstwelt konnte sich Ryan nun endlich einer Disziplin widmen, die er beherrschte. Dem Kochen. Seine Grandma hatte ihn gebeten, gemeinsam mit Elena das Abendessen zuzubereiten, damit sie sich selbst noch ein wenig ausruhen konnte.

Ryans Augen strahlten, als er die frischen Lammlachse auspackte, die Grandma Julie beim Metzger um die Ecke gekauft hatte. Das würde ein schmackhaftes Essen werden, ging ihm durch den Kopf. Die Kruste, die er auf das Fleisch zaubern würde, würde dem Gericht noch das i-Tüpfelchen aufsetzen. Dafür hackte er Pinienkerne und Rucola. Zerbröselte Toast. Mixte alles mit Eigelb, Butter und Zitronenschale. Salz und Pfeffer brachten schließlich noch die gewünschte Würze. Dann verteilte er die Kruste gleichmäßig auf dem angebratenen Fleisch und schob alles in den vorgeheizten Backofen. Elena beobachtete fasziniert, mit welcher Leidenschaft und Raffinesse er zu Werke ging. Was für sie das Backen war, war für Ryan zweifelsohne das Kochen. Man konnte die Freude, die es ihm bereitete, nicht nur sehen. Man konnte sie spüren.

Während Ryan Kartoffeln, Bohnen und das köstlich duftende Fleisch ins Esszimmer trug, holte Elena Grandma Julie aus ihrem kleinen Lieblingsräumchen ab und begleitete sie zu Tisch.

Draußen fiel der Regen in Bindfäden zur Erde hernieder. Drinnen ließ man sich im wohlig warmen Esszimmer das Ostermahl schmecken. Ryan hatte sich wirklich selbst übertroffen. Das Lamm war zart und die Kruste kross. Selbst Grandma Julie, deren Appetit in den letzten Jahren, dem Alter geschuldet, etwas nachgelassen hatte, verlangte einen Nachschlag. „Ryan, schenk Elena doch bitte noch ein Glas Wein ein", bat sie ihren Enkel, während sie ihr Fleisch in mundgerechte Stücke schnitt. „Oh, nein nein", lehnte Elena dankend ab. „Einer muss heute schließlich noch nach Hause fahren." „Ach, papperlapapp, nach Hause fahren", prustete die alte Dame los und gönnte sich selbst erst einmal einen großen Schluck aus ihrem Weinglas. Ryan und Elena starrten sie mit weit aufgerissenen Augen an. „Heute muss niemand mehr nach Hause fahren", sagte sie nach einem zufriedenen Schmatzer und stellte das Glas zurück auf den Tisch. „Ihr bleibt die Nacht einfach hier." Ryan und Elena blickten einander an und wirkten beide sichtlich überrumpelt. „Das ist wirklich lieb von dir, Grandma...", wandte sich Ryan dann wieder seiner Großmutter zu. „...aber Elena muss morgen Früh Kuchen ins Café bringen." „Nein, muss ich nicht", berichtigte sie ihn. „Das Café hat morgen geschlossen." „Na wunderbar", klatschte die alte Frau freudig in die Hände. „Aber wir haben doch gar nichts dabei, Julie", gab Elena zu bedenken. Julie winkte lachend ab. „Da sehe ich gar kein Problem. Du..." Sie zeigte auf Elena. „...kannst eins von meinen Nachthemden bekommen und Ryan kann einen alten Pyjama von seinem Grandpa anziehen." „Du hast Grandpas Schlafanzüge aufgehoben?", sah Ryan sie überrascht an. „Ich habe jedes einzelne Kleidungsstück deines Großvaters aufgehoben. Sie erinnern mich an ihn. Jeden einzelnen Tag." Ryans sanfter Blick traf seine Grandma und erwärmte ihr das Herz. „Aber wir haben keine Zahnbürsten", ging Elena durch den Kopf. Und wie sie das Thema Zahnhygiene angesprochen hatte, fing Grandma Julie an zu lachen. „Ach, Zahnbürsten habe ich reichlich", winkte sie ab. „Jedes Mal, wenn ich bei Doktor Bird, meinem Zahnarzt bin, nehme ich aus dem Wartezimmer oder Waschräumen kleine Zahnpastaproben und Zahnbürsten mit. Mittlerweile ist mein Vorrat so groß, dass ich seit Jahren keine Zahnbürsten oder Pasta mehr kaufen muss." Ryan schüttelte grinsend den Kopf. „Du bist unglaublich, Grandma." „Na, man muss doch sehen, wo man bleibt", sagte Julie amüsiert und zuckte mit den Achseln. „Und wo sollen wir deiner Meinung nach schlafen?", wollte Ryan wissen. „Was ist denn das für eine Frage?", sah sie ihn gespielt entrüstet an. „Im Gästezimmer oben auf dem Dachboden selbstverständlich." „Das gibt's noch?" Ryan richtete seinen Blick hinauf zur Decke. „Na, was dachtest du denn? Vielleicht ist es ein bisschen staubig geworden über die Jahre, aber zum Schlafen reicht es allemal." „Wenn du das sagst, Grandma." „Bleibt ihr nun da, oder nicht?", wollte die alte Frau mit ungeduldiger Stimme wissen. Ryan sah zu Elena, die ihm nur lächelnd zunickte. „Ja, ich denke, das tun wir." Grandma Julie war verzückt, das zu hören, und ihre Freude darüber war riesig. „Wundervoll. Dann schenk Elena noch ein Glas ein, räum den Tisch ab, bring den Eierlikör mit und lasst uns Scrabble spielen." Nach einer kurzen Pause, in der Grandma Julies Redeschwall erst einmal verarbeitet werden musste, brachen alle in schallendes Gelächter aus.

Eine kleine schmale Treppe führte hinauf zum Dachboden. Vom Korridor mit Dielenboden gingen drei Räume ab. Das Gästezimmer befand sich auf der rechten Seite. Die beiden anderen Räume, darunter auch das ehemalige Kinderzimmer von Ryans verstorbener Mutter, dienten mittlerweile nur noch als Abstellräume für diverse Truhen und Kisten mit alter Bettwäsche, Decken, Geschirr und unzähligen Erinnerungsstücken aus längst vergangenen Tagen.

Das Gästezimmer war nur spärlich eingerichtet. Bis auf ein großes Bett, zwei Nachttische und einen Schrank befand sich nichts in dem Raum, in den seit Jahren keiner mehr einen Fuß gesetzt zu haben schien. Es war stickig und roch nach trockenem Moder. Elena öffnete das antik anmutende Fenster, das Richtung Garten zeigte, und atmete die frische Nachtluft ein. Es war kühl und der Duft von Regen hing noch in der Luft. Der Himmel war wolkenverhangen und ließ keinen Blick auf Mond und Sterne zu. Elena entledigte sich ihrer Kleider und zog sich das Nachthemd, das Grandma Julie ihr gegeben hatte, über den nackten Körper. Es war weit geschnitten und reichte ihr bis zu den Knöcheln. Der Stoff wog schwer und die Rüschenbordüre, die den hochgeschlossenen Ausschnitt zierte, kitzelte sie am Hals. Die langen Ärmel waren befremdlich und Elena fühlte sich im ersten Moment wie in einem flauschigen Gefängnis aus Stoff. Sie war froh, dass sich die Mode diesbezüglich weiterentwickelt hatte.

Beim Entfernen der Tagesdecke schlug Elena eine aufgewirbelte Staubwand entgegen und ließ sie hüsteln. Darauf bedacht, nicht noch mehr Staub aufzuwirbeln, ließ sie sie behutsam zu Boden sinken. „Mhhh, wirklich sexy, Ms. Lindenberg." Ryan lehnte mit vor der Brust verschränkten Armen im Türrahmen und musterte Elena, die mit dem Rücken zu ihm am Bettrand stand, in ihrem 50er-Jahre Schlafoutfit. Sie drehte sich zu ihm um und ließ den Blick über seinen langen, grün-grau karierten Flanell-Pyjama schweifen. „Sie sehen aber auch nicht gerade übel aus, Mr. Flanagan." Er ging mit einem Grinsen auf sie zu und zog ihr mit einer geschmeidigen Bewegung das Nachthemd über den Kopf. „Ryan, was machst du denn da?", sah sie ihn mit großen Augen an und bedeckte mit den Händen ihren nackten Körper. „Dich von diesem Ungetüm befreien", sagte er und zog sein Pyjamaoberteil aus. Zügig reichte er es Elena, die es sich in Windeseile über ihre fröstelnde Haut zog. Es war so lang, dass es ihr bis zu den Oberschenkeln reichte. „Danke", hauchte sie und gab Ryan einen Kuss. Er fasste sie sanft bei den Schultern, während sein Kuss fordernder wurde. Elenas Hände glitten über seinen nackten Rücken hinab zu seinem Hintern. Sie schob ihre Hände unter den Stoff seiner Hose und spürte seine festen Gesäßmuskeln unter ihrer heißen Haut. Ryan lenkte Elena zum Bett und ließ sich mit ihr hineinfallen. Ein lautes Knacken und Quietschen ließ beide innehalten und aufhorchen. Sie sahen einander an und mussten lachen. „Scheint, als wäre das Bett über die Jahre etwas marode geworden." „Aber es wird doch nicht unter unserem Gewicht zusammenbrechen, oder?", fragte Elena etwas ängstlich. „Ich denke nicht", war Ryan sich sicher. Er sah auf die Frau in seinen Armen und Glückseligkeit durchfuhr seinen Körper. Er beugte sich zu ihr und küsste ihre weichen Lippen, ihren Hals. Elena bekam eine Gänsehaut, doch diesmal war nicht die kalte Nachtluft schuld, die durchs geöffnete Fenster ins Zimmer strömte. Es waren Ryans zärtliche Berührungen. Er bahnte sich seinen Weg tiefer und tiefer ihren Körper hinab, und bei jeder seiner Bewegungen knarrte das Bettgestell. „Ryan", keuchte Elena etwas atemlos, als er an einer sehr empfindsamen Stelle ihres Körpers angelangt war. „Wir sollten das nicht tun." „Wieso nicht?", sah er verwundert zu ihr auf. „Das Zimmer deiner Grandma befindet sich direkt unter uns. Was, wenn sie uns hört?" „Sie ist eine alte Frau, Elena. Außerdem bin ich sicher, dass sie schon längst schläft." „Aber..." Elena stöhnte auf, als Ryan Elenas Scham mit Küssen verwöhnte. Eine Etage tiefer lauschte Grandma Julie den Geräuschen, die vom Dachboden kamen. „Die Kinder", murmelte sie vor sich hin und schloss dann friedlich grinsend die Augen.

Es duftete nach frisch gebackenen Brötchen, als Grandma Julie am nächsten Morgen die Küche betrat. Elena war schon früh auf den Beinen gewesen und hatte es sich nicht nehmen lassen, ein üppiges Frühstück für die anderen zu zaubern. Die ofenwarmen Gebäckteilchen dampften im Brotkorb. Eine Schüssel Heidelbeerjoghurt stand auf dem Tisch. Aufgeschnittenes Obst wartete auf einem Glasteller darauf, vernascht zu werden. Marmelade, Wurst und Käse durften natürlich auch nicht fehlen. Die Kaffeemaschine zog mit lautem Fauchen das letzte Wasser und zeigte an, dass einem guten Frühstück nun nichts mehr im Wege stand.

„Habt ihr gut geschlafen?", wollte Julie wissen. „Ja", antwortete Elena blitzschnell. „Sehr gut." „Da bin ich aber froh. Es klang, als hättet ihr euch die halbe Nacht schlaflos hin und her gewälzt." Elena machte große Augen und sah verlegen auf ihren Teller. „Wir mussten uns erst an die Matratze gewöhnen", erklärte Ryan und hätte schwören können, ein spitzbübisches Zucken im Gesicht seiner Großmutter erkannt zu haben. „Nun, auf dieser Matratze hat sich schon lange Zeit keiner mehr vergnügt." Elena verfiel in eine Schockstarre und schielte hinüber zu Ryan. „Vergnügt?", sah er seine Grandma fragend an. „Geschlafen natürlich", korrigierte sie. „Pardon, mein Fehler." Das Grinsen bekam sie jedoch nur schwer aus dem Gesicht. Ryan sah über den Rand seiner Kaffeetasse zu seiner Grandma, die mit zittrigen Händen Marmelade auf ihr Brötchen schmierte. Sie wusste genau, was Elena und er in diesem Zimmer getrieben hatten, da war er sich sicher.

„Ryan, mein Junge, habt ihr denn schon Pläne für deinen Geburtstag gemacht?" Bei diesen Worten wurde Elena hellhörig. „Geburtstag?" „Grandma, lassen wir das", versuchte Ryan, das Thema abzuschmettern. „Nein", widersprach Elena. „Wann hast du Geburtstag?", wollte sie wissen. „Das ist doch völlig egal, Elena." „Dein Geburtstag ist egal?" „Ja", machte Ryan deutlich. „Jeder Mensch hat jedes Jahr Geburtstag. Es ist nichts Besonderes. Ich werde dieses Jahr 29. Mehr musst du nicht wissen." Verständnislos musterte sie den Mann, mit dem sie jetzt schon mehrere Monate eine Beziehung führte. „Für mich ist es aber von Bedeutung, Ryan. Ich würde wirklich sehr gern wissen, an welchem Tag mein Partner Geburtstag hat." Ryan zog sich in sein Schneckenhaus zurück. Er sah Elena in die Augen, blieb jedoch stur und sagte kein Wort. „Ryans Geburtstag war schon immer ein leidiges Thema", klärte Julie Elena auf. „Er steht nicht gern im Mittelpunkt." „Grandma", drangen Ryans Worte an das Ohr der alten Dame. „Ich kann mich nicht erinnern, dass Ryan seinen Geburtstag jemals gefeiert hätte." „Grandma." Seine Stimme wurde lauter, eindringlicher, und Grandma Julie hielt abwehrend die Hände vor die Brust. „Schon gut, schon gut. Ich bin ja schon still." Elena warf Ryan einen fassungslosen Blick zu. „Aber wann ist denn eigentlich dein Geburtstag, Elena, Liebes?" „Ich werde am 24. Juni 26", machte sie kein Geheimnis daraus. „Ein Sommerkind", sagte Ryan und sah grinsend zu ihr. „Das erklärt, warum du so eine Frostbeule bist." Elena reagierte nicht auf seinen Kommentar. „Verrätst du mir jetzt deinen Geburtstag?", wollte sie stattdessen wissen. „Nein", blieb er standhaft und trank von seinem Kaffee. Elena schaute zu Grandma Julie, die nur mit den Achseln zuckte.

Gegen Mittag verabschiedeten sich Ryan und Elena von der kleinen alten Frau und bedankten sich für ihre Mühe und Gastfreundschaft. Julie nutzte Elenas herzliche Umarmung und drückte ihr heimlich ein kleines Stück zusammengefaltetes Papier in die Hand. Elena wusste nicht recht, was das zu bedeuten hatte, doch Julie deutete ihr an, Stillschweigen darüber zu bewahren. Also ließ Elena den Zettel in der Gesäßtasche ihrer Jeans verschwinden und machte kein Aufsehen darum. Die alte Dame zwinkerte ihr verschwörerisch zu und schloss lächelnd die Tür.

Kapitel 25

Wie eine Katze auf Samtpfoten schlich Ryan ins Halbdunkel des Schlafzimmers. Elena lag zugedeckt bis zum Hals im warmen Bett und schlief friedlich. Ryan setzte sich auf den Rand des Bettes und strich ihr eine Haarsträhne aus dem Gesicht. Er hätte noch Stunden so dasitzen und sie beim Schlafen beobachten können, doch er musste los. Sanft küsste er Elena auf die Stirn und verließ den Raum.

Eine kühle Morgenbrise schlug Ryan entgegen, als er seine Hütte verließ. Er schloss den Reißverschluss seiner Jacke und lief zum Haupthaus, wo er am Vorabend seinen Jeep geparkt hatte. Gerade als er am Haupthaus ankam, öffnete Darren die Tür und trat ins Freie. Freudig hüpfte er die Holzstufen hinab und drückte Ryan wortlos eine Flasche Bier in die Hand, an deren Hals eine kleine rote Schleife befestigt war. Grinsend klopfte er ihm auf die Schulter und lief dann zu seinem Wagen. Ryan atmete tief durch und begann sofort, das Schleifenband zu entknoten. Ein Motorengeräusch hallte aus dem Wald heraus und kam näher. Nur Sekunden später kam Joe mit seinem rostigen Pick-up auf den Hof gefahren und stoppte seinen Wagen unmittelbar neben Ryan. Gerade noch rechtzeitig löste sich das Schleifenband. Mit einer flinken Bewegung stopfte er es in die Gesäßtasche seiner Jeans. Joe ließ die Scheibe herunter und starrte irritiert auf die Flasche in Ryans Hand. „Was ist passiert, dass du zu so früher Stunde schon mit Alkohol durch die Gegend läufst?" „Ich muss es die nächsten sechs Stunden mit dir aushalten. Da nehme ich lieber vorsorglich was zur Beruhigung mit." Ryan grinste ihm gekünstelt zu und zog von dannen. „Wirklich nett, Ryan. Wirklich nett." Joe schüttelte den Kopf. Dann wandte er sich Darren zu, der Ausrüstung für die Arbeit in seinem Wagen verstaute. „Wo geht's heute hin, Boss?", rief er ihm zu. „Wir fahren alle drei zum Jackson Hill. Heute ist Pflanzen angesagt." „Party!" Wenig begeistert schloss Joe das Fenster und wendete den Wagen. In Kolonne fuhren die Männer schließlich vom Hof.

Vögel zwitscherten von den Bäumen. Die wärmenden Strahlen der hoch am Himmel stehenden Sonne bahnten sich ihren Weg durchs Geäst und legten sich wie eine Decke aus Licht über den Waldboden. Joe füllte seine leere Trinkflasche mit dem klaren kühlen Gebirgswasser eines nahe gelegenen Flusslaufs. Nach vier Stunden harter Knochenarbeit war es Zeit für eine Pause und Stärkung. Auf abgesägten Baumstümpfen sitzend, ruhten sich die Männer aus und nahmen kleine Snacks zu sich. „Ich mache in einer halben Stunde los", verkündete Darren und biss in sein Schinkensandwich. „Abigail hat heute Nachmittag Kontrolltermin in Kalispell, zu dem ich sie begleiten will. Ihr könnt die letzten beiden Kisten noch einpflanzen und dann auch Feierabend machen." Joe nickte und würzte seine Gurkenscheiben mit Salz und Pfeffer. „Wann genau ist es denn eigentlich so weit?", wollte er wissen. „Offizieller Geburtstermin ist der 23. Juli." „Nicht mehr lange und ihr seid zu dritt." Joe schob sich freudig grinsend eine Scheibe Gurke in den Mund. „Ja, schon verrückt." Gedankenverloren trank Darren einen Schluck aus seiner Thermoskanne." „Sie ist ja schon ganz schön rund geworden", stellte Ryan mit einem süffisanten Grinsen im Gesicht fest. „Sag ihr das bloß nicht", warnte Darren ihn und musste lachen. „Sie hat gerade eine echt sentimentale Phase. Selbst die neue Zahnpasta-Werbung im Fernsehen bringt sie zum Weinen. Auch ihre Essensgelüste sind im Moment äußerst gewöhnungsbedürftig." „Gewürzgurken?", sah Ryan ihn fragend an und leckte sich die Marmelade vom Finger, die von seinem Toast getropft war. „Nein, keine Gewürzgurken. Sie mischt gekochte Rote Bete unter ihren Schokoladenpudding und streut zerriebene Salzcracker obendrauf. Joe, der den Mund gerade weit geöffnet hatte, um von seinem köstlich duftenden Sandwich mit gebratenem Bacon und Spiegelei abzubeißen, verzog angewidert das Gesicht und ließ das Sandwich zurück aufs Butterbrotpapier sinken. „Das ist ja ekelhaft." „Abigail findet es köstlich." Darren kratzte sich an der Stirn und dachte schmunzelnd an seine Freundin. „So weit, wie Abigail bereits ist, muss man doch schon wissen welches Geschlecht das Kind haben wird, oder nicht?", dachte Ryan laut nach. Darren nickte nur und kaute gemütlich vor sich hin. „Sag schon. Bekommt ihr einen Sohn oder eine

Tochter?" „Keine Ahnung", sagte Darren und zuckte mit den Achseln. „Wir wollen uns überraschen lassen." „Nicht dein Ernst", war Joe fassungslos, der sich mittlerweile dazu durchringen konnte, doch in sein Sandwich zu beißen. „Dann streicht ihr das Kinderzimmer also eine Hälfte rosa und eine blau?" „Nein, das Kinderzimmer hat einen warmen Gelbton", klärte Darren Joe auf, als wäre es das Normalste der Welt. „Dann müsst ihr euch ja potenzielle Namen für beide Geschlechter ausdenken." Ryan schloss die Augen und genoss die Sonnenstrahlen, die warm sein Gesicht streichelten. „Oh, hör bloß auf", winkte Darren entnervt ab. „Ihr könnt euch nicht vorstellen, was für ein leidiges Thema diese Namenssuche ist. Abis Namenswünsche ändern sich fast wöchentlich. Ihre Favoriten diese Woche sind Lillian oder Megan, wenn es ein Mädchen wird, und Liam oder Riley für einen Jungen." „Und du findest ihre Vorschläge nicht gut?", fragte Joe vorsichtig nach. „Ah, ich weiß nicht. Ich hab meine drei Favoriten für jedes Geschlecht und fände es schon schön, wenn es einer der Namen werden würde." „Die da wären?" Ryans wissbegieriger Blick traf Darren. „Mädchen: Fiona, Judith oder Melissa. Junge: Declan, Alexander oder Jaime." Stille breitete sich aus. Wie gelähmt saßen Joe und Ryan da und starrten ihren Boss mit weit aufgerissenen Augen an. „Was?", wollte Darren wissen, der das Schweigen nicht nachvollziehen konnte. „Das sind anständige, wohlklingende Namen." „Absolut", stimmte Joe mit verzerrter Stimme zu und warf Ryan einen vielsagenden Blick zu. „Schön, wisst ihr was?" Angefressen sprang Darren auf und klatschte in die Hände. „Die Pause ist zu Ende. Ich fahre jetzt nach Hause und ihr kümmert euch um den Rest der Pflanzen." Dann packte er seine sieben Sachen ins Auto und fuhr mit dröhnendem Motor davon. So wie Darren weg war, brachen Ryan und Joe in schallendes Gelächter aus. „Melissa?" „Declan", konterte Joe. „Schrecklich", stimmte Ryan zu. „Wer hätte gedacht, dass wir beide mal einer Meinung sein würden?" Joe hielt Ryan brüderlich seine Faust hin. „Können wir nur hoffen, dass Abigail bei der Namensvergabe die Hosen anhaben wird." Grienend sah Ryan der Staubwolke nach, die Darrens Wagen aufgewirbelt hatte. Dann ballte er seine Hand zur Faust und stieß lachend gegen die von Joe.

Darrens Wagen parkte unmittelbar an der Treppe zum Haupthaus, als Ryan nach getaner Arbeit auf den Hof gefahren kam. Sie würden jeden Moment losmachen, dachte er. Doch wo war Elena? Ihren Wagen suchte man vergebens. Er erinnerte sich nicht, dass sie irgendwas gesagt hätte, was ihre Abwesenheit erklären würde. Er brachte den Jeep bei seiner Hütte zum Stehen und stieg aus. Gerade als er seine Sachen von der Rückbank zusammenkramte, hallte Abigails Stimme über den Hof. „Ryan", rief sie. Ryan sah ihr entgegen und erkannte, wie sie gemächlich die Treppe zum Auto hinunterlief. Eine Hand fest am Geländer. Die andere lag schützend auf ihrem kugeligen Babybauch. „Elena ist in die Stadt gefahren. Beth hatte angerufen und gefragt, ob sie sie im Café unterstützen kann. Sie wollte gegen Abend zurück sein." „Verstehe! Danke, Abigail!" Er hob grüßend die Hand und schlug dann die Wagentür zu. Kaum einen Fuß auf seiner Veranda, hörte er Darren seinen Namen rufen. Also stellte er seine Sachen vor die Tür und lief hinauf zum Haupthaus. Ryan fiel auf, dass Darren sich besonders fein gemacht hatte. Er trug eines seiner guten Hemden und seine beste Ausgehjacke. Dieser Arzttermin schien ihm wirklich wichtig zu sein. „Habt ihr die beiden Kisten noch gut geschafft?", wollte Darren wissen, als er um den Wagen herum zur Fahrerseite gelaufen kam. „Ja, ohne Probleme", bestätigte Ryan. „Gut. Wunder dich nicht, wenn es bei uns heute etwas später wird. Abigail und ich wollen in Kalispell gleich noch fein essen gehen." „Schön. Macht das", freute sich Ryan für die beiden. „Darren, die Maus", flüsterte Abigail ihrem Freund von der anderen Seite des Wagens zu. Ryan legte die Stirn in Falten und blickte irritiert drein. „Welche Maus?" Darren schüttelte den Kopf und rollte kaum sichtbar mit den Augen. „Abigail glaubt, im…" „Ich glaube nicht. Ich habe eine Maus gesehen", korrigierte sie Darren in scharfem Tonfall. „Selbstverständlich hast du das. Tut mir leid, Liebling", entschuldigte er sich augenblicklich bei seiner Freundin. „Abigail hat im Wohnzimmer eine Maus gesehen, die ich jetzt auf die Schnelle nicht finden konnte. Vielleicht kannst du dein Glück mal versuchen, wenn wir nicht da sind." „Wir haben die Türen zugemacht. Sie kann also nur im Wohn- oder im Esszimmer sein", lieferte Abigail noch nützliche Zusatzinformationen. „Verstehe", sagte Ryan schmunzelnd. „Ich geh duschen und mich umziehen und dann werde ich mich mal auf die Jagd nach dem kleinen Nager begeben. „Danke." Darren klopfte Ryan auf die Schulter und stieg in den Wagen. „Hast was gut bei mir." „Ich komm drauf zurück", versprach Ryan und schlappte zurück zu seiner Hütte.

Wohlig warmes Wasser rann über Ryans strapazierten Körper und linderte die Schmerzen im Lendenwirbelbereich. Minutenlang stand er einfach nur da und ließ das Wasser des Duschstrahls den Dreck und Schweiß von seinem Leib spülen. Dann half er mit Shampoo nach, spülte die letzten Seifenreste ab und stellte das Wasser ab. Er band sich ein Handtuch um die Hüfte, mit einem anderen rubbelte er sich das Haar trocken. Barfuß ging er ins Wohnzimmer und setzte sich auf die Couch. Verwundert stellte er fest, dass sein Smartphone, das auf dem kleinen Tisch vor ihm lag, gelb blinkte. Scheinbar hatte sein Handy bei der Arbeit am Jackson Hill kurz Netz gehabt, um die Nachricht empfangen zu können. Er entsperrte den Bildschirm und sah nach, wer ihm geschrieben hatte. Adam. Ohne sich die Nachricht durchzulesen, warf er das Telefon in die Kissen neben sich. Er stand auf, ging zum Kühlschrank und holte die Flasche Bier, die Darren ihm am Morgen gegeben hatte. Mit dem Ende eines Feuerzeugs entfernte er den Kronkorken und gönnte sich den ersten Schluck bereits im Gehen. Dann setzte er sich zurück aufs Sofa und legte die nackten Füße auf den Tisch. Den Kopf gegen die Lehne gepresst, genoss er die Stille des Moments. Dann fiel sein Blick erneut auf das Handy. Er stellte sein Bier auf den Tisch und griff danach. Er öffnete Adams Nachricht und las die Zeilen, die ihm sein Bruder geschrieben hatte. Schwer atmend legte er das Telefon wieder beiseite und nahm einen großen Schluck aus seiner Bierflasche. Selbst wenn er hätte antworten wollen, was er nicht tat, wäre das hier auf der Farm unmöglich gewesen. Sein Blick fiel auf den kleinen Tageskalender, der in der Mitte des Couchtischs stand und las den Spruch des heutigen Tages. *Eine Party ohne Kuchen ist nur ein Meeting.* Da würde Elena sofort zustimmen, dachte er und musste schmunzeln. Schade, dass sie jetzt nicht hier war. Er trank die Flasche leer und warf einen Blick auf die Uhr. Schon nach halb vier. Höchste Zeit, auf Mäusejagd zu gehen.

Mit Eimer, Besen und Schaufel im Schlepptau machte sich Ryan auf den Weg zum Haupthaus. Wer konnte schon wissen, was nötig sein würde, um den kleinen Nager einzufangen. Wenn es denn überhaupt einen gab. Darren hatte die Eingangstür unverschlossen gelassen, damit Ryan problemlos ins Haus gelangen konnte. Er stellte die Utensilien im Korridor ab und öffnete vorsichtig die Tür zum Wohnzimmer. Als er sah, dass keine Maus in Sichtweite war, schlüpfte er hinein und ließ die Tür augenblicklich wieder ins Schloss fallen. Ryan hielt inne und lauschte auf ein Geräusch. Doch er hörte nichts als Stille und das kontinuierliche Ticken der Uhr. Irgendwie roch es merkwürdig, stellte er fest. Vielleicht war es aber auch einfach nur eines von Abigails Parfüms, das noch in der Luft hing. Die Schiebetür zum Esszimmer war einen kleinen Spalt breit geöffnet. Möglicherweise hielt sich der ungebetene Hausgast ja dort versteckt. Mit schweren Schritten ging Ryan zur Zwischentür und schob sie auf. Plötzlich schlug ihm ein Wirrwarr aus lauten Stimmen entgegen und ließ ihn zusammenschrecken. Er hob den Blick und verstand die Welt nicht mehr. Da waren Darren und Abigail. Joe war da und sogar Michelle. Wie konnte das nur möglich sein? Und was noch wichtiger war, was hatte das alles zu bedeuten? Dann sah er den Kuchen auf dem Tisch stehen. Die große 29, die in Zuckerschrift geschrieben darauf prangte. Und Elena, wunderschön in einem dunkelblauen Kleid, die verstohlen grinsend hinter Darren hervorgehuscht kam. Irgendwie musste sie herausgefunden haben, wann sein Geburtstag war. Ryan fasste sich an die Stirn und rieb sich mit dem Daumen die Schläfe. Das durfte doch alles nicht wahr sein. „Ich weiß, dass du kein großer Freund von Geburtstagspartys bist. Und ich entschuldige mich dafür", sagte Elena und ging auf Ryan zu, der nur fassungslos den Kopf schüttelte. „Aber all die Leute sind hier, weil jeder Einzelne von ihnen zu deinem Geburtstagsgeschenk beigetragen hat. Genauso wie Beth und Ron, die leider arbeiten müssen und deshalb nicht dabei sein können, dir aber ihre herzlichsten Glückwünsche ausrichten lassen." Elena überreichte ihm freudig lächelnd einen länglichen Briefumschlag, den Ryan zögernd und mit stutzendem Blick entgegennahm. Er drehte ihn in den Händen hin und her und überlegte. „Ihr alle habt zusammenge-

legt und mehr als dieser Briefumschlag ist nicht dabei rausgekommen?" Seine fragenden Augen sahen in die Runde. Insgeheim musste sich Ryan jedoch ein Grinsen verkneifen. „Ohhhh", stöhnte Michelle. „Halt doch einfach die Klappe und mach ihn auf", brachte sie es auf den Punkt. Ryan tat, wie ihm geheißen, und öffnete schließlich das schlichte Kuvert. Als er den Inhalt begutachtete, wechselte sein Blick von Überraschung zu Irritation. „Seid ihr euch sicher, dass das für mich und nicht für Darren ist?" „Oh, lass mich da aus dem Spiel", wehrte Darren augenblicklich ab. „Aber das sind Flugtickets nach San Diego." Ryan wirkte noch immer recht verwundert. „Ja, und Mom freut sich schon wie verrückt auf euch..."
„Sie war völlig aus dem Häuschen, als sie hörte, dass Elena mit dir nach San Diego will", schnitt Abigail ihrem Freund mitten im Satz euphorisch das Wort ab. Elena sah noch immer die Verwirrung in Ryans Augen. Es wurde Zeit, dass sie ihm erklärte, was genau es damit auf sich hatte. Sie ging zu ihm und nahm seine Hand. „Ich dachte, es wäre an der Zeit, dass du endlich mal das Meer siehst." „Das Meer", wiederholte er Elenas Worte und sah ihr sprachlos in die Augen. „Ja, davon gibt es an der Westküste eine ganze Menge", rief Joe aus den hinteren Reihen. Elena nickte nur und ihre Augen strahlten Ryan an, dessen Gesichtsmuskeln sich entspannten und ihm ein breites Grinsen ins Gesicht zauberten. Begeistert und dankbar umarmte er Elena und drückte sie fest an seinen Körper. „Wir fahren ans Meer", flüsterte er und konnte es noch gar nicht richtig glauben. „Ihr fliegt ans Meer", korrigierte Abigail und verteilte Sektgläser. Sie selbst musste sich mit Orangensaft zufrieden geben. Aber da Joe dem Alkohol ohnehin absagte, war sie zumindest nicht die Einzige. Als jeder ein Glas hatte, stießen sie gemeinsam auf Ryans Geburtstag an und machten sich über die Torte her.

Elena trat auf die Veranda hinaus zu Ryan. Die Ellbogen aufs Geländer gestützt, stand er da und blickte auf den Hof. Sie knöpfte ihr dünnes Strickjäckchen zu und gesellte sich zu ihm. „Eine Party ohne Kuchen ist nur ein Meeting", sagte er und sah zu ihr rüber. „Der Spruch von deinem Kalender", erkannte sie sofort und nickte freudig. „Ja, der schien mir sehr passend, als ich ihn heute Morgen gelesen habe." Ryan schnaubte kurz. Er war noch immer völlig überrumpelt von dem Ganzen. „Wann hast du den Kuchen eigentlich gebacken", wollte er wissen. „Ich hab davon gar nichts mitbekommen." „Gestern. Beth hat mir ihre Küche zur Verfügung gestellt." Elena huschte ein freudiges Grinsen übers Gesicht. „Und wo sind eure Autos", fragte sich Ryan, dessen Auto nach wie vor das einzige auf dem Hof war. „Die haben wir im Wald hinterm Haus abgestellt." Ryan schüttelte grienend den Kopf. „Ihr habt das alles durchgeplant, was?" „Selbstverständlich." Elena sah ihn mit listigen Augen an. Ryan hielt kurz inne und ließ seinen Blick in die Ferne gleiten. „Wer hat dir gesagt, wann ich Geburtstag habe?" „Deine Grandma", offenbarte sie ihm. „Aber sei ihr bitte nicht böse", bat sie ihn inständig. „Ich bin wirklich froh, dass sie es getan hat. „Wie könnte ich Grandma böse sein?" „Gut." Elena atmete erleichtert auf. „Ich hoffe, wir müssen jetzt zukünftig nicht mehr so ein Geheimnis aus dem 30. April machen." Fragend sah sie ihn an. „Das wird ja wohl auch kaum möglich sein." Er deutete nach drinnen, wo die Party noch in vollem Gange war. Beide fingen an zu lachen. „Stimmt. Könnte schwierig werden." „Du hast mit deiner kleinen Überraschung ganz schön auf Risiko gespielt." Er stützte sich vom Geländer ab, fasste Elena bei der Hüfte und zog sie zu sich. „Das weiß ich", versicherte sie ihm. „Aber das war es mir wert." Ryan lächelte verständnisvoll. „Freust du dich über das Geschenk?" Ihre Stimme klang zögernd, war sie sich doch nicht sicher, ob sie die richtige Entscheidung getroffen hatte. „Das tu ich." Und seine Augen verrieten, dass er die Wahrheit sagte. „Aber du weißt, dass das alles nicht nötig gewesen wäre, oder? Alles, was ich mir wünsche, was ich brauche, ist hier. Hier in meinen Händen. Jetzt, in diesem Moment." Elena schluckte, sichtlich berührt von Ryans Worten. „Ja, ich weiß", sagte sie mit dünner Stimme. „Aber ich habe dir versprochen, dass du irgendwann das Meer sehen wirst. Und plötzlich ergab sich mir die Möglichkeit, es dir persönlich zu zeigen. Diese Chance musste ich nutzen." Und dafür liebe ich dich so sehr, Elena Lindenberg." „Happy Birthday, Ryan", sagte sie ergriffen und schenkte ihm ein sanftes Lächeln. Er beugte sich hinab und küsste hingebungsvoll die warmen weichen Lippen der Frau, die er mehr liebte als alles andere auf der Welt.

Kapitel 26

Mai

Zum Kofferpacken blieb nicht viel Zeit, denn schon vier Tage nach Ryans Geburtstag sollte die Reise beginnen. Nach einer kurzen Nacht klingelte bereits um zwei Uhr morgens der Wecker. In einer Stunde wollten Ryan und Elena Richtung Flughafen starten. Da beiden zu so früher Stunde jedoch noch nicht der Sinn nach einem ausgiebigen Frühstück stand, gaben sie sich mit Kaffee zufrieden, der wenigstens dafür sorgte, dass die noch leicht verschlafenen Lebensgeister langsam in die Gänge kamen. Duschen, Zähneputzen und dann konnte es auch schon fast losgehen. Ryan verstaute die Koffer auf der Rückbank des Jeeps und ging gedanklich noch einmal alles durch, um sicherzustellen, dass er auch wirklich nichts vergessen hatte. „Die Flugtickets", sagte er erschrocken, als sie bereits abfahrbereit im Wagen saßen. „Sind in meiner Handtasche", beruhigte ihn Elena und legte ihm sanft die Hand auf die Schulter. „Alles, was wir brauchen, haben wir dabei", versicherte sie ihm. „Gut." Zögernd griff er nach dem Zündschlüssel und startete den Motor. Die Scheinwerfer erhellten die nächtliche Farm. Ryan löste die Handbremse und lenkte den Jeep Richtung Wald.

Baustellen, Ampeln und Arbeiterverkehr sorgten dafür, dass sie später als geplant am Flughafen in Missoula eintrafen. Das Auto stellten sie für die Dauer ihrer Reise in eines der angrenzenden Parkhäuser. Das Parkticket verwahrte Elena sicher in ihrem Portemonnaie auf, damit es nicht verloren ging. Dann schnappten sie sich ihre Koffer und machten sich gemeinsam auf den Weg zum Flughafenterminal. Im Gegensatz zu größeren Flughäfen war alles sehr übersichtlich und der richtige Check-in-Schalter schnell gefunden. Ryan war irritiert, als er las, dass am Monitor des Schalters Salt Lake City und nicht San Diego als Destination angegeben war. Doch Elena klärte ihn augenblicklich darüber auf, dass es sich bei ihrem Flug nicht um einen Direktflug handelte und sie nach einem zweieinhalbstündigen Aufenthalt in Salt Lake City umsteigen mussten. Nachdem das Gepäck aufgegeben war, suchte Elena noch kurz die Toilette auf, bevor sie mit Ryan schließlich durch die Sicherheitsschleusen zur Abflughalle ging.

Ryans Bein wippte nervös auf und ab, als der Flieger, mit dem sie in weniger als einer Stunde in der Luft sein würden, ans Gate gefahren kam. DELTA stand in großen dunkelblauen Buchstaben auf dem weißen Metallvogel geschrieben, der riesengroß und eindrucksvoll vor der Glasfront stand. „Hier, iss das", sagte Elena und hielt Ryan einen Schokoriegel vor die Nase. „Vielleicht beruhigt das ja deine Nerven." „Meine Nerven? Wieso?" Er nahm den süßen Snack an sich und entfernte zur Hälfte das Papier. „Ernsthaft?", fragte Elena mit hochgezogenen Augenbrauen und setzte sich neben ihn. „Du bist total hibbelig." Ryan blieb stumm und sah auf seinen angebissenen Schokoriegel. „Also entweder hast du genauso höllische Flugangst wie Darren oder aber du bist in deinem ganzen Leben noch nie geflogen." Ryan warf Elena einen verschämten Seitenblick zu und sie verstand sofort. „Oh, mein Gott. Du bist tatsächlich noch nie geflogen." Völlig entgeistert sah sie ihn an. „Nein", bestätigte Ryan kleinlaut. „Bin ich nicht. Höchstens auf die Nase." Sanft liebkoste sie sein Knie. „Es kann überhaupt nichts passieren", versprach sie ihm. „Das Flugzeug ist das sicherste Verkehrsmittel der Welt." „Ja, das sagen immer alle", schnaubte er sarkastisch. „Nun ja, wenn es alle sagen, wird es wohl auch so sein." Elena machte ein fröhliches Gesicht, merkte aber, dass sich Ryans Stimmung keineswegs aufheiterte. „Versuch dich zu entspannen, Ryan. Das wird toll, glaub mir. Ich meine, du wirst die Rocky Mountains von oben sehen. Du kannst dir nicht vorstellen, wie atemberaubend das ist", versuchte sie ihm den Flug schmackhaft zu machen. „Bist du schon oft geflogen?", wollte er wissen und knüllte das Papier der mittlerweile vollends verspeisten Schokolade zu einer kleinen Kugel zusammen. Elena schüttelte den Kopf. „Nein." „Wann bist du denn das erste Mal geflogen?", bohrte er weiter nach. „Du meinst mit so einer großen Passagiermaschine?" Elena zeigte nach draußen und Ryan nickte. „Als ich nach Amerika gekommen bin." „Da bist du zum ersten Mal geflogen?" Überrascht sah er sie an. „Zumindest zum ersten Mal mit einem richtigen…" Sie deutete mit den Fingern kleine Anführungszeichen an. „…Flugzeug. Als ich noch klein war, sind wir mal mit einer winzigen Propellermaschine zu einer Insel in der Nordsee geflogen, aber das kann man nicht wirklich vergleichen." „Verrückt. Du bist so eine weite Strecke geflogen, obwohl du noch nie zuvor in einem solchen Flugzeug gesessen hast? Und noch dazu ganz allein?" Elena zuckte mit den Achseln und knabberte an ihrem Schokoriegel. „Ich hatte in allen Flugzeugen immer einen Fensterplatz. Mir wurde also nie langweilig." „Flugzeuge? Mehrzahl?", sah er sie fragend an. „Ja, ich musste zweimal umsteigen. Erst in London und dann nochmal in Seattle." „Wie lange warst du denn unterwegs?" Elena kniff die Augen zusammen und überlegte kurz. „Alles in allem um die 26 Stunden." „Wow", traute Ryan seinen Ohren kaum. „Ja, dagegen ist unsere kleine Reise heute der reinste Kindergeburtstag", scherzte Elena und rempelte liebevoll gegen Ryans Schulter. Eine Durchsage wies die Passagiere des Fluges nach Salt Lake City darauf hin, dass das Boarding in wenigen Minuten beginnen würde. Ryan nahm einen tiefen Atemzug und sah gespannt zum Boarding-Schalter, wo sich bereits eine lange Menschenschlange zu bilden begann.

Ryan und Elena bahnten sich nacheinander den schmalen Mittelgang entlang und fanden ihre Sitzplätze schließlich auf Höhe der Tragflächen. „Willst du ans Fenster?", wollte Elena wissen, bevor sie in die kleine Sitznische einbog. „Ich denke nicht. Am Fenster ist die Gefahr größer, rausgesaugt zu werden." Elena musste aufpassen, dass sie nicht laut zu lachen anfing. So einen Unsinn hatte sie lange nicht gehört. Sie rückte durch zum Fenster und schnallte sich an. Ryan nahm neben ihr Platz und tat es ihr gleich. „Und ich kann ruhig rausgesaugt werden, oder wie?" Gespielt entrüstet sah sie zu ihm rüber. „Natürlich nicht", war er entsetzt, dass sie glaubte, dass er das zulassen würde. „Ich würde dich selbstverständlich mit aller Kraft festhalten." Ein Lächeln trat in Elenas Gesicht. „Du bist süß." Ryan lehnte sich zu ihr rüber und küsste sie.
Nach den Sicherheitsinstruktionen der Crew rollte die Maschine auf die Startbahn und machte sich bereit zum Abflug. Die Triebwerke gingen auf volle Leistung und die Maschine beschleunigte. Ryan, für

den das alles Neuland war, wurde in den Sitz gedrückt und umklammerte Elenas Hand so fest er nur konnte. Sein Herz raste. Er wusste nicht, was auf ihn zukommen würde und konnte die Situation nicht einschätzen geschweige denn kontrollieren. Dann hob das Flugzeug ab und Ryan spürte, wie der Boden unter ihnen entschwand.

Als die Stewardessen in ihren violetten Uniformen begannen, mit Servierwagen durch den Gang zu fahren, ließ Ryans Nervosität langsam nach. Es war ein ruhiger Flug und Ryan traute sich sogar einige Male, einen Blick aus dem Fenster zu werfen. Und Elena hatte nicht zu viel versprochen, wie er schließlich selbst feststellen konnte. Die Welt aus der Perspektive eines Vogels zu sehen, war einfach unglaublich.

Den kurzen Zwischenstopp in Salt Lake City nutzten Ryan und Elena zum Mittagessen. Im Vergleich zum Flughafengebäude von Missoula war das hiesige riesig und es gab unzählige Essensmöglichkeiten. Von Burgern bis Pizza und Pasta bis hin zu Wraps und Südstaatenküche war alles dabei. Da fiel die Entscheidung nicht gerade leicht. Doch Ryan und Elena entschieden sich gemeinsam für Pasta und gönnten sich zum Abschluss noch einen leckeren Donut mit Erdbeerglasur und bunten Zuckerstreuseln von *Krispy Kreme*.

Die Boeing, die Ryan und Elena nach San Diego bringen sollte, war um einiges größer als die Maschine, mit der sie von Montana nach Utah geflogen waren. Und Ryan hatte Blut geleckt, was das Fliegen anging, und machte Elena auf der letzten Etappe ihren Fensterplatz streitig. Er konnte sich kaum satt sehen an der unglaublichen Schönheit der Landschaft, die unter ihnen vorüberzog. Und dann war es so weit. Plötzlich endete das Farbspiel von grünen Wäldern und Wiesen, gelben und braunen Feldern, grauen Stadthäufchen und ergoss sich in ein tiefes Blau, das sich von der Küstenkontur ins Unendliche erstreckte. War das etwa? Ja, da war es endlich, das Meer. Ryan stockte der Atem. Den Mund halb offen vor Faszination, presste er seine Hand gegen das kleine Fenster, fast so, als wolle er nach dem Unbekannten, dem so lang Ersehnten greifen.

Strahlend blauer Himmel und Sonne satt erwarteten Ryan und Elena, als sie das Flughafengebäude verließen. Endlich waren sie da. Sie waren in San Diego. Elena entledigte sich ihrer Jacke, die sie noch am Morgen gegen die Kälte geschützt hatte und band sie sich leger um die Hüfte. Ryan krempelte die langen Ärmel seines Hemds nach oben und sah sich um. Er kam sich vor wie in einer anderen Welt. Da waren Palmen, die die Straße säumten, und kakteenartige Gewächse. Ein kleiner Gecko huschte über eine Steinmauer. Das Dröhnen einer Schiffssirene war zu hören. So viele neue Eindrücke, dass er kaum nachkam, sie zu verarbeiten. „Ryan! Elena!", rief eine Stimme. Ryan drehte sich um und schützte seine Augen mit der Hand vor der blendenden Nachmittagssonne. Dann sah er sie. Natalie stand neben einem kleinen quietschgelben Auto am Straßenrand und winkte ihnen aufgeregt zu. Elena und Ryan winkten freudig zurück. Sie schnappten sich ihre Koffer und gingen zu ihr. „Oh, mein Gott, ihr seid wirklich da. Ich freu mich so." Sie schloss beide in die Arme und drückte sie liebevoll an sich. Elena war überwältigt, als sie Natalies Erscheinungsbild sah. War das wirklich Darrens Mom? Sie trug eine lange beige Leinenhose und eine hellblaue Tunika-Bluse. Dazu stylische Wedges, die farblich bestens auf das Outfit abgestimmt waren. Ihre einst langen Haare waren einer modernen Bobfrisur gewichen, die sie frischer und jünger wirken ließ. Das Stadtleben schien ihr ohne Zweifel bestens zu bekommen. „Natalie, Sie sehen fantastisch aus." „Genau wie du, Liebes", gab sie das Kompliment ohne Umschweife an Elena zurück. „Aber wir sollten wirklich langsam mit dem albernen Sie aufhören, findest du nicht auch?" „Einverstanden", stimmte Elena zu und musste lachen. „Wunderbar, dann lasst uns mal euer Gepäck ins Auto laden." „Gut, wo steht dein Auto?", wollte Ryan wissen und erntete dafür argwöhnische Blicke von Natalie. „Na direkt vor deiner Nase", sagte sie und öffnete die Heckklappe des gelben Wagens. Ryan sah sich die Sache lieber mal aus der Nähe an und trat an Natalies Seite. Genau das hatte er befürchtet. Mit in Falten gelegter Stirn atmete er tief ein. Der doch recht überschaubare Kofferraum des Honda Fit machte nicht gerade den Anschein, als würden beide Koffer darin Platz finden. „Nat, bist du dir sicher, dass wir die Koffer da reinbekommen?" „Höre ich da etwa Zweifel?" „Geringfügige, ja", gab er zu. „Na, dann pass mal auf." Sie nahm zuerst Elenas Koffer, der etwas größer als der von Ryan war, und wuchtete ihn ins Auto. So gut es nur irgend möglich war, schob sie ihn an den Rand und platzierte Ryans Koffer schließlich mit etwas Drücken und Quetschen daneben. „Siehst du, passt wie angegossen." Zufrieden stemmte sie die Hände in die Hüfte und sah zu Ryan, der mit großen Augen in den Kofferraum schaute. Nickend biss er sich auf die Lippe. „Zumindest brauchen wir keine Angst zu haben, dass was verrutschen könnte."

Die Fahrt zum Anwesen der Familie Lawrence führte in nördliche Richtung und dauerte gut eine halbe Stunde. Natalies kleiner Cityflitzer erwies sich dabei als äußerst nützlich. Geschickt bahnte er sich seinen Weg durch San Diegos Berufsverkehr. Ein Großteil der Strecke führte über die Interstate 5 und brachte sie direkt in den Stadtteil La Jolla. Es war eine schicke, vornehme Gegend mit vielen Villen und teuren Autos am Straßenrand, die den Wohlstand der Bewohner widerspiegelten. Kaum zu glauben, dass Darrens Mom wirklich hier lebte, seit sie Montana verlassen hatte.
Die Villa von Natalies Schwester und deren Mann befand sich im Wohnviertel La Jolla Farms. Unmittelbar vor einer scharfen Linkskurve öffnete sich auf Knopfdruck ein großes Eisentor und Natalie bog rechts in die Einfahrt ein. Sie fuhren durch eine hundert Meter lange Allee kalifornischer Küsteneichen und kamen schließlich vor einer großen Villa zum Stehen. Beim Anblick dieses prächtigen Gebäudes fingen Elenas Augen an zu strahlen. Kein Hotel der Welt konnte dies hier übertreffen. „Da wären wir", sagte Natalie und stellte den Motor ab. Ryan und Elena stiegen aus und versuchten durch Ziehen und Zerren, ihre Koffer aus dem engen Kofferraum zu befreien. Zu ihrer Verwunderung führte Natalie sie nicht hinein ins Haus, sondern in ein rechterhand der Villa befindliches Wäldchen. „Wir haben für euren Aufenthalt extra das Poolhaus hergerichtet, damit ihr völlig ungestört seid", erzählte sie, während sie die Gäste einen gepflasterten Weg zwischen den Bäumen entlangführte. „Aber keine Angst. Es klingt vielleicht im ersten Moment nach Geräteschuppen, ist aber ein voll ausgestatteter kleiner Bungalow mit

eigenem Pool", beruhigte Natalie sofort. Nach wenigen Schritten waren sie dann auch schon da. Vom Baustil ähnelte es dem Haupthaus, war nur um einiges kleiner, aber keineswegs weniger eindrucksvoll. Natalie überreichte ihnen die Schlüssel für das kleine Feriendomizil und zur großen Freude beider auch gleich noch die Autoschlüssel für den Honda. „Die nächsten Tage gehört mein Auto ganz euch. Die Fernbedienung für das Tor liegt, wie ihr gesehen habt, im Handschuhfach." „Aber brauchst du das Auto denn nicht selbst?", fragte Elena vorsichtig nach. Sie wollte die Gastfreundschaft nicht überstrapazieren. Natalie winkte lächelnd ab. „Keine Sorge. In der Garage stehen noch zwei Autos. Wenn ich wirklich mal weg muss, nehme ich das Auto meiner Schwester." „Dann hab vielen Dank, Natalie", nickte Ryan ihr freudig zu. „Für euch immer gern. Und jetzt kommt erst mal in Ruhe an und fühlt euch auf dem Grundstück wie zu Hause. Falls ihr an den Strand wollt. Der Weg, der im Wald rechts abging, führt direkt runter zum Meer." Natalie zeigte auf das kleine Wäldchen, aus dem sie gekommen waren. „Das wollen wir auf jeden Fall", bekundete Ryan mit einem breiten Grinsen im Gesicht. „Das kann ich mir denken." Lächelnd strich sich Natalie ihre Haare hinters Ohr. „Wenn ihr irgendetwas braucht, gebt einfach Bescheid. Wir wollen nicht, dass es euch an irgendwas fehlt. Und wir würden uns freuen, wenn ihr heute Abend gemeinsam mit uns essen würdet. Meine Schwester und ihr Mann freuen sich schon darauf, euch beide kennenzulernen. Danach lassen wir euch auch für den Rest eures Urlaubs in Ruhe, versprochen." „Wir kommen sehr gern", freute sich Elena über die Gelegenheit, Darrens Tante und Onkel treffen und kennenlernen zu dürfen. „Vielen Dank für die Einladung." „Schön. Also dann bis nachher." Sie zog sich zurück und ließ Ryan und Elena allein.

Die Innenausstattung des Bungalows war einfach traumhaft. Weiß und beige waren die Farben, die sich wie ein roter Faden durch alle Räume zogen. Ein großes weißes Ledersofa stand in der Mitte des Wohnzimmers und bot einen traumhaften Blick durch die große Glasfront hinaus auf den Pool. Die offene Küche hatte einen vorgelagerten Tresen, zu dem drei Barhocker mit silbermetallenen Füßen und beigen Sitzpolstern gehörten. Im Badezimmer lagen sandfarbene Handtücher mit einer kleinen Notiz, dass sich im Schrank noch weitere befinden. Die Wasserfalldusche, die sich zusätzlich zu einer modernen Eckbadewanne in dem länglichen Zimmer befand, war außergewöhnlich. Der große quadratische Duschkopf war an der Decke befestigt und regnete wie ein warmer Sommerschauer auf einen hernieder. Das große, lichtdurchflutete Schlafzimmer wartete mit einem großen Kingsize-Boxspringbett auf, über dem ein dünner weißer Baldachin befestigt war, der nachts lästige Moskitos fernhalten sollte. Für Elena hatte es etwas Märchenhaftes. Schlafen wie eine Prinzessin. Wann konnte man das schon mal? „Hier lässt es sich aushalten", stellte Ryan fest und brachte seinen Koffer ins Schlafzimmer. Elena folgte ihm und hievte ihren Koffer auf die niedrige Sitzbank, die am Fußende des Bettes stand. „Am besten packen wir erst mal aus", schlug sie vor und entriegelte das Zahlenschloss am Reißverschluss ihres Gepäckstücks. „Das hat Zeit. Lass uns runter zum Meer gehen", bat er sie. „Jetzt?" „Jetzt." Ein ungeduldiges Funkeln zeichnete sich in Ryans Augen ab und man konnte seine unbändige Vorfreude praktisch spüren. „Okay", gab sich Elena geschlagen. „Lass uns gehen."

Der schmale Naturpfad schlängelte sich nur wenige Hundert Meter weit den Hügel hinab und endete direkt am Strand. Ryan konnte es gar nicht schnell genug gehen. Er hastete über Stock und Stein, stetig dem Klang des Meeres folgend, dem er mit jedem Schritt näherzukommen schien. Elena hatte Not, seinem Tempo zu folgen, und verlor ihn schließlich aus den Augen, als er hinter der nächsten Biegung verschwand. Ryan merkte gar nicht, dass seine Freundin nicht mit ihm Schritt halten konnte. Er war so mit dem Gedanken beschäftigt, dass gleich einer seiner größten Wünsche in Erfüllung gehen würde, dass er alles andere vergaß. Und dann endlich endete der kleine Weg und Ryan spürte Sand unter seinen Schuhen. Das Laufen fiel plötzlich schwerer, doch er kämpfte sich Schritt für Schritt voran. Zu beiden Seiten erstreckte sich kilometerweit der Strand. Mit den grün bewaldeten Hügeln im Rücken lag vor ihm die unendliche Weite des Meeres. Ryans Mund stand offen vor Begeisterung. Er blieb stehen und ließ dieses unglaubliche Bild reinster, unangetasteter Natur auf sich wirken. Das tiefblaue Wasser glitzerte

im Schein der Sonne. Wellen schlugen mit kleinen Schaumkrön-
chen ans Ufer und tränkten den warmen weißen Sand. Dann zogen
sie sich zurück, um nur wenige Sekunden später erneut angebraust
zu kommen. Es war ein stetes Auf und Ab. Ryan schloss die Augen
und sog den Duft des Meeres ein. Es roch nach Salz und Algen.
Der Wind spielte mit seinen Haaren und die Sonne liebkoste sein
Gesicht. Der Schrei einer Möwe ließ ihn aufschauen. Mit weit ausgestreckten Armen stieß er einen Freudenschrei aus, fast so, als
wolle er dem kleinen Vogel antworten, der auf der Suche nach Fut-
ter seine Bahnen über die unbändige See zog. Elena, die unterdessen
auch am Fuße der Hügel angekommen war, beobachtete Ryan voll
tiefster Zufriedenheit. Er war glücklich. So glücklich, dass er es in
die Welt hinausschrie. Lächelnd ging sie auf ihn zu und gesellte sich
zu ihm. Den Blick in die Ferne gerichtet, nahm sie einen tiefen
Atemzug. „Wir sind am Meer, Elena. Wir sind wirklich am Meer."
„Ja", hauchte sie, ohne ihren Blick von dem schier endlosen Blau,
das vor ihnen lag, abzuwenden. Ryan sah zu ihr. In ihrem Blick lag
etwas Ehrfürchtiges. Fast so, als würde auch sie so etwas zum ersten
Mal sehen. „Wie kommt es, dass dich dieser Anblick so überwältigt?", wollte er wissen und steckte seine Hände in die Taschen seiner Jeans. „Du bist doch am Meer aufgewachsen." „Das hier ist
nicht die Nordsee, Ryan. Oder irgendein anderes beliebiges Meer",
sagte sie mit einem kurzen Seitenblick zu ihm. „Ich meine, wir stehen hier am Ufer des Pazifiks. Dem größten Ozean der Erde." Sie
hielt kurz inne und ließ ihren Blick über die Wellen gleiten. „Das ist
einfach nur unglaublich und etwas ganz Besonderes." Bedächtig
lächelnd trat Ryan hinter sie. Er schlang seine Arme um ihre Hüften
und zog sie fest an sich. „Du bist etwas Besonderes, Elena. Etwas
Einzigartiges." Elena legte ihre Hände auf seine starken Arme und
war gerührt von seinen Worten. „Nur dank dir darf ich das hier
erleben", flüsterte er ihr ins Ohr und küsste ihren Nacken. „Es gibt
niemanden, mit dem ich jetzt lieber hier wäre und das erleben würde, Ryan." Sie drehte ihren Kopf zur Seite und sah über ihre Schulter hinweg in seine dankbaren Augen. „Ich liebe dich, Elena." Er
beugte sich hinab und küsste sie leidenschaftlich. Elena erwiderte
seinen Kuss und drehte sich ihm zu. Dann legte sie ihren Kopf an

seine Brust und umschloss ihn fest mit ihren Armen. „Ich liebe dich, Ryan." Eng umschlungen standen sie am menschenleeren Strand und genossen einfach nur den Augenblick. Einen Augenblick, der in Erinnerung bleiben würde und den ihnen niemals jemand würde wegnehmen können.

Kapitel 27

Susannah und Charles Lawrence waren absolut liebenswerte Menschen, die Ryan und Elena herzlich in ihrem Zuhause willkommen hießen. Natalies ältere Schwester, die alle nur Susie nannten, war eine herzensgute Frau, an der das Leben sichtliche Spuren hinterlassen hatte. Ihr von der Sonne ausgeblichenes hellbraunes Haar war durchzogen von grauen Strähnen. In ihrem Gesicht zeichneten sich tiefe Falten ab. Seit Jahren kümmerte sie sich um ihren Mann, der an starker rheumatoider Arthritis litt. Durch die körperlichen Beeinträchtigungen, die die heimtückische Krankheit mit sich brachte, war er oft auf die Hilfe seiner Frau angewiesen. Einfache Sachen, wie das Zerschneiden des Bratens beim Abendessen, wurden für ihn an manchen Tagen zur unlösbaren Aufgabe, wie Ryan und Elena an ihrem ersten Abend in San Diego selbst feststellen mussten. Doch Susannah kümmerte sich hingebungsvoll und Charles ließ nicht zu, dass die Krankheit ihm den Lebensmut oder Frohsinn nahm. „Nun, junger Mann, ich hoffe, Sie haben vor, dieser reizenden jungen Lady die Welt zu Füßen zu legen", wandte er sich an Ryan, der Elena gerade Wein nachschenkte. „Im Grunde schon. Nur hab ich im Moment eher das Gefühl, dass sie mir die Welt zu Füßen legt." Der ganze Tisch begann zu lachen und Elena prostete Ryan grinsend zu. „Dann nehmen Sie es an", sagte Charles. „Nehmen Sie es an." Er massierte sein geschwollenes Handgelenk und legte kurz schmerzverzerrt die Stirn in Falten. „Das Leben überschüttet uns täglich mit Geschenken. Einige erkennen wir als solche, andere ziehen unbemerkt an uns vorüber. Doch die bedingungslose Liebe, die wir fähig sind, für einen anderen Menschen zu empfinden, ist wohl mit Abstand das größte und wertvollste Geschenk von allen." Voller Zuneigung und Liebe stieß er mit seinen zusammengekrampften Fingern gegen die Hand seiner Frau, die ihm sanft zulächelte und ihre warme Hand behutsam und schützend auf seine schmerzenden Glieder legte. Das muss wahre Liebe sein, dachte Elena, während sie von ihrem Rotwein trank. Das Leben hatte ihnen keine leichte Bürde auferlegt und dennoch war es einfach herzerwärmend zu beobachten, welch Liebe in ihren Blicken und kleinen Gesten lag.

„Das nächste große Geschenk, auf das wir uns wissentlich freuen dürfen, ist die Geburt von Darrens und Abigails gemeinsamem Kind, über dessen Geschlecht sie uns weiterhin im Dunkeln tappen lassen." Susie stieß einen kleinen Seufzer aus. Nur zu gern hätte sie gewusst, ob die beiden ein Mädchen oder einen Jungen erwarten. „Ich tippe ja auf einen Jungen", warf Elena in die Runde. „Und Ryan hofft auf ein Mädchen." „Ich will einfach nur, dass es optisch mehr nach Abigail kommt. Das erscheint mir bei einem Mädchen nun mal wahrscheinlicher", erklärte er mit einem Achselzucken. Natalie schüttelte den Kopf, nahm Ryan seine Bemerkung aber nicht übel. Sie kannte ihn schon so lange, dass sie gelernt hatte, mit seinem Humor umzugehen. „Ich will einfach nur ein gesundes Enkelkind. Der Rest ist mir egal." Die anderen sahen zu Natalie und nickten ihr beipflichtend zu.

Draußen war es dunkel geworden und Ryan und Elena überkam allmählich die Müdigkeit. Ein langer, ereignisreicher Tag lag hinter ihnen. „Wollen wir uns langsam zurückziehen?", wollte Ryan wissen, als sie einen kurzen Augenblick allein waren. „Oh, geh ruhig schon vor", schlug Elena vor. „Ich helfe noch schnell beim Abräumen und komme dann nach." „Ist gut." Er gab ihr einen Kuss und wandte sich zum Gehen. „Aber lass mich nicht zu lange warten", zwinkerte er ihr zu und verschwand im Korridor. Elena errötete und widmete sich mit einem Schmunzeln im Gesicht dem dreckigen Geschirr, nicht ahnend, dass Natalies neugierige Augen die kleine Szenerie beobachtet hatten.

Nach getaner Arbeit ging Elena den schier endlosen Gang zum Foyer entlang. An den Wänden hingen Gemälde. Die meisten davon Landschaftsmalereien. Auf dem Boden lag ein bordeauxroter Teppich und dämpfte die Geräusche der Schritte, die sonst vermutlich bis in die hinterletzten Winkel der riesigen Villa hallen würden. In den großen breiten Gängen kam man sich schon fast verloren vor. Das Haus war traumhaft, ohne Frage. Doch als Elena diesen nicht enden wollenden Korridor entlanglief, sehnte sie sich plötzlich nach der urigen Gemütlichkeit ihrer kleinen einfachen Hütte in Montana.

„Elena", hallte eine Stimme durch den Gang. Sie drehte sich um und sah Natalie auf sich zukommen. „Natalie." „Tut mir leid", entschuldigte sie sich. „Ich weiß, ihr wollt ins Bett. Ich wollte nur noch mal sagen, wie sehr ich mich freue, dass ihr hier seid." „Wir freuen uns, dass wir hier sein dürfen", sagte Elena mit dankbarer Stimme. „Das ist doch selbstverständlich. Ich freue mich so für dich und Ryan. Die Art, wie er dich ansieht, zeigt, wie sehr er dich liebt. Mir ist dieser Blick bereits in Montana aufgefallen. Nur habe ich mir damals noch nichts weiter dabei gedacht." „Dass Ryan und ich einmal zusammenkommen würden, hätte selbst ich niemals für möglich gehalten. Doch irgendwie ist es einfach passiert." Verlegen sah Elena zu Boden. „Es fühlt sich gut und richtig an und ich genieße die Zeit mit ihm sehr." „Das freut mich so für euch." Natalies Mund lächelte, doch ihre Augen strahlten Bedenken aus. „Was ist los, Natalie?", wollte Elena wissen, der dieser Blick nicht entgangen war. Natalie schwieg einen Moment. Was sie sagen wollte, schien ihr schwerzufallen. „Was wird passieren, wenn du zurück musst?" Elenas Lächeln erstarb. Die Frage traf sie mitten ins Herz, hatte sie doch selbst keine Antwort darauf. „Ich weiß nicht. Wir reden nicht darüber", war alles, was sie über die Lippen brachte. Als Natalie sah, wie verstört Elena plötzlich war, bereute sie sofort, die Frage je gestellt zu haben. „Bitte verzeih mir, Elena", entschuldigte sich Natalie erneut. „Es war nicht meine Absicht, euren Urlaub mit solch trübsinnigen Gedanken zu überschatten." Sie ging einen Schritt auf sie zu und nahm sie in den Arm. „Vergiss, was ich gesagt habe. Geh zu Ryan und genießt euren Urlaub in vollen Zügen." Mit einem gedrungenen Lächeln ließ sie Elena im Korridor zurück.

Auf ihrem Weg durch das mit Laternen beleuchtete Wäldchen spukten Elena Natalies Worte wie Poltergeister im Kopf herum. Ihre Frage war durchaus berechtigt und irgendwann würde der Tag kommen, an dem sich Ryan und sie mit dieser Frage auseinandersetzen mussten. Doch dieser Tag würde nicht heute sein. Es sollte eine Woche voller schöner Momente werden. Mit Lachen, Liebe und Leidenschaft. Böse Gedanken bekamen keine Chance.
Der Pool schimmerte mystisch im Dunkel der Nacht. Die kleinen Lämpchen, die sich an den Innenwänden des Pools erstreckten,

strahlten in gedämpftem Licht. Der Bungalow lag dunkel vor ihr. Einzig aus dem Badezimmer drang ein schwacher Lichtstrahl ins Wohnzimmer. Ryan machte sich vermutlich für die Nacht zurecht. Elena hockte sich neben den Pool und tauchte ihre Finger in das glasklare Wasser. Das kühle Nass fühlte sich gut an. Zu gut. Elena entledigte sich bis auf die Unterwäsche ihrer Kleider und bahnte sich Stufe für Stufe tiefer ins Wasser. Sie zog ein paar Bahnen und lehnte sich dann gemütlich an den Beckenrand. Ein Blick gen Himmel verriet ihr, dass es eine sternenklare Nacht war. Sie schloss die Augen und genoss das Wasser, das ihren Körper umspielte. „Hier bist du", kam Ryan in kurzer Pyjamahose hinaus auf die Terrasse, als er Elena im Pool liegen sah. „Ich hab auf dich gewartet." „Tut mir leid", entschuldigte sie sich. „Ich konnte einfach nicht wiederstehen." Ryan schnaubte grinsend. Sie sah wunderschön aus, wie sie da im türkisen Wasser lag. Wie eine Meerjungfrau, nur ohne Fischschwanz. „Komm doch auch mit rein", bat sie ihn. „Das Wasser ist herrlich." „Nein, ich denke, ich bleibe lieber hier am sicheren Beckenrand." Er schob eine Liege zum Pool und setzte sich darauf. „Ryan, komm schon. Die tiefste Stelle des Pools beträgt gerade einmal 1,20 Meter. Wer hier ertrinkt, ist nur zu faul zum Aufstehen." „Elena, ich habe nicht mal eine Badehose." „Ich auch nicht." Ihm fiel auf, dass sie in Unterwäsche ins Wasser gegangen war. „Bitte", flehte sie ihn mit Welpenblick an. Ryan stöhnte kurz, gab sich dann aber geschlagen. Zu Elenas Überraschung und innerer Freude zog er sich die Hose aus und tastete sich mit vorsichtigen Schritten splitternackt in den Pool hinein. Sein Atem beschleunigte sich. Das Wasser, das immer mehr seines Körpers bedeckte, beunruhigte ihn. Elena schwamm zu ihm und nahm seine Hand. Gemeinsam gingen sie zum hinteren Beckenrand, wo sich Ryan festkrallte wie ein Ertrinkender. Dabei reichte ihm das Wasser gerade einmal bis zum Bauchnabel. „Entspann dich, Ryan", flüsterte Elena ihm zu. „Ich pass auf dich auf." Sie küsste seine Stirn, seine Wange und schließlich seinen Mund. Zögernd löste Ryan eine Hand vom Beckenrand und fasste sie bei der Schulter. „Lass mich dir das Schwimmen beibringen", hauchte sie, während sie weiter sein Gesicht mit Küssen bedeckte. „Okay", presste Ryan atemlos hervor. „Aber wie wär's, wenn wir uns jetzt erst mal nach drinnen verziehen?", wollte er wissen. „Okay", stimmte Elena lächelnd zu, die Ryans harten Penis bereits an ihrem Oberschenkel spüren konnte.

San Diego, die zweitgrößte Stadt Kaliforniens, die nur einen Katzensprung von der mexikanischen Grenze entfernt lag, wartete nur darauf, von Ryan und Elena erkundet zu werden. Mit Natalies gelbem Flitzer begaben sie sich auf Entdeckungstour und wussten gar nicht, wo sie anfangen sollten. Sie gingen spazieren im Balboa Park, fuhren mit dem Safaribus durch den wohl meistbesuchtesten Zoo der USA und aßen Eis in rauen Mengen. Drei Kugeln pro Eiswaffel waren da keine Seltenheit. Die riesige Auswahl an Sorten, mit denen die Eisdielen aufwarteten, machte eine Entscheidung nicht gerade einfach. Elenas absoluter Favorit war und blieb dabei Ananas-Kokos. Ein Gaumenschmaus, der seinesgleichen sucht. Ryan blieb da lieber bei den klassischen Sorten, bei denen er wusste, was er bekam. Schokolade ging schließlich immer. Und wenn er mal ganz mutig war, bestellte er Mango. Sie gingen barfuß am Strand spazieren und genossen den warmen, weichen Sand zwischen ihren Zehen. Beobachteten Surfer, die auf ihren bunten Brettern waghalsig über die hohen Wellen ritten. Schlürften Cocktails mit Schirmchen in einer hippen Strandbar am Ocean Beach. Probierten Tacos an kleinen Straßenimbissen und kamen so in den Genuss der mexikanischen Küche. In einer kleinen Boutique kauften sie Badesachen. Ryan suchte Elena einen besonders hübschen olivgrünen Bikini aus, der perfekt zur Farbe ihrer strahlenden Augen passte. Jeden Abend, nach ihren Ausflügen, gingen sie gemeinsam in den Pool. Mit Geduld und Einfühlungsvermögen unterrichtete Elena Ryan im Schwimmen, und mit jedem Tag wurde er besser und mutiger. Die Tage flogen nur so dahin. Elena kaufte Postkarten und schrieb ihren Lieben in Montana. Beth und Ron, Darren und Abigail, Joe und Michelle. Ari durfte natürlich auch nicht fehlen und sogar Bob bekam eine. Die letzten Tage nutzten Ryan und Elena für ein Strandpicknick am La Jolla Cove. Auf Ryans Wunsch hin besichtigten sie den Flugzeugträger USS Midway, der zum Museum umfunktioniert worden war und im Hafen von San Diego liegt. Während einer meerstündigen Bootstour kamen sie in den Genuss, Grauwale und

Seehunde aus nächster Nähe beobachten zu können. Dabei erfuhren sie sowohl Wissenswertes über die heimischen Meeresbewohner als auch über die US- Marine. Zu Ryans Leidwesen wurde er auf halber Strecke seekrank und musste sich mehrere Male übergeben. Es war ihm schrecklich unangenehm, doch Elena beruhigte ihn, dass es nur menschlich sei und er mit Sicherheit nicht der Erste war, dem das passierte. Mit reichlich Wasserzufuhr und tiefen Atemzügen konnte er den Rest der Tour dann doch noch genießen. Am Abend saßen sie Seite an Seite auf den abgenutzten Holzbalken des Ocean Beach Piers und bestaunten den Sonnenuntergang, der alles in ein warmes Orange tauchte. Mit über den Steg baumelnden Beinen und händchenhaltend wünschten sich Ryan und Elena, dass dieser Urlaub ewig dauerte. Sie genossen die Zeit zu zweit. Zeit, die einzig den beiden gehörte und sie einander näherbrachte.

Es war Samstag. Morgen würden sie zurück nach Montana fliegen. Diesen einen Tag mussten sie also noch einmal richtig auskosten. Eng umschlungen lagen sie im Bett. Über ihnen der weiße Stoff des Baldachins. Die Morgensonne schimmerte durch die Fensterläden. Durch das offene Fenster hörte man leise das Rauschen des Meeres. Ryans Brustkorb hob und senkte sich im Rhythmus seiner gleichmäßigen Atemzüge. Er wusste nicht, ob Elena schon wach war. Ihre Hand lag reglos auf seinem Bauch. Ihr Kopf ruhte auf seiner Brust. Er streichelte ihr übers Haar, das leicht zerzaust von der Nacht war. Sie zuckte und sah ihn an. Wortlos umschloss er ihr Gesicht mit seinen Händen und küsste sie heißblütig. Langsam fuhr seine Hand ihren Körper entlang nach unten, zeichnete die Konturen ihrer Brust nach und fand schließlich den Eingang unter ihr Negligé. Elena stöhnte auf unter seinen Berührungen. Er küsste ihren Hals, ihr Dekolleté, während er nicht aufhörte, ihre Scham zu liebkosen. Elena ließ sich in die weichen Kissen sinken und grub ihre Hände ins Bettlaken. Ryan schob den dünnen Stoff ihres Schlafkleidchens nach oben und umspielte mit der Zunge ihren Bauchnabel. Vorsichtig tastete er sich tiefer und verwöhnte Elena schließlich an ihrer empfindlichsten Stelle. Lustvoll bäumte sie sich auf und fuhr mit ihrer Hand durch sein dichtes Haar. Hastig zog sie ihm die Pyjamahose aus und drängte darauf, ihn endlich in sich zu spüren. Ryan gab ihrem Verlangen nach und drang tief in sie ein. Elena stöhnte auf vor Lust und passte sich dem Rhythmus seiner Stoßbewegungen an. Gemeinsam erreichten sie schließlich den Punkt höchster Ekstase und ließen sich erschöpft in die Laken fallen.

Am letzten Tag war noch einmal Schlemmen angesagt. La Jolla hatte viele gute Restaurants zu bieten, wovon sich Ryan und Elena in den vergangenen Tagen selbst überzeugen konnten. Ein Restaurant hatten sie bisher jedoch immer nur aus der Ferne bestaunt. Es lag direkt am Strand und befand sich eher im gehobeneren Preissegment. Hier ging man nicht in Shorts und Tanktop essen. Wer hier zu speisen pflegte, wusste sich zu kleiden und legte Wert auf frische Zutaten und hohe Kochkunst. Es war ein Paradies für Feinschmecker, in das sich Ryan und Elena da wagten. „Sieh nur, die haben ein riesiges Aquarium", staunte Ryan nicht schlecht, als er gemeinsam mit Elena die kleine Lokalität betrat. Er bückte sich hinab und betrachtete die großen Krustentiere mit ihren scharfen Scheren und langen Fühlern. Mit ihren ulkigen Stielaugen schienen sie ihn durch die Scheibe hindurch anzusehen. „Ich befürchte, heute Abend wird das Aquarium nur noch halb so voll sein", war sich Elena sicher und verfolgte interessiert die Bewegungen der kleinen Meeresbewohner. „Wie meinst du das?", wollte Ryan wissen. „Naja, das sind Hummer. Und Hummer stehen hier auf der Speisekarte." Elena deutete auf die große Spezialitätentafel, die an der Wand befestigt war. „Bestellt jemand Hummer, kommt einer vom Küchenpersonal hierher, schnappt sich einen der Burschen und schmeißt ihn in den Kochtopf." Angewidert verzog Ryan das Gesicht. „Das ist ja barbarisch." Elena zuckte mit den Achseln. „Auch nicht barbarischer, als Waldbewohner mit Schlagfallen zu fangen." „Dagegen kann ich nichts sagen", musste Ryan zugeben und verspürte plötzlich einen leichten Schmerz rund um die kleinen Narben an seinem Knöchel. Ein Kellner in feinem Zwirn kam und begleitete Ryan und Elena zu einem freien Tisch auf der Terrasse. Alles war in hellen Tönen gehalten. Um sie herum kleine Kübel mit Palmen. „Na, nimmst du den Hummer?", fragte Elena neckisch grinsend, als Ryan die Gerichte auf der Karte studierte. „Nein, ich denke eher nicht." Stattdessen bestellte Ryan ein Filet Mignon mit Dijon-Senfkruste, Zwie-

belmarmelade, Brunnenkressesoße, Mais und Yukon-Goldkartoffel-
püree. Elena hingegen blieb dem Fisch treu und entschied sich für
eine Art Fischeintopf bestehend aus Hummer, Garnelen, frischem
Fisch, Muscheln und Austernpilzen in einer Kokos-Koriander-
Brühe. Dazu wurde Jasminreis gereicht. Und so teuer die Gerichte
auch waren, so unglaublich köstlich waren sie auch. Ryan gönnte
sich noch einmal eines der unzähligen Craft-Biere aus einer der gut
85 ortsansässigen Brauereien. Elena ließ sich einen alkoholfreien
Cocktail aus Kokos, Ananas und Lavendel schmecken. Entspannt
lehnte sie sich zurück und genoss die salzige Brise, die vom Meer
kam und ihr sanft durchs Haar fuhr. Den krönenden Abschluss
dieses vorzüglichen Mittagessens bildete schließlich ein Key Lime
Pie mit Keks-Kokos-Kruste und Schlagsahne, den sich beide teilten.
Gedankenverloren starrte Ryan aufs Meer hinaus. In der Ferne fuhren Schiffe vorbei. Kleine Fischerboote und ein großer Kreuzfahrt-
liner. Ein alter Mann ging am Strand mit seinem Hund spazieren.
Ein junges Pärchen alberte in den Fluten herum, während ein kleiner Junge sich am Ufer einen Spaß daraus machte, vor den Wellen
davonzulaufen. Elena folgte seinen Blicken. „Woran denkst du?",
wollte sie wissen. „Ich will, dass wir schwimmen gehen", sagte er
und ließ sich anstecken vom Lachen des kleinen Jungen, den eine
der Wellen schließlich doch noch erwischt und nass gespritzt hatte.
„Ja, lass uns noch paar Bahnen durch den Pool ziehen", stimmte
Elena freudig zu. „Nein, Elena." Er drehte sich zu ihr und seine
Augen funkelten. „Nicht im Pool. Da…" Er zeigte hinaus auf den
Ozean. Elenas Gesicht wurde ernst. „Ryan, ich weiß nicht, ob du
dafür schon bereit bist", gab sie zu bedenken. „Mit dir an meiner
Seite bin ich es", sagte er entschlossen und Elena wusste, dass
nichts auf der Welt ihn davon abhalten konnte.

Der Strandabschnitt unterhalb des Anwesens war, wie fast immer,
menschenleer. In Bikini und Badehose waren sie bereit für die Fluten. Ryans Herz schlug ihm bis zum Hals. Der Pool, wo er erfolg-
reich erste Runden geschwommen war, war ruhig gewesen, sanft.
Hatte es ihm leicht gemacht. Das Meer vor ihnen dagegen war ungestüm und ruhelos. Er hatte Angst, doch er wollte es nicht missen,

diese Erfahrung zu machen. Er wusste, dass Elena da war. Sie würde an seiner Seite bleiben und aufpassen, dass nichts passierte, da war er sich sicher. „Ganz sicher, dass du das willst?" Ryan atmete die frische Meeresluft ein und sah lächelnd zu Elena. Er nickte und nahm ihre Hand. Das Wasser war kalt. Viel kälter als das Wasser im Pool. Doch der Körper gewöhnte sich schnell daran. Es kostete Kraft, durchs tosende Wasser zu waten. Die Wellen schlugen gegen Ryans Körper und drohten ihn umzustoßen. Er schmeckte das salzige Wasser in seinem Mund. Und plötzlich war er sich nicht mehr sicher, ob es eine gute Idee gewesen war, diesen Schritt zu wagen. Doch Elena beruhigte ihn, redete ihm gut zu, wich nicht von seiner Seite. Und dann nahm er all seinen Mut zusammen und löste die Füße vom Meeresboden. Er ließ sich von den Wellen tragen und spürte nichts als Glückseligkeit. Er sah hinauf zum Himmel, wo ein Flugzeug vorüberflog. Morgen würde er selbst in einem sitzen und zurück nach Hause fliegen. Doch jetzt und heute schwamm er mit der Frau, die er liebte, die ihm das alles überhaupt erst ermöglicht hatte, im größten Ozean der Welt und genoss es mit jeder einzelnen Faser seines Körpers.

Kapitel 28

Juni

Der Sommer hatte Einzug gehalten. Die Tage waren lang, die Temperaturen angenehm warm. Die Wochenenden wurden zum Sonnetanken und zum Entspannen genutzt. Joe und Michelle ruderten über ihren kleinen See und genossen die Ruhe. Vögel zwitscherten emsig ihre Lieder. Eine Libelle flog vorbei und landete auf einer Seerose am Ufer. Sonnenstrahlen verfingen sich in Michelles roten Locken und ließen sie leuchten wie lodernde Flammen. Den Cowboyhut tief ins Gesicht gezogen, schützte sich Joe vorm grellen Licht der Sonne. Er nahm einen letzten Zug von seiner Zigarette und löschte die Glut des Stummels im kühlen Nass des Sees. Leise Stimmen drangen an ihre Ohren. Die Hände schützend vor die Augen gehalten, blickte Michelle zum Ufer. Ihre Gäste waren da. Elena und Ryan standen winkend am Steg. Darren half seiner schwangeren Freundin die Stufen hinunter zum See. Michelle winkte freudig zurück und zog sich ihr weites T-Shirt aus. Sie machte einen Satz und sprang ins Wasser. Während sie ans Ufer schwamm, versuchte Joe, das ins Wanken geratene Boot mit den Rudern zu stabilisieren.

„Ziemlich feuchte Begrüßung", griente Ryan, als Michelle den Fluten entstieg und ihr Haar auswrang. „Ja, weißt du, Ryan", ging sie an ihm vorbei und schnappte sich ein Handtuch von einer der Liegen, die sie am Ufer des Sees aufgestellt hatten. „Die schwimmende Bevölkerung kühlt sich bei diesen Temperaturen gern mal ab." Ryan wollte etwas erwidern, merkte aber, dass Elena ihm andeutete, es einfach sein zu lassen. „Bier?", wollte Michelle wissen und ging mit aufgesetztem Grinsen auf ihn zu. „Gern", sagte er ausdruckslos. Er setzte sich und ließ seinen Blick über den See schweifen. Das Wasser glitzerte im Sonnenlicht. Die Natur zeigte sich in ihren strahlendsten Farben. Überwältigt von diesem Anblick, heiterte sich seine Stimmung im Handumdrehen wieder auf.

„Die Limonade ist göttlich", stellte Abigail begeistert fest und trank umgehend noch einen Schluck. „Ein Rezept von Joes Mom", klärte Michelle sie auf. Wie zwei Filmdiven, die sich aus Versehen in die Berge verirrt hatten, lagen beide Frauen dicht an dicht auf zwei Liegen am Ufer des Sees. Ein Sonnenschirm schützte ihre empfindsame Haut vor den heißen Strahlen der Nachmittagssonne. Große dunkle Sonnenbrillen bedeckten ihre Augen. Elena saß etwas abseits an einem runden Campingtisch und beobachtete, wie Darren und Joe im See planschten. Wie sie den beiden so zusah, bekam sie plötzlich Lust darauf, selbst baden zu gehen. Und als ob Ryan ihre Gedanken hätte lesen können, entledigte er sich seiner Kleider und hing sie über die Stuhllehne neben ihr. In schwarzer Badehose betrat er den hölzernen Steg. Michelle warf einen Blick über den Rand ihrer Sonnenbrille und staunte nicht schlecht. Solch ein Anblick bot sich einem nicht alle Tage. Ryan konnte ein richtiger Arsch sein. Aber sein Körper war heiß. Verdammt heiß sogar. Elena musste wirklich eine glückliche Frau sein, mit einem solch attraktiven Mann an ihrer Seite. „Was tust du da, Ryan?", rief sie ihm zu. „Wonach sieht's denn aus, Michelle?", fragte er spitzzüngig. „Ich gehe schwimmen." „Das solltest du lieber lassen", riet sie ihm. „Nicht, dass wir noch den Notarzt rufen müssen." Grinsend schielte sie zu Abigail. Als sie jedoch sah, dass Ryan nicht zurückkam, sondern seinen Weg den Steg entlang zu tieferen Regionen des Sees fortsetzte, bekam sie plötzlich Panik. „Ryan, jetzt mal ganz im Ernst. Du musst uns doch nichts beweisen. Komm einfach wieder her und trink dein Bier aus", flehte sie ihn an. Derweil hatten Joe und Darren ihr Tollspiel unterbrochen und starrten gebannt zum Steg. Ryans innere Freude war riesig. Keiner der Anwesenden, abgesehen von Elena, wusste, dass er mittlerweile Schwimmen gelernt hatte. „Lieb, dass du dir Sorgen um mich machst, Michelle", sah er augenzwinkernd zum Ufer hinüber. „Aber das ist wirklich nicht nötig." Elena, die während der ganzen Szenerie keiner auf dem Schirm hatte, verstand sofort, dass Ryans Augenzwinkern ihr galt. Sie streifte sich ihr Sommerkleidchen vom Leib und lief in ihrem olivgrünen Bikini, den Ryan ihr in San Diego gekauft hatte, zum Steg. Schnellen Schrittes ging sie auf ihn zu, griff lachend seine ausgestreckte Hand und rannte mit ihm zum Ende des Stegs. Mit einem lauten Freuden-schrei sprangen beide ins Wasser, was einen kleinen Tsunami aus-löste, der Darren und Joe ins Gesicht schwappte. Den Zuschauern stockte der Atem. Michelle war von ihrer Liege aufgesprungen und suchte mit den Augen die Wasseroberfläche ab. Ihr fiel ein Stein vom Herzen, als Ryan und Elena schließlich auftauchten und Ryan ihn aller Ruhe begann, seine Bahnen durch das kühle Nass zu zie-hen. Leicht atemlos ließ sie sich zurück auf ihre Liege fallen. „Ich dachte, Ryan kann nicht schwimmen?", wunderte sich Abigail, die vor Aufregung schützend ihre Arme um den runden Babybauch geschlungen hatte. „Ja, das dachte ich auch." Irritiert und fassungs-los schüttelte Michelle den Kopf.

„Weißt du, Michelle, du hast absolut recht", sagte Ryan, als er klitschnass aus dem See kam. „Die schwimmende Bevölkerung kühlt sich bei solchen Temperaturen tatsächlich gern mal ab." Er schüttelte absichtlich sein nasses Haar, als er an ihrer Liege vorbei-lief, woraufhin Michelle verärgert das Gesicht verzog, als unzählige kleine Tröpfchen auf ihren Körper regneten. „Weswegen ich zu-künftig auch öfter in den Sommermonaten zu euch kommen sollte." Er prostete ihr frech grinsend zu und trank den letzten Schluck aus seiner Bierflasche. Michelle verdrehte die Augen, blieb aber stumm. „Und jetzt nehme ich liebend gern noch ein Bier." Mit einem lauten Knall stellte er die leere Flasche auf dem Tisch ab und schnappte sich ein Handtuch. „Denk bitte dran, dass du heute fährst", er-mahnte ihn Elena mit erhobenem Zeigefinger, als sie hörte, dass er bereits die nächste Erfrischung orderte. „Darren fährt", verteidigte er sich und lief mit um die Schultern gelegtem Handtuch die Stufen hinauf zum Haus. „Du fährst?", drehte sie sich zu Darren, der gera-de gemeinsam mit Joe aus dem Wasser kam. „Ja, die nächsten Wo-chen sollte ich nüchtern sein, falls irgendwas mit Abigail ist und wir schnell ins Krankenhaus müssen." Elena nickte verständnisvoll. „Du hast Ryan also das Schwimmen beigebracht, was?" „In San Diego, ja", bestätigte sie. „Hatte sich irgendwie angeboten." Ge-meinsam sahen sie hinauf zum Haus, in dem Ryan gerade ver-schwunden war. Darren nickte freudig und legte Elena sanft seine

Hand auf die Schulter. Dann ging er zum Tisch und goss sich ein Glas selbst gemachte Zitronenlimonade ein.

Ein Zischen war zu hören, als Joe die marinierten Steaks auf den heißen Grill legte. Appetitanregender Duft hing in der Luft und ließ einem das Wasser im Munde zusammenlaufen. Wie Motten, die vom Licht angezogen wurden, trudelten schließlich die beiden Nachzügler ein, als hätte der Geruch von gegrilltem Fleisch sie angelockt. Beth hatte endlich Feierabend und zur Freude aller die letzten Kuchenreste des Tages mitgebracht. Erdbeer-Joghurt-Torte, wer konnte da schon Nein sagen? Joe und Ryan waren die Ersten, die zuschlugen, und auch Ron ließ sich nicht lange bitten. „Wie lange noch, bis es Essen gibt, Joe?", wollte Beth wissen. „Viertelstunde, zwanzig Minuten", schätzte er. „Nun, dann haben wir nicht viel Zeit." „Zeit wofür?", wollte Elena wissen. „Na zum Baden natürlich." Sie schnappte sich Ron und ging mit ihm zum Steg. Bereits zum zweiten Mal an diesem Tag warf Michelle staunende Blicke über den Rand ihrer Sonnenbrille. Fasziniert musterte sie Rons muskulösen und durchtrainierten Oberkörper. Bei Ryan war es keine Überraschung gewesen, aber dass Ron mit einem derart drahtigen Körper aufwarten konnte, hätte sie nicht für möglich gehalten. Selbst Beth konnte sich mit ihren 37 Jahren absolut sehen lassen. „Gefällt dir die Aussicht?", wollte Joe wissen, dem Michelles Blicke nicht entgangen waren. Leicht angesäuert wendete er die Steaks und übergoss sie mit einigen Spritzern Bier. „Ich rege nur meinen Appetit an. Vernaschen tue ich nur dich." Breit grinsend gab sie ihm einen dicken Kuss auf die Wange und begann den Tisch zu decken.

Saftige Steaks und Folienkartoffeln dampften auf den Tellern. Sour Cream und Beths selbst gemachte Salsa-Soße, die zur Freude der Männer äußerst pikant gewürzt war, dienten als Dip. Ein gemischter Salat mit Paprika und Mais sorgte für eine frische Beilage. Eiswürfel klirrten in den Limonadengläsern. Bierflaschen zischten beim Öffnen. Die Sonne brannte nicht mehr so heiß wie am Nachmittag, warf aber noch immer ihre wärmenden Strahlen zur Erde hinab. Beth, die ihr nasses Haar zu einem Dutt gebunden hatte, genoss die Freizeit nach dem anstrengenden Arbeitstag, der hinter ihr lag. Sie genoss das köstliche Essen, das kühle Bier, das ihre Kehle hinunterfloss. Die Gesellschaft ihrer Freunde und vor allem die Zeit, die sie gemeinsam mit Ron verbringen konnte. „Ihr könnt euch nicht vorstellen, wie viele Leute mich heute gefragt haben, warum ich draußen keine Tische stehen habe", sagte sie und spießte die letzten drei Maiskörner von ihrem Teller mit der Gabel auf. „Glaub mir, Beth, darüber habe ich auch schon nachgedacht", gab Elena zu. „Allerdings schwebte mir da eher eine kleine angebaute Terrasse vor, damit die Leute nicht auf dem Dreckplatz sitzen müssen." Beth wurde hellhörig. Das klang spannend, wie fast jede von Elenas Ideen. „Wie in dem teuren Restaurant am Strand, in dem wir an unserem letzten Tag in San Diego Essen waren, weißt du noch?", wandte sich Elena Ryan zu. „Wie könnte ich das vergessen", zwinkerte er ihr schelmisch zu und trank einen Schluck aus seiner Bierflasche. „Ich könnte eine Terrasse bauen", bot Ron an. „Vorausgesetzt, Darren sponsert ein paar Bretter." „Am Holz soll's nicht scheitern", versicherte Darren und ertränkte seine Kartoffel in Soße. „Ich weiß, dass du das kannst und machen würdest, Ron", lächelte Elena ihm zu. „Allerdings denke ich, dass es dafür noch zu früh ist." „Zu früh?", wollte Joe wissen. „Ja. Solange Beth allein ist, sollte die Anzahl der Tische auf keinen Fall aufgestockt werden. Du schaffst es ja jetzt schon kaum, wenn das Café voll ist." „Das stimmt", bestätigte Beth. „Wenn du mir nicht ab und zu helfen würdest, würde ich sang- und klanglos untergehen." „Und wenn Elena erst weg ist, wird es umso schwieriger werden", sagte Abigail beiläufig und biss genüsslich in eine Scheibe Toast. Das Gespräch erstarb. Wie erstarrt sahen alle zu Darrens Tischnachbarin. Nur Ryans Blick ruhte auf seinem Teller. Das Stück Steak, das er eben hinuntergeschluckt hatte, drohte ihm im Hals stecken zu bleiben. „Aber noch ist Elena ja nicht weg", sagte Michelle vorsichtig, um das beklemmende Schweigen zu brechen. „Sicherlich. Dennoch ist es eine unumstößliche Tatsache. Und gerade was das Café angeht, sollte man sich jetzt schon überlegen, wie es danach weitergeht." Die Augen der am Tisch Anwesenden weiteten sich und jeder Einzelne von ihnen schien peinlich berührt. „Entschuldigt mich", sagte Ryan mit zitternder Stimme, als Elena gerade etwas erwidern wollte. Er stand auf und entfernte sich sichtlich mitgenommen von der Gruppe. Elena sah ihm mit traurigen Augen nach. „Hab ich was Falsches gesagt?", fragte Abigail erschrocken und bemerkte erst jetzt die stechenden Blicke, die auf ihr ruhten. „Falsch vielleicht nicht unbedingt. Unglücklich ausgedrückt, trifft es wohl eher." Darren atmete schwer und legte seiner Freundin beschwichtigend eine Hand aufs Bein.

Das kleine blaue Ruderboot, das den Namen von Joes Freundin trug, lag mittlerweile wieder auf dem Trockenen. Unter den überhängenden Ästen einer alten Trauerweide lag es am Ufer des Sees. Abseits des Trubels hatte Ryan es sich darin bequem gemacht und sah gedankenverloren hinaus aufs Wasser, wo sich die warmen Farben des Sonnenuntergangs spiegelten. Der Wind spielte mit den Blättern des ihn umgebenden Baums und entlockte ihnen ein leises Lied. Der Geruch von Rauch und brennendem Holz stieg ihm in die Nase. Scheinbar hatten sie bereits das Lagerfeuer entzündet. Irgendwann würde er zurück zur Gruppe gehen müssen. Aber das konnte noch ein paar Minuten warten. Die Stille und das Leuchten des Sees in der Abenddämmerung waren einfach zu schön, um ihnen jetzt schon den Rücken zu kehren. Ein Knacken verriet Ryan, dass er nicht länger allein zu sein schien. Er drehte sich nicht um, um nachzusehen. Er blieb einfach sitzen und sah weiter auf den See hinaus. „Bitte um Erlaubnis an Bord kommen zu dürfen." „Erlaubnis erteilt", sagte Ryan und sah Elena dabei zu, wie sie in ihrem Sommerkleid ins Boot gestiegen kam und sich ihm gegenüber auf den Sitz setzte. Die untergehende Sonne zeichnete weiche, orangegelbe Konturen um ihre Silhouette. Wie ein Engel, der ihm vom Himmel gesandt worden war, um nicht länger allein zu sein. Ihr Anblick im Licht des Sonnenuntergangs war fast noch schöner als der des Sees. „Sieh es dir an Ryan. Ist es nicht herrlich?", stellte Elena fest, als sie ihren Blick in die Ferne schweifen ließ. Ryan nickte stillschweigend. „Vielleicht lassen uns Joe und Michelle auch irgendwann mal eine Runde in ihrem Boot über den See drehen." „Da bin ich mir sicher." Ryan betrachtete seine Freundin. So schön. So außergewöhnlich. Anders als alle Frauen, denen er bisher begegnet war. Das größte Glück seines Lebens. Er durfte nicht zulassen, dass dieses Glück, diese Liebe ein Ablaufdatum hat. „Ryan, wegen vorhin. Wegen dem, was Abigail da gesagt hat…" „Elena…" „Natalie fragte mich in San Diego auch schon, was passieren wird, wenn ich zurück muss." „Was?", fragte Ryan entgeistert und kniff die Augen zusammen. „Wieso hast du mir nichts davon erzählt?" Elena zuckte mit den Achseln. „Ich wollte nicht, dass diese Frage unseren Urlaub belastet." Ryan nickte bedächtig. „Was hast du ihr geantwortet?" „Dass wir nicht darüber reden", sagte sie mit gedämpfter Stimme. „Elena…" Ryan beugte sich nach vorn und nahm ihre Hände in seine. „Ich weiß, dass wir irgendwann darüber reden müssen. Doch bitte lass dieses Irgendwann nicht heute sein", flehte er sie an und schüttelte den Kopf. „Lass uns noch ein paar Wochen einfach so tun, als würden wir nicht aus verschiedenen Welten kommen. Als würde kein Ozean zwischen uns liegen. Als wäre dein Aufenthalt hier nicht befristet. Lass uns noch ein paar Wochen einfach unbeschwert dieses Glück leben. Und dann, das verspreche ich dir, werden wir uns damit auseinandersetzen und überlegen, wie wir das in den Griff bekommen." Elena nickte und ihre Augen füllten sich mit Tränen. „Okay", hauchte sie. Ryan küsste ihre Stirn und zog sie zu sich rüber. Er legte ihr liebevoll den Arm um die Schultern und streichelte zärtlich ihren Hals. Ihr Kopf ruhte auf seiner starken Schulter. Mit geschlossenen Augen genoss sie seine Berührungen, seine Nähe, diesen Moment.

Die Flammen des Lagerfeuers loderten in den sternenklaren Nachthimmel. Marshmallows grillten aufgespießt auf Stöcken in der unbändigen Hitze des Feuers. „Wann ist es denn fertig?", fragte Elena ungeduldig, für die das eine ganz neue Erfahrung war. Ryan nahm ihr den Stock aus der Hand und holte das Marshmallow aus dem Feuer, um es sich anzusehen. „Es ist perfekt", stellte er mit prüfendem Blick fest, und Elenas Augen fingen an zu strahlen. Fasziniert beobachtete sie, wie er das weiche Marshmallow behutsam vom Stock zog und zwischen zwei Butterkekse legte. Er drückte sie leicht zusammen, wobei die süße Zuckermasse an den Seiten herausquoll. „Probier mal", sagte er und reichte ihr das süße Sandwich. „Aber sei vorsichtig, das Marshmallow ist noch heiß." Elena pustete kurz, bevor sie einen Bissen nahm. Der knusprige Keks, das softe Marshmallow. Es war eine Geschmacksexplosion. „Das ist unglaublich", sagte sie voller Begeisterung und mit vollem Mund. „Man bekommt zwar einen Zuckerschock…" Sie musste lachen. „…aber wen interessiert das schon." Ryan nickte beipflichtend, während er sich sein eigenes süßes Sandwich bastelte. „Beth, war nicht noch was von deiner Salsa übrig geblieben?", wollte Abigail wissen, die gleich zwei dünne Stöcke ins Feuer hielt. „Ich denke schon. Michelle hat alles hoch in den Kühlschrank geschafft. Wieso fragst du?" „Ich glaube, dass die Salsa richtig gut zu den Marshmallows passen würde." Während die anderen angewidert das Gesicht verzogen, schmunzelte Darren nur vor sich hin. Ihn konnten Abigails kulinarische Gelüste der Extreme nicht mehr schocken. „Ist das dein Ernst, Abs?", wollte Joe wissen. „Selbstverständlich", sagte sie, als wäre es das Normalste der Welt. „Schon allein bei dem Gedanken daran läuft mir das Wasser im Mund zusammen." „Na dann werde ich dir wohl mal ein kleines Schüsselchen voll holen gehen." Michelle schloss den Reißverschluss ihrer dünnen Sommerjacke und flitzte die Treppe hinauf zum Haus. Als sie nach wenigen Minuten zurückkam, hatte sie nicht nur die würzige Soße für Abigail dabei, sondern auch eine Gitarre. „Du spielst Gitarre?", war Elena überrascht. „Ja, ich stecke voller Überraschungen." „Singst du auch?", wollte Abigail wissen und tunkte die warmen, weichen Marshmallows in die kalte Salsa, bevor sie sich diese genüsslich in den Mund steckte, was sowohl Joe als auch Ron zu einem Naserümpfen veranlasste. „Nein, singen gehört leider nicht zu meinen Talenten", gestand Michelle. „Ryan kann singen", verkündete Elena mit Stolz. „Ich weiß", sagte Michelle. „Vielleicht solltet ihr als Duo auftreten", schlug Darren vor. Michelle schnaubte spöttisch. „Vielleicht im nächsten Leben." „Ich hab dich auch lieb", sagte Ryan und warf ihr einen Luftkuss zu. Michelle schüttelte grinsend den Kopf und brachte die Gitarre in Position. „Also, was soll ich spielen?" „Am besten etwas, das wir alle kennen", schlug Elena vor. Michelle überlegte einen Augenblick und ließ schließlich ihre schlanken Finger über die gespannten Saiten fliegen. Die Melodie klang vertraut, und als Ryan schließlich zu singen begann, gab es keinen Zweifel mehr. *Country Roads*, ein absoluter Klassiker. Nachdem man zunächst nur Ryans kraftvoller Stimme gelauscht hatte, stimmte schließlich einer nach dem anderen mit ein. Ein Lied folgte dem nächsten und die Zeit flog nur so dahin.

Es war weit nach Mitternacht. Das Feuer war niedergebrannt, die Bierflaschen leer und die Marshmallows aufgegessen. Für Beth, die in wenigen Stunden wieder im Café stehen musste, war es höchste Zeit, schlafen zu gehen. Die Freunde verabschiedeten sich voneinander und traten den Heimweg an. Als die Mädels noch mit Gruppenkuscheln beschäftigt waren, nahm sich Ron Ryan kurz unbemerkt zur Seite. „Liebe findet immer einen Weg", flüsterte er ihm ins Ohr. „Hab Vertrauen." Kameradschaftlich schlug er ihm auf die Schulter und ging dann Hand in Hand mit Beth den dunklen Weg entlang zurück in die Stadt. Ryan blickte beiden nach und spürte, wie sich etwas in ihm löste. Rons Worte machten ihm Mut. Er selbst hatte so viele Jahre auf Beth gewartet und nun gingen sie den Weg gemeinsam. Ryan war sich sicher, dass es auch für ihn und Elena einen gemeinsamen Weg geben musste. „Ryan, bist du so weit?", hörte er Darren rufen. „Ja", sagte er und lief zum Auto.

Kapitel 29

„Warte, Abigail", rief Elena und eilte, drei Kuchenkartons auf den Armen balancierend, die Treppe hinauf. „Ich mach dir die Tür auf." „Red keinen Unsinn, Elena. Ich werde ja wohl noch eine Tür öffnen können." „Aber…" „Mach schon", sagte Abigail und hielt stattdessen ihr die Tür auf. Elena huschte an ihr vorbei ins noch leere Café und stellte den Kartonstapel auf dem Tresen ab. „Morgen, Beth!" „Guten Morgen", kam Beth aus der Küche und band sich ihre Schürze um. „Na sieh mal einer an. Heute gleich im Doppelpack. Hallo, Abigail." „Hey, Beth." Ihren Rücken stützend kam sie zum Tresen. „Ich muss einkaufen und Elena hat mir netterweise angeboten, mich mit in die Stadt zu nehmen." „Bietet sich ja auch an, wo Elena ohnehin fast jeden Tag wegen der Kuchen herkommen muss." „Ja und genau die solltest du schnellstens in die Kühlvitrine stellen", drängte Elena. Beth tat umgehend, wie ihr gesagt wurde, und arrangierte eine Zitronen-Buttermilch-Torte, Pistazien-Vanille-Cupcakes und Maracuja-Joghurt-Schnitten optisch ansprechend in der Kuchenvitrine. „Machst du mir bitte einen Cappuccino, Beth?", bat Elena und setzte sich mit Abigail an einen Zweiertisch rechts vom Tresen. „Und für mich bitte einen Pfefferminztee." Beschwerlich ließ sich Abigail auf den Stuhl fallen und atmete schwer, als sie endlich saß. „Obwohl ich mir gar nicht sicher bin, ob Tee eine so gute Idee ist." „Wieso denn nicht?", wollte Elena wissen. „Das Baby drückt mir ohnehin schon ständig auf die Blase. Wenn ich jetzt auch noch Tee trinke, werde ich mich wahrscheinlich auf der Toilette häuslich einrichten können." Elena musste lachen. „Nicht mehr lange, Abigail. Dann hast du es geschafft." „Ich werde drei Kreuze in den Kalender machen, das sage ich dir." Beth brachte die Getränke und verschwand in Windeseile wieder in der Küche. Genüsslich löffelte Elena den üppigen Milchschaum von ihrer Tasse, als sie merkte, wie ein heller Schein vom Tresen auf sie zukam. Als sie zur Seite sah, traute sie ihren Augen nicht. Überrascht und begeistert zugleich hielt sie sich eine Hand vor den Mund. Beth kam mit einer kleinen Torte, auf der unzählige brennende Kerzen flackerten, auf sie zu und grinste verschmitzt. „Alles Liebe zum Geburtstag", wünschte sie ihr und stellte den Kuchen auf den Tisch. „Wieso wisst ihr denn alle, dass ich heute Geburtstag habe?" Elena stand auf und bedankte sich mit einer dicken Umarmung bei ihr. „Ryan hat uns alle rechtzeitig darüber in Kenntnis gesetzt", klärte Abigail sie auf und drückte ihren Teebeutel mithilfe des Teelöffels aus. Elena lächelte kopfschüttelnd und bestaunte das kleine Kunstwerk. „Die sieht toll aus", lobte sie. „Hast du die etwa gebacken?", wollte sie von Beth wissen, die gleich abwinkte und genervt das Gesicht verzog. „Ja, hab ich. Aber frag nicht. Ich hab den kompletten gestrigen Tag dafür gebraucht und meine Küche sah aus wie ein Schlachtfeld." Elena und Abigail mussten lachen. „Aber das Ergebnis kann sich echt sehen lassen, Beth." „Nun puste aber schon die Kerzen aus und wünsch dir was. Nicht, dass das Wachs noch auf den Kuchen tropft." Elena nahm einen tiefen Atemzug, schloss die Augen und dachte an ihren Wunsch, während sie mit aller Kraft die Kerzen ausblies. Freudig klatschte Beth in die Hände. „Willst du probieren?" „Unbedingt." Beth holte zwei Teller, ein großes Messer und Kuchengabeln. Elena schnitt zwei große Tortenstücke für sich und Abigail heraus. Beth kümmerte sich derweil um die erste Kundschaft des Tages. „Also, auf dich, Elena", sagte Abigail und steckte sich ein Stück Kuchen in den Mund. Voller Vorfreude tat es Elena ihr gleich. Doch kaum im Mund, kräuselten sich auch schon ihre Lippen und beide sahen einander unterschwellig an, während sie mit einem schweren Schlucken den kleinen Happen die Kehle hinab in den Magen beförderten. „Und wie ist sie?", konnte Beth es kaum abwarten, ein Feedback für ihr kleines Backwerk zu bekommen. „Ganz ehrlich, es schmeckt scheußlich", nahm Abigail kein Blatt vor den Mund, während Elena noch überlegt hatte, wie sie es am besten sagen sollte, ohne Beth zu verletzen. Völlig entgeistert und mit weit aufgerissenen Augen blickte Beth zu Elena, die nur stumm nickte und Abigail recht geben musste. Enttäuscht ließ Beth die Schultern hängen. „Also alles für die Katz." „Tut mir leid, Beth", sagte Elena mit mitleidvoller Miene. „Die Geste zählt." Beth blies genervt in die Luft, wobei ihr Pony nach oben wehte. Angefressen schnappte sie sich die Tortenplatte. Die Tür ging auf und Ari betrat das Café. Er sah sich um und lächelte, als er Elena entdeckte. „Kuchen?"", fragte Beth mit düsterem Gesichtsausdruck und wirbelte an ihm vorbei. Abigail schüttelte im Hintergrund energisch mit dem Kopf und Ari lehnte dankend ab. „Ari", drehte sich Elena mit einem breiten Grinsen im Gesicht auf ihrem Stuhl herum. „Elena, Kleines, ich habe gehofft, dich hier anzutreffen." Sie stand auf und schenkte ihm eine herzliche Umarmung. „Ich wollte es mir nicht nehmen lassen, dir persönlich zum Geburtstag zu gratulieren." Er reichte ihr ein kleines Geschenk, das er mit größter Sorgfalt selbst in Blütenpapier eingepackt hatte. „Oh, Ari. Das wäre doch nicht nötig gewesen. Vielen Dank." Schon fast beschämt nahm sie das kleine Päckchen an sich. „Mach es auf", bat Ari. „Okay." Elena setzte sich und entknotete das Schleifenband. Ari zog sich einen Stuhl vom Nachbartisch heran und setzte sich zu den beiden Frauen. Elena entfernte vorsichtig das Papier und las, was auf dem Karton darunter geschrieben stand. „Eine Polaroid-Kamera?" „Ja", bestätigte Ari. „Ich finde, damit haben Bilder mehr Seele, als wenn sie mit dem Handy gemacht werden. Außerdem kann man sie sofort in Händen halten und es eignet sich perfekt für Schnappschüsse und schnelle Erinnerungsfotos." Er zwinkerte ihr zu und Elena nickte beipflichtend. Im Handumdrehen war die Kamera ausgepackt und Elena machte als Erstes ein Selfie mit Ari, über das sie sich köstlich amüsierten, als die Konturen sich langsam zu einem vollständigen Bild entwickelten. „Sie ist toll, Ari. Hab lieben Dank dafür." „Freut mich, wenn es dir gefällt." Er warf einen Blick auf seine Armbanduhr und stellte erschreckt fest, wie lange er sich festgequatscht hatte. „Ich muss wieder in die Werkstatt. Ne Menge Autos warten darauf, ihre kleinen Wehwehchen loszuwerden." Er umarmte Elena zum Abschied und wünschte ihr noch einen wundervollen Tag. Abigail studierte unterdessen die Verpackung der Kamera. „Eine wirklich gute Idee von Ari", musste sie neidlos anerkennen. „Da hat er sich echt Gedanken gemacht." „Ja, ein netter kleiner Stimmungsbringer." Sie sah zum Tresen, wo Beth gerade mehrere Kaffeegetränke zubereitete. Das Café war in der Zwischenzeit etwas voller geworden und mehrere Tische waren belegt. „Beth, lach mal", sagte Elena und drückte genau in dem Moment auf den Auslöser, als Beth sich mit verdutztem Blick zu ihr drehte. Gespielt zornig stemmte sie eine

Hand in die Hüfte und funkelte Elena mit zusammengekniffenen Augen an. Frech grinsend steckte sie Beth die Zunge raus und setzte sich zurück an den Tisch, wo sie die Kamera auf ihr Gegenüber richtete. Abigail zog eine Grimasse und sorgte somit für ein weiteres lustiges Foto. „Was hast du eigentlich von Ryan bekommen?", wollte sie wissen. „Bis jetzt noch gar nichts." „Er hat dir nichts zum Geburtstag geschenkt?", fragte sie ungläubig. „Er meinte nur, ich solle spätestens am Nachmittag zurück auf der Farm sein und mir für den Abend nichts vornehmen." „Hm, sehr mysteriös." Elena trank ihren Cappuccino aus und machte sich dann gemeinsam mit Abigail, die noch schnell die Waschräume aufgesucht hatte, um ihre Blase zu erleichtern, auf den Weg zum Mini-Store.

Es war bereits früher Nachmittag, als die beiden Frauen von ihrem Ausflug in die Stadt zurückkamen. Elena half Abigail, den Einkauf ins Haus zu tragen. Eine vollgepackte Tüte nach der anderen schleppte sie in die Küche des Haupthauses. Erst nach der sechsten war die Rückbank des Trucks endlich leer. Man hätte meinen können, Abigail wolle den ganzen Mini-Store leerkaufen, um ihn auf die Farm umzusiedeln. Lebensmittel, Hygieneartikel, Getränke und diverse andere Sachen waren über die Ladentheke gegangen und hatten, ganz zur Freude von Mr. Franklin, die Kasse klingeln lassen.

Elena war auf dem Weg zu ihrer Hütte, als Ryan auf den Hof gefahren kam. Sie stoppte und wartete, bis er den Wagen zum Stehen brachte und ausstieg. „Ihr seid schon wieder da? Sehr gut." Er lief um den Wagen herum auf sie zu und gab ihr einen Kuss. „Ich geh schnell duschen und dann kann's losgehen", sagte er leicht atemlos. „Soll ich mir was Schönes anziehen?", wollte sie wissen, als er bereits schnellen Schrittes zu seiner Hütte eilte. „Nicht nötig. Zieh einfach was Praktisches an", rief er ihr zu und verschwand in der kleinen Behausung. Mit geweiteten Augen stand Elena da und starrte ins Leere. „Was Praktisches", wiederholte sie seine Worte. „Was zur Hölle ist etwas Praktisches?" Sie eilte die Stufen ihrer Hütte hinauf und ließ die Tür ins Schloss fallen.

Jeans und T-Shirt, praktisch für alle Lebenslagen geeignet, dachte Elena und betrachtete sich im Spiegel. In ihrer hellblauen ausgewaschenen Jeans und dem lässigen weißen T-Shirt würde sie wohl in keinem guten Restaurant der Gegend, das etwas auf sich hielt, einen Tisch bekommen. Schön essen gingen sie demnach schon mal nicht. Aber was würden sie dann machen? Was hatte sich Ryan für ihren Geburtstag einfallen lassen? Bis jetzt hatte sie noch kein Geschenk von ihm bekommen. Würde der Ausflug sein Geschenk sein? Und wohin würde er sie führen? Fragen über Fragen, auf die sie keine Antwort wusste. Sie wusste nur, dass Ryan schon den ganzen Tag irgendwie rastlos und nervös wirkte. Nicht mehr lange und ihre Fragen würden sich von selbst beantworten. Zumindest hoffte sie das. Sie band ihr Haar zu einem Pferdeschwanz, um sich nur Sekunden später doch dafür zu entscheiden, ihre Haare lieber offen zu tragen. Sie war hin- und hergerissen. Es war nicht einfach, sich zurechtzumachen, wenn man nicht den Hauch einer Ahnung hatte, wofür man sich überhaupt zurechtmachte. Ohrringe? Keine Ohrringe? Schlichte Ohrringe? Funkelnde Ohrringe? Es war zum Verzweifeln. Das Klopfen an der Tür beendete die Tortur. Sie würde genau so bleiben, wie sie jetzt war. Sie schnappte sich ein dünnes Jäckchen, für den Fall, dass sie in den kühlen Abendstunden noch unterwegs sein würden, griff ihre Handtasche und verließ die Hütte. Ryan wartete am unteren Treppenende und betrachtete lächelnd und zufrieden seine Freundin, deren Haare im Wind wehten. „Nimmst du mich so mit?", sah sie ihn mit fragenden Augen an. „Du siehst wunderschön aus." Elena schüttelte den Kopf und verdrehte grinsend die Augen. „Das sagst du immer." Ryan packte sie sanft an der Hüfte und zog sie zu sich. „Weil es nun mal immer so ist", flüsterte er und küsste sie zärtlich auf den Mund. „Du riechst gut", stellte Elena leicht erregt fest. „Ich dachte mir, zur Feier des Tages kann ein gutes Parfüm nicht schaden." „Verrätst du mir jetzt, wo wir hinfahren?" „Nein." Er löste sich aus ihren Armen und lief zum Wagen. „Ich zeig's dir", sagte er lächelnd und deutete ihr mit dem Kopf an, ihm zu folgen. „Steig ein."

Anders als vermutet, lenkte Ryan den Jeep nicht in westliche Richtung nach Happys Inn, sondern gen Osten tiefer in die Wälder

Montanas hinein. In Elenas Kopf ratterte es wie in einem Uhrwerk. Wohin führte dieser Weg? Es war nicht die Abkürzung, durch die man schneller nach Kalispell kam, so viel war sicher. Aber wenn sie nicht nach Happys Inn fuhren und auch nicht nach Kalispell, wohin brachte er sie dann? Elenas Gedanken wurden jäh unterbrochen, als Ryan am Wegesrand stoppte und den Motor ausschaltete. „Was ist los?", wollte sie wissen und sah irritiert zur Seite. „Wir sind da", sagte er mit einem schelmischen Grinsen im Gesicht und stieg aus. Jetzt verstand Elena gar nichts mehr. Sie waren gerade einmal fünf Minuten gefahren und hier, wo sie hielten, gab es nichts als Bäume. Wald, so weit das Auge reichte. „Komm schon", sagte Ryan, als er die hintere Tür öffnete, um einige Sachen von der Rückbank zu holen. „Das letzte Stück müssen wir zu Fuß gehen." „Das letzte Stück wohin?" „Das wirst du sehen, wenn du endlich aus dem Wagen steigst", zwinkerte er ihr zu. Elena atmete tief durch, schnappte sich Tasche und Jacke und stieg aus. Der Wind rauschte in den Baumwipfeln hoch über ihnen. Vögel flatterten umher und zwitscherten fröhliche Melodien. Die Sonne kämpfte sich mit ihren warmen Strahlen durch das dichte Geäst. „Kann's losgehen?", fragte Ryan, der sich einen kleinen Rucksack aufsetzte, das Jagdgewehr über die Schulter hängte und den Wagen abschloss. Einladend reichte er Elena die Hand. Nach einem stummen, nachdenklichen Blick auf das Gewehr an Ryans Rücken band sich Elena ihre Strickjacke um die Hüften und nahm seine Hand. „Ja", sagte sie und bahnte sich gemeinsam mit ihm einen Weg in den Wald. Mit jedem Schritt entfernten sie sich weiter vom Auto, bis es schließlich nicht mehr zu sehen war.

Nach einer kurzen Wanderung über Stock und Stein begannen sich die Bäume zu lichten. Vor der Kulisse des strahlend blauen Himmels lag eine sonnengeflutete grüne Wiese. Elena hielt sich schützend die Hand vors Gesicht, als sie aus dem Dunkel des Waldes ins Freie trat. Ihre Augen mussten sich erst einmal an die unerwartete Helligkeit gewöhnen. Sie blinzelte gegen die Sonne. Auf der Wiese wuchsen kleine gelbe Blumen. Bienen summten um die süß duftenden Blüten. Dann ging ihr Blick weiter und sie traute ihren Augen nicht. Da stand ein kleines Zelt. Ein runder Steinkreis grenzte eine

Feuerstelle ab. Fackeln steckten halbkreisförmig in der Erde. Begeistert machte Elena einige Schritte darauf zu. Und dann entdeckte sie etwas, das ihr vollends den Atem verschlug. Ihre Augen weiteten sich, ihr Mund stand vor Faszination weit offen. Vor ihren Augen erstreckte sich ein langgezogenes, üppig bewaldetes Tal. Am Horizont ragten die hohen Gipfel der Rocky Mountains in den Himmel. Ein Greifvogel zog mit weit ausgestreckten Flügeln seine Kreise in der Ferne. Elena sah sich um und erkannte, dass sie hoch oben auf einer Klippe zu stehen schien, zu deren Füßen sich dieses unsagbar schöne Panorama ausdehnte. Ihr Herz schlug höher bei diesem atemberaubenden Anblick. „Gefällt's dir?" Ryan gesellte sich zu ihr und sah andächtig ins Tal hinab. „Gefallen?" Sie schüttelte den Kopf. „Ryan, es gibt keine Worte, die das beschreiben können. Die dem auch nur ansatzweise gerecht werden." Mit leuchtenden Augen sah sie ihn an. „Es ist unglaublich." „Ja, das ist es." Er legte seinen Arm um ihre Hüfte und zog sie an sich. „Es ist mein Lieblingsplatz, weißt du? Mein kleiner geheimer Rückzugsort. Ich sitze oft stundenlang hier, um nachzudenken oder einfach nur diese unbändige Naturschönheit zu bewundern." Sie musterte sein Gesicht. Seine Augen zeigten Ehrfurcht. Demut. Er liebte dieses Fleckchen Erde. „Danke", flüsterte sie und lehnte ihren Kopf gegen seine Schulter. „Wofür?", wollte er wissen und sah überrascht zu ihr hinab. „Dafür, dass du diesen Ort mit mir teilst." „Ich würde alles mit dir teilen, Elena." Sie sah zu ihm auf und ihre Blicke trafen sich. „Einfach alles." Er nahm ihr Gesicht in seine warmen Hände und küsste sie innig, während der Ruf eines Adlers in der Ferne zu hören war.

Die dünne Sichel des zunehmenden Mondes thronte in einem Bett aus Abertausenden Sternen hoch oben am Firmament. Dunkelheit hatte sich über das Tal gelegt und so auch über Ryans und Elenas kleinen Zeltplatz. Die Fackeln waren entzündet und markierten die letzten Meter zum Abgrund, der des Nachts mit dem tiefen Schwarz des Nachthimmels verschmolz. Eng umschlungen saßen beide an dem kleinen Feuer und genossen die stillen Klänge der Natur. Eine Eule war aus dem Dickicht des dunklen Waldes zu hören, der gespenstig vor ihnen lag. Da war das Knacken der abbrennenden Äste. Funken sprühten. Kleine lodernde Flammen erhellten die Nacht und spendeten angenehme Wärme in der doch kühlen Abendluft der Berge. „Weißt du, was das Schlimme an 365 Tagen ist?", durchbrach Ryan mit gedämpfter, nachdenklicher Stimme die Stille. Elena nickte kaum merklich. Den Blick auf die tanzenden Flammen vor sich gerichtet. „Ja... Sie sind irgendwann vorbei." Ryan schwieg. Elena hörte nur seinen schwerfälligen Atem an ihrem Ohr. Er saß hinter ihr. Seine Arme umschlossen liebevoll ihren Körper. „Ich war so ein Idiot", sagte Ryan, als er an die ersten Tage nach Elenas Ankunft zurückdachte. „Nein", schüttelte sie entschieden den Kopf. „Du hättest dich einfach nicht in mich verlieben dürfen." „Nun, was das angeht, war ich vom ersten Augenblick an chancenlos." Er küsste ihre Schläfe und schloss seine starken Arme etwas enger um sie. „Du bist verrückt", sagte sie, wobei ein Lächeln ihre Lippen umspielte. „Ja, nach dir", flüsterte er in ihr seidig glattes Haar. „Ich wünschte, ich könnte diesen Moment einfrieren und für immer festhalten." Nachdenklich kniff Elena die Augen zusammen und drehte sich dann ruckartig zu Ryan um. „Ich denke, das lässt sich machen." Sie stand auf und ging zum Zelt, wo ihre Tasche lag. „Ich verstehe nicht", war Ryan irritiert. „Du willst diesen Moment festhalten? Dann lass uns das machen." Mit ihrer neuen Kamera kam sie zurück zum Feuer. „Was ist das?", wollte Ryan wissen. „Mein Geburtstagsgeschenk von Ari", verkündete sie stolz. „Ist das eine Polaroid-Kamera?" „Ja. Du kannst diesen Moment also nicht nur festhalten, sondern hälst ihn auch in weniger als einer Minute in Händen." „Aber glaubst du denn, dass das bei dieser Helligkeit überhaupt was wird?", gab er zu bedenken. „Wenn wir uns seitlich zum Feuer drehen, bestimmt", war Elena optimistisch. Und so geschah es dann auch. Sie schmissen sich gemeinsam in Pose, bis Elena den Auslöser betätigte. Umgehend kam das kleine Foto aus dem Apparat heraus. „Jetzt gehört er für immer dir, dieser Moment", sagte sie freudig und überreichte ihm das noch nicht ganz fertig entwickelte Bild. „Danke", sagte er gerührt. „Wedle es noch ein bisschen in den Händen. Ich geh mal kurz für kleine Königstiger." Ryan legte das Foto auf seinem Oberschenkel ab und griff hinter sich. Er reichte Elena Taschenlampe und Gewehr, was nur zu verdutzten Blicken ihrerseits führte. „Was soll ich damit?", wollte sie wissen. „Zum Leuchten und Verteidigen", erklärte er. „Ich nehme auf keinen Fall die Taschenlampe mit. Am Ende siehst du mir noch zu." Ein amüsiertes Grinsen schlich sich in Ryans Gesicht. „Wäre das denn so schlimm?" „Allerdings", gab sich Elena gespielt empört. „Schön, aber dann nimm wenigstens das Gewehr mit", bat Ryan. „Mittlerweile weißt du ja, dass es nützlich sein kann", sagte er mit einem Augenzwinkern. „Also schön, gib her", gab sie sich augenrollend geschlagen und nahm es an sich. „Und nicht gucken", warnte sie ihn eindringlich. „Mach ich nicht", versprach er und musste lächeln, als er zusah, wie sie auf der Suche nach einem geeigneten Versteck durch die Nacht irrte.

„Ich hoffe, du bist nicht enttäuscht, dass ich keine Geburtstagsparty für dich organisiert habe", sagte Ryan und warf eine Handvoll neuer Äste ins Feuer. „Überhaupt nicht, Ryan", versicherte sie ihm. „Das hier ist so viel besser als jede Party." „Und mit der Übernachtung im Zelt kommst du klar, ja?", schielte er zu ihr rüber. „ Hey", rief sie entrüstet aus und boxte ihm mit der Faust gegen die Schulter. „Auch wenn ich aus der Stadt komme, bin doch nicht das verwöhnt versnobte Mädchen, für das du mich halten magst." „Ich weiß, ich weiß. Tut mir leid", ging er grinsend in Deckung. „Es gibt nichts Schöneres, als unterm Sternenhimmel zu zelten." Sie sah nach oben, wo gerade eine Sternschnuppe verglühte. Sie behielt die kleine Entdeckung für sich, schloss die Augen und dachte ganz fest an ihren Wunsch, den sie auch schon beim Auspusten der Kerzen im Café gehabt hatte. Vielleicht erhöhte das ja die Chancen, dass er eines Tages in Erfüllung gehen würde. Sie hoffte, betete, dass es so sein würde. Ihm fiel auf, dass sie gedankenverloren gen Himmel starrte. „Sind die sternenklaren Nächte in der Stadt anders als hier?" „Völlig anders. In der Stadt lohnt der Blick nach oben kaum. Die Sterne verblassen im Schein der Großstadtlichter. Aber hier…" Sie hielt kurz inne und atmete die frische Nachtluft ein. „Hier kommen sie so richtig zur Geltung. Hier können sie ihre ganze Schönheit frei entfalten. Milliarden kleiner leuchtender Pünktchen, gebettet auf tiefschwarzem Samt." „Elena…" Der Klang seiner Stimme riss sie aus ihren Gedanken. „Es ist fast Mitternacht und das Wichtigste hätten wir beinahe vergessen." Er kramte eine kleine schwarze

Schmuckschatulle hervor, um die eine rote Schleife gebunden war. Sprachlos starrte sie auf das rechteckige Kästchen in seiner Hand. „Ist das für mich?" Er nickte bedächtig und reichte es ihr. Sie schluckte und entfernte die Schleife. Gespannt öffnete sie das Etui und blickte auf eine zarte Goldkette, an der ein kleines Medaillon hing. „Oh, Ryan, die ist wunderschön." „Klapp das Medaillon auf", bat er sie und rückte etwas näher. Elena ging mit größter Vorsicht vor. Sie wollte nicht riskieren, etwas kaputtzumachen. „Ein Foto von uns beiden!", freute sie sich und ihre Augen strahlten im warmen Schein der Flammen. „Das ist in San Diego am Strand, nicht wahr?" Ryan nickte und musterte ihr freudestrahlendes Gesicht. „Mit dem Ozean im Rücken, Wind im Haar und Liebe im Herzen." Rührselig sah Elena ihn an. „Das hast du schön gesagt." Sie holte die Kette aus der Schatulle und gab sie Ryan, damit er sie ihr umband. Er hockte sich hinter sie und wartete, bis sie ihr Haar zur Seite nahm. Er schloss das kleine Häkchen und küsste ihren Nacken. „Happy Birthday", hauchte er. Elena lehnte den Kopf zurück und küsste ihn.

Ryan putzte sich im Freien die Zähne, während sich Elena im Zelt bereits für die Nacht fertig machte. Im schwachen Schein der Taschenlampe erkannte er ihre Silhouette durch den dünnen Stoff des Zeltes. Er beobachtete, wie sie sich auszog, sich das Nachthemd, das er für sie mitgenommen hatte, über den nackten Körper streifte. Ein erregtes Kribbeln durchzog ihn. Sein Atem stockte für den Bruchteil einer Sekunde. Er spülte den Mund mit klarem Wasser aus und kroch ins Zelt. Kaum hatte er den Reißverschluss zugezogen, spürte er Elenas Hand an seiner Taille. Heißblütig küsste sie ihn auf seine weichen Lippen und drängte ihn zu Boden. Ungestüm setzte sie sich auf seinen Schoß und öffnete den Gürtel seiner Jeans. „Elena…", keuchte er atemlos. „Schhhh…", legte sie den Zeigefinger an ihre Lippen und zog ihm das Hemd aus der Hose. Auf jeden Knopf, den sie öffnete, folgte ein Kuss auf seine vor Lust glühende Haut. Sie streichelte sanft über seine Brust und arbeitete sich dann langsam in tiefere Regionen vor. Elena spürte, wie die Beule in seiner Jeans zu wachsen begann. Sie öffnete seine Hose, während sie die empfindsamen Stellen rund um seinen Bauchnabel mit unzähligen kleinen Küssen übersäte. Ihr Mund glitt tiefer und tiefer, während sie ihm gleichzeitig Jeans und Unterhose auszog. Ryan stöhnte lustvoll, als sie in seinem Schambereich angelangt war. Mit der Zungenspitze umspielte sie seine Eichel und spürte, wie sein Penis in ihren Händen pulsierte und nach mehr verlangte. Sie zog sich das Nachthemd aus und senkte ihren Körper behutsam auf Ryans Schoß. Sie spürte, wie sein harter Penis sich seinen Weg bahnte und sie bis zur Gänze ausfüllte. Sie hob und senkte ihren Körper. Sie bestimmte das Tempo. Sie ließ sich Zeit, was Ryan fast um den Verstand brachte. Sie genoss es, ihn in sich zu spüren. Langsam beschleunigte sie das Tempo. Ryan massierte ihre Brüste. Spielte mit ihren festen Brustwarzen, was Elena stöhnen ließ. Er öffnete die Augen und betrachtete sie beim Liebesspiel. Splitternackt saß diese wunderschöne junge Frau auf ihm und verschaffte ihm die größte Wonne überhaupt. An ihrem schmalen Hals glänzte das goldene Medaillon im Licht des langsam abbrennenden Feuers.

Kapitel 30

Juli

Elena stand am Waschbecken und betrachtete ihr Spiegelbild. Die Haare waren locker hochgesteckt, das Make-up aufgetragen. Das lange luftige Blusentop saß wie angegossen. Sie sah perfekt aus. Wunderschön, wie Ryan sagen würde. Doch ihre Augen wirkten ausdruckslos, ohne Glanz. Sie strahlten Unruhe und Anspannung aus. Ihr Blick sank auf die längliche Schachtel am Waschbeckenrand. Ihr Atem ging schwer, als sie den Schwangerschaftstest aus der Verpackung zog. Sie hatte ihn vor einigen Tagen gekauft, in der Hoffnung, ihn nie benutzen zu müssen. Doch wie lange sollte sie noch warten? Wie lange konnte sie diese Ungewissheit noch ertragen? „Elena?", hörte sie Ryan die Hütte betreten. Schnell schmiss sie die Pappschachtel in den Mülleimer und steckte den Test in die Gesäßtasche ihrer engen Jeans. „Bist du so weit", lugte er zur Badtür hinein und bestaunte den Anblick seiner schönen Freundin. „Ja", sagte sie mit einem überzogenen Grinsen und zupfte ihr Top zurecht. „Kann losgehen."

„Und es gibt wirklich ein Feuerwerk?", wollte Elena wissen und sah gedankenverloren aus dem Fenster des sich gemächlich durch den Wald schlängelnden Jeeps. „Heute ist der 4. Juli, Elena. Es gibt immer ein Feuerwerk zum Unabhängigkeitstag." „Das ist toll." Lächelnd sah sie zu Ryan. Doch Ryan erkannte, dass es nur ihr Mund war, der lächelte. Ihre Augen hingegen schienen ausdruckslos. „Ist alles okay, Elena?" Besorgnis schwang in seiner Stimme mit. „Ja, wieso fragst du?" „Du wirkst heute so in dich gekehrt. Als würde dich etwas bedrücken." „Mir geht's gut", versicherte sie ihm. „Ich hab letzte Nacht nur nicht so gut geschlafen, das ist alles." „Aber du würdest mir doch sagen, wenn irgendwas wäre, oder?" Kleine Sorgenfältchen zeichneten sich auf seiner Stirn ab. „Selbstverständlich, Ryan. Es ist alles in Ordnung, wirklich", versicherte sie ihm und streichelte mit der Hand sanft über sein Bein. „Na gut", gab er sich zufrieden und konzentrierte sich wieder auf den holprigen Weg vor sich. „Wirst du heute eigentlich mit mir tanzen oder muss ich wieder abwarten, bis Ari mich irgendwann auffordert?", neckte sie ihn von der Seite. „Na hör mal. Selbstverständlich werde ich mit dir tanzen. Obwohl ich mir sicher bin, dass sich Ari dennoch einen Tanz stehlen wird." „Ja, das glaub ich auch", war sie sich sicher. „Er hat dich wirklich ins Herz geschlossen." Elena nickte und ein Lächeln umspielte ihre Lippen. „Das beruht auf Gegenseitigkeit." „Jeder hat dich ins Herz geschlossen. Alle mögen dich." „Und du mich am meisten?" „Nein", sagte er und blickte in Elenas verwundertes Gesicht. „Ich mag dich nicht nur. Ich liebe dich." Elena strahlte über das ganze Gesicht, als sie das hörte, und zu Ryans Freude strahlten diesmal auch ihre Augen.

Es war lange her, dass Elena einen Fuß auf die Festwiese am Crystal Lake gesetzt hatte. Acht Monate und vier Tage, um genau zu sein. Mit dem Herbstfest an Halloween verband sie nicht nur gute Erinnerungen. Ein Frösteln durchfuhr ihren Körper, als sie an den Abend zurückdachte. Zum Glück war Ryan rechtzeitig dagewesen, um diesem Albtraum ein Ende zu bereiten. Elena versuchte, die bösen Gedanken abzuschütteln. Heute würde ein guter Tag werden. Ein schöner Tag. Es herrschte emsiges Treiben. In der Mitte der Festwiese war ein großes quadratisches Holzpodest aufgebaut worden, das als Tanzfläche diente. Eine kleine Band, mit einem weißbärtigen, dickbäuchigen Sänger gab Country-Klassiker zum Besten und lud mit ihrer Musik zum Tanzen ein. Familien saßen auf Decken verstreut auf der frisch gemähten Wiese und packten ihre Picknickkörbe aus. Obwohl die meisten Besucher und Ortsansässigen ihren eigenen Proviant dabei hatten, gab es ein paar wenige Getränke- und Essensstände. Neben selbst gemachten Limonaden gab es auch Bier und Spirituosen, Barbecue, dessen köstlicher Duft in der Luft lag, Burger, und Beths kleiner Kuchenstand durfte natürlich auch nicht fehlen. Bei strahlendem Sonnenschein und blauem, wolkenlosem Himmel schien einem erholsamen, ausgelassenen Tag nichts mehr im Wege zu stehen.
Kinder rannten mit Zuckerwatte umher oder jagten Schmetterlingen nach. Eine Schar bunter Ruderboote tummelte sich auf dem im

Sonnenlicht glitzernden See. Einige Leute hatten sich anlässlich des Feiertags besonders fein herausgeputzt. Die Frauen hatten ihre schönsten Kleider aus den Schränken geholt. Trugen sommerliche Hüte oder ihr fein frisiertes Haar unverdeckt zur Schau. Auch Abigail hätte sich am heutigen Tag nur zu gern in Schale geschmissen. Jedoch ließ der üppige Umfang ihres Babybauches gegenwärtig nur Baumwollhosen, weite T-Shirts oder luftige Tuniken zu. Joe und Michelle hatten ein sonniges Plätzchen in unmittelbarer Nähe des Tanzbodens ergattert. Darren breitete seine große karierte Decke direkt neben ihnen aus und half seiner schwangeren Freundin auf einen kleinen niedrigen Klapphocker. „Ah, habt ihr's auch endlich geschafft?", sagte er grienend, als er Ryan und Elena auf sie zukommen sah. „Du weißt doch, wie's ist, Darren. Frauen brauchen immer bisschen länger im Bad", rechtfertigte Ryan die kleine Verspätung und kassierte dafür von Elena im Handumdrehen einen Boxer in die Seite. „Aua!" „Den hast du verdient", stellte sie mit einem zufriedenen Grinsen klar. „Elena, bloß gut, dass du da bist", erklang Rons Stimme von hinten. Er kam von den Verköstigungsständen und balancierte zwei übervolle Becher in den Händen. „Wieso? Was ist denn los?", wollte sie wissen und ging einen Schritt beiseite, um ihn vorbeizulassen. Behutsam reichte er Joe und Michelle die Limonaden und ließ sich neben ihnen auf die Decke plumpsen. „Beth ist kurz vorm Durchdrehen. Irgendwas ist wohl mit den Cupcakes." „Okay", sagte Elena mit nachdenklichem Blick. „Dann geh ich wohl besser mal nachsehen." „Mach das. Ich quetsch unsere Decke derweil noch irgendwie hier dazwischen." Ryan gab ihr einen flüchtigen Kuss und machte sich ans Werk. „Falls die Cupcakes nicht mehr zu retten sind, bring sie einfach mit. Dann essen wir sie selbst", rief Joe ihr nach. Elena schmunzelte und setzte ihren Weg fort.

„Dem Himmel sei Dank, dass du da bist", war Beth ganz aufgelöst, als Elena am Kuchenstand ankam. „Beth, was ist denn los? Beruhige dich." „Ich weiß nicht, was passiert ist. Ich hab den Karton gestern in den Kühlschrank gestellt und über Nacht dort stehen lassen, wie ich es immer mache." Beth lief auf und ab und gestikulierte wild herum. Etwas hilflos stand Elena daneben und wusste noch immer nicht, was genau überhaupt das Problem war, das Beth so aus der Fassung gebracht hatte. „Und heute Morgen war die Farbe plötzlich weg. Als hätte der Kühlschrank sie ihnen entzogen. Ich kann's mir nicht erklären, wirklich nicht." Beth öffnete den Kuchenkarton und präsentierte Elena entsetzt dessen Inhalt. „Siehst du?" Mit zusammengekniffenen Augen wechselte Elenas Blick zwischen Beth und den Cupcakes hin und her. „Was genau soll ich denn sehen, Beth?", fragte Elena zögernd. „Die Johannisbeeren, Elena. Als hätte der Kühlschrank ihre Farbe gefressen." Elena biss sich auf die Lippe und sah in Beths verzweifelte Augen. Dann schnaufte sie kurz und brach schließlich in amüsiertes Gelächter aus. Mit weit aufgerissenen Augen starrte Beth fassungslos ihr Gegenüber an. „Freut mich, dass du darüber lachen kannst." „Tut mir leid, Beth", entschuldigte sich Elena, die ihr Lachen nur schwer zurückhalten konnte. „Es ist nur…" Und wieder musste sie lachen. Es war einfach zu köstlich." „Hast du dir die Cupcakes gestern Abend angesehen, bevor du sie in den Kühlschrank gestellt hast?" „Nein. Wieso?", wollte Beth wissen. „Mit deinem Kühlschrank ist alles in Ordnung, Beth. Und mit den Johannisbeeren genauso." „Nein, aber…" „Beth, das sind weiße Johannisbeeren. Die müssen so aussehen." „Weiße Johannisbeeren?" „Genau." Ungläubig blickte Beth auf die kleinen Gebäckteilchen. „Es gibt weiße Johannisbeeren?" „Ja. Wusstest du das nicht?" Beth schüttelte den Kopf. „Soll das heißen, ich hab mich völlig umsonst so fertig gemacht?" „Ich fürchte, ja." Elena entfuhr ein erneuter Lacher, den Beth mit einem bösen Blick tadelte, bevor sie schließlich selbst über ihre eigene Dummheit lachen musste. Sie holte die kleinen Kunstwerke aus dem Karton, damit sie endlich verkauft werden konnten. „Sieben davon nehme ich gleich mit", sagte Elena und drapierte sie in Form einer Blume auf einen großen Teller, wobei ihr Blick auf Cara fiel, die etwas entfernt bei einem großgewachsenen, gutaussehenden jungen Mann stand und ausgelassen mit ihm lachte. „Ist das Cara da drüben?" Beth folgte ihrem Blick. „Ja, ist sie", bestätigte sie. „Ich hab sie schon ewig nicht mehr gesehen", stellte Elena fest. „Sie sieht ja richtig züchtig aus." Meist sah man Cara aufreizend gekleidet, um auch ja keinem neugierigen

Männerblick zu entgehen. In ihrem knielangen weißen Blümchenkleid und den hochgesteckten Haaren war sie daher kaum wiederzuerkennen. „Ja, oder? Sie hat einen Banker aus Great Falls kennengelernt. Chris Baxter. Es heißt, sie wollen im Frühjahr heiraten." „Woher weißt du das denn alles?", warf Elena Beth einen erstaunten Seitenblick zu. „Das ist ein kleiner Ort. Da machen solche Gerüchte schnell die Runde", sagte sie mit einem Achselzucken. „Und das Café ist der ideale Ort für Getratsche", zwinkerte sie Elena schelmisch zu. „Sie ist hier, um ihr Haus zu verkaufen." „Dann scheint es ihr wirklich ernst mit ihm zu sein." „Sieht zumindest danach aus. Auch wenn ich niemals geglaubt hätte, dass Cara Michaels überhaupt je zu einer festen Beziehung imstande sein würde." „Ich freu mich für sie." Interessiert beobachtete Elena, wie liebevoll Cara und ihr Partner miteinander umgingen. Vielleicht war es genau das, wonach sich Cara all die Zeit gesehnt hatte. Liebe. Eine Liebe, die tiefer ging als reine Fleischeslust. Eine Liebe, die länger währte als nur einen Quickie lang. Jemanden, der hinter ihre Fassade blicken konnte. Der erkannte, welch ein Mensch sie in Wirklichkeit war. „Noch ein bisschen mehr und die Cupcakes landen auf dem Boden." „Ohhh…" Elena war so in ihre Gedanken vertieft gewesen, dass der Teller in ihren Händen gefährlich in Schieflage geraten war. „Bringt dich ihre Anwesenheit so aus der Fassung?" „Unsinn." Elena nahm einen der Cupcakes und biss hinein. „Und denk dran, Beth. Sobald das letzte Stück Kuchen verkauft ist, machst du hier die Schotten dicht und kommst zu uns. Ich möchte, dass auch du was von diesem Feiertag hast." „Geht klar", sagte Beth und beobachtete, wie Elena mit dem Teller voller Köstlichkeiten davonlief. „Weiße Johannisbeeren." Lächelnd schüttelte sie den Kopf und machte sich wieder an die Arbeit.

Auf der Tanzfläche legten erste mutige Paare eine flotte Sohle aufs Parkett, während andere nur faul in der Sonne lagen und zusahen. Nach zwei verschlungenen Cupcakes und drei Bechern Limonade döste Joe, den Hut tief ins Gesicht gezogen und auf einem langen Grashalm kauend, vor sich hin. Wäre nicht so ein Tohuwabohu um ihn herum gewesen, hätte er jetzt ein schönes kleines Schläfchen machen können. Stattdessen riss Michelle ihn aus seiner Traumwelt und hielt ihm eine Dose mit Apfelschnitzen vor die Nase. „Willst du?" „Nein", lehnte er dankend ab und legte sich wieder hin. Die Johannisbeeren auf den Cupcakes waren Obst genug für einen Tag. Mehr Glück hatte Michelle dagegen bei Elena und Ron, die gern zugriffen und den gesunden Snack begrüßten. Während sich alle um sie herum gemütlich in der Sonne räkelten, rutschte Abigail stöhnend auf ihrem Hocker umher. „Ist alles okay, Abs?", wollte Ryan wissen, den das Hin- und Hergerutsche ganz nervös machte. „Nicht wirklich. Ich fühle mich auf dem Ding wie ein Walross auf der Kloschüssel." Joe grinste heimlich und schielte unter seinem Hut hindurch zu Abigail. „Willst du dich doch lieber auf die Decke setzen?", fragte Darren und tätschelte zärtlich die Schulter seiner Freundin. „Ja. Weg mit dem blöden Hocker." Darren stützte Abigail, während Ryan ihr den Hocker unterm Hintern wegzog. Vorsichtig ließ Darren seine schwangere Freundin zu Boden gleiten und freute sich, als sie ihre Beine ausstreckte und erleichtert aufatmete. „Besser?" „Viel besser. Obwohl ich nicht weiß, ob ich hier jemals wieder hochkomme." „Ein Bekannter von mir arbeitet in Libby bei einem Kranbauunternehmen", erwähnte Ron beiläufig und griff erneut in die Dose mit den Äpfeln. Ryan und Darren sahen einander an und mussten sich das Lachen verkneifen. Mit hochgezogenen Augenbrauen blinzelte Abigail Ron an, der nur etwa einen halben Meter von ihr entfernt saß. „Wirklich reizend", zischte sie. „Weißt du Ron, als du dich noch still im Hintergrund gehalten hast, warst du mir lieber." Kaum ausgesprochen, fing die ganze Bande an zu lachen und Abigail kam nicht umhin, mit einzustimmen.

Der kleine taubenblaue Toilettenwagen stand etwas abseits und bot je eine Kabine für die Notdurft des Mannes und der Frau. Elena hatte Glück. Sie musste nicht anstehen. Sie betrat über eine kleine Treppe den wackeligen Wagen und verriegelte die Tür. Beim Herunterziehen der Hose rutschte ihr der Schwangerschaftstest aus der Tasche und fiel zu Boden. Erschrocken blickte sie hinab. Den hatte sie ja ganz vergessen. Sie hob ihn auf und setzte sich. Zögernd hielt sie ihn in Händen und starrte ihn an. „Scheiß drauf", murmelte sie, zog die Plastikkappe ab und hielt den Teststreifen in ihren Urinstrahl. Als sie fertig war, schob sie die Kappe wieder drauf und befreite den Test mit Toilettenpapier von kleinen Urinspritzern. Das Symbol auf dem kleinen Display begann zu blinken. Ein gutes Zeichen. In spätestens drei Minuten sollte das Ergebnis zu sehen sein. Elena legte den Test flach auf den Rand des Waschbeckens und zog die Jeans wieder an. Sie spülte und wusch sich die Hände. Noch kein Ergebnis. Sie setzte sich auf den heruntergeklappten Toilettendeckel und wartete. Nervös wippte sie mit den Beinen. Ihre Hände ruhten gefaltet auf ihrem Schoß, fast so, als betete sie, dass der Test negativ ausfallen möge. Sie spürte, wie ihr Herz hämmerte. Sie traute sich kaum nachzusehen. Der Test lag noch immer auf dem Beckenrand. Sie schielte hinüber und alles, was sie sah, war das noch immer blinkende Symbol, was ihr anzeigte, dass der Auswertungsprozess noch nicht abgeschlossen war. Konnten drei Minuten wirklich so lang sein? Es kam ihr vor wie eine Ewigkeit. Ihr Atem ging schnell. Ihr Herz pochte noch immer wie wild. Ein lautes Klopfen an der Tür ließ sie zusammenschrecken. Sie reagierte nicht, verhielt sich stattdessen ganz still. Dann klopfte es erneut. „Elena?" War das... „Abigail, bist du das?" „Ja!" Woher wusste Abigail, dass sie es war, die in dieser kleinen engen Toilettenkabine saß? Natürlich, sie hatte den anderen ja gesagt, wo sie hinging. „Elena, ich muss wirklich ganz dringend auf die Toilette." „Kleinen Augenblick noch, Abigail", bat Elena sie um Geduld und starrte gebannt auf das Display. Noch immer kein Ergebnis. „Ich fürchte, ich habe keinen Augenblick mehr", hörte Elena von draußen und der Klang von Abigails Stimme verriet ihr, dass es wirklich dringend zu sein schien. Verdammt, dachte Elena. Das durfte doch jetzt nicht wahr sein. Wieso ließ das Ergebnis auch so lange auf sich warten? „Elena", drängte Abigail. Elena versteckte den Test hinter dem Mülleimer seitlich der Toilette, betätigte nochmals die Spülung, drehte kurz den Wasserhahn auf und öffnete schließlich die Tür. „Tut mir leid", entschuldigte sich Abigail, der schon kleine Schweißperlen auf der Stirn standen, und stürmte an ihr vorbei. Verloren und ratlos stand Elena vor dem kleinen Toilettenwagen. Sollte sie warten bis Abigail fertig war und dann nachsehen gehen? Nein, das wäre zu auffällig gewesen. Sie würde eine Weile ausharren und dann noch einmal zur

Toilette gehen. Hoffentlich würde der Test dann noch da sein. Hoffentlich würde er dann noch immer das Ergebnis anzeigen. Von ihren Emotionen innerlich zerrissen, blieb Elena nichts anderes übrig, als zurück zu den anderen zu gehen.

„Ladies and Gentleman…", sprach der Sänger der Band mit rauchiger Stimme ins Mikrofon. „…es ist Line-Dance-Zeit. Ich bitte um Aufstellung für Conway Twitty's *I'd Love to Lay You Down.*" Die Festwiese tobte und die Leute strömten zahlreich zur Bühne und formierten sich in Reihen auf dem Tanzboden. Michelle löste Beth am Kuchenstand ab, damit sie und Ron dem Spektakel beiwohnen konnten. „Elena, komm", packte Ryan ihre Hand und zog sie Richtung Bühne. „Das wird lustig." Elena, die gerade erst zurück und mit ihren Gedanken noch ganz woanders war, war völlig überrumpelt. Sie verstand gar nicht, was eigentlich los war. „Was wird lustig?", fragte sie mit ängstlicher Miene. „Line Dance", antwortete Ryan euphorisch. „Du wolltest doch, dass wir tanzen." „Ja… allerdings wäre mir ein Tanz, den ich beherrsche, lieber gewesen." „Mach einfach das, was die anderen machen." Elena nickte stoisch, war aber nicht sonderlich begeistert von Ryans kleinem Überfall. „Ryan!" Ryan drehte sich um und fing den Cowboyhut, den Joe ihm zwinkernd zuwarf. Grinsend blickte er auf den Hut in seinen Händen. Er setzte ihn auf und fuhr mit den Fingern die Hutkrempe entlang. Sichtlich begeistert nickte Ryan Joe zu und reihte sich mit Elena ein. Ihr war nicht wirklich danach zumute, doch als sie Ryan so sah, mit Joes Hut auf dem Kopf und dem breiten Grinsen im Gesicht, kam sie nicht umhin zu lächeln. Das hier konnte nur schiefgehen. Aber egal, dachte sie. Hauptsache, Ryan war glücklich. Sie sah sich um. Die Tanzfläche war voller Leute. Beth und Ron standen drei Reihen hinter ihnen am Rand, und anders als sie selbst, schien Beth dem Ganzen regelrecht entgegenzufiebern. Vor der Bühne saßen Darren und Joe und unterhielten sich angeregt. Abigail war auf dem Rückweg und bestaunte mit großen Augen das Bild, das sich ihr bot. „Was ist denn hier los?" „Line Dance", klärte Darren sie auf und half ihr, sich zu setzen. „Ladies and Gentlemen, sind Sie alle bereit?", fragte der Sänger, und die wartenden Tanzwilligen grölten und scharrten bereits mit den Hufen. Die Musik begann zu spielen und Elena nahm einen tiefen Atemzug. Nachzügler reihten sich noch schnell in die Menschenketten ein, darunter auch Cara mit ihrem Freund, die nur wenige Meter entfernt von Ryan und Elena Platz gefunden hatten. Die Stimme des weißbärtigen Sängers erklang und die Menschenmenge setzte sich in Bewegung. Ryan umfasste die Krempe des Cowboyhuts und bewegte sich lässig, cool, geschmeidig zum Rhythmus der Musik. Tapp nach vorn, Tapp nach hinten. Schulter hoch, Schulter runter. Zur Seite. Drehung. Elena tat es ihm gleich, wenngleich auch etwas unbeholfen. Sie spürte, wie Caras schneidender Blick auf ihr ruhte, was ihr nur Ansporn war, noch mehr mit der Musik zu verschmelzen und der Schatten von Ryans Bewegungen zu werden. Am Fuße des Podests wippte Joe auf und ab und schnippte mit den Fingern. Abigail beobachtete ihn und ihre Freunde auf der Tanzfläche mit großen Augen. Lauschte dem Text des ihr unbekannten Liedes und merkte, wie Darrens amüsierter Blick sie traf. „Was hast du?", wollte er wissen. „Hast du dir mal den Text angehört?", flüsterte sie ihm leicht entrüstet zu. Darren musste lachen. Er legte seinen Arm um ihre Schultern und schunkelte mit ihr im Takt der Musik.

Schlussakkord und aus. Die Tänzer rissen die Arme gen Himmel und jubelten. Ryan packte Elena an der Hüfte und zog sie zu sich. „Und, war's so schlimm?" „Nein, hat Spaß gemacht", gab Elena zu. Zufrieden küsste er sie zwischen all den Menschen. „Ich geh uns was zu trinken holen", sagte Elena, als Ryans Lippen sich kaum von ihren gelöst hatten, und stürmte von der Bühne. Nachdenklich sah er ihr nach, bis er sie schließlich in der Menge verlor.

Elena musste die Gunst der Stunde nutzen. Jetzt, wo alle bei der Tanzfläche versammelt waren, würde sie ungestört nach ihrem Schwangerschaftstest sehen können. Erneut betrat sie die kleine Kabine und verriegelte die Tür. Sie bückte sich und rückte den Mülleimer beiseite. Nichts. Er war nicht da. Der Test lag nicht mehr dort, wo sie ihn versteckt hatte. Weg. Elena wurde heiß. Sie spürte, wie ihr Herz zu rasen begann und Blut durch ihre Adern pumpte. Nein, das durfte nicht sein. Das konnte nicht sein. Es war keine halbe Stunde her, dass sie hier gewesen war. Mit zittrigen Fingern begann sie den Müll zu durchwühlen. Feuchte Papierhandtücher, benutzte, in Toilettenpapier gewickelte Tampons, Bonbonpapier, eine Bananenschale, aber kein Schwangerschaftstest. Sie sank zu Boden und presste ihren Kopf gegen die kalte Wand. Am liebsten hätte sie laut geschrien oder ihren Tränen freien Lauf gelassen. Doch sie tat nichts von beidem. Stattdessen stand sie auf, wusch die Hände zweimal gründlich mit Seife, warf einen letzten Blick auf ihr verzweifeltes Spiegelbild und verließ den Toilettenwagen. „Suchst du den hier?" Elena machte halt und hielt inne. Langsam drehte sie sich um und blickte in Caras überheblich grinsendes Gesicht. In ihrer Hand hielt sie ihren Schwangerschaftstest. „Ich hab dir angesehen, dass irgendwas nicht stimmte, als du vorhin rauskamst, also dachte ich, schau ich doch mal nach. Und sieh an, was ich gefunden hab." Provozierend ging sie einige Schritte auf Elena zu. „Hat dich Darrens kleine Freundin etwa unterbrochen, noch bevor das Ergebnis angezeigt wurde?" Elena schluckte und Zorn stieg in ihr auf. „So ein Pech aber auch." „Ich habe keine Lust auf Spielchen, Cara." Cara verschränkte die Arme vor der Brust und umkreiste Elena wie ein Geier das Aas. „Ein Baby von Ryan Flanagan. Welche Frau würde da keine Freudensprünge machen?" Sie stoppte unmittelbar vor ihr und blickte Elena direkt in die Augen. „Oder, Elena?" Elenas Hände waren zu Fäusten geballt. Am liebsten hätte sie Cara geohrfeigt. Aber ihre gute Erziehung verbot es ihr. Caras Gesichtszüge wurden hart. „Ryan liebt dich, Elena. Weiß der Himmel, wieso. Aber er tut es. Ein Kind mit dir zu bekommen, würde ihn vermutlich zum glücklichsten Mann der Welt machen." Elena kniff die Augen zusammen, verwundert über Caras Worte. „Aber ich kann verstehen, wenn du es für den falschen Zeitpunkt hälst. Eure Zukunft ist ungewiss. Dein Aufenthalt hier neigt sich dem Ende entgegen." Sie lief an Elena vorbei und sah auf das kleine Display des Tests. „Du kannst aufatmen, Elena. Er ist negativ." Elena fuhr herum und nahm den Test an sich. Cara hatte recht. *Nicht schwanger* stand auf dem Monitor geschrieben. Elena fiel ein Stein vom Herzen, was ihre Körperhaltung deutlich ausstrahlte. Cara nickte, bestätigt in ihrer Vermutung. „Ich wünsche euch alles Gute." Elena blickte auf. Cara hatte ihr den Rücken gekehrt und lief zurück zur Wiese. „Cara", rief sie ihr nach. Sie unterbrach ihren Gang, drehte sich aber nicht um. „Viel Glück in Great Falls." „Danke", sagte sie ausdruckslos und zog von dannen. Das gutmütige Lächeln, das ihre Lippen dabei umspielte, blieb Elena verborgen. Sie umklammerte ihren Schwangerschaftstest mit beiden Händen und presste ihn gegen die Brust. Dankbar schloss sie die Augen und atmete erleichtert auf. Zeit für ein schönes kühles Bier.

Es war kurz nach zehn. Dunkelheit hatte sich über die Festwiese gelegt. Laternen und bunte Lichterketten hüllten den Platz in atmosphärisches Licht. In wenigen Minuten sollten die Feierlichkeiten zum Unabhängigkeitstag mit dem langersehnten Feuerwerk ihren krönenden Abschluss finden. Allmählich strömten die Leute zum Ort des Geschehens, um sich einen guten Platz für das Spektakel zu sichern. Wie seine Freunde, wollte auch Ryan gerade von der Decke aufstehen, als er den leichten Druck von Elenas Hand an seinem Arm spürte, die ihn zurückhielt. „Kommt ihr auch?", wollte Joe wissen und richtete seinen Hut. „Wir kommen gleich nach", versprach Elena mit einem Lächeln und sah zu, wie Joe Michelles Hand nahm und gemeinsam mit ihr über die Wiese schlenderte. „Was ist denn los?", fragte Ryan mit gedämpfter Stimme. Elena wartete, bis die anderen außer Hörweite waren, und wandte sich dann mit ernstem Gesichtsausdruck Ryan zu. „Ryan, ich war heute nicht ganz ehrlich zu dir", gestand sie ihm. „Als du mich im Auto gefragt hast, ob alles okay sei, hab ich gelogen. Mich hat tatsächlich etwas beschäftigt. „Was, Elena?", fragte er eindringlich. „Was ist los?" Elena senkte den Blick und spürte, wie sich ihre Atmung beschleunigte. „Ich dachte, ich wäre schwanger." Ryans Augen weiteten sich und sein Herzschlag schien für den Bruchteil einer Sekunde auszusetzen. „Bin ich nicht", nahm Elena ihm augenblicklich den Wind aus den Segeln. „Ich habe einen Test gemacht und der war negativ." Die Enttäuschung stand ihm ins Gesicht geschrieben, und für einen kurzen Moment wünschte Elena, ihm nie davon erzählt zu haben. Ryan spürte, wie Traurigkeit seinen Körper durchfuhr. Wie sie sich in jeder einzelnen seiner Fasern manifestierte und sich wie eine tonnenschwere Last auf sein zerbrechliches Herz legte. Doch es war nicht die Enttäuschung darüber, dass Elena nicht schwanger war, die ihm zu schaffen machte. Vielmehr setzte ihm zu, dass Elena nicht so zu empfinden schien wie er. In ihren Augen zeichnete sich keine Traurigkeit ab. In ihren Augen spiegelte sich Erleichterung wider. „Und du bist froh, dass er negativ war." Die Trauer, die er empfand, verlieh seiner Stimme einen Hauch von Bitterkeit. „Ja...", gab Elena zu. Sie merkte, wie sich seine Gesichtsmuskeln verhärteten und er stoisch nickte. Sein Blick ging ins Leere. Er sah sie nicht an. „Ryan, ich kann mir nichts Schöneres vorstellen, als eine Familie mit dir zu gründen", versicherte sie ihm und legte ihm sanft die Hand aufs Knie. „Aber wir wissen noch nicht einmal, wie es im Oktober mit uns weitergeht, wenn ich zurück muss. Jetzt ein Kind zu bekommen, würde alles nur noch komplizierter machen." Ryan nickte bedächtig. „Trotzdem hätte es mich überglücklich gemacht, Vater zu werden", sagte er mit bebender Stimme. „Und das wirst du auch", versprach Elena. „Nur eben jetzt noch nicht." Ryans Atem ging schwer. „Ryan..." Er blieb stumm, saß reglos da und blickte zu Boden. Sorgenfältchen zeichneten sich auf Elenas Stirn ab. „Aber es ist doch alles gut zwischen uns, oder?" Er sah auf und blickte in ihr sorgenvolles Gesicht. „Natürlich." Er beugte sich zu ihr und lehnte seine Stirn gegen ihre. „Ich liebe dich, Elena." Elena spürte, wie seine Hand zitterte und sein Herz schlug. „Ich bin froh, dass du mir die Wahrheit gesagt hast." Ihre Lippen berührten sich und verschmolzen zu einem zärtlichen Kuss. Auf ein zischendes Pfeifen folgte ein lauter Knall und funkelnde Sterne regneten auf die Erde herab und verglühten. „Das Feuerwerk geht los", sagte sie freudig. „Lass es uns von hier aus ansehen", bat sie ihn. Sie legte ihren Kopf an seine Schulter, er seinen Arm um sie. Gemeinsam blickten sie hinauf zum bunt erleuchteten Nachthimmel und eine heimliche Träne bahnte sich ihren Weg über Ryans Wange.

Kapitel 31

Die Sonne schien. Ein leichter Wind wehte. Der perfekte Tag zum Wäschewaschen. Elena hatte eine Leine auf der Veranda ihrer Hütte gespannt, für die Ryan extra kleine Häkchen in die Wand geschraubt hatte. Dicht an dicht hing sie die Wäschestücke auf, um möglichst viel Platz für die zweite Ladung zu lassen. Ihre Unterwäsche hing sie dabei ganz nach hinten, versteckte sie hinter den großen Badehandtüchern. Auf einer Farm, wo es vor Männern nur so wimmelte, schien ihr das vernünftig.

Die zweite Maschine, die Elena angestellt hatte, brauchte noch gut eine Dreiviertelstunde, genauso wie der Kuchen im Ofen. Genügend Zeit, eine Kleinigkeit zu essen und ein wenig über den Hof zu schlendern. Bewaffnet mit einem köstlichen Puten-Sandwich mit Salat, Gurke und Honig-Senf-Soße machte sich Elena auf zur Koppel, wo die Pferde vergnügt über die Wiese tobten. Sie lehnte sich über die Abzäunung und biss genüsslich in ihr Sandwich. Während sich Satchmo noch zögernd im Hintergrund hielt, kamen Pearl und Rain im Handumdrehen angerannt. „Na ihr zwei, habt ihr etwa auch Hunger?", fragte Elena lächelnd und streichelte die Stuten am Hals. Nachdem sie den letzten Bissen ihres kleinen Snacks verspeist hatte, zog sie drei dicke Möhren aus der Gesäßtasche ihrer Jeans-Shorts und fütterte damit die Pferde. Schließlich kam auch Satchmo näher und schnappte sich behutsam die letzte Möhre aus Elenas Hand. „Braver Junge", lobte sie ihn und tätschelte liebevoll seine Mähne. „Elena!" Der Schrei ließ Elena zusammenzucken. Er klang panisch, angsterfüllt. Kam aus Richtung Haupthaus. Abigail, dachte sie erschrocken, und rannte los.

Elena fand Abigail in ihrem kleinen Garten hinterm Haus. Wie erstarrt stand sie leicht gebückt an ihrem Kräuter-Hochbeet. Die zittrigen Finger ihrer rechten Hand umklammerten krampfhaft den Holzrahmen. Mit der anderen Hand hielt sie sich den Babybauch. Der lange Rock ihres lavendelfarbenen Umstandskleides, das unter der Brust leicht gerafft war, damit es nicht wie ein Sack gerade herunterhing, wies nasse Flecken auf. „Oh, mein Gott, Abigail. Deine

Fruchtblase ist geplatzt." Obwohl Abigail schon fünf Tage über den eigentlichen Geburtstermin drüber war, kam es jetzt doch recht unerwartet. Hektisch atmend blickte Abigail auf. „Was sollen wir denn jetzt machen, Elena?" Ihre Stimme bebte und klang verzweifelt. „Wir setzen uns jetzt ins Auto und fahren dich ins Krankenhaus", sagte Elena in ruhigem Tonfall und geleitete sie ums Haus herum zum Hof. „Aber wir können doch nicht ohne Darren fahren." „Ich versuche ihn auf dem Satellitentelefon zu erreichen", versprach sie ihr und bat sie, sich trotzdem schon mal ins Auto zu setzen. Sie rannte ins Haupthaus und wählte die Nummer vom Festnetztelefon aus. Es klingelte, doch niemand ging ran. Sie versuchte es ein zweites Mal, ein drittes Mal. Nichts. Sie konnten nicht länger warten. Bis Kalispell war es ein ganzes Stück zu fahren und sie sollten nicht unnötig Zeit verlieren. Sie würden von unterwegs aus anrufen können, sobald die Handys Netz hatten.

„Hast du ihn erreicht?", wollte Abigail wissen, als Elena sich hinters Steuer setzte. „Nein", musste sie sie leider enttäuschen. „Es ist niemand rangegangen?" Ängstliche Augen blickten Elena an, die schwer atmend mit dem Kopf schüttelte. „Aber ich schaff das nicht ohne Darren. Wieso geht er denn nicht ans Telefon?" Abigail war den Tränen nah. „Bitte beruhige dich, Abigail." Sanft streichelte Elena ihr über die Schulter. „Vielleicht sind sie grad am Sägen und haben das Klingeln des Telefons einfach nicht gehört. Aber wir schaffen das, Abigail. Das verspreche ich dir. Ich bin doch da." Sie tauschten einen langen intensiven Blick miteinander. „Aber Darren muss doch... ahhhh..." Eine Wehe durchzog ihren Körper. Mit schmerzverzerrtem Gesicht krallte sie sich am Haltegriff der Seitentür fest. „Also gut, Elena. Fahr los", entschied Abigail schließlich, als der Schmerz nachließ. Elena zögerte nicht lange. Sie startete den Motor und trat aufs Gaspedal.

Das Glück schien ihnen an diesem Tag nicht gerade wohlgesonnen. Ein Platten unterbrach die Fahrt, noch bevor sie überhaupt Happys Inn erreichten. Doch dank der vielen Stunden, die Elena bei Ari in der Werkstatt verbracht hatte und ihm dort tatkräftig zur Hand gegangen war, war der kaputte Reifen schnell durch einen neuen ersetzt gewesen. Und glücklicherweise hatte Elena damals auf Aris

Rat gehört und einen ihrer Winterreifen als Ersatzrad in den Truck gelegt. Mit dem normalen, mickrig kleinen Ersatzrad wären sie nicht weit gekommen.

Mit neuem Reifen bogen sie auf die Bundesstraße Richtung Kalispell ab. Doch auch dort kamen sie nicht wirklich voran. Baustellen und Baumfällarbeiten säumten den Weg, während eine Wehe nach der anderen Abigails Körper durchfuhr. Besorgt blickte Elena auf die Uhr. Die Abstände zwischen den Wehen wurden immer kürzer und Abigails Schmerzen schienen stärker zu werden. Sie hielt sich tapfer. Kämpfte mit sich und den Schmerzen. Ihre Stirn war schweißnass. Ihre Fingerknöchel traten weiß hervor, so sehr umschlossen ihre Hände den Haltegriff und Außenrand des Sitzes. Elena konnte nur erahnen, was Abigail gerade durchmachte, und litt innerlich mit ihr mit.

Sie waren kurz hinter Marion. Bis zum Krankenhaus waren es noch gut dreißig Kilometer. Wieder eine Wehe. Seit der letzten waren kaum fünf Minuten vergangen. Elenas Herzschlag beschleunigte sich. Ihr Gehirn lief auf Hochtouren. Sie musste eine Entscheidung treffen. Dreißig Kilometer, dachte sie. Das war noch Minimum eine halbe Stunde Fahrt, die vor ihnen lag. Elena schüttelte den Kopf. Sie setzte den Blinker und bog nach rechts auf eine kleine Schotterpiste ab. Irritiert blickte Abigail nach draußen. Im Seitenspiegel erkannte sie, wie sich die Bundesstraße immer weiter entfernte. „Elena, was machst du?" Elena schwieg. Sie fuhren durch einen schmalen Waldabschnitt und stoppten schließlich am Rand einer großen weitläufigen Wiese, die sich dahinter erstreckte. „Wir schaffen es nicht bis ins Krankenhaus", erklärte Elena und drehte sich zu Abigail. „Du wirst das Baby hier bekommen müssen." „Was?" Starre, angsterfüllte Augen ruhten auf Elena. „Nein, nein, nein", wehrte Abigail aufgebracht ab. „Wir müssen ins Krankenhaus, Elena. Ich will eine Horde Ärzte um mich haben, die wissen, was zu tun ist. Ich will eine PDA und ich will, dass Darren da ist und mir sagt, dass alles gut ist und ich das toll mache." „Ich weiß, Abigail. Ich weiß", sagte Elena mit ruhiger, verständnisvoller, doch zugleich fester Stimme. „Hör mir zu, Abigail. Du kannst dein Kind hier, auf dieser wunderschönen Blumenwiese zur Welt bringen, wobei ich dich mit

Kräften unterstützen werde. Oder aber du bekommst dein Kind hier auf dem Beifahrersitz meines Wagens, während wir auf dem Weg nach Kalispell sind. Auf keinen Fall aber werden wir es rechtzeitig bis zum Krankenhaus schaffen." Abigails Augen füllten sich mit Tränen. Ihre Lippen zitterten. „Blumenwiese?", fragte Elena und streichelte ihr sanft übers Haar. Abigail nickte wimmernd. „Blumenwiese."

Elena breitete eine Decke am Fuße eines dickstämmigen Baumes aus und half Abigail, sich zu setzen. Dann suchte sie im Auto sämtliche Sachen zusammen, die der werdenden Mutter und ihr als Geburtshelferin von Nutzen sein konnten. Eine Flasche Wasser, Taschentücher, Taschenmesser. Ein Hemd von Ryan? Elena nahm es einfach mal mit. Wer weiß, wofür es noch zu gebrauchen war?

Mit angewinkelten Beinen saß Abigail da und erholte sich von einer Wehe. Sattes Grün umgab sie. Löwenzahn und Gänseblümchen blühten, so weit das Auge reichte. Es duftete süß und lieblich. Über ihr der strahlend blaue Himmel. „Kennst du dich mit Geburten aus, Elena?", wollte Abigail wissen. „Naja, in der Theorie", antwortete sie mit einem Achselzucken. Abigail schnaufte verächtlich. „Ja, in der Theorie... In der Praxis, kann ich dir sagen, ist es ne ganz schön große Scheiße." Abigail musste lachen. Dann sah sie zu Elena, die neben ihr saß, und ihr Blick wurde ernst. „Denkst du, Darren wäre stolz auf mich, wenn er jetzt hier wäre?" „Natürlich, Abigail. Was glaubst du denn? Er wäre unglaublich stolz auf dich, wie du das alles meisterst." Sie nahm Abigails Hand und drückte sie ermutigend. Abigail lächelte zufrieden, doch dann verzog sich ihr Gesicht zu einer Grimasse. Schmerz flutete erneut ihren Körper. Ihr Schrei war so laut, dass er die Vögel in den Bäumen aufscheuchte. Elenas Schrei hingegen war stumm, als ihre Hand drohte, von Abigail zerquetscht zu werden.

Darren und Ryan kamen von ihrer Arbeit im Wald zurück. Enttäuscht stellte Ryan fest, dass Elenas Wagen nicht da war. Nur zu gerne wäre er bei diesem schönen Wetter eine Runde mit ihr ausgeritten. Er parkte vor seiner Hütte und stieg aus. „Hey, wenn Elena nicht da ist, können wir uns in zehn Minuten auf ein alkoholfreies

Feierabendbier treffen", rief Darren von der Veranda des Haupthauses. „Du trinkst alkoholfrei. Ich trinke Bier für echte Männer",
stellte Ryan mit einem Grinsen im Gesicht klar. Darren lachte vor
sich hin und verschwand im Haus. Ryan ging auf direktem Weg zur
Koppel und schenkte seinen tierischen Freunden eine ordentliche
Portion Streicheleinheiten, über die sich besonders die beiden Stuten freuten. „Abigail?", hörte er Darren rufen. Er ließ von den Pferden ab und ging zurück zum Hof. Immer wieder hörte er Darren
den Namen seiner Freundin rufen, wobei der Klang seiner Stimme
von Mal zu Mal lauter und panischer zu werden schien. „Was ist
los?", wollte Ryan wissen, als Darren aus Richtung Terrasse auf den
Hof gesprintet kam. „Ich kann Abigail nirgends finden." „Vielleicht
ist sie mit Elena in die Stadt gefahren", versuchte Ryan ihn zu beruhigen. „Ohne eine Nachricht zu hinterlassen? Nein, das sieht
Abigail nicht ähnlich." „Vielleicht hat Elena ja eine Nachricht hinterlassen. Du siehst in meiner Hütte nach. Ich in Elenas." Darren
nickte. „Ist gut."
Als Ryan Elenas Hütte betrat, schlug ihm ein beißender Geruch
entgegen. Es roch verbrannt und als er zum Backofen sah, erkannte
er, wie schwarzer Qualm hinter der Glasscheibe zirkulierte. Schnellen Schrittes stürmte er zu Elenas Heiligtum, schaltete den Ofen aus
und öffnete die Klappe. Der Rauch, der sich im ganzen Raum aus-
breitete, brannte ihm in den Augen. Er öffnete sämtliche Fenster
und ließ den Dunst entweichen. Wieder an der frischen Luft, nahm
er erst einmal einen tiefen Atemzug. „Was ist los?", fragte Darren,
der aus Ryans Hütte auf ihn zukam und dem der verkohlte Gestank
keineswegs entgangen war. „Ich glaub nicht, dass sie zum Vergnügen in die Stadt gefahren sind", merkte Ryan mit einem Kopfschütteln an. „Elena hätte niemals ihren Kuchen im Ofen vergessen."
Darren stockte der Atem. „Das Baby!", platzte es aus ihm heraus.

Abigails Muttermund war weit genug geöffnet, die Presswehen hat-
ten eingesetzt. Ein Wechselspiel aus Wehen und kurzen Ruhepha-
sen begann. Sie biss die Zähne zusammen, zog mit den Händen ihre
Knie an den Körper und presste, so gut sie nur konnte und ihre
Kräfte es zuließen. „Sehr gut", lobte Elena. „Und gleich nochmal,
Abigail. Pressen." Abigail schrie ihren Schmerz in die Welt hinaus.

Wer sollte sich schon daran stören? Es war niemand da, der sie hätte hören können. Ihre Knie zitterten. Sie war schweißgebadet und ihr Körper drohte zu zerspringen. Sie erinnerte sich an die Atemübungen aus der Geburtsvorbereitung. Tief durch die Nase einatmen, durch den Mund aus. Es half, wenn auch nur für den Bruchteil einer Sekunde. Denn schon rollte die nächste Welle schier unerträglicher Qualen über sie hinweg. „Ich kann das Köpfchen sehen, Abigail", verkündete Elena aufgeregt. „Noch einmal pressen, dann hast du es geschafft." Also bündelte Abigail noch einmal all ihre Kräfte und presste, was das Zeug hielt. Und plötzlich war Babygeschrei zu hören. Erschöpft legte Abigail den Kopf gegen die kühle Rinde des Baumstamms und lächelte. Ihre Freudentränen vermischten sich mit dem Schweiß, der ihr das Gesicht hinabfloss. Elena durchtrennte die Nabelschnur mit ihrem Taschenmesser und wickelte den neuen Erdenbürger behutsam in Ryans großes Hemd. „Es ist ein Mädchen, Abigail. Sieh nur." Vorsichtig legte sie das Kind in die Arme seiner Mutter. Überwältigte blickte Abigail auf das kleine zerbrechliche Wesen. Sie war so wunderschön, dass all die Höllenqualen, die sie noch Minuten zuvor durchlebt hatte, wie weggeblasen schienen. Ein Mädchen, dachte Abigail überglücklich, und fuhr zärtlich mit dem Finger über die kleine weiche Wange ihrer Tochter. „Hallo, du süßes kleines Mädchen. Ich bin deine Mami." Liebevoll gab sie ihr einen Kuss auf die Stirn und wischte sich die Tränen aus dem Gesicht. „Wir haben es geschafft, Elena. Wir haben es tatsächlich geschafft." Elena nickte und kämpfte mit den Tränen. „Ich danke dir", sagte Abigail aufrichtig. „Nicht dafür, Abigail." Lächelnd betrachtete Elena die perfekte Symbiose aus Mutter und Kind. Sie hatten ein kleines Wunder vollbracht. Der Geburt eines neuen Lebens beiwohnen zu dürfen, hatte etwas so Kraftvolles, fast Magisches. Mindestens genauso erschöpft wie die frisch gebackene Mama setzte sich Elena neben Abigail auf die Decke und ließ sich erleichtert darüber, dass alles gut gegangen war, gegen den Baumstamm fallen. Dankbar schloss sie die Augen und atmete den Duft des Sommers, der sie umgab. Der seichte Wind rauschte in den Baumkronen. Die Vögel waren zurückgekehrt und sangen ein Wiegenlied für das Baby. Bienen summten. Flogen von Blume zu Blume und sammelten ihren Nektar. Es war ein so friedlicher Augenblick. Doch ein lautes Klingeln, das vom Auto zu kommen schien, durchbrach jäh die Stille. „Das ist mein Handy", erkannte Abigail mit aufgeregter Stimme.

Angespannt lief Darren mit dem Satellitentelefon am Ohr hin und her. Geh schon ran, Abigail, bat er innerlich. „Darren...?", erklang plötzlich eine Stimme am anderen Ende, nachdem es eine gefühlte Ewigkeit geklingelt hatte. „Abigail?" „Nein..." „Elena, bist du es?", wollte Darren wissen. „Ja, bin ich." „Elena, wo seid ihr? Wie geht es Abigail? Was ist passiert? Geht es...?" „Darren, beruhige dich. Beruhige dich", versuchte Elena, ihn mit sanfter Stimme zu bändigen. „Abigail geht es gut", versicherte sie ihm. „Und deiner Tochter auch." „Meiner...?" Diese Nachricht verschlug Darren regelrecht die Sprache. „Meiner Tochter?" Mit großen Augen sah er zu Ryan, der bei ihm stand und ihn fragend ansah. „Das Baby ist da?" Darren nickte nur und lauschte weiter Elenas Worten. „Ja, du hast eine wunderschöne kleine Tochter", sagte sie mit einem Lächeln in der Stimme. „Ich werde deine zwei Mädels jetzt erst einmal ins Krankenhaus fahren. Wir sehen uns dann da." „Was meinst du, mit ins Krankenhaus fahren? Wo seid ihr...? Hallo? Elena?" Doch alles, was er noch hörte, war ein Tuten am anderen Ende der Leitung. „Oh mein Gott, ich bin Vater geworden. Abigail hat das Kind bekommen. Ich muss ins Krankenhaus. Ich muss zu ihr ins Krankenhaus." Aufgewühlt lief er zu seinem Wagen, wobei er sämtliche Taschen nach dem Schlüssel absuchte. „Wo sind die verdammten Wagenschlüssel?" „Hey, Darren", lief Ryan ihm nach und packte seinen Freund bei den Schultern. „Steig in den Jeep", bat er ihn. „In deinem Zustand wirst du nirgendwo hinfahren. Ich fahr dich nach Kalispell." Darren nickte zustimmend. „Danke." „Dann los", sagte Ryan und deutete mit dem Kopf zum Wagen. „Warte, ich muss Abigails Tasche noch schnell holen. Die stand noch im Schlafzimmer." „Ist gut." Während Darren ins Haus eilte, wendete Ryan bereits den Wagen. Vorm Haupthaus stoppte er und wartete auf Darren, der mit einer kleinen Reisetasche die hölzernen Stufen hinabgesprintet kam. Er warf die Tasche auf die Rückbank und stieg ein.

In dreckigen Arbeitssachen und vom Schutzhelm zerzausten Haaren betraten die beiden Männer das Kalispell Regional Medical Center. An der Rezeption erkundigten sie sich nach der Neugeborenen-Station, woraufhin eine ältere Dame mit lockigem grauen Haar und Hornbrille sie argwöhnisch musterte, sie aber schließlich doch in den zweiten Stock schickte. Darren und Ryan nahmen den Fahrstuhl und suchten den Gang im zweiten Stock nach Zimmer 214 ab, wobei Darren immer ungeduldiger wurde. 212. 213. 214. Da war es endlich. Ryan klopfte leise und betrat dann mit Darren den lichtdurchfluteten Raum. Mit dem Baby auf dem Arm stand Elena am Fenster und deutete den beiden Männern an, leise zu sein. Mit einem Lächeln im Gesicht ging sie auf Darren zu. „Darf ich vorstellen, Lucy Corman." Behutsam nahm er ihr das kleine Mädchen ab. Elena stützte das Köpfchen, bis sie sicher in Darrens Armbeuge lag. „Lucy… Ein wunderschöner Name für ein wunderschönes Mädchen. Mein Mädchen." Darren schossen Tränen in die Augen. „Vielen Dank, Elena. Danke, dass du für Abigail da warst." „Das ist doch selbstverständlich." „Wie geht es ihr?" „Sie schläft. Sie ist ganz schön fertig. Wir beide sind das." „Was ist passiert?", wollte er wissen „Oh, ich denke, das erzählt dir Abigail lieber selber, wenn sie aufwacht." Darren nickte und blickte sanftmütig auf das kleine Baby in seinen Armen. „Ich bin Vater", sagte er stolz. Anerkennend klopfte Ryan ihm auf die Schulter.

Darren steckte Ryans Autoschlüssel ein und setzte sich dann mit seiner Tochter neben das Bett der tief und friedlich schlummernden Mama. Ryan und Elena verabschiedeten sich von ihm und liefen Hand in Hand den langen Krankenhaus-Korridor entlang, wobei Elena ihm eine Kurzfassung von dem gab, was passiert war. „Dein Vater wäre stolz auf dich, Elena. Ich bin stolz auf dich." „Danke", sagte sie mit einem Lächeln und tränennassen Augen. Ryan zog sie dicht an seinen Körper und küsste ihr Haar. „Was hälst du von einem schönen heißen Bad, wenn wir zu Hause sind", wollte er wissen. „Oh ja…" Allein bei der Vorstellung daran wurde Elena ganz warm ums Herz. „Genau das brauche ich jetzt." „Ich denke, das brauchen wir beide." Sie grienten einander an und verließen gemeinsam das Krankenhaus.

Kapitel 32

August

„Sie schläft endlich." Mit dem Babyfon in der Hand trat Abigail hinaus auf die Terrasse und setzte sich zu den anderen. Das Essen stand bereits auf dem Tisch. Es gab geräucherte Forellenfilets, die Bob von einem befreundeten Fischer bekommen hatte. Ein knackiger bunter Salat und frisch gebackenes Baguette dienten als sommerliche Beilage. „Schläft sie denn durch?", wollte Ryan wissen. Mit hochgezogenen Augenbrauen warf Abigail ihm einen schneidenden Blick zu. „Sehe ich denn aus, als würde sie durchschlafen?" Darren schmunzelte in sich hinein, noch bevor Ryan überhaupt geantwortet hatte. „Okay...", sagte Ryan mit weit aufgerissenen Augen. „Ich denke, das ist so eine Frage, die ich nur falsch beantworten kann. Und deshalb schweige ich lieber." „Kluger Mann", zeigte Abigail mit ihrer Gabel auf ihn und zupfte dann mit den Zähnen ein Stück Forelle von den Zacken. Elena musste lachen und trank einen Schluck. „Aber wird sie denn oft wach nachts?" Darren und Abigail sahen einander an, wie zwei Leidensgenossen einer Schlacht, deren Ende noch in weiter Ferne lag. „Naja, letzte Nacht war sie kurz vor elf wach, gegen halb eins, kurz nach vier..." „Vergiss dreiviertel drei nicht", ergänzte Abigail. „Richtig... dreiviertel drei...", erinnerte sich Darren. „...dann nochmal gegen fünf und viertel sieben. Wo wir dann schlussendlich auch todmüde aufgestanden sind." Elena kräuselte die Lippen und fühlte mit den beiden mit. „Und das ist jede Nacht so?", fragte Ryan, der gar nicht glauben konnte, was er da hörte. „Nein, wenn wir Glück haben, wird sie nur alle drei Stunden wach", klärte Abigail ihn auf, woraufhin Ryan einen großen Schwall Luft durch die Nase blies. „Und? Lust bekommen?", griente Abigail ihn fragend an. „Ach, weißt du, ich denke, das hat noch Zeit", winkte er ab und kassierte dafür einen Seitenblick voller Genugtuung von Elena.

Dunkelheit hatte sich über die Farm gelegt. Abigail und Darren hatten sich, müde vom Tag, zurückgezogen und hofften auf ein wenig Schlaf, bevor ihre Tochter wieder aufwachen würde. Elena und Ryan waren gemeinsam auf dem Weg zu Ryans Hütte. Über ihnen strahlten die Sterne am Nachthimmel. Aus dem Wald drang der Ruf einer Eule. Mit einer kleinen Taschenlampe leuchteten sie sich den Weg über den in Finsternis gehüllten Hof. Auf der Veranda angekommen, packte Ryan Elena sanft bei der Hüfte und zog sie zu sich. „Hör zu, Elena. Ich muss zwei Tage weg." Elena kniff überrascht die Augen zusammen. „Darren hat gar nicht erwähnt, dass du geschäftlich wo hin musst." „Nein, nein…", schüttelte er den Kopf. „Es hat nichts mit der Arbeit zu tun." „Womit dann?", wollte Elena wissen. „Das kann ich dir jetzt noch nicht verraten", druckste Ryan verlegen herum. „Es ist eine Überraschung. Aber ich werde dir alles erklären, sobald ich zurück bin", versprach er. „Hast du etwa eine heimliche Geliebte, Ryan Flanagan?", warf ihm Elena einen gespielt entrüsteten Blick zu. „Niemals. Mein Herz gehört nur dir." Elena errötete und ihr Gesicht nahm weiche Züge an. „Gute Antwort", sagte sie und umspielte dabei die Knöpfe seines Hemds. „Wann fährst du?" „Gleich bei Sonnenaufgang." „Du fährst schon morgen?", sah sie ihn erschrocken an. „Je eher ich fahre, desto früher bin ich zurück." Geheimnisvoll beugte er sich ihr entgegen. „Und lüfte das Geheimnis meines kleinen Ausflugs." Elena nickte und ein schelmisches Grinsen schlich sich ihr ins Gesicht. „Nun, wenn das so ist, bleibt uns nicht mehr viel Zeit." „Wofür?", hauchte Ryan und kam ihren Lippen dabei gefährlich nahe. „Dafür…" Sie küsste ihn und öffnete dabei langsam sein Hemd. Leidenschaftlich drückte er sie gegen die Hüttenwand und vergrub seine Hand in ihren Haaren. Seine Lippen spielten mit ihren und Elena spürte, wie ein Feuer der Lust in ihr aufkeimte. Im Liebestaumel tasteten sie sich zur Tür und verschwanden gemeinsam in der Hütte.

Ryans warme weiche Lippen küssten zärtlich Elenas Stirn. Eingehüllt in ihre Bettdecke lag sie im Halbdunkel des Schlafzimmers. „Ich liebe dich", flüsterte er und streichelte dabei sanft über ihre Wange. „Ich dich mehr", murmelte sie schlaftrunken und packte seine Hand. Ryan musste lächeln. Sie sah so süß aus, wie sie da im

Halbschlaf im Bett lag und versuchte, seine Hand als Kopfkissen zu benutzen. „Ich muss los, Elena", sagte er leise und befreite sich behutsam aus ihrem Griff. „Ich bin am Freitag zurück." „Ich werde hier sein", nuschelte sie. „Oder bei Beth…" Sie drehte sich um und versank wieder in ihre Traumwelt. Ryan warf einen letzten Blick auf seine schlafende Freundin und schloss die Tür.

„Hey Bob, kann ich die Seite mit dem Kreuzworträtsel haben?", fragte Elena, die bereits ihre dritte Tasse Kaffee trank. Der alte Mann lugte über seine Brille hinweg zum Tresen und blickte in ein unschuldig grinsendes Gesicht. Er blätterte in seiner Zeitung, bis er die gewünschte Seite gefunden hatte. Zog sie heraus und reichte sie Elena, die sie dankend an sich nahm. „Was ist los mit dir?", kam Beth von einem Tisch zurück. „Du sitzt schon seit drei Stunden hier. Musst du keine Kuchen backen oder so?" „Man könnte meinen, du willst mich loswerden, Beth", merkte Elena mit hochgezogenen Augenbrauen an. „Unsinn", wehrte Beth energisch ab. „Aber so lange wie heute, hast du noch nie bei mir im Café gesessen. Zumindest nicht an einem Stück." „Ich hab Zeit", erklärte Elena mit einem gleichgültigen Achselzucken. „Ryan ist nicht da, also hab ich noch den ganzen Nachmittag und Abend Zeit zum Backen." „Und er hat dir nicht gesagt, wo er hinfährt?" „Nein." Nur mit einem Ohr anwesend trug sie ein Lösungswort nach dem anderen in die kleinen Kästchen ein. „Sehr mysteriös", wunderte sich Beth und bereitete dabei die Getränke für Tisch sechs zu. US-Bundesstaat mit vier Buchstaben, überlegte Elena. Iowa. Längster Fluss Frankreichs? Loire. „Angelhakenart mit acht Buchstaben. Anfangsbuchstabe D", murmelte sie auf ihrem Kugelschreiber kauend vor sich hin. „Drilling", rief Bob, ohne von seiner Zeitung aufzuschauen. „Drilling", wiederholte Elena. „Das passt", drehte sie sich freudig zu ihm um. „Danke, Bob." Zufrieden grinste der alte Mann in seinen Bart hinein. Beth stand an ihrer Siebträgermaschine und schüttelte amüsiert den Kopf über Elena, die bereits am nächsten Lösungswort knobelte. Dann sprang die Tür auf und Darren betrat schnellen Schrittes das Café. Er nickte Bob grüßend zu und ging dann zum Tresen. „Ladies." „Darren", sagte Beth. „Was verschafft mir die Ehre?" „Ein schwarzer Kaffee für mich und eine heiße Schokolade für unseren süßen Joe", gab er seine Bestellung auf. „Die soll er bekommen", machte sich Beth grinsend ans Werk. Während er auf die Getränke wartete, fiel ihm der Brief in seiner Jackentasche wieder ein. „Siehst du, Elena, wo ich dich gerade sehe. Dieser Brief hier ist heute für dich gekommen." Er zog einen länglichen weißen Umschlag mit Sichtfenster aus der Innentasche seiner Jacke und reichte ihn ihr. „Ein Brief? Für mich?", nahm sie ihn überrascht an sich. „Da sind deine Getränke, Darren", stellte Beth die beiden To-go-Becher auf den Tresen. „Danke, Beth." Er beglich die Rechnung und verabschiedete sich. „Bis später, Elena." „Bis dann." Elenas Gedanken kreisten nur noch um diesen Brief. Es war nicht die Art von Brief, die man von Verwandten oder Freunden zugeschickt bekam. Vielmehr ähnelte das äußere Erscheinungsbild einem formellen Schreiben. „Von wem ist der?", war Beth neugierig. „Ich hab keine Ahnung." „Dann solltest du ihn vielleicht öffnen." Beth reichte Elena ein Messer und zwinkerte ihr frech zu. Elena schnitt mit der scharfen Klinge das Papier auf und zog ein einzelnes, sorgfältig gefaltetes Blatt Papier heraus. Es fühlte sich dicker, robuster und glatter an als herkömmliches Papier. Was konnte das nur sein und wer kannte eigentlich die Adresse ihres Aufenthaltsortes hier in den USA? Sie klappte das Papier auseinander und das Erste, was ihr auffiel, war der dunkelgrüne Schriftzug in der Kopfzeile. WOLFRAM & GROSCH - Notariat Stuttgart. Elena kniff die Augen zu dünnen Schlitzen zusammen und las aufmerksam die Zeilen, die an sie gerichtet waren. Elenas Mimik wurde ernst. Mit jedem Satz, den sie las, begann ihr Herz etwas schneller zu schlagen. Ein Frösteln durchfuhr ihren Körper. Jegliche Farbe wich aus ihrem Gesicht und ihre Finger begannen zu zittern. „Ist alles in Ordnung, Elena?", fragte Beth, der sofort auffiel, dass etwas nicht zu stimmen schien. Elena antwortete nicht. Kurzatmig wühlte sie in ihrer Handtasche und suchte nach ihrem Handy. „Elena?", fragte Beth erneut und begann sich langsam Sorgen zu machen. Selbst Bob sah von seiner Zeitung auf, um zu schauen, was passiert war. Fahrig wählte Elena die Festnetznummer der Farm. „Abigail...", sagte sie, als sich Darrens Freundin am anderen Ende der Leitung meldete. „...ich brauche deine Hilfe. Du musst mir so schnell wie möglich einen Flug nach Deutschland buchen." Mit diesen Worten verließ Elena das Café. Völlig entgeistert und mit leicht geöffnetem Mund stand Beth da und tauschte ernste Blicke mit Bob, der ebenso wenig wie sie kaum glauben konnte, was Elena da gerade gesagt hatte.

Den Blick ins Leere gerichtet, saß Elena auf ihrem Bett. Neben ihr der aufgeklappte, noch leere Reisekoffer. In ihren Händen Ryans Handy. Unzählige Male hatte sie versucht, ihn zu erreichen. Und immer ohne Erfolg. Jedes Mal war es nur die Mailbox, die sich am anderen Ende meldete. Dabei wollte sie ihm doch sagen, dass ihre Tante gestorben war und sie zurück nach Deutschland musste. Dass sie traurig war. So unendlich traurig, dass der Schmerz drohte, sie von innen aufzufressen. Dass sie nicht wusste, was sie jetzt tun sollte, und sie sich wünschte, er wäre bei ihr. Ihre Tante war alles, was ihr von ihrer kleinen Familie geblieben war. Von jetzt an würde sie allein sein. Wie ein vagabundierender Planet, der seine Bahnen durch die endlosen Weiten des Weltalls zog, ohne wirklich irgendwo dazuzugehören. Sie wusste nicht, wie sie gestorben war. Das ging aus dem Schreiben nicht hervor. Sie wusste nur, dass die Beerdigung ihrer geliebten Tante Lotti an diesem Sonntag stattfinden würde. Das war in vier Tagen.

Mit traurigen Augen betrachtete sie Ryans Handy. Sie hatte es gefunden, als sie ihre Sachen in seiner Hütte zusammengesucht hatte. Er musste es am Morgen vergessen haben, als er zu seinem kleinen Ausflug aufgebrochen war. Elena wusste weder, wo er war, noch, wie sie ihn erreichen konnte. Sie wusste nur, dass er am Freitag zurück sein wollte. Doch dann würde sie nicht mehr da sein. Abigail hatte sich sofort nach dem gemeinsamen Telefonat ans Telefon gehangen und einen Flug für Elena organisiert. In weniger als 48 Stunden würde sie bereits im Flugzeug sitzen. Erst nach Seattle und dann nonstop nach Frankfurt, wo Clara sie abholen und nach Stuttgart fahren würde. Heiße Tränen füllten Elenas Augen. Als wäre es nicht schon schlimm genug gewesen, dass sie ihr letztes Familienmitglied zu Grabe tragen musste, wurde ihr gerade bewusst, dass sie keine Gelegenheit haben würde, sich von Ryan zu verabschieden. Vermutlich würde sie ihn nie wiedersehen. Nie wieder seine Stimme hören. Nie wieder seine Lippen auf ihren spüren. Ihm nie wieder sagen können, wie sehr sie ihn liebt. Verzweifelt schlug sie die Hände vors Gesicht und ließ ihren Tränen freien Lauf.

Als Elena aufwachte, war es dunkel um sie herum. Zusammengerollt lag sie am Kopfende des Bettes. Vermutlich hatte sie sich in den Schlaf geweint. Sie konnte die getrockneten Tränen noch auf ihrer Wange spüren. Erschrocken sah sie auf ihr Handy. 5:43 Uhr. Ihr letzter Tag an diesem unbeschreiblich schönen Ort, der ihr so sehr ans Herz gewachsen war, hatte also bereits begonnen. Morgen um diese Uhrzeit würde sie mit Darren schon auf dem Weg nach Missoula im Auto sitzen. Ihr blieb also nicht mehr viel Zeit. Sie musste sich von ihren Freunden verabschieden. Ihren Koffer packen. Sie hatte gestern keine Kuchen fürs Café gebacken, fiel ihr ein. Jetzt war es zu spät dafür. Nachdenklich fuhr sie sich über die Stirn, während es draußen begann, langsam hell zu werden.

Kuchenkarton für Kuchenkarton trug Elena ins Café, vorbei an einer irritiert dreinblickenden Beth und verräumte sie im Kühlschrank des Küchenbereichs. Die letzten drei Kartons stellte sie auf den Tresen und schloss die Tür. „Die sind aus einer Konditorei in Libby", erklärte Elena und holte die Torten aus ihren Verpackungen. „Ich bin gestern leider nicht mehr zum Backen gekommen. Aber damit solltest du zumindest übers Wochenende kommen." Sie platzierte sie auf Tortenplatten und stellte sie in die Kuchenvitrine. Dann ging sie zu ihrer Tasche und holte ein kleines dickes, an allen Ecken und Enden abgegriffenes Buch heraus. „Hier, nimm das", sagte sie und drückte es Beth in die Hand. „Da stehen sämtliche meiner Rezepte drin. Ich habe nicht geschafft, alles zu übersetzen. Aber vielleicht findest du ja jemanden, der das für dich machen kann." Beth betrachtete das Buch in ihren Händen und fuhr mit dem Daumen über den Einband. Sie wollte etwas sagen, doch Elena ließ sie nicht zu Wort kommen. „Ich weiß, backen ist nicht gerade deine Stärke. Aber vielleicht kannst du es ja nochmal versuchen. Oder du stellst jemanden ein, der die Kuchen für dich backt. Im Notfall kannst du die Kuchen ja vielleicht auch bei der Konditorei bestellen, in der ich sie heute geholt habe. Oder..." „Jetzt halt doch mal die Klappe, Elena", platzte es aus Beth heraus. Sie legte das

Buch beiseite und schlang die Arme um ihre Freundin. Völlig überrumpelt und mit weit aufgerissenen Augen stand Elena da. Dann erwiderte sie Beths Umarmung und drückte sie, so sehr sie nur konnte. Mit feuchten Augen ließ Beth schließlich von ihr ab und betrachtete ihr Gegenüber. „Du siehst scheiße aus", stellte sie fest. Elena war blass wie ein Leichentuch und dunkle Ränder zeichneten sich unter ihren Augen ab. „Danke für die Blumen", sagte sie und strich sich ihr Haar hinters Ohr. „Es tut mir leid, Beth", senkte sie beschämt den Blick. „Was tut dir leid?", wollte Beth wissen. „Ich hätte niemals anfangen dürfen, Kuchen für das Café zu backen. Ich hätte einfach alles so lassen sollen, wie es war." „Was redest du da für einen Unsinn, Elena", sah Beth sie verständnislos an. „Du und deine Kuchen, deine gestalterischen Ideen und die Leidenschaft, die du hier reingesteckt hast, sind das Beste, was diesem Café und mir passieren konnte", versicherte sie ihr. „Aber wozu das alles, Beth? Was wird passieren, wenn ich nicht mehr da bin? Ich bringe dich dadurch in eine unmögliche Situation." Beth schüttelte energisch den Kopf und packte Elena bei den Schultern. „Jetzt hör mir mal gut zu. Natürlich wird es schwer werden ohne dich. Natürlich werde ich schlaflose Nächte haben, weil ich überlegen muss, wie ich den Leuten weiterhin das bieten kann, was sie von den vergangenen Monaten gewöhnt sind. Aber ich bekomme das hin, Elena. Ich lasse nicht zu, dass das Café, mein Café, das du mit so viel Liebe und Herzblut aufgepäppelt hast, in seinen alten Zustand zurückverfällt", versprach sie ihr. „Und weißt du was? Ich mache es gern. Mein Leben ist durch all diese Veränderungen lebenswerter geworden und das verdanke ich einzig und allein dir, Elena. Hörst du? Ich danke dir dafür." Elena nickte und kämpfte gegen die Tränen. „Du wirst mir fehlen, Beth." „Du mir auch, Elena. Du mir auch." Die beiden Frauen fielen sich ein letztes Mal in die Arme. „Und jetzt mach, dass du hier raus kommst, kleine Miss Inspiration. Sonst fang ich noch ganz an zu weinen." Beth versuchte, Haltung zu bewahren. Sie hätte nie gedacht, dass ihr der Abschied so schwer fallen würde. „Bitte sag Bob und Ron Lebewohl von mir." „Ja, das mach ich", versprach Beth mit zitternder Stimme. Elena ließ noch ein letztes Mal ihren Blick durch das Café schweifen. Dann schenkte sie Beth zum Abschied ein Lächeln und verließ das Lokal. Mit traurigem Blick sah Beth ihr nach und wischte sich eine Träne aus dem Gesicht.

Michelle hatte an diesem Donnerstagmittag Dienst in Brady's Bar. Das Lokal war fast leer, als Elena es betrat und sich an den Tresen setzte. „Wie geht es dir?", wollte Michelle wissen, die ihre roten Locken zu einem Dutt zusammengebunden hatte. „Ich könnte einen Maple Rock vertragen", erklärte sie und stieß einen kleinen Seufzer aus. „Und den bekommst du auch." Michelle füllte Eis in zwei Gläser und schenkte dann den guten Tropfen ein. „Zwei Gläser", sah Elena Michelle fragend an. „Darfst du denn während der Arbeit trinken?" „Ich denke, Thomas drückt heute mal ein Auge zu", schielte sie zu ihrem Boss, der etwas entfernt an der Kasse stand und mit einem Nicken schließlich sein Okay gab. Sie stießen an und ließen das hochprozentige Getränk ihre Kehlen hinabfließen. „Konntest du Ryan erreichen?" Traurig schüttelte Elena den Kopf. „Er hat sein Handy zu Hause liegen lassen." „Scheiße…" Michelle stützte ihren Kopf mit den Händen auf dem Tresen ab. „Und jetzt?" Elena zuckte mit den Achseln und spürte, wie erneut Tränen in ihr aufstiegen. „Oh, Elena, das tut mir so leid. Ich wollte nicht… Bitte nicht weinen." Tröstend legte Michelle ihre Hand auf Elenas. „Werde ich nicht, keine Angst." Sie drehte das Whiskeyglas in den Fingern und warf Michelle einen besorgten Blick zu. „Seid für Ryan da. Helft ihm da durchzukommen, ja?" „Selbstverständlich werden wir das", versprach Michelle. Elena nickte zufrieden und nahm erneut einen Schluck Whiskey zu sich. „Aber wer wird für dich da sein, Elena", wollte Michelle wissen. „Ich schaff das schon", sagte sie und rang sich ein Lächeln ab. „Ich habe Freunde in Deutschland." Um ehrlich zu sein, beschränkte sich ihr engerer Freundeskreis einzig und allein auf Clara, und ob diese ihr den Trost spenden konnte, den sie brauchen würde, wenn sie erst zurück in der Heimat war, wusste selbst Elena nicht genau.

Michelle nahm gerade die Bestellung eines Pärchens auf, als Joe die Bar betrat. Er sah Elena am Tresen sitzen, nahm seinen Hut ab und stürmte schnellen Schrittes auf sie zu. Als sich ihre Blicke trafen, stand Elena auf und lief in seine offenen Arme. Er umklammerte sie mit seinem festen Griff, als wolle er sie nie mehr loslassen. „Ich kann mir diesen Ort nicht mehr ohne dich vorstellen, Elena", flüsterte er an ihrem Ohr und gab sie schließlich wieder frei. Sie legte den Kopf schief und lächelte ihn mit traurigen Augen an. „Das denkst du jetzt", sagte sie. „Aber in ein paar Wochen wird keiner mehr einen Gedanken an mich verschwenden." „Das glaubst du doch nicht wirklich, oder?", erklang Michelles entrüstete Stimme hinter ihr. „Niemand in Happys Inn wird dich jemals vergessen", versicherte Joe ihr. „Ich werde euch auch nicht vergessen. Ich habe mich schon lange nicht mehr so wohlgefühlt wie hier bei euch." Elenas Stimme bebte und Joe zog sie erneut an sich. Sie spürte seinen schweren Atem, und für einen kurzen Moment schloss sie die Augen und stellte sich vor, es wäre Ryan, der sie tröstend in seinen starken Armen hielt. Doch er war es nicht. „Darren wird dich gegen vier abholen kommen", holte Joe sie in die Realität zurück. Elena nickte. „Ist gut." „Lust auf eine letzte Runde Darts?", wollte er dann wissen. „Du weißt schon, dass du verlieren wirst, ja?" „Das ist es mir wert", erklärte Joe mit einem neckischen Grinsen im Gesicht. „Na dann los", sagte Elena und deutete freudig mit dem Kopf zu den Dartscheiben.

Der Himmel weinte, als würde er Elenas Trauer mit ihr teilen. Mit starrem Blick hinaus auf den See saß Elena unter ihrem aufgespannten Regenschirm auf der kleinen Bank bei der Tankstelle. Diese Natur. Die Stille. Die frische Luft der Berge. Bald würde es damit vorbei sein. Dann würden Großstadtlärm und Abgase sie wieder umgeben. Sie hatte es nicht vermisst, das Stadtleben. Keinen einzigen Tag seit sie hier war. Aber das hier, das würde sie vermissen. Sie tat es jetzt schon. Sie schloss die Augen und lauschte dem Regen, der auf ihren Schirm und die Erde prasselte. Es hatte etwas Beruhigendes und sie spürte, wie sich ihre Atmung und ihr Herzschlag entspannten. Am leichten Nachgeben der Holzbretter, auf denen sie saß, erkannte sie, dass sich jemand zu ihr gesetzt hatte. Sie schwenkte ihren großen Schirm ein wenig zur Seite, ließ ihre Augen jedoch geschlossen. „Es ist noch gar nicht lange her, da saß ich auf dieser Bank und du warst es, die zu mir kam." Elenas Mund lächelte. Sie hatte gehofft, dass es Ari war. „In meinen dunkelsten Stunden hast du das Licht zurück in mein Leben gebracht." Er schwieg für einen Moment. „Ich wünschte, ich könnte das Gleiche für dich tun." Elenas Kinn begann zu zittern. Sie versuchte krampfhaft, ihre Tränen zurückzuhalten. Doch es gelang ihr nicht. Sie öffnete die Augen und sah tränenüberströmt zu Ari, der in seinem öl- und dreckverschmierten Blaumann neben ihr saß. „Wieso werden mir immer alle die Menschen entrissen, die ich liebe, Ari? Und wieso darf ich mich nie von ihnen verabschieden? Ich konnte mich schon nicht von meinen Eltern verabschieden. Und jetzt noch meine Tante…" Bittere Tränen kullerten über Elenas Wangen. „Ich kann mich nicht von Ryan verabschieden, Ari. Ich kann ihm nicht auf Wiedersehen sagen." Schluchzend legte Elena ihren Kopf auf Aris Schulter. Er streichelte ihr tröstend übers Haar und nahm ihre Hand in seine. „Weine ruhig, Elena. Lass all den Schmerz raus." Minutenlang saßen sie so da. Der Regen ließ nach und Elenas Tränen versiegten. Ari reichte ihr ein Taschentuch und wischte ihr eine letzte Träne aus dem Gesicht. „Du wirst mir fehlen, Kleines." „Du mir auch, Ari", sagte sie im Flüsterton. „Happys Inn wird nicht mehr das Gleiche sein ohne dich. Ich werde nicht mehr der Gleiche sein ohne dich." „Mach keine Dummheiten, Ari", musste er ihr versprechen. „Und pass bitte auf, dass auch Ryan keine Dummheiten macht." „Er weiß, dass du ihn liebst, Elena." „Ich weiß, dass er das weiß. Aber ich weiß auch, wie es ihm den Boden unter den Füßen wegreißen wird, wenn er merkt, dass ich nicht mehr da bin." Ari nickte. „Sei unbesorgt, Elena. Wir werden ihm den Halt geben, den er braucht." „Danke." Sie rang sich zu einem schwachen Lächeln durch. Dann zog sie ihre Autoschlüssel aus der Hosentasche und reichte sie Ari. „Die brauche ich jetzt nicht mehr." Zögernd nahm er ihr den Schlüsselbund aus der Hand. Doch zu Elenas Verwunderung entfernte Ari lediglich den Ersatzschlüssel vom Schlüsselring und gab ihr den anderen zurück. „Was…?" Elena verstand nicht recht. „Ich will, dass du ihn behältst, Elena. Es ist dein Wagen und das wird er immer bleiben. Ich werde ihn in Schuss halten, bis du wiederkommst." „Ari, ich denke nicht…" Sie sah in seine entschlossenen, hoffnungsvollen Augen und schwieg. „Okay", sagte sie dann und lehnte sich erneut an seine Schulter. Gemeinsam saßen sie noch eine ganze Weile da und genossen einfach den Augenblick. Die wenige gemeinsame Zeit, die ihnen noch blieb. Dann hupte es hinter ihnen. Es war Darren, der gekommen war, um Elena mit zur Farm zu nehmen. Eine letzte Umarmung. Ein letzter Blick. Dann stieg sie in den Wagen und fuhr mit ihm davon.

Wie sollte Elena nur all ihre Sachen in diesen einen kleinen Koffer bekommen? So vieles hatte sie sich erst hier gekauft. So vieles würde sie jetzt hier zurücklassen müssen. An den Kleidungsstücken und Geschenken hingen so viele Erinnerungen. Das rote Samtkleid, das sie zu Weihnachten trug, als sie und Ryan sich zum ersten Mal küssten. Die weiße Plüschdecke, die er ihr geschenkt hatte, an dem Abend, als er ihr seine Liebe gestand. Der olivgrüne Bikini, der an einen unbeschwerten Urlaub unter der Sonne Kaliforniens erinnerte. Das dunkelviolette Etuikleid, das sie zu Thanksgiving trug, als Ryan mit seiner Grandma als Überraschungsgast um die Ecke kam. Julie, dachte sie wehmütig. Nur zu gern hätte sie noch einen letzten gemütlichen Nachmittag im Haus der lieben alten Dame verbracht. Und dann war da noch die Polaroid-Kamera, die Ari ihr zum Geburtstag geschenkt hatte. All das würde sie schweren Herzens hier lassen müssen. Nicht aber die Bilder, die unzähligen Schnappschüsse, die seit ihrem Geburtstag mit der Kamera entstanden waren. Diese fanden alle Platz im Koffer und würden Elena immer an diese wundervolle Zeit mit diesen wundervollen Menschen erinnern. Auch Ryans Medaillon, sein Geburtstagsgeschenk an sie, hatte seinen festen Platz an ihrem Hals gefunden und würde sie immer an ihn und diesen ganz besonderen Ort erinnern, wo sie zelten waren. So vieles, was sie nicht mit nach Deutschland nehmen konnte. Das Wichtigste überhaupt aber, nahm keinen Platz ihm Koffer weg. Die Liebe, die sie für dieses Fleckchen Erde und die Menschen hier empfand. Die würde sie im Herzen immer bei sich tragen.
Zwischen all den Sachen, die wild auf ihrem Bett verstreut lagen, entdeckte sie plötzlich eines von Ryans Hemden. Sie zog es unter dem Häufchen unzähliger T-Shirts und Pullover hervor und hielt es sich an die Nase. Ryans Duft hing noch darin. Sie atmete ihn tief ein und Traurigkeit überkam sie.

„Du musst es ihr sagen, Darren", beschwörte Abigail ihren Freund, während sie Lucy die Brust gab. „Ich habe nicht das Recht, es ihr zu sagen, Abigail", versuchte er ihr begreiflich zu machen. „Abgesehen davon würde es nichts ändern. So oder so fliegt sie morgen zurück nach Hause. Es würde ihr den Abschied nur noch schwerer machen, wenn sie es wüsste." „Da hast du wohl recht", musste sie eingestehen. Lucy war unterdessen eingeschlafen. Behutsam legte Abigail sie in ihr Kinderbettchen, das am Fußende des Elternbettes stand. Dann ging sie zum Fenster und lugte durch die Gardine hindurch nach draußen. „In ihrer Hütte brennt noch Licht", berichtete sie Darren. „Sie wird diese Nacht bestimmt kein Auge zubekommen." „Komm ins Bett, Abigail", bat er sie. „Lass uns wenigstens ein bisschen zur Ruhe kommen, solange Lucy schläft." Abigail nickte und kroch zu ihm unter die Bettdecke. Sie ließ ihren Kopf in die weichen Kissen sinken und starrte hinauf zur Decke. „Sie wird mir hier auf der Farm fehlen." „Sie wird uns allen fehlen", sagte Darren traurig. „Was glaubst du, wie Ryan reagieren wird, wenn er erfährt, dass sie nicht mehr da ist?" Darren schüttelte ahnungslos den Kopf. „Das will ich mir ehrlich gesagt gar nicht ausmalen. Er wird völlig am Ende sein, nehme ich an." Abigail stieß einen tiefen Seufzer aus. „Das Leben ist nicht fair." „Nein, ist es nicht", stimmte Darren zu. „Lass uns versuchen zu schlafen", schlug Abigail schließlich vor. „Du musst morgen zeitig raus." Darren nickte und gab ihr einen Kuss. Dann schaltete er das Licht aus und kuschelte sich, den Kopf voll mit Gedanken an den morgigen Tag, an seine Freundin.

Kapitel 33

In ihrem Morgenmantel aus Kaschmir-Seide stand Abigail in der kühlen Morgenluft auf der Veranda des Haupthauses. In ihren Armen ihre putzmuntere kleine Tochter. Dunkelheit spannte sich zu so früher Stunde noch über die Farm. Einzig die Lichter, die durch Fenster und Türen nach außen drangen, spendeten ein wenig Helligkeit. Darren lud Elenas Koffer ein und wartete im Wagen, während sich Elena und Abigail voneinander verabschiedeten. „Ich danke dir, Elena, dass du mir geholfen hast, dieses bezaubernde kleine Mädchen auf die Welt zu bringen. Ich wüsste nicht, was ich ohne dich gemacht hätte." Mit sanftmütigen Augen blickte Elena auf das aufgeweckte Mädchen, das mit seinen kleinen Fingern an den Haaren seiner Mutter spielte. „Das war ein aufregender Tag", konnte sie sich noch gut erinnern. „Das kannst du laut sagen." Abigails Mimik nahm ernste, fast wehleidige Züge an. „Ich hätte dich gern zu Lucys Patentante gemacht", sagte sie mit fester Stimme und erkannte die Traurigkeit, die sich in Elenas Augen schlich. „Ich werde ihr von dir erzählen. Sie soll wissen, welch starke und außergewöhnliche Frau bei mir war, als sie das Licht der Welt erblickt hat." Dankbar drückte Elena Abigails Hand und beugte sich schwer atmend zu Lucy. „Pass gut auf deine Eltern auf, du süße kleine Maus. Und gönne ihnen von Zeit zu Zeit mal etwas Schlaf. Und bring Onkel Ryan zum Lachen, wenn er traurig ist und es kein anderer schafft." Zärtlich küsste Elena die Stirn des kleinen Mädchens, welches sie neugierig mit seinen großen Kulleraugen ansah. „Elena, wir sollten langsam los", drang Darrens Stimme durch die heruntergelassene Scheibe der Beifahrertür. Elena nickte stumm und schenkte Abigail eine letzte liebevolle Umarmung. Dann stieg sie schweren Herzens zu Darren ins Auto und weinte stille Tränen, als sie vom Hof fuhren.

Friedlich schlafend lag Happys Inn da, als sie vom holprigen Waldweg auf die Bundesstraße bogen. Traurig sah Elena aus dem Fenster, als sie am Café vorbeifuhren und den kleinen Ort schließlich gänzlich hinter sich ließen. Die Straßen waren leer. Sie kamen gut voran. Marion, Kila, Batavia, Kalispell. Es war eine Fahrt in den Sonnenaufgang. Elenas Herz aber wurde kalt und schwer. Für sie war jeder Kilometer, mit dem sie sich weiter von Happys Inn, von der Farm und ihren Freunden entfernte, eine schier unerträgliche Qual. Sie wollte nicht weg. Wäre am liebsten für immer hier geblieben. Doch sie hatte keine Wahl. Ihre Reise endete hier. Und auf eine Wiederkehr in naher Zukunft war nicht zu hoffen.

Im Wagen lief leise Musik. Ansonsten herrschte Stille. Elena war nicht nach reden zumute, was Darren akzeptierte. Er konnte nur zu gut erahnen, welch ein Gefühlschaos gerade in ihr herrschte. Und ihm war bewusst, dass er nichts sagen oder tun konnte, was ihr in diesem Moment, in dieser Situation würde helfen können. Er sah ihre Tränen und es schmerzte ihn zutiefst. Sie hatte sich in dieses Land verliebt. Sie hatte sich in einen Mann verliebt, der dies hier sein Zuhause nannte. Und von diesem Mann konnte sie sich nicht verabschieden. Darren konnte nur hoffen, dass ihr großmütiges liebevolles Herz an all der Trauer und dem Schmerz, den sie in ihrem jungen Leben schon einmal erfahren musste und der sie jetzt wieder eingeholt hatte, nicht gänzlich zerbrechen würde.

Elenas Flug nach Seattle war einer der ersten, die an diesem sonnigen Morgen von Missoula aus starteten. Einzig Minneapolis und Las Vegas wurden laut Anzeigetafel noch von anderen Fluglinien angeflogen. „Als ich das letzte Mal hier war, bin ich gemeinsam mit Ryan zu deiner Mom geflogen", erinnerte sich Elena wehmütig, als sie mit Darren das Flughafenterminal betrat. „Heute fliege ich nach Hause... allein..." Traurig blickte sie zum Check-in-Schalter, wo sich bereits eine kleine Schlange wartender Fluggäste gebildet hatte. „Bleibst du noch, bis ich meinen Koffer aufgegeben habe?" „Auf jeden Fall", sagte Darren und sah zu, wie sich Elena schweren Herzens mit ihrem Koffer einreihte, den Reisepass griffbereit in der Hand.

Elena verspürte weder Hunger noch Durst. Doch der Weg zu den Sicherheitsschleusen bedeutete Abschied. Endgültigkeit. Und dazu war Elena nicht bereit. Noch nicht. Also saß sie schweigend neben Darren in der kleinen Cafeteria des Flughafenterminals und knabberte halbherzig an einem Croissant. Stück für Stück zupfte sie von dem kleinen Gebäckteilchen ab und steckte es sich widerwillig in den Mund, als wäre es ein Löffel, gefüllt mit bitteren Hustentropfen. Immer wieder sah sie dabei auf ihr Handy. Hoffnungsvoll. Verzweifelnd. Wartend. Doch worauf genau wartete sie eigentlich? Darauf, dass ihre letzten Minuten in Montana vorübergingen? Nein. Insgeheim hoffte sie, dass ihr Telefon zu leuchten beginnen und Ryans Name auf dem Display erscheinen würde. Sie wusste, dass es reines Wunschdenken war. Die Realität sah anders aus. Das Display blieb schwarz. Ryan würde nicht so früh zurück auf der Farm sein. Würde sie nicht mehr anrufen können, bevor sie die Heimreise antrat. Und diese Erkenntnis schmerzte Elena zutiefst.

Die Zeit raste und der Augenblick des Abschieds war gekommen. Doch noch ehe Elena auch nur einen Ton über die Lippen brachte, schossen ihr erneut Tränen in die Augen. Sie drehte den Kopf zur Seite und versuchte, mit den Zeigefingern den Tränenfluss zu stoppen. Vergebens. Darren, den Elenas Anblick keineswegs kalt ließ, packte sie bei den Schultern und zog sie an sich. Seine liebevolle Umarmung tat gut, konnte ihre Trauer jedoch nicht lindern. „Ich bin dankbar und froh, dass ich einen so großartigen Menschen wie dich kennenlernen durfte", sagte er mit leiser sanfter Stimme und streichelte dabei tröstend über Elenas Rücken. „Du hast unser Leben bereichert, an jedem einzelnen Tag, den du da warst. Und glaub niemals, dass du allein bist, hörst du. Denn das bist du nicht. Unsere Türen werden dir immer offen stehen. Für uns gehörst du zur Familie, Elena." Elena wischte sich die Tränen aus dem Gesicht und sah ihn mit verschwommenen Augen an. „Danke, Darren. Das bedeutet mir viel", stotterte sie schluchzend. „Danke, dass ich hier sein durfte." Er legte den Kopf schief und lächelte. „Diese Entscheidung habe ich zu keiner Zeit bereut." Elena schniefte. Sie sah auf das Taschentuch in ihren Händen und blickte dann mit bekümmerter Miene zu Darren. „Bitte sag Ryan, dass ich ihn liebe", bat sie ihr Gegenüber, und schon waren die heißen Tränen der Trauer und des Verlustes wieder allgegenwärtig. „Glaub mir, das weiß er, Elena", versicherte Darren. „Kannst du es ihm bitte trotzdem sagen? Machst du das für mich, Darren?", flehte sie ihn an. Darren nickte. „Ich sag's ihm", versprach er ihr. „Danke." Ihre Stimme war nicht mehr als ein leises Flüstern. „Pass gut auf dich auf, Elena." Eine letzte Umarmung, dann kehrte Elena Darren den Rücken und entfernte sich mit jedem Schritt weiter von ihm und ihrer Zeit an diesem wundervollen Ort. Sie drehte sich nicht um. Sie konnte nicht. Tränen rannen ihre Wangen hinab und tropften auf ihr blassblaues T-Shirt. Wie dunkelblaue Sommersprossen zeichneten sie sich auf dem hellen Stoff ab. Die Hände tief in die Hosentaschen vergraben, blickte Darren ihr nach, bis sie schließlich am Ende des langen Gangs links um die Ecke bog und verschwand.

Wie zwei betrübte Schulkinder, denen man ihr liebstes Spielzeug weggenommen hatte, saßen Beth und Bob auf einer der Sitzbänke im Café und stocherten jeder für sich in einem Stück Kirsch-Sahne-Torte herum. Sie sah lecker aus, ohne Frage. Und vermutlich war sie das auch. Doch mit dem Wissen, dass es nicht Elena war, die sie gebacken hatte, schmeckte sie nur noch halb so gut. Und der Gedanke daran, dass Elena nie wieder Kuchen fürs Café backen würde, schlug den beiden gehörig auf den Magen und vermieste ihnen nicht nur den Appetit, sondern gleich den ganzen Morgen. Niedergeschlagen stand Beth auf und trug die noch vollen Teller zurück in die Küche. Bob vergrub sich derweil wieder in seiner Zeitung, versteckte seine Gefühle über Elenas Abreise vor der Öffentlichkeit. Der Anblick der Rätselseite machte ihn traurig. Das Mädchen fehlte ihm jetzt schon.
Gedankenverloren kam Beth aus der Küche zurück, als die Tür aufsprang und Ryan hineinstürmte. „Guten Morgen, Beth", rief er freudestrahlend und eilte zum Tresen. „Hast du Elena heute schon gesehen?" Beth blieb wie erstarrt stehen und sah ihn mit weit geöffneten Augen an. Ryan zog die Augenbrauen hoch und warf Beth einen fragenden Blick zu. „Beth? Ist alles okay? Du siehst aus, als hättest du einen Geist gesehen." Er musste lachen. Verstohlen warf Beth einen hilflosen Blick zu Bob, der nur ratlos mit den Achseln zuckte. Sie atmete schwer und fuhr sich mit der Hand übers Gesicht. „Ich hasse es, dass ich diejenige sein muss, die es dir sagt." Ryan kniff die Augen zusammen. „Mir was sagt?" Beth schluckte und nahm all ihren Mut zusammen. „Elena ist nicht mehr da, Ryan." Ryan schüttelte verständnislos den Kopf. „Was meinst du mit

Elena ist nicht mehr da?" „Sie fliegt zurück nach Hause. Darren hat sie heute Morgen zum Flughafen gefahren." Wortlos machte Ryan kehrt und stürmte zur Tür hinaus. „Ryan, es ist zu spät", rief sie ihm nach. „Mittlerweile müsste sie bereits in Seattle sein." Doch Ryan hörte nicht. Beth und Bob mussten zusehen, wie Ryan mit quietschenden Reifen vom Parkplatz fuhr.

Das Gaspedal war durchgedrückt, die zulässige Höchstgeschwindigkeit längst überschritten. Ryan spürte, wie ihm sein Herz, einem Rammbock gleich, gegen die Brust hämmerte. Die Wälder rauschten an ihm vorbei. Auto um Auto ließ er hinter sich. Sein Kopf war leer, der Blick starr auf die Straße gerichtet. Was Beth da sagte, konnte nicht wahr sein. Es durfte einfach nicht wahr sein. Wieso sollte Elena so etwas tun? Es ergab keinen Sinn. Sie würde nicht einfach sang- und klanglos aus seinem Leben verschwinden. Das würde sie nicht.

Ryan merkte, wie ihm ein sich näherndes Fahrzeug unaufhörlich Lichthupe gab. Als der Wagen näher kam, erkannte er, dass es sich um Darrens Ford handelte. Er trat auf die Bremse und kam am Fahrbahnrand zum Stehen. Hastig stieg er aus und überquerte schnellen Schrittes die Bundesstraße. „Wo ist sie?", wollte Ryan wissen. Er packte Darren am Hemdskragen und stieß ihn unsanft gegen den Wagen. „Sag mir, wo sie ist", schrie er seinen Freund an. Darren spreizte abwehrend die Arme vom Körper. „Beruhige dich, Ryan", bat er ihn. „Ich will, dass du mir auf der Stelle sagst, wo Elena ist." Ryans Augen funkelten gefährlich sein Gegenüber an. „Sie sitzt im Flieger nach Hause, Ryan..." Völlig apathisch schüttelte Ryan den Kopf. „Ihre Tante ist gestorben. Ihr blieb gar nichts anderes übrig, als zu gehen." „Nein... nein..." Er ließ von Darren ab und stützte schwer atmend die Hände auf die Knie. „Sie liebt dich, Ryan. Hörst du? Ich musste ihr versprechen, dir das von ihr zu sagen." Ryan torkelte umher wie ein Betrunkener und kam der Straße dabei gefährlich nahe. Gerade noch rechtzeitig konnte Darren ihn vom Straßenrand wegziehen. Sonst hätte der riesige vorüberdonnernde Truck ihn vermutlich erfasst und mit sich gerissen. „Ryan..." Ryan schüttelte den Kopf und richtete sich auf. „Nein... Sie darf nicht weg sein. Das darf sie nicht." Mit verzweifelten Augen sah er Darren an und rannte schließlich zurück zu seinem Wagen. Darren rief ihm nach, doch Ryan ignorierte die Rufe. Er stieg ein und startete den Motor. Das Lenkrad voll eingeschlagen, wendete er seinen Jeep und zwang dadurch ein Wohnmobil zur Vollbremsung bei voller Fahrt. Der Mann in seinem Gefährt hupte und schimpfte lautstark vor sich hin. Doch all das interessierte Ryan nicht. Er gab Gas und raste zurück nach Happys Inn. Niedergeschmettert lehnte sich Darren gegen seinen Wagen und ließ die Stirn gegen seine zu Fäusten geballten Hände sinken.

Auf der Farm angekommen, kannte Ryan nur einen Weg. Geradewegs zu Elenas Hütte. Er öffnete die Tür und rief ihren Namen. Doch keiner antwortete. Er ging ins Schlafzimmer. Ihr Bett war ordentlich zurechtgemacht. Das Buch, das sie gerade las, und die Bilder, die sie aufgestellt hatte, waren vom Nachttischschränkchen verschwunden. Er schluckte und Traurigkeit erfüllte seinen Körper. Ein Blick in den Kleiderschrank zeigte ihm, dass ihr Koffer nicht mehr da war. Aber da hingen doch noch Kleider von ihr. So viele ihrer Kleidungsstücke lagen noch zusammengelegt in den Fächern. Sollte sie die etwa alle hier zurückgelassen haben? Er schloss die Tür und blickte in sein Spiegelbild. Ein gebrochener Mann blickte ihm entgegen. Er konnte diesem Anblick nicht lange standhalten und verließ den Raum. Im Bad erinnerte gar nichts mehr daran, dass hier gestern noch jemand gewohnt hatte. Vielmehr erinnerte es an die gründlich geputzte Nasszelle eines Hotelzimmers, das auf neue Gäste wartete.
Goldene Sonnenstrahlen fielen durch das Fenster ins Wohnzimmer. Ryan sah sich um. Alles war aufgeräumt. Nichts erinnerte an die Frau, die hier gelebt hatte. Doch dann fiel sein Blick zum Sofa. Das war doch... Da lag die weiße Decke, die Ryan Elena geschenkt hatte. Ordentlich zusammengelegt am Rande der Couch. Darauf sein Handy und ein Briefumschlag, auf dem sein Name geschrieben stand. Mit zitterndem Kinn fuhr er über den flauschigen Stoff seines Geschenks. Sein Handy... Noch nie hatte er es zu Hause vergessen. Wieso dann ausgerechnet dieses Mal? Er setzte sich und öffnete das Kuvert. Sein Atem ging schnell, sein Herz raste. >Ryan... Ich hasse es, dir diesen Brief schreiben zu müssen<<, begann Ryan Elenas Zeilen zu

lesen und spürte, wie sich seine Augen mit Tränen füllten. >>*Jede Faser meines Körpers sträubt sich dagegen. Meine Hände zittern. Die Tränen laufen mir unaufhörlich das Gesicht hinunter. Ich weiß nicht, was stärker ist. Die Trauer über den Tod meiner Tante oder der Schmerz, den mein Herz empfindet, weil es weiß, dass ich diesen Ort und den Mann, den ich über alles liebe, verlassen muss. Dich! Es zerreißt mir das Herz, zu wissen, dass ich mich nicht von dir verabschieden, dich kein letztes Mal küssen, dich berühren, dich sehen darf. Und glaube mir, ich weiß, wie du dich fühlst, wenn du das hier liest. Ich empfinde genauso, während ich diese quälenden Zeilen schreibe. Ich will, dass du weißt, dass ich dich liebe, Ryan Flanagan. Ich kann nicht in Worte fassen, wie sehr. Seit dem Tod meiner Eltern habe ich nicht mehr so viel Glück und Liebe empfunden wie in den letzten Monaten, die ich mit dir verbringen durfte. Ich trage diese Zeit in meinem Herzen. Ich kann mir ein Leben ohne dich gar nicht mehr vorstellen. Und ich will es mir auch eigentlich gar nicht vorstellen. 365 Tage, weißt du noch? Doch selbst die Ewigkeit wäre mir zu kurz mit dir. Aber das Leben scheint andere Pläne für uns zu haben... Vielleicht haben wir aber auch einfach nur zu lange gewartet, uns zu überlegen, wie es mit uns weitergeht, wenn meine Reise endet... Jetzt ist sie zu Ende... Du musst mir versprechen, dich nicht in deiner Trauer zu verlieren, denn den Gedanken daran könnte ich nicht ertragen. Und bitte sieh für mich von Zeit zu Zeit nach Beth und guck, ob sie im Café zurechtkommt. Und pass auf, dass Ari keine Dummheiten macht. Ich denke, ihm setzt mein Weggang mehr zu, als er zugibt. Und bitte bestell deiner Grandma liebe Grüße und sag ihr Lebewohl von mir. Danke, dass du mir deine Liebe geschenkt hast. Und sei versichert, dass mein Herz dir gehört. Und bitte, vergiss mich nicht. Denn ich werde dich niemals vergessen. Ich liebe dich, Ryan. Ich liebe dich so unendlich. Immer. Vergib mir, aber ich muss gehen. Elena<* Wut und Trauer führten einen Kampf in seinem Inneren. Er schnappte sich sein Telefon und schleuderte es schreiend gegen die Steinverkleidung des Kamins, wo es in tausend Teile zerschellte. Er zerknüllte den Brief in seinen Händen und fuhr sich fahrig durchs Haar. Dann gab er den Kampf auf und ließ seinen Tränen freien Lauf. Schmerzlich schlug er die Hände vors Gesicht. Weinte und weinte bittere Tränen und fühlte, wie sich sein Herz zusammenzog und zu zerbrechen drohte.

Kapitel 34

Traurig hockte Elena am Grab ihrer Tante und legte einen Strauß Blumen nieder. Rote Dahlien, das waren immer ihre Lieblingsblumen gewesen. Charlotte Rosemarie Lindenberg. Für Elena jedoch von jeher Tante Lotti. Die große Schwester ihres Vaters. Die Frau mit dem kupferfarbenen Haar, die immer einen flotten Spruch auf den Lippen hatte und sich von niemandem etwas vorschreiben ließ. Die Frau, bei der sie viele ausgelassene Sommerferien mit Unmengen schöner Erinnerungen verlebt hatte und die Elena ein Zuhause gegeben hatte, als kein anderer mehr da war, der es hätte tun können. Die Frau, die sie fest in die Arme genommen, ihr Trost gespendet und ihre Tränen getrocknet hatte. Die Frau, die ihr Schokoladenkekse gebacken hatte, als sie ihren ersten Liebeskummer hatte. Die Frau, die ihr die Freiheit gegeben hatte, als die Zeit gekommen war, die Flügel auszubreiten, um in die Welt hinauszufliegen, wenngleich es ihr auch im Herzen wehtat, das Mädchen ziehen zu lassen, an dessen Gesellschaft sie sich so gewöhnt hatte. Ihre Tante hatte ihr stets so viel Liebe, Wärme und Geborgenheit gegeben, dass man es mit Worten kaum ausdrücken konnte. Ein lächelndes Zucken umspielte kurz Elenas Lippen. Dann nahm ihr Gesicht wieder traurige Züge an und Tränen standen ihr in den Augen. Viel zu selten war sie in den letzten Jahren bei ihrer Tante gewesen. Viel zu selten hatte sie sie besucht. Zu viele Kilometer trennten beide voneinander. Ihre Tante wohnte im Süden Deutschlands. Elenas Leben hingegen fand in Hamburg statt. Dem Ort, an dem sie aufgewachsen war und eine glückliche Kindheit verleben durfte. Jetzt war es zu spät. Jetzt würden sie nie wieder Zeit miteinander verbringen können. Manchmal machte es fast den Anschein, als wäre Elena kein Glück vergönnt. Immer dann, wenn sie am glücklichsten war, kam das Leben dazwischen und zerschmetterte alles. Ein tragischer Unfall hatte ihr damals die Eltern entrissen. Krankheit war es, die ihr nun auch noch die Tante nahm. In dem Brief, den Tante Lotti

Elena kurz vor ihrem Tod geschrieben hatte, bat sie ihre Nichte um Verzeihung, dass sie ihr nichts von der Krankheit erzählt hatte. Als sie die Diagnose Lungenkrebs im fortgeschrittenen Stadium erhalten hatte, steckte Elena mitten in den Vorbereitungen für ihre Amerika-Reise. Und ihre Tante hatte nur zu gut gewusst, wie wichtig ihr dieses Unterfangen war und wie sehr sie sich darauf freute. Sie hätte es nicht übers Herz gebracht, Elenas Traum, der so kurz vor der Erfüllung stand, platzen zu lassen. Denn sie hatte gespürt, dass Elena niemals geflogen wäre, wenn sie von der tödlichen Krankheit gewusst hätte. Und wenngleich Elena auch nicht glücklich über die Entscheidung ihrer Tante, Stillschweigen über die Sache zu bewahren, war, konnte sie ihr ihr Handeln doch nicht verdenken. Elenas Glück und Wohlergehen hatten für sie stets an erster Stelle gestanden. Weshalb sie ihrer Tante auch nicht böse sein konnte. Auch wenn sie Tante Lotti gern auf diesem schweren letzten Weg begleitet hätte.

Leichter Nieselregen benetzte Elenas Haar mit Hunderten kleiner Tröpfchen. Blinzelnd blickte sie gen Himmel, wo schwere graue Wolken über ihr hingen. Nicht mehr lange, und der Regen würde in Strömen auf die Erde herniederprasseln. Elena stand auf, küsste Mittel- und Zeigefinger und legte sie symbolisch auf den kühlen Grabstein aus dunklem Granit.

Einen großen aufgespannten Regenschirm in der Armbeuge, lehnte Clara an ihrem dunkelblauen VW Golf. Ihre langen blonden Haare wehten im Wind. Ihre schlanken Finger tippten eifrig auf dem Smartphone herum, wobei ihre perfekt manikürten Fingernägel leise Klickgeräusche auf dem Display machten. Als sie Elena durch das große Friedhofstor kommen sah, steckte sie das Handy in die Tasche ihrer roten Lederjacke und eilte mit dem Schirm zu ihrer Freundin. „Könnte eine lange Fahrt werden", sagte sie schnaufend. „Laut Google Maps befinden sich auf unserer Strecke unzählige Baustellen, die zu Verkehrsverzögerungen führen. Und zwischen Kassel und Hannover hat es einen Unfall gegeben. Aktueller Stand, vier Kilometer Stau." „Bis wir dort sind, hat sich der Stau bestimmt wieder aufgelöst", war sich Elena sicher und ging um den Wagen herum zur Beifahrerseite. „Na hoffentlich behältst du recht." Clara schloss den Schirm und legte ihn in den hinteren Fußraum. Dann setzte sie sich ans Steuer und startete den Motor. „Bereit?" Elena blickte hinüber zum Friedhof und schüttelte den Kopf. „Nein", sagte sie mit trauriger Stimme. Tröstend legte ihr Clara die Hand auf den Oberschenkel und rollte langsam vom Parkplatz.

Der Regen hatte zugenommen, als sie auf die Autobahn auffuhren. „Ahh, die fahren alle, wie's erste Auto, und das nur wegen ein paar Regentropfen", schimpfte Clara vor sich hin und suchte nebenbei nach einem vernünftigen Radiosender. Als sie schließlich einen gefunden hatte, der Musik nach ihrem Geschmack spielte, hellte sich ihre Stimmung schlagartig auf. „Ich hab dir den Dienstplan für diese Woche per Mail geschickt. Du bist erst ab Samstag eingeteilt. Bleiben dir also noch ein paar Tage, um dich wieder einzugewöhnen, bevor es richtig losgeht." Elena nahm ihr Handy und checkte ihre Mails, während Clara sie mit weiteren Informationen bombardierte. „Heute und morgen wohnst du noch bei mir. Ab Donnerstag kannst du dann in deine eigene Wohnung." Elena nickte abwesend und überflog die Namen im Dienstplan. Clara Wiesner, Elena Lindenberg, Carina Ebert, Marie Göpfert, Wiebke Radecker. Das alte Team, dachte Elena mit einem Lächeln. Doch da waren zwei weitere Namen, mit denen Elena nichts anfangen konnte. „Wer sind Nadine Koch und Björn Peschel?", wollte sie wissen. „Oh, das sind die Neuen", erklärte Clara. „Nadine ist jetzt seit einem knappen halben Jahr bei uns. Bisschen eigenbrötlerisch. Eher schweigsam. Aber sie macht einen guten Job. Und Björn ist Student. Er kommt ursprünglich aus Flensburg und studiert jetzt Zahnmedizin in Hamburg. Er hilft stundenweise aus." Elena war nicht entgangen, wie Claras Stimme flatterte, als sie von dem neuen männlichen Kollegen erzählte. „Läuft da was zwischen euch?", schielte sie zu ihr rüber. „Nein, er ist vergeben. Eine Kommilitonin", verdrehte Clara die Augen. „Aber ihn würde ich jederzeit bei mir bohren lassen, wenn du verstehst, was ich meine." Sie grinste über beide Ohren und Elena schüttelte nur fassungslos den Kopf. „Du bist unverbesserlich, Clara." Clara lachte herzlich und stellte die Scheibenwischer eine Stufe schneller. Der Himmel hatte mittlerweile gänzlich seine Schleusen geöffnet, was letztlich auch Clara dazu veranlasste, einen

Gang runterzuschalten und Vorsicht walten zu lassen. „Hey, Elena. Um nochmal auf die Wohnung zu sprechen zu kommen. Du hast dir doch das Exposé angesehen, das ich dir zusammen mit dem Vertrag geschickt habe, oder?" „Ich hab's überflogen, ja. Wieso fragst du?" „Überflogen…" Claras Stimme klang schrill. Vielleicht ein bisschen zu schrill. Ihre Augen waren sorgenvoll geweitet. „Ja, ich hatte alle Hände mit dem Ausräumen der Wohnung meiner Tante zu tun, dass ich, als du mir den Vertrag für die Wohnung in Hamburg geschickt hast, nur schnell die Bilder angesehen und dann unterschrieben habe. Ich hatte vollstes Vertrauen, dass du eine schöne Wohnung für mich finden würdest. Was du ja allem Anschein nach auch hast. Oder nicht?" Clara kräuselte die Lippen und nickte wie in Zeitlupe. Elena kniff die Augen zusammen und blickte ihre Freundin scharf von der Seite an. „Clara?" Clara schluckte. „Du hast dir also gar nichts durchgelesen, bevor du unterschrieben hast?" „Nein." Clara atmete schwer. „Clara, jetzt sag schon, was los ist", verlor Elena langsam die Geduld. „Reg dich nicht auf", versuchte Clara, Elena zu beruhigen. „Die Wohnung ist wirklich traumhaft. Eine Einzimmerwohnung. 30 m². Küche und Bad sind extra. Du hast sogar einen kleinen Balkon." „Und wo ist der Haken?", wollte Elena wissen. „Sie ist ein ganz klein wenig teurer als deine letzte Wohnung", erklärte sie behutsam. Elena schlief fast das Gesicht ein, als sie das hörte. „Teurer als meine alte Wohnung? Bist du verrückt? Hast du überhaupt eine Ahnung, wie teuer meine alte Wohnung war?" „Sie ist ja auch nur ein ganz klein bisschen teurer." „Wie viel?" „580… warm…" Sie biss die Zähne zusammen und grinste Elena verlegen an. Elena schloss die Augen und wünschte, nie gefragt zu haben. „Sei mir bitte nicht böse, Elena. Es ist gar nicht so einfach, etwas Passendes zu finden, das sofort bezugsfertig ist. Aber sieh es doch mal so. Die Wohnung liegt in Hohenfelde. Nur fünf Kilometer von der Arbeit entfernt. Du bist also nicht zwangsläufig auf ein Auto angewiesen. Und ich dachte mir, wenn du vielleicht mit dem Fahrrad oder der Bahn zur Arbeit fährst, entfallen die ganzen Unkosten, die du für ein Auto ausgeben müsstest, und es wäre nicht so schlimm, wenn dafür die Miete der Wohnung etwas höher ausfällt." Elena atmete durch die Nase ein. Durch den

Mund wieder aus. Es machte fast den Anschein, als würde sie meditieren, um ihren rasenden Puls runterzubekommen. Ihre Augen waren noch immer geschlossen. „Und wo soll ich jetzt bitte deiner Meinung nach ein Fahrrad herbekommen?" Langsam presste sie den Kopf gegen die Kopfstütze des Sitzes. Als sie die Augen öffnete, blickte sie in Claras grienendes Gesicht. „Aus dem Keller meiner Eltern." Elena schüttelte den Kopf und musste lachen. Diese Frau wusste auch wirklich auf jede Frage eine Antwort.

Kurz hinter Fulda kroch die Sonne hinter den dicken Regenwolken hervor und brachte einen prächtigen Regenbogen mit sich, der sich anmutig über die Autobahn wölbte. Auf der Straße ging es nur schleppend voran. Berufsverkehr und eine kilometerlange Baustelle sorgten für zähfließenden Verkehr. Genervt drehte Clara das Radio lauter. *Hier ist Hitradio FFH, euer Radiosender für Hessen mit dem Wunsch-Hitmix am Nachmittag,* ertönte eine freundliche Frauenstimme. *Und weiter geht es mit dem nächsten Musikwunsch. Die Saskia aus Bad Hersfeld hat uns geschrieben. Sie wünscht sich >All of the Stars< von Ed Sheeran und wünscht damit allen einen schönen Feierabend.* Elena spürte, wie sich ihr Herz zusammenzog, als das Lied zu spielen begann. Ihre Gedanken schweiften ab. Drifteten in weite Ferne. Waren nicht länger in dem kleinen Auto, das sich auf einer überfüllten Autobahn inmitten Deutschlands befand. Ihre Gedanken waren in Montana. In den dichten dunkelgrünen Wäldern, der weiten Grasebene. Sie lauschte dem Text und merkte gar nicht, wie sich eine Träne aus ihrem Auge stahl und ihr die warme Wange hinabrann. „Elena, ist alles gut?", fragte Clara in besorgtem Tonfall. „Du weinst ja." Erst jetzt bemerkte Elena die Tränen, die ihr in den Augen standen und die Sicht erschwerten. „Was? Nein... Alles gut. Die Lüftung muss mir ein Staubkorn ins Auge geblasen haben", spielte Elena es herunter. „Ein Staubkorn? Dein Ernst?" Argwöhnisch und mit hochgezogenen Augenbrauen blickte Clara zu ihrer Freundin, die nur mit den Achseln zuckte. „Es ist das Lied, nicht wahr?" „Ja", gab Elena kleinlaut zu. „Ich musste grad an Ryan denken." Clara atmete tief. „Oh, Elena..." Sie griff nach Elenas Hand und drückte sie liebevoll. „Wie lange bist du jetzt schon wieder in Deutschland?" „Seit über einem Monat." „Genau. Und wie oft hat sich Ryan in dieser Zeit bei dir gemeldet?" Claras blaue Augen starrten Elena an, welche nur schweigend dasaß und betroffen den Blick senkte. „Ganz genau. Kein einziges Mal. Kein Anruf, keine Nachricht, keine E-Mail. Rein gar nichts." Clara bremste und schaltete in den ersten Gang. Der Verkehr war zum Erliegen gekommen. „Du solltest einen Haken dahinter machen. Vergiss Ryan, Elena. Für ihn warst du mit Sicherheit nur ein netter Zeitvertreib. Würde mich nicht wundern, wenn er sich schon eine Neue gesucht hat, mit der er sich amüsieren kann." Elena schüttelte stoisch den Kopf. „Nein, das würde er niemals tun. Du kennst ihn nicht." „Kennst du ihn denn?" Claras mitleidvoller Blick traf Elena, die sich die Tränen aus dem Gesicht wischte. „Ich meine, wenn er dich so sehr liebt, wie du sagst, warum meldet er sich dann nicht bei dir?" „Er ist verletzt", platzte es aus Elena heraus. „Na, ich weiß ja nicht." Claras Stimme waren Zweifel zu entnehmen. „Wenn du mich fragst, solltest du einfach damit abschließen und dir hier einen Mann suchen. Schließlich haben auch deutsche Mütter hübsche Söhne." Dich fragt aber keiner, dachte sich Elena insgeheim, sprach es aber nicht laut aus. Sie wollte einer stundenlangen Diskussion mit Clara aus dem Weg gehen. Ihr war von Anfang an klar gewesen, dass ihre Freundin sie hinsichtlich ihrer Beziehung zu Ryan nicht verstehen würde. Clara war eine Frau, die schon viele Männer hatte und mit keinem von ihnen war es ihr je ernst gewesen. Sie wusste nicht, was wahre Liebe war. In ihrer Welt existierten nur Spaß und Tollerei. Sie verstand nichts von dem Trennungsschmerz, den Elena empfand, und Ryan sicher ebenso. Daran bestand für Elena nicht der geringste Zweifel.

„Ooohh…", riss Claras empörter Ausruf Elena aus ihrer Gedankenwelt. „Was ist los?", wollte sie wissen. Clara hatte sich aufgerichtet und fingerte aufgeregt am Rückspiegel herum. Dann fuhr sie herum und blickte aus der Heckscheibe des Autos nach draußen. Irritiert folgte Elena Claras Blicken. „Was?", fragte sie erneut. „Der Lkw-Fahrer da hinten…" Sie deutete mit dem Zeigefinger auf einen roten Lastwagen, der einige Meter entfernt auf der rechten Fahrspur stand. „…hat dem Auto neben sich gerade Weintrauben gereicht." „Und?", verstand Elena nicht recht. „Und?", sah Clara ihre Freundin verständnislos an. „Ich will auch Weintrauben haben." Elena schüttelte den Kopf und musste lachen. „Elena, Elena...", sagte Clara aufgeregt. „Auf der Spur neben uns geht's langsam weiter. Wenn der Lkw neben uns ist, fragst du den Fahrer einfach, ob er uns auch paar Trauben geben kann." „Was?" Elena riss die Augen auf. „Nein." „Elena, komm schon. Sei kein Spielverderber." „Was soll ich ihm denn sagen?" „Dir wird schon was einfallen", war Clara zuversichtlich. „Aber..." Elena spürte, wie sich ihr Herzschlag beschleunigte. Im Seitenspiegel beobachtete sie, wie der Lkw immer näher kam und schließlich direkt neben ihnen war. Clara ließ sich noch ein paar Meter vorrollen, bis der kleine Golf schließlich auf gleicher Höhe mit der Fahrerkabine des Lkws stand. Dann spürte Elena einen sachten Stoß gegen ihre Schulter und wusste, dass sie nicht umhin kommen würde, Clara ihren kleinen Snack zu besorgen. Also nahm sie freundlich lächelnd Blickkontakt mit dem Fahrer auf und ließ die Scheibe herunter. „Hi", rief sie hinaus, während der Mann mittleren Alters mit Vollbart und Halbglatze sie grinsend grüßte. „Meine Freundin hat zufällig mitbekommen, wie sie den Insassen des Wagens da hinten Weintrauben gereicht haben, und hat gehofft, dass sie vielleicht noch welche übrig haben. Sie ist süchtig nach Weintrauben, müssen sie wissen." Der Fahrer verschwand mit dem Kopf in seiner Kabine, um nur Sekunden später, mit einer vollen Traube süßer roter Früchte wieder zum Vorschein zu kommen. „Bedienen Sie sich", sagte er und reichte Elena das Obst. „Meine Frau hat mir eine ganze Weinrebe mitgegeben. Das kann ich unmöglich alles alleine essen." „Vielen Dank", freute sich Elena und nahm die Weintrauben an sich. Zurück im Auto zupfte Clara eine große rote Beere von der Traube, die auf Elenas Schoß ruhte. „Bekommst du eigentlich immer, was du willst?" „Für gewöhnlich schon", erwiderte Clara und steckte sich zufrieden die Weintraube in den Mund.

Bei Hannover wurde es Zeit für eine kleine Rast. Der Tank war leer, genau wie die Mägen der beiden Frauen. Eine kleine Stärkung war unablässig, bevor es zur letzten Etappe auf ihrer kleinen Reise quer durch Deutschland ging. Nachdenklich standen beide am Verkaufstresen der Raststätte und studierten die Tafeln mit den bildlichen Darstellungen der Speisen. Während Clara sich für Schnitzel mit Bratkartoffeln entschied, nahm Elena das Seelachsfilet mit Kartoffelsalat. Kühle Softdrinks und ein Schoko-Muffin für jeden durften natürlich nicht fehlen.

„Was ist eigentlich aus dem Buch geworden, das du schreiben wolltest?", war Clara neugierig. „Hast du es geschrieben? Ist es fertig?" „Ähm... nein, nicht so ganz", druckste Elena herum. „Aber ich denke, ich weiß jetzt, worüber ich schreiben will." Mit hochgezogenen Augenbrauen starrte Clara Elena an, die gerade ihren Muffin auspackte. „Aber du bist extra nach Amerika geflogen, um Zeit zum Schreiben zu haben. Und erzählst mir, dass dir jetzt erst klar geworden ist, worüber du überhaupt schreiben willst...?" „Ja", zuckte Elena mit den Achseln. „Aber, was um alles in der Welt, hast du denn dann die ganze Zeit da drüben gemacht?" „Ich hab die Gegend erkundet, auf der Farm geholfen, Holz gehackt. Bin Ari in der Werkstatt zur Hand gegangen, hab Kuchen gebacken, Urlaub gemacht..." Clara hielt Elena die Handfläche entgegen, um ihr Einhalt zu gebieten. „Okay okay..." Sie trank den letzten Schluck Cola aus und stand auf. „Ich geh jetzt nochmal für kleine Königstiger und dann geht's weiter." Sie schnappte sich das Tablett mit dem dreckigen Geschirr und zog von dannen. „Holz gehackt... unglaublich", hörte Elena Clara murmeln und musste schmunzeln.

Es war spät, als die lange Autofahrt endlich ein Ende fand und sie Claras Wohnung erreichten. Nachdem sie Elena das Sofa für die Nacht hergerichtet hatte, verschwand Clara todmüde in ihrem Schlafzimmer und ließ ihre Freundin allein im Wohnzimmer zurück. Und obwohl Elena müde war, gelang es ihr doch nicht, einzuschlafen. Reglos lag sie da und starrte hinauf zur Decke. Sie hörte das leise Ticken der Uhr. Das Dröhnen einer Polizeisirene drang an ihre Ohren. Sie schlug die Decke zurück und ging zum Fenster. Da waren sie, die Lichter der Großstadt. Hamburg. Sie war zu Hause. Doch wieso fühlte es sich dann nicht so an? Diese Stadt war ihre Heimat und doch fühlte sie sich plötzlich fremd in ihr. Als würde sie nicht länger hier hingehören. Sie umschloss das kleine Medaillon an ihrem Hals, das Ryan ihr zum Geburtstag geschenkt hatte, und wünschte, sie könnte jetzt bei ihm sein.

Kapitel 35

Februar

Ryans heißer Atem streichelte Elenas elektrisierte Haut und weckte in ihr das Verlangen nach mehr. Seine Küsse schmeckten süß und lieblich, wie kalifornischer Sommerwein. Seine Lippen waren warm und weich. Liebkosten ihren Hals. Bedeckten ihn mit Hunderten kleiner Küsse. Langsam schob sich Ryans Hand unter ihre viel zu weite Bluse. Elena schloss die Augen und genoss seine Berührungen in vollen Zügen. Mit seinen kräftigen Händen massierte er ihre Brüste, umspielte zärtlich ihre harten, erregten Brustwarzen, was Elena ein lustvolles Stöhnen entlockte. Behutsam knabberte er an ihrem Ohrläppchen, während er Knopf um Knopf ihrer Bluse öffnete. Der Anblick ihrer festen nackten Brüste erregte ihn und er spürte, wie sein Blut in Wallung geriet. Lustvoll bäumte sich Elena auf, als Ryans Zunge ihre empfindlichen Brustwarzen umkreiste. Sie spürte, wie sie feucht wurde. Sie wollte ihn. Wollte ihn endlich in sich spüren. Exzessiv fuhr sie mit der Hand in seine Boxershorts und umschloss mit ihren Fingern den Schaft seines Penis. Ihre hastigen Auf- und Abbewegungen brachten Ryan fast um den Verstand. Er streifte seine Unterhose ab und entledigte Elena ihres Slips. Dann packte er sie und drehte sie auf die Seite, schob ihren Rock hoch und nahm sie von hinten. Seine Bewegungen waren ungestüm und fordernd. Elena vergrub ihre Finger in den Bettlaken. Stöhnte laut und lustvoll. Stimulierend liebkoste Ryan ihre Klitoris, während er mit jedem Stoß tiefer in sie einzudringen schien. Elena spürte, wie ein Feuer in ihr brannte. Wie sich die lodernden Flammen der Ekstase in ihr ausdehnten und schließlich in einer Explosion endeten. Kurzatmig schlug Elena die Augen auf. Um sie herum war es hell. Die Sonne schien durchs Fenster. Als sie ernüchtert feststellen musste, dass es sich bei diesem intensiven Liebesspiel nur um einen Traum gehandelt hatte, klingelte es an der Wohnungstür. Schlaftrunken und mit zerzausten Haaren taumelte Elena barfuß zur Tür. Als sie öffnete, stand ihr eine irritiert dreinblickende Clara gegenüber. In ihren Händen zwei prall gefüllte Bäckertüten. „Bist du etwa gerade erst aufgestanden?", war Clara von Elenas Anblick schockiert und stürmte an ihr vorbei in die Wohnung. „Komm doch rein", murmelte Elena und schloss die Tür.

„Ich habe über eine halbe Stunde auf dich gewartet, Elena. Hast du vergessen, dass wir zum Frühstück verabredet waren?" Aufgeregt wirbelte Clara durch die Küche und deckte den Tisch. „Wie spät ist es denn?", wollte Elena wissen, als sie sich mühsam den Morgenmantel überzog. „Es ist gleich zehn." „Ohhh... Dann muss ich wohl vergessen haben, den Wecker zu stellen." „Offensichtlich", sagte Clara etwas schnippisch und füllte Wasser in die Kaffeemaschine. „Allerdings habe ich den besten Grund überhaupt, der mein Nichterscheinen zum Frühstück entschuldigt", verteidigte sich Elena. „Der da wäre?" „Ich hatte Sex." Elena setzte sich an den Küchentisch und sah an Claras Reaktion, dass sie ihr Interesse geweckt hatte. „Mit wem?", fragte sie neugierig und suchte mit den Augen die Wohnung ab, ob sich das Objekt von Elenas Begierde vielleicht noch irgendwo aufhielt. „Mit Ryan." „Ryan ist hier?" Claras Stirn legte sich in Falten. „Nein", schüttelte Elena enttäuscht den Kopf. „Wie bitte kannst du dann mit ihm Sex gehabt haben?" Clara verstand die Welt nicht mehr. „Es war ein Traum", erklärte Elena und ihre Haut begann zu kribbeln, als sie sich daran erinnerte. „Aber er war so..." Elena stöhnte euphorisch auf. „...real und gefühlsecht. Einfach berauschend." Sie seufzte und wünschte, sie könnte noch einmal in diesen Traum eintauchen. Wie angewurzelt stand Clara mit weit aufgerissenen Augen da und musterte ihre Freundin, als wäre sie ein Alien. „Okay...", sagte sie dann und stellte ein kleines Brotkörbchen auf den Tisch. „Du brauchst ganz dringend Kaffee. Und einen Mann. Aber fangen wir klein an." „Du hast Brötchen mitgebracht", fragte Elena, ein amüsiertes Grinsen im Gesicht. „Brötchen und Croissants." „Lecker", freute sie sich. Ein gutes Frühstück war genau das, was sie jetzt brauchte. Clara schenkte Kaffee ein und wünschte einen guten Appetit.

Trotz des Kaffees, der ihre Lebensgeister weckte, konnte sich Elena ein Gähnen nicht verkneifen und erntete dafür sofort einen grimmigen Blick von Clara. „Wann bist du ins Bett gegangen?", wollte sie

wissen. Elena überlegte kurz. „So gegen vier, glaube ich." „Was?"
Clara traute ihren Ohren nicht. „Du bleibst bis vier Uhr wach, obwohl du weißt, dass wir um neun zum Frühstück verabredet sind?"
„Ich habe geschrieben und muss wohl die Zeit vergessen haben",
rechtfertigte sich Elena. Clara schüttelte fassungslos den Kopf und
biss in ihr mit Frischkäse und Gurkenscheiben belegtes Brötchen.
„Ich weiß ja, dass dir dieses Buch sehr wichtig ist, Elena. Auch
wenn du mir nicht verraten willst, wovon es handelt", zog Clara
beleidigt eine Augenbraue hoch. „Aber du darfst dabei nicht vergessen zu leben", sagte sie eindringlich. „Wenn du nicht gerade arbeiten bist, verbringst du fast jede frei Minute vorm Laptop und
schreibst. Und das offensichtlich sogar bis spät in die Nacht hinein." Elena zuckte nur mit den Achseln. Was sollte sie auch dazu
sagen? Sie war schuldig im Sinne der Anklage. „Aber heute ist damit
Schluss", verkündete Clara entschlossen, und das Funkeln, das dabei
in ihren Augen aufblitzte, machte Elena Angst. „Was meinst du
damit?", wollte sie wissen. „Du musst mal wieder unter Menschen
und deswegen gehen wir heute Abend gemeinsam feiern." „Och,
Clara, nein." „Keine Widerrede", schmetterte diese sofort ab. „Wir
haben beide das Wochenende frei. Und deswegen gehen wir heute
Abend auch aus." Zufrieden lächelnd lehnte sich Clara zurück und
wärmte sich die Hände an ihrer Kaffeetasse. Nicht gerade begeistert
von Claras Vorhaben, zupfte sich Elena ein Stück von ihrem Croissant ab und steckte es sich mit einem tiefen Seufzer in den Mund.

Kleid? Nein, viel zu kalt. Dicke Strumpfhose unter dem Kleid?
Nein, das ist nicht mein Stil, dachte Elena. Jeans und T-Shirt? Zu
leger? Genervt raufte sie sich die Haare. Der halbe Inhalt ihres
Kleiderschranks lag mittlerweile wild verstreut auf ihrem Bett herum. Was sollte sie bloß anziehen? Sie konnte sich gar nicht mehr
erinnern, wann sie überhaupt das letzte Mal feiern war. War sie
nicht langsam zu alt für sowas? Wieso musste Clara auch unbedingt
darauf bestehen, dass sie mitkam? Ein entspannter Abend zu Hause
wäre ihr tausendmal lieber gewesen. Ein gutes Glas Rotwein in der
Hand. Den Laptop auf dem Schoß. Mehr brauchte sie nicht zum
Glücklichsein. Doch Clara schien andere Vorstellungen von einem
perfekten Samstagabend zu haben.

Elena kramte eine enge schwarze Skinny-Jeans unter diversen anderen Kleidungsstücken hervor und hüpfte hinein. Fehlte also nur noch ein passendes Oberteil. Etwas Farbenfrohes sollte es sein. Und dann fiel Elena die langärmelige Bluse aus zartrosa Chiffon ins Auge, die sie früher immer so gern getragen hatte. Perfekt, dachte sie. Mit den kleinen Glitzerdetails am Kragen war sie sogar clubtauglich. Lässig steckte sie die Bluse an der Gürtelschnalle in die Hose. Kämmen, Haarspray, Make-up, große glitzernde Statement-Ohrringe und fertig. Zufrieden betrachtete sich Elena im Spiegel. So konnte sie sich sehen lassen.

Ein Blick auf die Uhr verriet ihr, dass es höchste Zeit war, sich auf den Weg zu machen. Nach ihrem Fauxpas am Morgen wollte sie wenigstens jetzt pünktlich am vereinbarten Treffpunkt sein. Also schnappte sie sich ihre Clutch mit den nötigsten Sachen und verließ die Wohnung.

Der Club, den sich Clara ausgesucht hatte, lag unweit der Reeperbahn, Hamburgs bekanntester Partymeile. Unzählige Menschen waren an diesem Abend auf den Straßen unterwegs, und hätte Clara nicht zufällig einen der Türsteher gekannt, hätten sie wohl ewig warten müssen, bis sie reingekommen wären.

Im Club war es laut und stickig. Die Tanzflächen waren zum Bersten voll. Die Leute tanzten zum Beat, der aus den Boxen dröhnte. Schwitzende Körper schmiegten sich lasziv aneinander. Elena fühlte sich vom ersten Moment an fehl am Platz. Das war nicht ihre Welt. Nicht mehr. Anders als Clara, die sich sofort in die tanzende Menschenmenge stürzte, ging Elena erst einmal zur Bar, um sich einen Drink zu holen. Mit Alkohol würde das alles viel erträglicher werden, war sie sich sicher. „Was darf's sein?", fragte der Barkeeper, als sich Elena an den Tresen lehnte. „Einen Maple Rock, bitte." Ungläubig sah er sie an und Elena erkannte, dass sie ins Detail gegen musste. „Whiskey auf Eis mit Ahornsirup", erklärte sie ihm. Zynisch grinsend machte er sich ans Werk. Während sie wartete, hielt sie Ausschau nach Clara. Doch so sehr sie sich auch bemühte, sie konnte ihre Freundin unter all den Menschen nicht finden. Großartig, dachte sie missmutig. Und der Mann hinterm Tresen machte es nicht gerade besser. Als er Elena das Whiskeyglas vor die Nase stellte, glaubte sie nicht, was sie da sah. Im Glas schwamm ein Stück Würfelzucker, das sich bereits mit Flüssigkeit vollgesogen hatte und langsam auseinanderzufallen begann. Mit offen stehendem Mund sah sie ihn an. „Stell dir einfach vor, es wäre Ahornsirup, Süße." Feixend drehte er sich weg und widmete sich dem nächsten Gast. Elena drehte das Glas kurz in den Händen und schob es dann verärgert beiseite.

Suchend schlängelte sie sich an den Leuten vorbei, bis sie hinter sich eine Stimme hörte. Bei dem Lärm kaum mehr als ein Flüstern. „Leni? Elena?" Sie drehte sich um und erstarrte zu Stein. „Moritz", stellte sie erschrocken fest. Das hatte ihr gerade noch gefehlt. Hier ihrem Ex über den Weg zu laufen, war das Letzte, womit sie gerechnet hätte. „Hi! Das ist ja ein Zufall", sagte er mit einem breiten Grinsen im Gesicht und fuhr sich mit fahrigen Fingern durch sein unbändiges Haar. Er hatte sich nicht verändert, stellte Elena mit prüfendem Blick fest. Er sah noch genauso aus wie vor drei Jahren, als er sie nach dreijähriger Beziehung für eine andere hatte sitzen lassen. „Du siehst toll aus", musterte er sie mit bewundernden Blicken. „Danke", schenkte Elena ihm ein gezwungenes Lächeln und vergrub die Hände in den engen Gesäßtaschen ihrer Jeans. „Wie geht es dir?", wollte er wissen. „Es ist ja einiges an Zeit vergangen, seit wir uns zuletzt gesehen haben." Ja und das ist auch gut so, dachte sich Elena im Stillen. „Kann mich nicht beklagen", beantwortete sie nur knapp seine Frage. „Mit wem bist du hier?" „Oh, mit Clara. Aber die scheint irgendwo auf der Tanzfläche verloren gegangen zu sein." Sie zeigte auf die tanzende Menschentraube zu ihrer Rechten. Angespannt wippte Elena mit den Füßen auf und ab. „Und ist Anja auch hier?", fragte sie dann zögernd. „Anja... nein..." Er fuhr sich erneut durchs Haar und steckte dann verlegen die Hände in die Hosentaschen. „Ich bin mit ein paar Arbeitskollegen hier. Das mit Anja und mir hat nicht so gut funktioniert, weißt du?" „Tut mir leid", sagte sie. Doch tief im Inneren empfand sie Genugtuung. „Ich hab gehört, du warst in Amerika", wechselte er schnell das Thema. „Hast du das?" „Ja. Muss aufregend gewesen sein." „Es war eine unvergessliche Zeit", erinnerte sich Elena mit einem lachenden und einem weinenden Auge daran zurück. „Es heißt, du hättest da jemanden kennengelernt?" Elenas Augen zogen sich zu schmalen Schlitzen zusammen, durch die sie ihrem Gegenüber scharfe Blicke zuwarf. „Das ist richtig", bestätigte sie mit Vorsicht in der Stimme. Moritz nickte. „Was Ernstes?" „Ja." „Tut mir leid, dass es keine Zukunft hat", sagte er nicht besonders überzeugend und kratzte sich mit dem Finger an der Stirn. Ungläubig sah Elena ihn an. „Wer sagt denn, dass es keine Zukunft hat?", fragte sie in leicht gereiztem Tonfall. „Naja, das liegt doch auf der Hand. Er lebt da. Du lebst hier. Noch dazu meldet er sich nicht bei dir." Elena wurde hellhörig. Alle Alarmsignale standen auf Rot. „Moritz, woher weißt du das alles?" „Was meinst du?", sah er sie mit großen Augen an. „Die einzige Person, die von Ryan und mir weiß, ist Clara…" Und da fiel es Elena wie Schuppen von den Augen. Es war kein Zufall, dass sie sich hier begegnet waren. Es war eiskalt geplant. „Du wusstest, dass wir heute Abend hier sein würden, nicht wahr?" „Welche Rolle spielt das schon?", zuckte er bloß mit den Achseln. Elena schüttelte fassungslos den Kopf und verschränkte die Arme vor der Brust. „Hey, wollen wir uns nächste Woche mal zum Essen treffen?", schlug er vor. Elena schnaufte verächtlich und machte einen Schritt auf ihren früheren Lover zu. „Jetzt pass mal gut auf, Moritz. Weder möchte ich mit dir essen gehen noch hier mit dir reden. Du bist damals gegangen und hast einen Schlussstrich gezogen. Also komm jetzt gefälligst nicht angekrochen wie ein kleines Hündchen, nur weil dich deine heißgeliebte Anja abserviert hat. Ich liebe dich nicht mehr. Also halt dich von mir fern." Sie stieß ihm mit dem Zeigefinger gegen die Brust und sah ihm dabei gefährlich funkelnd in die Augen. „Hast du verstanden?" Wie erstarrt stand er mit weit aufgerissenen Augen da und nickte nur baff. „Und jetzt entschuldige mich. Ich muss meine Freundin umbringen gehen." Sie kehrte ihm den Rücken und verschwand in der Menschenmasse. „Aua", sagte er im Flüsterton und rieb sich die Stelle seiner Brust, wo sich bis eben Elenas Finger in sein Fleisch gebohrt hatte. Verdutzt blickte er ihr nach.

Nach einer gefühlten Ewigkeit entdeckte Elena Clara schließlich am Rand der hinteren Tanzfläche. Sie unterhielt sich mit irgendeinem großgewachsenen Typen, der jenseits ihrer Altersklasse unterwegs zu sein schien, und schlürfte dabei an einem giftgrünen Cocktail, der aussah, als wäre er von Schneewittchens böser Stiefmutter höchstpersönlich zusammengerührt worden. „Elena, ich hab dich schon überall gesucht", sagte sie, als sie ihre Freundin auf sich zustürzen sah. „Ja, ist klar", entfuhr es Elena. „Du wirst nicht glauben, wen ich grad getroffen habe. Moritz…" „Oh, wie schön", freute sich Clara, bis sie merkte, wie Elena sie mit verschränkten Armen und hochgezogener Augenbraue ansah. „Nicht schön?", fragte sie vorsichtig und verzog das Gesicht. „Wie konntest du nur?", war Elena außer sich. „Tut mir leid, Elena. Ich dachte nur, wegen der ganzen Sache mit Ryan würde dir eine neue Beziehung ganz gut tun." Fassungslos schüttelte Elena den Kopf. „Tu mir einen Gefallen, Clara und halt dich zukünftig aus meinem Liebesleben raus", erklärte sie mit Nachdruck. „Ich verschwinde." „Elena!" Doch da war sie auch schon weg. Reumütig stand Clara da und kaute auf ihrer Lippe herum. Scheint, als wäre sie diesmal einen Schritt zu weit gegangen. Sie überlegte, Elena nachzulaufen. Andererseits würde sie sie jetzt bestimmt nicht mehr einholen, geschweige denn finden, so viel wie hier los war, dachte sie, als ein heißer Typ im Muskelshirt sie von der Seite antanzte. Sie würde Elena einfach morgen Früh anrufen. Den Cocktail weggeext, schmiss sich Clara dem Kerl schließlich an den Hals und vergaß schnell alles andere um sich herum.

Der kleine Spaziergang zum Hafen tat Elena gut, um den Kopf frei zu bekommen. Die kühle Winterluft verschaffte ihren überhitzten Wangen Linderung. Sie genoss die Ruhe, die sie umgab. Kaum eine Menschenseele war hier zu dieser Uhrzeit unterwegs, was Elena nur zugute kam. Sie brauchte das Alleinsein, um ihre Gedanken ordnen zu können. Sie betrat die Überseebrücke an der Norderelbe. Sie wusste nicht genau, warum sie ausgerechnet hierher gekommen war. Vielleicht lag es an der Cap San Diego, dem Museumsschiff, das hier seinen Liegeplatz hat. Unwillkürlich musste sie an ihren Urlaub mit Ryan denken, als sie die großen orangefarbenen Buchstaben am Rumpf des Schiffes sah, die im fahlen Laternenlicht eher rötlich schienen. Sie griff nach ihrem Medaillon und ihr wurde schwer ums Herz. Seit dem Tag ihrer Abreise aus Montana hatte sie es nicht mehr geöffnet. Sie schaffte es einfach nicht. Der Schmerz saß noch zu tief. Und sie würde weinen müssen, wenn sie das Foto aus glücklichen Tagen sah, dessen war sie sich sicher. Sie atmete schwer und lief den Pier entlang. Vielleicht hatte Clara recht, dachte Elena. Vielleicht hatte Ryan tatsächlich bereits mit ihr abgeschlossen und sie war die Einzige, die sich noch an einen Traum klammerte, dessen Erfüllung nur in ihrer Fantasie stattfand. Vielleicht war es tatsächlich so. Aber noch war sie nicht bereit, diese unumstößliche Tatsache zu akzeptieren.

Sie setzte sich und ließ die Beine vom Pier baumeln, so, wie sie es auch mit Ryan in San Diego getan hatte. Den Blick auf die Elbphilharmonie und das Hafenviertel gerichtet, mit all seinen Lichtern, die im Dunkel der Nacht leuchteten, hielt sie inne und genoss einfach die Schönheit des Augenblicks. Dann landete plötzlich etwas auf ihrer Nase und hinterließ einen kleinen nassen Fleck. Sie legte den Kopf in den Nacken und sah nach oben zum Himmel, von wo aus unzählige dicke weiße Schneeflocken auf sie zugeschwebt kamen und ihr ein Lächeln ins Gesicht zauberten.

Es war spät, als sie an ihrer Wohnung ankam. Sie hätte ein Taxi nehmen können, entschied sich aber dagegen und hatte stattdessen die viereinhalb Kilometer vom Hafen zu Fuß zurückgelegt. Es hatte etwas Friedliches und Beruhigendes gehabt, durch den Schneewirbel zu spazieren. Das Knirschen des frisch gefallenen Schnees unter den Schuhen zu hören und zu beobachten, wie sich die Flocken gemächlich wie eine Decke auf Häuser, Straßen und Wege legten. Für dieses Erlebnis hatte Elena den einstündigen Fußmarsch gern in Kauf genommen.

Sie leerte den Briefkasten, was sie den Rest des Tages versäumt hatte, und schüttelte den Schnee von Mantel und Mütze, bevor sie das Treppenhaus betrat. Auf leisen Sohlen huschte sie die Stufen hinauf in den zweiten Stock und ließ die Tür ins Schloss fallen. In der Wohnung war es angenehm warm und Elenas durchgefrorene Glieder begannen zu kribbeln. Sie entledigte sich ihrer dicken Wintersachen und setzte sich mit der Post aufs Sofa. Der Stapel war dick und Elena arbeitete sich langsam von oben nach unten durch. Werbung. Werbung. Rechnung. Werbung. Ein Luftpolsterumschlag. Das war sicher der neue Akku, den sie sich für ihr Smartphone bestellt hatte, dachte sie. Ihre Vermutung bestätigte sich, als sie einen Blick hineinwarf. Und weiter ging es. Werbung. Werbung. Was war das? Der nächste Brief zog Elenas Augenmerk auf sich. Die Person, die ihr diesen Brief geschickt hatte, hatte die Adresse handschriftlich zu Papier gebracht, was heutzutage nicht mehr allzu oft vorkam. Die Schrift wirkte antik und schien mit zittriger Hand geschrieben zu sein. Neugierig, von wem der Brief wohl kam, drehte sie ihn um und spürte den Schauder, der ihren Körper durchzog, als sie die Adresse des Absenders las. *J. Wheeler, 65 Sunset Lane, Polson, MT 59860, USA.* „Julie", sprach sie laut aus und hielt sich überrascht eine Hand vor den Mund. Aber woher hatte Ryans Grandma denn bloß ihre Adresse, ging ihr durch den Kopf. Völlig egal, dachte sie dann, und riss ungeduldig den länglichen Umschlag auf. Sie hatte mit einem Brief gerechnet, doch was sie aus dem Kuvert zog, verschlug ihr regelrecht den Atem. Es war ein Flugticket. Ein Flugticket nach Montana, an dem ein kleiner gelber Post-it-Zettel haftete. *Komm nach Hause* war darauf zu lesen und rührte Elena fast zu Tränen. Sie spürte, wie ihr Herz einen Sprung machte. Völlig außer sich vor Freude wählte sie Claras Nummer. Sie konnte es kaum abwarten, ihr zu erzählen, was sie in ihrem Briefkasten gefunden hatte. Es klingelte sechsmal, bis schließlich die Mailbox ranging. Elena legte auf. Wahrscheinlich war sie noch feiern oder lag eng umschlungen mit einem Typen im Bett, den sie heute erst kennengelernt hatte und dessen Namen sie morgen schon wieder vergessen haben würde. Sie würde es ihr einfach morgen Früh erzählen. Überwältigt und dankbar presste sie das Flugticket an ihre Brust und spürte, wie heiße Tränen der Glückseligkeit ihre Wangen hinabliefen.

Kapitel 36

Da waren sie wieder, die dichten Wälder Montanas, nach denen sich
Elena so gesehnt hatte. Sechs lange Wochen voller Ungeduld und
unbändiger Vorfreude lagen hinter ihr. So lange war es her gewesen,
dass sie Julies Brief erhalten hatte. Jetzt endlich war es so weit. Sie
fuhr wieder die Straßen entlang, die ihr nur allzu gut in Erinnerung
geblieben waren, und es fühlte sich an, als wäre sie nie weg gewesen.
Sie ließ Kalispell hinter sich und bog auf die Bundesstraße, die sie
auf direktem Weg nach Happys Inn bringen würde. Doch da war
ein flaues Gefühl in ihrer Magenregion, das stärker zu werden
schien, je näher sie dem kleinen Örtchen kam. War es der Aufregung geschuldet? Oder Angst? Vermutlich war es eine Kombination
aus beidem. Sie freute sich auf ihre Freunde. Konnte es kaum abwarten, sie endlich alle wiederzusehen. Zu den meisten hatte sie in
den letzten Monaten keinen Kontakt gehabt. Zu anderen nur spo-
radisch. Abigail schickte anfangs fast wöchentlich Bilder von Lucy.
Dann wurden die Abstände länger, bis irgendwann gar nichts mehr
kam. Sie hatte vermutlich alle Hände voll zu tun, mit einem kleinen
Kind und einem ganzen Haushalt, der in Schuss gehalten werden
wollte. Auch Beth schickte hin und wieder mal eine Mail. Doch
meist ging es darin nur um irgendwelche Belange, die das Café be-
trafen. Oder sie fragte nach Rezepten für neue Kuchen und Torten.
Das war der natürliche Lauf des Lebens. Alles verlor sich irgendwann, wenn Tausende von Kilometern zwischen einem lagen. Und
dann war da natürlich noch die Angst, Ryan nach all der Zeit gegenüberzutreten. Wie er wohl reagieren würde, wenn er sah, dass sie
wieder da war? Würde er sich freuen, sie wiederzusehen? Würde das
Feuer zwischen ihnen immer noch brennen? Oder war es in den
langen Monaten der Trennung niedergebrannt und schließlich gänzlich erloschen? Elena schüttelte die bösen Gedanken ab. Es würde
schon alles gut werden. Sie widmete sich wieder der Landschaft. Es
war Frühling und alles erwachte nach langem Winterschlaf zu neu-

em Leben. Noch versteckte sich die Sonne hinter einer dicken Wolkendecke. Doch nicht mehr lange und sie würde alles in warmes, goldenes Licht tauchen. Da ist der Schotterweg, dachte Elena, der zu der Wiese führte, auf der Abigails kleine Tochter zur Welt gekommen ist. Sie musste lächeln, als sie an diesen verrückten Tag zurückdachte. Mittlerweile war Lucy schon acht Monate alt. Wie doch die Zeit verging. Nicht mehr lange und sie würde laufen und ihr erstes Wort sagen können. Elena hoffte, dass sie die Gelegenheit bekommen würde, all das miterleben zu dürfen.

Bei der kleinen Ausbuchtung am Straßenrand, wo sie Ryan damals zum ersten Mal begegnet war, als er seinen Jeep betankt und sie ihn nach dem Weg gefragt hatte, stoppte Elena, um eine kurze Rast einzulegen und eine Kleinigkeit zu essen. Ihre letzte Mahlzeit hatte sie im Flugzeug zu sich genommen und das lag Stunden zurück. Glücklicherweise hatte sie sich am Flughafen in Missoula ein Sandwich gekauft, das jetzt ihren Hunger stillen sollte. Sie stieg aus und lehnte sich gegen die geschlossene Tür des Wagens. Genüsslich biss sie in das liebevoll belegte Schinken-Sandwich. Nicht gerade das beste Frühstück, das sie je gegessen hatte, aber wenigstens sättigte es. Sie atmete den Duft der Wälder ein und ein wohliges Gefühl überkam sie. Wie sehr hatte sie das alles hier vermisst. Umso schöner, endlich wieder hier zu sein. Sie stieg zurück in den Wagen und startete den Motor. Nur noch wenige Kilometer trennten sie von ihrem Ziel, und Elena spürte, wie sich ihr Herzschlag beschleunigte. Und dann war sie endlich da. Sie war zurück in Happys Inn.

Elena parkte vorm Café und sah sich um. Alles sah aus wie immer. Nichts schien sich während ihrer Abwesenheit verändert zu haben. Zufrieden stieg sie aus dem Auto und betrat frohen Mutes das kleine Lokal. Beth stand mit dem Rücken zur Tür an der Kaffeemaschine und Bob saß, tief vergraben hinter seiner Zeitung, an seinem alteingesessenen Platz am Fenster. Er schielte kurz zur Tür, um einen Blick auf die Person zu werfen, die eben das Café betreten hatte, und traute seinen Augen kaum. Es bedurfte eines zweiten genaueren Blickes, um zu erkennen, dass es tatsächlich Elena war, die da strahlend vor ihm stand. Überwältigt legte er die Zeitung beiseite und wollte etwas sagen, doch Elena deutete ihm an, noch einen kurzen Moment Stillschweigen zu bewahren. Sie ging zum Tresen und legte ihre Tasche auf einem der Barhocker ab. „Wird man in diesem Café etwa noch nicht einmal ordentlich begrüßt, wenn man zur Tür hereinkommt?", fragte sie in strengem Tonfall und musste sich ein Lachen verkneifen. „Jetzt passen Sie mal auf, gute Frau", war Beth verärgert und drehte sich um. „Sie sehen doch, dass ich…" Dann fehlten ihr die Worte, als sie in Elenas grinsendes Gesicht sah. „Elena…" Das durfte doch nicht wahr sein. War sie es wirklich? Mit offen stehendem Mund und weit aufgerissenen Augen starrte sie ihr Gegenüber an. Fast so, als hätte sie einen Geist gesehen. Doch dieser Geist war aus Fleisch und Blut. Als sich Beth schließlich aus ihrer Schockstarre befreite konnte, stellte sie das Milchkännchen ab und stürmte um den Tresen herum zu ihrer Freundin. Freudig fielen sich die beiden Frauen in die Arme. „Du bist wieder da", sagte Beth und hätte Elena vor Überschwang beinahe mit ihrer Umarmung zerquetscht. „Ich kann's nicht glauben." „Glaub es ruhig, Beth. Glaub es ruhig." Bob, der das alles von seinem Platz aus beobachtete, wurde ganz warm ums Herz. Dass er sowas Schönes in seinem Alter noch miterleben durfte, hätte er sich nie träumen lassen.

„Die Kuchen sehen gut aus", stellte Elena bewundernd fest, als sie einen Schluck von der heißen Schokolade trank, die Beth für sie zubereitet hatte. „Ja, die hat Abigail gebacken." „Abigail?", machte Elena große Augen. Beth nickte. „Sie hat sich da so reingefuchst. Es fing alles damit an, dass ich ihr dein Rezeptebuch zum Übersetzen gegeben habe. Dann probierte sie das ein oder andere Rezept aus und hat mir die fertigen Kuchen zum Probieren ins Café gebracht." „Und du hast sie für gut genug empfunden, um sie hier zu verkaufen." „Ja", bestätigte Beth. „Abigail kann um Welten besser backen als ich, das kannst du mir glauben." Elena musste lachen. „Das ist toll Beth. Es freut mich, dass ihr das auch ohne mich so gut hinbekommen habt." „Zu Anfang war es schwierig und natürlich mussten wir Abstriche machen. Die Anzahl der Kuchen hat sich reduziert und auch das Angebot. Einfache Kuchen backt Abigail ohne Probleme. Doch bei aufwendigen Torten, wie du sie tagtäglich gebacken hast, ist sie dann doch an ihre Grenzen gestoßen." „Schoko-Nuss-

Torte, Elena", rief Bob hinter seiner Zeitung hervor. „Ich lechze danach." Elena drehte sich schmunzelnd zu dem alten Mann um. „Schoko-Nuss-Torte... Ist notiert, Bob." „Ja, unser Bob hier hat deine Torten wirklich sehnlichst vermisst", erklärte Beth. „Nun, ich denke, da werden wir die Tage sicher Abhilfe schaffen können", war Elena zuversichtlich. Bob freute sich, das zu hören. „Und Abigail wird froh sein, dass sie mal eine Backpause einlegen kann", war sich Beth sicher. „Wie geht es Abigail und Darren?", wollte Elena wissen. „Ich denke, ganz gut. Lucy hält die beiden ganz schön auf Trab. Sie zahnt gerade", verzog Beth das Gesicht, als würde sie vom bloßen Erzählen davon gleich selbst Zahnschmerzen bekommen. „Und...", zog sie das kleine Wörtchen in die Länge und stützte sich grinsend auf den Tresen. „...die beiden haben geheiratet." „Was?", sah Elena sie mit großen Augen an. „Wann?" „Am 7. November. Klammheimlich in einer kleinen Kapelle am Lake McDonald bei West Glacier. Wir haben es alle erst erfahren, als es schon passiert war." „Sie waren ganz allein?", fragte Elena mit ungläubiger Miene. Beth nickte. „Nur Abigail, Darren, Lucy und der Pfarrer. Keine Brautjungfern, Trauzeugen, Eltern oder sonstigen Gäste. Genauso wenig wie eine Feier." „Kaum zu glauben, dass sich Abigail damit zufrieden gegeben hat", war Elena verdutzt. „Ich denke, ich weiß, wieso sie es so gemacht haben", hörte sie Bob murmeln. „Dann lass uns doch an deinen Mutmaßungen teilhaben, Bob", rief Beth ihm zu. „Nein, nein, nein", schüttelte er gemächlich den Kopf. „Ich halte meinen Mund." Beth zuckte mit den Achseln und wischte mit einem feuchten Lappen über den Tresen. „Beth...", begann Elena dann mit zögernder Stimme und senkte den Blick. „Wie geht es Ryan?", wollte sie wissen. Beth unterbrach ihre Putzarbeiten und atmete schwer. „Ich weiß es nicht, Elena", musste sie gestehen. „Seit du weg bist, hat er sich sehr zurückgezogen. Man bekommt ihn kaum noch zu Gesicht und wenn er mal in der Stadt ist, dann nur kurz." Elena nickte traurig. „Ich hab ihn verletzt." „Was redest du denn da? Dich trifft überhaupt keine Schuld, Elena. Du hattest gar keine andere Wahl, als zu gehen", legte Beth tröstend ihr Hand auf Elenas. „Hör auf sie, Mädchen", erklang Bobs Stimme. „Ich bin nicht immer Beths Meinung. Doch in diesem einen Punkt hat sie recht." „Hörst du? Bob stimmt mir zu. Und jetzt mach dir nicht so viele Gedanken. Er wird sich freuen, dich zu sehen." „Meinst du wirklich? Ich meine, vielleicht hat er ja mittlerweile eine neue Freundin", kam es Elena nur schwer über die Lippen. „Unsinn", winkte Beth ab. „Ich wüsste nicht, wo die plötzlich herkommen soll. Außerdem wäre er schön blöd, wenn er dich einfach aufgeben würde." Beth gab Elena einen leichten Stoß gegen die Schulter, um sie wieder aufzurichten.

Es war fast Mittag. Bob war längst seiner Wege gezogen und Elena saß immer noch am Tresen des Cafés. So vieles gab es, was erzählt werden wollte. So vieles war in den letzten Monaten passiert, was es aufzuholen galt. Elena erzählte von ihrer Zeit in Hamburg und Beth berichtete, was es hier alles Neues gab. Dabei erfuhr Elena auch, dass sie und Ron überlegten, zusammenzuziehen. Sie waren sich nur noch uneinig darüber, ob sie zu Ron in sein Haus am Stadtrand oder er zu Beth in die Wohnung über dem Café ziehen sollte. Besonders aufmerksam lauschte Beth dann Elena, als sie den Vorschlag brachte, sie solle gemeinsam mit Ron in seinem Haus leben und die Wohnung über dem Café als zusätzliche Einnahmequelle vermieten. Sie hätten noch Stunden weiterreden können, doch das Café wurde voller und für Elena wurde es langsam Zeit, zur Farm zu fahren. „Und wie bitte, willst du dahinkommen?", wollte Beth wissen. „Doch wohl nicht etwa mit dem Ding da draußen?", stützte sie empört die Hände in die Hüften. Elena drehte sich um und sah hinaus auf den Parkplatz, wo der schwarze Toyota Yaris stand, mit dem sie hergekommen war. „Nein", sagte sie und wandte sich wieder Beth zu. „Ich habe durchaus dazugelernt, Beth. Das ist nur ein Mietwagen, den ich innerhalb von drei Tagen wieder in Kalispell abgeben kann", erklärte sie ihr. „Mein Auto wartet bei Ari auf mich." Grinsend hielt sie Beth die Autoschlüssel vor die Nase. „Du Fuchs", musste Beth neidlos anerkennen. „Ich weiß." Elena stand auf und suchte die Toiletten auf, bevor sie sich auf den Weg zur Farm machen würde.
Die Tür sprang auf und Ryan betrat das Café. „Auf wessen Beerdigung willst du denn gehen?", fragte Beth amüsiert, als sie ihn in seinem Aufzug sah. Um ein Haar hätte sie ihn nicht erkannt. Er trug

einen schwarzen Anzug mit dunkelblauem Hemd und dazu passender Krawatte. „Auf die Beerdigung meiner Grandma", sagte er mit gedämpfter Stimme und kam zum Tresen. „Machst du mir bitte einen Kaffee zum Mitnehmen?" Beth nickte und senkte beschämt den Blick. Sie wollte einen Scherz machen und war dabei voll ins Fettnäpfchen getreten. „Julie ist tot?", erklang plötzlich eine Stimme hinter Ryan und ließ ihn erstarren. Diese Stimme, dachte er. Sie kam ihm so vertraut vor. Langsam drehte er sich um und blickte in Elenas tiefgrüne Augen. Augen, in denen er sich damals so gern verloren hatte und die ihm jetzt bestürzt entgegenblickten. Er fühlte, wie sein Puls zu rasen begann. Seine Hände ballten sich zu Fäusten. Sein Blick war ausdruckslos. „Vergiss den Kaffee, Beth", sagte er mit zittriger Stimme und stürmte an Elena vorbei nach draußen. Beth und Elena tauschten vielsagende Blicke, bevor Elena die Tür aufriss und ihm nachlief.

„Ryan", rief sie und bog um die Ecke, wo Ryan gerade in seinen Jeep steigen wollte. „Bitte lass mich mitkommen", flehte sie ihn an. „Ich würde gern bei Julies Beerdigung dabei sein." Ryan schüttelte fassungslos den Kopf und Wut stand ihm ins Gesicht geschrieben. Mit gefährlich funkelnden Augen sah er sie an. „Was denkst du dir eigentlich? Erst verschwindest du von jetzt auf gleich aus meinem Leben und dann tauchst du plötzlich wieder auf." Elena schluckte und schwieg. Sie wusste nicht, was sie sagen sollte. „Tu uns beiden einen Gefallen, Elena. Und geh dahin zurück, wo du hergekommen bist." Mit diesen Worten stieg er in seinen Wagen und raste mit dröhnendem Motor davon. Eine tiefe Traurigkeit überkam Elena. Schützend schlang sie die Arme um den Körper und schaute ihm mit tränennassen Augen nach.
Minutenlang stand sie so da. Rührte sich keinen Millimeter. Sie spürte, wie ihr Körper in der kühlen Frühlingsluft zu frieren begann, doch es war ihr egal. Julie war gestorben, dachte sie. Und Ryan wollte, dass sie verschwindet. So hatte sie sich ihre Rückkehr nach Happys Inn nicht vorgestellt. Aber was hatte sie denn auch erwartet? Dass alles so unbeschwert sein würde wie vor ihrer Abreise? Wie dumm sie doch gewesen war, das anzunehmen. Ja, sie würde verschwinden. Sie wollte sich niemandem aufdrängen. Doch vorher

würde sie zu dieser Beerdigung gehen. Julie war es, der sie es verdankte, jetzt überhaupt hier stehen zu können. Das war sie der netten alten Dame schuldig. Elena spürte, wie Entschlossenheit in ihr aufkeimte und sich zu einem handfesten Plan entwickelte. Sie würde sich beeilen müssen, wenn sie noch rechtzeitig in Polson ankommen wollte.

„Beth, ich brauche Stift und Papier", kam Elena aufgeregt ins Café gestürmt. Etwas überrumpelt von dem überfallartigen Eintreten ihrer Freundin suchte Beth die gewünschten Sachen zusammen und legte Elena schließlich Notizblock und Kugelschreiber auf den Tresen. Mit hektischen Handbewegungen schrieb Elena etwas auf den obersten Zettel des Blocks und riss ihn ab. „Danke", sagte sie und ging zur Tür. „Und besorg mir bitte ein schwarzes Kleid von dir", rief sie Beth zu. „Ich bin in zehn Minuten wieder da." Und noch bevor Beth etwas erwidern konnte, war sie auch schon verschwunden. Perplex stand Beth da und ließ den Blick durch den Raum schweifen. Wie bitte stellt sich Elena das bloß vor, dachte sie sich nur. Ich bin mitten bei der Arbeit. In diesem Moment betrat ein junges Pärchen das Café und kam zum Tresen. Das darf doch alles nicht wahr sein, kam Beth ins Schwitzen. Die junge Frau wollte gerade ihre Bestellung aufgeben, als Beth sie höflich unterbrach. „Wenn ich Sie um einen kurzen Moment Geduld bitten dürfte. Ich bin in fünf Minuten wieder da." Sie sprintete um den Tresen herum Richtung Tür. „Sie bekommen auch jeder einen Muffin gratis", versprach sie ihnen und rannte nach draußen. Verwundert über das merkwürdige Verhalten der Kellnerin sah das Pärchen einander an.

Schnellen Schrittes eilte Elena zur Tankstelle. Ihr Ziel, der Pick-up Truck, dessen Instandhaltung und Pflege sich Ari in der Zeit ihrer Abwesenheit angenommen hatte. Natürlich hätte sie genauso gut den Mietwagen für die Fahrt nach Polson nehmen können. Doch sie wollte einen Wagen, mit dem sie sich identifizieren konnte. Und abgesehen davon, könnte der Truck von Vorteil sein, wenn sie aufgrund von unvorhersehbaren Verkehrswidrigkeiten diverse Abkürzungen über Stock und Stein nehmen musste.

Da war er, freute sich Elena. Wohlbehütet stand er unter seinem Carport und glänzte wie neu. Sie zog die Wagenschlüssel aus der Jackentasche und öffnete ihn. Es fühlte sich gut an, wieder in ihrem Truck zu sitzen. Sie checkte die Tankanzeige und war zufrieden, als sie sah, dass vollgetankt war. Nichts anderes hatte sie von Ari erwartet. Jetzt, wo sie wusste, dass das Auto fahrtüchtig war, stieg sie noch einmal kurz aus. Sie befestigte die Notiz, die sie bei Beth geschrieben hatte, an einem rostigen hervorstehenden Nagel an der Außenwand des Carports. Dann setzte sie sich wieder hinters Steuer und fuhr mit quietschenden Reifen davon. Das Geräusch hatte Ari, der gerade in seiner Werkstatt zu Gange gewesen war, aufhorchen lassen. Er rannte nach draußen und stellte erschrocken fest, dass der Truck verschwunden war. Völlig außer sich, sah er sich um, ob der dreiste Dieb, den selbst der helllichte Tag nicht von seinen kriminellen Taten abzuhalten schien, noch irgendwo zu sehen war. Dabei entdeckte er einen kleinen rosafarbenen Zettel, der auf einen Nagel aufgespießt am Carport hing. Er riss ihn ab und las, was darauf geschrieben stand. *Ich erkläre dir alles später. E.* Aris Augen weiteten sich. Konnte das denn möglich sein? „Elena?"

In den Waschräumen von Beths Café schlüpfte Elena in das Kleid, das ihr ihre Freundin mehr oder weniger widerwillig zur Verfügung gestellt hatte. Es war ihr an manchen Stellen zu weit und an anderen zu eng. Aber alles in allem, würde es schon gehen. Sie betrachtete sich im Spiegel und erkannte die dunklen Augenringe, die ihr Gesicht zeichneten. Ein kalter Schwall Wasser belebte ihre Geister und musste für den Moment reichen.
„Ich bin weg, Beth." „Elena, warte", rief ihr Beth von der Kaffeemaschine aus zu. „Willst du mir nicht endlich sagen, was du vorhast?" „Wonach sieht es denn aus? Ich gehe auf Julies Beerdigung." „Aber weißt du denn überhaupt, wo die stattfindet?", äußerte Beth Bedenken. „Glaub mir, ich weiß genau, wo ich hin muss", versicherte Elena und hatte schon die Türklinke in der Hand. „Ich muss los, Beth. Wir sehen uns." Die Tür fiel ins Schloss und Beth beobachtete durch die großen Fensterscheiben, wie Elena in ihr Auto stieg. Sie lenkte den Truck vom Parkplatz auf die Bundesstraße und gab Gas.

Kapitel 37

Ryan hatte eine halbe Stunde Vorsprung, die es für Elena aufzuholen galt. Sie wusste, dass das unrealistisch war, wenn ihrem Truck nicht plötzlich wie durch Zauberhand Flügel wachsen würden, doch sie durfte auf keinen Fall zu spät kommen. Sie ging davon aus, dass der Trauergottesdienst 14 Uhr beginnen würde. Blieb ihr also nicht mehr viel Zeit. Auf der Bundesstraße kam sie gut voran. Nur die knapp siebzig Kilometer entlang des Flathead Lake zogen sich. In Elmo ließ eine Baustelle den Verkehr stocken, die Elena dank eines Umwegs über kleine Nebenstraßen schnell hinter sich lassen konnte. Trotzdem warf es sie in ihrem Zeitplan zurück. Sie drehte die Musik lauter, um auf andere Gedanken zu kommen. Noch dazu half sie gegen die Müdigkeit, die langsam ihren Körper zu überrollen drohte. *Wir unterbrechen für eine Eilmeldung*, erklang es dann aus dem Radio, und Elena lauschte gebannt den Worten des Nachrichtensprechers. *Für die Regionen Lincoln County, Flathead County, Glacier County, Sanders County, Lake County und Mineral County sowie Teile Idahos gilt ab dem frühen Abend eine Orkanwarnung. Das Sturmtief kann Windgeschwindigkeiten von bis zu 110 Stundenkilometern erreichen und bis in die frühen Nachtstunden anhalten.* Das hatte ihr gerade noch gefehlt, dachte sie sich und trat aufs Gaspedal.

Der volle Parkplatz vor der St. Andrew's Kirche verriet Elena, dass sie richtig war. Wie hätte es auch anders sein sollen. Jeden Sonntag war Julie hier gewesen, um den Worten von Pastor Silberman zu lauschen. Sie schwärmte von dieser Kirche. Und nicht zuletzt war der angrenzende Friedhof auch der Ort, an dem ihr Mann vor vielen Jahren zur letzten Ruhe gebettet worden war.

Auch Ryans Jeep war unter den Autos. Elena quetschte ihren Wagen noch mit dazu und eilte zum Eingang. Die Glocken hatten bereits zu läuten begonnen und Orgelmusik war von drinnen zu hören. Leise schlich sie sich hinein und setzte sich abseits der Trauergemeinde in eine der hinteren Reihen. Sie sah sich um. Sah den aufgebahrten Holzsarg, der von einem Meer aus Blumen umgeben im vorderen Teil der Kirche stand. Daneben ein großes Foto von einer lächelnden Julianne Wheeler. Elena spürte, wie sie, von Traurigkeit erfüllt, zu zittern begann. Sie suchte die Bankreihen vor sich nach Ryan ab. Da war er. Ganz allein, wie sie selbst, saß er in vorderster Reihe, getrennt von seiner Familie. Nicht einmal Julies Beerdigung schien sie einander näherbringen zu können. Auch wenn sich die alte Dame das sicher von Herzen gewünscht hätte.

Der Pfarrer erzählte mit liebevollen Worten aus Julies Leben und Elena klebte ihm wissbegierig an den Lippen. So erfuhr sie, dass Ryans Grandma in jungen Jahren als Schneiderin gearbeitet hatte. Dass sie ihren Mann Rudy bei einer Tanzveranstaltung kennen und lieben gelernt hatte. Dass sich die beiden an einem verschneiten Dezembertag, nur sieben Monate nach dem ersten Kuss, das Ja-Wort gegeben hatten. Er erzählte von der Geburt der gemeinsamen Tochter Caroline, dem wohl glücklichsten Tag in Julies Leben. Von den zwei Enkelsöhnen Adam und Ryan, die sie zu stolzen Großeltern machten. Elenas Blick ruhte auf Ryan. Wie mochte es ihm wohl gerade gehen? Sie konnte sein Gesicht nicht sehen und sicher gab er sich nach außen hin stark und gefühllos, wie er es immer tat. Das war sein ganz eigener Schutzmechanismus. Doch tief in seinem Inneren tobte ein Sturm und zerriss ihm das Herz. Wie gern würde sie jetzt seine Hand halten und ihm Trost spenden, besonders, als der Pfarrer von Julies schweren Schicksalsschlägen erzählte, die ihr die geliebte Tochter und später auch den Mann entrissen hatten. Doch Julie hätte sich niemals unterkriegen lassen und stets jeden Tag mit Freude und Zuversicht gelebt, beendete der Pastor seine Predigt. Und während er sein Buch zuschlug und sich auf einen gepolsterten Stuhl setzte, stand, zu Elenas Verwunderung Ryan auf und ging zum Klavier, das linkerhand des Sargs stand. Er setzte sich und richtete das Mikrofon. Elena fühlte, wie sich ihr Herzschlag beschleunigte. Er sah so gut aus, wie er im dunklen Anzug an dem weiß glänzenden Flügel saß. Dann berührten seine Finger die Tasten und Elena erkannte die Melodie sofort. Es war Ed Sheerans *Supermarket Flowers*. Wie passend, dachte Elena. Und dann begann Ryan zu singen und fast augenblicklich durchfuhr eine Gänsehaut ihren Körper. Er sang mit so viel Gefühl und Hingabe, dass bei Elena schließlich alle Dämme brachen und heiße Tränen der Trauer über ihr Gesicht liefen.

Elena wartete vor der Kirche. Sie hatte sich nicht getraut, gemeinsam mit den anderen zum Grab zu gehen, um den Sarg in die Erde zu lassen. Wer weiß, wie Ryan reagiert hätte, wenn er sie da gesehen hätte. Sie wollte ihm diesen Moment, den traurigen Abschied von seiner Großmutter, nicht ruinieren oder unnötig erschweren. Eigentlich wollte sie nach dem Gottesdienst sofort wieder fahren. Doch ihre innere Stimme sagte, sie solle noch einmal versuchen, mit Ryan zu reden. Ob das hier der richtige Ort und Zeitpunkt dafür waren, wusste sie nicht. Sie würde es einfach riskieren.
Hibbelig hüpfte sie von einem Bein aufs andere, bis sie schließlich Stimmen hörte, die näher kamen. Und da sah sie auch schon die ersten Leute, die vom Friedhof zum Parkplatz gelaufen kamen. Sie liefen wortlos an Elena vorbei. Manche nickten ihr höflich zu, auch wenn sie sie gar nicht kannten. Julie musste viele Freunde gehabt haben. Menschen, die sie geliebt, geschätzt und geachtet hatten. Alle waren sie heute hergekommen, um Abschied von ihr zu nehmen.
Ganz zum Schluss erst kam die Familie. Allen voran Ryan, der mit schnellen Schritten vorauspreschte, fast so, als liefe er vor etwas davon. Natürlich tat er das. Es waren sein Vater und sein Bruder, vor denen er weglief. Deren Anwesenheit er nur schwer ertragen konnte. Dann traf sein Blick Elena, die in einem engen schwarzen Kleid auf der Wiese vorm Parkplatz stand und ihm erwartungsvoll, vielleicht ein wenig ängstlich, entgegensah. Ihre Haare wurden vom Wind umhergeweht, der in den letzten Minuten aufgefrischt hatte. Seine Augen zogen sich zu engen Schlitzen zusammen. Seine Muskeln spannten sich an. Er behielt sein Tempo bei. Wurde weder langsamer noch schneller. „Ryan", sprach Elena ihn an, doch er warf ihr nur einen bösen Seitenblick zu und ging wortlos an ihr vorüber. Enttäuscht blickte sie ihm nach, wie er zu seinem Auto ging. „Elena", hörte sie dann eine Stimme hinter sich und fuhr herum. Adam stand in dunkelgrauem Anzug vor ihr und schenkte ihr ein schwaches Lächeln. „Adam", sagte sie verlegen. „Mein herzlichstes Beileid." „Danke", nickte er. „Schön, dass du hier bist", freute er sich über ihr Kommen. „Seit wann bist du zurück in Mon-

tana?" Elena warf einen Blick hinauf zur Kirchturmuhr. „Ich bin vor zehn Stunden in Missoula gelandet", erzählte sie ihm mit abgekämpfter Stimme. „Darf ich dich auf einen Kaffee einladen?", fragte er sie. „Du siehst müde aus. Du musst ganz schön fertig sein von der langen Reise." Sie sah hinüber zum Parkplatz, wo Ryan gerade aus seiner Parklücke fuhr und mit grimmigem Blick auf sie und seinen Bruder davonrauschte. „Wieso eigentlich nicht?", nahm sie Adams Einladung an. Er gab Brianna kurz Bescheid, dass sie mit ihrem Vater und Clarissa zurück nach Hause fahren sollten und er später nachkommen würde. Brianna warf Elena einen Handgruß zu und auch Sarah winkte aufgeregt. Elena winkte freudig zurück und schenkte beiden ein herzliches Lächeln.

In einem kleinen Diner direkt an der Polson Bay saßen Adam und Elena bei einer Tasse Kaffee und sahen hinaus auf den See. Gedankenverloren rührte Elena mit dem Löffel in ihrer Kaffeetasse und beobachtete, wie die vom Wind gepeitschten Wellen ans Ufer platschten. „Er will, dass ich verschwinde, Adam", sagte sie dann mit ausdrucksloser Stimme, den Blick noch immer auf den See gerichtet. „Hat er das gesagt?" Sie nickte. „Ja." Und spürte, wie ihre Lippen dabei zitterten. „Was hat sich Julie nur gedacht, mir dieses Ticket zu schicken?" „Was meinst du damit?", ruhte Adams fragender Blick auf Elena, die sich schließlich zu ihm drehte und ihn ansah. „Deine Grandma hat mir ein Flugticket geschickt. Mit der Nachricht *Komm nach Hause*. Deswegen bin ich überhaupt nur hier", erklärte sie ihm. Ein zaghaftes Lächeln umspielte Adams Lippen, als er das hörte. „Ja, das sieht ihr ähnlich." Er sah die Enttäuschung, die in Elenas müden Augen lag. „Aber Elena, verstehst du denn nicht…?", stützte er die Ellbogen auf den Tisch. „Wenn sie dir dieses Ticket geschickt hat, dann nur, weil sie weiß, dass Ryan dich noch liebt." „Den Eindruck hatte ich allerdings nicht, als wir uns heute Mittag begegnet sind." „Elena, das musst du verstehen. All die Monate dachte er, er würde dich niemals wiedersehen. War allein und am Boden zerstört. Dann stirbt auch noch Grandma, seine einzig wirkliche Bezugsperson. Und am Tag ihrer Beerdigung stehst du, wie aus heiterem Himmel, plötzlich vor ihm. Er ist durcheinander. Da prasseln gerade viel zu viele Emotionen auf einmal auf ihn ein." Nachdenklich spielte Elena an dem leeren Zuckertütchen, das neben ihrer Tasse lag. Vielleicht hatte Adam recht, dachte sie. Schließlich wusste sie nur zu gut, wie gern Ryan seine wahren Gefühle vor der Welt verborgen hielt. Schon damals waren es Wut und Zorn gewesen, die Elena entgegengeschlagen hatten. Obwohl es doch Liebe und Zuneigung waren, die er für sie empfand. Indem er seine wahren Emotionen unterdrückte, schützte er sich davor, verletzt zu werden. Vielleicht war es genau das, was er auch jetzt wieder tat. „Ich denke, Grandma hat gespürt, dass es mit ihr zu Ende geht. Sie war in den letzten Monaten immer schwächer geworden", erinnerte sich Adam. „Ich denke, sie hat dir das Ticket geschickt, damit Ryan jemanden in seinem Leben hat, der ihn liebt und für ihn da ist, wenn sie erst nicht mehr da sein würde." Elena schluckte schwer. Adams Worte hatten sie berührt. „Bitte reise nicht ab, ohne dich mit meinem Bruder ausgesprochen zu haben", bat er Elena eindringlich. „Ich werde versuchen, mit ihm zu reden", versprach sie ihm. „Danke, Elena", nickte er ihr zu. Elena wollte etwas erwidern, musste aber plötzlich gähnen. Sie hielt sich die Hand vor den Mund und entschuldigte sich bei ihrem Gegenüber. „Du solltest dich dringend ausschlafen, Elena", sagte Adam und Besorgnis schwang in seiner Stimme mit. „Ich weiß. Aber dafür muss ich erst einmal zurück zur Farm fahren", meinte Elena und rieb sich die Augen. „Ich hab eine bessere Idee", sah Adam sie mit wachsamen Augen an und schob ihr einen kleinen Schlüsselbund über den Tisch. „Du bleibst die Nacht in Polson und übernachtest in Grandmas Haus. Du kannst dich ausruhen und Ryan hat Zeit, seine Gedanken zu ordnen." Er lehnte sich zurück und trank von seinem Kaffee. „Was sagst du dazu?" Elena griff nach dem Schlüssel und sah Adam mit fragenden Augen an. „Natürlich nur, wenn es dir nichts ausmacht, im Haus einer Toten zu schlafen", kniff Adam die Augen zusammen. „Der Tod macht mir schon lange keine Angst mehr", erwiderte Elena mit fester Stimme. „Dann ist ja alles klar." „Danke, Adam. Ich weiß nicht, ob ich die knapp dreistündige Rückfahrt überhaupt geschafft hätte." „Kein Problem", lächelte er ihr zu. „Steck den Haustürschlüssel einfach in den Briefkasten, wenn du wieder fährst."

Vorm Lokal verabschiedeten sich beide voneinander, wobei Adam Elena liebevoll in den Arm nahm und ihr Mut zusprach. „Du weißt, wie du zu Julies Haus kommst?", wollte er dann wissen. „Ja, ich weiß Bescheid", versicherte sie ihm. „Danke." „Gut", sagte er und ging zu seinem Wagen, der direkt neben Elenas Truck stand. „Wir sehen uns, Elena", war er zuversichtlich und stieg ein. Sie hob grüßend die Hand und lächelte ihm zu. „Hoffentlich behältst du recht", flüsterte sie, während Adam davonfuhr. Dann blickte sie auf die Schlüssel in ihrer Hand und öffnete die Autotür.

Elena bog in die Einfahrt und brachte den Wagen auf Höhe der kleinen Steintreppe zum Stehen, die hinauf zur Haustür führte. Sie stieg aus und betrachtete das Haus mit wehmütigen Augen. Es war ein so wundervolles kleines Häuschen. Fast so, als wäre es einem amerikanischen Film der 50er-Jahre entsprungen. Elena wusste, dass dies hier aller Wahrscheinlichkeit nach ihr letzter Besuch in diesem Haus sein würde, bevor es verkauft werden und an neue Besitzer übergehen würde. Es machte sie traurig, aber so war der Lauf des Lebens.
Im Haus war es kühl und eine gespenstige Stille erfüllte die Räume. Elena fröstelte für einen kurzen Moment. Julies Duft lag noch in der Luft. Es war eine Mischung aus Patchouli, Sandelholz und Bergamotte. Man hätte meinen können, dass die alte Dame jeden Moment mit ihrem Krückstock um die Ecke kommen und Elena herzlich willkommen heißen würde. Doch Elena wusste, dass keiner mehr da war. Sie ging durch die einzelnen Räume und drehte die Heizungen auf. Die Uhr schlug sechs und Elena setzte sich erschöpft auf das kleine Sofa in Julies Wohlfühlraum. Sie merkte, wie ihr die Augenlider schwer wurden. Zusammengerollt legte sie sich in die weichen Kissen und sank augenblicklich in einen tiefen erholsamen Schlaf.

Lautes Krachen riss Elena aus dem Schlaf und ließ sie aufschrecken. Um sie herum war Dunkelheit. Sie tastete nach dem Lichtschalter einer kleinen Stehlampe und blinzelte schließlich, als der Raum in helles Licht getaucht wurde. Sie ging zum Fenster und zog die Gardine zur Seite. Der Sturm, vor dem sie in den Nachrichten gewarnt hatten, wütete gerade mit aller Macht über das Land. Der Wind zerrte gefährlich an den Ästen der Kastanie im Garten. Elena hatte Sorge, dass ein Ast abbrechen und auf ihren Wagen fallen könnte. Doch es wäre reiner Selbstmord gewesen, jetzt hinaus vor die Tür zu gehen. Es krachte erneut und Elena zuckte zusammen. Einige der Fensterläden mussten sich aus ihren Halterungen gerissen haben. Elena folgte dem Geräusch in die Küche und tatsächlich, die Fensterläden waren zum Spielzeug des Orkans geworden. Elena öffnete das Fenster und die starken Böen bliesen ihr entgegen. Die Gardine wehte aufgebläht umher. Ein Windzug stieß die azurblaue Porzellanvase um, die immer auf dem Küchentisch stand, und ließ sie in tausend Teile zerbrechen. Mit aller Macht versuchte Elena, die Fensterläden zu fassen zu bekommen, was ihr nach wenigen Fehlschlägen schließlich auch gelang. Sie schloss sie, wie auch das Fenster, und verbannte den Sturm damit zurück nach draußen. Mit Besen und Kehrschaufel beseitigte sie die Reste der Vase und entsorgte sie im Mülleimer. Plötzlich hörte sie, wie ihr Magen knurrte, und spürte Hunger in sich aufsteigen. Auf der Suche nach etwas Essbarem durchforstete sie die Küche. Kühlschrank und Gefrierschrank waren bereits leergeräumt. Blieben also nur noch die Vorratsschränke. Elena hoffte, dass sie wenigstens dort eine Kleinigkeit zu essen finden würde. Und sie hatte Glück. Ein paar wenige Konservendosen waren noch da. Darunter auch ein Bohneneintopf, der Elenas Hunger an diesem Abend stillen würde.

Erst jetzt wurde Elena bewusst, dass sie weder Schlaf- noch Wechselsachen, geschweige denn irgendeine Art von Hygieneartikeln dabei hatte. Ihr Gepäck befand sich noch im Kofferraum des Mietwagens. Und der stand auf dem Parkplatz vor Beths Café. Was soll's, dachte sie schließlich. Bei ihrer letzten Übernachtung in diesem Haus hatte sie auch nichts dabei gehabt. Für eine Nacht würde es schon gehen. Sie ging ins Badezimmer und suchte sich aus Julies großer Sammlung eine Zahnbürste aus.

Nach einer wohltuenden Dusche stieg sie die schmale Treppe hinauf zum Dachboden, wo sich das Schlafzimmer befand, in dem sie damals mit Ryan die Nacht verbracht hatte. Sie zog die Vorhänge zu und krabbelte in Unterwäsche unter die Bettdecke. Das Bett knarrte und quietschte bei jeder ihrer Bewegungen. Elena musste lächeln, verband sie diese Geräusche doch mit sehr amüsanten Erinnerungen. Sie löschte das Licht und schloss die Augen. Sie hörte den Sturm fauchen und an den Dachziegeln rütteln. Schutz suchend vergrub sie sich unter der Decke und schlang die Arme eng um den Körper. Was hätte sie nur dafür gegeben, könnte Ryan jetzt hier bei ihr sein, um sie schützend in die Arme zu nehmen und ihr ein bisschen Wärme zu schenken.

Kapitel 38

Eine unruhige Nacht lag hinter Elena. Immer wieder hatte der Sturm, der unbarmherzig wütete und das Haus mit sich zu reißen drohte, sie aus dem Schlaf gerissen. Erst in den frühen Morgenstunden flaute der Sturm langsam ab und Elena konnte noch ein paar wenige Stunden friedlichen Schlafes genießen. Doch schon vor Sonnenaufgang war sie wieder wach und startete in den Tag.

Ihr Frühstück bestand aus einer großen Tasse Kaffee und einem abgelaufenen Müsliriegel, den sie in einem der Küchenschränke gefunden hatte. Bei Kerzenschein und absoluter Stille saß sie an dem kleinen Küchentisch, der ohne die zu Bruch gegangene Vase doch recht karg daherkam. Der Müsliriegel war schnell vertilgt. Also schnappte sich Elena die warme Tasse und begab sich auf einen Streifzug durch Julies Räumlichkeiten. Es war ihre Art, von der netten alten Frau und deren Haus Abschied zu nehmen. Sie lief vorbei an den antik anmutenden Möbeln und den unzähligen Fotos, die im ganzen Haus verstreut waren. Wie viele Erinnerungen wohl daran hingen? Erinnerungen eines ganzen Lebens.

Im Esszimmer fiel ihr Blick auf ein Foto, das bei ihrem letzten Besuch noch nicht dagestanden hatte. Es zeigte sie und Ryan vor dem Crystal Lake, wie sie sich verliebt anhimmelten und glaubten, nichts und niemand könne ihrer Liebe je etwas anhaben. Elena erinnerte sich noch gut an den Tag. Ein Tag, an dem die Welt noch in Ordnung gewesen war. Sie entfernte das Foto aus seinem Bilderrahmen und legte diesen in die oberste Schublade der Kommode. Sie würde es mitnehmen und Ryan geben, damit er sich an die glücklichen Zeiten erinnerte, die sie miteinander hatten. Doch es sollte nicht das einzige Bild bleiben, das Elena mit sich nahm. Auch das Foto von Ryans Mutter und das Bild von den beiden Brüdern in jungen Jahren beim Angeln landeten gut verstaut in ihrer Handtasche.

Sie verließ das Haus so, wie sie es am Vortag betreten hatte. Alles war aufgeräumt und an seinem Platz. Elena schloss die Eingangstür ab und überlegte, ob sie wirklich alles hatte. Dann warf sie die Schlüssel, wie mit Adam vereinbart, in den Briefkasten und kehrte dem Haus den Rücken. Ihr Wagen stand in einem Meer kleiner abgeknickter Äste und Blätter. Sie hatte keinen Besen, um die Einfahrt zu reinigen, weshalb sie nur die Windschutzscheibe ihres Trucks von den Hinterlassenschaften des Sturms befreite und schließlich in den Wagen stieg. Sie warf einen letzten schwermütigen Blick auf das blassgrüne Häuschen vor sich, bevor sie rückwärts aus der Einfahrt bog und in den Sonnenaufgang fuhr.

Überall, wo Elena entlangfuhr, zeigten sich Spuren der Verwüstung, die der Sturm zurückgelassen hatte. Umgeschmissene Müllcontainer. Abdeckplanen und Plastiktüten, die in Bäumen oder an Laternen hingen. Umgeknickte Bäume, abgedeckte Dächer. Ein umgekippter Baukran, der auf offener Fläche gestanden hatte. Entsetzte Gesichter von Anwohnern, die nach überstandenem Orkan ihre Grundstücke begutachteten. Überall waren Feuerwehren und Polizeiwagen im Einsatz. Auch Rettungswagen kreuzten Elenas Weg. Es war einfach furchtbar. Sie wusste, dass sie ihren Weg mit Vorsicht und Wachsamkeit bestreiten musste, besonders, wenn sie in die Regionen kam, wo die Wälder dichter wurden. Die Gefahr vor abbrechenden Ästen war nicht zu unterschätzen, das hatten ihr Ryan und Darren immer wieder eingebläut. Weshalb ihr der letzte Abschnitt ihrer Fahrt, der Weg durch den Wald zur Farm, schon jetzt Bauchschmerzen bereitete. Sie wusste, dass es kein Zuckerschlecken werden würde.

Nach gut zwei Stunden erreichte Elena Happys Inn und stoppte auf dem Parkplatz vorm Café. Das kleine Lokal lag noch völlig im Dunkeln. Vermutlich schlief Beth sogar noch, dachte Elena mit einem Schmunzeln. Sie holte ihren großen Koffer aus dem Mietwagen und hievte ihn auf die Ladefläche des Trucks. Sie musste dringend andere Klamotten anziehen, trug sie doch noch immer Beths schwarzes Kleid am Leib. Sie kramte eine dunkelblaue Jeans und eine langärmelige Baumwollbluse mit korallfarbenem Karomuster hervor und schlüpfte in einem unbeobachteten Moment hinein. Ihre schwarzen Pumps wechselte sie gegen bequeme Turnschuhe und fühlte sich gleich besser. So würde sie Ryan bedenkenlos gegenübertreten können. Sie scheute sich etwas vor der Begegnung mit dem

Mann, den sie liebte. Doch sie wollte nichts sehnlicher, als sich endlich mit ihm auszusprechen, um ihn endlich wieder in die Arme schließen zu können.

Elena blickte hinüber zu den dichten dunklen Wäldern und ein Schauder lief ihr kalt den Rücken herunter. Sie wusste, dass die nächsten Kilometer die schwierigsten und gefährlichsten sein würden. Sie waren schön, die üppigen Wälder Montanas, keine Frage. Doch so schön sie auch sein mochten, so viele Gefahren bargen sie auch, besonders nach einer stürmischen Nacht wie der letzten.

Wie Elena bereits vermutet hatte, sah der Wald verheerend aus. Abgebrochene Äste, entwurzelte Bäume. Es sah aus, wie ein naturbelassenes Schlachtfeld. Glücklicherweise war der schmale Weg durch die Wälder weitestgehend verschont geblieben. Zumindest bis jetzt. Wie die Rundumleuchte eines Krankenwagens ging Elenas Blick stetig hinauf zu den Baumkronen. Lose Äste, die irgendwo hängen geblieben waren, konnten durch den leisesten Windstoß zu Fall gebracht werden und im schlimmsten Fall Elenas Wagen treffen. Das galt es unter allen Umständen zu verhindern.

Langsam manövrierte Elena das Auto Meter für Meter über Wurzeln und dünne Äste, die am Boden lagen. Dann plötzlich ein lautes Krachen. Ein Knall. Elena schreckte zusammen und trat auf die Bremse. Ein riesiger Ast war hinter ihr auf den Waldweg geschlagen und hatte sie nur um Haaresbreite verfehlt. Aufgewirbelter Staub und Dreck versperrten die Sicht. Mit zittrigen Händen umschloss sie das Lenkrad und spürte, wie ihr Herz pochte. Kalter Angstschweiß stand ihr auf der Stirn. Das war knapp, dachte sie. Verdammt knapp sogar. Sie musste schnellstmöglich aus dem Wald raus. Bevor die Männer nicht ihre Kontrollrunde gemacht hätten, glich die Strecke zur Farm einem Minenfeld.

Als die Sicht um sie herum wieder klarer geworden war, setzte sie ihre Fahrt fort. Und aller Vernunft zum Trotz erhöhte sie die Geschwindigkeit. Ryan würde sie umbringen, wenn sie das hier überlebte, dessen war sie sich sicher.

Als Elena die Farm schließlich erreichte und den Wald hinter sich ließ, atmete sie erleichtert auf. Sie hatte es geschafft. Sie war unbeschadet angekommen. Mit einem breiten Lächeln im Gesicht fuhr sie auf den Hof. Ihr Herz machte einen Satz vor Freude, endlich wieder hier zu sein. Nichts schien sich verändert zu haben. Ein neuer Wagen stand vorm Haupthaus, war Elena aufgefallen. Es war ein roter Hyundai Venue, der direkt neben Darrens Ford Ranger parkte. Bestimmt gehörte er Abigail. Ohne Auto würde man hier mit der Zeit versauern, und mit Kind war ein eigenes Fahrzeug unerlässlich, wenn man jenseits jeglicher Zivilisation lebte. Sie stellte ihren Wagen dazu und schaltete den Motor aus. Ihr war aufgefallen, dass Ryans Jeep nirgendwo zu sehen war. Doch noch ehe Elena darüber nachdenken konnte, was das zu bedeuten hatte, trat Abigail mit weit aufgerissenen Augen und freudig überraschter Miene auf die Veranda. Sie trug eine dunkelgraue Freizeithose und ein weißes T-Shirt in Übergröße. Sie war ungeschminkt und ihre Haare waren lässig mit einem Haarband zusammengebunden. Ein Anblick, den man von Abigail bisher so nicht kannte. Es schien fast so, als wäre sie endlich mit Leib und Seele auf dem Land angekommen. Auf den Armen trug sie ihre kleine Tochter, die neugierig den unerwarteten Gast mit ihren großen blauen Augen musterte.

Freudig stieg Elena aus und ging zur Treppe des Haupthauses, wo Abigail ihr bereits entgegenkam. „Elena", sagte sie aufgeregt. „Was machst du denn hier?", fiel sie ihr in die Arme. „Ich freu mich, dich zu sehen." „Ich bin auch froh, wieder hier zu sein", erwiderte Elena die herzliche Umarmung. „Mrs. Corman", fügte sie noch betont an und funkelte ihrem Gegenüber schelmisch zu. „Oh Gott, woher weißt du das denn?", hielt sich Abigail beschämt die Hand vors Gesicht. „Beth hat's mir verraten." „Wer auch sonst?", verdrehte Abigail lachend die Augen. „Aber dieser wunderschöne Ring an deinem Finger hätte es mir so oder so verraten." Elena deutete auf Abigails linken Ringfinger, an dem ein schmaler goldener Ring mit kleinen eingearbeiteten Diamanten glänzte. „Ich freu mich für euch." „Danke." Abigail fächerte sich Luft zu, als sie merkte, dass sie rot zu werden schien. „Aber jetzt mal zu dir. Wieso hast du denn nicht angerufen oder geschrieben, dass du kommst?", schimpfte Abigail mit Elena. „Weil es dann keine Überraschung mehr gewesen wäre", zwinkerte Elena ihr zu. „Die ist dir auf jeden Fall gelungen."

Abigail setzte Lucy in ihre Armbeuge und wippte sie auf und ab. „Gott, Lucy, was bist du groß geworden", richtete Elena ihr Augenmerk auf das kleine Mädchen, das ein weißes Mützchen trug und am Ohr ihres Stoffhasen kaute. „Ja, und schwer", ergänzte Abigail angestrengt atmend. „Sie ist wunderschön, Abigail. Sie..." Elena betrachtete das Mädchen durch zusammengekniffene Augen. „Ja, spuck es ruhig aus, Elena", drängte Abigail mit rollenden Augen. „Sie sieht aus wie Darren." Elena nickte grinsend. „Genau das wollte ich sagen. Sie sieht aus wie Darren." „Ja ja, ich weiß. Du kannst dir nicht vorstellen, wie oft ich das schon zu hören bekommen hab", winkte Abigail ab. „Bloß gut, dass dein Daddy ein gutaussehender Mann ist", flüsterte sie und gab ihrer Tochter einen dicken Kuss auf die Wange. „Hab ich da etwa meinen Namen gehört?", ertönte plötzlich Darrens Stimme. Er kam aus der Scheune und strahlte übers ganze Gesicht, als er Elena neben seiner Frau stehen sah. „Elena, das glaub ich ja jetzt nicht." „Glaub es ruhig", erwiderte sie mit einem breiten Grinsen. „Sag mir bitte nicht, dass du durch den Wald gekommen bist. Du weißt wohl nicht, was für ein Sturm hier gestern gewütet hat." Er nahm sie in die Arme und drückte sie fest an sich. „Glaub mir, ich weiß es, Darren. Ich weiß es nur zu gut. Aber durch den Wald ist nun mal der einzige Weg, wenn man zu euch will." „Ja. Es sei denn, man kann fliegen", griente er. „Ich bin jedenfalls froh, dass du heil angekommen bist." „Ja, mal abgesehen von dem riesigen Ast, der hinter mir auf den Weg geknallt ist und mich fast zu Tode erschreckt hat, geht's mir gut." Entsetzt blickte Abigail zu Elena, wobei ihre Augen weit aufgerissen waren und ihr Mund halb offen stand. Darren schlug währenddessen kopfschüttelnd die Hände vors Gesicht. „Nicht umsonst sage ich immer, dass ihr euch nach solchen Unwettern aus den Wäldern fernhalten sollt, bevor nicht alles gesichert worden ist", erinnerte er mit mahnender Stimme. „Naja, dann hat Joe auf dem Weg hierher ja gleich was zu tun." „Apropos Joe und die Arbeit", begann Elena etwas verhalten. „Wie kommt es, dass Ryans Auto nirgends zu sehen ist? Ist er schon unterwegs?" Gebannt wechselten ihre Blicke zwischen Darren und Abigail hin und her. „Elena, Ryan wohnt nicht mehr auf der Farm", offenbarte ihr Abigail schließlich. Erschrocken sah sie zu Darren.

„Er hat ein Haus gebaut. Etwa zwei Kilometer östlich von hier auf einer kleinen Anhöhe", klärte er sie auf. „Die Anhöhe, von der aus man diesen wundervollen Blick ins Tal hat?", wollte Elena wissen. Darren nickte. „Genau die." Er hat ein Haus gebaut, ging es Elena durch den Kopf. „Er hätte eigentlich schon vor fünf Minuten hier sein müssen", stellte Darren bei einem Blick auf seine Armbanduhr fest. „Wir wollten uns um zehn hier treffen. Sieht ihm gar nicht ähnlich, zu spät zu kommen." Plötzlich überkam Elena ein ungutes Gefühl. Sie wusste nicht genau, was es war. Doch irgendetwas war anders. Sie hörte Darrens Stimme, doch seine Worte drangen nicht an ihre Ohren. Versunken in ihre Gedankenwelt stand sie da. Ihr Blick ging ins Leere. Ihr Gesicht war ausdruckslos. Und dann auf einmal wusste sie, was es war. „Hört ihr das?", platzte es aus ihr heraus. Irritiert spitzte Abigail die Ohren. „Also, ich höre gar nichts", sagte sie schließlich. „Ganz genau", stimmte Elena ihr zu und stürmte schnellen Schrittes zu ihrem Auto. Es war die Stille, die gespenstisch und bedrückend in der Luft hing. Da war kein Vogelzwitschern, kein Rauschen in den Baumkronen, kein Knacken der Äste. Es war totenstill. Elena hatte von diesem Phänomen gehört. Sie wusste, was es bedeutete. Schließlich erkannte auch Darren, was Elena meinte, und rannte ihr nach, um sie zurückzuhalten. Zum jetzigen Zeitpunkt war es im Wald lebensgefährlich und er durfte nicht zulassen, dass sie sich dieser Gefahr aussetzte. Doch es war zu spät. Elena startete bereits den Motor und raste mit durchdrehenden Rädern an Darren und Abigail vorbei. „Elena", schrie er ihr nach und schlug die Hände über dem Kopf zusammen. Wie angewurzelt stand Abigail da und beobachtete das Szenario, nicht ahnend, was hier gerade passierte.

Ein unbändiges Gefühl von Angst beherrschte Elenas Körper. Es drohte, sie zu lähmen, doch das durfte sie nicht zulassen. Jenseits jeglicher Vernunft raste sie den schmalen Waldweg entlang. Sie durfte keine Zeit verlieren. Sekunden konnten über Leben oder Tod entscheiden. Lass es Ryan gut gehen, betete sie zum Himmel. Doch ihre innere Stimme schrie und ließ jegliche Hoffnung schwinden. Dann schrak sie zusammen und trat mit voller Wucht in die Eisen. Nur Zentimeter vor einer riesigen Kiefer, die entwurzelt quer über dem Weg lag, kam Elenas Wagen zum Stehen. Ihr Herz klopfte wie verrückt. Nach dem Schreck schlug sie wütend gegen das Lenkrad. Wie sollte sie jetzt zu Ryan kommen? Laufen, dachte sie. Sie musste laufen. Sie stieg aus und knallte die Wagentür zu. Mühevoll kämpfte sie sich durch die ausladenden Äste des Baumes und kletterte schließlich auf den gewaltigen Stamm. Doch das Bild, das sich ihr auf der anderen Seite bot, ließ Elena das Blut in den Adern gefrieren. Geschockt stand sie da und blickte auf Ryans demolierten Jeep. Der komplette Motorraum war wie eine Ziehharmonika zusammengefaltet. Die Äste hatten die Frontscheibe durchschlagen und sich erbarmungslos ins Innere des Wagens gebohrt. Dann erkannte sie Ryan, der reglos hinterm Steuer saß. Sein Kopf ruhte auf dem Lenkrad. Elena spürte, wie sich ihr Herz zusammenzog. Nein. „Nein", schrie sie. „Ryan!" Sie kämpfte sich weiter durch die Äste. Musste auf dem kalten Boden unter ihnen hindurchkriechen, um schließlich das Fahrzeug zu erreichen. Mit unkontrollierten Bewegungen versuchte sie, die Fahrertür zu öffnen. Sie klemmte. Doch Elena gab nicht auf. Mit aller Kraft zog und zerrte sie am Türgriff, bis sie schließlich aufsprang. Die dichten Äste der Kiefer verhinderten ein vollständiges Öffnen, sodass Elena nur ein schmaler Spalt blieb, um zu Ryan zu gelangen. Sie quetschte sich dazwischen und warf einen Blick ins Innere des Wagens. Überall lagen Glasscherben, waren Zweige und Blut. Fetzen des Airbags hingen an den Seiten des Lenkrads herunter. Elenas Atem beschleunigte sich. „Ryan?", sagte sie panisch, doch bekam keine Antwort. Ihre Augen füllten sich mit Tränen, während sie mit aller Vorsicht Ryans Kopf nahm und ihn zu sich drehte. Entsetzt blickte sie in sein bleiches Gesicht. „Ryan?", wimmerte sie. „Bitte sag doch was, Ryan. Mach die Augen auf." Seine Haut war kalt, sein Puls schwach. Er lebt, dachte Elena voller Dankbarkeit. Doch er musste dringend hier raus und in ein Krankenhaus. Besonders das getrocknete Blut an seiner Wange, das aus Ryans Ohr gekommen zu sein schien, bereitete Elena große Sorge. Sie zog ihr Handy aus der Jackentasche und hielt es gen Himmel. „Verdammt", fluchte sie, als sie merkte, dass ihr Telefon kein Netz bekam. Das Satellitentelefon, dachte sie plötzlich. Sie wusste, dass Ryan es immer dabei hatte. Meist hatte er es im Handschuhfach oder auf dem Beifahrersitz liegen. Doch wie sollte Elena da bloß rankommen? Die Äste der Kiefer mit ihren dichten Nadelbüschen waren überall. Sie versuchte weiter in den Innenraum vorzudringen. Sich über Ryan hinweg zur Beifahrerseite zu beugen, doch es gelang ihr nicht, und sie wollte Ryan auch nicht wehtun. Heiße Tränen der Verzweiflung rannen ihr die Wangen hinab. Was sollte sie bloß tun? Irgendjemand musste ihm doch helfen. „Halte durch, Ryan", flehte sie ihn an und bedeckte seinen ausgekühlten Körper mit ihrer Jacke. Dabei stellte sie fest, dass es keine Arbeitssachen waren, die er trug. Es waren das Hemd und die Hose, die er am Vortag zu Julies Beerdigung getragen hatte. Oh mein Gott, dachte Elena. Wie lange war er wohl schon hier draußen, ging es ihr durch den Kopf. „Elena", riefen zwei Stimmen ihren Namen. Elena erkannte, dass es Darren und Joe waren. „Holt Hilfe", rief sie den Männern zu. Dann erschien Joe auf dem Baumstamm und verschaffte sich einen Überblick über die Lage. „Ach du Scheiße", rief er und schlug entsetzt die Hände über dem Kopf zusammen, als er erkannte, wie prekär die Lage war. „Er ist bewusstlos, sein Puls ist schwach. Er ist zwischen Lenkrad und Sitz eingeklemmt und völlig unterkühlt", rasselte Elena alles Wichtige runter und beobachtete, wie sich Joe sofort auf den Weg machte. Sie selbst hockte sich schniefend neben Ryan und nahm seine eisige Hand in die ihre. „Gleich kommt Hilfe, Ryan", redete sie mit sanfter Stimme auf ihn ein, auch wenn er sie vermutlich nicht hören konnte. „Halte durch, Ryan. Hörst du? Du schaffst das. Alles wird gut. Du darfst mich nicht auch noch allein lassen. Du bist doch alles, was ich noch habe." Sie küsste seine Hand und spürte, wie ihre Tränen auf die Bluse tropften.

Darren verständigte umgehend die Luftrettung. Gab ihnen die genaue Position und den Zustand des Verletzten durch. Unterdessen hatte sich Joe eine Motorsäge geschnappt und entfernte sämtliche Äste rund um das Fahrzeug, um dem Rettungsteam einen besseren Zugang zu verschaffen. Elena rührte sich derweil nicht von der Stelle. Sie blieb an Ryans Seite. Ließ seine Hand nicht los. Nicht einmal, als Joe den Ast unmittelbar neben ihr zu Kleinholz verarbeitete.

Dann waren Helikoptergeräusche zu hören. Elena sah zum Himmel und zählte drei an der Zahl. Darren zündete ein Leuchtsignal und schwenkte es in der Luft. Zwei Sanitäter seilten sich zur Unfallstelle ab. Ein weiterer Hubschrauber ließ eine Trage zu Boden. Elena trat beiseite und musste hilflos mit ansehen, wie Ryan mithilfe eines Metallschneiders aus dem Autowrack befreit wurde. Die Notärzte stabilisierten ihn und legten ihn auf die Trage, wo sie ihn an ein kleines mobiles Gerät kabelten, welches Puls und Vitalfunktionen anzuzeigen schien. Plötzlich begann Ryan zu zittern. Er schlug die Augen auf, die wie wild zuckten. Elena wollte zu ihm. Doch die Sanitäter stießen sie zurück. Dann erschlaffte Ryans Körper. „Herzstillstand. Sofort hochziehen. Defibrillator bereit machen", sprach der ältere der beiden Ärzte in sein Headset. Wie Espenlaub zitterte Elena am ganzen Körper. Erstarrt stand sie da und musste mit ansehen, wie Ryan nach oben in den Helikopter gezogen wurde. Wie sich die Türen schlossen und die Hubschrauber mit dröhnenden Rotorengräuschen davonflogen.

Kapitel 39

Wie in Trance lief sie durch den Wald. Ihre Bluse war dreckverschmiert. Hände und Gesicht mit Kratzern übersät. In ihren Haaren hingen Kiefernnadeln. Doch es war ihr egal. Es kümmerte sie nicht. Wie ferngesteuert setzte sie einfach nur einen Fuß vor den anderen. Der Schock saß tief, nicht nur bei Elena. Joe hatte versucht, sie aufzuhalten, doch Darren ließ sie ziehen. Er wusste, wohin sie wollte, und er wusste auch, dass sie Zeit für sich brauchte. Keine Worte hätten den Schmerz lindern können, den sie gerade empfand. Den sie alle empfanden.

Plötzlich war da ein Weg, wo vorher keiner gewesen war. Er zweigte linkerhand vom Hauptweg ab und Elena folgte ihm. Nach einiger Zeit durchbrach sie die Baumgrenze und stand auf der Lichtung der Anhöhe. Sie stoppte und sah sich staunend um. Da, wo noch vor Monaten ihr kleines Zelt gestanden hatte, in dem sie und Ryan die Nacht verbracht hatten, erwartete Elena nun ein wunderschönes Blockhaus. Wie hatte er es nur geschafft, in so kurzer Zeit etwas so Wundervolles zu errichten? Rings um die Klippen war ein Zaun gezogen, der aus dem gleichen Holz bestand, wie das Haus selbst. Es sah unglaublich aus, wenngleich es noch eine halbe Baustelle zu sein schien.

Mit langsamen Schritten tastete sich Elena voran. Am Zaun angekommen, warf sie einen Blick über das Tal. Auf den Gipfeln der Berge, die sich in der Ferne am anderen Ende des Tals erstreckten, lag noch Schnee. Elena wurde schwer ums Herz und Tränen füllten ihre Augen. *Herzstillstand. Sofort hochziehen. Defibrillator bereit machen.* Immer und immer wieder hallten diese Worte durch ihren Kopf. Die Ungewissheit darüber, was mit Ryan war, quälte sie. Sie wusste weder, in welches Krankenhaus er gebracht worden war, noch wie es ihm ging. Sie wusste nicht, ob er lebte oder bereits auf dem kalten Seziertisch irgendeiner Pathologie lag. Bei dem Gedanken daran wurde Elena schlecht. Sie hielt sich den Bauch und ging in die Hocke. Ihre Finger krallten sich um den Zaunpfosten vor sich. Sie lehnte die Stirn dagegen und atmete tief durch. Eine ganze Weile verharrte sie in dieser Position, bis sie sich schließlich vom Boden abstützte und aufstand. Sie wandte sich dem Haus zu, das Ryan aus eigener Kraft errichtet hatte, und lief zur Eingangstür. Es war offen und Elena trat zögernd ein. Es war nur spärlich eingerichtet und wirkte unfertig. Aber es war sein Zuhause. Ryans Heim, das er sich geschaffen und Tag für Tag wohnlicher gestaltet hatte. An das große Wohnzimmer mit Kamin grenzte eine offene Küche mit Essbereich. Eine Treppe führte vom Wohnzimmer hinauf in den ersten Stock. Vermutlich befanden sich dort Schlaf- und Badezimmer. Elena ging zum Küchentisch, wo eines von Ryans Hemden über der Stuhllehne hing. Sie nahm es an sich und vergrub ihr Gesicht darin. Sein Duft haftete noch an den Fasern des Stoffes und Elena sank weinend zu Boden. Zusammengerollt und das Hemd fest an die Brust gepresst, gab sie sich ihrer Trauer schließlich vollends hin.

Darren klopfte, bevor er das Haus betrat. Er entdeckte Elena am Fuße des Küchentischs liegend und ging zu ihr. Sie schlief. Ihre Atemzüge waren ruhig und gleichmäßig. Er hockte sich neben sie und betrachtete sie mit wehmütigem Blick. Ihr Kopf ruhte auf einem von Ryans Hemden und ihre Hände umschlossen das kleine Medaillon an ihrem Hals. Spuren getrockneter Tränen zeichneten sich auf ihren Wangen ab. „Elena", sagte er und rüttelte sanft an ihrer Schulter, um sie zu wecken. Blinzelnd schlug Elena die Augen auf und erkannte Darrens Gesicht vor sich. Ihre Augen waren durchzogen von kleinen roten Äderchen. Sie musste stundenlang geweint haben, bis sie schließlich eingeschlafen war. „Darren", sagte sie mit dünner Stimme und richtete sich auf. Sie rieb sich die Augen und lehnte sich mit dem Rücken an den Küchenschrank. Darren setzte sich neben sie und legte ihr liebevoll seine Hand aufs Knie. Mit ängstlichen Augen drehte sie sich zu ihm und sah ihn fragend an. „Er lebt, Elena." „Wirklich?", konnte sie es kaum glauben. „Oh, Gott sei Dank." Weinend vor Freude vergrub sie ihr Gesicht in Darrens Jacke. „Ich hatte solche Angst." Er legte den Arm um sie und streichelte ihr tröstend über den Rücken. „Wie geht es ihm?", wollte sie wissen. Sie spürte Darrens schweren Atem und hob den Kopf. „Schädel-Hirn-Trauma, gerissene Milz, gebrochene Rippen und diverse andere Frakturen…" Er hielt inne, als er Elenas schockierten Gesichtsausdruck sah. „Er lebt, Elena", rief er ihr noch einmal ins Gedächtnis und legte seine Hand an ihre Wange. „Das ist nichts, was die Ärzte und ein bisschen Zeit nicht wieder hinbekommen könnten", versicherte er ihr. Elena nickte stumm und Darren spürte, wie ihr Kinn zitterte. „Alles wird gut", versprach er ihr. „Du wirst schon sehen." „Ja", sagte Elena und wischte sich die Tränen aus dem Gesicht. „Vermutlich hast du recht." „Hab ich meistens", zwinkerte er ihr schelmisch zu und rang Elena dadurch ein kleines Lächeln ab. „Und jetzt nimmst du am besten erst mal ein Bad, trinkst ein Glas Wein… oder Schnaps", lachte er. „Ich weiß ja nicht, was Ryan so da hat, und isst eine Kleinigkeit." Er holte einen Teller vom Küchentisch, der mit Frischhaltefolie abgedeckt war, und reichte ihn Elena. „Hier, das hat mir Abigail für dich mitgegeben. Sie muss etwas essen, hat sie zu mir gesagt." „Danke", nahm Elena den Teller lächelnd an sich. „Dann kommst du ein bisschen zur Ruhe", setzte er sich wieder zu ihr. „Und morgen Vormittag fahren wir dann gemeinsam ins Krankenhaus und besuchen Ryan. Was hälst du davon?" „Ich bin mir nicht sicher, ob er mich überhaupt sehen will", äußerte sie leise Bedenken. „Und ob er das will", war sich Darren sicher. Elena nickte. „Okay." „Dein Wagen steht draußen und ich war mal so frei, deinen Koffer mit reinzubringen." Er zeigte zur Eingangstür, wo er ihn abgestellt hatte. „Das ist lieb, Darren", bedankte sie sich bei ihm. „Hab ich gern gemacht." Er stand auf und Elena tat es ihm gleich. Sie stellte den Teller auf der Arbeitsfläche des Küchenschranks ab und strich ihre Bluse glatt. Erst jetzt bemerkte sie so richtig, wie sie eigentlich aussah. „Du kommst zurecht?", wollte Darren wissen. „Ich denke schon", war Elena zuversichtlich und verabschiedete sich mit einer innigen Umarmung von ihm. „Danke, Darren." „Wir sehen uns morgen", nickte er ihr zu und verließ das Haus.

Die wohlige Wärme des Badewassers tat Elenas Knochen gut. Das Glas Whiskey auf dem Wannenrand ihren Nerven. Nach Abigails gutem Essen, war das der perfekte Ausklang eines absoluten Horrortages. Seit ihrer Ankunft am gestrigen Morgen glich ihr Aufenthalt einem Marathon, der sie von einem Elend zum nächsten führte. So hatte sie sich ihre Rückkehr beim besten Willen nicht vorgestellt.

Doch von nun an, konnte es eigentlich nur noch bergauf gehen. Ryan lebte, das war alles, was zählte. Alles andere würde sich zeigen.

Sie stieg aus der Badewanne und schlüpfte in den Bademandel, den sie schon bereitgelegt hatte. Im Schlafzimmer durchwühlte sie ihren Koffer auf der Suche nach einem ihrer Schlafanzüge. Sie hatte noch nicht ausgepackt. Bevor sie nicht Ryans Einwilligung hatte, fand sie es unangebracht, sich in seinem Haus häuslich einzurichten.

Da war er ja. Sie streifte sich den Bademantel vom Körper und zog sich die Sachen für die Nacht über. Im Schneidersitz saß sie auf Ryans Bett und sah sich um. Ein Schrank. Ein Bett. Nicht gerade viel Mobiliar für einen so großen Raum, dachte sie. Aus diesem Raum könnte man so viel machen. In Gedanken richtete sie das Zimmer ein. Gemütlich. Heimelig. Eine Wohlfühloase. Ein kleines Liebesnest. Elena schüttelte den Kopf und musste über sich selbst lachen. Sie kletterte aus dem Bett und ging zum Fenster. Tausende Sterne leuchteten draußen am Nachthimmel. Der Mond verbarg sich hinter einer einzelnen Wolke, die nur langsam an ihm vorüberzog. Elena war in Gedanken bei Ryan, der jetzt allein in irgendeinem Krankenhausbett liegen musste. Vielleicht schlief er friedlich und erholte sich von seinem schweren Unfall. Doch vielleicht war er auch wach. Und sah in diesem Moment, genau wie sie, durchs Fenster hinaus zu den Sternen. Sie hoffte, dass es so war. Möge der Anblick der Sterne, die an diesem Abend nur für ihn leuchteten, ihm Hoffnung und Zuversicht auf schnelle Genesung geben.

Sie zog den Vorhang zu und ging zum Kleiderschrank. Sie öffnete die beiden großen Flügeltüren und warf einen Blick hinein. Lächelnd stellte sie fest, dass alles ordentlich einsortiert war und die Hemden gebügelt auf Kleiderbügeln hingen. Nichts anderes hatte sie von Ryan erwartet. Dann fiel ihr Blick auf eine riesige Kiste, die etwas versteckt unter den Hemden auf dem Boden des Schranks stand. Elena bückte sich und stellte überrascht fest, dass auf dem Karton ihr Name geschrieben stand. In diesem Haus erinnerte nichts an die einstige Beziehung der beiden. Umso mehr verwunderte es Elena, nun diese Kiste im Schrank vorzufinden. Sie zog sie heraus und ging mit ihr zurück zum Bett. Erwartungsvoll saß sie da und blickte voller Vorfreude auf sie hinab. Dann nahm sie den Deckel ab und das Erste, was sie sah, verschlug ihr fast den Atem. Erschüttert hielt sie sich die Hand vor den Mund und spürte, wie ihr Tränen in die Augen schossen. Das konnte doch nicht sein. Sie traute sich kaum, danach zu greifen. Sie schluckte schwer und holte schließlich das kleine quadratische Schmuckkästchen aus rotem Samt, das ganz obenauf lag, aus der Kiste heraus. Das Herz schlug ihr bis zum Hals. Ihr Atem ging schwer. Sie wollte es öffnen. Wollte sehen, was sich im Inneren verbarg. Nein, das durfte sie nicht. Sie durfte nicht hineinsehen. Sie umschloss es mit beiden Händen und sah hinauf zur Decke. Dann blinzelte sie die Tränen weg und legte es beiseite. Sie würde vergessen, es je gesehen zu haben, schwor sie sich. Nein, das konnte sie nicht. Aber sie konnte es sich zumindest für den Moment einreden. Schließlich widmete sie sich den übrigen Sachen in der Kiste, kam dabei aber nicht umhin, immer mal wieder zu dem kleinen roten Kästchen zu schielen, das neben ihr lag. In der Kiste befand sich eine Sammlung sämtlicher Dinge, die Elena bei ihrer Abreise hatte zurücklassen müssen. Da waren Kleidungsstücke, die Plüschdecke, die Polaroid-Kamera, die sie von Ari geschenkt bekommen hatte, Backutensilien, Fotos, der Roman von Nicholas Sparks, einmal in der englischen Originalfassung und einmal in der deutschen Übersetzung. Ryan hatte all das aufgehoben. Elena wurde warm ums Herz. Sie war ihm nicht egal. Sie durfte ihm nicht egal sein. Nicht, nachdem sie das gesehen hatte.

Elena packte die Sachen zurück in die Kiste und schloss den Deckel. Sie stellte sie neben das Bett und schaltete das Licht aus. Mit tausend Gedanken, die ihr durch den Kopf gingen, schlief sie schließlich ein.

Ryan lag im Cabinet Peaks Medical Center in Libby. Die Fahrt dorthin würde keine zwei Stunden dauern. Gegen halb neun war Darren dagewesen, um Elena beim Blockhaus abzuholen. Sie war nervös, das konnte sie nicht leugnen. Sie spürte ihren Herzschlag. Spürte, wie ihr das Herz vor Aufregung fast aus der Brust zu springen drohte. Sie wusste nicht, in welchem Zustand sie Ryan vorfinden würde. Oder ob er sie überhaupt würde sehen wollen. Darren redete ihr gut zu. Meinte, sie solle sich nicht so viele Gedanken machen. Machte sogar entspannende Musik an, die sie beruhigen sollte. Funktionierte nicht. Doch das behielt sie lieber für sich.

Je näher sie dem Krankenhaus kamen, desto hibbeliger wurde sie. Als Darren dann schließlich auf den Parkplatz fuhr und den Motor ausschaltete, gab es kein Zurück mehr. Sie stieg aus und schnappte sich die kleine Reisetasche, in der sich Sachen für Ryans Krankenhausaufenthalt befanden. Kleidungsstücke und Hygieneartikel, die sie am Morgen noch schnell für ihn zusammengesucht hatte.

Während Darren am Empfang in Erfahrung brachte, wo man Ryan untergebracht hatte, wartete Elena etwas abseits und sah sich um. Schwestern mit Klemmbrettern und Ärzte in weißen Kitteln und Stethoskopen um den Hals liefen geschäftig an ihr vorüber. Ein alter Mann holte sich ein Getränk aus dem Kaffeeautomaten, der in der großen Empfangshalle stand. Eine Mutter schob ihren kleinen Sohn, der mit eingegipstem Fuß im Rollstuhl saß, durch die Gänge. Überall hingen Schilder, die Patienten und Besuchern zur Orientierung dienen sollten. Notaufnahme, Chirurgie, Entbindungsstation, Kardiologie. Wo würden wir wohl hinmüssen, ging es Elena durch den Kopf. „Intensivstation. Da lang", erklang just in diesem Moment Darrens Stimme, als hätte er ihre Gedanken lesen können.

Die Intensivstation befand sich gleich im Erdgeschoss des Krankenhauses. Elenas Hände waren kalt und zitterten, als sie und Darren durch die große Glastür traten, die automatisch öffnete, sobald man an sie herantrat. Darren erkundigte sich beim Stationspersonal, in welchem Zimmer sie Ryan finden würden. Eine junge Krankenschwester zeigte ihnen daraufhin den Weg und bat darum, dass sich möglichst immer nur ein Besucher im Zimmer des Patienten aufhalten möge, um mögliche Stressreaktionen zu vermeiden. Elena ließ Darren den Vortritt und gab ihm auch gleich die Tasche mit Ryans Sachen mit.

Während Darren bei Ryan war, wartete Elena auf einer kleinen Stuhlreihe im Korridor. An der Wand gegenüber hing eine riesige Uhr, deren Ticken Elena fast wahnsinnig werden ließ. Am liebsten wäre sie aufgesprungen und hätte sie zu Boden geschleudert, damit endlich das nervige Geräusch des sich stetig vorwärtsbewegenden Sekundenzeigers aufhören würde. Sie rieb sich die Schläfen und versuchte, sich zu beruhigen. „Was ist los mit dir?", sagte sie leise zu sich selbst. „Es ist doch nur Ryan." Wieso hatte sie bloß so eine Panik davor, ihm gegenüberzutreten? Das Schlimmste, was passieren konnte, war, dass er sie erneut von sich stieß und wegschickte. Vielleicht war es ja genau das, was Elena so Angst machte. Würde er es tun, wäre es endgültig.

Unruhig rutschte Elena auf ihrem Stuhl umher, schlug ein Bein übers andere. Sah auf die verhasste Uhr. Zwanzig Minuten war Darren nun schon bei Ryan. Vermutlich hatten sie viel zu bereden. Oder er hatte ihn umgebracht, weil Ryan es gewagt hatte, bei diesem Sturm draußen herumzufahren, und musste jetzt die Spuren beseitigen. Vielleicht musste er Ryan aber auch einfach nur erst einmal darauf vorbereiten, dass Elena die Nächste war, die auf der Besucherliste stand. Wie auch immer. Elena kam die Zeit, in der sie unter flackernden Neonröhren in diesem kühlen Gang ausharren musste, jedenfalls vor wie eine Ewigkeit. Und dann sprang plötzlich die Tür auf und Elena wünschte, Darren hätte sich doch noch etwas mehr Zeit genommen. „Du kannst reingehen", sagte er mit leiser Stimme, als er aus dem Zimmer trat. „Lasst euch ruhig Zeit. Ich warte draußen." „Darren, ich glaub nicht, dass…" „Elena, alles ist gut", unterbrach er sie. „Du schaffst das", sprach er ihr Mut zu, als er den ängstlichen Ausdruck in ihren Augen sah. Er drückte ihre Hand und deutete mit dem Kopf zur Tür, die noch einen Spalt geöffnet stand. „Elena", hörte sie dann Ryans dünnes Stimmchen aus dem Zimmer dringen. Darren ging seiner Wege und für Elena war die Zeit gekommen, sich ihren Ängsten zu stellen. Das Herz sprang ihr fast aus der Brust. Sie nahm einen tiefen Atemzug und betrat schließlich Ryans Krankenzimmer.

Der Raum wirkte kalt und steril. Die Wände waren allesamt weiß gestrichen. Es gab keine Bilder oder sonstige Farbtupfer, die ein bisschen Fröhlichkeit in diesen tristen Raum hätten bringen können. Ryan lag in seinem Krankenbett, umringt von Monitoren und anderen Gerätschaften, an die er gekabelt war. Farblose Flüssigkeit aus einem Infusionsbeutel tropfte stetig in einen dünnen Schlauch, der in Ryans Armbeuge mündete. Er sah furchtbar aus. Er war noch immer blass, jedoch nicht mehr so aschfahl wie am Vortag, als Elena ihn im Wald gefunden hatte. Ob er wohl starke Schmerzen hatte? Bei allem, was Darren an Verletzungen aufgezählt hatte, würde es sie nicht wundern. Sicher bekam er Schmerzmittel, die es ihm erträglich machten.

Sie wollte es nicht, doch bei Ryans Anblick füllten sich Elenas Augen mit Tränen. Etwas scheu stand sie am Bettende und wusste nicht so recht, wohin mit ihrem Blick. „Es tut mir so leid, Elena", ergriff Ryan schließlich das Wort. Sein Gesicht war schmerzverzerrt und genau wie Elenas Augen, blieben auch seine nicht trocken, als er sie so traurig da stehen sah. „Was tut dir leid?", hob Elena verwundert den Blick. „Mein Verhalten neulich dir gegenüber. Ich dachte, ich würde dich nie wiedersehen. Als du dann plötzlich vor mir standest... Damit bin ich einfach nicht klargekommen", entschuldigte er sich. „Ich war so ein Idiot." „Naja, das bin ich ja mittlerweile schon gewöhnt", erwiderte sie und der Hauch eines Lächelns umspielte ihre Lippen. Ryan lachte kurz, doch ein Schmerz, der seinen kompletten Körper durchzog, strafte es ihm umgehend. Mit verzerrtem Gesicht streckte er die Hand nach Elena aus. Sie nahm sich einen Stuhl und setzte sich zu ihm. „Wie fühlst du dich?", wollte sie wissen und legte ihre Hand in seine. „Als hätte mich ein Lastwagen überrollt", keuchte er. „Eigentlich war es nur eine Kiefer." Elena spürte, wie Ryan ihre Finger streichelte, und ein wohliges Kribbeln durchfuhr ihren Körper. Gott, wie hatte sie das vermisst. „Ich hatte wirklich verdammtes Glück", sagte Ryan ernst. „Für einen kurzen Moment hat mein Herz aufgehört zu schlagen." Elena nickte und kämpfte erneut mit den Tränen. „Ich weiß", schluchzte sie. „Ich war dabei." Ryan versuchte, ihr eine Träne aus dem Gesicht zu wischen, doch seine Kräfte ließen es nicht zu. „Ich hatte so Angst um dich", küsste sie Ryans Hand und legte sie an ihre Wange. „Ich lebe, Elena. Dank dir." Irritiert sah sie ihn durch einen Schleier aus Tränen an. „Du hast mir das Leben gerettet." „Nein", schüttelte Elena den Kopf. „Das waren die Ärzte." „Wenn du mich nicht rechtzeitig gefunden hättest, Elena, hätte es nichts gegeben, was die Ärzte noch hätten tun können", machte er ihr klar. Sie schniefte und schluckte schwer. „Scheint, als hätte ich von nun an zwei Geburtstage", scherzte Ryan, um die angespannte Situation etwas aufzulockern. „Zum Glück liegen beide im April. Da können wir sie zusammenlegen und müssen nur einmal feiern", lachte Elena, obwohl ihr ganz und gar nicht danach zumute war. „Was wolltest du überhaupt da draußen? Noch dazu bei diesem Unwetter", wurde sie wieder ernst. „Ich wollte zu dir." Bestürzt sah sie ihn an. „Ich wollte zur Farm, um nachzusehen, ob du noch da bist. Ich wusste, dass ich dir gesagt hatte, dass du wieder gehen sollst. Aber das durfte ich doch nicht zulassen. Es hätte mich umgebracht, dich noch ein weiteres Mal zu verlieren. Die Ungewissheit hat mich wahnsinnig gemacht. Also hab ich mich ins Auto gesetzt und bin losgefahren, schließlich war es nicht weit. Der Baum kippte so schnell, ich hatte keinerlei Zeit zum Reagieren. Ich raste ungebremst hinein. Ich erinnere mich nur noch an den Aufprall, dann war alles schwarz, bis ich im Krankenhaus wieder aufgewacht bin." „Gott, Ryan", hielt sich Elena entsetzt eine Hand vor den Mund. „Ich war an diesem Abend gar nicht auf der Farm", gestand sie ihm. „Ich hab die Nacht in Polson verbracht. Ich war so unglaublich müde vom Flug und dem ganzen Autogefahre, dass mir Adam angeboten hatte, in Julies Haus zu übernachten." Ryan nickte schwach. „Das hat er richtig gemacht." Er sah in Elenas grüne Augen und drückte ihre Hand. „Du bist dageblieben. Bist hier. Hier bei mir. Es gibt nichts Schöneres für mich." „Ich hab dich unendlich vermisst, Ryan Flanagan. Und bitte glaub mir, dass es mir damals keineswegs leicht gefallen ist, einfach zu gehen." „Das weiß ich doch Elena. Doch ich kam wieder und du warst plötzlich weg. Es fühlte sich an, als hätte man mir das Herz rausgerissen", erklärte er mit schmerzlicher Stimme. „Ich weiß, was du meinst. Mir ging es genauso, als ich fort musste, ohne mich von dir verabschieden zu können", verstand sie ihn nur zu gut. „Ich hab dich so oft versucht anzurufen, hab dich aber nie erreicht." „Mein Handy war das Erste, das meiner Wut zum Opfer gefallen ist", senkte er beschämt den Blick. „Ich war nicht mehr derselbe, nachdem du weg warst, musst du wissen", offenbarte er ihr. Verständnisvoll nickte sie ihm zu. „Du hast ein Haus gebaut", schielte sie dann verschmitzt zu ihm. „Du hast es gesehen?" „Nicht nur das. Ich hab letzte Nacht sogar in deinem Bett geschlafen." „Da wäre ich gern dabei gewesen", grinste er spitzbübisch. „Kann ich mir gut vorstellen." Elena spürte, wie sie rot wurde. „Doch ich denke, dass du wohl vorerst noch eine Weile mit diesem Bett hier vorlieb nehmen musst." „Wenn ich jeden Tag so hübschen Besuch bekomme, nehme ich das gern in Kauf." Er warf Elena, deren Gesichtsmuskeln sich anspannten, einen intensiven Blick zu. „Ryan", begann sie vorsichtig. „Was?", wollte er wissen. Und seine Augen nahmen einen ängstlichen Schimmer an. Würde sie ihm etwa gleich sagen, dass sie zurück musste? Das würde er nicht ertragen. „Du bist mir noch eine Antwort schuldig", sagte sie dann und Ryan atmete innerlich auf. „Ich weiß immer noch nicht, wo du die zwei Tage warst." Zögernd griff sie in ihre Handtasche und holte das samtene Schmuckkästchen heraus. „Hat es vielleicht etwas damit zu tun?" Erwartungsvoll sah sie ihn an. Damit hatte Ryan nicht gerechnet. Schon vor Monaten hatte er die Schmuckschatulle, gemeinsam mit sämtlichen anderen Sachen, die ihn an Elena erinnern könnten, in seine große Elena-Box verbannt. Jetzt lag sie hier. Hier vor seiner Nase. „Warst du wieder neugierig?", schmunzelte er vor sich hin und warf ihr einen vielsagenden Seitenblick zu. „Nein... Ich hab die Kiste rein zufällig entdeckt", druckste sie herum. „Und es stand mein Name drauf", verteidigte sich Elena. Ryan lachte vorsichtig. Er hatte Angst, der Schmerz könnte ihn andernfalls wieder überrollen. „Ja, es hat tatsächlich etwas damit zu tun", bestätigte er Elenas Vermutung. „Aber nicht ausschließlich." Wissbegierige Augen sahen ihn an. „Ich habe Darren das Stück Land rund um die Anhöhe abgekauft. Baupläne gemacht. Da hing eine Menge Papierkram dran. Formulare, die es auszufüllen galt. Und dafür musste ich nach Helena. Und unterwegs habe ich dann gleich noch einen Ring besorgt." Er hielt inne und ging in sich. „Ja, ich wollte dich heiraten." Elenas Gesichtszüge wurden traurig. „Wolltest?", flüsterte sie enttäuscht. „Soll das heißen, dass du es jetzt nicht mehr willst?" Bestürzt hob Ryan den Kopf und sah sie an. „Nein... Was...", war er völlig perplex. „Würdest du denn... Ich meine, willst du mich denn heiraten?", stotterte er aufgeregt und sah Elena mit großen Augen an. „Ryan, ich hätte keine Sekunde gezögert, wenn du mich gefragt hättest. Ich hätte sofort *Ja* gesagt." Ihre Stimme zitterte. „Ja", sagte sie dann. „Ich würde liebend gern deine Frau werden", versicherte sie ihm und wischte sich eine Träne aus dem Gesicht. „Ich liebe dich, Ryan. Ich liebe dieses Land. Ich liebe die Menschen, die hier leben. Bitte lass nicht zu, dass ich zurück nach Deutschland muss", flehte sie ihn an. Ryan wusste nicht, was er sagen sollte. Tiefste Glückseligkeit durchströmte seinen Körper und er fühlte sich, als könne er fliegen. „Du würdest mich zum glücklichsten Mann auf diesem Planeten machen, wenn du meine Frau werden würdest, Elena. Allein Gott weiß, wie sehr ich dich liebe." Elena lehnte sich zu ihm und küsste ihn. Sie war so überglücklich.

Ryan öffnete das Schmuckkästchen und wollte Elena gerade den Ring anstecken, als diese ihre Hand plötzlich zurückzog. „Warte noch kurz", sagte sie. „Ich werde dich heiraten. Aber nur unter einer Bedingung." „Was immer du willst, Elena." Elenas Gesicht wurde ernst. „Ich möchte, dass wir deine Familie zur Hochzeit einladen." Sie konnte beobachten, wie sich Ryans Augen zu schmalen Schlitzen zusammenzogen. „Reich ihnen die Hand. Lass die Vergangenheit Vergangenheit sein. Dein Bruder liebt dich. Und er vermisst dich. Und dein Vater mit Sicherheit auch." Sanft fuhr sie mit ihrer Hand über Ryans Wange. „Tu es für deine Grandma. Sie hätte sich eine Versöhnung so sehr gewünscht." Ryan blickte ihr tief in die Augen. Augen, die so viel Liebe und Herzenswärme ausstrahlten, dass sein Herz weich wurde. „Einverstanden", willigte er ein und zauberte Elena ein freudiges Lächeln ins Gesicht, das ihre Augen strahlen ließ. „Heißt das, wir werden heiraten?", fragte sie aufgeregt. „Ja, das heißt es", himmelte er sie verliebt an. Er steckte ihr den geschwungenen Silberring mit dem kleinen Diamanten an den Finger und küsste sie, aller Schmerzen zum Trotz, voller Leidenschaft und Hingabe.

Kapitel 40

Juni

Die Sonne schien. Der Himmel war wolkenlos. Ryan lehnte an der Abzäunung der Koppel und beobachtete, wie die Pferde im Schatten einer Schwarzpappel grasten. Sie wirkten zufrieden. Selbst Satchmo, obwohl sie schon lange nicht mehr gemeinsam ausgeritten waren. Doch sobald er wieder richtig hergestellt sein würde, würden sie das nachholen.

„Hey, ich hab dein Auto auf dem Hof stehen sehen", kam Darren aus Richtung Scheune und gesellte sich zu Ryan. „Ich bin immer noch dabei, mit dem Ding warm zu werden", verzog dieser das Gesicht. „Es ist praktisch das gleiche Auto, das du vorher auch hattest. Nur ein neueres Modell", lachte Darren. „Es ist trotzdem nicht das gleiche." „Du wirst dich dran gewöhnen." Ryan nickte stumm und sah hinaus auf die weite Grasebene. „Ist Elena noch unterwegs?", wollte Darren wissen. „Ja, sie hat vorhin angerufen, als sie eine kurze Rast in Kalispell gemacht haben. Ich denke, in gut einer Stunde müssten sie hier sein." „Gut", war Darren zufrieden. „Die Hütte ist fertig. Elenas Gast kann also kommen." „Freu dich bloß nicht zu früh", grinste Ryan seinen Freund von der Seite an. „Elena meinte, sie wäre eine typische Stadtperle. Könnte also interessant werden." „Wie schlimm kann sie schon sein?", sah Darren der Sache ganz gelassen entgegen. Ryan zuckte mit den Achseln und griente verschmitzt vor sich hin. „Wie läuft's bei den Mädels?", wollte er dann wissen. „Oh, frag bloß nicht", winkte Darren kopfschüttelnd ab. „Die Küche sieht aus wie Hiroshima nach der Atombombe. Und Lucy sitzt schreiend in ihrem Kinderstühlchen mittendrin. Abigail ist kurz vor einem Nervenzusammenbruch, während meine Mutter versucht, den Überblick zu behalten." „Läuft also." Amüsiert streichelte Ryan Pearls lange Mähne. Von Neugier gepackt, war die Stute zur Abzäunung gekommen. Als sie jedoch feststellen musste, dass es abgesehen von Streicheleinheiten nichts abzustauben gab, zog sie wieder von dannen.

„Und, schon aufgeregt?", ruhte Darrens interessierter Blick auf Ryan. „Das ganze Drumherum macht mich leicht nervös, ja", musste Ryan gestehen. „Aber, dass Elena endlich meine Frau wird, kann ich kaum erwarten." Seine Augen strahlten mit der Sonne um die Wette und Darren freute sich unendlich für seinen besten Freund, seinen Bruder im Herzen, dass er endlich sein Glück gefunden hatte.

„Wie weit entfernt von einem Flughafen kann man eigentlich wohnen?", war Clara genervt, als sie nach über drei Stunden Fahrt immer noch im Auto saßen. „Das hier ist nicht Hamburg", erinnerte Elena sie. „Ja, leider." Wo Clara auch hinsah, zeigte sich ihr immer das gleiche Bild. Die Straße und ein Baum am anderen. „Hättest du dein Jahr nicht in Malibu oder auf den Florida Keys verbringen und dich dort verlieben können? Dann müssten wir jetzt nicht hier in dieser Einöde sein." „Also, ich mag die Abgeschiedenheit und die direkte Nähe zur Natur." Voller Argwohn sah Clara ihre Freundin mit hochgezogenen Augenbrauen an. Schüttelte den Kopf und sah wieder aus dem Fenster. „Wie soll ich denn hier morgen Früh bitte zum Friseur kommen?" „Was?", kniff Elena die Augen zusammen. „Friseur. Du weißt schon. Jemand, der dir die Haare schön macht", klärte Clara sie auf und fuhr sich mit den Fingern durch die lange blonde Mähne. „Schlag dir das mal schnell wieder aus dem Kopf", musste Elena lachen. „Der nächste Friseur ist über eine Stunde Autofahrt von der Farm entfernt." „Du scherzt", klappte Clara die Kinnlade runter. „Nein", musste Elena sie enttäuschen. „Und wo bitte wirst du dann morgen frisiert?", fragte sie leicht panisch. „Beth kümmert sich um meine Haare", sagte Elena, als wäre es das Normalste der Welt. „Beth? Beth, die Cafébesitzerin?" „Ja", bestätigte Elena. Clara war außer sich. „Ich glaub das alles nicht", fasste sie sich an die Stirn. „So was passiert, wenn man versucht, eine Hochzeit in nur zwei Monaten zu planen und auf die Beine zu stellen." Sie brauchte einen Moment, um ihre Nerven wieder in den Griff zu bekommen. „Die Hochzeit wird wundervoll werden", war sich Elena sicher. „Wie denn, wenn du noch nicht einmal einen Friseur hast, der dir eine vernünftige Brautfrisur zaubert?", flatterte Claras Stimme. „Beth macht das schon", vertraute Elena ganz auf die Fähigkeiten ihrer Freundin. „Deine Gelassenheit möcht ich haben", konnte

Clara es kaum glauben. „Aber alle anderen Punkte sind doch hoffentlich professional abgearbeitet worden, oder?" „Was genau meinst du?", legte Elena die Stirn in Falten. „Party-Location, Musik, Deko, Hochzeitstorte, das Essen", wurde Clara leicht hysterisch. „Keine Ahnung", zuckte Elena mit den Achseln. „Gefeiert wird auf der Farm und um den Rest wollten sich die anderen kümmern." „Die anderen?" Mit weit aufgerissenen Augen sah Clara Elena an. „Ja." Clara atmete tief durch und rang um Fassung. „Aber Kleid, Anzug und Ringe habt ihr?" „Ja", bestätigte Elena mit einem breiten Grinsen im Gesicht. „Na wunderbar", ließ Clara den Kopf gegen die Kopflehne des Sitzes fallen und blies einen großen Schwall Luft aus. „Hoffentlich hat es kein Dörfler selbst genäht", murmelte sie angewidert vor sich hin.

Es waren keine zwei Kilometer mehr bis zur Farm, als Elena merkte, wie Clara unruhig auf ihrem Sitz herumrutschte und sichtlich nervös aus dem Fenster hinaus in den Wald schaute. „Ist alles okay, Clara?", wollte sie wissen. „Wir haben uns verfahren, stimmt's?" „Was? Nein, haben wir nicht. Wie kommst du darauf?" „Wir fahren jetzt schon eine gefühlte Ewigkeit diesen holprigen Trampelpfad entlang. Wo bitte soll sich hier eine Farm befinden?" „Naja, es ist keine Vieh-Farm, musst du wissen", klärte Elena ihre Freundin auf. „Hier dreht sich alles um Forstwirtschaft. Und unter dem Gesichtspunkt macht die Lage der Ranch durchaus Sinn." „Findest du, ja?" Clara hoffte einfach nur, dass die Fahrt durch diese grüne Hölle baldmöglichst ein Ende finden würde. „Sie ist traumhaft. Du wirst schon sehen", sagte Elena euphorisch. „Wir sind auch gleich da."

Und Elena sollte recht behalten. Keine fünf Minuten später fuhren sie aus dem Wald heraus und Clara erkannte Gebäude vor sich. „Da wären wir", lächelte Elena fröhlich und fuhr auf den Hof. Sie hielt vorm Haupthaus, wo Darren bereits die Stufen hinabgeeilt kam. „Darren wird dich ein bisschen rumführen und dir deine Hütte zeigen." „Bleibst du denn nicht hier?", fragte Clara erschrocken. „Nein, es gibt noch eine Menge zu tun bis morgen. Aber du bist hier in den besten Händen." „Okay, aber ich dachte…" „Wir gehen heute Abend alle in den Pub. Da sehen wir uns." Kaum hatte Elena das ausgesprochen, hielt Darren seinem Gast auch schon die Wagentür auf. Zögernd stieg Clara aus Elenas Truck aus und erkannte, dass der Mann, den Elena Darren nannte, schon ihre beiden Koffer von der Ladefläche geholt hatte. „Danke, Darren! Bis später", rief Elena ihm zu und fuhr davon, sobald die Autotür zugefallen war. Darren hob grüßend die Hand und widmete sich dann dem Neuankömmling. „Darren Corman", stellte er sich freundlich vor und reichte der jungen Frau die Hand. „Herzlich willkommen in Montana." „Clara, hi", schlug sie angestrengt lächelnd ein und ließ fernab jeglicher Begeisterung ihre Blicke über den Hof schweifen.

Mit nassen Haaren und einem Handtuch um den Hüften betrachtete Ryan traurig das Foto seiner Mutter, das Elena ihm damals aus Grandma Julies Haus mitgebracht hatte und das jetzt auf dem Kaminsims des Blockhauses stand. Gerade jetzt, so kurz vor der Hochzeit, schmerzte ihn der Verlust umso mehr.

„Bin wieder da", rief Elena und ließ die Tür hinter sich ins Schloss fallen. „Hey, wie war's?", wollte er wissen, als sie zu ihm ins Wohnzimmer kam. „Ach, reden wir nicht darüber", sagte sie etwas betrübt. Presste sich an seinen Rücken und schlang die Arme um seinen nackten Oberkörper. „Ziemlich anstrengend. Ich glaube, sie findet Montana nicht so toll wie ich." „Das tut mir leid", legte er tröstend seine Hand auf ihre. „Was machst du?", küsste sie seinen Rücken. „Ich sehe mir Moms Foto an. Ich wünschte, sie könnte morgen dabei sein." „Das wird sie, Ryan", war Elena überzeugt und kam um ihn herumgelaufen. „Sie wird da sein. Deine Mom und meine Eltern werden gemeinsam auf einer Wolke sitzen und uns von da oben zusehen." Sie blickte ihm tief in seine braunen Augen und faltete die Hände hinter seinem Nacken ineinander. „Schöne Vorstellung", sagte Ryan und legte seine Stirn gegen Elenas. „Du musst einfach nur fest daran glauben, dass es so ist." Ryan nickte und küsste ihre Stirn. „Ich liebe dich, Elena." Er küsste ihre Nase und schließlich ihren Mund. „Ich liebe dich auch", erwiderte Elena, als Ryan für einen kurzen Moment ihre Lippen frei gab. Sie spürte, wie sich seine Hände unter ihr Kleid verirrten und ihren festen Po massierten. „Was tust du da?", wollte sie wissen. „Ich will dich, Elena", hauchte er ihr ins Ohr. „Jetzt. Hier. Auf der Stelle." „Vorehelicher Sex, Mr. Flanagan? Was würde der Pfarrer dazu sagen?", gab sich Elena gespielt empört. „Ich denke, der würde das verstehen. Ich meine, sieh dich an." Voll angestauter Lust küsste er ihren Hals. Streifte ihr langsam die dünnen Trägerchen ihres Kleides über die Schultern. Elenas Atmung beschleunigte sich. „Ich will dir nicht wehtun", keuchte sie. „Du weißt, was der Arzt gesagt hat." „Dann wirst du wohl die Führung übernehmen müssen", flüsterte Ryan ihr zu und ließ sein Handtuch zu Boden fallen. Sein harter Penis drückte gegen ihren Schambereich und Elena spürte, wie ihr Blut in Wallung geriet. Sie entledigte sich ihrer Sachen und ging mit Ryan zum Sofa, wo sie sich vorsichtig auf seinen Schoß setzte. Langsam senkte sie ihr Becken und spürte, wie sein Penis sie Stück für Stück ausfüllte. Ryan stöhnte auf und kam augenblicklich. Sein Körper zitterte. Sein Herz raste. „Tut mir leid, Elena" hechelte er, wütend auf sich selbst, und ließ den Kopf zurück auf die Sofalehne fallen. „Nein. Das ist okay", versicherte sie ihm mit sanfter Stimme und umschloss sein Gesicht mit beiden Händen. „Ich liebe dich, Ryan", sagte Elena und küsste seine warmen Lippen.

„Da seid ihr ja endlich", sagte Clara ungeduldig, als Elena zusammen mit Ryan und noch zwei weiteren Personen Brady's Bar betrat. „Wir warten schon ewig." Fünf Minuten deuteten ihr Abigails Lippenbewegungen hinter vorgehaltener Hand an und Elena verstand sofort. Scheint, als wären sie und Darren bereits in den Genuss von Claras Launen und Macken gekommen. „Wir haben noch schnell Elenas Sachen bei Beth vorbeigebracht", entschuldigte sich Ryan für die kleine Verspätung. „Du bist also Ryan", musterte Clara den Mann an Elenas Seite. „Der Mann, der mir meine Freundin wegnimmt." Elena warf Clara einen mahnenden Blick zu und wollte etwas sagen. „Schuldig im Sinne der Anklage", kam Ryan ihr jedoch zuvor. „Ryan, hi", reichte er ihr lächelnd die Hand. „Clara", schlug sie ein und strich sich die langen Haare hinters Ohr. „Clara, das sind Beth und Ron", stellte Elena ihr die Besitzerin des hiesigen Cafés und deren bessere Hälfte vor, die grüßend in die Runde lächelten. „Nun setzt euch schon endlich hin", wurde Darren langsam unruhig und steckte sich einen gesalzenen Kartoffelchip in den Mund. Die vier Freunde gehorchten aufs Wort und setzten sich an die drei Tische, die sie extra in der Mitte des Pubs zusammengeschoben hatten, damit alle beisammensitzen konnten. „Muss Michelle heute etwa arbeiten?" wollte Elena wissen, als sie Joes Freundin hinterm Tresen stehen sah. „Hat in zehn Minuten Feierabend", beruhigte Abigail sie. „Und Joe?" Elena war aufgefallen, dass er nirgendwo zu sehen war. Abigail zuckte mit den Achseln. „Das weiß ich allerdings auch nicht." „Wie viele Leute kommen denn noch?", war Clara neugierig. „Wenn Michelle und Joe da sind, sind wir vollzählig", klärte Ryan sie auf. „Gefällt es dir auf der Farm?", wollte er dann wissen und sah, wie sich alle Augen auf Elenas deutsche Freundin richteten. „Ja… Es ist sehr… idyllisch", erfolgte die Antwort etwas holprig. „Schön", freute sich Ryan und sah, wie Clara sich ihr Glas Orangensaft an die Lippen führte, um das Lächeln nicht erwidern zu müssen. Ihm konnte sie nichts vormachen und allen anderen am Tisch sicher ebenso wenig. Sie fand es schrecklich hier. Und obgleich sie versuchte, es zu überspielen, war es mehr wie offensichtlich.

„Du trinkst Saft?", warf Elena einen irritierten Blick auf Claras Glas. „Cosmopolitan hatten sie leider nicht", grinste sie Elena gekünstelt zu. Während Darren sich innerlich amüsierte, warfen sich Beth und Abigail nur entrüstete Blicke zu.

„Ich war mal so frei und hab uns allen einen Maple Rock mitgebracht", kam Michelle mit einem großen Tablett an den Tisch, als sie endlich Feierabend hatte. „Ja", rieb sich Darren freudig die Hände. „Das wurde aber auch Zeit." „Was ist das?", schaute Clara mit gerümpfter Nase auf die braune Flüssigkeit. „Eine Spezialität", erklärte ihr Ron. „Whiskey mit Ahornsirup." Mit großen Augen sah sie zu Elena, die ihr ermutigend zunickte. „Voll lecker. Musst du unbedingt probieren." „Auf Ryan und Elena", hob Darren schließlich sein Glas und alle stießen miteinander an. Clara probierte einen Schluck und verzog angewidert das Gesicht. „Ekelhaft", sagte sie und trank daraufhin das halbe Glas Orangensaft leer, um den Geschmack aus ihrem Mund zu bekommen. „Schmeckt dir nicht?", fragte Abigail und wartete Claras Antwort erst gar nicht ab. Sie schnappte sich das Glas ihrer Tischnachbarin und kippte es weg wie nichts. „Was bin ich froh, dass ich nicht mehr stillen muss", stöhnte sie zufrieden auf und der ganze Tisch musste lachen. „Vorsicht,

Mami", grinste Darren seiner Frau spitzbübisch zu. „Sonst kommst du morgen früh nicht aus dem Bett." „Natalie wird schon dafür sorgen, dass wir aufstehen. Notfalls mit einem Eimer kaltem Wasser." „Das würde ich ihr durchaus zutrauen", war Ryan überzeugt.

„Wo hast du Joe gelassen?", wollte Beth von Michelle wissen. Kopfschüttelnd zog Michelle die Augenbrauen hoch und nippte an ihrem Maple Rock. „Joe musste nochmal nach Kalispell, sich ein Hemd für morgen kaufen." „Fällt ihm ja früh ein, deinem Trauzeugen", schielte Beth grienend zu Ryan, der nur mit den Augen rollte. „Oh nein nein, er hatte ja schon eins. So ist es nicht", stellte Michelle richtig. „Allerdings hat er das Outfit heute Nachmittag schon mal zur Probe angezogen und sich gedacht, dass man zwischendurch ja mal genüsslich ins Sandwich beißen kann. Das Ende vom Lied war ein riesiger Ketchupfleck auf seinem nagelneuen weißen Hemd." „Das sieht ihm ähnlich", musste Darren lachen. „Ich denke aber, er müsste in einer guten halben Stunde da sein", schätze Michelle beim Blick auf die Uhr. „Also dein Freund…", zeigte Clara auf Michelle. „…ist Ryans Trauzeuge." „Ja", nickte Michelle. „Joe und Darren." „Wie, du hast zwei Trauzeugen", sah sie fragend zu Ryan. „Ja", bestätigte dieser. „Hat Elena doch auch." „Was?", fiel Clara aus allen Wolken. „Du hast noch eine Trauzeugin?", warf sie Elena ungläubige Blicke zu. „Ja, Beth und du, ihr seid meine Trauzeuginnen." „Ah, Beth. Okay", verschränkte sie die Arme vor der Brust. „Ich dachte, dass hätte ich dir erzählt?", hätte Elena schwören können. „Muss wohl untergegangen sein", sagte Clara und warf einen eifersüchtigen Blick zu der blonden Frau auf der anderen Seite des Tisches.

Gelangweilt rollte Clara einen Zahnstocher in den Fingern hin und her, bis ihr Blick plötzlich auf einen jungen Mann fiel, der gerade zur Tür hereingekommen war und ihr Augenmerk auf sich zog. „Ein Cowboy", himmelte sie ihm mit strahlenden Augen entgegen und alle drehten sich nach ihm um. „Das schlag dir mal schnell aus dem Kopf", nahm ihr Michelle augenblicklich den Wind aus den Segeln. „Das ist mein Cowboy." Sie stand auf und gab Joe einen Kuss. „Entschuldigt mich", verließ Clara angefressen den Tisch und stürmte an Michelles Freund vorbei Richtung Tresen. „Wer war das?", folgten Joes fragende Augen der jungen Frau mit den langen blonden Haaren. „Elenas Freundin aus Deutschland", antwortete Ryan und merkte dabei, wie Elena beschämt den Blick senkte. „Kaum zu glauben, dass ihr beste Freundinnen seid", sprach Abigail ganz offen, als Clara nicht in Hörweite war. „Gegensätze ziehen sich an. Das ist nicht nur zwischen Männern und Frauen so", prostete Beth Elena sanft lächelnd zu.

„Whiskey, einen doppelten. Aber ohne diesem süßen Zeug drin", bestellte Clara in harschem Tonfall beim Barmann. Während sie wartete, zog sie ihr Handy aus der Jackentasche und tippte wie wild darauf rum. „Gib mir 'n Bier, Thomas", setzte sich ein Mann an den Tresen. Clara sah flüchtig auf und blieb augenblicklich wie gebannt mit ihren Augen an dem rauen Burschen kleben. Ihr Herz schlug schneller und ihre Augen strahlten. Ein Cowboy, dachte sie aufgeregt. Er war groß, hatte breite Schultern und einen Bart. Sein längliches Haar war dunkelbraun und lugte unter dem Hut hervor, wie ihn nur echte Cowboys trugen. „Hi", sagte sie und lehnte sich lässig gegen den Tresen. Er setzte seine Bierflasche ab und schielte zu der Frau, die ihm schöne Augen machte. Er musterte sie von oben bis unten. Lange blonde Haare, weißes Blusentop, rote Lederjacke, enger Lederrock und Stilettos, für die man einen Waffenschein brauchte. Ganz eindeutig nicht von hier, aber ganz nach seinem Geschmack. „Hi", erwiderte er und drehte sich interessiert zu ihr um. „Ich bin Clara", hauchte sie ihm zu und spielte sich dabei an den Haaren. „Jackson", stellte er sich vor. „Jackson, wie schön. Das klingt so männlich", biss sie sich auf die Lippe. „Darf ich dich Jack nennen?" „Wie immer du willst, schöne Frau", zwinkerte er ihr zu. „Wie darf ich dich nennen, Whiskey-Lady?", sagte er, als Thomas der Fremden das Whiskeyglas vor die Nase stellte. „Nenn mich einfach Clara. Aber sprich es auf keinen Fall englisch aus", bat sie ihn inständig. „Ich möchte nicht, dass man mich mit dieser Bitch verwechselt, von der Elena mir erzählt hat." Er kniff die Augen zusammen und überlegte. „Cara?" „Ja, ich glaube, das ist ihr Name", erinnerte sich Clara. „Du kennst sie?" „Flüchtig", erwiderte er und ein süffisantes Grinsen umspielte dabei seine Lippen. „Du hast nicht zufällig Lust, mich morgen auf eine Hochzeit zu begleiten?", fragte sie ihn über den Rand ihres Whiskeyglases hinweg. „Wer heiratet denn?", wollte er wissen. „Ach, meine Freundin heiratet so einen Typen von hier", winkte sie ab. „Ryan und Elena?" „Du kennst sie?" „Hier kennt man sich", sagte er und trank einen großen Schluck aus seiner Bierflasche. „Heißt das ja?", sah sie ihn erwartungsvoll an und biss sich lüstern auf den Finger.

„Was tut sie da?", sah Michelle fassungslos zum Tresen. „Flirtet sie da etwa grad mit Jackson?" „Sei froh, dass sie mit Jackson flirtet", sagte Elena grinsend. „Dann fällt sie wenigstens nicht über Joe her." Joe sah mit ängstlichen Augen zu Elena. „Sie steht auf diesen Typ Mann", klärte sie ihn auf. „Das ganze Drumherum findet sie schrecklich. Sie hasst Countrymusik, kann mit Pferden nichts anfangen und könnte sich niemals vorstellen, auf dem Land zu leben. Aber sie vergöttert nun mal Männer mit Cowboyhüten." Als Joe das hörte, nahm er mit verstörter Miene den Hut vom Kopf und versteckte ihn auf seinem Schoß unterm Tisch. Als er schließlich scheu zum Tresen schielte, brach der ganze Tisch in schallendes Gelächter aus.

Es war spät geworden. Zeit zum Gehen. Ihnen allen stand ein langer, aufregender Tag bevor. Elena ging zum Tresen, wo Clara noch immer mit Jackson zugange war. „Hey, wir machen los. Joe fährt euch zurück zur Farm." „Oh, jetzt schon?", drehte sich Clara erschrocken zu ihrer Freundin um. „Fahrt ruhig. Ich bleib noch ein bisschen. Jack bringt mich dann zurück." „Ganz sicher?", fragte Elena mit Bedenken erfüllter Stimme. Doch Clara nickte ihr nur entschlossen zu. „Komm ja nicht zu spät morgen", warnte Elena sie mit erhobenem Zeigefinger. „Werde ich schon nicht." „Ich meine es ernst, Clara." „Ich hab's verstanden, Elena", sah Clara sie mit großen Augen an und nippte an ihrem Whiskey. Elena atmete tief durch und kehrte ihrer Freundin schließlich den Rücken.

Die Nachtluft war kühl und Elena legte sich ihr dünnes Jäckchen über die nackten Schultern. Jetzt war es an der Zeit, Abschied zu nehmen. Hier würden sich Ryans und Elenas Wege trennen. Während er mit den anderen zurück zur Farm fuhr, würde Elena die Nacht bei Ron und Beth in dem kleinen Häuschen am Waldrand verbringen, in dem beide seit wenigen Wochen gemeinsam wohnten. „Wir sehen uns vorm Altar, Mrs. Flanagan", flüsterte Ryan seiner Verlobten ins Ohr und küsste sie. „Mrs. Flanagan... Klingt gut", lächelte Elena ihm zu. „Find ich auch." Ein letzter Kuss, dann stieg Ryan ins Auto. Sie winkte ihm nach, bis das Auto schließlich im Dunkel der Nacht verschwand.

Elenas Brustkorb hob und senkte sich im Rhythmus ihrer Atemzüge, als Beth letzte Handgriffe an ihre Frisur legte. Wie ein Helikopter kreiste Beth mit prüfenden Blicken um Elena, die nervös auf einem kleinen Stuhl in der Mitte des Raumes saß. Da noch etwas Puder, hier noch eine Haarsträhne, die fixiert werden musste, etwas Haarspray für den perfekten Halt und fertig. Zufrieden betrachtete Beth ihr Werk. „Du siehst unglaublich aus", sagte sie mit strahlenden Augen. „Aber etwas fehlt noch." „Was denn?", wollte Elena wissen. „Du hast etwas Neues. Dein Brautkleid. Etwas Altes. Die silbernen Ohrringe deiner Mutter. Etwas Blaues. Die Blumen in deinem Brautstrauß. Und jetzt..." Sie legte ihrer Freundin ein weißes Spitzentaschentuch in die Hände. „...hast du auch etwas Geborgtes. Das will ich nämlich wiederhaben. Aber gewaschen", lachte sie. „Danke, Beth", schenkte Elena ihr eine herzliche Umarmung. „Willst du dich jetzt endlich mal sehen?" „Unbedingt", nickte Elena aufgeregt und ging mit Beth hinaus in den Korridor, wo ein riesiger Spiegel hing. Elena warf einen Blick hinein und war überwältigt. Sie traute ihren Augen kaum. Sie drehte sich und betrachtete sich von allen Seiten. Es war unglaublich, was Beth da vollbracht hatte. „Oh, mein Gott, Beth. Bin das wirklich ich?" „Und ob du das bist", grinste Beth über beide Ohren in den Spiegel. „Wunderschön, wie immer."

Die Zeit raste und Beth musste sich langsam sputen. Während sich Elena noch immer nicht an sich selbst satt sehen konnte, kramte Beth alles Nötige zusammen und zog sich ein dünnes Spitzenjäckchen über ihr blassblaues Chiffonkleid. „Wir sehen uns in der Kirche", sagte sie dann und verließ das Haus. „Beth", rief Ron verzweifelt aus dem Schlafzimmer. „Beth", rief er erneut und lugte zur Tür heraus, als keine Antwort kam. „Beth ist gerade los, Ron." „So ein Mist. Das mit dem Krawatte binden werde ich wohl nie lernen." Elena warf einen belustigten Blick auf das Konstrukt an seinem Hals und ging zu ihm. „Komm her", sagte sie. „Ich helfe dir."

„Danke, Elena", war er erleichtert und hob den Kopf etwas an, damit Elena besser hantieren konnte. „Elena", begann er dann mit zögernder Stimme. „Darf ich dich um einen Gefallen bitten?" „Selbstverständlich", sah sie ihn mit fragenden Augen an.

Es war der perfekte Tag zum Heiraten. Die Sonne schien hoch am Himmel und die Vögel sangen ihre Lieder von den Bäumen. Alle hatten sich fein herausgeputzt für diesen besonderen Anlass und strömten zahlreich in die Kirche. Joe und Beth wiesen ihnen Plätze zu, um sicherzustellen, dass der Familie und den engsten Freunden die vordersten Plätze vorbehalten blieben. Die Kirche war geschmückt mit zahlreichen Wiesenblumen, die sich auch in Elenas Brautstrauß wiederfinden würden.

„Wo bleiben sie bloß?", lief Beth vor der Kirche nervös auf und ab. „Es ist zehn vor zwei und Ryan ist immer noch nicht da." „Ganz ruhig bleiben, Beth", sprach Ari ihr gut zu. „Ohne die beiden geht die Party ohnehin nicht los." „Aber was, wenn…" Und da kam endlich Ryans Jeep angefahren. Darren saß am Steuer und hielt unmittelbar vor der Kirche, um Ryan aussteigen zu lassen. „Wo wart ihr denn so lange? Die Kirche sitzt schon voll", stürzte sich Beth auf den Bräutigam, kaum dass er einen Fuß aus dem Auto gesetzt hatte. „Ohne uns wird der Gottesdienst ja wohl kaum losgehen, Beth", lief Ryan in aller Seelenruhe an ihr vorüber. „Meine Worte", lachte Ari und schlug Ryan beherzt auf die Schulter. „Gut siehst du aus, mein Junge." „Danke, Ari. Und danke, dass du das für Elena tust. Es bedeutet ihr wirklich viel." „Es ist mir eine Ehre", versicherte Ari ihm und blickte ihm nach, wie er zur Kirchentür ging, wo Joe bereits auf ihn wartete. „Ich werde dann auch schon mal reingehen", sagte Beth. „Ron und Elena müssten jeden Moment da sein." Ari nickte und sah zur Straße. Wie sie wohl aussehen wird, ging ihm durch den Kopf. Sicher wie ein Engel. Genau wie seine Tochter bei ihrer Hochzeit mit Nathan damals.

Und dann fuhr das Auto mit der Braut auch schon vor. Ron parkte vor der Kirche und hielt Elena die Tür auf. Aris Augen leuchteten freudig, als er Elena in diesem atemberaubenden Kleid vor sich sah. Er ging zu ihr und reichte ihr die Hand. „Du bist eine Augenweide, Kleines." „Ich bin so aufgeregt, Ari", atmete Elena tief durch. „Du schaffst das schon. Ich bin doch bei dir." „Ari, bevor wir reingehen, würde ich dir gern noch etwas sagen." Sie hielt kurz inne, um sich zu sammeln. „Ich weiß, dass es nicht selbstverständlich ist, dass du mich zum Altar führst, umso dankbarer bin ich dir, dass du mir diesen Wunsch erfüllst. Du musst wissen, dass du in der Zeit, die ich hier verbracht habe, mehr für mich warst als nur ein guter Freund. Du warst wie ein Vater für mich." Elena schluckte schwer und spürte, wie sich Tränen in ihren Augen sammelten. „Und deshalb kann ich mir auch niemand anderen vorstellen, mit dem ich heute lieber diesen Gang entlangschreiten würde als mit dir." Ari war zutiefst gerührt von Elenas Worten und wischte ihr eine Träne aus dem Gesicht. „Ich hab dich vom ersten Moment an in mein Herz geschlossen, Elena. Du hast meinem Leben wieder einen Inhalt gegeben, mein Herz zu neuem Leben erweckt. Für mich bist du schon lange wie eine Tochter. Und es gibt nichts Schöneres für mich, als dich zum Altar zu führen." „Danke, Ari. Ich danke dir so sehr", fiel Elena ihm in die Arme. „Es ist so schön, das zu hören. Ich will bloß nicht, dass deine Tochter denkt, dass ich ihr den Vater wegnehmen will. Denn so ist es nicht. Gott, was muss Tilda nur denken." „Die freut sich, endlich die Schwester zu bekommen, die sie sich immer gewünscht hat", erklang plötzlich eine junge Frauenstimme hinter Elena. Sie fuhr herum und sah in das strahlende Gesicht von Aris Tochter, die in einem bodenlangen Maxikleid mit Blütenapplikationen vor ihr stand. Überrascht wechselten Elenas Blicke zwischen Tilda und Ari hin und her. „Hey, Dad", sagte sie dann und küsste ihren Vater auf die Wange. „Du warst auch schon mal pünktlicher", scherzte er und herzte seine Tochter. „Der Flieger hatte Verspätung." „Du hast sie gebeten, zu kommen?", sah Elena Ari fragend an. „Ich hoffe, dass ist okay für dich", nickte er ihr zu. „Es ist großartig", war Elena überwältigt. „Du bist eine wunderschöne Braut", sah Tilda sie bewundernd an und schloss sie herzlich in die Arme. „Wir sehen uns drinnen", sagte sie dann und eilte in die Kirche. „Ich denke, dann kann's jetzt losgehen", hakte sich Ari bei Elena ein, die nervös nickte und versuchte, gleichmäßig zu atmen. Sie wollten gerade loslaufen, als plötzlich Clara und Jackson, wie von der Tarantel gestochen, an ihnen vorbeigerannt kamen.

432

„Tut mir leid. Tut mir leid. Bin schon da", rief Clara und stürmte mit ihrem Lover auf die Kirche zu. Fassungslos schüttelte Elena den Kopf. Dafür hätte sie Clara schon wieder umbringen können. In der Hoffnung, dass nun alle vollzählig versammelt waren, machten sich Ari und Elena auf den Weg.

Die Frau am Klavier begann Leonard Cohens *Hallelujah* zu spielen und alle Anwesenden erhoben sich von ihren Plätzen. Joe und Beth öffneten die große Flügeltür am Eingang und eröffneten den gespannten Hochzeitsgästen und dem um Fassung ringenden Bräutigam, der zitternd vorm Altar wartete, einen ersten Blick auf die Braut, die in einem elfenbeinfarbenen Traum aus weichem Stoff, der sich sanft an ihren Körper schmiegte und in einer kleinen Schleppe am Boden endete, mit Ari durch den Gang geschritten kam. Das Kleid war hochgeschlossen. Die florale Tattoospitze ergoss sich über das gesamte Oberteil und lief sich an den Hüften aus. Der tiefe Rückenausschnitt erlaubte sexy Blicke auf Elenas nackte Haut. In ihren locker hochgesteckten Haaren waren Blumen eingearbeitet, die sich auch im Brautstrauß wiederfanden. Sie war so unsagbar schön, dass es Ryan regelrecht den Atem verschlug, als diese umwerfende Frau auf ihn zugelaufen kam. Er wollte nicht weinen, doch er konnte seine Tränen nicht länger zurückhalten. Er wusste nicht, womit er diese Frau verdient hatte. Sie war in jeglicher Hinsicht perfekt.
Elenas Herz schlug ihr bis zum Hals. Unzählige Augenpaare waren auf sie gerichtet. Doch sie nahm die Menschen, an denen sie vorüberlief, nur verschwommen wahr. Sie erkannte Amanda, die gemeinsam mit ihren Eltern in einer der hinteren Reihen saß. Bob, Natalie, Ryans Vater und dessen Frau. Dann sah sie Ryan, der am Ende des Ganges schon auf sie wartete. Ihr Herz machte einen Satz, als sich ihre Blicke trafen, und Elena schossen Tränen in die Augen. Er sah unglaublich aus in seinem schiefergrauen Anzug. Über dem cremefarbenen Hemd trug er eine leichte Weste und darüber das Jackett, an dessen Brusttasche ein kleines Sträußchen befestigt war. Auch die Fliege saß perfekt. Sie erkannte seine Tränen und war zutiefst gerührt. Er streckte seine Hand nach ihr aus, als sie näherkam. Zärtlich küsste Ari Elenas Schläfe und übergab sie in Ryans

erwartungsvolle Hände. Sie sahen einander an und ihre Augen strahlten. „Du siehst so wunderschön aus", sagte er zu Elena, die vor Ergriffenheit kein Wort über die Lippen brachte. Gemeinsam nahmen sie auf den Stühlen vorm Altar Platz. Die Trauzeugen setzten sich seitlich daneben.

„Liebe Gemeinde, liebes Brautpaar", nahm der Pfarrer mit gütiger Stimme das Wort an sich. „Wir sind heute hier zusammengekommen, um Zeuge zu sein, wie Elena und Ryan Zeugnis ihrer Liebe vor Gott und der Welt ablegen und in den heiligen Bund der Ehe eintreten. Schon zu viele Hürden galt es zu überwinden. Von kleinen Startschwierigkeiten über Trennungen bis hin zu schweren Schicksalsschlägen war alles dabei, was die Beziehung der beiden wieder und wieder vor große Herausforderungen gestellt hat. Doch die Liebe hat wie so oft einen Weg gefunden, und so stehe ich jetzt hier und schaue in die strahlenden Augen zweier junger Leute, die in Liebe vereint sind. Doch wo Liebe ist, ist Schmerz nicht fern. Und so gedenken wir kurz derer, die diesen wohl glücklichsten Tag im Leben von Ryan und Elena nicht mehr miterleben dürfen. Caroline Flanagan, Ryans über alles geliebte Mutter. Elenas Eltern, Christopher und Jana Lindenberg, sowie ihrer Tante Charlotte. Und natürlich Grandma Julie, Ryans gute Seele von Großmutter, die erst kürzlich von uns gegangen ist, um im Reich Gottes ihren Frieden zu finden." Elena wischte sich mit Beths Spitzentaschentuch die Tränen aus dem Gesicht und auch Ryan schluckte schwer bei den Worten des Pastors. Sogar Abigail kamen die Tränen. Lucy, die auf ihrem Schoß saß, blickte ihre Mutter mit großen fragenden Augen an und verstand nicht, warum sie so große Tränen weinte. „Doch auch sie sind heute bei uns...", setzte der Pastor fort. „...denn sie leben im Herzen derer, die sie geliebt haben, weiter." Der Pfarrer hielt kurz inne, um den beiden eine Verschnaufpause zu gönnen. „Elena und Ryan, bitte erhebt euch von euren Plätzen", sagte er dann. Elena legte ihren Brautstrauß auf dem Stuhl ab und stellte sich neben Ryan. „Sollte jemand der hier Anwesenden Einwände gegen die Eheschließung der beiden haben, möge er jetzt sprechen oder für immer schweigen." Just in diesem Moment sprang die schwere Kirchentür auf und alle drehten sich erschrocken um. Das Geräusch

434

hallte durch das ganze Gebäude. Mit ängstlichen Augen erkannte Elena, dass es Cara war, und ein Schauder durchzog ihren Körper. War sie etwa gekommen, um ihre Hochzeit mit Ryan zu verhindern? Doch Elena konnte aufatmen. Cara hob entschuldigend die Hand und setzte sich stillschweigend in eine der hinteren Bankreihen. „Nun denn", warf der Pastor dem Störenfried einen tadelnden Blick zu. „frage ich dich, Ryan Flanagan. Möchtest du die hier anwesende Elena Lindenberg zu deiner rechtmäßig angetrauten Ehefrau nehmen? Sie lieben und achten. Ihr die Treue halten alle Tage deines Lebens, bis dass der Tod euch scheidet, so antworte: Ja, mit Gottes Hilfe." Ryan drehte sich zu der Frau, die er liebte, und sah ihr tief in die Augen. „Ja, mit Gottes Hilfe", sagte er und nahm ihre Hand in seine. „Nun frage ich dich, Elena Lindenberg. Möchtest du den hier anwesenden Ryan Flanagan zu deinem rechtmäßig angetrauten Ehemann nehmen? Ihn lieben und achten. Ihm die Treue halten alle Tage deines Lebens, bis dass der Tod euch scheidet, so antworte: Ja, mit Gottes Hilfe." „Ja, mit Gottes Hilfe", antwortete Elena mit bebender Stimme und schenkte Ryan ein freudiges Lächeln. Dann bat der Pfarrer die Trauzeugen mit den Ringen nach vorn und Ryan und Elena steckten sich einander ihre Eheringe aus Weißgold an die Ringfinger. „Kraft meines Amtes erkläre ich euch hiermit zu Mann und Frau. Was Gott zusammengeführt hat, das soll der Mensch nicht scheiden." Er legte seine Hand auf die ineinandergelegten Hände des Brautpaares und sprach seinen Segen. „Du darfst die Braut jetzt küssen", zwinkerte er Ryan dann zu. Ryan nahm Elenas Gesicht zwischen seine warmen Hände und küsste sie, als gäbe es nur sie beide in diesem Raum. Und für einen kurzen Moment schien die Welt stillzustehen.

Wutentbrannt stürmte Ryan vor der Kirche auf Cara zu, die abseits der Hochzeitsgesellschaft stand. „Was zum Teufel hast du hier zu suchen?", fauchte er sie an. „Ryan, hör auf damit", packte ihn Elena am Arm und hielt ihn zurück. Für ihre Begriffe sah Cara nicht nach jemandem aus, der Ärger machen wollte. Wie die übrigen Hochzeitsgäste trug auch sie ein sommerliches Cocktailkleid, das dem Anlass entsprechend war. Noch dazu war Elena der Ring an Caras linker Hand aufgefallen. Es schien fast so, als hätte sie den Banker, mit dem sie bei den Feierlichkeiten zum 4. Juli dagewesen war, tatsächlich geheiratet.

„Woah, jetzt bleib mal locker, Ryan", hielt sich Cara abwehrend beide Hände vor die Brust. „Ich bin nur hier, um euch beiden alles Gute zur Hochzeit zu wünschen." Ryans Augen waren zu dunklen Schlitzen geformt. Er traute ihr noch immer nicht über den Weg. „Und ich habe euch ein kleines Geschenk mitgebracht", sagte sie dann. „Wobei ich denke, dass es eher dir von Nutzen sein wird als ihm", sah sie zu Elena, die nicht recht verstand, was Cara damit meinte. „Leider findet sich seit Monaten kein geeigneter Käufer für mein Haus hier in Happys Inn und ich bin es leid, deshalb immer hin- und herpendeln zu müssen. Also habe ich es euch überschrieben. Es ist mein Geschenk zur Hochzeit." Sie reichte Elena eine Mappe mit den entsprechenden Unterlagen. „Wir haben bereits ein Haus, Cara", klang Ryans Stimme noch immer schroff. „Ich weiß. Hab davon gehört", bekundete sie. „Aber ich dachte, du kannst es vielleicht als Backstube nutzen", wandte sie sich erneut an Elena. „Ist praktischer, als die Kuchen immer kilometerweit durch die Wildnis karren zu müssen." Elena wusste nicht, was sie sagen sollte. Völlig überrumpelt sah sie zu Ryan. „Das ist eine prima Idee", musste er eingestehen. Cara nickte selbstzufrieden. „Danke, Cara", war Elena noch ganz überwältigt von dieser unerwarteten Geste. „Aber wieso…" „Wieso ich das tue?", kam Cara ihr zuvor. „Ihr seid euren Weg gegangen. Habt euch von nichts und niemandem je unterkriegen lassen. Nicht einmal von mir. Dafür zolle ich euch Respekt." „Ich weiß wirklich nicht, was ich sagen soll", fand Elena noch immer keine Worte. „Nehmt es einfach an." Elena nickte. „Komm doch mit zur Farm und feiere mit uns", lud Elena sie ein und schielte zu Ryan. „Ja, wir würden uns wirklich freuen", sagte dieser dann, als er den leichten Stoß von Elenas Ellbogen an seinem Arm spürte. „Das ist lieb. Aber ich muss zurück nach Kalispell", entschuldigte sich Cara. „Mein Mann hat dort eine Geschäftsbesprechung und ich will ihn nicht unnötig warten lassen." Ryan und Elena nickten verständnisvoll und schauten ihr verdutzt nach, als sie schließlich das Kirchengelände verließ. „Ist das gerade wirklich passiert?", konnte Ryan es noch immer nicht ganz glauben. „Ja, ich denke schon." Sie sahen einander an und freuten sich über ihren neuen Grundbesitz.

„Ryan", erklang dann Adams Stimme hinter den beiden. Als sie sich umdrehten, standen da sein Bruder und sein Vater mit Familie und wollten dem Brautpaar zur Eheschließung gratulieren. Elena überkam ein flaues Gefühl, als sie sah, wie sich Ryans Muskeln anspannten. Nur zu gut wusste sie noch, in welchem Drama die Begegnung zu Sarahs Geburtstag geendet hatte. Sie betete, dass es heute friedlich ablaufen würde.

„Ich gratuliere zur Vermählung", ging Ryans Vater zu seinem Sohn und streckte ihm versöhnend die Hand entgegen. Wie gebannt wartete jeder auf Ryans Reaktion und die Sekunden, die vergingen, schienen zu einer Ewigkeit zu werden. Dann sprang Ryan schließlich über seinen Schatten und schüttelte seinem Vater die Hand. Elena fiel ein Stein vom Herzen. Der erste Schritt war getan. Mutig trat nun auch Clarissa auf ihren Stiefsohn zu und hoffte ebenfalls auf einen Handschlag von ihm. Doch Ryan ignorierte ihre ausgestreckte Hand und schloss sie stattdessen direkt in die Arme. „Ich freue mich, dass ihr da seid", sagte Ryan mit liebevoller Stimme und die Frau an Carls Seite wusste nicht, wie ihr geschah. Ryans Umarmung war weit mehr, als sie erwartet hatte. Doch umso glücklicher machte es sie.

Ryan gab Brianna einen Kuss auf die Schläfe und schenkte Adam eine brüderliche Umarmung. Zutiefst berührt stand Elena daneben. Es war so schön, die Familie nach so langer Zeit endlich wieder vereint zu sehen. *Danke* formten Adams Lippen hinter Ryans Rücken, während sein Blick auf Elena ruhte. Mit Tränen in den Augen nickte sie ihm zu. „Du siehst aus wie eine Prinzessin", kam Sarah angestürmt und schlang freudig ihre Arme um Elenas Hüften. „So fühle ich mich auch", lachte sie Ryans Nichte glücklich zu und streichelte über deren seidiges Haar.

In Kolonne ging es mitten durch den Wald zur Farm, wo das Brautpaar und die Gäste ein üppiges Kuchenbuffet erwartete. Ryan und Elena staunten nicht schlecht, als sie sahen, was ihre Freunde da alles auf die Beine gestellt hatten. Überall standen kleine Pavillons, unter denen man es sich bequem machen konnte. Alles war liebevoll dekoriert mit Girlanden und Lichterketten. Blumen und Kerzen standen auf runden Baumscheiben. Joe und Michelle hatten sogar eine Band organisiert, die zur Begrüßung spielte.

Die Kuchenauswahl war riesig. Von Keksen bis hin zu ausgefallenen Torten war alles dabei. Doch das Highlight war zweifelsohne die dreistöckige Hochzeitstorte, die Beth extra in Elenas Lieblingscafé in Kalispell in Auftrag gegeben hatte und die sie dem Brautpaar jetzt stolz präsentierte. Obenauf thronte ein mit viel Raffinesse und Fingerspitzengefühl modelliertes Brautpaar. Der Bräutigam saß auf einem abgesägten Baumstumpf, auf seinem Schoß die Braut mit einem Cupcake in der Hand. Elena war begeistert. Besser hätte man sie und Ryan nicht darstellen können.

Unter tosendem Applaus schnitten die beiden gemeinsam das süße Meisterwerk an und fütterten sich gegenseitig mit einem Stück Erdbeer-Sahne-Torte.

Während Ryan mit Sarah und Lucy bei den Pferden war, gönnte sich Elena im Schatten eines der Pavillons eine kleine Verschnaufpause. Mit einem Holzspieß pickte sie die Früchte aus ihrer Bowle und steckte sie sich genüsslich in den Mund. „Na, machst du schon schlapp?", kam Beth und setzte sich zu ihr. „Nein, ich stärke mich nur", sagte Elena mit vollem Mund. „Ich brauche eine Unterschrift von dir", erklärte Beth dann ohne Umschweife und schenkte sich selbst ein Glas Bowle ein. „Wozu?", wollte Elena wissen. „Du musst dein Hochzeitsgeschenk unterschreiben", zwinkerte Beth ihr zu. „Du schenkst mir etwas, das ich unterschreiben muss?", brachte Elena Beth einen skeptischen Blick entgegen. „Ja", antwortete diese und reichte ihr ein Dokument und einen Kugelschreiber. Als Elena sah, worum es sich handelte, entglitten ihr sämtliche Gesichtszüge. „Beth, das..." Sie schüttelte den Kopf. „Das kannst du doch nicht machen." „Nimm den Stift und unterschreibe", musste Beth Elena zu ihrem Glück zwingen. „Ich habe mir das gut überlegt, Elena", versicherte sie ihr. „Ohne dich wäre das Café niemals das, was es jetzt ist. Und genau aus diesem Grund will ich, dass du Teilhaberin wirst." „Ganz sicher?", war Elena noch immer fassungslos. „Ich war mir nie sicherer", nickte Beth ihr zu. Mit zittrigen Fingern nahm Elena den Kugelschreiber und unterzeichnete mit ihrem Namen.

Dann schielte sie verlegen zu Beth, die freudig grinsend in die Hände klatschte. „Sieht ganz so aus, als hätte ich jetzt zwei Chefinnen" gesellte sich Abigail freudig dazu, die beobachtet hatte, dass es etwas zu feiern gab. „Chefinnen, du?", verstand Elena nicht ganz. „Abigail ist unsere erste offizielle Angestellte", klärte Beth sie auf. Mit großen Augen sah Elena zu Abigail, die mit einem breiten Grinsen im Gesicht neben ihr saß und fröhlich vor sich hin nickte. „Mit Kind kann ich unmöglich in meinen alten Job zurück. Aber Kaffee und Kuchen servieren, das kann ich. Und backen kann ich im Notfall auch." „Also, wir drei und das Café", blickte Elena in die Runde. Alle drei sahen einander an und nickten dann aufgeregt. Außer sich vor Freude fielen sich die Freundinnen in die Arme und stießen auf die neue Partnerschaft an.

Es war Abend geworden. Die unzähligen Lichterketten tauchten alles in ein warmes, romantisches Licht. Der Eröffnungstanz stand kurz bevor. Doch ehe es so weit sein würde, gab es für Elena noch eine andere Sache zu erledigen, die auf ihrer Liste ganz oben stand. Der traditionelle Wurf des Brautstraußes. Sie forderte also alle ledigen Frauen auf, nach vorn zu treten. Manche fieberten dem Ganzen regelrecht entgegen, während andere mit eher gemischten Gefühlen an die Sache rangingen. Letztendlich waren es nur vier Frauen, die um den Brautstrauß buhlen durften. Michelle, Beth, Clara und Natalie.

„Seid ihr bereit?", fragte Elena und drehte ihnen den Rücken zu. Dann zählte sie von drei runter. Bei null drehte sie sich um und warf einer verdutzt dreinblickenden Beth den Brautstrauß direkt in die Hände. Verschwörerisch zwinkerte sie Ron zu und überließ ihm schließlich das Feld. Beth wusste nicht, wie ihr geschah, als sich alle zurückzogen und ihr Freund stattdessen auf sie zugelaufen kam. „Beth", sagte er und nahm nervös ihre Hand. „Wir gehen noch nicht lange gemeinsam durchs Leben, doch es kommt mir bereits jetzt wie eine Ewigkeit vor. Du weißt, dass ich vom ersten Moment an, als ich dich damals gesehen habe, von dir verzaubert war. Ich bin kein mutiger Mann. Ich bin kein schöner Mann. Und dennoch ist es mir gelungen, das Herz der schönsten Frau zu erobern. Ich möchte für den Rest meines Lebens neben dieser Frau einschlafen und am Morgen mit ihr aufwachen." Beth schluckte schwer und hatte Tränen in den Augen, als Ron schließlich vor ihr auf die Knie ging. „Elizabeth Hastings…", sagte er und zog ein kleines Schmuckkästchen aus der Hosentasche. „…würdest du mir die Ehre erweisen und meine Frau werden?" Überwältigt hielt sich Beth ihre freie Hand vor den Mund. „Ja", sagte sie dann und fiel Ron in die Arme. „Natürlich will ich deine Frau werden." Freudig und erleichtert zugleich steckte er ihr den Ring an den Finger und küsste sie. Alle stießen Jubelschreie aus und applaudierten dem frisch verlobten Paar.

Dann war es so weit. Die Gäste versammelten sich um die Tanzfläche, wo das Brautpaar bereits auf den Einsatz der Band wartete. Ryan und Elena sahen einander tief in die Augen und freuten sich auf diesen Moment, der nur ihnen beiden gehörte. Die Musik begann zu spielen und sie taten die ersten Tanzschritte. Doch dann geschah etwas, womit Elena nicht gerechnet hatte. Ryan begann zu singen. Er sang ihr Hochzeitslied. Sie hatten das Lied gemeinsam ausgesucht, doch sie hätte nie gedacht, dass er es selbst singen würde. Doch er tat es. Er sang Jason Cassidys *You*. Allein für sie. *„From the moment I met you I knew you were the one. The one that I'd grow old with and share every settin' sun. The one to share my hopes and dreams and build my life upon. I'll give anything I have to give. Until my time on earth is done."* Als Ryan schließlich den Refrain anstimmte, entzündeten die Leute um sie herum ihre Feuerzeuge und schwenkten sie durch die Luft. *„It was you that changed my life. You showed me right from wrong and led me to the light. Not a moment passes and not a day goes by. That I don't thank the good Lord above. For what brought me here tonight."* Gemeinsam schwebten sie über die Tanzfläche. Elena war zutiefst gerührt. Sie liebte Ryans Stimme. Sie liebte einfach alles an ihm. *„'Cause it was you that changed my life"*, sang er aus vollem Herzen und sah Elena dabei tief in ihre tränennassen Augen. *„Not a moment passes and not a day goes by. That I don't thank the good Lord above. No I don't thank my lucky stars above. For makin' you my wife. You sure look wonderful tonight."* Die Musik verklang und Ryan zog Elena in seine Arme und küsste sie. „Ich liebe dich", sagte er. „Jetzt und für immer."

Während sich Clara und Jackson heimlich in ihre Hütte zurückzogen, füllte sich die Tanzfläche. Ari tanzte mit Tilda. Adam mit Brianna. Darren mit Abigail, während Joe und Michelle auf Lucy aufpassten. Bob hatte sich Natalie geschnappt und Beth sich ihren Verlobten. Selbst Ryans Dad und Clarissa hatten sich unter die Leute gemischt. Mittendrin Ryan und Elena. Arm in Arm tanzten sie zur Musik, die die Band spielte. „Ich bin froh, dass ich dich gefunden habe", flüsterte Ryan ihr ins Ohr." „Nun, eigentlich war ich es ja, die dich gefunden hat", korrigierte Elena ihn mit einem Lächeln. Schmunzelnd stimmte er ihr zu. Ihren Mund suchend beugte er sich ihr entgegen. Seine Lippen berührten ihre und sie küssten sich unter dem weiten Sternenzelt Montanas.

Epilog

Gedankenverloren saß Elena auf einer von Ryan selbst gebauten Holzbank vorm Blockhaus und sah hinab ins Tal. Die Sonne verschwand langsam hinter den Bergen und tauchte die Natur in warmes, herbstliches Gold. Sie genoss die letzten wärmenden Sonnenstrahlen des Tages auf ihrer Haut. Dann hörte sie Ryans Jeep, der auf den Hof gefahren kam. Die Autotür, die zufiel. Seine schweren Schritte, die auf sie zukamen. Sie lächelte, als er seine Arme um sie legte und ihren Nacken küsste. „Was machst du hier draußen?", wollte er wissen." „Mir den Sonnenuntergang ansehen." „Er ist wunderschön", sagte er und legte seine großen Hände schützend auf die kleine Wölbung ihres Bauches. „Ja, das ist er", hauchte sie. Dann fiel sein Blick auf die schwarze Mappe, die auf Elenas Schoß lag. *Wenn die Wälder schweigen* von Elena Flanagan stand darauf geschrieben. „Du hast deinen Roman fertig?", setzte er sich zu ihr und sah sie mit großen Augen an. „Ja", freute sich Elena. „Das ist ja großartig. Dann kannst du ihn jetzt endlich veröffentlichen." „Nein", schüttelte sie den Kopf. „Aber war das denn nicht immer dein Wunsch?", sah Ryan sie verwundert an. „Ich wollte immer ein Buch schreiben. Das hab ich getan." Sie hielt kurz inne und sah in die Ferne. „Es ist unsere Geschichte, Ryan", verriet sie ihm dann. „Und die sollte nur uns allein gehören." „Du verdeutlichst mir jeden Tag mehr, weshalb ich dich so sehr liebe, Elena", legte er wärmend seinen Arm um ihre Schultern. „Vielleicht will Henry sie später mal lesen", überlegte Elena und lehnte ihren Kopf gegen Ryans starke Schulter. „Henry?", sah er sie fragend an. „Ja", sagte sie und sah lächelnd auf ihr kleines Babybäuchlein. „Heißt das, ich habe kein Mitspracherecht bei der Namenswahl?", wollte er wissen. „Hmm", überlegte Elena. „Nein, ich denke nicht", grinste sie dann und stellte ihn tatsächlich vor vollendete Tatsachen. „Henry Flanagan", sprach Ryan den Namen seines zukünftigen Sohnes laut aus. „Gefällt mir", lächelte er Elena dann zu, die sich freute, das zu hören.

Eng umschlungen saßen sie auf der Bank vor ihrem Haus und warteten ab, bis die Sonne schließlich gänzlich hinter den Bergen verschwunden war.

ISBN 978-3-7541-0303-6

9 783754 103036

www.epubli.de